HOLGER KARSTEN SCHMIDT

FINSTERES HERZ

HOLGER KARSTEN SCHMIDT

FINSTERES HERZ

EIN FALL FÜR LONA MENDT UND FRANK ELLING

DIE TOTEN VON MARNOW

Kiepenheuer & Witsch

MIX
Papier | Fördert gute Waldnutzung
FSC® C014496
FSC www.fsc.org

1. Auflage 2024

Covergestaltung und -motiv Johannes Wiebel | punchdesign, München,
unter Verwendung von Motiven von stock.adobe.com
und shutterstock.com
Gesetzt aus der Minion Pro und der Transat Text
Satz Buch-Werkstatt GmbH, Bad Aibling
Druck und Bindung GGP Media GmbH, Pößneck

ISBN 978-3-462-00616-2

1

31. DEZEMBER 2006, HOHEN SPRENZ

Das kleine weiße Ferienhaus mit dem Reetdach lag in der Schneelandschaft am Hohensprenzer See, als könne es kein Wässerchen trüben.

Der Blick des Mädchens im Bibliothekszimmer klebte aufmerksam auf einer Seite des Bildbands, der auf seinem Schoß lag. Unterwasserfotos von Orcas und Grauwalen. Kurz schaute es auf, um die Augen von Lona Mendt auf sich gerichtet zu finden und sich trotzdem unbeobachtet zu fühlen. Und um zu merken, dass die blonde Frau sie mit keinem geringeren Interesse betrachtete als Sarah die Aufnahmen der Wale. Sie saßen nebeneinander auf der Couch des kleinen Zimmers, das an zwei Seiten mit deckenhohen Holzregalen bestückt war, in denen unzählige Bücher darauf warteten, gelesen zu werden. Lona schenkte Sarah ein Lächeln.

»Warst du mal in Neuseeland?«

»Ja«, antwortete Lona Mendt, und eine unbestimmte Traurigkeit schwang darin mit. Eine, das spürte das Mädchen, die sie hinter sich zurückgelassen geglaubt hatte.

»Ist das weit von hier?«

»Man braucht 24 Stunden mit dem Flugzeug.«

Sarah blätterte weiter. Eine Strähne löste sich dabei aus ihrem Haar, das sie zu einem Pferdeschwanz gebunden hatte, und fiel ihr in die Stirn. Lona schob sie sanft zurück, ohne dass das Mädchen stutzte. Und schaute dann hinaus.

Das Zimmer des Ferienhauses war komplett vertäfelt, und im angrenzenden Nebenraum loderte das Feuer in einem dunkelroten Schwedenofen. Es knackste und zischte und brummte wie ein lebendiges Wesen und verströmte den angenehmen Geruch verbrannten Holzes.

Durch das breite Fernster und die verglaste Terrassentür hatte

Lona einen freien Blick auf das rückwärtige Gelände, das unter einer feinen Schneedecke lag. Ein Pärchen, dick eingepackt wegen der winterlichen Temperaturen, spazierte mit seinem Husky vorbei und verschwand im angrenzenden Wald. Leichtes Schneetreiben hatte wieder eingesetzt. Zwei Jogger, die vom benachbarten Rundweg um den Hohensprenzer See kamen und Kurs zurück auf den Ort nahmen, stemmten sich dagegen.

»Hast du da Wale gesehen?«

Sarahs Frage holte Lona aus der Beobachtung der winterlichen Umgebung zurück.

»Ja. In Kaikoura.«

»Kaiku…«

»Kaikoura.«

»Kaikoura«, wiederholte Sarah, um sich den Namen einzuprägen.

»Wenn du da mit einem Boot rausfährst, ins Wasser springst und den Kopf unter Wasser hältst, kannst du manchmal etwas hören, was ganz besonders ist.«

Das Mädchen sah sie gespannt an, und Lona musste lächeln. Wie wenig es brauchte, um seine ganze Aufmerksamkeit zu gewinnen.

»Da kann man hören, wie Wale singen«, beantwortete Lona die unausgesprochene Frage und steigerte Sarahs Interesse.

»Wale singen?«

»Nun ja, für unser Gehör erinnert das an Gesang, an Lieder. Aber tatsächlich sind wir noch nicht in der Lage zu verstehen, wie sie miteinander kommunizieren.«

Lona konnte regelrecht sehen, wie es in Sarahs Kopf zu arbeiten begann.

»Das heißt, es ist ihre Art zu sprechen.«

»Ja.«

Lonas Blick fiel kurz auf den Roman, den Elling gerade las und den er auf dem kleinen Beistelltisch abgelegt hatte: *Owen Meany* von John Irving. Elling und Lesen. Mit Sicherheit lag das daran, dass im ganzen Haus kein Fernseher aufzutreiben gewesen war. Und die

Bandbreite für den Empfang per Computer hatte sich als zu miserabel erwiesen.

Aus der Küche drang das Geräusch von Metall auf Metall zu ihnen, von Kochtopf auf Gasherd.

Wieder ließ Lona den Blick nach draußen über die Landschaft schweifen. Keine Menschenseele. Nur eine Gruppe von Enten, die über den zugefrorenen See watschelte.

Die nahm auch Elling kurz wahr, während er in der Küche, die hinter dem Ofen vom Wohnzimmer abzweigte, den Rotwein entkorkte. Er gab dabei darauf acht, sich nicht über den Kochtopf zu beugen, weil der Dampf sonst wieder seine Brille beschlagen ließ.

Die Küche war überwiegend in massivem Holz gehalten, passend zum Boden. Von hier aus hatte man einen Teilblick auf den See, vor allem aber auf die enge Zufahrt, die von dem Gewässer zum Haus führte.

Zu Ellings Linken schnitt Dinko Karotten, und die Art, wie er das tat, verriet, dass er selten in der Küche aushalf.

»Noch mehr?«, fragte er Elling, der ihm, Gabriela und sich einen kleinen Schluck von dem Wein eingoss.

»Da kann noch eine rein«, befand Gabriela, der es besser als Dinko gelang, den osteuropäischen Akzent zu verbergen. Sie war eine kleine, vollschlanke Person mit kurzen dunklen Haaren und 42 Jahre alt. Und zupfte, worauf die beiden Männer keine gesteigerte Lust verspürten: Thymian.

Dinko sah aus wie Mitte vierzig, aber er war 38, wie Elling wusste. In zwei Wochen würde der dürre Kettenraucher Geburtstag haben.

»Das stimmt«, pflichtete Frank Elling ihr bei und löschte die Rindfleischstücke, die er gerade scharf anbriet, mit einem Glas Rotwein ab. Es zischte, und sofort lag der Duft des Weines schwer in der Luft.

»Eins für das Gulasch, eins für uns«, befand Elling und reichte ihnen die Gläser.

Seit über einer Woche wechselten sie sich jetzt mit dem Essen ab. Es hatte Rouladen gegeben und eine Zwiebelsuppe, einmal Käsefondue und dann eine bulgarische Bohnensuppe (*Bob Tschorba*, Elling kannte den Namen noch aus seiner Jugend in Rostock). Reihum bekochten sie einander und unterhielten sich oder spielten Karten oder zogen sich in den Lesesessel oder ins eigene Zimmer zurück. Nicht die schlechteste Art, über die Weihnachtstage zu kommen, wie er fand.

Elling stieß mit den beiden an: »Prost.«

Die grinsten etwas und entgegneten: »Na zdrave!«

Elling nickte. *Prost* hieß auf Bulgarisch so viel wie Dummkopf, aber Gabriela und Dinko sahen es ihm nach. Seine Bulgarischkenntnisse waren nach dem Fall der Mauer vor 17 Jahren nach und nach versiegt, ohne dass sie jemand vermisst hätte. Er am wenigsten.

Last Christmas nahm im Radio auf der Anrichte seinen Anfang. Elling drehte den Frequenzregler geistesgegenwärtig zum nächsten Sender. Nachrichten. Saddam Hussein war gestern hingerichtet worden. Und Steve Jobs kündigte für die Macworld in San Francisco in sieben Tagen ein eigenes Handy an. Ein iPhone.

»Komischer Name für ein Handy«, befand Dinko. Gabriela und Elling nickten.

In dem Augenblick kam Mertens mit seinem hellblauen Oberhemd vom Flur herein. Der besaß das magische Talent, immer dann wichtige Gespräche führen zu müssen, wenn der Abwasch anstand. Denn die Geschirrspüle im Haus war defekt und irgendeine boshafte Sachbearbeiterin in den Untiefen des Innenministeriums in Schwerin weigerte sich, die auf Formblatt 2/409 beantragte Reparatur oder deren Neuanschaffung zu bewilligen.

Mertens würde nächstes Jahr in Rente gehen. Er hatte sein Leben lang eifrig gespart, damit es seiner Frau und ihm im Rentenalter gut erging. Bisher hatten sie nur Urlaube im Umland gemacht. Mecklenburgische Seenplatte. Fahrradausflüge, Wandern, abends Malefiz spielen. Jetzt, so hatte er Elling anvertraut, wollten sie das erste Mal per Schiff verreisen. Nach Irland.

Mertens hatte große Pläne für diesen letzten Lebensabschnitt. Und diese handschriftlich auf einer Liste festgehalten. Eine Ballonfahrt. Einmal zum Roten Meer. Auf den Eiffelturm steigen.

Einen Hummer essen. Mit Delfinen schwimmen. Mit Ramona ausgehen (einer Escort-Dame, aber das hatte er sicherheitshalber nicht notiert) und so weiter und so fort.

»Essen fällt aus. Einvernahme um 17:30 Uhr in Rostock. Die Abholung ist unterwegs, *on the way*«, sagte er und stellte den Herd aus, »zehn Minuten.«

»Heute?«, fragte Elling, der nicht weniger überrascht war als Gabriela und Dinko.

»Ja.«

»Es ist Silvester.«

»Eben. Damit rechnet niemand«, antwortete er Elling und wandte sich an die beiden Bulgaren, »ziehen Sie sich an, bitte. Hier sind Ihre Ausweise.«

Mertens reichte sie ihnen, bevor er die Küche verließ und im Vorbeigehen seine Daunenjacke vom Haken nahm. Frank Elling seufzte und öffnete eine Schublade hinten in der Ecke mit einem Sicherheitsschlüssel. Darin hatten sie die geladenen Ersatzmagazine für die Sig Sauer deponiert, die sich für jeden zugänglich hinter den Konserven in der Vorratskammer befand.

Er bemerkte die eingefrorenen Gesichtsausdrücke von Gabriela und Dinko. Ihre Bewegungen wurden ungelenker, es war, als hätte ihre Muskulatur mit Mertens' Nachricht ihre Elastizität eingebüßt.

Lona Mendt las die Neuigkeit in Mertens' Gesicht, bevor er sie ihr und Sarah gegenüber verkündete.

»Hallo, Sarah.«

»Hallo, Herr Mertens.«

»Tja, also es ist so, dass Frau Schicketanz gerne heute mit dir sprechen möchte. Und auch mit Gabriela und Dinko.«

Heute, wollte Lona fragen, schluckte ihre Bemerkung aber herunter, denn natürlich hatte die Richterin exakt diesen Tag gewählt, um das Restrisiko für die drei Zeugen noch weiter zu minimieren. Niemand wäre heute in den Büros der Staatsanwaltschaft in Rostock. Niemand würde sie bemerken, sehen und an jemanden berichten können. Die mündliche Einvernahme würde äußerst diskret stattfinden. Kluger Schachzug.

Wie neuerdings üblich bei Dingen, die Sarah nicht einzuschätzen wusste, richtete sie ihren Blick auf Lona.

Die konzentrierte sich und schob mit einer Willensanstrengung die Nervosität beiseite, die von ihr Besitz ergriffen hatte. Denn das Mädchen wusste sehr genau in Gesichtern zu lesen. Und es war Lonas Absicht, dass es sich entspannte.

»Komm, Sarah, wir holen deine Jacke. Du fährst nach Rostock und beantwortest Fragen. Das ist ganz harmlos, du musst keine Angst haben.«

Lona sah die Irritation in ihrem Blick.

»Du kommst nicht mit?«

Die Sorge war unüberhörbar.

»Ich darf nicht, das …«

Wie sollte man einer 12-Jährigen erklären, dass höhere Stellen Vorkehrungen trafen, um auch einen Verrat aus nächster Nähe auszuschließen?

»Das geht aus Sicherheitsgründen nicht«, half Mertens aus, der Mendts Zögern bemerkte. Lona war ihm dankbar dafür.

»Danach kommst du hierher zurück. Zu uns. Geh, hol deine Jacke, bitte!«

Sarah nickte, stand auf und verschwand im Nebenraum, wo sich die Betten befanden, in denen Lona und sie schliefen.

Mendt erhob sich ebenfalls: »Und deinen Schal.«

Sie wollte dem Mädchen folgen, aber Mertens hob kaum merklich die Hand, und sie stoppte ab.

»Wir drei räumen hier auf und nehmen ein Taxi zum Flughafen.«

Der Regionalflughafen Rostock-Laage befand sich nur einen Kilometer entfernt.

»Wir verpflanzen die Zeugen noch mal?«

Mertens nickte: »Wir gehen mit einem Hubschrauber von der Bundespolizei nach Nykøbing.«

»Lolland.«

Mertens überspielte seine Überraschung über Mendts geografische Kenntnisse mit einem wissenden Nicken: »Ja. Die Dänen gewähren Amtshilfe. Dänen lügen nicht.«

»Der ist sehr witzig.«

»Schon gut. Packen Sie Sarahs Sachen, bitte, sobald das Kind aus dem Haus ist.«

Lona nickte.

»Da sind sie schon«, sagte Mertens und deutete mit dem Kopf über das Sichtfenster der Eingangstür hinaus. Zwei dunkle, unauffällige Familienkombis schoben sich über die vereiste Auffahrt und hielten aufs Haus zu.

»Ich hol meine Dienstwaffe – machen Sie den Kollegen auf?«

Lona nickte, und Mertens verschwand aus dem Lesezimmer durch die Spezialtür, die in der oberen Hälfte mit Panzerglas ausgestattet war, das einem Beschuss mit einem Schnellfeuergewehr standhielt.

Lona Mendt warf einen Blick ins angrenzende Zimmer, in dem Sarah sich eine Daunenjacke angezogen hatte und mit dem Reißverschluss kämpfte.

»Was ist?«

»Der klemmt.«

Es klingelte an der Haustür.

Lona sah einen attraktiven Enddreißiger, schwarze Haare, Schnauzer, Anzug. Hinter ihm näherte sich ein kleinerer Kollege. Beiden verwirbelte der Winterwind die Krawatten.

»Ich bin gleich zurück«, vertröstete Lona das Mädchen und trat in den Flur. Dort half Elling Gabriela gerade in einen Mantel, und Dinko verstaute die Zigaretten in seiner Brusttasche.

Lona öffnete die Tür. Ein kalter Windhauch blies Schneeflocken hinein.

»Frau Mendt?«, fragte der Attraktive.

Lona deutete ein Nicken an. Der kleinere Kollege schloss auf. Die Kombis standen im Hof, die Fahrer ließen die Motoren laufen.

Der Mann vor ihr reichte ihr seinen Ausweis.

»Moin. Rossi, Bundespolizei. Wir stellen den gesicherten Fahrdienst für drei Zeugen in Ihrer Obhut. Ich hoffe, wir sind angekündigt worden.«

»Sind Sie. Kurzfristig.«

»So soll's sein. Mein Kollege Bennat.«

Bennat schenkte ihr ein Nicken als Begrüßung und übergab ihr ebenfalls seinen Ausweis, den Lona kurz checkte. Beide waren einwandfrei. Lona schaute an den Kollegen vorbei zu den Kombis. Sie zählte weitere vier Beamte und gab den beiden ihre Ausweise zurück.

»Großes Besteck, hm?«

»Hat der Schichtdienstleiter so angeordnet«, erklärte Rossi und zog wegen der winterlichen Temperaturen den Kopf etwas ein.

»Kommen Sie«, sagte Lona, trat zurück und führte die beiden ins Haus. Bennat schloss die Tür, Rossi folgte ihr dichtauf. Er rieb die Handinnenflächen aneinander.

»Kaffee?«

»Puh – eigentlich gerne, aber wir müssen ja los.«

Lona schenkte ihm ein verständnisvolles Nicken.

Sarah, die immer noch mit dem Reißverschluss der Jacke kämpfte, war aus dem Schlafzimmer in den Raum getreten, in dem sie mit Lona Mendt gesessen hatte. Aus den Augenwinkeln nahm sie eine Bewegung wahr und hob den Blick: das Paar mit dem Hund war zurück aus dem Wald. Die Frau warf ein orangefarbenes Frisbee, das aufs Haus zuflog. Der Husky jagte hinterher.

Hinter ihr erreichte Lona Mendt mit den frisch eingetroffenen Kollegen den Flur, in dem sie auf Elling und die beiden anderen Zeugen trafen. Mertens reichte Gabriela gerade ihre Pudelmütze.

»Die Kollegen Mertens und Elling, die Zeugen.«

»Guten Tag.«

»Hallo.«

»Zwei Zeugen?«, fragte Rossi, »wir haben die Beförderungsanfrage für drei Personen bekommen.«

»Das ist korrekt«, versicherte Mertens.

»Sarah, kommst du?«, fragte Lona.

Das Mädchen ließ von dem Reißverschluss ab und kam mit offener Jacke in den Flur. Etwas verunsichert wegen der beiden Männer, die sie nicht kannte. Und der mündlichen Einvernahme, die auf sie in Rostock wartete und von der sie keinerlei Vorstellung hatte.

»Du bist Sarah«, stellte Rossi freundlich fest.

Das Mädchen nickte.

»Wir teilen Sie in zwei Fahrzeuge auf«, informierte sie Rossi, »der Herr zu meinem Kollegen. Die Dame und das Mädchen zu mir.«

»Oh, ich hab meinen Schal vergessen«, sagte Dinko und wollte umkehren, aber Mertens hob die Hand.

»Hol ich Ihnen.«

Und schon hatte er kehrtgemacht und steuerte das letzte Zimmer an, das vom Flur abzweigte, bevor der Gang im rechten Winkel weiterführte.

Draußen stieg der Fahrer des ersten Kombis aus, um sich eine Zigarette anzuzünden, wie Sarah durch das Fenster im Flur sehen konnte. Er wölbte die freie Hand über das Feuerzeug, um die Flamme vor dem Wind zu schützen.

Lona schaute zu Sarah und folgte ihrem Blick.

»Na dann«, sagte Rossi, »gehen wir.«

Er machte sich auf den Weg zur Haustür. Gabriela folgte. Elling ließ eine Lücke entstehen, damit Sarah sich einreihen konnte.

Die blickte immer noch zu dem Mann, der sich jetzt mit dem Rücken zum Wind gedreht hatte, um die Flamme besser zu schützen. Als er das kleine Rädchen des Zippos drehte und die Funken vom Feuerstein aufstoben, erhellten sie für einen kurzen Augenblick sein Gesicht, das in der bläulichen Abendstimmung warm aufleuchtete. Zwei tätowierte Streifen wanden sich unter seinem Hemdkragen am Nacken hervor und endeten unter dem linken Ohr.

Lona spürte das Erstarren Sarahs direkt neben sich. Als wäre das Mädchen binnen eines Wimpernschlags erfroren. Selbst seine Gesichtsmuskeln wirkten versteinert.

Lona sah, wie sich ein dunkler Fleck im Schritt der kleinen Zeugin bildete, der sich ausbreitete. Genau der Moment, in dem Bennat von Elling zu Sarah schaute und es ebenfalls bemerkte.

Lona trug die Dienstwaffe mit dem Knauf nach vorne rechts am Gürtelholster, damit sie mit links schneller zugreifen konnte.

Und genau das tat sie jetzt und stellte sich gleichzeitig vor ihre Schutzbefohlene. Diese zusätzliche Bewegung genügte Bennat, von dem jegliche Freundlichkeit abgefallen war, um einen kurzläufigen Revolver aus dem Nichts zu zaubern, dessen Mündung er ihr auf den Oberarm presste und sofort abdrückte.

Die Kugel zerfetzte ihren rechten Trizeps, und die Wucht des Treffers schleuderte Mendt zu Boden.

2

Simon Rost stand neben seinem Dienstwagen, den er auf dem Hof des Zeugenhauses abgestellt hatte. Es war nachts, halb elf. Wegen der Kälte trug er eine Daunenjacke über dem Anzug, den er vor zwei Jahren in einem Kaufhaus von der Stange gekauft hatte. Die Schiebermütze schützte sein schütteres Haar – er war erst 35 Jahre alt – vor den Schneeflocken, die durch die grellen Lichtkegel der drei Scheinwerfer schwebten, die die Rostocker Spurensicherung ums Haus herum aufgestellt hatte.

Nur zehn Meter weiter standen die Besatzungen der vier Rettungswagen neben ihren Fahrzeugen und rauchten oder telefonierten. Aus der Ferne waren explodierende Böller zu hören, und dann und wann jagte eine Feuerwerksrakete hinauf und barst an ihrem Scheitelpunkt, um bunte Muster in den schwarzen Nachthimmel zu malen. Wenn es nach Simon Rost gegangen wäre, hätte man die Böllerei gleich morgen verboten.

Die Spurensicherung war mit gut zehn Mitarbeitern vor Ort. Sie liefen Astronauten gleichend in weißen Anzügen herum, als befände sich das Haus auf dem Mond. Unweit des Eingangs, zwischen zwei Kombis, lagen drei mit blickdichter Folie abgedeckte Leichen.

Eine Frau kniete neben der Nummer zwei und sicherte die Habseligkeiten des Toten in einem transparenten Beutel.

Das Dröhnen von Rotoren näherte sich, kurz streifte der Suchscheinwerfer des Polizeihubschraubers den Hof, um dann den Hohensprenzer See und dessen Ufer abzutasten. Dabei stieg der Hubschrauber weiter auf. Ein zweiter hatte Position über dem Waldstück hinter dem Haus bezogen. Wie angenagelt stand er in der Luft. Er benutzte keinen Suchscheinwerfer. Aber Rost erkannte und identifizierte die Vorrichtung auf den Kufen unter der Pilotenkanzel als eine Wärmebildkamera.

Kurz nacheinander bogen zwei Autos in die Zufahrt und stoppten vorne an der Straße ab, wo die Insassen kontrolliert wurden, bevor sie ihren Weg fortsetzen durften, wie Rost bemerkte.

Das Gegenteil. Das war er. Der Gegenentwurf seines Vaters.

Eines alkoholkranken Mannes, der es bis zum Chef des örtlichen Polizeireviers geschafft hatte und Rostock-Südstadt zu seinem erweiterten Wohnzimmer zählte, in dem er das Sagen hatte.

Der wollte, dass sein einziger Sohn, der in seinen Augen etwas zu klein und feingliedrig geraten war, Mittelstürmer wurde oder wenigstens Rechtsaußen. Stattdessen spielte er lieber Badminton. In den Augen des Vaters etwa so herzeigbar wie Synchronschwimmen.

Warum seine Mutter den Vater nie verließ, dem auch mal die Hand ausrutschte, ihnen gegenüber und auch im Viertel, das würde für Simon ein lebenslanges Rätsel bleiben.

Sein Vater riet ihm, die Mittlere Reife zu machen und dann in den Polizeidienst zu wechseln.

Simon machte Abitur und studierte Jura.

Willst du so ein Anzugträger werden?

Am nächsten Tag kaufte er sich seinen ersten Anzug.

Er hatte seine Leidenschaft für das Schachspiel entdeckt, während der Vater lieber Skat spielte und Doppelkopf.

Bei den Landesmeisterschaften wurde er Vierter beim Schach und blieb der Passion treu. Die Logik, sein Vermögen, mögliche Züge im Voraus zu berücksichtigen, die Fähigkeit, kurzfristige Niederlagen in Kauf zu nehmen, um sich den Gesamtsieg zu sichern, niemals aufzugeben, bis die Niederlage unausweichlich war und danach aus ihr zu lernen – all diese Fähigkeiten und Prinzipien übertrug er auf seinen Job als frischgebackener Staatsanwalt der Stadt Rostock. Der Jüngste, der hier je in den Dienst gestellt worden war.

Schach.

Dorthin kehrte er immer wieder zurück. Strategie, Weitsicht, Kombinatorik.

Mit einem Blick auf das Zeugenhaus und die Leichen war Simon Rost klar, dass er hier nahezu vor einem Schachmatt stand. Aber eben nur fast.

Die beiden Autos, die durchgewunken worden waren, stoppten kurz hintereinander links und rechts auf dem Hof.

Rost wusste, wer drinsaß: seine beiden *Springer*.

Aus dem rechts abgestellten Auto stieg ein Mann, der ihn um anderthalb Köpfe überragte und der in einem italienischen Anzug steckte, zum Teil durch einen Mantel verdeckt. Blondes, kurzes Haar, sauber gescheitelt, Mitte dreißig, rasiert: Hagen Dudek.

Selbst die grauen Pupillen des Mannes passten zu seiner Gesamterscheinung, als habe er sie extra farblich darauf abgestimmt. Schmales Gesicht und sinnlicher Mund.

Dudek bewegte sich zügig und geschmeidig. Rost sah ihm den Freizeitsport förmlich an. Von links, begleitet von einem Türklappen, kam eine Frau gleichen Alters auf sie zu. Das braune Haar im praktischen Bob-Schnitt. Grüne Armeejacke, Jeans, schwarze Boots: Maja Kaminski.

»Frau Kaminski, nehme ich an?«

Sie nickte und kam näher.

»Herr Dudek?«

»Genau.«

Die beiden gingen auf den Staatsanwalt zu und nahmen mit wachen Blicken wahr, mit welchem Aufwand die Spurensicherung hier am Werk war.

Kaminski machte in ihrer Jacke einen kompakten Eindruck, ihr Outfit strahlte Pragmatismus und Bodenständigkeit aus. Eine Frau, die einem beim Sprechen direkt in die Augen schaute – und nicht lange um den heißen Brei herumredete: »Wird jemand vermisst?«, fragte Maja mit Blick auf die Helikopter.

»Ja«, bestätigte Rost, »danke, dass Sie beide trotz Silvester so schnell hergekommen sind.«

»Kein Problem«, sagte Dudek.

»Frau Kaminski von der Bundespolizei«, stellte Rost die beiden einander vor, »Herr Dudek vom Landeskriminalamt Mecklenburg-Vorpommern.«

»Sehr erfreut«, sagte Dudek und reichte ihr die Hand, die Maja Kaminski schüttelte: »Guten Abend.«

Kurz bemaßen sie einander mit offenen Blicken, in denen der Wunsch lag, auf dem richtigen Fuß anzufangen.

»Kommen Sie bitte mit«, forderte Rost sie auf und wartete eine Reaktion nicht ab, sondern ging auf das Haus zu. Dudek ließ der Kollegin von der Bundespolizei den Vortritt. Zu dritt passierten sie die Mitarbeiter der Spurensicherung und die Leichen. Der Schnee knarzte unter ihren Schuhsohlen.

Nachdem sie das Haus durch die offen stehende Eingangstür betreten hatten, verwandelte sich das Knarzen in ein Knirschen – überall lagen Glassplitter auf dem Holzboden.

Dudek nahm Fleischaroma wahr. Fleisch und etwas Süßliches. Zwiebeln? Paprika? Außerdem der satte Geruch von verbranntem Kaminholz. Und er bemerkte den Blick der Kollegin vor ihm zur Tür. Der Zarge. Dem Schließmechanismus.

Als er sie selbst passierte, erkannte sein geübtes Auge sofort die schwere Metallplatte unter dem Holz. Die gut zehn Zentimeter langen Stahlbolzen, die sich aus der Tür in der Wand versenkten, wenn man sie von innen abschloss.

Das Haus war gut gegen Eindringlinge gesichert, wie es schien, und Maja Kaminski war offenbar ebenso aufmerksam wie er selbst. Irgendwo draußen jaulte ein Feuerwerkskörper durch die Luft und endete abrupt mit einem trockenen Knall.

Neben den Glassplittern und dem Putz, der aus den Einschusslöchern in den Wänden herabgeregnet war, standen die kleinen Kärtchen der Kriminaltechnischen Untersuchung, der KTU, neben den vielen Patronenhülsen der Projektile, die hier abgefeuert worden waren.

Im Flur lag gleich im Eingangsbereich eine Leiche. Auch sie war abgedeckt worden, und nacheinander stiegen sie über den toten Körper.

Staatsanwalt Rost führte seine beiden Begleiter zu der Stelle, wo der Flur nach links abzweigte und sich rechts das erste Zimmer befand. Drinnen lagen ein Mann und eine Frau, beide in Daunenjacken, beide tot. Sie mit einem Treffer im Hals, er vermutlich mit einer Schusswunde in der Brust – genau war das nicht zu erkennen, denn der Mann lag auf dem Bauch, aber unter ihm hatte sich eine große Blutlache gebildet, die noch relativ frisch wirkte. Das Blut hatte angefangen zu gerinnen, aber es hatte seinen Wandel ins Schwärzliche noch nicht begonnen.

Neben dem Toten lag eine Maschinenpistole von Heckler & Koch, wie Kaminski und Dudek stumm feststellten.

Dahinter eine zerschossene Fensterscheibe und zwei Regale voller Bücher. Ein Roman von Irving auf dem Beistelltisch. Eine kalte Böe blies Schneeflocken ins Innere.

Die Tür zum Zimmer war oberhalb der Klinke verglast. Das Glas wies, wie Maja Kaminski bemerkte, zwei Geschosskränze auf – aber die Kugeln hatten das Fenster nicht durchschlagen.

Panzerglas.

Die beiden Toten wurden gerade erkennungsdienstlich behandelt. Überall waren die »Astronauten« zugange. Sie pinselten Türen und Griffe ab und Wände, sie vermaßen Schusswinkel und arbeiteten mit Luminol, um Blutspritzer weiter oben und an der Decke für das menschliche Auge sichtbar zu machen. All das, um den Schusswechsel später möglichst genau rekonstruieren zu können. Die Chronologie der Tat.

Immer wieder gleißten Blitzlichter auf. Bei so einem großen, verzweigten Tatort wurde nicht nur eine Leiche fotografiert, sondern der Ort penibel kartografiert.

Hinter dem Staatsanwalt erstreckte sich ein lang gezogener Flur, an dessen Ende ebenfalls ein Mann auf dem Bauch lag. Sein hellblaues Hemd war über den gesamten Rücken blutdurchtränkt. Er war, von hier aus betrachtet, mit Sicherheit von drei Geschossen getroffen worden, wie Dudek vermutete – wenn nicht von mehr. Der Tote trug einen Schulterholster, den die Rostocker Kripo ihren Polizeibeamten stellte. Neben und halb unter ihm eine orangefarbene Winterjacke.

Während Dudek sich darauf keinen weiteren Reim machte, erkannte Maja die ungefähre Kleidergröße der Jacke.

»Heftig«, entfuhr es Dudek leise, fast andächtig.

Kaminski nickte unwillkürlich. So ein … ja, wie sollte man es nennen? So ein *Massaker* hatte sie noch nie mit eigenen Augen gesehen. Und ein dezenter Seitenblick auf den Kollegen vom LKA, der jetzt mehrmals hintereinander schluckte, verriet ihr, dass es ihm nicht anders erging.

»Alles, was ich Ihnen jetzt sage«, ergriff Simon Rost ebenso leise wie bestimmt das Wort, »unterliegt strengster Geheimhaltung. Sie beide, ich – mehr Personen sind aus Sicherheitsgründen nicht involviert.«

Er legte eine kurze Pause ein, um seinen Worten jenen Nachdruck zu verleihen, den er für die Mission, die nun vor ihnen lag, als angemessen erachtete.

»Was war das hier? Eine Zeugenschutzmission?«

Rost schenkte ihm ein anerkennendes Nicken.

»Ja. Die ist aufgeflogen – und Sie beide sollen rausfinden, wieso.«

3

Als Lona Mendt hart auf dem Flur aufprallte und ihre Dienstwaffe den Flur entlangschlitterte, geschahen mehrere Dinge gleichzeitig.

Rossi zog seine Waffe ebenso wie Elling, der Dinko hinter sich zu schieben versuchte, um ihn zumindest mit seinem Körper zu schützen – und einfach, weil Gabriela viel zu weit weg stand. Bennat, der zu Recht annahm, Mendt sei für einen Augenblick kampfunfähig, und der sah, wie Gabriela sich umdrehen wollte, richtete seine Pistole auf sie.

Sarah schrie bei dem Anblick von Lona auf. Hell, laut, voller Schmerz.

So klar und nackt, dass sie alle ausnahmslos für einen Sekundenbruchteil in jene Erstarrung verfielen, die das Kind als Erstes abschüttelte, als Lona ihr das eine Wort zurief: »Lauf!«

Und Sarah lief, rannte den Gang entlang, um schnell die Biegung zu erreichen, die hinter das Lesezimmer führte. Trotz ihres kindlichen Alters war ihr intuitiv bewusst, dass niemand um eine Ecke schießen konnte.

Lona streckte sich nach der Pistole, die sie verloren hatte. Der Schmerz im rechten Oberarm sorgte für einen Würgereiz, gegen den sie anschluckte.

Da das Mädchen das Ende des Flurs noch nicht erreicht hatte, schoss Bennat zuerst Gabriela über deren Ohrmuschel in die Pudelmütze und den Kopf, was die Zeugin umgehend tötete.

Elling stand günstig zu Rossi, der ihn aber bereits anvisierte. So blieb ihm nur, ungezielt, aber schnell aus der Hüfte zu feuern in der Hoffnung, eine der Kugeln würde den Mann treffen, was sie nicht taten, aber Rossi zwangen, in einer Nische bei der Garderobe Deckung zu suchen.

Bennat schoss in schneller Folge auf das Kind. Das Holz aus der Zarge links neben Sarah splitterte, dann jagte der Putz knapp neben ihrem Kopf aus der Wand.

Noch fünf Meter. Da war Mertens wie aus dem Nichts heraus aus der Küche, packte sie und bot ihr mit seinem kräftigen Rücken Schutz. Er lief mit ihr in den Armen weiter auf die Biegung zu.

Bennat feuerte sein restliches Magazin auf ihn. Ein Treffer, zwei, drei. Mertens strauchelte, stolperte, seine Beine gehorchten ihm nicht mehr, und er fiel vornüber und begrub das zierliche Mädchen unter sich.

Lona hatte ihre Waffe erreicht und drehte sich auf den verwundeten Arm, sie stöhnte auf. Bennat schob ein Ersatzmagazin nach, aber sie traf ihn im Liegen erst in den Unterleib, und die zweite Kugel durchschlug von unten seinen Kiefer.

Er plumpste zu Boden wie eine Marionette, der man mit einem Schlag alle Fäden gekappt hatte.

Dinko tauchte hinter Elling weg, um über das Lesezimmer zu flüchten. Rossi kam aus seiner Deckung, und Elling und er schossen gleichzeitig. Der Mann im Anzug wurde ins Herz getroffen, und er sah Elling ebenso überrascht wie ruhig an. Als fügten sich jetzt Dinge in seinem Kopf, die er sein Leben lang nicht hatte in Einklang bringen können. Er stützte sich an der Wand ab, weil ihm die Beine nachgaben, und dann rutschte er sanft, fast gemächlich an ihr herunter.

Mit einem Keuchen kam Lona auf die Beine und ging so schnell sie konnte auf Mertens und Sarah zu. Das Mädchen kämpfte sich bereits unter dem massigen Gewicht des Erwachsenen hervor – und da es ihr in ihrem Entsetzen und ihrer Panik nicht auf Anhieb gelang, weil ihre Jacke eingeklemmt oder verhakt war, schlüpfte sie aus ihr heraus und ließ sie unter Rainer Mertens zurück.

Hinter dem Haus war das trockene Tak-tak-tak einer automatischen Waffe zu hören. Ein unterdrückter Schrei. Lona sah aus den Augenwinkeln, wie die anderen Männer aus den beiden Kombis vor dem Haus Schnellfeuergewehre aus dem Kofferraum des einen Wagens rissen, sich verteilten und die Waffen durchluden.

Schon deckte die erste Garbe die Front des Hauses ein und ließ zwei Fensterscheiben splittern, für die das Ministerium die Kosten für das sündhaft teure Sicherheitsglas nicht bewilligt hatte. Die Splitter stoben nach innen und purzelten zu Boden.

Dann war Lona heran und legte den Schussarm schützend um das Mädchen, das sich an sie klammerte wie an ein rettendes Stück Holz im weiten Meer.

Lona genügte ein Blick, um zu sehen, dass ihr Vorgesetzter Mertens nicht mehr am Leben war. Und obwohl dafür überhaupt nicht die Zeit war, leistete sie ihm Abbitte. Abbitte dafür, schlechter von ihm gedacht zu haben. Von einem Mann, der nur seinen Ruhestand im Blick hatte, seine Frau und sich und sonst nichts. Und der jetzt, in seinen letzten Momenten, ohne zu zögern und zu ihrer Überraschung alles riskiert hatte, um das Kind zu schützen. Alles riskiert und alles verloren. Sarah begann zu schluchzen.

»Ich kenn den Mann.«

»Ich weiß. Bleib dicht bei mir.«

Frank Elling gesellte sich zu ihnen.

»Bist du verletzt?«, fragte er Sarah.

Statt ihrer schüttelte Lona den Kopf: »Wo ist Dinko?«

»Weg. Nach hinten raus.«

»Wir müssen hier weg, Elling.«

Der nickte und fuhr sich mit der flachen Hand über die Geheimratsecken, während er nun ebenfalls einen flüchtigen Blick auf Mertens warf.

»Scheiße.«

Lona nickte. Ihr rechter Arm baumelte wie ein überflüssiges, hinderliches Gewicht an ihr. Sie konnte die Finger ihrer rechten Hand nicht bewegen. Irgendwelche Sehnen oder Nerven waren zerstört. Der Arm schwang bei jeder Bewegung unkontrolliert mit.

»Also, ich geh voran.«

»Die sind bestimmt auch hinten, Lona.«

»Ich weiß.«

»Und dein Arm?«

»Ist nicht der Schussarm«, gab sie gepresst zurück.

Scheiben splitterten.

»Das Lesezimmer.«

Elling lief die paar Meter zurück und linste in den Raum mit den Büchern. Dort stiegen gerade der Mann und die Frau, die den Husky ausgeführt hatten, ins Zimmer. Sie hatten die äußere Scheibe zerschossen. Der Mann trug eine Maschinenpistole.

»Zwei. Sie sind drinnen, Lona.«

»Aber sie kommen nicht durch die Sicherheitstür mit dem Panzerglas.«

»Aber sie können uns hinten den Weg abschneiden.«

In dem Augenblick bemerkte der Mann mit der Daunenjacke Elling am Sichtfenster und verfeuerte sofort eine Garbe aus der Maschinenpistole. Zwei Kugeln hinterließen Geschosskränze im Glas.

»Hilf mir, den Schrank umzukippen«, befahl Lona dem Kind und stemmte sich gegen ein Bücherregal im Flur. Sarah kam ihr zu Hilfe.

Elling hob seine Dienstwaffe und öffnete die Tür einen Spaltbreit. Er schoss zweimal hinein.

Der Mann mit der Maschinenpistole klappte mit einem Bauchschuss vornüber zusammen.

Die Frau, die ihn begleitete, visierte Elling an.

Da krachte es rechts von ihr, sie wandte den Kopf zum Geräusch: Lona und Sarah war es gelungen, das Regal in den Gang zu kippen, in dem sich jetzt die Bücher ergossen.

Hinter dem Regal verbarg sich eine Tür, die verschlossen war und ebenfalls zum Lesezimmer führte.

Lona legte links oben an und schoss fünfmal sehr schnell in einer Diagonale durch die Tür.

Und Elling wurde Zeuge davon, wie die Frau am Hals tödlich getroffen wurde.

Kurz war es still.

Lona trat um die Ecke. Elling stand dort nahezu ruhig. Die Augen auf etwas geheftet, was sie nicht sehen konnte. Sie ging auf ihn zu, Sarah folgte ihr.

Owen Meany. Der Roman lag unbeschadet auf dem Beistelltisch.

Mit einem Mal ergab das alles Sinn für Frank Elling. Doktor Kirchners Worte. Irvings Roman. Owens hohe Stimme. Sein kleiner Wuchs. Und Owen Meanys Talent beim Basketball.

Jetzt war Elling alles klar. Alles war durchscheinend. Das hier, sein Leben, alles wurde in diesem Augenblick für ihn eins. Alles *fügte* sich nun wie in einer Vorsehung. Er verstand. Und bevor Lona etwas sagen konnte, kam er ihr zuvor: »Du mit Sarah hinten raus.«

»Elling, die sind vorne mindestens zu dritt.«

»Lauft in den Wald, zur Autobahn.«

Elling bückte sich und hob Rossis Waffe auf, um doppelt bewaffnet zu sein.

Er schenkte ihr ein tröstliches Lächeln: »Wir haben die beste Chance, wenn wir vorne und hinten gleichzeitig rausgehen.«

Und natürlich hatte er recht.

Mit Sarahs Hilfe entfernte Lona die drei Sicherungsstreben an der hölzernen Hintertür und drückte sie ein klein wenig auf. Ein, zwei Zentimeter.

Sie hatte Sarah die Winterjacke von Rainer Mertens über die Schultern gelegt. Der untere Saum baumelte dem Mädchen in den Kniekehlen.

Lona lugte hinaus.

Der Garten hinter dem Haus. Der Wald war rund 70 Meter entfernt. Vielleicht 80. Das war machbar. Das konnten sie schaffen. Der Wald würde sie verschlucken. Und dahinter lag die A 19.

Sofort würde jemand anhalten und eine verletzte Frau und ein Kind mitnehmen.

Aber … sie konnte nicht.

Nicht ohne Elling.

Also schloss sie die Tür wieder.

Sarah schaute sie fragend an: »Was ist?«

Da wohnten zwei Seelen in der Brust dieses Mädchens, wie Lona wieder verblüfft feststellte. Das sanfte, verschreckte Wesen. Und eines mit Augen, die viel zu alt waren für eine Zwölfjährige, die Dinge gesehen und erfasst hatten, die nicht für ihr Alter bestimmt waren.

»Ich kann nicht«, flüsterte Lona. Und wusste doch, dass sie musste. Dass das Leben des Mädchens Vorrang hatte vor dem Ellings, der sich aus freien Stücken und im kühlen Abwägen dafür entschieden hatte, vorne die Konfrontation zu wählen, um ihnen den freien Abzug zu ermöglichen.

Die ersten Schüsse ertönten vor dem Haus. Schüsse, die erwidert wurden.

Wenn Ellings Opfer zu etwas gut sein sollte, *dann jetzt.*

Sie warf die Tür auf, packte Sarah am Unterarm und lief mit ihr hinaus.

Hinter dem Ferienhaus erstreckte sich ein kurzer Garten. Übersichtlich mit ein paar Tannen an der Grundstücksgrenze.

»Lauf … lauf mit mir.«

Sie ließ Sarah los, weil sie beide ohne Körperkontakt schneller waren.

Die Tannen würden sie verschlucken. Keine zehn Meter mehr …

Lona Mendt hörte und fühlte den Schuss gleichzeitig. Noch im Sturz, noch während es sie in die Brust traf und ihr hinten etwas am Rücken wegriss, begriff sie, dass es eins war.

Die Kälte des Schnees, der die Wucht ihres Falls abfederte, umfing sie angenehm.

Sarah stand irritiert und unendlich einsam über ihr. Ratlos, entsetzt und noch schlimmer: entwurzelt.

»Lauf«, hauchte Lona, »lauf.«

Es brach ihr das Herz.

4

»War ein Kind unter den Zeugen?«

Rost sah sie mit einer Spur Verblüffung an, die er zu überspielen versuchte, und nickte: »Ja, und wir suchen es mit maximalem Aufwand. Nachbarn haben zu Protokoll gegeben, dass es nach dem Schusswechsel in den Wald hinter dem Haus gerannt ist. Der Name des Kindes ist Sarah, sie ist 12 Jahre alt und schwebt in Lebensgefahr. Wenn die Gegenseite sie eher findet als Sie beide …«

Er ließ den Satz unvollendet, weil ihm die passenden Worte nicht einfallen wollten.

»Sie müssen schneller sein«, befand er stattdessen.

»Sind wir die Einzigen, die das Kind suchen?«, wollte Dudek wissen.

Der Staatsanwalt schüttelte den Kopf und warf einen Blick auf seine Armbanduhr, bevor er antwortete: »Eine Hundertschaft Bereitschaftspolizisten sucht Stand jetzt seit knapp anderthalb Stunden das gesamte Gelände ab.«

»Hat sie sich vielleicht irgendwo gemeldet?«

»Nein. Zumindest … ist mir das nicht bekannt.«

Kaminski blickte wieder zu der Jacke.

»Sarah also. Und weiter?«

»Ich weiß es nicht.«

Dudek und Maja tauschten einen irritierten Blick.

»Sie … kennen den Nachnamen des Mädchens nicht?«

»Nein. Nur Vorname und Alter: Sarah, 12 Jahre. Dass ich nicht mehr weiß, ist zum Schutz des Mädchens geschehen.«

Hagen Dudek senkte den Kopf und griff mit der Rechten an seine Stirn, er konzentrierte sich.

»Moment. Wie viele Zeugen haben wir hier?«

»Drei. Das verschwundene Mädchen. Die Frau dort im Mantel. Gabriela.«

»Auch kein Nachname?«

»Nein. Der dritte Zeuge liegt hinter dem Haus: Dinko.«

»Dinko … Gabriela«, sagte Kaminski halblaut, »Gabriela könnte auch italienischer Herkunft sein, aber Dinko – Osteuropa?«

»Vermutlich«, entgegnete Rost.

Dudek seufzte vernehmlich: »Gegen wen sollten die aussagen?«

»Es tut mir leid«, antwortete Simon Rost und empfand das Bedauern tatsächlich, »das weiß ich nicht. Aber wie es aussieht, dürfte es gegen jemanden oder eine Gruppe im Bereich der Organisierten Kriminalität gewesen sein. Sie sehen ja, was hier aufgefahren worden ist.«

»Ist was bekannt über die Täter?«

»Noch nicht. Die Leiterin der KTU sagt, dass keiner der Angreifer Papiere bei sich gehabt hat oder Kreditkarten oder etwas anderes, über das auf deren tatsächliche Identität geschlossen werden könnte. Nichts – nichts außer falsche Dienstausweise. Ein Abgleich der Fingerabdrücke mit der Straftäter-Datenbank läuft im Augenblick. Bisher ergebnislos.«

»Draußen haben Sturmgewehre neben zwei Leichen gelegen«, merkte Kaminski an.

»Heißt also«, so Dudek, »die Täuschung war ziemlich rund. Rund genug für die Kollegen von der Kripo, welche von denen hier reinzulassen. Denn die Tür vorne ist ja unbeschädigt. Das heißt, die haben die Täter hier selbst reingelassen. Und die Sache ist erst hier drinnen eskaliert.«

»Das, ähm, dürfte so gewesen sein«, bestätigte Staatsanwalt Rost, während Hagen Dudek sich eine Zigarette anzündete und ihnen die geöffnete Schachtel hinhielt. Rost winkte ab, aber Maja griff zu.

»Danke.«

Er gab ihr Feuer. Dudek hatte schmale, lange Finger. Gepflegt. Und trotz der Temperaturen angenehm warm.

»Gibt es ein Foto von ihr? Von Sarah?«

»Nein.«

»Was ist denn überhaupt bekannt, Herr Rost?«

Rost nickte: Die Ungeduld der beiden stand fast greifbar im Raum.

»Also: vier Mitarbeiter der Kripo Rostock haben sich auf Dienstanweisung von Herrn Mertens am 22. Dezember eigenständig in den Zeugenschutz begeben. Herr Mertens hat dieses Haus ausgewählt und eine Einvernahme der drei Zeugen bei der Richterin Frau Schicketanz in Rostock beantragt. Die hat heute kurzfristig einen vierköpfigen Fahrdienst aus Bereitschaftspolizisten aktiviert.«

»Wie läuft das?«, fragte Kaminski. »Die Zeugen werden von einem separaten Fahrdienst abgeholt und zur Staatsanwaltschaft verbracht. Die machen ihre Aussage, danach werden sie wieder abgeliefert – jedenfalls ist das der Vorgang bei der Bundespolizei. Hier auch?«

»Bei uns im Landeskriminalamt auch«, bestätigte Dudek.

»Ja«, schloss Rost sich an, »das wird bundesländerübergreifend einheitlich gehandhabt. Die Zeugen wären nach der Einvernahme wieder hierhergebracht worden.«

»Vermutlich, um erneut versetzt zu werden.«

Die beiden Männer merkten auf. Rost, weil Kaminski die gedankliche Agilität an den Tag legte, die er sich von ihr erhofft hatte. Und Dudek, weil er nicht folgen konnte.

»Das ist korrekt. Ich habe einen Anruf aus Dänemark bekommen, weil die Ankunft von Frau Mendt, Herrn Elling und der Zeugen für heute Abend angekündigt war. Die Flugbereitschaft hatte in Rostock-Laage einen Helikopter zur Verfügung gestellt. Abflugzeit wäre 22 Uhr gewesen. Vor«, Blick auf die Uhr, »vor anderthalb Stunden.«

»Wozu die Versetzung?«, fragte Dudek.

»Weil dem Fahrdienst die Position des Zeugenhauses bekannt gewesen wäre«, antwortete Kaminski.

Dudek begriff: falls es jemanden in der Truppe gab, der sich hätte bestechen lassen, hätte er die Adresse des Hauses verraten können – und zwar noch während die Zeugen in Rostock von der Richterin angehört wurden.

»Aber die Männer da draußen und im Flur waren nicht vom Fahrdienst.«

»Nein, der ist auf der A 19 in einen Stau verwickelt worden. Die beiden Autos, die den Stau ausgelöst haben sollen, haben sich aus dem Staub gemacht. Nach denen wird noch gefahndet.«

»Die halten die Fahrbereitschaft auf und kreuzen hier mit eigenen Leuten auf«, überlegte Kaminski laut, »also mussten sie dem Fahrdienst nicht hierher folgen, um die Zeugen zu finden. Die wussten schon *vorher,* wohin sie müssen.«

»Hinter dem Zugriff hier steckt eine ziemliche Logistik«, stellte Hagen Dudek fest, »wer wusste denn, dass die Zeugen sich hier am See befinden?«

»Vier Personen: Erster Polizeihauptkommissar Rainer Mertens, KHK Lona Mendt, KHK Frank Elling und Kommissaranwärterin Azra Ösker. Frau Ösker hat den Überfall ebenso wenig überlebt wie Herr Mertens. Und Frau Mendt und Herr Elling werden gerade notoperiert. Ich warte jede Minute auf Neuigkeiten. Diese vier Beamten jedenfalls haben die Adresse hier natürlich gekannt.«

»Und Sie«, sagte Kaminski trocken. Rost blinzelte kurz und nickte dann aber: »Natürlich, ja. Und ich. Fünf Personen.«

Dudek musste unwillkürlich schmunzeln wegen der unverblümten Art der Kollegin.

»Die Frau Ösker, wo ist die? Haben wir die übersehen, im Haus?«

»Nein. Die ist hier draußen in ihrem Auto unter Feuer geraten. Mit dem hat sie es noch zwei Kilometer geschafft, dann ist sie verblutet. Frau Ösker wird schon … sie ist in der Rechtsmedizin.«

Kurz herrschte Stille. Nur die Schritte der Spurensicherer auf den Scherben, das Schaben und Kratzen in den Wänden nach Projektilen und von draußen in immer kürzeren Abständen das Knallen von Böllern und Raketen.

»Die Frau Ösker, die Anwärterin«, brach Maja Kaminski die Ruhe, »wie alt war die?«

»26, glaube ich.«

Dudek las das Bedauern in dem flachen Gesicht der Kollegin von der Bundespolizei. Um ein Haar hätte er ihr die Hand gedrückt.

»Seh ich das richtig, dass die Kollegen Mendt und Elling diejenigen waren, die die Zeugen aufgetan haben?«

»Ja.«

»Und die haben ja wohl in irgendeiner Sache ermittelt«, schob Hagen Dudek nach, »und die werden nur jemanden zur Einvernahme anmelden, wenn der auch wiederum jemanden belasten kann.«

»Davon gehe ich aus«, bestätigte der kleine Staatsanwalt, »aber im Augenblick können die nicht sprechen. Möglicherweise gar nicht mehr.«

»Haben Sie Polizeischutz für die Kollegen beantragt?«

»Sicher. Die sind schon in der Klinik.«

»Wir müssen in deren Büro«, sagte Dudek.

»Dafür gebe ich Ihnen gerne die Schlüssel. Aber da ist nichts«, entgegnete Rost, »die haben tabula rasa gemacht. Berichte, Notizen. Aussagen … sie haben alles gelöscht, bevor sie hier untergetaucht sind.«

Dudek und Kaminski wechselten einen Blick und lasen ihren eigenen Schluss aus dieser Information in den Augen des jeweils anderen. Und waren ein wenig überrascht davon. Nicht von der Tatsache, dass Mendt und Elling offenbar auf etwas so Heißes gestoßen waren, dass sie lieber alle Spuren hinter sich verwischt hatten. Sondern von ihrem stummen Einvernehmen.

5

31. DEZEMBER 2006, HOHEN SPRENZ UND ROSTOCK

Lauf.

Genau das hatte sie getan. Sie war gerannt, durch das Schneegestöber, das in der Silvesternacht über das Land hereinbrach, und durch das Unterholz des Waldes, dessen Nadelbäume so dicht standen, dass der Boden darunter schneefreie Inseln bildete.

Einmal glaubte Sarah, der Lichtstrahl einer Taschenlampe habe sie erfasst. Aber es war nur das Fernlicht eines Autos, das auf der

Autobahn entlangjagte. Bis zur Autobahn, hatte Lona Mendt ihr gesagt, müssen wir es schaffen. Frau Mendt hatte es nicht geschafft.

Sarah erreichte einen mannshohen Zaun, an dem sie nach links entlanglief in der Hoffnung, er möge ihr irgendwo einen Durchgang bieten oder zumindest ein Schlupfloch zur Autobahn, auf der der Verkehr jetzt weniger war als vor einigen Tagen, als sie alle gemeinsam einen Spaziergang unternommen hatten.

Sie fühlte noch den toten, schweren Mann auf sich, auf ihrem Rücken, wie sein Atem an ihrem Ohr erstarb. Die Vorstellung daran ließ sie erschauern. Seine Jacke, die sie trug, roch nach ihm. Roch nach einem fremden Erwachsenen. Aber sie brauchte sie wegen der Kälte.

Schließlich donnerte ein Helikopter knapp über die Baumwipfel hinweg. Mit einem roten Kreuz an der Seite. Ein Rettungshubschrauber! Ein Rettungshubschrauber, der in die Richtung flog, aus der sie gekommen war. Vielleicht lebte Frau Mendt noch …

Und bei diesem Gedanken schoss die Kraft zurück in ihre müden Beine, und sie lief den Weg, den sie gekommen war, zurück. Eine Lichtung und ein Hochsitz waren zwei Wegmarken, die sie sich auf dem Herweg eingeprägt hatte.

Als Sarah das Haus erreichte, sah sie, wie Frau Mendt auf einer Trage in den Helikopter gehoben wurde. Neben Herrn Elling, der dort bereits lag und die Augen ebenso geschlossen hatte wie sie. Frau Mendt war schrecklich blass.

Der Hubschrauber entfachte beim Start einen unglaublich starken Wind, der alle Schneeflocken zwischen dem Haus und dem Wald zum Tanzen brachte.

Wohin? brüllte jemand, den Sarah nicht sehen konnte.

Klinikum Südstadt!

Klinikum Südstadt.

»Mädchen, Mädchen«, sagte der Fernfahrer zu ihr, der sie auf dem Standstreifen der A 19 aufgelesen hatte, »was machst du hier bloß?«

»Ich muss zum Klinikum Südstadt.«

»In Rostock?«

»Ja«, riet sie.

»Mädchen, Mädchen«, sagte der Mann und beschleunigte, um seinen tonnenschweren Sattelzug wieder vom Standstreifen zurück auf die rechte Spur der Autobahn zu manövrieren, »was machst du hier ganz alleine auf der Autobahn, hm?«

»Ich muss ins Klinikum.«

»Aha.«

Er musterte sie für ein paar Augenblicke, bevor er seine Aufmerksamkeit wieder der Fahrbahn widmete.

»Du hast Blut am Hals. Bist du verletzt?«

Sarah fühlte sich ertappt. Das Blut an ihrem Hals hatte sie noch gar nicht bemerkt.

Sie schüttelte den Kopf und zog den Kragen der Jacke höher: »Meinem Bruder ist ein Böller in der Hand losgegangen.«

»Oha. Ist er im Krankenhaus?«

»Genau.«

»Hm.«

Sie merkte, wie er ihr nicht auf den Leim ging. Aber sie spürte ebenso, dass der Mann ihr auch nicht wehtun würde.

»Gut, Mädchen«, sagte er und schaltete das Radio ein, damit sie den Jahreswechsel nicht verpassten.

Er fuhr sie mit seinem riesigen Lkw tatsächlich bis zur Klinik, einem breiten weißbraunen Bau aus den Sechzigern, der über die Jahre immer wieder Erweiterungen und Neuerungen erfahren hatte. Nachdem der Mann Sarah abgesetzt hatte, wartete er, bis sie das hell erleuchtete Foyer betreten hatte. Erst danach warf der Trucker seine Zugmaschine wieder an und verschwand in der Nacht.

Drinnen war einiges los. Ein junger Mann, dem Blut aus der verrußten Hand tropfte und ein Betrunkener, der brüllte und um sich schlug und Sanitätern hinterherspuckte. Sarah wusch sich das Blut in der Damentoilette vom Hals ab. Sorgfältig. Und dann wurde sie von einer großen Ratlosigkeit erfasst. Wie sollte sie in dem riesigen Komplex Lona Mendt finden?

Sie schloss die Augen und fragte die magische Frage: Raya, was würdest du jetzt tun?

Geh zur Rezeption und frag, wo sie ist. Alle Patienten werden registriert, Sa.

Aber die suchen mich.

Ach, so ein Quatsch, die hocken hier und würden lieber mit Freunden Silvester feiern, Kleine. Die haben keinen blassen Schimmer.

»Mendt, Lona?«

»Ja.«

»Hm«, sagte der Mann hinter dem kleinen ovalen Fenster, das er geöffnet hatte, damit man ihn besser hörte. Er sah auf seinem Monitor nach, einem wuchtigen Kubus und bersteinfarbener Schrift auf dem Bildschirm.

»Nein, tut mir leid. Wir haben hier keine Frau Mendt.«

»Mit d-t.«

»So hab ich's eingegeben.«

Der Mann drehte den Monitor, um ihr den Blick aufs Display zu ermöglichen.

»Aber das hier ist doch das Klinikum Süd?«

»Das stimmt.«

Sarah überlegte.

»Sie ist mit einem Hubschrauber angekommen.«

Der Mann drehte den Monitor wieder zu sich, die Finger jagten über die Tastatur.

»Ah ja, hier … Namen noch nicht eingetragen, eine Frau, ein Mann … Neuzugänge. Schockraum. Die sind«, er warf ihr einen kurzen Blick zu und wählte seine Worte dann mit Bedacht, »die werden gerade noch *behandelt*. Und bleiben danach auch beide auf der Ebene«.

»Welcher?«

»2. Aber vielleicht gehst du besser nach Hause und kommst morgen wieder?«

»Ja, danke.«

Damit wandte Sarah sich ab und wartete, bis der nächste Besucher hinter ihr sich nach jemandem erkundigte, bevor sie unbemerkt in einen der Fahrstühle stieg.

Im Flur der zweiten Ebene roch es durchdringend nach Desinfektionsmitteln. Sarah passierte ein Wartezimmer mit blau bezogenen Sitzpolstern und einem Tisch mit einem bunten Stapel Zeitschriften darauf. Etwas weiter endete der Flur bereits in Höhe eines Schwesternzimmers an einer gläsernen Durchgangstür. *Durchgang verboten*, stand dort in dicken Lettern.

Gut zehn Meter weiter saß eine Frau in Polizeiuniform auf einem Stuhl neben einem Zimmer. Die Haare kurz, grüne Uniformjacke und beigefarbene Hose. Unter der Jacke trug sie etwas Schwarzes.

Und jetzt?

Gegenüber im Schwesternzimmer saß eine Krankenschwester vor einem Monitor und unterhielt sich mit einer älteren Kollegin, die gerade eine Mullbinde aufrollte.

Sarah kehrte um und setzte sich in das Wartezimmer.

Immerhin war es hier drinnen angenehm warm, sodass sie Mertens' Jacke auszog und neben sich ablegte. Dabei bemerkte das Mädchen einen Gegenstand in der Innentasche. Als Sarah nachsah, bestätigte sich ihre Vermutung: seine Brieftasche.

Kurz blickte sie sicherheitshalber auf, bevor sie die näher inspizierte. Immerhin hatte er 46 Euro dabei. Eine Sparkassenkarte. Ausweis. Herr Mertens war Jahrgang 1942. Er war in Boltoft geboren, wo auch immer das sein mochte.

Jetzt ging ein Mann über den Flur. Sarah konnte das an der Art hören, wie er ging. Männer gingen anders als Frauen.

Sie lugte vorsichtig hinaus: ein Polizist. Schulterlange Haare, die gleiche Uniform wie die Frau im abgesperrten Bereich. Sarah begriff, was das Schwarze war, das auch er trug: eine schusssichere Weste mit der weißen Aufschrift *Polizei* darauf.

Er balancierte zwei Kaffeebecher, aus denen es dampfte, auf einem gelben Plastiktablett.

»Könnten Sie aufmachen, bitte?«

Die Frau an den Monitoren betätigte irgendetwas, und die Tür im Flur schwang geräuschlos auf. Sarah beobachtete, wie der Polizist seiner Kollegin einen Kaffee brachte und sich dann neben sie setzte.

Kaum war das geschehen, wurden erst Frank Elling und dann Lona Mendt aus einem Zimmer auf Betten über den Gang gerollt. Der Polizist mit den Kaffeebechern öffnete die Tür des Raumes, vor dem er mit seiner Kollegin wartete.

Lonas Blässe hatte sich intensiviert, soweit Sarah das feststellen konnte. Ihre Augen wie auch die von Herrn Elling waren geschlossen, vermutlich waren sie nicht bei Bewusstsein. Unter den wachsamen Blicken des Personenschutzes wurden die beiden in das erste Zimmer der Intensivstation verlegt, wie Sarah beobachtete.

Jetzt war nur noch die Frage, wann sie wieder aufwachen würde. Und wann sie mit ihr sprechen könnte und fragen, was jetzt zu tun war. Wohin sie gehen sollte. Wo sie warten sollte. Wer so lange auf sie aufpasste.

Prost Neujahr!

Die Frauen im Schwesternzimmer gossen Sekt in unauffällige Pappbecher und verließen den Raum dann gut gelaunt. Sarah beobachtete, wie sie in den Fahrstuhl stiegen, der in die 4. Etage fuhr und dort stoppte, wie sie an der Anzeige darüber ablesen konnte.

Da sich die beiden Polizisten am anderen Ende des Ganges gerade umarmten und mit Kaffee auf das neue Jahr anstießen, gelang es Sarah, unbemerkt ins Schwesternzimmer zu huschen.

Auf den Monitoren waren mehrere Zimmer in Grautönen zu sehen, und in einem davon befanden sich Frau Mendt und Herr Elling. Sowie eine Frau in einem weißen Kittel und Haaren, die sie zu einem Dutt gebunden hatte. Sie hantierte an den Maschinen herum, deren Schläuche unter den Bettdecken verschwanden.

Sarah empfand diesen Anblick als beklemmend. Vor allem, weil sie nicht sehen konnte, was diese Schläuche da wohl im Verborgenen mit den Körpern taten.

»Hier, bitte.«

Sarah war so in das Bild auf der Mattscheibe vertieft gewesen, dass sie die Schritte dieses Mal nicht frühzeitig wahrgenommen hatte, die das Schwesternzimmer schon fast erreicht hatten. Schnell duckte sie sich hinter einem Arzneischrank.

»Sie sind beide vom Landeskriminalamt?«

»Nein, Frau Kaminski ist von der Bundespolizei.«

»Ah ja.«

Eine Frau mit kurzen Haaren und einer grünen Armeejacke war in Begleitung eines hageren Mannes im Mantel und mit blonden Haaren sowie eines Angestellten des Klinikums. Sarah erkannte das an seiner weißen Hose und dem weißen Shirt. Und außerdem daran, dass er die Tür zu dem gesperrten Bereich mit einer Art Kreditkarte öffnete, die er durch den Schlitz eines Lesegeräts zog. Ein Summen, dann stieß er die Tür auf und ließ den beiden den Vortritt. Er hielt die Tür geöffnet, weil sich jetzt noch ein kleiner, jungenhaft wirkender Mann im Anzug und mit Schiebermütze anschloss, der das Handy am Ohr hatte.

6

1. JANUAR 2007, ROSTOCK

»Frohes neues Jahr! Kaminski, Bundespolizei.«

»Klabitz, Schutzpolizei. Ihnen auch«, erwiderte die Polizistin ruhig. Ihr Kollege war mit einer Maschinenpistole bewaffnet.

»Dann einmal die Dienstausweise, bitte.«

»Dudek, LKA. Wir sind angemeldet.«

»Macht nüscht.«

»Rost, Staatsanwaltschaft II, Rostock. Ich habe Sie angefordert.«

»Dann Ihren Ausweis auch, der Herr.«

Dudek blies ein wenig die Wangen auf.

»Ordnung muss sein«, sagte Rost und zückte seinen Personalausweis, und sowohl Kaminski als auch Dudek hatten unabhängig voneinander den Eindruck, diese drei Worte könnten vielleicht auch eingerahmt in Rosts Büro hängen. Über säuberlich geordneten und mit identischer Schrift versehenen Rücken von Aktenordnern, die beim Zuklappen mit den Hacken knallten.

Also gaben sie der Reihe nach, wonach die Kollegin von der Schutzpolizei verlangt hatte.

Die verglich kurz ihre Gesichter mit den Konterfeis auf den Ausweisen, dann schenkte sie ihnen ein Nicken.

»Alles gut von meiner Seite. Die Frau Doktor ist drinnen.«

Simon Rost schob sich an Kaminski vorbei und klopfte dezent an der Tür, die nur einen kurzen Augenblick später von einer Frau um die 40 geöffnet wurde, die ihre Haare zu einem Dutt zusammengebunden hatte.

»Rost, Staatsanwaltschaft. Frau Kaminski, Herr Dudek.«

»Bargholz. Kommen Sie rein, bitte«, sagte die Frau und ließ sie ins Zimmer. Drinnen brannte bis auf die Instrumentenlämpchen an den lebenserhaltenden Maschinen und den Kurven auf den Monitoren kein Licht.

Maja Kaminski war, als betrete sie eine Gruft, deren Zugang Bargholz hinter ihnen wieder verschloss. Ihr genügte ein kurzer Blick auf die fahlen Gesichter der fremden Kollegen, deren dunkle Augenringe und wächserne, schwitzende Haut selbst in diesem Halbdunkel von den Schmerzen erzählten, die sie erlitten hatten. Und von der darauffolgenden Schwere der Operation, die die letzten Reserven ihrer Körper aufgebraucht hatte. Ihre Gesichter wirkten eingefallen, die Nasen spitz.

Obwohl die Vorhänge geöffnet waren und Hunderte von explodierenden Raketen bunte Muster in den Himmel über der Hansestadt zeichneten, war es hier drinnen still. Als ob sich eine Kuppel der Stille über einen senkte, sobald man den Raum betrat, dachte Maja. Unauffällig warf sie einen Blick zu ihren beiden Begleitern.

Rost hatte beide Hände vor sich verschränkt und den Kopf leicht gesenkt, als stünde er bereits am Grab der beiden Kollegen. Vielleicht war es ein wenig vorschnell, aber Maja Kaminski hatte das Gefühl, als sei der Blick des Staatsanwalts von Sachlichkeit beherrscht. Die Angelegenheit ließ ihn nicht kalt – wen ließ sie das schon –, aber er war bemüht, die Contenance zu wahren. Was ihm wiederum nicht allzu viel abzuverlangen schien.

Dudek dagegen war regelrecht erstarrt. Sie sah, wie sein Adamsapfel sich zweimal hob und wieder senkte – der Anblick ließ ihn schlucken, was sie für ihn einnahm.

Anders als die patent wirkende Kollegin von der Bundespolizei nahm Hagen Dudek die anderen mit dem Betreten des Raumes nicht mehr wahr, denn alles in ihm fokussierte sich auf die beiden Gestalten in den Betten. Er hatte gehofft, dass die Frau oder ihr Kollege noch heute Nacht oder vielleicht in ein oder zwei Tagen ansprechbar wären. Beim Anblick der beiden war ihm klar, dass er diese Hoffnung wortwörtlich begraben konnte.

Endlich hob Simon Rost den Kopf und sah zu Dr. Bargholz.

»Schaffen Sie es?«

Bargholz trat von der Tür zwischen sie. Die Art, mit der sie sprach, ließ die hundertfache Erfahrung durchschimmern, die sie mit solchen Gesprächen hatte.

»Nun, meine beiden Patienten sind jetzt in einer Zwischenwelt«, antwortete sie mit leiser, aber klarer Stimme, »aber sie haben sehr gute Chancen, wenn sie jetzt *kämpfen.*«

Es tröstete Maja Kaminski, dass in jeder Silbe der Ärztin leises Mitgefühl mitschwang.

»Kommen Sie, gönnen wir ihnen Ruhe.«

Draußen auf dem Flur atmete Maja Kaminski hörbar tief ein. Bargholz führte sie zurück durch die Glastür.

»Das heißt, einer der beiden kann vielleicht bald Fragen beantworten?«, fragte Dudek, und Rost musterte ihn dabei aus den Augenwinkeln, ohne den Kopf zu bewegen.

Doktor Bargholz schüttelte den Kopf – sie standen jetzt direkt vor dem Schwesternzimmer, das offenbar gerade unbesetzt war.

»Nein. Die sind beide in der Mitte des Styx, das meinte ich mit der Zwischenwelt. »Frau Mendt und Herrn Elling mussten wir wegen ihres extrem hohen Blutverlusts ins künstliche Koma versetzen. Die Verletzungen waren bei beiden zwar massiv, aber nicht letal. Noch nicht. Entweder sie verbluten innerlich – danach sieht es unter uns gesagt aus – oder nicht.«

»Aber eben in dem Zimmer …«, begann Dudek die Irritation in Worte zu fassen, die sie alle drei empfanden.

»Ich weiß, Herr Dudek«, unterbrach Bargholz ruhig, »lassen Sie mich das bitte kurz aufklären: Komatöser Zustand bedeutet nicht zwangsläufig, dass Patienten keine Wahrnehmung ihrer Umgebung mehr haben. Bewusst oder unbewusst. Es gibt zahlreiche Aussagen von Betroffenen, die alles gehört haben, was von Angehörigen an ihren Betten geäußert worden ist. Obwohl sie nicht in der Lage waren, das etwa mit dem Öffnen der Augen oder der Bewegung eines Fingers oder auf andere Art zu signalisieren.«

»Also haben Sie im Zimmer eben nicht zu uns, sondern zu den beiden gesprochen«, schloss Simon Rost. Die Ärztin nickte: »Sie müssen wissen, dass sie eine Chance haben. Sie müssen nicht wissen, dass die Schlacht für sie praktisch bereits verloren ist. Frau Mendt wird sterben.«

In Majas Wahrnehmung befand sich der Anblick der beiden Kollegen mit der Aussage der Ärztin jetzt in Deckung.

»Danke«, sagte Dudek.

7

1. JANUAR 2007, SILDEMOW

Von der Klinik nach Sildemow war es ein Katzensprung, den sie als Mini-Kolonne vollzogen, jeder in seinem Auto. Dudek fuhr – obwohl Maja ihn von seinem Auftreten her in einem Cabrio oder Sportwagen verortet hätte – in einem großen Van. Sie selbst bildete das Schlusslicht ihres einsamen, kleinen Konvois.

Im Radio lief *Private Investigations* von den Dire Straits. Sie mochte den Song, und er verwandelte die Fahrt durch die Nacht für sie in eine Filmsequenz.

Hier und da flogen ihnen Böller nach, einmal auch eine Leuchtkugel aus einer Gruppe Jugendlicher, die mit einer Schreckschusspistole schossen. Die Musik sorgte dafür, dass Maja sich unbeteiligt fühlte, ganz so, als schaue sie sich selbst zu. Vielleicht war das auch so, wenn man starb.

Die Luft in den Laternenkegeln war vom Qualm und Staub zum Schneiden dick. Außer ihnen waren nur vereinzelte Fahrzeuge unterwegs. Überwiegend Taxis und ein Rettungswagen.

Südlich von Rostock – oder waren es noch die Stadtausläufer – bog Rost im vordersten Fahrzeug nach links ab.

Sildemow, las Kaminski im Vorbeifahren. Kleine Einfamilienhäuser mit Satteldächern. Mit Kinderschaukeln und Geräteschuppen und Ligusterhecken und Auffahrten mit Carports.

Der Ort war ein ländliches Einsprengsel. Drumherum nur flaches Land. Äcker und Wiesen und eben das, was ihrer aller Scheinwerfer im Vorbeifahren streifte: ein kleiner See, doppelt eingerahmt von laublosen Bäumen und mannshohem Schilf, das sich wie ein Schutzgürtel fast lückenlos um das gesamte Ufer gelegt hatte.

Rosts Wagen folgend rumpelten sie über einen kurzen Feldweg. Da, wo er einen Knick zum Ufer hin beschrieb, stand unter einer mächtigen Eiche ein Wohnmobil. Und dort stoppte Rosts Auto, und der Staatsanwalt stieg bei eingeschaltetem Standlicht aus. Erst als sie im Halbdunkel zu ihm traten, erkannten Dudek wie Kaminski den schwarzen Volvo Kombi neben dem Wohnmobil.

»Das ist das Auto von Frau Mendt«, erklärte Simon, während die Kälte lautlos übers Wasser strich und sich um ihre Beine wand, »und das ihr Wohnmobil. Sie lebt darin.«

Dudek stutzte: »Sie hat … keine feste Meldeadresse?«

»Nein«, bestätigte Rost und trat zur Tür des Wohnmobils. Er fingerte mit dem Handschuh der Rechten einen Schlüssel aus einer transparenten Hülle und öffnete die Tür damit. Ließ den Schlüssel wieder zurückgleiten, schloss das Behältnis und hielt es zwischen die beiden, sodass Dudek und Kaminski sich kurz abstimmen mussten.

»Möchten Sie?«

»Nehmen Sie ruhig.«

Maja nickte und steckte die Tüte ein.

»Kommen Sie, bevor wir hier draußen festfrieren«, sagte Rost, betrat das Wohnmobil und schaltete das Hauptlicht an der Decke ein. Er wich nach vorne aus und nahm in dem zum Innenraum geschwenkten Beifahrersitz Platz. Von dort registrierte er Dudeks Überraschung nach dessen Eintreten.

»Nicht schlecht«, sagte er mit anerkennender Miene.

»Was meinen Sie?«

»Na, alles … das Holz, die Einbauschränke.«

»Was ist damit?«

Er warf ihr einen fragenden Blick zu, als könne er nicht fassen, dass ihre Frage ernst gemeint war. War sie aber. Und da Maja Kaminski seinen Blick richtig deutete, schob sie ein entschuldigendes Lächeln hinterher: »Ich kenn mich mit Wohnmobilen nicht gut aus. Sind nicht mein Ding.«

»Verstehe. Das *Ding* ist aufgebaut wie andere auch: da vorne die Fahrersitze, dahinter die Dinette, also Sitzbank mit Tisch, dann Herd und Kühlschrank gegenüber von der Nasszelle und hinten zwei Längsbetten. Aber was ich sagen will: das hat die Kollegin alles selbst gemacht, wie es aussieht.«

Sanft fuhr er über den Griff einer Schublade.

»So was kann man nicht kaufen. Schöne Schleifarbeit. Riechen Sie das Holz?«

»Ganz leicht, ja.«

Sie passierte Dudek und registrierte die zwei Herdplatten. Daneben eine halbe Flasche Rotwein, ein Whisky, eine Schale Orangen, ein Gewürzregal. Dann eine Box mit Muttererde und vier Pflanzen: Thymian, Liebstöckel, Schnittlauch und Basilikum. Alle vier flehten stumm nach Wasser.

»Ach, Solar hat sie auch – interessantes Panel«, hörte Maja von weiter vorne, während sie die Betten erreichte. Das linke war benutzt, die Decke zurückgeschlagen. Das rechte dagegen frisch bezogen. Als hätte die Kollegin es bereit gehabt. Für Besuch?

»Mist.«

Dudek konnte sich gerade noch abfangen. Er war mit dem Fuß an einer Kante im Boden hängen geblieben und um ein Haar gestürzt. Aber auf seinem Gesicht zeichnete sich nicht Verärgerung ab, sondern Verblüffung.

»Das ist ja auch Feinarbeit«, kommentierte er, ging in die Hocke und hob eine Bodendiele an, unter der sich ein Staufach verbarg.

»Sieh an – darf ich?«

»Sicher«, gab Simon Rost ihm seinen Segen, »alles, was dienlich ist, um Licht in die Sache zu bringen.«

»Ist bloß nicht meine Art, im Privaten anderer Leute zu kramen.«

»Das ist doch an einem Tatort auch geboten.«

»Ja, aber das hier ist keiner«, antwortete Dudek und hob einen Schuhkarton heraus, den er neben den Kochplatten abstellte, »und die Kollegin lebt noch.«

Seine Worte gefielen ihr – Maja wollte seinen Fund mit ihm begutachten, aber vorher warf sie noch einen Blick auf die Buchrücken, die sich vom Kopfende des einen bis zu dem des anderen Bettes zogen: Camus, Dostojewski, Sartre, Melville, David Foster Wallace und so weiter. Direkt über dem Kopfkissen lag Joseph Conrads *Herz der Finsternis*.

An Dudek traten nun sowohl Rost als auch Kaminski heran.

Fotos. Kinderzeichnungen. Ein Armband aus kleinen Muscheln.

»Das ist sie, oder?«, fragte Dudek.

»Ja«, antwortete Rost leise. Sein Flüstern ließ Maja aufmerken. Das Senken der Stimme von jemandem, der mehr wusste.

Dudek jedenfalls meinte das Foto in seiner Hand: eine jüngere Lona Mendt mit einem kleinen, blonden Jungen auf dem Arm. Er blinzelte gegen die Sonne, und sie strahlte mit ihr um die Wette.

Dann eines mit einem Mann am Strand. Ein sehniger Typ mit einem einnehmenden Lächeln, der den Jungen geschultert hatte und ein Mädchen von vielleicht zehn oder elf Jahren an der Hand hielt.

Eine Kinderzeichnung. Ein Haus. Blumen. Eine Sonne. Ein Hund.

Unter der Sonne stand *Kuss für die beste Mami der Welt.*

Dudek hob den Blick und sah hinunter zu den Längsbetten.

»Ist Frau Mendt geschieden?«

»Frau Mendt hat sich damals von Hannover nach Rostock versetzen lassen, das ist jetzt drei Jahre her. Auf eigenen Wunsch. Das wusste hier auch keiner, aber der Pilot hat erweiterten Suizid begangen, war damals groß in den Nachrichten. Ende November 2001.«

»Ihr Mann und ...«

»Alle. Ihr Mann und ihre Kinder sind an Bord gewesen. Frau Mendt hatte berufsbedingt die nächste Maschine gebucht.«

Dudek ließ die Zeichnung und die Fotos los, als habe er sich verbrannt, und für Maja Kaminski fügte sich Rosts leise Stimme von eben nun zu einem Ganzen. Unwillkürlich wurden ihr die Augen feucht. Sie drehte sich unauffällig zur Seite und wischte mit dem Ärmel darüber.

Den Mann zu verlieren, war zweifellos eine schwere Bürde, unter der so manche zerbrochen waren. Aber Kinder ... Kinder sollten niemals vor ihren Eltern gehen.

Hagen Dudek schloss den Karton wortlos und verstaute ihn behutsam dort, wo er ihn gefunden hatte, während Rost sich erneut auf den Beifahrerplatz setzte. Maja Kaminski nahm auf der Sitzbank der Dinette Platz. Nur Dudek blieb stehen und fuhr hin und wieder mit den Fingerkuppen über die hölzernen Oberflächen.

»Warum wir? Es gibt doch sicher in der Kriminalinspektion Rostock welche, die die beiden besser gekannt haben.«

»Möglich«, gab Rost gelassen zurück, »aber wenn ein Zeugenhaus auffliegt oder polizeiintern etwas vorfällt – und das ist im vorliegendem Fall nicht auszuschließen –, ist das hier das Standardvorgehen: Ermittler aus dem betroffenen Kommissariat sind nicht mit der Aufklärung zu betrauen, sondern fremde. Ich habe daher das LKA und die Bundespolizei gebeten, mir geeignete Mitarbeiter abzustellen. Man hat mir Sie beide geschickt.«

Er legte eine Pause ein, die er nutzte, um sie einzeln nacheinander ins Visier zu nehmen: »Werden Sie von Ihrer Dienststelle oder Dritten um Auskunft gebeten, verweisen Sie auf mich. *Ich* gebe Auskunft, sonst niemand.«

Den letzten Satz lieferte der Staatsanwalt mit klitzekleiner Verzögerung nach. Und so freundlich und zuvorkommend er den ganzen Abend gewesen war, ließ er nun aufblitzen, warum ihn jemand mit dieser heiklen Angelegenheit betraut hatte. So klein und sauber gescheitelt er da auch saß – ohne Zweifel war er in der Schule ein Streber gewesen –, mit Simon Rost saß ihnen gleichwohl ein reinrassiger Terrier gegenüber. Einer, der nicht losließ, wenn man nach ihm trat, sondern sich einmal herausgefordert noch tiefer in eine Sache verbiss.

»Okay«, sagte Kaminski ruhig, »die Kollegen haben alles gelöscht.«

»So ist es. Sie haben am 21. Dezember alles aus dem System genommen.«

»Und Backups?«, hakte Maja nach.

»Nein.«

»Mailaccounts«, flankierte Dudek und Rost schüttelte den Kopf, »Einzelverbindungsnachweise der Handys.«

»Gibt es nicht.«

»Wie?«, fragte Dudek etwas aufgebracht, »der Provider muss das alles 30 Tage vorhalten.«

»Das ist korrekt«, räumte Rost ein und seufzte, »aber die Daten sind auf Antrag von Frau Mendt und Herrn Elling allesamt gelöscht worden. Ich habe Sie hierhergebracht, damit Sie wissen, wo Frau Mendt ihr Wohnmobil abgestellt hat und Sie es finden, wenn Sie im Zuge Ihrer Ermittlungen Zutritt benötigen.«

»Gibt es noch einen Ersatzschlüssel?«

»Sie haben das Original.«

Sagte er und erhob sich: »Auf dem Rückweg halten wir noch kurz am Ringelrankenweg. Das ist die Meldeadresse von Herrn Elling. Wenn Sie sich da umsehen möchten, müssen Sie mir allerdings vorher Bescheid sagen.«

»Weiß seine Familie schon Bescheid?«, fragte Maja Kaminski.

»Er ist geschieden und lebt da allein. Aber er hat eine volljährige Tochter: Mareike.«

»Sollen wir die Angehörigen informieren?«

»Nein, nein … ich möchte, dass Sie sich auf den Fall fokussieren können. Das übernehme ich. Und ich habe gerade die Nachricht aus der Rechtsmedizin bekommen.«

»Frau Ösker?«

»Nein, von einem langjährigen Mitarbeiter, der netterweise mitten in der Nacht auf meine Anfrage reagiert hat. Es ging Ihnen doch um einen Ansatzpunkt, einen Hebel. Ich habe Doktor Pramann aus dem Auto kontaktiert – also: seiner Erinnerung nach sind Frau Mendt und Herr Elling am 27. November zu einem Leichenfund nach Lickow gerufen worden.«

»Lickow an der Seenplatte?«, vergewisserte Maja Kaminski sich.

»Genau.«

Er ging zur Tür, um das Wohnmobil zu verlassen.

Maja Kaminski gab den vier Kräutern noch schnell einen Schwung Wasser.

»Elling, Elling … da klingelt schon die ganze Zeit was in meinem Hinterkopf«, sprach Hagen Dudek ihn an, und Rost stoppte mit der Türklinke in der Hand, »gab es da nicht ein Verfahren, eine Anhörung? Bestechlichkeit?«

Rost sah ihn mit ehrlicher Überraschung an: »Woher haben Sie das denn?«

»Flurfunk beim LKA.«

»Er ist ein guter Polizist.«

Dudek hob abwehrend und ruhig die Hand: »Ich wollte niemandem auf die Füße treten.«

»Er hat zum Schein 20.000 Euro angenommen von einer Person, die im Gegenzug verlangt hat, er solle die Ermittlungen im Sande verlaufen lassen. Es ist da um den Skandal in Marnow gegangen.«

Kaum hatten sie das Wohnmobil wieder verlassen, empfing sie das neue Jahr mit eisigem Wind.

»Gab's da nicht auch eine Übergabe«, erinnerte Dudek sich nun laut, »und da ist einer mit noch viel mehr Geld unerkannt abgehauen und hat das SEK nass gemacht?«

»Ja. Aber zu dem Zeitpunkt hat Herr Elling sich woanders aufgehalten. Ich habe selbst seine Vernehmung übernommen, vor drei Jahren. Es gilt die Unschuldsvermutung. In dubio pro reo. Ich sorge dafür, dass Sie alles bekommen, was es über den Fall in Lickow gibt.«

»Das wäre sehr hilfreich«, sagte Kaminski.

8

27. NOVEMBER, ROSTOCK-BRICKMANSDORF

»Wie leise der Motor läuft. Und die Sitze, riechst du das Leder?«

»Ja, riecht gut, aber … wo sollen die Kinder sitzen?«

»Mareike ist schon zwanzig. Und andere hab' ich nicht.«

»Nein?«

»Nehm' ich an, ja.«

Der Boxermotor war jetzt warm. Wonnephase. Elling tippte mit der Fußspitze aufs Gas. Nur ein Tippen, ein *An*tippen. Der 911er machte einen Satz. Aber eben ohne Hektik, da war nichts Giftiges, kein hochgezüchteter Japaner. Nur ein sonores Grollen, nicht mal ein Grollen. Eher ein Brummen. Wie der Konjunktiv einer Raubkatze: Ich könnte ja, aber ich aale mich lieber in der Sonne. Elling seufzte und hätte vor Genuss um ein Haar die Augen geschlossen. Er bog mit dem Wagen in den Ringelrankenweg ein. Eine in die Jahre gekommene Neubausiedlung glitt an ihnen vorbei.

»Hörst du den Boxermotor?«

Nichts. Keine Antwort, kein Räuspern.

Erika schaute aus dem Fenster, und da er es gestern erst hatte wienern lassen, spiegelte sich seine Mutter ausgesprochen gut konturiert darin. Ihr Blick war leer. Wie ein Haus, in dem niemand mehr wohnte. Es versetzte Elling einen Stich, obwohl dieser Gesichtsausdruck ihn nunmehr seit drei Jahren begleitete. Und als er nach hinten guckte, auf die zwei Notsitze, die sich in dem Carrera zu einer Rückbank aufplusterten, wurde ihm die Überschaubarkeit seiner eigenen Existenz bewusst. Das Hab und Gut seiner Mutter passte in einen Koffer und eine Reisetasche.

Elling kannte kein Mitleid mit sich selbst. Er hatte die beinahe masochistische Gabe, von außen einen nüchternen Blick auf sich zu werfen. 1,78 Meter groß, 2,5 Dioptrien, Geheimratsecken, Schnauzer, Bauchansatz, ein durchschnittlicher Typ mit einem Allerweltsgesicht, der in einer Menschenmenge nicht auffiel, der unsichtbar wurde.

Mittlere Reife, hochgerackert und durchgeschummelt bis zum KHK, zum Kriminalhauptkommissar der Stadt Rostock. Wenn er sich so betrachtete, musste er milde lächeln. Vor drei Jahren war seine Welt in Ordnung gewesen, wobei Ordnung in seinem Fall bedeutete, dass er wie ein Jongleur drei, vier Bälle dauerhaft in der Luft hielt. Sie durften bloß nicht runterfallen.

Seine Mutter Erika begann Dinge zu vergessen, legte ihre Brieftasche in den Kühlschrank, mähte den Rasen im Winter – solche Dinge. Und die Miete im Seniorenheim Königsblick schlug mit 800 Euro monatlich zu Buche, und da war noch keine Zahnpasta bezahlt, kein Mittagessen und kein medizinischer Routine-Check.

Mareike, seine Tochter, sein *Augapfel*, sollte nach bestandenem Abitur nicht mit leeren Händen dastehen. Ihre Freundinnen bekamen ein Auto oder eine Reise geschenkt.

Und schließlich Susanne, seine Frau, früher eine Sportskanone und eine Hoffnung im Nachwuchs des 100-Meter-Freistil-Kaders der Damen. Die Zeit war lange vorbei, und er spürte, wie die Welt im Ringelrankenweg ihr zu eng wurde. Als Journalistin der Rostocker Tageszeitung kam sie viel herum. Sie lernte andere Männer kennen. Männer, die viele Bücher lasen und Kluges über politisches Tagesgeschehen oder philosophische Fragen zu sagen wussten, statt am Wochenende am Grill zu stehen und mit den Nachbarn ein Bierchen am Zaun zu trinken oder Fußball zu schauen. Aber Susanne schwamm immer noch für ihr Leben gern. Also ließ er ihr einen Pool im Garten bauen. Mit Gegenstromanlage. Alle erklärten ihn für verrückt, aber Frank Elling wollte der Liebe seines Lebens etwas bieten.

Das alles zusammen überstieg bei Weitem die 3.800 brutto, die er verdiente. Er nahm Geld, bereute es, gab es zurück und wurde daraufhin erpresst. Es war Lona Mendt, die ihm half, den Kopf aus der Schlinge zu ziehen. Glückliche Umstände sorgten dafür, dass aus den 20.000 Euro, mit denen man ihn gelockt hatte, viel mehr Geld wurde, das niemand als vermisst melden konnte, weil Tote nicht zur Polizei gingen. Lona wollte von dem Teil des Geldes, von dem sie wusste, nichts haben. Geld war ihr gleichgültig. Also legte er das, was ihr seiner Meinung nach zustand, für sie an. Und von dem Rest bekam seine Mutter ein besseres Zimmer im Königsblick, Mareike ihren kleinen Flitzer und Susanne den Pool.

But to tell a long story short, wie sein Vorgesetzter Mertens neuerdings sagte, der alle Welt in seine Vorbereitungen für Irland einbezog: Das mit Susanne funktionierte nicht – denn obwohl er seinen Rivalen (immerhin der Kandidat für das Oberbürgermeisteramt der Hansestadt Rostock) ausstechen konnte und Susanne zu ihm zurückkehrte, wusste er, dass es nicht von Dauer sein würde. Dass er ihr nicht mehr genügte und es nur eine Frage der Zeit war, bis ein anderer Mann ihren Weg kreuzte und sie ihn erneut betrügen würde. Weswegen *er* sich trennte und sie auszahlte, damit er das Haus behalten konnte.

Susanne wohnte jetzt oben an der Küste, sie blieben wegen Mareike lose in Kontakt. Seit der Trennung hatte sie ihren dritten Partner. Elling war bei jedem dieser Männer skeptisch.

»Mein Ex-Mann ist Polizist«, stellte Susanne ihn dann vor. Und er nickte und fügte hinzu: »Steuerfahndung«, damit die Typen blass wurden und ihr Blick unruhig.

»Lass doch, Elling.«

»Hmm.«

Von dem Geld jedenfalls kaufte er sich nicht viel. Ein paar Schuhe. Ein neues Jackett – mit diesen Ellbogenschonern, die er mochte und die Susanne spießig fand.

Eine neue Krawatte, er legte Wert darauf bei der Arbeit, auch wenn jetzt die Jungen von der Polizeischule kamen mit offenem Kragen und diesem leicht spöttischen Lächeln, sobald sie den Schlips entdeckten.

Ein Beamer für die Fußballweltmeisterschaft im Garten – ein Riesenbild über die ganze Stirnseite des Hauses. Großartiger Sommer. Bis die Italiener ihnen im Halbfinale alles versalzten. Heimtückisch in der Nachspielzeit. Italiener eben.

Elling schenkte Lona seinen Volvo V70, weil er nicht wollte, dass sie im Winter mit ihrer Bonneville fuhr. Und er tat es, damit er kein Auto mehr hatte und quasi gezwungen war, sich den gebrauchten 911er aus einer Art Notlage heraus zu kaufen, in dem er seine Mutter heute vom Königsblick abgeholt hatte und nun vor dem Haus stoppte.

Elling schnappte sich den Koffer und die Reistasche, während Erika die Beifahrertür aufstieß und auszusteigen versuchte. Aber ihr Sitz lag so tief, dass sie nicht aufstehen konnte.

»Frank …«

»Ja?«

»Das Auto will mich behalten.«

Er erfasste, was sie damit sagen wollte. Elling umrundete den Wagen, reichte seiner Mutter die Hand und zog sie hinaus.

»Das ist aber auch tief … mein lieber Herr Gesangsverein.«

»Das ist natürlich ein Nachteil, Mama, komm!«

Nach dem Flur betraten sie das Wohnzimmer mit der offenen Küche, deren Herd Elling kaum nutzte. Er ging hinter seiner Mutter her, die unter ihrem langen, warmen Mantel mittlerweile spindeldürr war. Und kleiner war sie auch geworden.

Er seufzte kaum hörbar.

»Erinnerst du dich ans Haus, Mama?«

»Natürlich«, kam es mit ertapptem Nachdruck zurück, und dann deutete sie auf die leeren Rechtecke an der Wand, die sich in hellem Weiß vom Rest abhoben – Fotos und Bilder, die Susanne bei ihrem Auszug mitgenommen hatte.

»Hier muss aber mal gestrichen werden, Junge. Wie sollst du sonst eine adrette Frau kennenlernen?«

»Da sagst du was.«

»Wo ist die andere? Marianne?«

»Susanne.«

»Wie auch immer.«

»Wir haben uns getrennt.«

Erika Elling blieb so abrupt stehen, dass sie um ein Haar ins Straucheln gekommen wäre. In ihrem Gesicht war gewöhnlich Platz für einen ganzen Reigen an Gefühlszuständen, aber nun machten sie alle einem einzigen Platz: der Genugtuung.

Sie lächelte zufrieden: »Die war nichts für dich.«

Elling ging an ihr vorbei und führte sie dorthin, wo sich bis jetzt das Gästezimmer befunden hatte. An dessen Stelle war ein Schlafzimmer samt Wohnecke mit Fernseher und einer Küchenzeile gerückt. Überschaubar.

Er stellte den Koffer und die Reisetasche ab und sah seine Mutter an.

»War das hier nicht anders?«

Erinnerung.

Ohne Erinnerung keine persönliche Vergangenheit. Keine Kindheit, keine Eltern, Großeltern, kein erstes Schulzeugnis, keine erste Liebe. Ausgelöschte Jahre, manchmal Lücken, die sich über Jahrzehnte erstreckten. Und wer war man dann? Ein sich täglich verringerndes Reststück Selbst. Bis man im Nichts aufging. Aus dem man kam, und in das man zurückkehrte.

Er war dankbar, dass sie sich erinnerte: »Genau. Ich hab's umbauen lassen, Mama.«

»Für Mareike?«

»Für Besuch. Ich dachte, vielleicht magst du ein paar Tage hierbleiben.«

Erika wurde reglos. Elling war das bereits vertraut. Eine Strategie bei Überforderung. Wie ein Tier, das sich totstellte. Er trat neben sie und legte ihr sanft den Arm um die Schultern.

»Wir können ja erst mal frühstücken, hm? Magst du ein weiches Ei?«

»Ja«, antwortete sie dankbar. Und als er sich wegdrehte, konnte er noch aus den Augenwinkeln erhaschen, wie sie mit der Hand die Festigkeit der Matratze prüfte.

Im Königsblick hatten sie ihm von der zunehmenden Frequenz ihrer Aussetzer berichtet. Wie sie – immerhin in der Obstschüssel, wie Elling zu ihren Gunsten ins Feld führte – ein kleines Feuer aus Zeitungen und Grillanzündern in ihrem Zimmer entfachte und ihrer dementen Nachbarin Frau Müllerschön eine klingelte, weil die ihr den Apfel stibitzen wollte.

»Du kannst die Frau nicht einfach hauen, Mama.«

»Sie hat's ja schon vergessen.«

Die Kapazitäten des Pflegeheims würden für Erika Elling bald erschöpft sein. Die Pfleger wären dann gezwungen, sie aus Sicherheitsgründen zu sedieren.

»Und auch fixieren?«, fragte Elling mit jener Kraftlosigkeit, die bereits um die Antwort wusste.

»Und fixieren, ja«, gab die Leiterin zu, »tut mir leid, Herr Elling.«

»Ja.«

Wie besprochen begegnete Tatjana ihnen auf dem Weg in die Küche.

Gestern erst hatte Elling sie durchs Haus geführt und ihr das Gästezimmer gezeigt. Da sein Schulenglisch ein wenig verstaubt war und er es lange nicht mehr benutzen musste, war er wegen ihrer Deutschkenntnisse erleichtert.

Es beschämte ihn sogar ein wenig, denn er sprach seinerseits kein einziges Wort Ukrainisch.

Elling hatte sie über eine Agentur im Netz gefunden, die ausländische Pflegekräfte anbot und sie alle acht Wochen rotieren ließ, damit die Frauen – die Kräfte waren ausnahmslos weiblich – kurz wieder in ihre Heimat ausreisen und sich erholen konnten. Elling wusste, dass sie ausreisen mussten, damit sie sich nicht länger hier aufhielten als gesetzlich möglich. Vermutlich schaffte man sie dann in dieser Zeit in benachbarte Länder, in die Schweiz oder die Niederlande, wo sie sich um andere Pflegebedürftige kümmerten.

Die Arbeit der Frauen kostete 800 Euro im Monat, die er an die Agentur zu zahlen hatte. Bar, versteht sich. Essen und Unterkunft für die Pflegekraft waren zu stellen.

Ein Kombi war vorgefahren, hinter dem Lenkrad ein Pole, auf dem Rücksitz drei Frauen. Und eine vorne, auf dem Beifahrerplatz Tatjana Tkach, 33 Jahre alt.

Als sie ausstieg, schluckte Frank Elling leer, so bildhübsch war sie. Aber es war nicht die Frau, deren Foto die Agentur auf ihrer Website zeigte und die er gebucht hatte.

Der Pole verhielt sich freundlich, war aber unter Zeitdruck. Er musste noch zwei Frauen abliefern, wie er Elling sagte, eine in Franken, die andere in Konstanz. Und auf dem Rückweg eine in Asperg abholen. Mördertour.

»Asperg? Wo ist das?«

»Muss man nicht wissen, ist alles traurig da.«

Elling unterzeichnete ein Formular an zwei Stellen, danach half der Fahrer Tatjana dabei, ihren Koffer aus dem Auto zu holen, und trug ihn bis zur Eingangstür.

»Ich hab deine Handynummer«, sagte er dann, »ich hol sie ab am 28. Januar. Uhrzeit gebe ich noch durch, ja?«

»Ja, gut. Aber …«

»Ja?«

»Möchten Sie nicht sehen, wie Frau T-ka … Te-kach hier wohnt?«

»*Tk*ach.«

»Sagte ich ja.«

»Nein, muss ich nicht sehen. Sie müssen nur Bargeld parat haben, wenn ich sie wieder abhole.«

Und damit stieg er zurück in den Kombi und rauschte davon. Viel zu schnell für die 30er-Zone, wie Elling fand. Aber er musste ja noch nach Franken.

»Tatjana.«

»Hm?«

»Tkach ist ein schwieriger Name, nennen Sie mich doch einfach Tatjana.«

»Gut, ich … ich bin Elling. Mich nennen alle so. Bis auf meine Mutter – womit wir beim Thema wären. Aber kommen Sie doch rein. Haben Sie Hunger? Durst?«

Zuallererst wollte sie ihr Zimmer sehen. Aber Tatjana Tkach bestand nicht darauf, sie trug es als Bitte vor und blieb im Haus nahbar. Das Zimmer mit dem En-Suite-Bad gefiel ihr sichtlich.

Ebenso der exklusive Zugang zu einer eigenen kleinen Terrasse.

Elling hatte das Zimmer renoviert und in Windeseile möbliert. Alles war brandneu. Es gab sogar einen eigenen Kühlschrank und einen Fernseher. Mit flacher Rückseite.

Draußen hatte er einen Mosaiktisch mit zwei Stühlen hingestellt. Und dazu einen Aschenbecher. Vielleicht rauchte sie ja.

Tatjana stellte den Rollkoffer neben dem Einbauschrank ab.

»Sie sehen nicht aus wie die Frau auf der Homepage – aber Sie sind Frau Tk … Tatjana?«

Sie bedachte ihn mit einem warmen Lächeln.

»Ja. Ich möchte für meine Fähigkeiten als Pflegekraft gebucht werden. Dafür ist mein Aussehen nicht entscheidend. Verstehen Sie?«

Und ob er das verstand. Tatjanas rote Haare waren glatt und schulterlang, die Augen blau. Feine Nase, hohe Wangenknochen, geschwungene Lippen, die sie hoffentlich nie aufspritzen lassen würde. Diese Sache kam langsam in Mode, und Elling fand, dass die Resultate allesamt wie bedauernswerte Unfälle aussahen.

»Rauchen Sie, Herr Elling?«

»Ja.«

»Das ist sehr ungesund. Ich auch. Sollen wir eine rauchen?«

Da er nur ihren Mund beim Sprechen betrachtet hatte, wusste er nicht, warum sie ihn fragend ansah.

»Bitte?«

»Ob wir zusammen eine rauchen sollen.«

Er nickte: »Gerne.«

Elling hätte mit ihr auch Sandkörner geputzt.

Draußen frischte der Wind auf, aber es schien ihr nichts auszumachen.

»Erzählen Sie mir bitte von Ihrer Mutter. Von Erika.«

Elling fischte einen Zettel aus der Brusttasche und reichte ihn ihr. Während Tatjana das Papier auseinanderfaltete, begann er, die Sache in Worte zu kleiden: »Sie ist kein schwerer Fall. Obwohl in letzter Zeit gehäuft Dinge passiert sind. Sie hat neulich Nacht mal den Herd aufgedreht und ist ins Bett gegangen. Manchmal stellt sie auch ihren Zahnputzbecher in den Kühlschrank, solche Sachen. Sie ist … ein wenig vergesslich. Aber sie ist nicht aggressiv. Körperpflege und so kann sie auch alles allein. Noch.«

»Dabei bin ich Ihrer Mutter auch behilflich, falls das nötig kommt.«

Sie stutzte.

»Kommt ist falsch in dem Zusammenhang?«

»Falls das nötig *wird.* Ihr Deutsch ist sehr gut.«

»Danke.«

»Ich … brauche bloß jemanden, der verhindert, dass sie die eine oder andere Dummheit macht, wenn ich nicht da bin.«

»Ich verstehe«, antwortete Tatjana und deutete auf den Zettel, »sie mag gefüllte Paprika, aber sie mag keinen Reis?«

»Ja und nein. Also, früher hat sie Reis gegessen. Auch zu gefüllter Paprika. Gerne sogar. Aber seit ein paar Monaten …«

»Wenn man es sagt oder wenn Erika ihn sieht?«

»Wie?«

»Kommt die Ablehnung bereits, wenn Sie es vorschlagen oder erst, wenn Ihre Mutter es sieht?«

»Wenn man es vorschlägt.«

Sie nickte: »Weiß Erika um ihren Zustand?«

Elling wog den Kopf hin und her.

»Schwer zu sagen … sagen wir mal so: sie *spürt*, dass was nicht stimmt. Sie merkt auch, dass ihr Umfeld manchmal stutzt. Dass man sie ansieht, weil man denkt, daran müsste sie sich doch erinnern. Diese Irritation bei mir oder Mareike, die merkt sie manchmal, die kriegt sie mit.«

»Und was sagen wir ihr, wer ich bin? Was ich in diesem Haus tue? Warum ich hier bin?«

Das hatte Elling sich natürlich überlegt. Bei dem Foto auf der Homepage der Organisation hatte Tatjana noch älter ausgesehen, gute zehn Jahre älter. Fülliger, große Nase, dünnes Haar. Dabei sympathisch und mit zupackender Ausstrahlung. Ein Kumpeltyp. Da hatte seine Geschichte noch Sinn gemacht.

»Sie werden's nicht glauben.«

Und nun, einen Tag später, begegneten sie sich auf dem Weg zur Küche im Flur.

Erika stoppte ab und sah Tatjana mit offenem Mund an. Die hatte sich leger gekleidet. Jeans, dicke Socken, ein hellblauer, weiter Pullover. Die Haare hatte sie zu einem Pferdeschwanz gebändigt und sich nicht geschminkt.

»Sie müssen Erika sein.«

»Ja«, brachte Erika hervor.

Tatjana schenkte ihr ein zugewandtes Lächeln und nahm die Hände von Ellings Mutter sanft in ihre.

»Ich freue mich sehr. Frank hat mir schon so viel von Ihnen erzählt, Frau Elling. Wir kennen uns noch nicht.«

Seine Mutter war erleichtert darüber, dass sie Tatjana nicht vergessen hatte – Elling konnte es ihr an der Nasenspitze ablesen.

»Ich bin Tatjana. Ich bin die Freundin Ihres Sohnes.«

Erika Elling staunte. Sie musterte Tatjana und sah dann zu ihrem Sohn. Und in ihren Augen lag die Frage, wie der kleine Schlingel so ein unverschämtes Glück haben konnte.

»Tatjana wohnt jetzt hier«, schob Elling nach.

Erika merkte auf: »Ach. Und wo?«

»Ich habe meine Sachen im Gästezimmer untergebracht«, sagte Tatjana.

»Aha, dann ist gut«, befand Erika, die schlagartig die Sorge verspürt hatte, ihren soeben in Beschlag genommenen Bereich im Haus teilen oder gar abgeben zu müssen.

»Ich hab Hunger«, fügte sie hinzu.

»Wollen wir zusammen was kochen?«

Kurz zögerte Erika, dann floss ihr Zögern in ein Nicken.

»Wir wär's mit gefüllten Paprika?« fragte Tatjana, die Ellings Mutter weiter in Richtung Küche führte, während er den beiden Frauen gespannt hinterhersah.

»Die ess ich für mein Leben gern«, sagte Erika.

»Ich auch.«

»Und was gibt's dazu?«

»Kleine weiße Nudeln.«

»Kenn ich nicht, klingt aber gut.«

Kaum hatte er die beiden in der Küche eingeholt, klingelte sein Handy. Auf dem Display die Nummer seines Chefs.

»Morgen, Rainer. Ich hab frei.«

»Morgen, Elling – jetzt nicht mehr. *Not any longer.*«

Mertens wurde nicht müde, sein näheres Umfeld als Trainingsgelände zu benutzen.

»Kann nicht jemand anders …?«

»Jemand anders hat gleich zwei Fälle an der Backe, Elling. Ist vermutlich sowieso hauptsächlich was für die KTU. *Mainly.*«

»Ja, und was ist das?«

»Lickow, kennst du?«

Elling nickte unwillkürlich, obwohl der Chef ihn nicht sehen konnte: »Die haben da ein gutes Fischrestaurant.«

»Ja, nee, hörst du keine Nachrichten? Hundebesitzer fanden heute …?«

»Nein.«

»Okay, Leichenfund. Ein Hund hat da was ausgebuddelt. Sagst du Frau Mendt Bescheid oder soll ich? *Shall I*?«

»Mach ich schon«, gab Frank Elling sich geschlagen.

»Dann mach. Hab schon 'ne Nachrichtensperre verhängt.«

»Was heißt denn eigentlich *Nachrichtensperre* auf Englisch, Rainer?«

»*Fuck you*, Elling.«

Elling beendete das Telefonat mit einem Lächeln. Erika hielt ihm ein Kuvert entgegen, das bereits geöffnet worden war.

»Was ist das?«

»Post.«

Elling nickte, nahm das Kuvert entgegen, warf einen kurzen Blick darauf und legte es neben der Kaffeemaschine ab.

»Hast du den Brief geöffnet?«

»Ja.«

»Das ist Post für Mareike, das geht niemanden sonst was an, Mama. Du kannst das nicht einfach öffnen.«

»Aber das ist doch Familie.«

»Trotzdem. Lass das bitte in Zukunft, ja?«

»Außerdem wandert sie aus.«

»Was?«

Die Frage kam Elling reflexhaft über die Lippen, und sie war natürlich keine Frage, sondern eine Art Bitte, ein einsilbiges Stoßgebet, er habe sich verhört oder seine Mutter rede Unsinn oder bestenfalls beides und doch gleichzeitig ahnend, dass sie die Wahrheit sagte. Elling warf nur einen kurzen Blick auf das Schreiben an Mareike Elling, Ringelrankenweg 24.

Absender: *Hankuk University of Foreign Studies in Seoul.*

Er atmete tief durch: »Okay, gut. Ich muss noch mal weg, Mama.«

Elling sah zu Tatjana.

»Ich muss beruflich noch mal los.«

»Kein Problem. Erika und ich machen uns einen schönen Tag.«

Erika lächelte breit: »Genau.«

Wenn seine Kollegin Lona Mendt den Platz nicht gewechselt hatte, stand sie mit ihrem Wohnmobil in Markgrafenheide, wo sie überwinterte. Über die A 19 war das ein Katzensprung. Vor allem mit Blaulicht und Sirene. Elling ließ die kleinen, gediegenen Häuser von Rostock-Brinckmansdorf hinter sich und erreichte den Autobahnzubringer keinen Kilometer weiter. Er stoppte als Erster auf der Linksabbiegespur zur A 19, und da das der erste Halt war, den er einlegen musste, nahm er das Schreiben an Mareike aus der Brusttasche und faltete es auseinander, um es zu überfliegen.

… congratulations on your 2-year scholarship at our university …

… the letter of admission for summer semester in 2007 …

… enclosed form for the necessary visa …

Sommersemester 2007. Sie hatte sich beworben und es mit keinem Wort erwähnt. Warum nicht? Elling konnte sich die Antwort darauf selbst geben: In der Familie Elling hatte noch nie jemand studiert. Ein Studium war nichts Schlechtes. Ein kleiner Ritterschlag sogar. Aber den Ellings stets auch ein wenig suspekt. Etwas für *bessere Leute*. Die Universität also ein Ort, an den niemand von ihnen gehörte und wo sich auch mit Sicherheit keiner von ihnen wohlfühlte.

Sie gehörten zur Mittelschicht, zum Rückgrat, aus ihren Reihen entstammten keine Überflieger.

Trotz der Ankündigung seiner Mutter war es für Elling wie ein lässiger Punch in den Magen, der seine Wucht nicht aus der Kraft, sondern aus der Unvorhersehbarkeit bezog.

Mareike. War das mit dem Sandkasten und dem Abschlussball nicht erst gestern gewesen? Vorgestern? Und jetzt sollte es nach Südkorea gehen. So weit weg und – er überflog die Zeilen erneut – und gleich für zwei Jahre? *24 Monate.*

Und es lag natürlich auf der Hand, dass ihr Weg danach weiter in die Welt führen würde. Vielleicht wieder nach Deutschland. Vielleicht auch nicht. Ganz sicher aber nicht zurück in den Ringelrankenweg 24. Zu ihm. Ab jetzt war sein Platz an der Seitenlinie ihres Lebens, und von dort konnte er ihr bestenfalls noch zurufen.

Aus weiter Ferne erklang ein Hupen, dann noch eines. Stille. Mehrfaches Hupen. Elling blickte auf – die Ampel war auf Grün umgesprungen. Die Autos hinter ihm hupten allesamt. Er ließ die Seitenscheibe herunterfahren und holte das Blaulicht unter dem Sitz hervor. Er schaltete es ein und setzte es aufs Dach des Porsche. Das Hupkonzert wurde etwas kleinlauter und erstarb dann ganz. Eine nahezu absolute Stille senkte sich über die Kreuzung und Elling empfand die Ahnung von Frieden. Er schaltete in den ersten Gang und die Ampel auf Rot. Im Schritttempo bog er ab und ließ den 911er über die Kreuzung gleiten. Nur flankiert vom Bass des Boxermotors.

Sie saß auf einem kalten Felsblock und schaute auf die Ostsee. Es war ein stürmischer Tag, die Böen trugen die Gischt der Wellen noch weiter in Richtung Strand. Das Meer schien eine graublaue Masse, und man konnte selbst mit viel Mühe nicht genau sagen, wo das nasse Element endete und der Himmel begann. Die Wintersonne verbarg sich hinter hellgrauen Novemberwolken. Ein Firmament wie aus Nebel.

Hundebesitzer liefen vorbei, das Kinn versteckt hinter dem Kragen der Daunenjacke, die Mütze tief ins Gesicht gezogen. Oder Pärchen. Händchenhaltend und auch welche, die ihre Zigaretten mit dem Wind um die Wette rauchten. Und natürlich verloren. Sie alle sahen kurz auf und musterten die Sitzende im Vorbeigehen. Die einen unauffällig, die anderen verbargen ihre Neugier nicht.

Lona Mendt jedenfalls saß mit angezogenen Beinen auf dem Felsblock vor ihrem Wohnmobil.

Sie hatte hier am Strand von Markgrafenheide ihr Winterdomizil aufgeschlagen. Die nächste Wohnsiedlung aus Einfamilienhäusern, winkelgleich aufgezogen wie auf einer Perlenkette, befand sich gute achthundert Meter entfernt. Auf der anderen Seite, zum Rostocker Hafen hin, war die mächtige Silhouette einer Industrieanlage zu sehen, in der es Tag und Nacht dampfte und qualmte und schwere Maschinen rund um die Uhr dröhnten und wummerten.

Aber kein Mensch käme auf die Idee, sich im Winter hier an der Küste niederzulassen, um eine Auszeit zu nehmen. Es war unwirtlich und karg und kalt.

Sie saß auf dem Felsblock. Barfuß, in ihrer hellgrauen Jeans und dem Flanellhemd, das so aussah, als hätte sie es von ihrem Freund ausgeliehen, den sie nicht hatte. Ihre Lippen waren blau, die Zehen taub, und sie fühlte sich frei.

Das Summen des Handys tastete sich mit Verzögerung in ihre Wahrnehmung. Als sie sah, dass es Elling war, zögerte Lona Mendt kurz.

Sie hätte nichts dagegen gehabt, hier zu erfrieren.

9

27. NOVEMBER, LICKOW

Der Volvo schoss über die Landstraße, die auf beiden Seiten von Bäumen gesäumt war. Und von Holzkreuzen der überwiegend jungen Verunglückten. Lona scherte nach links aus und zog an drei Autos vorbei. Sie und Elling hatten sich für den Kombi entschieden, weil der Fundort der Leiche sich offenbar im Wald befand und der Carrera auf dem Feldweg dorthin mit dem Frontspoiler aufgesetzt hätte.

Im Radio lief *Private Investigations* von den Dire Straits. Elling rauchte eine, er mochte das Lied. Mochte es und fühlte sich unsagbar aufgehoben. Lona Mendt war die einzige Person, neben der er auf dem Beifahrersitz einschlafen konnte.

Er wäre mit ihr auch bis ans Ende der Welt gefahren. In vielerlei Hinsicht. Sie war der freieste Mensch, den er kannte.

»Wie geht's Mareike?«

»Wird flügge«, brummte Elling, »studiert jetzt bald. Sie ist die Erste in der Familie, die zur Uni geht.«

Lona musste nicht hinüberschauen, um sein Lächeln zu sehen.

»Und was?«

»Hm?«

»Was sie studiert.«

»Was mit Asien. Sinalogie.«

»Sino.«

»Genau. In Seoul.«

»Da findet sie später immer einen Job. Klug.«

»Na ja. Aber Südkorea. Mich zieht da nichts hin. Ich kann die Leute da auch alle nicht voneinander unterscheiden. Ich weiß nicht, am Ende will sie da noch bleiben. Mir wäre lieber, dass sie, ich weiß nicht …«

»Für immer im Ringelrankenweg lebt.«

»So ein Unsinn.«

Die Heftigkeit seiner Replik verriet ihn.

Sie passierten ein langes Waldstück, der Boden war übersät von Laub, das dort verdorrte. Nach einer lang gestreckten Kurve blitzte Blaulicht auf einem Polizeiwagen auf, der auf der rechten Spur vor einer Einmündung abgestellt worden war. Dahinter zwei Rettungs- und ein Leichenwagen. Sanitäter, die eine rauchten und Kaffee aus der Thermoskanne tranken.

»Da ist es«, sagte Elling.

Lona stoppte nur wenige Meter dahinter, ohne die Einmündung zu blockieren.

An den Polizeiwagen gelehnt stand ein junger Polizist, vielleicht gerade mal zwanzig, der blass um die Nase war.

»Der hat die Leiche schon gesehen«, sagte Elling und stieg gleichzeitig mit Lona aus.

Bevor sie sich an den jungen Kollegen wenden konnten, trat eine Frau mit einem langen, geflochtenen Zopf vom Feldweg auf die Straße. Schmal, hochgewachsen, feine Gesichtszüge, die Wangen rot vor Kälte. Hinter ihr, durch zwei Tannen verdeckt, stand ein weiteres Polizeiauto. So auf dem Feldweg geparkt, dass an ihm kein Vorbeikommen war.

»Kriminalhauptkommissarin Frau Mendt, Kriminalhauptkommissar Elling?«

»Ja, guten Tag«, gab Lona zurück.

»Nohe, Bereitschaftspolizei. Sie wurden angekündigt. Soll ich Sie zum Fundort bringen?«

»Ja«, sagte Elling, »da kann man hoffentlich hinfahren?«

Nohe chauffierte die beiden über den Feldweg, den der Dauerregen der letzten Tage aufgeweicht hatte. Tiefe Fahrrillen hatten sich im matschigen Untergrund gebildet und führten durch große Pfützen. Die Kollegin mit dem Zopf starrte beim Fahren auf ihr Handy – das nahm Ellings Beobachtung nach langsam zu, vor allem bei jungen Leuten –, auf dem sie alles Wichtige festgehalten hatte.

»Hier war heute Vormittag ein Ehepaar mit Hund spazieren.

Herr und Frau Pellander. Der Hund hat angefangen zu buddeln und hat den Fuß der Leiche freigelegt. Ein Schäferhund. Rufname Burzi.«

Trotz des ernsten Anlasses mussten sie lächeln.

»Wo ist das Ehepaar?«, fragte Lona.

»In der Müritz-Klinik. Der Herr Pellander ist uns aus den Latschen gekippt. Aber ich hab hier alles, Meldeadresse und so weiter.«

»Gut.«

Nachdem sie ein paar Biegungen und eine Abzweigung genommen hatten, erreichten sie nach geschätzten zweieinhalb Kilometern einen Trampelpfad, neben dem sich ein Hochsitz befand, dessen Holz nach Norden hin vermoost war.

Jemand hatte zwischen zwei Bäume ein Plastikband der Polizei gespannt.

»Hier geht's ins Unterholz.«

Sie stiegen aus und Elling klappte wegen des frostigen Novemberwinds den Mantelkragen hoch und zog den Kopf ein. Ein Seitenblick verriet ihm, dass Lona Mendt mit der Temperatur offenbar keine Schwierigkeiten hatte.

Nohe tauchte vor ihnen unter dem Band durch und führte sie auf einem schmalen Pfad tiefer in den Wald. Elling zündete sich eine an und schützte die Glut vor dem Wind: »Ist es noch weit?«

»Stück noch.«

Stück noch waren rund 500 Meter bis zu einer Lichtung, auf der die Erde unter einer Esche ausgehoben worden war und zwei Mitarbeiter der Spurensicherung in ihrem Astronautenoutfit arbeiteten. Ein Mann, der gerade Fotos schoss, und eine Frau, die neben dem Aushub kniete. Und die nun den Blick hob wegen der Kollegen.

»Kripo Rostock«, kündigte Nohe die beiden an. Die Frau von der KTU federte hoch, nahm den Handschuh und den Mundschutz ab und reichte erst Lona und dann Elling die Hand.

»Wiemann, KTU.«

»Mendt, hallo.«

»Elling.«

In dem rechteckig ausgehobenen Loch lag die Leiche eines Mannes. Rücklings. Turnschuhe, Jeans, Shirt, Jacke. Starker Verwesungsgrad. Am besten waren die Turnschuhe erhalten. Elling holte ein Taschentuch hervor und hielt es sich vor die Nase. Der Geruch schlug ihm auf den Magen. Und was da so an Kleingetier herumkrabbelte, sowieso.

»Ich warte am Wagen«, ließ Nohe sie wissen und machte sich auf den Weg zurück.

Ins Warme, dachte Frank Elling.

Neben dem Aushub hatten Frau Wiemann und ihr Kollege eine weiße Plastikplane ausgebreitet, auf der sie alles sammelten, was sie bei dem Toten oder in der Erde fanden. Ein paar Euromünzen, einen Ring, einen Knopf.

Der Wald stand still und dunkel. Als nehme er keinen Anteil daran, was in seiner Mitte in der Menschenwelt vor sich ging.

»Ausländer?«

Wiemann warf ihm einen fragenden Blick zu.

»Wegen der dunklen Hautfarbe«, schob Elling nach.

»Das ist vermutlich kein Teint – das ist wegen der Liegedauer«, erklärte sie.

»Papiere hat er nicht bei sich?«

»Bis jetzt nicht, nein. Ich habe alle Taschen durch. Aber vielleicht findet sich ja noch was im Erdreich«, sagte Wiemann.

Regen setzte ein, ein paar leichte Tropfen und dann stärker. Von West. Während Elling seinen Rücken in die Richtung drehte, hockte Lona sich neben die Leiche, der Regen war ihr gleichgültig.

»Haben Sie was zur Todesursache?«

»Er hat ein Loch im Kopf. An der Schläfe.«

»Haben Sie ein Metermaß oder so was?«

»Hier.«

Der KTU-Mann, der die Fotos geschossen hatte, reichte Lona Mendt seinen Zollstock.

»Danke.«

»Da nich' für.«

Lona setzte den Zollstock in der Grube auf und maß die Differenz zum Waldboden.

»Und?«, fragte Elling.

»50 Zentimeter«, gab Lona zurück.

»Nicht sehr tief.«

»Nein«, bestätigte sie und erhob sich und ließ den Blick kreisen, »wenn man glaubt, dass das nie entdeckt wird, muss man sich nicht unnötig anstrengen.«

»Und der Schäferhund hat das freigebuddelt«, sagte Elling.

Wiemann nickte.

»Das sind ja auch 'ne Menge Wurzeln«, sagte Elling, »so was auszuheben, ist eine Heidenarbeit.«

Lona nickte unwillkürlich und ließ ihren Blick an den gekappten Wurzeln entlanggleiten. Wann sie wohl gekappt worden waren und wie viel nachgewachsen war, vielleicht könnte das einen Zeitraum ergeben, wenn …

Sie beugte sich vor.

Elling kannte diesen konzentrierten Gesichtsausdruck an ihr.

»Was ist?«

»Wasser … haben Sie Wasser?«

Lona Mendt wirkte ganz sachlich, aber Elling hörte die Erregung in ihrer Stimme.

Wiemann reichte ihr eine Halbliterflasche Wasser, die zur Hälfte geleert war.

Lona öffnete sie und goss etwas von ihrem Inhalt über eine Wurzelspitze.

»Was ist mit der Wurzel?«, wollte Elling wissen.

»Sie hat einen Fingernagel.«

Die zurückgerufene Frau Nohe und ihr Kollege legten ebenso Hand an wie Lona, Elling, Frau Wiemann und der Fotograf. Mit Spaten, Schaufeln und Spitzhaken legten sie im strömenden Regen links und rechts des Toten weitere Gräber frei.

Nohes Kollege übergab sich zweimal, bis Elling ihn anwies, zurück zum Wagen an der Straße zu gehen und dort zu warten. Sie arbeiteten stumm und ächzten, während ihre Arme erlahmten und ihre Rücken zu schmerzen begannen. Vollgesogen mit Regen war der Waldboden ungleich schwerer. Und natürlich mussten sie achtgeben, nichts zu beschädigen, einen Beweis, ein Indiz, eine Kleinigkeit.

Die zweite Leiche war ein Mädchen, das seitlich abgelegt worden war. Es hatte keine sichtbare Wunde und trug ein Nachthemd, weiß mit türkisfarbenen Blümchen.

Elling griff zum Handy und wählte Mertens' Nummer.

»Ich weiß schon, ist mieses Wetter draußen«, meldete sich sein Vorgesetzter.

»Wem gehört die Gemarkung hier in Lickow?«

»Tja … ich kümmer mich darum.«

»Und noch was: Wir haben hier eine zweite Leiche, Rainer, ein Mädchen. Schick uns ein paar Kollegen vom Bereitschaftsdienst als Verstärkung. Mit Schaufeln. Und noch eine KTU.«

Kurz Stille.

»Wie? Zweite Leiche?«

»Wir müssen hier noch mehr ausheben. Vielleicht war's das noch nicht. Vielleicht stehen wir hier auf einem ganzen Friedhof. Mach, bitte.«

Rechts von dem Mädchen fanden sie den nächsten Toten. Sie gruben nun zu elft und die Mitarbeiter der KTU sicherten bereits Spuren an den neuen Leichen.

Bei dem Toten Nummer drei handelte es sich um einen Mann, den sie bäuchlings verscharrt freilegten. Seine Jacke war hinten zwischen den Schultern aufgeplatzt. Auf den ersten Blick vermittelte das den Eindruck einer großflächigen Wunde.

Die Abstände zwischen den drei Toten waren unterschiedlich, einmal ein halber Meter, einmal zwei. Außerdem waren sie nicht in einer Linie verscharrt worden, sondern sie lagen vertikal versetzt.

»Hat das irgendein System?«, fragte Elling halblaut, »ist das Zufall oder ein Muster?«

»Keine Ahnung«, antwortete Lona Mendt.

»Hier ist noch einer«, meldete sich eine Polizistin des Bereitschaftsdienstes. Schnell legten alle Hand an und den vierten Leichnam frei: einen Jungen.

Diejenigen, die am nächsten standen, setzten die Schaufeln ab. Und als sei das ein geheimes Stichwort, ließen auch die anderen von ihrer Arbeit ab und umringten das Kind.

»Gott …«

Wie eine eilig zusammengewürfelte Traube aus Trauernden standen sie dort im Regen, der Stück um Stück das Gesicht des toten Jungen freiwusch. Er trug kein Nachthemd, sondern einen Pullover und eine Jeans. Sein Mund war weit geöffnet wie bei Munchs »Schrei«.

Niemand sagte ein Wort. Nur das unermüdliche Prasseln des Regens.

Obwohl das eine Auge trüb und das andere noch etwas von Erde verdeckt war, sahen doch alle das fürchterliche Entsetzen, das wie gemeißelt in seinem Gesicht stand.

Lona fand als Erste ihre Sprache wieder: »Die sind nicht gemeinsam gestorben.«

10

27. NOVEMBER, LICKOW

Die Jagdhütte im Lickower Forst, auf die sie durchs Unterholz zustapften, lag etwa 400 oder 500 Meter vom Fundort der vier Leichen entfernt.

Dort lebte laut Einwohnermeldeamt der Pächter dieses Waldstücks, ein gewisser Moritz Krüger, wie Mertens für sie herausgefunden hatte.

Die »Hütte« entpuppte sich als ein großer, massiver Holzbau, der den Schlusspunkt eines anderen Feldwegs bildete, der vom Lickower See aus hierherführte. Das Gewässer war nur zu erahnen, weil es sich kaum vom Grau des Himmels abhob und hinter einigen dichten Baumreihen befand. An dem gegenüberliegenden Ufer konnte man ein paar vereinzelte Villen sehen.

Aus dem Schornstein des Pächters quoll heller Rauch, als hätte jemand das Blockhaus aus einem Bilderbuch direkt hierher versetzt. Auf einem Stück Schotter davor parkte ein Jeep. Daneben, im Schutz eines Carports, stand ein sehniger Mann Anfang dreißig in Armeehose und Flanellhemd und zerteilte Holzstücke mit einer Spaltaxt. Seine fließenden Bewegungen und die Präzision seiner Schläge verrieten jahrelange Erfahrung.

Er trug einen Vollbart und halblanges, ungezähmtes Haar. Und er bemerkte sie erst, als sie fast vor ihm standen, so konzentriert war er. Der Mann konnte ihre Miene nicht deuten, aber sah sie interessiert an: zwei ziemlich durchnässte Gestalten. Die Schuhe mit Matsch beschmiert, die Hosen verdreckt. Mit ziemlicher Sicherheit Städter.

»Verlaufen, hm?«

»Nur ein bisschen. Elling, Kriminalpolizei Rostock – meine Kollegin Frau Mendt.«

»Tach.«

»Sind Sie Moritz Krüger?«

Jetzt horchte der junge Mann das erste Mal auf.

»Genau.«

»Und Ihnen gehört das Waldstück hier«, fragte Lona. Moritz Krüger hatte sie beide gleichermaßen wahrgenommen, aber jetzt richtete er seine Augen auf die blonde Kommissarin und lächelte das Lächeln eines jungen Mannes, der mit seinen Gefühlen nicht hinter dem Berg hielt und dem gefiel, was er sah.

»Der Wald hier gehört dem Land«, korrigierte er sie freundlich, »wir sind die Jagdpächter.«

»Wir heißt?«

»Wir«, antwortete jemand irgendwo hinter ihnen, und als Elling und Lona sich umblickten, stand wie aus dem Nichts ein stämmiger Mann in der Eingangstür. Älter als derjenige mit der Spaltaxt, aber eine ähnliche Physiognomie. Er ging mit der Ruhe des Hausherrn auf sie zu.

»Die sind von der Polizei, Frau Mendt und Herr Elle.«

»Elling.«

»Ja, oder so.«

Die neue Information änderte nichts an dem skeptischen Gesichtsausdruck des Mannes, der sie nun erreicht hatte. Während der Jüngere Lachfältchen um die Augen trug, waren die Mundwinkel des Älteren gesenkt.

»Ich bin Max Krüger«, stellte er sich vor.

Woraufhin Lona und Elling sich einen kurzen Blick zuwarfen. Einer, den die Brüder Krüger von Kindesbeinen an einzuordnen wussten.

»Ja, schon klar, Max und Moritz. Unser Vater fand's lustig«, fügte Max Krüger hinzu, und seine Miene ließ keinerlei Zweifel daran, dass er den Humor seines Vaters nicht teilte, »was gibt's, was wollen Sie?«

Lona Mendt stand relativ nah bei ihm. Sie roch etwas. In seinem Atem. Vielleicht hing was in seinem Bart, der sehr gepflegt war. Etwas Scharfes, Fruchtiges. Sie begriff.

»Uns ist kalt. Haben Sie vielleicht einen Schnaps?«

Moritz Krüger warf seinem Bruder einen fragenden Blick zu, und der nickte.

»Ist Selbstgebrannter hier verboten?«, fragte Moritz.

»Heute nicht«, sagte Lona, und Elling staunte stumm.

Der große, grobe Tisch, an dem sie auf harten Stühlen Platz nahmen, stand in der Mitte des Raumes. Dunkles Holz – wie der Boden, so die Wände und die Decke. Ausgestopfte Tierköpfe und Flinten an der Wand. Wenn Elling und Mendt gedacht hatten, dass so etwas im 21. Jahrhundert ausgestorben war, saßen sie hier mitten im Gegenbeweis.

Ein riesiger, offener Kamin, in dem die Glut so intensiv loderte, dass sie den ganzen Raum beheizte und der nächstgelegene Stuhl nicht umsonst in drei Metern Entfernung stand.

Max Krüger legte gerade zwei Scheite nach. Hinter ihm erstreckte sich eine kleine Küche mit einem Regal voller Flaschen. Bruder Moritz entkorkte eine davon und goss einen Schnaps mit leicht gelblicher Färbung in vier Gläser, die er zum Tisch trug und sich zeitgleich mit Max Krüger hinsetzte. Elling hatte seine abgegriffene Kladde mit Kunstledereinband auf den Tisch gelegt, in der er mit einem Kugelschreiber Notizen festhielt. Oder aus Langeweile kleine Bildchen anfertigte: Blumen, Schiffe, Ufos, Gesichter.

»Seit wann haben Sie das denn hier gepachtet?«

»Seit jetzt sechs Jahren.«

»Also seit 2000?«

»Ja.«

Max schob die Schnapsgläser hin: »Na dann.«

»Dann.«

»Prost.«

Sie hoben die Gläser und tranken, und die Gebrüder Krüger grinsten, weil Lona wie Elling die Gesichter verzogen.

»Mein lieber Mann«, sagte Elling. Lona hustete etwas.

Das Grinsen von Max und Moritz wurde noch eine Spur breiter.

»Aber wegen Schnaps sind Sie nicht hier, oder?«, sagte Max Krüger unvermittelt, und seine Feststellung war wie eine Ernüchterung.

»Nein«, bestätigte Lona ihm, »wir suchen Leute, die hier graben. In dem Wald, den Sie gepachtet haben.«

»Graben?«

»Ja«, sagte Elling, »Erdaushub jeder Art. Mal vorgekommen in den letzten Wochen oder Monaten?«

Die Brüder schüttelten den Kopf.

»Nee, wozu? Hier kommen Spaziergänger her.«

»Und nachts Pärchen, aber die bleiben im Auto.«

Elling nickte verständnisvoll: »Wir würden Ihnen gerne mal was zeigen.«

»Hier?«

»Draußen«, sagte Elling, »ich geh mal voran.«

Sie erkannten keine der Leichen wieder.

Max Krüger war zwar sichtlich erschüttert, bewahrte aber die Fassung. Sein jüngerer Bruder Moritz musste sich setzen: »Das sind ja noch Kinder.«

Etwas Verdächtiges in den letzten Wochen oder Monaten war ihnen nicht aufgefallen. Obwohl sie öfter im Gelände unterwegs waren und auch gerufen wurden, wenn Autofahrer mit Wild kollidierten.

Und während Elling die beiden zu den Leichen begleitete, hatte Lona Mendt die Schnapsgläser der Brüder für einen DNA-Test eingesteckt.

11

1. JANUAR 2007, TOITENWINKEL

In den Morgenstunden der Neujahrsnacht lag immer noch der Geruch von Böllern und Raketen in der Luft. In Rostock-Toitenwinkel tummelten sich soziale Wohnungsbauten in Form von mehrstöckigen, schmucklosen Gebäuden. Einige mit farbigen Eingängen, damit die Betrunkenen nachts nach Hause fanden, wie man hier munkelte.

Junge Mütter, die rauchend auf ihre Handys starrten, schoben ihren Nachwuchs in der Kinderkarre an Spielplätzen vorbei. Und an deren Rändern trafen sich junge Männer mit Kapuzenshirts und begrüßten einander mit einer unvorhersehbaren Abfolge an Handberührungen, bevor sie sich dem Tunen ihrer Autos widmeten oder kleine Päckchen austauschten.

Sarah kannte die Ecke mittlerweile. Die sicheren Wege und die dunklen. Die, wo Drogen vertickt wurden, und die, wo die etwas älteren Mädchen sich anboten. Sie war schließlich kein Kind mehr. Aber auf der Hut musste man natürlich trotzdem sein. Immer? *Immer*, hatte Raya gesagt.

Hafenbahnweg 7.

Der Komplex, den sie am besten kannte. Wenn man schwarz mit der Linie 38 fuhr – wie sie es getan hatte, man stieg am besten hinten ein, dann sah man den Kontrolleur kommen und konnte rechtzeitig wieder aussteigen –, kam man praktisch direkt gegenüber den Wohnhäusern an. Den Blocks.

Hingemeißelt in etwas Grün und verbunden durch Gehwegplatten. Hinter der Haltestelle rauschten die schweren Güterzüge Tag und Nacht an der Siedlung vorbei und ließen die Erde auf ihrem Weg zum Rostocker Hafen erzittern.

Die Nachbarjungs hatten eine Art Sport daraus entwickelt, auf die Züge aufzuspringen, die hier bereits langsam abbremsten, und auf ihnen zu *surfen*, wie sie es nannten.

In New York machen das die coolen Kids, sagten sie.

»Und warum?«, fragte sie.

»Weil.«

Es war auch eine wirksame Methode, sich seiner Verfolger zu entledigen. Wenn man jemandem beim Bezahlen die Brieftasche aus der Hand riss und dann wegrannte, zum Beispiel. Die meisten Männer unter den Opfern rannten hinterher. Aber auf den Zug sprang niemand. Sie stoppten alle nur japsend ab und stießen mit hochroten Köpfen Flüche aus, während die Jungs ihnen grinsend den Mittelfinger zeigten. Oder ihre Brieftasche. Die Coolsten zeigten beides.

Jetzt warfen ein paar von ihnen noch Böller. Überall lagen zertretene Bierdosen und Weinflaschen, aus denen die Raketen abgeschossen worden waren.

Ein paar Hundebesitzer waren unterwegs, damit ihre vom Lärm verängstigten Vierbeiner sich erleichtern konnten.

Sarah schaute über die Schulter zur Straße. Niemand schien Notiz von ihr zu nehmen. Erst als sie sich dessen sicher war, legte sie die letzten Meter zum Eingang Nr. 7 zurück. Sie zog an der Eingangstür, aber wie vermutet war die verschlossen. Rechts daneben ein Gewimmel von Klingelknöpfen und unterschiedlichen

Namensschildern, viele davon einfach hingekritzelt auf einem Stück Papier. Sarah presste beide Handinnenflächen drauf und erwischte damit etwa neun oder zehn. Dann ließ sie los und lehnte sich gegen die Eingangstür, um sie aufzudrücken, sobald einer von denen, die sie am Neujahrsmorgen aus dem Bett geklingelt hatte, den Türöffner bediente. Stattdessen meldeten sich ein paar Stimmen.

»Yüksel?«

»Wer ist da?«

»Hau ab, Natalia, es ist vorbei.«

»Amazon«, antwortete Sarah.

Prompt ging mehrfach der Summer.

Auf dem Weg in den 5. Stock vermied Sarah den Fahrstuhl, der im Zweifelsfall zur Falle für sie würde, wenn die Männer sie fanden, die sie und die anderen Zeugen draußen im Haus aufgestöbert hatten.

In der 5. Etage begegnete ihr ein großer, alter Mann in einem Parka, den sie hier schon ein paar Mal gesehen hatte. Sarah wartete, bis der Fahrstuhl ihn verschluckte und nach unten trug, bevor sie an die Tür trat, über deren Schloss und Fläche ein Plastikband der Rostocker Polizei gespannt worden war. Auf dem Klingelschild stand in blauer Schrift *R. Pavlov*.

Ein blaues Siegel war über die Tür, das Schloss und die Zarge geklebt worden, sodass das Betreten der Wohnung nicht mehr unbemerkt geschehen konnte. Darauf stand: *Polizei Mecklenburg-Vorpommern*. Und darunter: *Wer ein dienstliches Siegel beschädigt, ablöst oder unkenntlich macht, wird gemäß § 136 StGB (Siegelbruch) strafrechtlich verfolgt.*

Sarah atmete tief durch – sie war unendlich erleichtert. Die Anspannung wich zurück und machte der Müdigkeit Platz, die klammheimlich in ihr hochkroch. Sie war seit gut 28 Stunden auf den Beinen. Jetzt hatte sie endlich ihren Unterschlupf erreicht.

Doch dann kam ihr ein Gedanke, der ihr schmerzhaft in den Kopf fuhr: Was, wenn einer der anderen auch auf die Idee gekommen war? Oder einer der Männer von heute Nacht? Wenn er da drinnen saß und in aller Ruhe auf sie wartete? Dazu hätte er in die Wohnung gehen müssen, bevor die Polizei sie mit dem Siegel versehen hatte.

Oder … die Männer, die ins Haus gekommen waren; sie waren *Polizisten* gewesen. Mit Ausweisen und Autos und Lona Mendt hatte sie hereingelassen. *In das sichere Haus*. Also konnten solche Männer auch dieses Siegel angebracht haben. Und drinnen auf sie warten. Doch selbst wenn: sie kannten den geheimen Zugang nicht.

Die nächste Treppe endete oben an einer Brandschutztür, die nie abgeschlossen wurde.

Wegen der Brandschutzbestimmungen in Deutschland, wie Frau Nedeva ihr erklärt hatte, mit diesem spöttischen Schmunzeln, bei dem sich nur auf einer Seite ein Grübchen bildete. Eines Tages erstickt dieses Land an seinen eigenen Regeln, das muss man sich mal vorstellen, hatte sie hinzugefügt.

Auf dem Dach des Plattenbaus befanden sich diverse Aufbauten für die Elektrik, Abluftschächte und Heizrohre, die einem Schutz vor dem eisigen Wind boten. Oder vor Blicken.

Die Wohnungen nach Osten verfügten über einen anderen Grundriss und ragten zum Teil über das Flachdach der anderen hinaus. Nicht viel. Vielleicht einen halben Meter, was den Wohnungen genug Platz für kleine Fenster bot, und vor einem dieser rechteckigen Öffnungen ging Sarah in die Knie und drückte sanft dagegen, bis die Scheibe nachgab und lautlos aufschwang.

Darunter erstreckte sich das Badezimmer der Wohnung. Sarah linste hinein – die Tür zum Flur stand halb offen. Intuitiv steckte sie den Kopf etwas hinein, schloss die Augen und lauschte.

Nach einem Menschen, der sich bewegte. Nach einem Atmen. Einem Klappern aus der Küche oder einer Stimme aus dem Fernseher. Nach irgendeinem Anzeichen von Leben.

Aber da war keines.

Die Füße voran zwängte sie sich durch die schmale Öffnung und landete mit den Schuhsohlen auf der Waschmaschine. Erneut Verharren, Lauschen. Vor Konzentration kniff sie dabei die geschlossenen Augen zusammen. Nichts.

Mit der geräuschlosen Geschmeidigkeit einer Katze ließ sie sich von der Waschmaschine auf die Fliesen des Bodens gleiten. Vorsichtig und jederzeit bereit, aus der Wohnung in Windeseile wieder über das schmale Fenster zu fliehen, inspizierte Sarah die Wohnung. Wobei ihre Zuversicht mit jedem weiteren Raum, den sie leer vorfand, zunahm – bis sie schließlich das Wohnzimmer erreichte.

Der große Blutfleck auf dem Teppich vor der Haustür. Und die kühle Luft, die durch das Loch eines Geschosskranzes im Fenster in die Wohnung drang. Alles war noch an seinem Platz.

Jetzt endlich fühlte sie sich sicher. In der Anonymität von Toitenwinkel war das hier ihr Refugium. Ihre Zuflucht und ihr Schutzraum. Mit einem Notausgang, durch den kein Erwachsener passte. Dazu das Siegel der Polizei vor der Tür – eine Art magisches Band, das jeden Eindringling abwies.

Einige der Lebensmittel im Kühlschrank waren verschimmelt. Aber da sie einen Mordshunger hatte, stopfte Sarah sich eine Handvoll Salamischeiben in den Mund. Das tiefgefrorene Brot röstete sie auf dem Toaster, bis es außen schwarz war und innen aufgetaut. Während sie wartete, gab es Käse, Silberzwiebeln und Nutella. Bis das Brot genießbar war, war sie satt. Und Nasenspitze, Ohren und auch die Zehen inzwischen eiskalt.

Ein Griff zum Heizkörper bestätigte ihre Vermutung – jemand hatte die Thermostate aller Heizkörper auf null gedreht. Also drehte Sarah sie schnell wieder auf. Bis die Wohnung sich aufheizte, suchte sie Zuflucht im Mädchenzimmer. Im Flur zweite Tür rechts.

Gleich links neben dem Eingang befand sich der Schrank mit den Kleidern. Und zum Fenster hin zwei gegenüberliegende Stockbetten. Ihres unten links war immer noch genauso wie an dem Tag, als es hier rundgegangen war. Sie tauschte die große Jacke von Herrn Mertens gegen ihre Daunenjacke aus dem Kleiderschrank.

Veras Bett – das untere im Stockbett rechts – fand sie ebenfalls unverändert vor. Jedes noch so kleine Detail der Wohnung wirkte wie konserviert. Als wolle ein Museumsverein sie genau so bewahren, um sie in hundert Jahren staunenden Besuchern zu präsentieren.

Pappsatt kroch Sarah samt ihrer Jacke unter die Decke, legte sich auf die Seite und zog die Beine an.

Sie schloss die Augen und sah das durchscheinende Gesicht von Frau Mendt vor sich, umrahmt von feinem Schnee, auf dessen weiße Kristalle sich auch ein paar Spritzer Blut verirrt hatten. Die hellblauen Augen, die auf sie gerichtet waren. Ihr Mund, ihre Lippen, die ein *Lauf* formten, währen die Augen *Bleib* sagten.

Eine Welle breitete sich kreisförmig aus Sarahs Brust aus, donnerte durch ihren kleinen Körper, über Finger- und Zehenspitzen, und als sie ihre Augen erreichte, weinte sie. Sarah weinte um Lona Mendt und darüber, was aus ihr selbst werden sollte, und ihre völlige Erschöpfung kam als gnädiger Schlaf über sie.

12

1. JANUAR 2007, RINGELRANKENWEG

Der Ringelrankenweg war wie ausgestorben. Bis auf ein paar Fußgänger, die ihre Hunde ausführten, war niemand zu sehen. Die meisten lagen noch in ihrem Bett, und vermutlich schliefen nicht wenige von ihnen ihren Silvesterrausch aus.

Hagen Dudek und Maja Kaminski saßen nebeneinander in seinem Van und rauchten bei leicht geöffneten Fenstern eine Zigarette. Von hier aus hatten sie die Nummer 24 im Blick, das Haus von Frank Elling. Unschwer an dem 911er Porsche zu erkennen, der dort im Hof stand.

Auf Rosts Anrufe aus der Klinik und später auf der Fahrt hierher hatte Mareike Elling nicht reagiert. Rost vermutete sie auf einer Party irgendwo. Vom Schicksal ihres Vaters hatte sie noch keine Kenntnis. Da er Kaminski und Dudek von dieser Aufgabe entbunden hatte, wollte er sie selbst wahrnehmen – und sich Mareike Ellings Segen für das Betreten des Hauses im Ringelrankenweg holen.

Natürlich wäre es möglich gewesen, Kaminski und Dudek auch so grünes Licht zu geben. Zum Beispiel wegen Gefahr im Verzug oder wegen Beweissicherung. Es hätte später, nach dem Betreten, ohnehin keine behördliche Stelle Einwände erhoben in dieser Tragödie mit zwei toten und zwei sterbenden Polizisten.

»Lassen Sie sie doch einfach orten«, hatte Maja vorgeschlagen. »Ich denke, es ist höchst unwahrscheinlich, dass die Tochter von Herrn Elling sich tatsächlich in Gefahr befindet. Aber Sie könnten es ausgeschlossen haben wollen.« All das serviert mit einem schiefen Lächeln.

Woraufhin Simon Rost den Blickkontakt mit Dudek gesucht hatte, der ein Schulterzucken andeutete.

»Ich teile in der gegenwärtigen Situation den pragmatischen Ansatz der Kollegin.«

»Also schön.«

»Sagen Sie den Kollegen des Providers bitte, sie sollen die Laufzeiten verwenden«, fügte Dudek sachlich hinzu.

»Das ist was?«, fragte der kleine Staatsanwalt.

»Je nachdem, wie groß die Funkzelle ist, in der das Handy sich am Funkmast eingewählt hat«, antwortete Maja Kaminski, »haben Sie nach einer Ortung immer noch keine genaue Position. Die Laufzeitermittlung gibt Ihnen Auskunft über die Entfernung von Funkmast und Mobilgerät.« Dudek musste schmunzeln, und auch Rost kam um ein anerkennendes Nicken nicht herum.

Ihr Handy wurde nur wenige Minuten später im Südwesten der Hansestadt lokalisiert. Rost zog sich den Krawattenknoten nach und machte sich auf den Weg dorthin. Um an der nächsten Ecke zu halten und tief durchzuatmen.

Guten Tag, Frau Elling, Sie kennen mich nicht.

Wie einfallsreich.

Hallo, Frau Elling, ich bin ein Kollege Ihres Vaters.

Was, bei Licht betrachtet, gar nicht zutraf.

Wenn ich Sie kurz stören dürfte: Mein Name ist Rost, ich bin Staatsanwalt aus Rostock und muss Sie in einer persönlichen Angelegenheit sprechen.

Das klang sehr förmlich. Darüber hinaus erschien ihm *Wenn ich Sie kurz stören dürfte* als ebenso ältlich wie unsinnig, da mit der Ansprache die Störung eingeleitet wurde. Rost seufzte.

In einem dunklen Wald voller Paragrafen hätte er sich im Schlaf zurechtgefunden. Aber jemandem die Nachricht vom Tod des Vaters zu überbringen, rangierte doch einige Gewichtsklassen höher.

Der Verlust von Mutter oder Vater markierte auch immer das Ende der Kindheit – niemand mehr, der die Hand über einen hielt, wenn es hart auf hart kam. Und kein Heimathafen, in dem man Schutz vor dem Sturm suchen konnte.

Simon Rost hatte bereits an zwei Haustüren vergeblich geklingelt – niemand hier kannte eine Mareike Elling. Die Funkzellenortung war zwar nach dem heutigen Stand der Technik sehr genau, aber eben nicht auf den Meter. Die dritte Haustür bildete den Eingang zu einem Reiheneckhaus mit kleinem Vorgarten. Gepflegt. *Jansen* stand auf dem Klingelschild. Rost betätigte die Klingel. Sofort näherten sich Schritte.

»Ist bestimmt Hotte mit den Brötchen.«

Ein junger Mann mit Dreadlocks öffnete die Tür. Rost sah im Hintergrund ein paar Matratzen im Wohnzimmer und Flaschen am Boden. Ein Aschenbecher, in dem sich Kippen in einer statisch unmöglichen Höhe stapelten.

Eine kreidebleiche junge Frau huschte in Unterwäsche in ein Badezimmer. Es roch nach Kaffee und nach einem Zigarettenrauch, der von Cannabis geschwängert war. Die Ausläufer einer Silvesterparty, wie es schien.

Der junge Mann, der die Tür geöffnet hatte, trug eine Jeans mit ein paar Schlitzen und ein T-Shirt mit dem Slogan *Try me*. Er war barfuß. Für einen Sekundenbruchteil schien er irritiert, dann grinste der junge Mann. Warum auch immer. Wegen des Wetters, weil es ein neues Jahr war, er eine tolle Nacht gehabt hatte oder ihm der kleine Mann im Anzug irgendwie unwirklich vorkam.

»He, was geht?«

»Mein Name ist Simon Rost.«

»Das tut mir echt leid«, kicherte er und fand es selbst so lustig, dass er die Hand vor den Mund hielt, weil er so sehr lachen musste. Vielleicht hatte er ein paar Haschkekse gegessen, dachte Rost.

»Ich suche Mareike Elling.«

Das Lachen ebbte ab.

»Ist die hier?«

»Tja … um was geht's denn?«

»Das möchte ich ihr gerne persönlich sagen.«

Der junge Mann musterte ihn kurz und erfasste dann den Terrier in dem Anzugträger.

»Ja, klar«, sagte er und rief über die eigene Schulter nach hinten: »Mareike? Hier ist so'n Typ für dich!«

»Typ?«, kam es von hinten links. Rost erhaschte ein paar Fliesen hinter der offenen Tür. Vielleicht die Küche.

Und prompt erschien eine junge Frau im Flur, die er vom Foto wiedererkannte. Sie sah etwas übermüdet aus, aber guter Dinge. Sie lächelte, aber ihr Lächeln verringerte sich mit jeder Sekunde, in der die Ahnung in ihr reifte, dass der Mann da draußen nicht hier war, weil er gute Nachrichten im Gepäck hatte.

»Guten Morgen, frohes neue Jahr.«

»Guten Morgen, Frau Elling. Mein Name ist Simon Rost.«

Sie sah seinen Gesichtsausdruck, und dann gaben ihr die Beine nach, und sie begann zu weinen. Der Dreadlock-Mann verlor etwas von seiner Coolness und fing sie auf und ließ sie sanft zu Boden gleiten.

»Wo ist er?«

»Im Klinikum Süd.«

Und mit einem Mal bekam Rost eine Ahnung von der Wucht, mit

der es die Tochter traf, aber noch vielmehr: Dass sie seit Kindesbeinen an jedem Tag damit gerechnet hatte, und Rost fragte sich, was für ein Martyrium das gewesen sein musste. Und er wusste auch nicht, ob es jemanden in seinem Leben gab, dem es so das Herz zerrissen hätte wie diesem armen Kind.

»Beim LKA haben wir manchmal mit der Mobilen Fahndungseinheit der Bundespolizei zu tun«, sagte Dudek und gähnte dann herzhaft, »sorry.«

»Schon gut. Sie meinen, weil wir uns bis jetzt noch nicht begegnet sind?«

Dudek nickte: »Sie können Gedanken lesen.«

»Mal sehen, wie lange Ihnen das gefällt.«

»Ich tippe, Sie sind gerade erst hierher versetzt worden.«

»Stimmt. Ja. Das hier ist mein erster Fall als Bundespolizistin.«

»Bundespolizei, weil … einfach als Aufstieg?«

»Nein. Geld ist … Ich wollte mehr Kompetenzen.«

»Und vorher?«

»Kripo Ludwigsburg in Baden-Württemberg. Das wurde mir zu eng. Und Sie?«

»Ich bin immer schon hier gewesen. Polizei von der Pike auf, Grundausbildung in Eutin, dann Kommissaranwärter in Wismar, Lübeck, Boltenhagen. Ich bin immer an der Küste gewesen. Und jetzt seit sechs Jahren LKA. Und seit fünf Minuten todmüde.«

Hagen hatte früh erkannt, dass er nie zu den Klassenbesten gehörte und nicht zu den schlausten Köpfen. Er rangierte im unteren Mittelmaß. Wenn es ihm im Leben an Intellekt mangelte, glich er das mit Fleiß aus. Sein Vater führte als Berufssoldat ein Bataillon, im Hause Dudek herrschten entsprechend klare Regeln. Es war ein Elternhaus, das ihm und seiner Schwester Geborgenheit gab und Schutz und Rückhalt. Trotzdem eiferte er dem Vater auf der Suche nach dessen Anerkennung nach: Fleiß, Disziplin, Verlässlichkeit.

Ein gegebenes Wort war ein gegebenes Wort, solche Sachen. Und Verantwortung. Zum Beispiel für die kleinere Schwester.

Und so war Hagen Dudek gewappnet, als ein polnischer Lkw-Fahrer, den seine Spedition 19 Stunden hatte durchfahren lassen, einnickte und die 38 Tonnen des Sattelzuges in den Gegenverkehr gerieten. Fünf Tote, acht Schwerverletzte.

Über Nacht waren Judith und er Vollwaisen geworden.

Hagen ertappte sich damals bei einem abseitigen Gedanken: Dass sein Vater ihn genau auf diesen Tag vorbereitet hatte. Was in Hagens auf Rationalität fußender Weltsicht natürlich ausgeschlossen war.

Selbst Menschen, die der festen Überzeugung waren, ihr Schicksal sei vorherbestimmt, schauten schließlich nach links, bevor sie die Straße überquerten.

»Haben Sie Kinder?«

»Eine Tochter: Anna.«

»Praktisch. Die können sie auch rückwärts rufen.«

Er warf ihr einen fragenden Seitenblick zu, und Maja Kaminski hob in einer entschuldigenden Geste die Hand.

»Bitte schnell vergessen, ich werd' albern, wenn ich müde bin. Wie alt ist sie?«

Dudek verzog die Mundwinkel zu einem leichten Lächeln: »Die Pferdeposter in ihrem Zimmer werden gerade durch die von Boygroups ersetzt. Und Sie?«

»Nein, keine Kinder. Und auch keinen Mann mehr.«

»Sie sind … verwitwet?«

»Nein, Kilian lebt mit meiner besten Freundin in Oberndorf am Neckar.«

Dudek erfasste den doppelten Betrug.

»Kilian ist aber auch ein fieser Name für ein Kind.«

Maja gefiel die Art seiner Aufmunterung. Sie nickte.

Es hatte ihr den Boden unter den Füßen weggezogen. Und ihr Vertrauen in die Verlässlichkeit von Menschen zerstört, noch schwerwiegender: ihr Vertrauen in ihre Menschenkenntnis, die sie für nahezu unfehlbar gehalten hatte. Ihr Bauch würde sie schon warnen, ihrem Bauch konnte sie vertrauen. Aber die Tatsache war, dass der gesamte Freundeskreis ein Jahr früher von der Affäre wusste als sie. *Alle* wussten es. Viele drängten Kilian, es ihr endlich zu sagen. Aber niemand fand sich, der es ihr gesagt hätte.

Maja Kaminski traute danach niemandem mehr.

Verlässliche Beziehungen und Freundschaften existierten, keine Frage. Aber sie gab sich nicht länger der Illusion hin, dass sie mehr waren als fragile, zeitlich begrenzte Phänomene, die ihren Niedergang bereits im Entstehen in sich trugen. Und es im Grunde nur eine Frage der Zeit war, bis solche Bindungen abrissen.

Es gab welche, die hielten ein Leben lang, und mehr konnte man von ihnen schwerlich verlangen. Aber Maja Kaminski setzte nicht mehr darauf. Bindungen waren seitdem nicht mehr obligatorischer Bestandteil ihres Lebens.

Dass sie die Flüchtigkeit der Dinge akzeptierte – selbst die eigene Lebensspanne war letztlich nur ein Wimpernschlag –, machte sie nicht einsam, wie sie befürchtet hatte, sondern ganz im Gegenteil frei.

Und jetzt saß sie hier neben Hagen Dudek vom LKA in dessen Van im Ringelrankenweg und rauchte. Wie Staatsanwalt Rost war auch er ein Bestandteil der Flüchtigkeit der Dinge. Er tauchte in ihrem Leben auf, ihre Lebenslinien überschnitten sich eine Weile, und dann würde er am Ende ihres gemeinsamen Auftrags wieder gehen. Und daran war nichts Schlechtes.

»Und Ihre Frau«, fragte Maja, »ist die auch Polizistin?«

Ein Kopfschütteln: »Sie ist meine Ex-Frau.«

»Oh, tut mir leid.«

»Ihr nicht.«

Er sprach es mit einer gewissen Heiterkeit aus, die frei war von Bitternis. Es war eine Heiterkeit der Art, über sich selbst lachen zu können. Was in Majas Augen ein rares Gut war.

»Bei Ihnen gibt es auch einen Kilian?«

»Nein. Das heißt: vielleicht. Ich denke, manche Verbindungen sind nicht für die Dauer eines ganzen Lebens gemacht. Für die Dauer, die es gehalten hat, war es gut. Eine gute Zeit.«

Sein Handy klingelte. Es war Simon Rost.

»Ich stell' Sie auf laut.«

»Ja.«

»Also, Sie können das Haus von Herrn Elling jetzt betreten.«

»Gut.«

Im Hintergrund war ein unterdrücktes Schluchzen zu hören.

»Mareike, ich …«, sagte eine junge Männerstimme, die in diesen vier Silben ihre ganze Überforderung durchblicken ließ.

»Lass mich bitte, Benji.«

Eine Frau. Vermutlich die Tochter. Rosts Stimme klang belegt. Maja dachte, dass er nicht wirkte wie jemand, der Routine darin entwickelt hatte, Menschen schlechte Nachrichten zu überbringen.

Das Haus war ein Bungalow, alles befand sich auf einer Ebene. Vom gefliesten Eingangsbereich führte ein Flur nach rechts und eine Tür in den Wohnbereich. Eine mattweiße, ausladende Küche mit einer grauen Steinplatte als Anrichte. Dahinter in einer verglasten, großzügigen Nische ein Esstisch, der Boden bedeckt mit großen Dielen aus Eichenparkett. Es schloss sich eine gemütliche Ecke mit einer Couch und einem Kamin an. Ein Regal, bis auf den letzten Zentimeter mit Büchern zugepflastert.

»Junge, Junge.«

Dudek stand an einem der bodentiefen Fenster mit Blick in den Garten und entledigte sich gerade seines Mantels, weil KHK Frank Elling die Fußbodenheizung nicht in den Urlaubsmodus versetzt hatte, bevor er im Zeugenhaus untergetaucht war. Entweder weil er es sich leisten konnte, oder weil er in so großer Eile gewesen war. Möglicherweise beides.

Kaminski trat neben ihn und musste seinem Blick gar nicht genau folgen, denn was er sah, war offensichtlich: einen riesigen Pool. Abgedeckt, aber bestimmt 15 Meter lang.

Unabhängig voneinander durchstreiften sie das Haus und öffneten auch diese und jene Schublade und blätterten in Aktenordnern. Auf der Suche nach Hinweisen. Hinweise auf den letzten Fall, den er zusammen mit Frau Mendt bearbeitet hatte. Vielleicht fand sich irgendwo ein kleines Puzzleteil, womit sie es hier eigentlich zu tun hatten. Oder wo die kleine Zeugin sich befinden könnte. Irgendetwas.

Sie stießen auf vier Schlafzimmer.

Eines war ein ehemaliges Kinderzimmer, es fanden sich noch Rudimente davon: Mareike Elling.

Ein weiteres ausgestattet mit einem Fernseher und einem Campingkühlschrank, in dem noch ein Tomatensaft und drei Bierflaschen lagerten. Vermutlich Frank Elling.

Ein anderes, das in dem Fehlen persönlicher Gegenstände an ein Gästezimmer erinnerte. Und ein letztes mit einem eigenen Bad, das benutzt wirkte. Als habe Frank Elling einen Gast beherbergt.

Maja Kaminski beugte sich hinab und roch intensiv am Kissen. Schwer zu sagen, ob Mann oder Frau. Sie tippte auf eine Frau. Aber auf jeden Fall war das Bett nicht unbenutzt.

Im Bad fand sich ein dreigeteilter Spiegel. Ein großer Teil in der Mitte, statisch. Links und rechts davon klappbare Spiegel, hinter denen sich Ablagefächer befanden. Die beiden Teile wiesen an der unteren Kante die Abdrücke von Fingerspitzen auf.

Jemand hatte sie aufgeklappt, um sich auch seitlich und von hinten im Spiegel betrachten zu können. Frau, legte Maja sich fest.

Hagen Dudek inspizierte das Esszimmer. In einer Ecke hing eine kleine Anzahl ungerahmter, aber mit Glas geschützter Fotos. Mann, Frau, Kind. Auf Raufasertapete. Einige Fotos fehlten, denn sie hatten glänzend weiße Bereiche mit einem schmalen, dunklen Rand hinterlassen.

Eines der Fotos zeigte eine ältere Frau in Schwarz-Weiß. Es war eines mit einem Trauerflor.

In der Verlängerung führte ein schmaler Gang zu einem Bereich, der neuer wirkte als der Rest des Hauses. Wie ein frisch renovierter Teil.

Die Lichtschalter gehörten einer neuen Generation an, die Wand war frei von Tapete, das Bett neu. Ein Badezimmer, das mit seinen Griffen und seinen breiten Zugängen alters- und behindertengerecht gestaltet worden war.

In einer Vase stand noch das Wasser. Aber die Blumen waren offenbar entsorgt worden.

Frank Elling hatte diesen Bereich für eine pflegebedürftige Person umgestalten lassen.

Als Maja Kaminski von der Toilette zurück in den Flur trat, sah sie Hagen Dudek im Wandspiegel. Sie verharrte nicht, weil er eine Art Buch auf der Kommode aufschlug und darin blätterte, sondern weil er sich nach links und rechts über die Schultern sah.

Um sicherzugehen, dass er nicht beobachtet wurde bei dem, was er jetzt tat: nämlich die aufgeschlagene Seite aus dem Buch zu reißen und einzustecken, bevor er es wieder zuklappte. Er ging damit zwei Meter – das war am Rand des Spiegels nicht zu sehen – zum Bücherregal und stopfte das Buch zwischen zwei andere. Ein rotes und ein dickes gelbes. Maja wartete, bis ihr neuer Kollege hinüber in die Küche gewechselt war, bevor sie sich wieder blicken ließ.

»Und?«

Dudek stand in der offenen Küche und sah sich dort um.

»Nichts. Und Sie?«

»Ebenfalls nichts, was den Fall betrifft.«

Er nickte: »Schluss für heute?«

»Ja.«

Sie verließen das Haus, Maja schloss die Eingangstür ab. Auf dem Weg zu ihren Autos klatschte sie sich mit der flachen Hand sanft auf die Stirn.

»Was?«, fragte Dudek, der die Geste bemerkt hatte.

»Ich habe das Fenster im Bad noch aufgelassen!«

»Ähm, ich kann eben …«

»Schon gut.«

Maja Kaminski wartete seine Reaktion nicht ab, sondern ging zurück zum Haus. Hagen Dudek wartete für einen Moment und entschloss sich dann, zu seinem Van zu gehen, wo er sich eine Zigarette anzündete.

Was wiederum Maja Kaminski durch die Plissees der Küche beobachten konnte, ohne selbst wahrgenommen zu werden.

Sofort war sie am Bücherregal, das sie nur über den Spiegel gesehen hatte, und musste sich seitenverkehrt kurz orientieren.

Das rote Buch war *Der Spion, der aus der Kälte kam* von *John le Carré*. Und das umfangreiche gelbe *Der Wüstenplanet* von *Frank Herbert*.

Dazwischen verborgen fand sie eine Kladde. Mit einem abgegriffenen Kunstledereinband. Maja klappte sie auf. Ein paar hingekritzelte Notizen von Frank Elling, der einen Hang zum Zeichnen hatte. Kleine Sonnen mit Gesichtern in den oberen, rechten Ecken, Bäume mit verästelten Wurzeln, alte Gesichter mit verschrumpelten Augenringen und riesigen Nasen. Alles mit Kugelschreiber angefertigt.

Maja war erstaunt über Perspektive und die Proportionen, die er wahrte. Es waren beiläufige Skizzen, vermutlich während langweiliger Besprechungen angefertigt, aber sie waren in sich stimmig.

Vielleicht wäre Frank Elling ein guter Comiczeichner geworden.

Etwa nach einem Drittel war eine Seite herausgerissen worden. Und diejenigen dahinter waren leer. Hagen Dudek hatte sich also Ellings letzter Notiz bemächtigt.

Maja sah sich schnell nach einem Bleistift um und fand ihn in einer Dose mit anderen Stiften. Bei der Gelegenheit linste sie hinaus. Dudek rauchte immer noch.

Eilig schraffierte sie die leere Seite hinter der herausgerissenen. Wie von Geisterhand erschien in weißer Schrift auf schraffiertem Untergrund ein Name: *Sarah Minkova*.

13

27. NOVEMBER 2006, ROSTOCK

Die Kriminalpolizeiinspektion der Hansestadt Rostock, in der Lona Mendt und Frank Elling ihren Dienst versahen, befand sich in der Blücherstraße in der Stadtmitte. Ein sechsgeschossiger Bau, der zur Straße hin dominierte und aus dem heraus sich ein niedrigeres Gebäude in eine Seitenstraße hinein erstreckte.

Es war bei den über 120 Mitarbeitern ein wenig aus der Mode gekommen, dieses in die Jahre gekommene Bauwerk *unseren stalinistischen Prachtbau* zu nennen. Aber es passte. Lediglich die Sprossenfenster verliehen der Fassade eine Ahnung von Charme.

Im 6. Stock ganz am Ende des Flurs befand sich das Büro der beiden. Der Boden dort bestand aus Holzdielen, die wegen all der Schuhsohlen, die über sie gelaufen waren, glänzten.

Lona wie Elling wussten haargenau, an welcher Stelle sie knarzten. Manchmal hörten sie es nämlich ganz gerne, und dann war ihnen klar, welchen Weg zu dem Regal mit den Aktenordnern sie dafür zu nehmen hatten. Oder zu den Pflanzen auf der Fensterbank, um die Elling sich fürsorglich kümmerte.

Lona konnte mit Zierpflanzen nicht viel anfangen. In ihrem Wohnmobil gab es nur Thymian, Liebstöckel, Schnittlauch und Basilikum.

Die beiden hatten die Schreibtische so angeordnet, dass sie sich gegenübersaßen und durchs Fenster auf die Stadt blicken konnten. Hier, von der 6. Etage aus, hatten sie freie Sicht auf die Unterwarnow und das Hafenbecken mit seinen riesigen Verladekränen. Ein tiefblaues Band, das sich breit und gemächlich bis nach Warnemünde erstreckte und dort in die Ostsee überging. Dahinter lagen grüne Wiesen.

Lona hatte vor drei Jahren, als sie Ellings Kollegin wurde, einen kleinen Camping-Kühlschrank mitgebracht und hier neben den

Aktenordnern angeschlossen. Im Jahrhundertsommer 2003 war das ihre Rettung gewesen.

Mertens, dessen Büro nur vom Gang getrennt schräg gegenüber lag – ebenso groß wie ihres, aber eben nur mit *einem* Schreibtisch darin –, hatte auf Nachfrage bei Mendt sein Mineralwasser darin kühlen dürfen.

Im Winter darauf hatte Elling sich eine neue Kaffeemaschine im Ringelrankenweg angeschafft (mit 14 Programmen!) und die alte De Longhi hierher mitgebracht und neben dem Kühlschrank platziert.

Seitdem kam Mertens manchmal über den Flur und schnorrte sich einen Becher.

Heute jedenfalls waren Elling wie Lona durchgefroren und erschöpft von ihrem Einsatz im Wald bei Lickow. Und kaum röhrte das Mahlwerk der De Longhi, erschien Mertens mit seinem Becher.

»Was für ein Wetter«, sagte er mit einem Nicken in Richtung der Regentropfen, die gegen das Fenster prasselten, als hätte er bei den einstelligen Temperaturen selbst vier Stunden im Regen gestanden. Ellings Hemd hing über dem Heizkörper, und Lona Mendt hatte im Volvo den nassen Pulli gegen einen trockenen getauscht.

»Kann ich einen Kaffee?«

»Klar, Rainer.«

»Schön, schön.«

Das Röhren der Maschine.

»War die Presse schon hier?«, fragte Lona.

Kopfschütteln.

»Ich hab 'ne Nachrichtensperre erlassen. Wollen ja den Täter nicht aufschrecken. Habt ihr Bilder?«

Elling nickte und zückte sein Handy: »Die professionellen sind noch in der KTU, aber ich hab mit dem hier welche gemacht. Hier.«

Mertens zog sich den Besucherstuhl heran und nahm neben Elling Platz, während Lona Mendt schon den Bericht tippte.

»Ist das das neue Nokia, Elling?«

»Ja, das N93.«

»Das ist ja brandneu!«

Elling nickte mit einer Prise stolz: »Und man kann es an den Computer anschließen.«

Was er umgehend tat, sodass auf dem 19-Zoll-Monitor mit der großen Röhre das erste Foto zu sehen war.

»Wie viel Megapixel hat die Kamera?«

»3,2 Megapixel.«

»Meine Fresse. So ein Sensor in so einem kleinen Gerät. Zeig mal her.«

Das erste Foto zeigte die gesamte Lichtung.

»Das ist der Fundort.«

»Das ist ja gestochen scharf. Carl-Zeiss-Optik?«

»Genau.«

»Wahnsinn. Haben Sie auch ein Nokia, Frau Mendt?«

Lona Mendt schüttelte den Kopf.

Niemand hatte zunächst gewusst, warum die ebenso unnahbare wie selbstbewusste Blondine sich auf eigenen Wunsch von Hannover nach Rostock hatte versetzen lassen. Die Kollegen in Hannover schwiegen unisono wie ein Grab.

Und Mendts Selbstbewusstsein erwuchs nicht aus Herablassung oder Arroganz, sondern aus dem Umstand, dass ihr Folgen egal waren. Sie hatte ihre komplette Familie verloren. Das Schlimmste, was einem passieren konnte, davor musste sie keine Angst mehr haben.

Ihr ganzes Sein war seitdem von Furchtlosigkeit geprägt.

»Ich warte auf das Smartphone von Apple«, ließ sie ihn auf die Frage nach ihrem Handy wissen.

»Nokia ist Weltmarktführer. Was soll da von Apple kommen?«

»Das ist mehr als ein Telefon, ich hab das Gefühl, Nokia hat die Entwicklung verschlafen.«

Mertens war knapp vor der Sprachlosigkeit. Aber eben nur knapp: »Verschlafen? Alleine NRW hat die mit 60 Millionen Euro Steuergeldern unterstützt. Das wird man wohl kaum machen, wenn die auf dem absteigenden Ast sind.«

Sie warf ihm einen langen Blick zu. Und als er nicht begriff, sagte sie: »Zwei Männer, zwei Kinder. Die sind zu unterschiedlichen Zeitpunkten gestorben.«

»Ja, natürlich«, brachte Mertens hervor und widmete seine ungeteilte Aufmerksamkeit jetzt mit ertappter Miene den Fotos.

Je mehr ihr Vorgesetzter von den Toten sah, desto einsilbiger wurde er. Und bei den Kindern schluckte er doch ganz kurz. Mertens hatte im mittleren Dienst begonnen. Realschule, Polizei, die Ochsentour. Praktisch Ellings Strecke, nur eben ein paar Jahre vorher. Es gab so gut wie nichts, was er nicht gesehen oder zumindest gehört hatte. Aber an tote Kinder gewöhnte man sich nie.

»Waren die verwandt?«

»Die Kollegen in der Rechtsmedizin haben DNA-Proben genommen. Die Analyse läuft.«

»Und die Pächter? Die Brüder Krüger? Haben die Vorstrafen?«

»Der Jüngere zwei Punkte in Flensburg wegen Trunkenheit am Steuer. 0,9 Promille. Ist jetzt aber auch schon vier Jahre her«, antwortete Elling, »ansonsten haben die bis jetzt nichts auf dem Kerbholz.«

»Wenn sie was damit zu tun haben, dann war es nicht sehr klug, die Leichen fußläufig einfach nur einen halben Meter tief zu verscharren.«

»Oder sehr clever«, wandte Lona ein.

»Haben Sie einen Speicheltest genommen?«

»Nein, Frau Mendt hat zwei Schnapsgläser entwendet, die werden auch auf DNA-Treffer ausgewertet.«

Mertens nickte. Die Frau war ziemlich klug. Und raffiniert. Raffiniert waren sie natürlich alle, man musste auf alles gefasst sein.

»Was ist mit der Identität der vier Toten?«

»Wissen wir nicht. Keine Papiere. Nichts, was auf einen Namen, den Wohnort oder so was schließen lassen könnte.«

Ellings Handy meldete sich.

»Tschuldigung.«

Er wich nach draußen auf den Flur aus. Es war Tatjana. Erika verlangte nach Kapern. Elling versicherte der neuen Pflegekraft, dass sich keine im Haus befanden. Dann, so, Tatjana, würde sie schnell welche besorgen. Auf der Herfahrt hatte sie einen Supermarkt gesehen. Ob er denke, es sei möglich, Erika eine Stunde allein zu lassen? Zur Post musste sie auch noch. Elling gab ihr grünes Licht.

Vier Tote, kein Verdächtiger. Tatwerkzeuge waren mit großer Wahrscheinlichkeit eine Schrotflinte, ein Schlaginstrument, das dem anderen Mann die Schädelverletzung beigebracht hatte, ein Messer oder eine Schere, eine Klinge jedenfalls, was das Mädchen betraf, und bei dem Jungen, der auf den ersten Blick keine äußerlichen Verletzungen aufwies, mussten sie das Ergebnis der Obduktion abwarten.

»Warum genau da«, fragte Rainer Mertens, »er könnte sie ja auch in die Warnow werfen.«

»Tut er aber nicht.«

»Eben, Elling.«

»Also hat Lickow für ihn eine Bedeutung«, schlussfolgerte Lona. »Er kennt sich aus. Er weiß, wann es gut ist, dort die Leichen zu vergraben. Der Ort und er stehen miteinander in Verbindung.«

»Gehen wir von *einem* Täter aus?«, fragte Elling und sah von Lona zu Mertens und zurück. Auch die Kollegin und sein Vorgesetzter hatten einen Blickwechsel, und dann nickte Mertens: »Ja. Und dann haben wir hier einen Serientäter. Und wie wir wissen, hören die naturgemäß nicht auf damit. Also: Zentralrechner abfragen. Mordmerkmale. Und Opferprofile.«

»Finden wir nicht«, sagte Elling und nahm seine Brille ab, hauchte gegen die Gläser und putzte sie mit seinem Hemdsärmel.

»Weil?«, wollte Mertens wissen.

»Ein Typ, der erwachsene Männer und Kinder tötet – das wäre doch bundesweit bekannt. So ein Opferprofil ist unverwechselbar.«

»Ich sag dir was, in Nordrhein-Westfalen haben die Kollegen mal 12 Jahre lang nach zwei Bankräubern gefahndet, weil das Duo in vier Bundesländern zugeschlagen hat und die Landeskriminalämter sich gegenseitig nicht darüber verständigt haben. Für die hat die Fahndung an der Grenze zum nächsten Bundesland aufgehört. Also: bundesweiter Abgleich. Und dann im Ausland: Europol. Dann wissen wir, ob wir einen alten Bekannten suchen oder einen, der gerade erst angefangen hat.«

»Okay«, gab Elling zur Antwort, »fragen wir das ab.«

»Und Vermisste«, meldete Lona Mendt sich zu Wort, »die muss ja jemand vermisst haben. Und weil die Gesichter zum Teil noch gut erhalten sind, würde ich eine Rekonstruktion anregen. Dann haben wir die schon vorliegen, falls wir später doch noch in die Öffentlichkeitsfahndung gehen.«

Sie war wirklich plietsch, dachte Mertens.

»Hat Pramann schon veranlasst.«

»Gut«, sagte Elling.

Rainer Mertens überlegte kurz, dann nickte er: »So machen Sie das.«

Ellings Handy klingelte erneut, und jetzt war es seine Mutter selbst, die er in der Leitung hatte. Er ging hinaus auf den Gang, womit Mertens und Lona Mendt wieder unter sich waren.

»Da hatten Sie einen harten Tag«, sagte Mertens, weil er nicht wusste, was er sagen sollte, wenn er mit KHK Lona Mendt allein war. Egal, welches private Thema er anschnitt, es war ihr vermutlich egal. Sie würde wahrscheinlich nicken auf diese Mendt-Art, wenn sie etwas nicht interessierte: die Augen auf das Gegenüber gerichtet, aber die Gedanken schon kilometerweit entfernt – beschäftigt mit etwas *Substanziellem*.

»Ganz recht«, gab sie zurück.

»Ja, ja«, brummte er wissend. Und schaute unauffällig in den Flur. Und ja, zum Glück kam Elling zurück.

»Ich brauch Kuchen«, sagte er.

Als Elling mit Lona ins Haus kam, erwartete seine Mutter ihn bereits. Lona hielt die Kuchenstücke aus der Konditorei um die Ecke in der Hand. Die Irritation seiner Mutter angesichts seiner Begleitung blieb auch Lona nicht verborgen.

»Ich hab Ihnen Kuchen mitgebracht, Frau Elling«, sagte Lona daher mit einem warmherzigen Lächeln und ging in Richtung Küche, um zu unterstreichen, dass sie hier nicht fremd war und sich offenbar auskannte. Erika blickte ihr nach, ihre Augen wurden schmal vor gedanklicher Anstrengung: Wer mochte das bloß sein?

Ihr erfolgloses Durchforsten in den Ruinen ihres Gedächtnisses tat Frank Elling beinahe körperlich weh.

»Das ist Lona Mendt, meine Kollegin, Mama.«

Sie wandte die Augen von Lona ab und nahm ihren Sohn mit empörter Stimme ins Visier: »Das *weiß* ich doch.«

Keine fünf Minuten später saßen sie zu dritt am Esstisch.

Erika, die meinte, Süßes müsse sie mit Vorsicht genießen, langte kräftig zu. Elling sah ihr dabei wohlgesinnt zu. Und als er den Kopf hob, bemerkte er, dass derselbe Blick von Lona auf ihn gerichtet war.

»Schmeckt's?«

»Ganz gut«, fand Erika.

Der Schlüssel ging im Schloss.

»Omi – wie schön!«, rief Mareike schon aus dem Flur und kam zu ihnen. Erika strahlte. Elling nicht minder.

»Kind.«

»Ja.«

Sie umarmten sich herzlich.

»Omi«, stutzte Erika, »das klingt so alt.«

»Ach, Quatsch«, fegte Mareike ihre Bedenken beiseite. »Schön, dass du ab jetzt hier wohnst!«

Erika Elling strahlte: »Findest du?«

»Ja, klar. Alle Ellings unter einem Dach«, sagte Mareike.

Sie war 21 Jahre alt und vollschlank. *Hat noch etwas Babyspeck*, sagte Elling gerne. Er verstand diesen ganzen Rummel um Modelmaße sowieso nicht. Oder wie man jetzt neuerdings sagte: Hype. *Hype*. Noch so ein Blödsinn. Eine Frau sollte doch bitte immer noch wie eine aussehen. In seinen Augen war sie sowieso makellos.

Die dunklen Haare trug sie kinnlang, den Pony knapp. Die weichen Züge hatte sie von ihrer Mutter, das Lachen von ihm. Elling fand ihr Lachen sehr sympathisch. Sie hatte Witz, sie war die Klügste aller Ellings.

»Guten Tag, Frau Mendt.«

»Hallo, Mareike.«

Lona war Mareikes Vorbild. Unabhängig, autark, frei, cool.

»Kuchen?«, fragte Elling.

Sie kam zu ihm, umarmte ihn kurz und gab ihrem Vater einen Kuss auf die Wange.

»Nein, ich spring kurz unter die Dusche. Ich bin mit Benji verabredet.«

Beim Namen des jungen Mannes bekamen ihre Augen einen verklärten Glanz.

»Benji?«, fragte Erika, »ist das nicht ein Hund?«

Der Einwurf konnte Mareikes Laune nicht trüben: »Er heißt Ben-ja-min. Wir gehen ins Kino. Wäre nett, wenn ihr euch kurz um ihn kümmern könntet, falls ich nicht rechtzeitig wieder da bin.« Sagte es und trippelte die Treppe hoch zum Badezimmer.

»Soso«, sagte Elling, der sich das Seufzen verkniff, »Kino.«

»Vielleicht hab ich bald einen Enkel.«

»Das wollen wir mal nicht hoffen, Mama.«

Zehn Minuten später kam Tatjana mit den Kapern.

Elling begleitete Lona zu dem Volvo und strich gedankenverloren über das Dach seines Porsche. Sanft, versteht sich.

In dem Moment klingelte Lonas Handy, die einen kurzen Blick auf das Display warf.

»Pramann«, sagte sie halblaut zu Elling, bevor sie den Anruf entgegennahm.

Pramann war der Rechtsmediziner, mit dem sie bereits seit Jahren zusammenarbeiteten. Ein ruhiger, überlegter Typ, der nie die Stimme erhob. Sanfte Augen, ein nachdenklicher Mensch.

»Ich verstehe, danke. Dann sehen wir uns morgen. Ja, Ihnen auch.«

Lona beendete die Verbindung und steckte ihr Handy wieder ein.

»Morgen hat er die Autopsieergebnisse?«, mutmaßte Elling.

Lona nickte: »Es gibt keine Treffer von der DNA von Max oder Moritz Krüger an den Leichen.«

»Okay«, sagte Elling nachdenklich und spürte an ihrer Art, dass das noch nicht alles war.

»Noch was?«

»Ja. Im Magen des toten Jungen hat Doktor Pramann einen Ring mit einem roten Edelstein entdeckt.«

14

1. JANUAR 2007, WARNEMÜNDE

Das *Ahab* war so etwas wie ein Geheimtipp. Untergebracht ganz vorn in Warnemünde am Strandweg, wo die eindrucksvollen Herrenhäuser mit ihrem unverbaubaren Blick auf das Meer eine lange, opulente Reihe bildeten. Weiße Wände, Sprossenfenster, Erker und dazu verwinkelte Dächer mit hellroten Tonziegeln. Genau hier befand sich das *Ahab* und stand mit seinem Reetdach wie leicht geduckt zwischen den Nachbarhäusern, die es überragten. Wie ein uneheliches Kind.

Drinnen gab es deftige Küche. Rührei mit Aal, Grünkohl mit Pinkel, Bauernfrühstück, aber auch Rabenfisch mit Ananas, Fenchel-Orangen-Salat und Thunfischsteak im Sesammantel. Die Speisekarte polarisierte bewusst, das gehörte hier zum Prinzip. Kopf in den Wolken, Beine auf dem Boden.

Drinnen dominierten schwere Holzbalken, die meisten Räume standen unter Denkmalschutz, und einen rechten Winkel suchte man hier vergebens. Was für einen urigen Charme sorgte. Wegen der kleinen Fenster herrschte drinnen ein schummriges Halbdunkel. Es gab sechs Tische. Und die waren meistens ausgebucht.

Maja Kaminski hatte von diesem Lokal nur gehört. Heute, am Neujahrstag, hatte es eigentlich geschlossen.

»Ich kenne den Besitzer«, hatte Simon Rost ihr am Telefon versichert und ihr die Hausnummer durchgegeben. Auf ihr Klopfen an der Eingangstür öffnete er und blickte zuerst zur Straße.

»Kommen Sie rein«, bat er mit dringlicher Stimme, weshalb sie sofort an ihm vorbei in den Flur glitt.

Rost schloss die Tür hinter Maja Kaminski ab und warf noch einen Blick durch den Spion, bevor er sich ihr wieder zuwandte: »Kommen Sie, bitte.«

Er führte sie einen Flur entlang, an dem sich links in Form zweier Reihen aus schwarzen Haken die Garderobe befand, nach rechts ging es ins Restaurant. Bestehend aus einer langen Theke mit Barhockern. Es wirkte gemütlich. Familiär.

Simon Rost hatte einen Tisch am Fenster gewählt, der ihnen für die Dauer ihres konspirativen Treffens einen Blick auf die nähere Umgebung gewährte. Dort stoppte er ab und wies mit der offenen Hand auf den gegenüberliegenden Stuhl. Er wartete, bis sie Platz genommen hatte, bevor er sich ebenfalls setzte.

Auf dem Tisch standen eine Flasche Mineralwasser und zwei Gläser. Rost goss ihnen ein. Seine Augen waren müde, die Bewegungen auch schon etwas ermattet, der Anzug zerknautschter als noch in der Nacht.

»Wie hat sie es aufgenommen?«

»Schlecht. Ich war mit Frau Elling in der Klinik. Sie ist … sie hatte einen Zusammenbruch.«

Maja, die spürte, dass jemand wie Rost mit so einer Situation sicherlich überfordert gewesen war, nickte verständnisvoll.

»Und jetzt?«

»Bei ihrem Freund. Ich habe ihr geraten, das Notwendigste mitzunehmen aus dem Haus, weil die Polizei dort sicherlich noch Untersuchungen durchführen muss.«

»Und?«

»Ja, will sie machen.«

Maja Kaminski zündete sich eine an. Angeblich gab es Bestrebungen in der Politik, das Rauchen in Gaststätten zu verbieten.

»Also, was haben Sie?«

Maja zog den mit Bleistift schraffierten Zettel aus Frank Ellings Kladde hervor und schob ihn seitenverkehrt über die Tischplatte.

»Sarah *Minkova*«, las Rost vor und hob mit einem Mal hellwach den Blick, »ist das ihr Name? Sarah Minkova?«

»Ich nehme es an. Herr Dudek hat die Seite aus der Kladde gerissen und gedacht, er sei dabei unbeobachtet.«

»Ging es bei Ihnen beiden danach noch mal um die Kladde? Hat er sie erwähnt oder Sie?«

»Nein. Wir haben uns nur beide gegenseitig versichert, dass wir nichts gefunden haben.«

»Er hat Sie belogen.«

»Ja. Könnte sein, dass Sie recht haben mit Ihrem Verdacht. Sie wollten, dass ich ihn teste. Habe ich jetzt getan. Herr Dudek behält die Information, die für Ihre Ermittlungen und das Leben des Kindes wichtig sind, für sich. Ich denke, Sie wissen jetzt, woran Sie sind.«

Sie rückte den Stuhl etwas zurück, um aufzustehen.

»Moment.«

Maja zögerte.

»Ich brauche Sie noch weiter in dieser Sache.«

Maja Kaminski sah ihn verblüfft an.

»Frau Thern hat mich für 48 Stunden abgestellt.«

»Ich weiß. Ich habe gerade mit ihr telefoniert. Sie stellt Sie unbefristet frei.«

Kaminski versteifte sich, ihr fror das Gesicht ein.

»Ich mag solche Spielchen hinter meinem Rücken nicht.«

»Ich auch nicht. Dieses Mal war es nötig. Ich habe jemanden gebraucht, der hier nicht verwurzelt ist. Und außerdem frei von dem Verdacht, sich in Abhängigkeiten zu Rostocker Kollegen zu befinden. Ich habe Ihre Vorgesetzte gebeten, mir den jüngsten Neuzugang ihrer Abteilung aus einem anderen Bundesland zu schicken. Das waren Sie. Aus Baden-Württemberg. Wer keinen faulen Apfel will, muss ihn frisch vom Stamm pflücken – Sie hatten gerade Ihre Fortbildung beendet. Deshalb hat Frau Thern Sie auf meinen Wunsch abgestellt. Und wenn Sie in der Sache mit drinhingen, wäre es unklug gewesen, vom Tisch aufzustehen und zu gehen – gerade, nachdem Sie mein Vertrauen gewonnen haben. Ich würde mich also freuen, wenn Sie mir einen kleinen Vertrauensvorschuss geben.«

Für ein paar Augenblicke sahen sie sich in die Augen, dann deutete Maja ein Nicken an.

»Danke.«

»Schon gut. Und weiter? Warum sind wir nicht in Ihrem Büro? Warum hier? Was soll diese Agentennummer?«

»Diese Wände haben keine Ohren.«

Im ersten Moment war Maja sich unsicher, ob sie richtig gehört hatte. Und dann, im Nachhall, war sie sich sicher. Weil sie zu gleichen Teilen verblüfft und amüsiert war, schüttelte sie breit lächelnd den Kopf.

»Sie denken, Sie werden in Ihrem Büro abgehört?«

Rost sah sie einfach nur an. Und langsam verlor sich Majas Lächeln.

»Ich kann das nicht ausschließen. Wissen Sie was über den möglichen Aufenthaltsort von Sarah … Minkova?«

Kaminski schüttelte den Kopf und beugte sich nun vor: »Herr Rost, worum geht's hier? Arbeitet Herr Dudek auf eigene Rechnung?«

Der Staatsanwalt nickte, als wäre dies die Frage, die nun folgerichtig anstand. Er hätte gerne in einer einzigen, fließenden Bewegung die Fotografie aus seiner Jacketttasche gezogen, aber sein kleiner Finger verhakte sich und es misslang. Er nestelte also kurz in der Tasche, dann schob er ihr das Foto über den Tisch, das sie genauer betrachtete.

Es zeigte einen Mann um die fünfzig, Stirnglatze, die Haare an den Schläfen grau. Braune Augen, deren klarer Blick Durchsetzungskraft signalisierte. Und zwar in einer Härte, die das leichte Lächeln, das um seinen Mund spielte, nicht abzufedern vermochte.

Das Foto eines Mannes, der durchgriff.

»Nein. Ich denke, Herr Dudek arbeitet für den hier. Das ist Martin Gruber.«

Kaum, dass sie sich das Gesicht des Mannes eingeprägt hatte, schob der Staatsanwalt einen Zeitungsausschnitt hinterher, der denselben Mann während einer Feier auf einer Art Podium zeigte. Links neben sich den Bürgermeister, rechts den Ministerpräsidenten. Alle drei lachten ausgelassen in Richtung Kamera.

»Ist das da neben Ministerpräsident Lehmann Herr Gruber?«

»Genau.«

»Martin Gruber, LKA«, las Maja vom Zeitungsausschnitt ab und hob den Blick dann zu Rost, »Landeskriminalamt? Gruber ist ein Kollege von Herrn Dudek?«

»Sein Vorgesetzter«, präzisierte Rost und leierte dann dessen Biografie herunter, geboren in Wismar, Geschwister, Schule, Abschluss, Wehrdienst, Polizeiausbildung, Fortbildung und so weiter und so fort.

Ein Mann, der sich an die Spitze geboxt hatte. Manchmal auf die zwölf, manchmal mit Finten. Aber immer mit Ausdauer. Einer, der nicht nur bis morgen dachte, sondern den Horizont im Auge behielt. Der auch mal unterlag, aber danach immer wieder zurückgekommen war. Nehmerqualitäten. Ein Macher. Nicht totzukriegen.

»Ist er beliebt bei seinen Leuten«, fragte Maja, »wissen Sie das?«

Rost deutete ein Nicken an: »Er ist der Leitwolf seiner Abteilung: Organisierte Kriminalität.«

Mosaik um Mosaik schälte sich für Maja aus dem Foto, das wenig über Gruber preisgab, ein feineres Bild dieses Mannes.

Die OK war innerhalb der Polizei ein gefährliches Terrain. Rauschgift, Waffenhandel, Clan-Kriminalität und so weiter. Da kam es auch zu Todesfällen in den eigenen Reihen. Entsprechend robust waren solche Abteilungen aufgestellt, denen Gruber in Rostock vorstand.

Und das waren Jungs, die ganz schnell merkten, aus welchem Stoff der Chef gemacht war. Ob er einer von ihnen war. Und selbstverständlich hätte niemand mit ihm den Zweikampf gesucht. Aber es war für sie enorm wichtig zu wissen, dass Gruber dem nicht aus dem Weg gegangen wäre.

Dass er für sie einstand wie ein Vater für seine Söhne – insbesondere, wenn die mal Mist bauten.

»Ich habe berechtigten Grund zu der Annahme, dass Herr Gruber die Seiten gewechselt hat. Dass er an Profiten aus kriminellen Geschäften beteiligt wird – und im Gegenzug sensible Informationen liefert. Ich gehe davon aus, seine Geschäftspartner wollen die Aussage von Sarah Minkova verhindern.«

Mit einem Schlag machte sein Verhalten für Maja Kaminski Sinn. Dass er bei seinem Vorgehen die Möglichkeit in Betracht zog, er und seine Gespräche könnten abgehört werden. Dann dieser konspirative Treffpunkt hier draußen in Warnemünde am Neujahrstag. Diese Geheimnistuerei, die ihr doch ein wenig übertrieben vorgekommen war, erschien ihr nun in Kenntnis der Umstände angemessen. Und wenn Rosts Verdacht zutraf, ergab sich ein viel schrecklicherer: »Also war Martin Gruber der Tippgeber für den Überfall auf das Zeugenhaus?«

»Vermutlich, ja.«

Sie wollte nicht, aber sie schluckte leer.

»Zwei tote Zeugen, zwei tote Kollegen und Frau Mendt und Herr Elling liegen im Sterben.«

»Ich weiß.«

Sie atmete tief durch, und Rost hob ein wenig abwehrend die Hand.

»Dieses Massaker am Hohensprenzer See war nicht beabsichtigt – das ist unterlaufen.«

»Weil?«

»Weil zuerst ein künstlicher Stau verursacht worden ist, um die echte Eskorte aufzuhalten. Die Männer sind als falsche Eskorte vorgefahren. Sie haben das Haus nicht angegriffen, sie haben es geschafft, das Zeugenhaus zu betreten. Das Team um Mertens, Mendt und Elling hat sie hereingelassen.«

»Die gefälschten Ausweise«, fügte Kaminski hinzu.

»Ja. Und dann ist drinnen irgendwas passiert, und es ist zu dem massiven Schusswechsel gekommen. Aber bis dahin haben die Attentäter keine Anstalten gemacht, alle im Haus töten zu wollen. Sie hatten den Plan, nur die Zeugen abzuholen. Sie abzuholen und sie in irgendeinem verlassenen Waldstück umzubringen. Die Polizisten sollten nie zu Schaden kommen: Mendt, Elling, Mertens, Ösker.«

»Also … ist das aus dem Ruder gelaufen. Meinen Sie das?«

»Ja.«

Maja nickte und versuchte gleichzeitig ihre Gedanken zu ordnen. Dudek hatte neben ihr im Zeugenhaus gestanden. Er hatte die Toten gesehen. Er hatte vor Aufregung geschluckt, er war sichtlich erschüttert gewesen. Das hatte nicht ausgesehen nach jemandem, der so etwas als einen Kollateralschaden seiner Interessen ansah. Die Kälte, die es dazu brauchte, die hatte sie bei ihm nicht gespürt.

»Sie denken, Hagen Dudek nimmt in Grubers Sinne Einfluss auf die Ermittlungen?«

Rost nickte.

»Wieso sollte er?«

»Finden Sie es heraus. Die Finanzen habe ich schon durchleuchtet, da ist nichts zu holen. Alles solide. Keine Schulden. Gruber muss über ein anders Druckmittel verfügen. Oder er beteiligt Dudek an illegalen Geschäften.«

»Der Kollege ist ein weißes Blatt.«

»Wie?«

»Ich habe mir vorhin seine Personalakte angesehen.«

»Wie kommen Sie so schnell daran?«

»Ich hab zwei Computerspezialisten. Die werden ausgebildet für Cybercrime.«

»Cybercrime?«

»Verbrechen im Internet – oder mithilfe des Internets. Wie auch immer: Es liegen keinerlei Beschwerden oder Anzeigen vor gegen

Herrn Dudek. Er ist immer sehr zügig befördert worden, er verbucht eine überdurchschnittlich hohe Aufklärungsquote.«

»Ich … die Personalakte hatte ich auch schon überprüft.«

»Ich sehe mir die Sachen gerne mit eigenen Augen an.«

Rost musterte sie kurz und deutete dann ein Nicken an.

»Okay, also: Dudek unterschlägt eine Information, das wissen wir jetzt«, hielt Maja fest, »aus welchem Grund auch immer. Wozu brauchen Sie mich jetzt noch?«

»Damit Sie rausfinden, *aus welchem Motiv* heraus Herr Dudek handelt. Oder Sie erwischen ihn in flagranti dabei, wie er einen Beweis vernichtet oder die Ermittlungen torpediert.«

»Dann hätten Sie Dudek am Haken – aber nicht Gruber.«

Rost zeigte ihr sein Terrierlächeln. Bis eben hatte er noch müde gewirkt und geschlaucht, aber jetzt hatte er sich gestrafft. Bereit, zuzupacken. Und noch wichtiger: nicht loszulassen.

Er öffnete den Mund, als Maja Kaminski begriff, worum es ihm ging, und ihm zuvorkam: »Sie wollen Dudek umdrehen?«

Simon Rost nickte: »Wenn Herr Dudek gegen Gruber aussagt, biete ich ihm Straffreiheit an.«

Maja erfasste sofort, warum er so gehandelt hatte, wie er gehandelt hatte.

»Sie haben das LKA um die Entsendung eines Kommissars gebeten. Und Sie haben angenommen, wen auch immer Gruber schickt, ist sein U-Boot.«

»Wenn meine Theorie stimmt und ich er wäre, würde ich genau das tun. Ich wär' dann immer auf dem aktuellen Stand der Ermittlungen. Ich würde wissen, ab wann es in meine Richtung geht. Welche Beweise es gibt. All das. Aber noch viel wichtiger: Ich würde zeitgleich wissen, wo die Kripo den Aufenthaltsort von Sarah Minkova vermutet.«

»Und wenn Ihr Verdacht gegen Herrn Gruber nicht zutrifft?«

»Dann ist Herr Dudek auch nicht entsandt worden, um den Aufenthaltsort von Sarah Minkova herauszufinden. Die herausgerissene Seite aus der Kladde von Herrn Elling bestätigt aber *genau das*.«

»Und vorausgesetzt, ich kann ihn überführen, dann muss er immer noch bereit sein, gegen seinen Vorgesetzten auszusagen.«

»Ganz genau.«

»Das ist eine sehr schwache Karte, die Sie da spielen. Ein schmaler Grat.«

»Es ist die Einzige, die ich habe. Finden Sie seine Achillesferse – in seiner Akte ist sie nicht. Er steht in keinerlei familiärer Beziehung zu Gruber. Auch nicht über fünf Ecken.«

»Vielleicht Korpsgeist?«

»Ja, möglich.«

Maja blickte hinaus aufs Meer. Rost folgte ihrem Blick. Einige Augenblicke lang hörten sie nur den Winterwind, der um die Ecken pfiff und manchmal rhythmisch aufheulte, als gehorchte er einer geheimnisvollen Komposition.

»Um ehrlich zu sein, macht er auf mich einen sympathischen Eindruck. Sie haben selbst gesehen, wie Herr Dudek auf den Anblick der Toten reagiert hat. Oder in der Klinik. Und andere Kleinigkeiten. Ich … das ist natürlich nicht rational. Aber … der Kollege ist kein schlechter Mensch.«

»Sie meinen, Sie finden ihn attraktiv?«

Kaminski seufzte leise.

»Nein, ich meine, dass Sie mit Ihrer Vermutung richtigliegen: Dass so ein Mensch nicht aus finanziellen Vorteilen sensible Informationen an Gruber oder die Organisierte Kriminalität direkt durchsticht. Sollte er tatsächlich Grubers trojanisches Pferd sein, muss es ein anderes Motiv geben.«

Rost nickte und war froh über den Umstand, dass sie, wenn auch aus unterschiedlichen Gründen, zum gleichen Ergebnis kamen.

»Gut. Denken Sie bitte daran, sich bei dem Versuch, ihn zu überführen, nicht selbst in Gefahr zu bringen. Es ist niemand sonst da, der Sie schützen kann, wenn Sie mit ihm unterwegs sind, Frau Kaminski.«

Sie nickte, als wäre Eigensicherung für sie im Job selbstverständlich.

»Die Überführung von Herrn Dudek, damit ich über ihn Gruber anklagen kann, ist ein Notbehelf. Viel wichtiger ist, das Mädchen zu finden. Haben wir Sarah Minkova, habe ich meine Hauptbelastungszeugin gegen Gruber. Und brauche Herrn Dudek nicht.«

15

28. NOVEMBER 2006, ROSTOCK

Das rechtsmedizinische Institut in Rostock befand sich nur fünf Gehminuten von der Kriminalpolizeiinspektion entfernt. Es war in einem klassischen Altbau mit hohen weiß gerahmten Fenstern und schmalen, weit hervorstehenden Dachgauben untergebracht. Die Fassade war in Hellgrau gehalten, wodurch sich die Eingangstür aus Glas und Holz warm von ihr abhob.

Doktor Pramann begrüßte Lona und Elling wie üblich im Gang vor dem Sektionsbereich mit einem warmen Händedruck. Er war Mitte 50 und von asketischer Erscheinung. Ein symmetrisches Gesicht mit einer länglichen Nase und dunklen, warmen Augen. Seine Gesichtshaut war fahl, sein Bartwuchs stark, sodass sich bereits kurz nach einer Rasur wieder ein Bartschatten bildete, der farblich ins Grafit ging. Er hatte etwas von einem englischen Gentleman. Entfernt erinnerte er Lona an Gregory Peck.

Die Begrüßung verlegte Pramann stets in den Flur, weil er um Ellings empfindlichen Magen wusste und ihm hier noch Zeit zum Durchatmen gewährte. Er trug wie immer einen weißen Kittel und darunter ein Hemd mit einer Krawatte. Er erkundigte sich nach ihrem Befinden, und er tat das stets mit echtem Interesse.

»Sollen wir?«, fragte er und schaute vor allem KHK Elling an.

»Ja, geht«, brachte Elling hervor, der unbewusst noch einmal tief Luft einsaugte, als wartete auf ihn hinter der schweren Metalltür ein langer Tauchgang.

Doktor Pramann ließ beiden den Vortritt, bevor er folgte und die

Tür wieder schloss. Er hatte das gleißende Deckenlicht etwas heruntergedimmt.

In seinem Reich, weiß gekachelt mit Waschbecken aus Metall und Abflussöffnungen am Boden, roch es durchdringend nach Desinfektionsmitteln und Eisen.

Die obduzierten Leichen lagen aufgebahrt auf nebeneinanderstehenden Metalltischen. Alle vier waren mit grünen Plastikdecken bis zum Hals abgedeckt. Das, wusste Lona, hatte Pramann nicht mit Rücksicht auf Elling getan, sondern aus Achtung vor den Toten.

Die Würde des Menschen endete für den Rechtsmediziner nicht mit seinem Tod. Denn genau dann war der Mensch hilflos, wenn er verletzt wurde, und somit in Pramanns Augen am schutzbedürftigsten.

»Die vier Verstorbenen habe ich in der Reihenfolge ihres Todeszeitpunkts angeordnet.«

Vorne lagen die beiden Männer, dann das Mädchen, und den Abschluss bildete der Junge mit dem entsetzten Gesichtsausdruck, dessen Augenlider nun geschlossen waren. Er war wie die anderen gewaschen worden und wirkte jetzt so friedlich wie ein schlafendes Kind. Aber er war natürlich bleich.

An der Wand hinter den Toten hingen Fotos aus einem Farblaserdrucker.

Pramann deutete auf das erste: »Die Computertechnik macht riesige Fortschritte. Wir haben anhand neuer Programme das vermutliche Aussehen der vier im Rechner rekonstruiert. Die Ergebnisse der Weichteilrekonstruktion sehen Sie dort.«

Lona und Elling traten an das erste »Foto«. Es zeigte den Mann mit dem Loch im Schädel. Den, auf den der Hund gestoßen war. Ihn scheinbar in einem Moment mitten in seinem Leben zu sehen, gab ihm etwas von seiner Würde zurück.

Pramann räusperte sich diskret. Sie wandten sich ihm zu.

»Zur Identität: keine Erkenntnisse. Die daktyloskopische Untersuchung der vier Verstorbenen hat keine Treffer ergeben. Und zwar weder im DAD noch bei Europol.«

In der Daktyloskopie wurde von Menschen praktisch ein erweiterter Fingerabdruck genommen, denn ebenso wie die Fingerspitzen waren auch die sogenannten Papillarlinien der Handinnenflächen und der Fußsohlen unverwechselbar. Also hatte es Pramann nicht beim Vergleich von Fingerabdrücken belassen. Und hinter dem Kürzel DAD verbarg sich die zentrale DNA-Analyse-Datei des Bundeskriminalamts, die alle Spuren von Tatorten verzeichnete.

Also, folgerte Elling in Gedanken, war keiner der vier Toten bisher im gesamten europäischen Raum strafrechtlich in Erscheinung getreten. Was hinsichtlich der beiden Kindern nicht verwunderlich erschien. Aber Pramann war eben gründlich und präzise und weit davon entfernt, auf Annahmen zu bauen, die er nicht unter die Lupe genommen hatte.

»In Ermangelung von Namen habe ich die Leichen nummeriert. Nummer eins war zum Todeszeitpunkt etwa Mitte dreißig. Ihn können wir für einen großen Teil seines Lebens der Ukraine zuordnen. Ob er dort tatsächlich geboren worden ist, bleibt vorerst unklar. In der Ukraine gibt es eine besondere Weizenart, die nicht exportiert wird. Heißt: das Brot kann man nur dort erwerben und kaufen.«

»Isotopenanalyse?«, fragte Lona.

»Exakt«, bestätigte Pramann und warf ihr einen anerkennenden Blick zu.

Falls man bei der Identitätsfeststellung von Toten ohne Papiere an seine Grenzen stieß – wonach es hier gerade aussah –, konnte man immer noch versuchen, die Herkunft der Leiche durch die Isotopenanalyse wenigstens einzugrenzen.

Je nachdem, in welcher Umwelt ein Mensch aufwuchs, hinterließ diese ebenso wie die Ernährung ein individuelles Isotopenmuster im Körpergewebe. Zur Hilfe bei der geografischen Bestimmung war Pramann die spezielle Weizenart gekommen.

»Ich habe nach der Gewebe- eine Haaranalyse durchgeführt. Mit Schnittlängen von 0 bis 5 Zentimetern und von 5 bis 10 Zentimetern. Ein Zentimeter Haarwachstum entspricht als Faustregel in etwa einem Monat. Demzufolge hat sich die Ernährungsweise von

Nummer eins vor etwa sechs Monaten geändert. Er hat sich in der letzten Zeit vermutlich viel von Fisch ernährt, darauf weisen die Rückstände von Quecksilber in seinem Körper hin.«

»Quecksilber?«, fragte Elling.

Pramann nickte: »Ja, Fische sind heutzutage mit Schwermetallen belastet. Am häufigsten mit Quecksilber, dann folgt Cadmium.«

»Vielleicht hat er auf dem Fischmarkt gearbeitet«, warf Elling in den Raum.

Lona nickte: »Oder in der fischverarbeitenden Industrie.«

»Oder in einem Fischrestaurant. Oder auf einem Fischkutter.«

»Ja«, sagte Lona, »auch möglich. Was gibt es denn über die Verletzung, Doktor Pramann?«

Der Mann im Kittel deutete auf die immer noch gut sichtbare Verletzung in Schläfenhöhe.

»Wir haben eine Eintrittswunde von 2 auf 2 Zentimetern mit ganz leichtem Metallabrieb an der Schädeldecke. Die Eintrittstiefe beträgt etwa 9 Zentimeter. Der Gegenstand, mit dem die Verletzung herbeigeführt wurde, verjüngt sich, je weiter sie ins Hirn vorgedrungen ist.«

»Spitzhacke?«

»Das wär auch meine erste Assoziation«, sagte der Rechtsmediziner, »aber das ist Ihr Terrain, Herr Elling.«

Was unausgesprochen hieß: er lieferte ausschließlich Fakten und beteiligte sich nicht an den Mutmaßungen.

»Und das war tödlich?«, fragte Lona.

Pramann hob den Blick und musterte die blonde Kommissarin kurz. Er hatte ihre Gradlinigkeit vom ersten Moment an gemocht.

»Ja. Gut, Leo Trotzki war nach so einer Verletzung in Mexiko noch drei Tage am Leben, aber … nein, ohne Erstversorgung überlebt man das nicht. Vermutlich auch nicht mit. Nummer zwei …«, leitete er über.

Sie traten an den nächsten Tisch. Die Rekonstruktion zeigte einen blonden Mann, den Elling auf Mitte zwanzig schätzte. Das Programm hatte ihm einen kleinen Schnauzbart zugedacht. Die

Verletzungen in seinem Gesicht ließen den Bart noch halbwegs erahnen.

»Nummer zwei ist circa 30 Jahre alt gewesen. Die Isotopenanalyse war hier weniger treffsicher. Osteuropa, vielleicht Balkan. Das ist die Wunde, die Ihnen beim Aushub schon ins Auge gefallen ist«, sagte Pramann, während er ihnen eine Fotografie reichte, die während der Obduktion entstanden war. Sie zeigte die großflächige Wunde zwischen den Schulterblättern des Toten. Mit vielen Einsprengseln drumherum, die sich in die Haut gegraben hatten.

»Ein Schrotschuss«, stellte Lona fest.

»Ja. Kaliber 20. Legiertes Blei. Den Hersteller kann ich Ihnen nicht liefern, dazu ist die Munition zu unspezifisch.«

Er schob die Decke etwas beiseite und legte erst das Knie des Ermordeten frei, dann dessen rechten Ellenbogen.

»Wie Sie sehen, hat der Tote Abschürfungen an den Unterarmen, Handflächen und an den Knien.«

»Er ist nach vorne gestürzt«, sagte Elling intuitiv, »oder? Sieht doch danach aus.«

»Ja«, bestätigte Pramann, »es ist eine Spekulation, ja, aber die Kombination aller drei Verletzungen lässt vernünftigerweise keinen anderen Schluss zu.«

»Wie breitflächig ist die Eintrittswunde, bitte?«, frage Lona Mendt.

Pramann blätterte in seinen Unterlagen.

»Größter Durchmesser beträgt 30 Zentimeter.«

Elling sah es vor sich. Für diese Streuwirkung musste der Schütze bei der Schussabgabe ungefähr 15 Meter entfernt gestanden haben, vielleicht 20. Zusammen mit den Abschürfungen an Knie und Ellenbogen ergab sich eine naheliegende Vermutung: »Der wollte fliehen, und der Täter hat ihn daran gehindert. Treffer in den Rücken.«

Lona nickte: »Und die kinetische Wucht hat ihn hart nach vorne stürzen lassen, im Laufen. Daher die Abschürfungen.«

Pramann schwieg – er gab den Überlegungen der Kriminalpolizisten stets Vorrang in diesen Räumen.

»War der Schuss tödlich?«, fragte Lona an ihn gewandt.

»Das kann ich nicht beurteilen. Er hat ihn auf jeden Fall nicht sofort getötet. Die Todesursache war ein Schuss ins Genick, und der folgte im Anschluss. Das Projektil ist am oberen Nasenbein wieder ausgetreten und von der KTU nicht gefunden worden.«

»Der Täter hat die Kugel aufgesammelt«, vermutete Elling.

»Die Kollegen von der Ballistik sind sich relativ sicher, dass es sich um ein 9-Millimeter-Geschoss gehandelt hat. Der Mann ist vor etwa vier Monaten ermordet worden.«

Pramann wechselte jetzt zu dem Mädchen.

Man konnte sich quer durch alle Abteilungen der Polizei fragen – und auch der Rechtsmedizin: Tote Kinder waren stets ein besonders belastender Anblick. Das Bild an der Wand dahinter, das das rekonstruierte Gesicht des Mädchens zeigte, verlieh der Begegnung mit ihm noch mal eine besondere Wucht. Elling schluckte schwer und atmete hörbar aus. Lonas Brustkorb krampfte sich zusammen.

Wenn ein Säugling starb, war das härter zu ertragen als der Tod eines betagten Menschen, der viele Jahrzehnte erlebt hatte. Schmerzhaft war beides. Aber ein Kind, ein heranwachsendes Mädchen, im zarten Teenageralter oder eben jünger wie das Kind neben ihr, erschien Lona wie Elling weitaus sinnloser. Wozu all die Jahre des Aufwachsens, des Lernens, des Ertastens der Welt, wenn all das nie in die Waagschale geworfen werden konnte?

Aber einen Sinn gab es dafür natürlich nicht. Das Universum kümmerte das menschliche Bedürfnis nach Sinnhaftigkeit nicht. Das Universum war. Und der Mensch verging. Deshalb gab es weder Sinn noch Trost. Es ging nur darum, es auszuhalten.

»Nummer drei. Etwa 12 Jahre alt. Eindeutig osteuropäischer Herkunft – ebenso wie der Junge übrigens, zu dem wir gleich kommen. Hier, der Unterarm des Mädchens.«

Er hob die Decke sanft an und drehte mit der gleichen Behutsamkeit die blasse Hand des Kindes, damit die Kommissare die Verletzung sehen konnten: Es handelte sich um tiefe Schnittwunden, quer zu den Pulsadern ausgeführt. Mindestens viermal, direkt an der Handinnenfläche beginnend und dann aufwärts in kurzen Abständen fortgesetzt.

»Sie dachte, man schneidet sich die Pulsadern quer auf«, sagte Lona mitfühlend.

»Ja, aber verblutet ist sie trotzdem«, stellte der Mediziner klar.

»Was ist mit sexuellem Missbrauch?«, fragte Elling.

Pramann schüttelte den Kopf: »Ein sexueller Missbrauch ist nicht nachweisbar. Sie ist seit ungefähr zwei Monaten tot. Und das gilt auch für Nummer vier, den Jungen«, sagte er und trat im Zuge seiner eigenen Überleitung zu dem Kind auf dem letzten Metalltisch. Auch hier verfehlte die bildliche Wiederherstellung des Gesichts nicht ihre Wirkung.

Elling blieb zwar am vierten Tisch stehen, hielt intuitiv aber mehr Abstand als Pramann und Lona. Die sah das Gesicht des Jungen, dessen Augen und Mund nun geschlossen waren. Und das Entsetzen, das sich in sein faltenloses Gesicht graviert hatte, erschien nun wie weggewischt. Er wirkte friedlich.

Mit einem Mal peitschten die Regentropfen eines Wolkenbruchs vehement gegen die Fenster.

Wenn ein Kind stirbt, weinen die Engel, hatte ihr jemand nach der Beisetzung ihrer Kinder gesagt, als der Regen einsetzte. Aber Engel waren ein religiöses Hirngespinst, ein Pleonasmus, wie ihr auffiel, und Trost gab es nicht. Wo, dachte Lona Mendt beim Anblick des Jungen, ist deine Mutter?

Pramann, der erfasste, dass sie in Gedanken kurz abgeschweift war, räusperte sich leise, aber vernehmlich, damit sie zurückfand.

»Hier, bei Nummer vier, dem Jungen, kann ich Ihnen die Todesursache klar benennen: Herzstillstand infolge von Atemlähmung. Einen angeborenen Herzfehler kann ich ausschließen.«

Frank Elling stutzte sichtlich: »Herzstillstand in dem Alter …«

Obwohl er nicht wusste, wie er den Satz zu Ende bringen sollte, stand sein Unverständnis klar im Raum.

»Möglicherweise eine Überdosis von etwas. Von einer Substanz, die sich jetzt nicht mehr nachweisen lässt.«

»Oder Schock«, warf Lona Mendt ein und fügte für Pramann erklärend hinzu, »als wir ihn im Wald entdeckt haben, waren die Augen und der Mund weit aufgerissen. Als hätte er etwas Schreckliches gesehen.«

Pramann schenkte ihr ein verständnisvolles Nicken: »Natürlich. Ein Schock als Ursache für den Herzstillstand ist auch möglich. Vielleicht hilft Ihnen das hier weiter.«

Der Pathologe griff mit seinen Einweghandschuhen in eine Metallschale und hob einen kleinen goldenen Ring mit einem roten Edelstein hervor. Elling trat neben Lona, um das Schmuckstück in Augenschein zu nehmen.

»Das ist der, den Sie in seinem Magen gefunden haben?«, fragte Elling.

»Genau. Im oberen Verdauungstrakt.«

»Das heißt, er hat ihn kurz vor seinem Tod verschluckt?«, hakte Mendt nach.

»Ja.«

»Haben Sie eine Vermutung?«

»Nein«, antwortete Pramann, »aber logisch betrachtet sind zwei Szenarien denkbar: der Junge hat diesen Ring aus eigenem Antrieb geschluckt oder aus Zwang. In beiden Fällen muss ich beim Motiv passen. Aber mehr Möglichkeiten gibt es nicht. Freier Wille oder Zwang.«

Elling genügte ein Blick in Lonas Augen, um zu wissen, dass sie beide das Gleiche dachten.

Lona streifte einen Handschuh über und nahm dem Rechtsmediziner den Ring ab, um ihn vorsichtig abzutasten und aus der Nähe zu betrachten.

»Was ist das? Granat?«, fragte Elling.

Pramann nickte ihm zu: »Könnte man denken – aber es ist Glas. Eine Fälschung. Wie der Ring. Er hat eine Legierung, aber er besteht aus Messing. Das ist ein … Placebo.«

Lona Mendt runzelte die Stirn.

»Die Fotos«, sagte Elling und deutete auf die Wand hinter den Toten, »können wir eine Kopie von denen haben?«

»Natürlich«, versicherte Pramann.

Lona sah von den Fotos zu Elling: »Öffentlichkeitsfahndung?«

»Ja«, gab Elling entschlossen zurück, »niemand vermisst die. Seit fünf Monaten keine Vermisstenmeldung, oder?«

»Ja, sieht so aus.«

»Die waren ja nicht allein auf diesem Planeten. Kinder. Die müssen doch jemandem fehlen.«

Lona Mendt nickte, und im Nicken kam ihr ein Gedanke, der sie nah an die Fotos herantreten ließ.

»Wonach suchst du?«, fragte Frank Elling, als hätte er das Schlüpfen ihres Gedankens gespürt, und trat neben sie.

»Die kommen alle nicht von hier. Ukraine, Nordafrika, Balkan … vielleicht werden die ja in ihren Herkunftsländern schon länger vermisst, und wir wissen hier nichts davon.«

»Also Europol«, gab Elling ihr recht.

»Das war es von meiner Seite«, sagte Pramann und gab ihnen damit indirekt zu verstehen, dass ihr Treffen beendet war. Elling nickte und wandte sich zur Tür – froh darüber, diese Gruft verlassen zu können.

Pramann folgte, aber KHK Mendt stand immer noch an der Metallschale mit dem Ring.

»Lona?«

»Hm?«

Sie hob den Blick, als wäre sie gerade aus tiefsten Tiefen aufgetaucht.

»Wieso hat der Junge einen Ring verschluckt, der keinen Wert hat?«

Pramann und Elling sahen einander ratlos an.

»Freier Wille oder Zwang«, wiederholte Pramann freundlich.

»Gut. Warum schluckt er freiwillig einen wertlosen Ring?«

»Vielleicht dachte er, der ist wertvoll«, schlug Elling vor, »so kommt er an möglichen Kontrollen vorbei.«

»Und der Zwang?«, hakte sie nach, »warum sollte ihn jemand dazu zwingen?«

»Vielleicht, um ihn verschwinden zu lassen«, spekulierte der Rechtsmediziner.

»Ich hab sein Gesicht gesehen«, antwortete Lona, »sein Entsetzen. Er kann natürlich aus vielen Gründen entsetzt gewesen sein – zum Beispiel, weil sein Herz stehen geblieben ist. Aber ich glaube, er hat den Ring geschluckt, um ihn zu verbergen.«

»Wie meinen Sie das?«, fragte Pramann. »Weil Sie glauben, es war ihm verboten, das Schmuckstück zu tragen?«

»Nein. Weil es ihn gekennzeichnet hat. Weil es eine Art Stigma ist, vielleicht. Er hat es geschluckt, um … um es unsichtbar zu machen. Ich weiß, dass diese Interpretation nicht zwingend ist.«

»Er ist nicht allein, die anderen haben keinen Ring«, bemerkte Elling sanft.

»Die haben alle nichts gemein«, sagte sie, »weder Alter noch Herkunft noch Todeszeitpunkt.«

»Doch«, widersprach Elling, »sie haben gemein, dass sie alle nicht vermisst werden. Das sind Illegale, Lona.«

Am frühen Nachmittag ließen sie die rekonstruierten Fotos der Kinder mit denjenigen abgleichen, die in der europäischen Datenbank als vermisst geführt wurden. Dabei wurde ein neuer Algorithmus benutzt, der sogenannte biometrische Daten verglich. Ein Verfahren, das das Bundesinnenministerium gerade prüfte, um es möglicherweise bei der Ausfertigung von Ausweisdokumenten anzuwenden.

Derzeit galten in Europa 22.411 Kinder offiziell als vermisst, also Jugendliche unter 13 Jahren.

Der Junge und das Mädchen waren nicht darunter und gehörten demnach zur größten Gruppe, die unter dem Begriff *Dunkelziffer* zusammengefasst wurde. Eine unbekannte Größe.

Und nachdem Mertens zu ihnen gestoßen war – auf der Suche nach einem Kaffee – und ihnen eröffnet hatte, dass die DNA des Schnapsglases der Brüder Max und Moritz ohne Treffer *(no match)* geblieben war, entschieden sie sich zur Öffentlichkeitsfahndung.

Keine Stunde später kursierten die rekonstruierten Gesichter der vier Opfer im Netz.

16

2. JANUAR 2007, ROSTOCK

Maja Kaminski und Hagen Dudek trafen sich erst am späten Nachmittag wieder, nachdem sie ausgeschlafen hatten, und erwischten Pramann kurz vor dessen Dienstschluss an seinem ersten Arbeitstag im neuen Jahr.

Dudek roch ein wenig nach Rasierwasser und trug einen neuen Anzug.

Der Rechtsmediziner mit dem dunkelgrauen Bartschatten versorgte sie mit den identischen Informationen, die er rund einen Monat zuvor auch Elling und Lona Mendt mit auf den Weg gegeben hatte.

»Das waren illegale Einwanderer«, schloss Maja.

Pramann merkte auf und bedachte sie mit einem freundlichen Blick. Er erinnerte sie ein wenig an Cary Grant.

»Das war auch Herrn Ellings Vermutung«, sagte er.

»Das sind doch die Toten aus der Öffentlichkeitsfahndung«, merkte Hagen Dudek an.

»Ja, stimmt«, pflichtete Pramann bei, »offensichtlich hat niemand die Toten vermisst.«

»Und dann haben die Kollegen die Bilder veröffentlicht?«

»Die Bilder von rekonstruierten Gesichtern«, pflichtete Pramann ihr bei.

»Habe ich nicht mitbekommen«, bekannte Maja.

»Da waren Sie noch nicht hier, nehme ich an«, sagte Dudek höflich und dann an Pramann gerichtet: »Was ist aus dem Aufruf geworden? Gab es Rückmeldungen?«

»Das entzieht sich meiner Kenntnis, tut mir leid«, antwortete Pramann, bevor er seine Ausführungen mit Tatortfotos und solchen der Autopsie illustrierte. Und auf denen erhaschten Maja Kaminski und Hagen Dudek auch Aufnahmen von Elling und Mendt an jenem Regentag im November.

»Das ist Frau Mendt, oder?«, fragte Dudek.

»Ja«, bestätigte der Pathologe und deutete auf den Mann links davon, der neben einem der Gräber hockte, »und das Frank Elling.«

Die Flüchtigkeit der Dinge kam Kaminski beim Anblick der beiden in den Sinn. Vital sahen sie aus, fokussiert, klug. Und im Klinikum Süd lagen die kraftlosen, versiegenden Schatten der beiden.

»Man hat uns gesagt, dass sie alle Unterlagen gelöscht haben«, merkte Hagen Dudek an.

»Diese Fotos sind aus dem Archiv unseres Instituts. Die konnten sie nicht löschen oder vernichten. Aber sie hatten Kopien davon«, erklärte Pramann freundlich.

»Gab es irgendeine Mutmaßung der beiden, wer hinter den vier Morden steckt?«

»Nein. Jedenfalls keine, die in meiner Anwesenheit geäußert worden ist.«

Als Kaminski und Dudek das Gebäude verließen und sich zu Fuß zur Kripo aufmachten, deren sechsstöckiges Hauptgebäude sich am Ende der Straße erhob, begann es zu schneien.

»Ein oder mehrere Täter, was denken Sie?«

»Ich weiß nicht. Ich erkenne das Motiv nicht. Hasst da jemand Illegale? Geht der Hass so weit, dass er Kinder umbringt? Schwer vorstellbar.«

»Die Zeiträume zwischen den Taten nehmen auch nicht exponentiell zu, was bei einem Serienmörder, der aus psychischen Gründen unterwegs ist, eigentlich der Fall wäre.«

»Sexualdelikt fällt auch aus«, merkte Kaminski an.

»Ist nicht nachweisbar«, korrigierte Dudek elegant, weil beifällig.

»Zwei Männer, Junge, Mädchen – es muss noch was anderes geben, was die miteinander verbindet.«

Kaum hatten sie über den Haupteingang das Gebäude betreten, hauchten sie in ihre kalten Hände und rieben sie aneinander. Nachdem sie sich beim Pförtner ausgewiesen hatten, stiegen sie die Stufen empor.

»Ich habe Ihnen doch von meinen Kollegen aus der Abteilung Cybercrime erzählt.«

»Ich erinnere mich.«

»Die könnten heute anfangen.«

»Wow – Sie sind fix.«

»Vielleicht ergibt sich aus einer Datenrekonstruktion ja ein Hinweis auf das Mädchen … Sarah.«

Dudek tappte nicht in die weit aufgestellte Falle: »Genau, Sarah. Stimmt, da ist natürlich Eile geboten.«

»Ich möchte Sie aber nicht übergehen. Wenn Sie welche vom LKA dabeihaben möchten?«

»Kein Problem. Wann kommen die?«

»Die sind schon da. Ich habe gesagt, sie sollen im Büro auf uns warten.«

»Gut.«

Und hätte ihr Leben davon abgehangen, Maja Kaminski hätte nicht sagen können, ob Dudek das wirklich gut fand oder nicht. Denn wenn eine Rekonstruktion möglicherweise auch nur in Teilen gelingen sollte und sich darin ein Hinweis auf ihn befand oder auf Gruber, dann konnte es für die beiden ganz schnell ungemütlich werden. Und angesichts dessen machte der Kollege in seinem Anzug einen ziemlich gelassenen Eindruck.

Die beiden jungen Männer befanden sich im Büro mit den zwei Schreibtischen, das Dudek und Kaminski auf Anhieb gefiel. Die Dielenböden, der Holzgeruch und das Aroma von Kaffee.

Sie trugen Jeans, Turnschuhe, Sweat-Shirts. Einer war schmal und groß, die Haut teigig. Er hatte eine Brille mit dicken Gläsern. Sein Kollege war kleiner, das Gesicht eingerahmt zwischen halblangem Haar und einem kräftigen Vollbart. Eigentlich waren nur Nase und Augen zu sehen.

»Hallo, Sie sind bestimmt Herr Dudek«, kam der Große auf sie zu und reichte Dudek die Hand.

»Genau«, gab Dudek zurück und schüttelte sie.

»Wir sind die beiden Jans«, sagte der Cybercrime-Mann.

Der mit dem Vollbart nickte und reichte ihm ebenfalls stumm die Hand.

»Das ist Jan und ich bin Flori-Ian«, stellte der Größere sie vor und begann zu kichern. Der mit dem Vollbart grinste breit.

Dudek nickte freundlich und wusste genug.

Maja Kaminski sah kurz betreten zur Seite.

»Die Herren Jan Herbinger und Florian Lenz«, sagte sie dann.

»Wir machen den Scherz schon seit Jahren«, erklärte Jan Herbinger.

»Der ist ja auch sehr lustig«, gab Dudek trocken zurück und zuckte nicht mit der Wimper. Maja Kaminski musste schmunzeln.

»Wie sieht's aus?«, fragte sie und deutete mit dem Kopf auf die Rechner an den verwaisten Arbeitsplätzen.

Florian Lenz mit dem Vollbart kehrte an seinen Laptop zurück, dessen Gehäusedeckel mit Aufklebern übersät war, und versank dort augenblicklich in seiner eigenen Welt, als wären die übrigen Personen im Raum Statisten aus einer anderen Wirklichkeit.

»Wir haben hier Windows-Rechner mit hoher Speicherkapazität«, erklärte Jan Herbinger. »Hier die Computer von Frau Mendt und Herrn Elling und drüben im anderen Büro den von Herrn Mertens.«

»Backup«, brummte Florian Lenz.

»Genau«, nahm Herbinger den Ball auf und stand beim Reden nie still, »und Backups. Also die Sicherungen. Das sind lokale Sicherungen. Aber die müssen wir gar nicht testen.«

»Weil?«

Statt einer Antwort legte Herbinger eine externe Festplatte auf den Schreibtisch vor ihnen. Jemand hatte mit brachialer Gewalt zwei Nägel und eine Schraube durch die Festplatte gehämmert.

»Da kriegen wir nichts mehr ausgelesen. Theoretisch wär' das natürlich auch mit den in den Computern verbauten Festplatten möglich gewesen, aber die hätte man dazu natürlich ausbauen müssen. Stattdessen haben sie ein Programm zur Datenvernichtung verwendet. Heißt vermutlich, ähm, … Florian?«

»Armageddon.«

»Tja, etwas religiös aufgeladen, aber macht seinem Namen alle Ehre. Letztlich funktionieren alle wirklich professionellen Löschprogramme so, dass die bestehenden Inhalte mit einem zufälligen Wirrwarr aus Buchstaben, Ziffern und Sonderzeichen mehrfach überschrieben werden. Eigentlich geht man davon aus, dass das siebenfache Überschreiben der Festplatteninhalte ausreicht, um die ursprünglichen Informationen darauf irreparabel zu löschen. Armageddon bietet neun Löschvorgänge. Das heißt, das haben wir eben gecheckt, die Festplatten sind vermutlich neunfach überschrieben worden.«

»Also ist alles darauf definitiv verloren?«, fragte Dudek.

Herbinger verzog das Gesicht und wog den Kopf hin und her.

»Na ja, eigentlich schon. *Eigentlich.* Aber genau für so einen Fall sind wir ja hier. Also: wie werden Daten eigentlich gespeichert, hm? Ganz zu Anfang …«

»Jan«, ermahnte Kaminski ihn sanft.

Er blickte auf und begriff: »Ja, gut. Also ohne die Dinosaurier.«

Niemand lachte.

»Jan.«

»Schön, gut. Also: magnetisch. So werden Daten auf Metall gespeichert. Im Binärsystem. Als 0 oder als 1. Null heißt: kein Magnetismus. 1 heißt: Magnetismus. Durch das neunfache Überschreiben ist nicht ganz klar, ob der ursprüngliche Wert eine 0 oder eine 1 gewesen ist. Wir suchen mit unserem Programm den Wert *vor* dem neunfachen Überschreiben. Finden wir da eine 1, also Magnetismus, dann ist schwer zu sagen, ob die 1 von Frau Mendt, Herrn Elling oder Herrn Mertens stammt oder ob das beim dritten, sechsten oder achten Überschreibprozess durch Armageddon entstanden ist.«

»Also ist das, was Ihr Programm findet, mit Vorsicht zu genießen?«

»Schon. *Eigentlich.* Florian und ich haben ein Programm entwickelt, das, wie sagt man …«

»Das Wahrscheinlichkeiten errechnet«, half der Kollege aus, der mit einem Zwei-Finger-System die Tastatur seines Laptops bearbeitete.

»Ja«, sagte Herbinger und nickte sich selbst zu, »Wahrscheinlichkeiten. Eine Mischung aus acht Nullen und Einsen ergibt ein Byte. Und ein Byte kann einen Buchstaben darstellen, ein A zum Beispiel. Oder ein F. Es kommt ganz auf die Reihenfolge der Nullen und Einsen an.

Unser Programm analysiert den Grad der Magnetisierung und errechnet, was für ein Zeichen die acht nebeneinanderliegenden Einsen und Nullen am wahrscheinlichsten ergeben. Und gleicht das mit den Bytes davor und danach ab.«

»Ich kann nicht folgen«, räumte Dudek ein.

»Ich auch nicht«, log Maja Kaminski, um ihn nicht im Regen stehen zu lassen.

Herbinger nickte und wechselte in jenen geduldigen Tonfall, mit dem man Kinder bedenkt: »Wenn der erste Durchlauf den Begriff *Grabmpef* ergibt, wird das mit einer Datenbank abgeglichen. *Grabmpef* ist kein Wort. Mögliche wahrscheinliche Alternativen wären *Kampf* oder *Graben*. Und das wiederum wird mit den Wörtern davor und dahinter abgeglichen – darauf, ob sich ein sinnvoller Satz ergibt. Das ist grob gesagt das, was wir als Programm entworfen haben.«

»Es ist unwahrscheinlich«, meldete der einsilbige Vollbart sich zu Wort, »dass wir alles retten können. Aber vielleicht fördern wir Fragmente zutage.«

»Gut«, sagte Dudek, »können Sie schon was über den einen Zeitrahmen sagen?«

»Na ja, das wird schon ein paar Tage dauern. Eine Woche vielleicht? Das sind komplexe Berechnungen.«

Als sie das Kommissariat verließen, war es draußen bis auf die Laternen und die Lichter der Häuser und Autos dunkel. Abertausende Schneeflocken tanzten aus einem schwarzen Himmel auf sie hinab.

Dudek versenkte die Hände in seinen Manteltaschen, und Maja Kaminski zog die Kapuze ihrer grünen Armeejacke über den Kopf.

Dudek musterte sie. Und sie bemerkte es jetzt.

»Ist was mit meiner Jacke?«

»Nein. Ich hab' nur gerade überlegt, ob es nett wäre, Ihnen meinen Lieblingsthai zu zeigen.«

»Das wäre nett.«

»Prima. Der ist 200 Meter von hier.«

»Ich kann allerdings nicht mit Stäbchen essen.«

»Der hat auch abendländisches Besteck.«

Daraufhin stapften sie los.

»Ich kann die Tom-Yum-Suppe empfehlen.«

»Gute Idee. Erspart mir auch die Stäbchen.«

Im Gegensatz zu einigen anderen Lokalen hatte der Restaurantbetreiber den Vorteil warmer Lampen beherzigt, die als kleine Lichtinseln im gesamten Raum verteilt waren und eine ruhige, verschwiegene Atmosphäre schufen.

Sie bekamen einen Ecktisch am Fenster und konnten hin und wieder zu den Passanten hinausschauen, wie sie die immer noch bestehende Weihnachtsbeleuchtung aus Lichterketten unterquerten.

Es stellte sich heraus, dass sie beide das erste Mal mit einer Tom-Yum-Suppe in Neuseeland in Kontakt gekommen waren.

»Sie waren auch in Neuseeland?«

»Ja, noch gar nicht lange her«, erzählte Maja, »*nach* Kilian. Ich habe mir zwei Monate freigenommen und die Nord- und die Südinsel besucht. Um ein Haar wär ich dahin ausgewandert.«

In Dudeks Gesicht las sie aufrichtiges Verständnis.

»Ja. Das haben meine Schwester und ich uns auch überlegt, aber …«

»Die brauchen gerade keine Polizisten.«

Dudek nickte: »Und ich kann nichts anderes.«

Auf sein entschuldigendes Lächeln hin musste sie schmunzeln.

»Meine Schwester hatte am Ironman auf Hawaii teilgenommen. Und danach …«

»Ich bin beeindruckt.«

»Ja, ich auch«, antwortete Dudek amüsiert, »sie ist schon zäh.«

»Und … Sie sind auch gelaufen?«

Er hob abwehrend die Hand: »Nein, dazu fehlt mir die nötige Portion Masochismus. Aber ich hab sie gemanagt. Und zur Erholung dann nach Neuseeland, allerdings nur die Südinsel. Die Tom-Yum haben wir im Kingtiger kennengelernt.«

»Nein. In Waiau? Am Franz Josef Glacier?«

»Sie auch?«

Maja Kaminski nickte und verspürte eine unsinnige Aufregung darüber, dass sie im gleichen Restaurant am anderen Ende der Welt gewesen waren.

»Schon seltsam«, fand auch Dudek, dessen Handy sich meldete. Ein kurzer Blick aufs Display, denn eigentlich wollte er sich beim Essen mit der Kollegin nicht stören lassen – aber es war die neue Nummer, die er sich bereits eingeprägt hatte.

»Herr Rost?«

Er hörte zu.

Eine Schwester, notierte Maja Kaminski sich in Gedanken. Das stand natürlich nicht in seiner Personalakte.

»Ja, Frau Kaminski ist bei mir. Wir beschließen gerade den Tag im Pad Thai in der … ach, kennen Sie und … verstehe. Gut. Bis später.«

Dudek beendete die Verbindung und sah zu Maja: »Herr Rost beehrt uns in der nächsten Viertelstunde.«

»Gibt's Neuigkeiten?«

Hagen Dudek deutete ein Achselzucken an: »Ich weiß nicht. Er wollte es mir nicht am Telefon sagen.«

Kaminski nickte. Anders als Dudek konnte sie sich vermutlich einen Reim darauf machen. Wenn Rost nicht ausschließen mochte, dass er in seinem Büro abgehört wurde, dann passte es, wenn er sensible Informationen lieber im persönlichen Gespräch überbrachte.

In dem Augenblick kam der Kellner, der immerzu lächelte, mit zwei Portionen dampfender Tom-Yum-Suppe.

Während sie sich mit Heißhunger darüber hermachten und Dudek ohne es zu bemerken vor Genuss ein paar Mal leise seufzte, erörterten sie das, worüber sich Polizisten früher oder später immer austauschten: den Grund.

»Kein Schlüsselerlebnis?«, fragte Dudek.

»Nein. Niemand aus meiner Familie ist ermordet und zerstückelt worden oder so, und ich habe auch als Kind keinen Mord gesehen. Ich mag es einfach nicht, wenn Stärkere Schwächere herumschubsen, und, ja, ich glaub an Gerechtigkeit. Ganz altmodisch.«

»Zeitlos.«

Wieder diese galante Art. Er hatte etwas Feinsinniges, dachte Maja, aber das hieß noch lange nicht, dass er eine reine Weste hatte. Einige der bekanntesten Mörder hatten mit Manieren, Intelligenz, Humor und Feingefühl ihre Umgebung und ihre Opfer täuschen können. Sie musste auf der Hut bleiben. Und, die Idee kam ihr jetzt, als er seinen Löffel quer über der Suppenschale ablegte, eine Brücke finden. Einen Weg, den er gehen konnte, falls Rosts Verdacht zutraf. Einen Ausweg. Und die Grundlage für jeden Ausweg war, dem Gegenüber mit Verständnis zu begegnen.

»Ich habe zwei Semester Jura studiert und dann gemerkt, dass es das nicht ist.«

»Warum nicht?«

»Abstrakte Gesetzestexte waren mir zu trocken. Zu leblos. Mir hat der Geruch der Straße gefehlt. Das Persönliche.«

Dudek hatte als junger Polizist mal Kollegen in eine Wohnung begleitet, in der zwei Wochen zuvor eine alte Dame gestorben war. Erst sie und dann ihre zwei Katzen.

Ihm fehlte der Geruch der Straße nicht.

»Keiner steht ja morgens auf und sagt: heute begeh ich mal einen Mord. Es gibt *immer* eine Vorgeschichte. Und nachvollziehbare Gründe: Leute unter Druck, persönliche Umstände, Geldsorgen, Beziehungsstress, Krankheit … Nöte … die Leute tun plötzlich Dinge, die sie normalerweise nie tun würden. Aber … die Menschen sind nicht schlecht. Letztendlich sind sie nur … in Not.«

Bei Dudek versickerten ihre Worte langsam, wie Maja beobachtete, und mit etwas Chance blieben sie nicht ohne Wirkung.

»Und Sie?«

Zwei Worte, zwei Silben, und doch spürte Hagen Dudek ehrliches Interesse.

»Tja, also ich muss Sie jetzt über mich langweilen: ich bin ein Regelfreak.«

Dudeks Faible für Anzüge empfand sie als übertrieben, aber seine Selbstironie verfing bei Maja. Es gab für ihren Geschmack im Leben viel zu wenig Menschen, die sich selbst auf die Schippe nahmen.

Aus irgendeinem Grund hatte die Kollegin von der Bundespolizei sich verboten zu lächeln, aber Dudek entging keineswegs ihre Belustigung, die sich in ihrem Blick niederschlug.

»Ich meine … mich stört Chaos. Ich mag Regeln. Ich mag es, wenn sich alle an was halten müssen. Gesetze. Regeln. Ich weiß, das klingt etwas krankhaft, aber ich habe einen richtig guten Grund, mich für die Einhaltung der Regeln einzusetzen. Denn ohne sie würde Anarchie herrschen. Und jetzt herrscht Ordnung. Ich finde das beruhigend.«

»Ehrlich? Sie glauben, ohne Regeln würden alle humanistischen Werte von heute auf morgen verschwinden?«

»Ich glaube, dass der Mensch ein evolutionärer Irrläufer ist. Jedem Lebewesen auf diesem Planeten ginge es ohne ihn jedenfalls besser.«

Ein kalter Luftzug, der durch die kurz geöffnete Eingangstür zu ihnen vordrang, kündigte Staatsanwalt Rost an, bevor Maja Kaminski auf diese Feststellung reagieren konnte. Aber das kam ihr ganz gelegen, denn es verschaffte ihr Zeit zum Nachdenken.

»Guten Abend, entschuldigen Sie bitte die Störung – darf ich?«

»Natürlich. Guten Abend, Herr Rost.«

Simon Rost setzte die Aktentasche ab und schnupperte kurz.

»Ah, Gaeng Om, riecht gut.«

Schon erschien der Kellner.

»Guten Abend. Möchten Sie die Karte?«

»Nur ein Wasser, bitte, danke.«

»Kommt sofort.«

Rost wartete, bis sich der Kellner entfernt hatte.

»Ich hatte vorhin einen Anruf aus Rostock-Peez, von einer Dienststelle dort. Frau Mendt und Herr Elling haben offensichtlich mit den rekonstruierten Fotos der vier Leichen aus der Rechtsmedizin eine Öffentlichkeitsfahndung eingeleitet. Die Kollegin aus Peez hat nämlich Bezug darauf genommen.«

Kaminski nickte: »Herr Dudek hatte das schon erwähnt, als wir mit Herrn Pramann gesprochen haben. Ich nicht, ich war da wohl noch im Urlaub.«

»Ja«, ergänze Hagen Dudek, »ich erinnere mich an die vier Leichen. Das war ja schon ungewöhnlich. Und bei uns natürlich auch kurz Gesprächsthema.«

»Ja, und es hat einen Treffer gegeben. Eine Frau Sonnemann hat einen der Männer wiedererkannt.«

»Das wird uns sehr helfen«, sagte Maja, »wie hieß er?«

»*Oleksandr*, das ist das, was die Kollegin aus Peez mir gesagt hat. Der Mann hat in der Firma neben dem Haus der Zeugin gearbeitet. Die Adresse von Frau Sonnemann ist die Leutholdstraße 17.«

»Kenn ich«, sagte Dudek, »wie kommt es, wenn ich fragen darf, dass die Kollegin aus Peez wegen einer Öffentlichkeitsfahndung aus dem November bei Ihnen anruft?«

»Sie dürfen: Ich habe dafür gesorgt, dass alle Anrufe, die in der Zentrale für Frau Mendt, Herrn Elling und Herrn Mertens landen, auf mich umgeleitet werden. Auch interne Anrufe.«

»Ich verstehe. Aber warum ruft die *heute* an?«

»Weil sie den Anruf von Frau Sonnemann im November an Frau Mendt weitergeleitet hatte. Und sie wollte wegen der jüngsten Ereignisse sichergehen, dass dieser Hinweis nicht untergeht.«

»Jüngste Ereignisse?«

»Den Überfall auf das Zeugenhaus.«

»Ich dachte«, so Dudek, »Sie haben eine Nachrichtensperre erlassen.«

»Tja, das hält Kollegen aus dem Polizeidienst oder der KTU offenbar nicht davon ab, es weiterzuerzählen. Flurfunk, wie Sie das gestern Nacht genannt haben.«

»Verstehe. Gibt es auch was Neues wegen der toten Angreifer?«

»Partiell – die Dienstwaffen sind echt und stammen aus einem Diebstahl vor ein paar Jahren in der Herstellerfabrik. Die Dienstausweise sind täuschend echt, selbst bei genauer Betrachtung«.

»Also waren da professionelle Fälscher am Werk«, folgerte Kaminski.

»Denken Sie an staatliche Stellen?«, hakte Hagen Dudek nach.

»Nein, ich habe mich nur auf das logistische Niveau dahinter bezogen. Der künstliche Stau, echte Polizeiwaffen, Geld für die Fälschung von acht Dienstausweisen – und die notwendigen Kontakte zu entsprechenden Urkundenfälschern. Plus zehn Männern, zwei, die den Stau organisieren, und acht, die offensichtlich Erfahrung mit solchen Einsätzen haben.«

»Ehemalige Soldaten?«

»Vielleicht. Herr Rost, weiß man schon, wer die waren? Herkunft? Nationalität?«

Der Staatsanwalt, dessen hungrige Augen kurz auf Kaminskis Tom-Yum-Suppe verharrten und nun wieder zu Dudek fanden, schüttelte den Kopf: »Was deren Identitäten betrifft, sind wir keinen Schritt weiter. Die Gerichtsmedizin tendiert zu rumänischer oder bulgarischer Herkunft.«

»Vielleicht wie Oleksandr«, schoss Kaminski ins Blaue.

»Ja, möglich.«

»Sie sind beim DAD nicht hinterlegt, nicht erkennungsdienstlich behandelt worden. Ich habe jetzt Europol kontaktiert und in Sofia und Bukarest um Amtshilfe ersucht. Fällt Ihnen noch eine Stelle oder Institution ein, die wir miteinbeziehen sollten?«

Dudek deutete ein Kopfschütteln an.

»Vielleicht verdeckte Ermittler«, sagte Maja Kaminski, »die kennen genug Leute aus dem Milieu, die wir als offizielle Stellen noch nicht auf dem Schirm haben.«

»Gute Idee«, fand Hagen Dudek.

Maja blickte nun auch auf ihre Suppe, die seit Rosts Ankunft lauwarm geworden war.

Ihr war plötzlich, als hätten Mendt und Elling etwas Dunkles geweckt. Als hätten sie an der falschen Stelle gegraben, und es hatte sich etwas erhoben, das größer war als sie und gefährlich. Und das sie zu verschlingen drohte. Und deshalb …

»Natürlich« sagte sie daher und merkte erst, als sie ihre eigene Stimme hörte, dass sie es ausgesprochen und nicht nur gedacht hatte. Die Augen der beiden Männer ruhten auf ihr.

»Tschuldigung, ich hatte nur einen Gedanken. Hat nichts mit weiteren Stellen zu tun.«

»Sagen Sie ruhig«, forderte Dudek sie auf.

»Mir ist nur klar geworden, dass jemand, der wirklich alle Informationen von den Rechnern löscht und Nägel durch Sicherungsplatten hämmert, das aus Angst tut. Angst davor, dass das, was sie herausgefunden haben, sie das Leben kosten kann. Es ist, das klingt vielleicht etwas nach Märchen, als hätten sie etwas Böses geweckt.«

Rost und Dudek lächelten nicht, wie sie befürchtet hatte, sondern nickten mit ernsten Mienen.

Rost räusperte sich vernehmlich.

»Dass sie das Leben kosten kann, haben Sie eben gesagt, Frau Kaminski«, ergriff er das Wort und sprach so langsam, als mühe er sich durch Treibsand. »Es *hat* sie das Leben gekostet. Frau Mendt und Herr Elling sind tot. Herr Elling ist vor zwei Stunden gestorben, Frau Mendt vor 30 Minuten.«

17

2. JANUAR, SCHWERINER SEE

Das Landeskriminalamt Mecklenburg-Vorpommern befand sich am Anfang einer Straße am Schweriner See, wie die Leiterin der Behörde der Presse gegenüber gern sagte. Martin Gruber, der Chef der Abteilung Organisierte Kriminalität, hatte Herr seines Jobs sein wollen, doch der Job hatte ihn erst zu einem desillusionierten Polizisten gemacht und dann zu einem desillusionierten Menschen. Und deswegen nahm die Straße in seinen Augen hier auch keineswegs ihren Anfang, sondern sie fand hier ihr Ende. Wie bei einer Endstation.

Gruber war von stämmiger Statur, mittelgroß und kompakt. Dazu von einer psychischen Robustheit, die für seinen Job wenn nicht unerlässlich, so doch von Vorteil war.

Gruber hatte fünf Jahre als Verdeckter Ermittler gearbeitet, um ein Drogennetzwerk zu infiltrieren und dann auffliegen zu lassen. Fünf Jahre – doppelt so lange, wie es im Schnitt brauchte, um einen VE kaputt zu machen. Aber für eine Auswechslung war er da schon zu nah an der Quelle, zu nah an den Hintermännern.

Zu diesem Zeitpunkt war seine berufliche Aufgabe zu einer Mission geworden, die sein Privatleben und sein gesamtes Sein bestimmte. Gruber war so sehr mit seinem zweiten Ich verschmolzen, dass sein Führungsoffizier im LKA manchmal nicht mehr genau wusste, welchen der beiden Grubers er gerade vor sich hatte, den echten oder den behaupteten.

Er trieb sich zu Tages- und Nachtzeiten im Milieu herum, schlief in einer Zweizimmerwohnung und führte im Kiez ein Doppelleben, das ihn schließlich die Ehe kostete.

Die Bitterkeit darüber sorgte für jene Authentizität, die man sich als Verdeckter Ermittler nicht anlegen konnte wie ein Kleidungsstück. Die Verbitterung war nicht behauptet, sondern spürbarer

Teil seines Charakters geworden: ein Brandzeichen, das ihn für das Netzwerk, das es ans Messer zu liefern galt, als einen der ihren markierte.

Am entscheidenden Tag ließ er eine tonnenschwere Lieferung Kokain im Hafen von Rostock hochgehen. 31 Beteiligten wurde in Deutschland der Prozess gemacht und führte zu insgesamt 78 Jahren Freiheitsstrafe.

Als VE durfte er zur Aufrechterhaltung seiner Legende keine Straftaten begehen. Keine Windschutzscheibe einschlagen, keine Drogen dealen, niemanden verprügeln, all das. Er durfte nicht einmal über eine rote Ampel fahren. Und natürlich tat er all das trotzdem, um einen glaubwürdigen Kriminellen abzugeben. Um seinen Auftrag zu erfüllen *und* sich zu schützen.

In der Rückbetrachtung durch eine polizeiinterne Kontrollinstanz war jede Gesetzesüberschreitung seinerseits, wenn nicht als notwendig, so doch als legitim zu bewerten. Gruber räumte gewissenhaft jeden Übertritt ein, und jeder Übertritt wurde ihm im Lichte der Verhaftungswelle, die er auslöste, verziehen. *Carte Blanche.*

Es gab einen Roman von Dürrenmatt, den er auch wegen des fatalistischen Endes sehr mochte: *Das Versprechen*. Eine Geschichte, in der ein Kommissar Matthäi einen Kindsmörder jagt und der Polizist die Tochter einer alleinerziehenden Mutter als Köder für den Täter benutzt. Und sich damit die Finger schmutzig macht.

Das zumindest hatte seine Ex-Frau gesagt: »An seinen Fingern klebt Blut, wenn das nicht gut geht.«

»Tut er's nicht, vergibt er die Chance, den Mann zu fassen. Und lässt zu, dass der noch mehr Kinder umbringt. So macht er sich die Finger auch schmutzig – und was ist jetzt besser?«

Sigrid schlug die Tür zu. So heftig, dass man es im ganzen Reiheneckhaus hören konnte. Zu dem Zeitpunkt befand sich ihre Ehe bereits im freien Fall.

Aber den Kommissar Matthäi erlöste das Türenknallen nicht aus seinem Dilemma.

Als Verdeckter Ermittler hatte Gruber seinen Weg aus dem Dilemma gefunden: sich die Finger schmutzig zu machen, war *Teil der Tarnung.*

Die Frage ob oder ob nicht, stellte sich ihm überhaupt nicht. Und er bläute es als Leiter der Abteilung seinen Schützlingen ein: »Zieht die Line Koks mit, begeht eine Körperverletzung, aber seht zu, dass es keine bleibenden Schäden dabei gibt, deckt bei einer Anhörung einen Straffälligen – das ist *eure Lebensversicherung.* Haltet in einem Fluchtfahrzeug bei Rot – dann bekommt ihr keine drei Punkte in Flensburg. Aber einen Genickschuss bei nächster Gelegenheit, weil ihr aufgeflogen seid. Das interessiert unsere Gerichte nicht, also müsst ihr euch um euch selbst kümmern. Übertretet die rote Linie und haltet die Klappe darüber.«

Sagte er und hielt die väterliche Hand über sie, sobald die Staatsanwaltschaft sich meldete und er die fein gescheitelten Damen und Herren abtropfen ließ.

Aus diesem Grund wusste auch keiner seiner Verdeckten Ermittler, was ein Kollege tat oder wer überhaupt ein Kollege war. Alles lief streng hierarchisch über Gruber. Ironischerweise nach dem Prinzip der Mafia. Niemand konnte einen anderen bei der Justiz wegen irgendwelcher Übertritte oder Vergehen anschwärzen.

Anderthalb Jahre zuvor besetzte man den Chefposten des LKA Mecklenburg-Vorpommern nicht – wovon viele ausgingen – mit ihm, dem Leitwolf von der Straße, sondern mit Christiana Benedikt. Eine Kollegin, die so rechtschaffen war, dass man beim Händeschütteln mit ihr einzuschlafen drohte.

Martin Gruber schirmte seinen Bereich zwar erfolgreich vor ihr ab – sie unterhielten eine Art Burgfrieden –, aber die Zurückweisung in Bezug auf den Chefposten ließ ihn den Biss verlieren. Es schien ein wenig, als bereite er seinen Abgang vor. Vielleicht, munkelten andere, war er der sich abzeichnenden Ohnmacht auch überdrüssig.

Seit über 20 Jahren ritt er gegen diese Windmühlen. Einfallsreich, hart in der Sache, unnachgiebig. Und was war die Bilanz? Hatte er die Organisierte Kriminalität kleingekocht in Mecklenburg-Vorpommern? Sie in ihre Schranken verwiesen?

Nein, ihre Macht, ihre Gelder, ihre Brutalität und ihre Mitglieder wuchsen von Jahr zu Jahr. Sie kommunizierten über E-Mails, während seine Behörde Faxe verschickte. Gruber waren von Amts wegen die Ressourcen versagt und von Rechts wegen die Hände auf den Rücken gebunden. Er konnte nur mehr Löcher in einer Brandmauer stopfen. Ja, er zweifelte am Sinn des Ganzen.

Hagen Dudek betrat das Büro des Chefs am Abend, weil der ihn telefonisch zum Rapport bestellt hatte.

»Frohes Neues.«

»Ihnen auch, Dudek.«

Auf Grubers Tisch stapelten sich die dienstlichen Papiere, die er gerade abarbeitete und von denen er nun aufsah.

»Gut rübergekommen?«

»Bestens, danke.«

»Mit Ihrer Schwester?«

»Ja. Und Sie?«

Gruber wog kurz den Kopf zur Seite: »Ich hatte eine gute Zeit in Thailand, danke.«

Mit der offenen Hand deutete er auf den freien Stuhl vor seinem Tisch, auf dem Dudek Platz nahm. Gleichzeitig schob Gruber drei übereinandergestapelte Akten beiseite, um freien Blick auf seinen Mitarbeiter zu haben.

»Ich habe den Namen des Mädchens«, ließ Dudek ihn wissen.

»Sie sind schnell.«

»Danke.«

»Minkova? Ist das der Nachname?«

Dudek stutzte beim Hinsetzen: »Woher wissen Sie das?«

»Ich weiß es.«

»Aber …«

»Ich weiß es.«

Dudek schwieg.

Martin Gruber musterte ihn ruhig, eine gute halbe Minute lang, und Hagen Dudek wandte den Blick nicht ab, er blinzelte nicht einmal.

Gruber musste sich nicht erklären, er hatte seine Quellen. Und wohl auch Gründe, weshalb er ihn, Dudek, damit beauftragt hatte, den Namen des Kindes in Erfahrung zu bringen, obwohl der ihm schon bekannt war.

»Weiß das auch die Kollegin von der Bundespolizei?«

»Nein.«

Ob Gruber das als gut oder schlecht bewertete, ließ er nicht durchblicken.

»Und gibt es irgendeine Spur, was den Aufenthaltsort des Mädchens betrifft?«

»Nein. Aber ich hab Ihnen ja von den gelöschten Berichten erzählt. Frau Kaminski hat zwei IT-Leute auf die Rekonstruktion der Datenbestände angesetzt.«

Gruber hob aufmerksam den Blick.

»Und sind die fähig?«

Dudek verzog den Mund zu einer kleinen Grimasse.

»Ich weiß nicht. Sie sind etwas schräg.«

»Dann sind sie vermutlich gut. Alle ITler, die ich getroffen hab und die was draufhatten, waren allesamt neben der Spur. Hm.«

Gruber sah hinaus aus dem Fenster. Zum See, dessen Ufer gefroren war.

»Wissen Sie das von Frau Mendt und Herrn Elling?«

Grubers Blick fand umgehend zurück, er machte ein Gesicht, als ahnte er es bereits.

»Was ist mit ihnen?«

»Sie sind tot.«

Grubers Körperspannung ließ nach, er sackte ein wenig in seinem Stuhl in sich zusammen. Dann seufzte er leise.

»Vier.«

»Bitte?«

»Vier tote Polizisten. Vier von uns. Vier Lebenslinien, vier Entwürfe, vier Familien, vielleicht auch Kinder. Möglicherweise auch Eltern.«

Und weil sich ihm die weiteren Worte versagten, schüttelte Gruber den Kopf und sah ihn dann wieder an: »Was gibt es über die Mörder?«

»Nichts«, antwortete Hagen Dudek und setzte ihn von den Ergebnissen in Kenntnis, die Rost ihm und Maja Kaminski gegenüber preisgegeben hatte. Dass sie vermutlich aus Osteuropa kamen, aus Rumänien vielleicht oder Bulgarien.

»Und nicht zu identifizieren?«, hakte Gruber nach.

»Nein«, bestätigte Dudek.

Gruber schüttelte den Kopf: »Da reisen acht Leute ein, die mit halbautomatischen Waffen ein ganzes Haus zerlegen, und keiner weiß was über die …«

»Herr Rost hat Sofia um ein Amtshilfeersuchen …«

Grubers Blick im Zusammenhang mit seinem Lächeln ließ ihn abbrechen.

»Amtshilfeersuchen Sofia?«

»Ganz genau.«

»Ja, gut, soll er machen«, sagte Gruber und schüttelte den Kopf: »Die lassen ihn fünf Jahre warten, da wird gar nichts passieren.«

Sie schwiegen einige Augenblicke.

»Kannten Sie die persönlich?«

»Was? Nein. Aber das macht es nicht weniger schlimm.«

Dudek nickte: »Herr Rost ist der Ansicht, dass das jetzt eine Riesenwelle lostritt. In Rostock, aber auch hier. Im Landtag. Dass die Politik bald Antworten haben will.«

»Ja, was die Politik so will. Natürlich machen die Druck – wollen ja bei den Kommunalwahlen in ein paar Wochen alles gewusst und alles getan haben, und da wären Ermittlungsergebnisse natürlich schön.«

Erbost darüber schnellte er aus seinem Sessel hoch und stand mit einem Mal breitbeinig und so entschlossen hinter seinem Schreibtisch, wie man ihn von früher kannte.

»Wann hat Herr Rost von den vernichteten Daten berichtet?«

»Ähm, Silvester. Also am 31. Dezember.«

»Vorgestern«, sagte Gruber tonlos und richtete den Blick wieder auf einen seiner besten Männer.

»Ja, vorgestern«, antwortete Dudek und begriff dann plötzlich: »Sie fragen sich, warum Herr Rost das nicht schon in die Wege geleitet hat? Eine Rekonstruktion?«

Gruber sah ihm in die Augen: »Ja. Aber das ist frei von einem Verdacht. Herr Rost wird seine Gründe haben, nehm' ich an. Das Haus – das Schutzhaus. Wer wusste davon?«

»Frau Mendt. Frau Ösker, Herr Elling, Herr Mertens, Herr Rost.«

Gruber nickte, und Dudek erfasste die Ungeheuerlichkeit dieses Gedankens.

»Warum sollte er das tun?«

»Ich weiß nicht. Ich stelle auch gar nicht in den Raum, dass Herr Rost den Ort preisgegeben hat. Vielleicht gibt es woanders ein Leck. Oder einer der Toten war bestechlich und ist dann selbst bei der Aktion ums Leben gekommen. Fakt ist nur: das Rollkommando wusste, wo die Zeugen sich aufhalten. Die Daten sind ja gelöscht worden, haben Sie gesagt.«

»Ja.«

»Durch?«

»Durch Mertens, Mendt und Elling.«

»Waren Sie dabei?«

»Was?«

»Wo steht geschrieben, dass die das waren?«

Dudek ärgerte sich für einen Augenblick darüber, nicht selbst draufgekommen zu sein.

»Nirgends.«

»Aber wer sagt das?«

»Herr Rost.«

»Ich verstehe.«

»Sie meinen, die Daten könnten auch heute Morgen gelöscht worden sein?«

»War denn das Büro der Kollegen gesichert?«

»Nein.«

Gruber atmete einmal tief durch und sah zu Boden.

»War ja auch ein ziemlicher Schock für alle, da kann so was vergessen werden. Sagen Sie Bescheid, wenn die Nerds von Frau Kaminski was finden.«

»Mach ich.«

»Vor allem, wenn es um den hier geht.«

Er zauberte ein Foto, das er die ganze Zeit über in der Brusttasche seines Hemds aufbewahrt hatte, hervor und legte es vor Hagen Dudek auf den Tisch.

»Ist das nicht der männliche Zeuge, der auch umgekommen ist?«

»Genau der. Dinko Tenev.«

»Seinen Nachnamen kennen Sie auch?«, fragte Dudek verwundert.

»Ja. Er war mein VE.«

Hagen Dudek öffnete vor Verblüffung den Mund.

»Und ich will wissen, wer ihn ermordet hat.«

»War *er* der Hauptzeuge?«

»Ich kenne die Aussagen der beiden anderen Zeugen nicht. Ich habe Tenev umgedreht. Er sollte mit einer falschen Aussage ein gegnerisches Clanmitglied belasten und sich so Zutritt zu dem inneren Zirkel einer Familie verschaffen, die ich im Visier habe. Zwei Jahre Arbeit sind jetzt für die Tonne. Und ich will wissen, durch wen und warum. Finden Sie das Kind vor Frau Kaminski.«

»Sie glauben, die tut ihr was an?«

»Nein. Ich möchte zuerst mit dem Mädchen sprechen. Vor allen anderen. Ich will aus ihrem Mund hören, was mit Dinko passiert ist. Denn ich werde seinen Auftrag übernehmen.«

»Aber …«

»Ja?«

»Es ist doch bekannt, dass Sie Polizist sind.«

»Ja, aber vielleicht bin ich ja anfällig geworden für Zuwendungen. Vielleicht habe ich die Nase voll davon, mit 57 Jahren mit 5–2 brutto nach Hause zu gehen, während die Jungs, die wir drankriegen wollen, mit 25 einen Ferrari fahren und uns frech ins Gesicht grinsen.«

»Das hört sich nicht unriskant an.«

»Ich war lange genug im Milieu unterwegs.«

Für Dudek war klar, dass so eine Geschichte das Zeug zur Legende hatte – falls sie Gruber gelingen sollte. Die Krönung seiner Laufbahn.

»Finden Sie das Kind vor Kaminski und Rost. Das hat absolute Priorität.«

18

29. NOVEMBER, ROSTOCK-PEEZ

Der Anruf war aus Peez gekommen. Eine gewisse Esther Sonnemann hatte sich persönlich ins örtliche Polizeirevier begeben, um sich wegen der Vermisstenanzeige zu melden. Sie hatte angegeben, den ersten Mann wiedererkannt zu haben: den »Ukrainer«.

Das kleine, quadratische Haus lag fast am Ende einer Sackgasse und war vermutlich in den Sechzigern gebaut worden. Bei einigen Häusern gegenüber hatte ein Generationenwechsel stattgefunden, denn dort standen die renovierten Bauten mit größeren Fenstern und Garagen mit automatischem Rolltor und Kirschlorbeerhecken, die noch recht klein waren.

»Pinscherhoch«, wie Frau Sonnemann gern lächelnd über die jungen Nachbarn gegenüber sagte, und man wusste nicht recht, worüber sie lächelte, über den geringen Wuchs der Hecken oder die Nachbarn. Möglicherweise über beides.

Über das Haus von Frau Sonnemann waren im Lauf der Jahrzehnte drei große Kiefern gewachsen, deren Wipfel sich wie in stiller Übereinkunft über das Dach neigten, als stünde das Haus unter ihrer Obhut.

Esther Sonnemann war klein und hatte einen leichten Unterbiss, was ihr Kinn energisch vorstehen ließ, wie Lona bemerkte, als die Frau ihnen öffnete und sie sich bei ihr vorstellten. Frau Sonnemann sah aus wie eine verengte Ausgabe ihrer selbst: Kleine Augen, kleiner Mund, kleine Nase, kleine Füße. Sie war aber nicht kleinwüchsig.

Elling, dem all das auffiel, fand den zutreffenden Begriff für ihre Erscheinung: wie leicht eingelaufen.

Die Haare braun gefärbt und kurz. Sie wirkte gepflegt.

»Kommen Sie doch herein«, sagte sie fröhlich und mit geröteten Wangen, »nur die Schuhe bitte ausziehen.«

Nachdem sie das getan hatten, führte sie ihren Besuch an einer braun gefliesten Küche vorbei in ein Wohnzimmer, in dessen Mitte sich ein runder Tisch mit einer selbst gestickten Decke befand. Darauf ein Stövchen mit einer gefüllten Teekanne und drei Tassen mit blauweißen Engelsfiguren auf dazu passenden Untertassen. Flankiert und gekrönt von einem Teller mit Plätzchen.

»Setzen Sie sich doch, bitte. Wissen Sie, wir hatten noch nie Polizei im Haus, ich bin jetzt ein bisschen aufgeregt.«

»Müssen Sie nicht sein«, beruhigte Elling sie, während er zusammen mit Lona Platz nahm. Esther Sonnemann goss ihnen ein und sie dankten.

»Die Plätzchen hab ich selbst gemacht, langen Sie gerne zu.«

Was Elling, der schon wieder Hunger hatte, umgehend tat.

»Ich hoffe, ich habe mich nicht geirrt mit dem Mann, das wär mir sehr unangenehm, müssen Sie wissen.«

»Ach, Frau Sonnemann, das wär kein Problem. Wir sind dankbar für jeden Hinweis – auch für einen, den wir dann ausschließen können. Das bringt uns ja meist auch schon weiter.«

»Ach so, ja, so hab ich das nicht gesehen«, sagte sie und wirkte jetzt erleichtert.

Ellings Blick schweifte über die Plastikblumen in der Vase.

»Der Tee tut gut«, ließ Lona sie wissen.

»Danke. Tja, also …«

Ein wenig Stolz stahl sich in ihr Gesicht und etwas, was Lona dort zu sehen meinte – leiser Triumph gar –, der ihr aber unpassend erschien. Frau Sonnemann hob dabei nur den linken Mundwinkel, was ihrem Lächeln etwas Spitzbübisches verlieh.

Sie zog den säuberlich ausgeschnittenen Zeitungsartikel über die vier Vermissten hervor und legte ihn vor ihnen auf die Tischplatte. Das Foto des Ukrainers hatte sie mit einem roten Stift angekreuzt.

»Ich hab den ja gleich wiedererkannt. So ein Gesicht vergesse ich nicht.«

Aus ihrer kleinen Hand erwuchs ein Zeigefinger und deutete aus dem Fenster hinaus auf ein karges, großes Nachbargebäude mit einer Laderampe und 3,5-Tonnern davor, die gerade beladen wurden.

»Da, aus der Fischfabrik, ist der immer raus und hat geraucht und die Kippen zu uns geschnipst.«

»Uns?«, fragte Elling.

»Also … zu mir. Ich rede immer noch für zwei.«

Esther Sonnemann deutete auf ein Foto mit Trauerflor, auf dem ein älterer Herr zu sehen war.

»Jedenfalls hat er die immer rübergeschnipst, weil er nämlich in seiner Pause mit den anderen da am Baum gesessen hat. Da, an der Grundstücksgrenze. Das habe ich ihm dann auch gesagt, dass er die bitte woanders entsorgen soll.«

»Entsorgen, weil es ja viele Jahre dauert, bis der Filter in der Natur abgebaut ist. Die Plätzchen sind gut.«, ergänzte Elling.

Frau Sonnemann sah ihn etwas konsterniert an.

»Nein, weil ich einfach keine Kippen in meinem Garten haben möchte. Aber der hat nur unverschämt gegrinst, seine Zigarette ausgedrückt und wieder rübergeschnipst. Und gesagt: ich lass mir keine Vorschriften machen. Mit so gebrochenem Deutsch. Seine Kollegen konnten aber auch nicht besser sprechen. Die konnten nicht *Alexander* zu ihm sagen. Die haben immer *Oleksandr* gesagt.«

In einem Sekundenbruchteil hatten Lona und Elling sich mit einem Blick verständigt: unser Mann heißt mit Vornamen *Oleksandr*.

»Wo kommen all diese Leute bloß her? Sind zu Gast hier und verdienen hier ihr Geld und schnipsen zum Dank dafür Kippen in unseren Garten und grinsen dann auch noch. Ich zum Beispiel bekomm 1104 Euro Rente. Ich hab aber 45 Jahre gearbeitet dafür. Große Sprünge kann ich davon nicht machen, ich …«

»Entschuldigung, ich habe eine Nachfrage«, unterbrach Lona ruhig und bedachte sie mit einem mitfühlenden Lächeln: »Wann hat der Mann, Alexander, das denn das letzte Mal getan? Wann haben Sie ihn zuletzt gesehen?«

Als hätte sie auf diese Frage gewartet, zog sie von einem Beistelltisch einen Aktenordner und öffnete ihn an einer mit einem rosafarbenen Post-it markierten Stelle. Sie tat das mit freudigem Elan. An vorbereiteter Stelle entnahm sie dem Ordner einen Beleg und schob ihn neben den ausgeschnittenen Zeitungsartikel, damit sie ein Auge darauf werfen konnten.

»Eine Videokamera von Canon«, stellte Lona fest.

»Ja. Mit drei Jahren Garantie. Ich bewahre die Belege immer auf, wegen der Garantie. Hat Hubertus schon immer so gemacht, mein Mann. Und deshalb kann ich Ihnen auch ganz genau sagen, wann dieser unmögliche Mensch zum letzten Mal seine Kippe geschnipst hat. Ich hab nämlich eine kleine Kamera gekauft, die idiotensicher ist«, sie lächelte entschuldigend, »Ich hab's nicht so mit Technik. Und die habe ich im Garten aufgestellt. Ich hab' die gekauft am 2. September. Das ist die Quittung. Das wollte ich nämlich aufnehmen und dann zur Polizei damit gehen. Das war ein Samstag. Und am Montag, den vierten, hab' ich die Kamera in aller Frühe aufgestellt. Aber dann ist er nicht mehr gekommen. Erst dachte ich, er ist krank – Lungenkrebs vielleicht«, ein kurzes Lächeln, »aber dann ist er auch die nächsten Tage nicht mehr gekommen. Vielleicht hat er ja auch von unseren Sozialleistungen Urlaub ge…«

Elling hatte seine Kladde aufgeschlagen und den Stift gezückt.

»Ab dem 4. September haben Sie ihn nicht mehr gesehen. Ich meine: der erste Werktag, an dem *Alexander* nicht mehr bei Ihnen am Zaun aufgetaucht ist.«

»Genau.«

Ellings Kugelschreiberspitze flog über das Papier.

»Und zuletzt gesehen dann am Freitag, den 3. September?«

»Ja. Da hat er zwei Kippen rübergeworfen. Da war das Maß voll. Da hab ich die Kamera gekauft. Für teures Geld. Und was soll ich jetzt damit?«

Und da keiner der beiden Kommissare ihr das aus dem Stand beantworten konnte und sich eine unangenehme Stille zwischen sie senkte, deutete sie mit dem Zeigefinger auf das Konterfei von Oleksandr in dem Zeitungsausschnitt: »Warum suchen Sie den eigentlich? Ich meine: außer, dass er vermisst ist.«

»Wir suchen Menschen«, erklärte Lona, »die ihn gesehen haben. Er ist tot.«

Ein leichtes Lächeln umspielte Esther Sonnemanns Mundwinkel.

19

3. JANUAR 2007, ROSTOCK-PEEZ

»Pinscherhoch, schon mal gehört?«

»Nein, aber das Schöne daran ist, man hat dazu sofort ein Bild im Kopf«, antwortete Maja Kaminski. Dudek grinste.

Sie hatten das Haus von Frau Sonnemann verlassen und bei einer Zigarette auf der Straße gleich bei der Fabrik nebenan angerufen und eine Frau Behrens in der Leitung gehabt.

Die bellte ihren Namen ins Telefon – vermutlich, weil im Hintergrund irgendwelche Maschinen ratterten, gegen deren Lärm sie sich durchzusetzen versuchte. Kaminski erläuterte knapp, worum es ging.

»Kommen Sie direkt in die Halle, ich erkenn' Sie dann schon.«

Frau Behrens wartete die Antwort nicht ab, sondern legte auf.

Die Fabrik bestand aus einem großen, zweistöckigen Betonklotz mit einer Rampe für die Be- und Entladung. Gerade lieferte ein Lkw Behälter mit Fischen ab, aus denen noch Meerwasser schwappte.

Zwei Männer mit dunklem Teint, schwarzen Vollbärten und dunkelblauer Arbeitsmontur wuchteten sie von den Ladeflächen des Fahrzeugs auf die Betonrampe und von dort in die dahinterliegende Halle.

Auf der Brust der Männer prangte ein hellblauer Schriftzug: Schanz & Herczog.

Schwanzflossen und glasige Augen lugten aus den Lüftungsschlitzen des Behälters, als Dudek und Kaminski daran vorbeigingen.

Dudek erfasste den schweren, durchdringenden Geruch von Fischen und ihren Innereien aus der Halle zuerst.

Dutzende Augenpaare richteten sich sofort auf sie, als sie das Gebäude betraten. An die vierzig Frauen und Männer arbeiteten hier in unterschiedlichen Produktionsabschnitten. Sie alle trugen Hauben über den Haaren und Handschuhe.

Die Angestellten aus der ersten Reihe köpften die Fische mit einer tausendfach durchgeführten Bewegung und zogen ihnen dabei mit einem kleinen Dreh auch gleich alle Eingeweide heraus. Das Ganze landete in einem Metallkäfig. Der entleerte Rumpf dagegen wurde in einer metallischen Halterung mit der Flosse nach oben abgestellt.

Die Gummischürzen der Frauen und Männer waren ebenso blutverschmiert wie ihre Handschuhe.

Überall floss kaltes Wasser in Rinnen und Becken, in denen die Fische gewaschen wurden. Die Arbeiter standen mit ihren Gummistiefeln in breiten Pfützen, nahezu alle hatten eine rote Nase und schienen erkältet. Ihr Atem trat ihnen als feiner Dunst aus Mund und Nase. Immer wieder ertönte von irgendwo ein Niesen oder Husten.

Dudek klappte den Kragen seines Mantels hoch, und Kaminski setzte sich ihre Kapuze auf. Es war hier drinnen bitterkalt.

Kaum hatte man von ihnen beiden Notiz genommen, senkten sich die Blicke unisono wieder. Auch legten vier oder fünf von ihnen ihre Werkzeuge ab und verschwanden in einem Seitengang.

»Die machen bestimmt Pause«, sagte Maja leise.

»Sicher. Ich …«

»Tag!«

Die beiden fuhren herum. Direkt hinter ihnen stand eine kräftige Frau, die Kaminski bis zum Kinn reichte. Haarteil, Gummischürze, Handschuhe und kein Messer. Unter ihrem Kinn und auf der linken Wange befanden sich ein paar Blutspritzer.

Sie sieht aus wie eine Rugbyspielerin, dachte Maja.

»Frau Behrens?«, fragte sie.

»Genau. Wir hatten telefoniert?«, rief sie gegen den Lärm an.

»Ja.«

Frau Behrens ging voran, damit sie ihr folgten, und sie führte sie wieder hinaus an eine Stelle der Rampe, an der an der Wand ein Aschenbecher angebracht war, der an die hundert Filter beherbergte, die über den Rand hingen und einem Wunder gleich der Schwerkraft trotzten.

Zwei Frauen, die dort gerade rauchten und sich in einer fremden Sprache unterhielten, löschten ihre Zigaretten, als sie das Trio kommen sahen, und kehrten in die Halle zurück. Aber nicht, ohne unter dem strengen Blick der Chefin ihre Kärtchen am Eingang zu stempeln.

Behrens streifte routiniert die Handschuhe ab, die sie über eine Türklinke hängte und zündete sich nun selbst eine Zigarette an. Sie warf Dudek einen ungeduldigen Blick zu.

»Also«, sagte sie.

Dudek zeigte ihr das Foto von Oleksandr aus dem Zeitungsausschnitt.

»Wir suchen diesen Mann hier«, sagte Hagen Dudek. »Er stammt aus der Ukraine, zumindest ist das wahrscheinlich. Sein Vorname dürfte Oleksandr sein.«

»Wird das jetzt alle paar Wochen abgefragt?«

»Hören Sie«, begann Maja Kaminski mit jener leicht gereizten Stimme, die auf einen gerissenen Geduldsfaden folgte. Doch Dudek hob ganz leicht abwehrend die Hand und grätschte dazwischen: »Wir wissen durchaus, dass Kollegen diesbezüglich schon mal hier im Betrieb gewesen sind. Wir wissen aber nicht, was Sie ihnen gesagt haben.«

Die Frau verdrehte die Augen.

»Ich kenne den Mann nicht. Hier hat er jedenfalls nicht gearbeitet.«

Dudek sah unwillkürlich zu Maja, um sich nonverbal abzustimmen, obwohl sie sich kaum kannten. Aber immerhin hatten sie zu unterschiedlichen Tagen im Kingtiger in Franz Josef gesessen. Er erwischte sich dabei, dass sie ihm schon nicht mehr fremd war. Sich wortlos über einen Blick abzustimmen, benötigte beides: Vertrauen und Vertrautheit. Und in der Beantwortung seiner stummen Frage gab sie die Andeutung eines Nickens zurück.

»Wer stellt denn die Leute hier ein?«, fragte sie also.

»Ich.«

Genau das, womit Maja gerechnet hatte: »Täusch' ich mich, oder haben Sie unter der Belegschaft einen hohen Ausländeranteil?«

Behrens schenkte ihr ein abgeklärtes Lächeln: »Na, so knapp hundert Prozent, würde ich sagen.«

»Ziemlich viel«, stellte Dudek fest und fand, dass das im neuen Jahr seine bisher dümmste Ergänzung gewesen war.

»Ach«, bestätigte Behrens ihn in seiner Einschätzung, »für die Arbeit da in der Halle sind Deutsche sich zu schade. Das ist wie bei der Müllabfuhr. Dann lieber Hartz IV kassieren und mit einem Bier in der Hand Fußball gucken. Hier bei uns landet man nur, wenn man nichts gelernt hat. Man muss noch nicht mal Deutsch können. Nur Fische muss man ausnehmen können. Und schneiden. Den meisten hier muss ich das nicht mal erklären. Ich mache es vor, die machen es nach. So läuft das.«

Maja blieb am Ball: »Und was zahlen Sie den Leuten hier so?«

»Na, als Anfangslohn bekommt hier jeder 5000 netto und ein 13. Monatsgehalt … Natürlich nicht. Die bekommen hier nur das, was ich unbedingt zahlen *muss*. Denn wenn ich denen das Doppelte zahl', dann kann ich den Laden gleich dichtmachen. Damit ist ja auch keinem gedient. So einfach ist das.«

»Oleksandr«, brachte Maja ihr Anliegen in Erinnerung, und Dudek stieg darauf ein und deutete auf das Gesicht des Mannes aus dem Zeitungsausschnitt.

»Hat der bei Ihnen gearbeitet, Frau Behrens?«

Behrens schaute auf das Foto.

»Es ist dasselbe, das Ihre Kollegen mir gezeigt haben.«

»Das war nicht die Frage«, erinnerte Kaminski sie.

»Aber meine Antwort ist dieselbe: nee, hat hier nicht gearbeitet, kenn ich nicht.«

»Es gibt eine Person, die das Gegenteil behauptet«, entgegnete Dudek ruhig, »die aussagt, der Mann hat hier in dieser Fabrik gearbeitet.«

Behrens nickte: »Ja, schon klar. Ist diese Person eine Frau, eine, die behauptet, dass wir im Winter den Bürgersteig nicht frei schippen und wir hier unnötig die Motoren der LKWs laufen lassen? Beginnt ihr Vorname mit E und ihr Nachname mit S? Und sagt die gerne *pinscherhoch*?«

Dudek und Kaminski fühlten sich vorgeführt.

»Der hat hier nicht gearbeitet, Ihr Oleksandr. Hundertpro.«

Die kleine, kräftige Chefin hatte ihnen hinterhergesehen, bis sie das Betriebsgelände verlassen hatten, ehe sie in die Fabrik zurückgekehrt war. Kurz vor ihrem Auto zündeten Hagen Dudek und seine neue Kollegin sich noch eine an und mussten gleich die Glutspitzen in den gewölbten Händen vor dem Wind schützen.

Dudek schnupperte mit irritiertem Gesichtsausdruck an seinem Jackettkragen.

»Was ist?«

»Mein Jackett riecht nach Fisch – obwohl ich nichts angefasst hab.«

Kaminski schmunzelte, und um ihre Augen bildeten sich Lachfältchen, was Dudek gefiel. Sein Blick blieb einen Moment zu lange auf ihre Augen gerichtet. Er sah zu Boden.

»Vier Tote, keiner kennt sie, niemand vermisst sie. Wir haben bis auf Oleksandr keinen Namen, nichts. Worum geht's?«

Jetzt war er zurück in der Spur und sah sie wieder an.

»Riechen Sie das nicht?«, zog sie ihn auf.

Aber Hagen Dudek stieg nicht darauf ein: »Was?«

»Menschenhandel. Glauben Sie, die Arbeiter dahinten in der Fabrik haben alle legale Papiere? Vier Tote im Wald. Und keiner vermisst die. Gibt es wirklich niemanden, der zur Polizei geht, wenn ein Mädchen oder ein Junge monatelang verschwunden ist? Glauben Sie der Frau Behrens?«

»Keine Silbe. Ich geh davon aus, dass ›Oleksandr‹ hier gewesen ist. Er hat hier Fische ausgenommen. Die Frau Behrens kennt den jetzt nicht mehr, weil sie die alle da drinnen natürlich schwarz bezahlt. Schwarz oder weniger als Mindestlohn.«

»Oder beides.«

»Oder das und bevor es jetzt Scherereien gibt, kennt sie den eben nicht. Der ist ihr egal. Wie die ganzen anderen Mitarbeiter vermutlich auch.«

Sie zogen an ihren Zigaretten.

Majas Handy klingelte, und sie sprach kurz mit jemandem.

»Seeheim?«, fragte sie am Ende, verabschiedete sich und steckte ihr Handy wieder ein.

»Die erste Rekonstruktion der gelöschten Daten ist gelungen. Es gab einen Hinweis auf den Jungen. Der Eintrag von Frau Mendt oder Herrn Elling sagt, dass es sich um denjenigen gehandelt hat, der den Ring verschluckt hat.«

»Gut«, sagte Dudek, »das ist gut. Und wo?«

»Im Seeheim. Das ist ein Heim für Kinder und Jugendliche.«

20

29. NOVEMBER 2006, ROSTOCK

Der entscheidende Hinweis erreichte sie beim Mittagessen.

Lona und Elling hatten ihren Tisch in der überschaubaren Kantine hinten links in der Ecke mit Blick auf die Straße. Plastikstühle, auf denen es nach spätestens zwanzig Minuten unbequem wurde, und Tischplatten aus hellem Kunststoff. Keine Pflanze weit und breit, kein Bild an den Wänden.

Sie waren von ihrem Ausflug in Peez zurück und früh dran, weswegen nur ein paar der anderen Tische besetzt waren.

Wie üblich roch es nach lang gekochtem Essen, das einen erfolgreichen Bogen um Pfeffer und Salz gemacht hatte.

Zu Ellings Freude gab es Königsberger Klopse. Er konnte von Kapern und Rote Bete nicht genug bekommen. Und Hackfleisch war sowieso das Nonplusultra.

Lona saß ihm gegenüber und aß ihren Salat, als blättere sie teilnahmslos durch ein Telefonbuch. Er kam auf den Gedanken, weil vier Telekom-Mitarbeiter draußen gerade eine Telefonzelle abmontierten.

Das kam jetzt immer öfter vor.

Lona Mendt jedenfalls nahm ihren Salat ohne jeden Genuss zu sich.

»Stör doch nicht, oder?«, fragte Mertens, der sich ebenfalls für die Klopse entschieden hatte und ohne eine Antwort abzuwarten neben Elling Platz nahm.

Als er Mendts Salat sah, konnte er nicht anders: »Fehlt Ihnen da nicht was, wenn Sie nur Salat essen?«

»Nein.«

»Hm«, brummte ihr Chef und bemaß unauffällig ihre Figur, was wegen des Pullovers, den sie trug, nicht ganz einfach war. Jedenfalls war sie ziemlich dürr. Sein Fall wäre sie nicht gewesen. Wo hätte man sich denn da festhalten sollen?

»Ich weiß nicht, ob nur Salat auf Dauer so gesund ist«, nuschelte er dann an den Brocken Königsberger Klopse vorbei, die er sich in den Mund geschoben hatte.

»Das beunruhigt mich auch schon eine Weile«, antwortete sie trocken und setzte ihn dann von den Ergebnissen ihrer Besuche bei Frau Sonnemann und in der Fabrik in Kenntnis.

»Oleksandr. Das ist alles?«, fragte Mertens enttäuscht und schob sein Schüsselchen Rote Bete rüber zu Elling.

»Ja«, bestätigte der.

Mertens setzte Messer und Gabel, umschlossen von seinen Fäusten, senkrecht auf der Tischplatte ab. Wie ein recht übersichtliches Spalier seines Unverständnisses.

»Leute, der bringt vier Menschen um und legt die alle nebeneinander ab. Die müssen doch irgendwie miteinander verbunden sein. Tipp: das Opferprofil ist es nicht.«

»Wir glauben, die vier Opfer sind Illegale. Sie werden nicht vermisst – weil niemand weiß, niemand in ihrer Heimat jedenfalls, dass sie verschwunden sind. Oder die Angehörigen trauen sich nicht, sich an die deutschen Behörden zu wenden.«

Mertens senkte das Besteck etwas und warf Elling einen Blick zu: waren die beiden sich in dem Punkt einig?

»Es ist das Einzige, das Sinn macht«, beantwortete der Mertens' stumme Frage.

»Schön, okay, ja. Oleksandr macht einen fiesen Job in der Fabrik. Und der andere Mann vielleicht auch. Oder woanders. Können gut Illegale sein. Und die Kinder? Missbrauch?«

»Dr. Pramann sagt Nein«, antwortete Lona.

»Nicht nachzuweisen, jedenfalls«, korrigierte Elling.

»Ja.«

»Aber was dann?«, fragte Mertens.

Lona schob ihre kleine Salatschüssel beiseite: »Da gibt's doch jede Menge Möglichkeiten: sie können Drogenkuriere gewesen sein. Beide unter 14 Jahre alt, wie die Gerichtsmedizin sagt – also nicht strafmündig. Botendienste. Vielleicht bei Einbruchsserien dabei – die passen zum Beispiel durch kleine Kellerfenster, durch die kein Erwachsener kommt.«

»Und wenn – warum sind sie dann tot?«

»Das Mädchen hat sich das Leben genommen«, erinnerte Lona ihn.

»Ja, das Leben genommen. Wieso? Da steckt doch enormer Leidensdruck dahinter, wenn ein Kind sich die Pulsadern aufschneidet. Ein Kind, das keinen anderen Ausweg mehr für sich sieht? Lieber tot sein als so weiterleben? Woher, wieso?«

Sein Bick ging von Elling zu Lona Mendt und entdeckte dabei ratlose Gesichter.

»Weiß ich nicht«, bekannte Lona.

»Mit Sicherheit hat Oleksandr irgendwo hier gewohnt«, sagte Elling. »Was Günstiges. Eine Mietwohnung. Hat sie sich vielleicht geteilt mit jemand anderem. Konnte zu Fuß zur Arbeit und musste kein Geld ausgeben für Bus und Bahn. Der war abends zu Hause, hat da was gekocht, hatte kein Geld.«

Mertens, der mit einer Antwort auf die Umstände des Selbstmords des Mädchens gerechnet hatte, zog die Stirn in Falten: »Sag mal, wovon redest du?«

Doch Frank Elling wirkte ruhig, der latente Zorn seines Vorgesetzten erreichte ihn entweder nicht oder perlte wirkungslos an ihm ab, als er antwortete: »Von Orten.«

»Ich komme nicht mit.«

»Hoffentlich wird das nicht zur Gewohnheit«, sagte Elling und grinste.

»Aufpassen, Elling.«

Frank Elling nickte beiläufig und spann seinen Faden weiter: »Also, wenn der Täter Oleksandr aus der Ukraine irgendwo hier in Rostock die Spitzhacke in den Schädel rammt und er ihn dann in Lickow im Wald vergräbt, dann geht er ein Risiko ein. Er packt ihn in den Kofferraum und gondelt mit dem durch die Gegend. Und bei einer Verkehrskontrolle, was dann? Herr Was-weiß-ich, zeigen Sie uns mal das Warndreieck. Und schon fliegt er auf. Lickow ist über eine Stunde weg von hier.«

Rainer Mertens blinzelte – das tat er immer, wenn er einem Gedanken nicht folgen konnte.

»Und weiter?«, fragte er.

Aber Lona Mendt glaubte, verstanden zu haben: »Du meinst, der ist nicht hier getötet worden, sondern da.«

»Wenn *Sie* das erklären, hört sich das viel kürzer an«, sagte Mertens vorwurfsvoll.

Elling nickte in Richtung seiner Kollegin: »Ja, denkbar.«

»Dann doch die Brüder?«, fragte sie. »Max und Moritz? Jagdpächter, Flinte, Schrotschuss?«

Elling war mit ihr durch dick und dünn gegangen und sie mit ihm bis an die Grenze der Gesetze und dann weit darüber hinaus. Sie waren sich gegenseitig ein interessantes, unvorhersehbares Rätsel und gleichzeitig so vertraut wie mit niemandem sonst. Lona Mendt war unverbiegbar.

Wegen ihres unerklärlichen Gleichtakts las er ihr jedenfalls an der Nasenspitze ab, dass diese Vorstellung der beiden Brüder für sie nicht ganz passte. Und für ihn war sie auch nicht rund. »Dass die da draußen Illegale beschäftigen? Wozu? Und dann wäre es andersherum, dann müssen sie einen Oleksandr nach da draußen fahren, in den Wald. Und ihn dort umbringen.«

»Vielleicht im Auftrag von jemandem«, schlug Mertens vor.

»Und in dessen Auftrag töten sie dann auch Kinder?«

»Das Mädchen hat sich das Leben genommen, und dem Jungen ist das Herz stehen geblieben. Die hat niemand aktiv getötet.«

Mertens' Handy meldete sich. Er entschuldigte sich und nahm das Gespräch im Weggehen entgegen.

»Was machen wir in Sachen Oleksandr?«, fragte Elling. »Es ist der einzige Hinweis.«

»Das wird er vermutlich auch bleiben.«

»Weil?«

»Weil er sich als Illegaler mit Sicherheit unter seinesgleichen aufgehalten hat. Kontakt mit anderen Menschen hätte immer das Risiko für ihn gehabt, dass ihn jemand anzeigt. Und wenn die Frau Behrens sagt, dass er da nicht gearbeitet hat …«

„… und dabei lügt wie gedruckt …«

»Genau, und wenn sie das sagt, dann kann die sich ganz sicher sein, dass keiner aus dem Betrieb da widerspricht.«

»Weil die auch alle nicht hier sein dürften.«

»Ja. Hast ja gesehen, wie auffällig unauffällig die sich alle ganz kleingemacht haben, als wir vorhin da gewesen sind.«

Elling schüttelte den Kopf: »So ein Leben im Untergrund – für mich wär das nichts. Immer auf der Hut. Und was, wenn du zum Arzt musst? Oder so eine wie die Behrens zahlt dir nur die Hälfte? Bei wem willst du dich dann beschweren? Bei der Polizei?«

Für Lona wäre ein fremdbestimmtes Leben nicht auszuhalten gewesen. Sie war die Herrin ihrer Zeit. Sie allein bestimmte, wie und mit wem sie die zu verbringen gedachte. Leute wie Mertens spürten das. Ein paar Vorschriften zu viel und ein Mensch wie Lona Mendt würde die Dienstmarke auf den Tisch legen. Und dann bei Ärzte ohne Grenzen in Uganda anheuern. Oder eine Lehre als Buchbinderin in Buenos Aires absolvieren. Oder Taxi in Tokio fahren.

Seit dem Tod ihrer Familie gab es nichts mehr, wovor sie sich fürchtete. Konsequenzen waren ihr gleichgültig. Die Verachtung von Folgen war eigentlich ein Privileg der Jugend – seit jenem unglücklichen Tag war es aber auch ihres.

Es gab niemanden mehr, für den sie Verantwortung übernehmen musste.

Und es kostete sie nur 30 Sekunden, um in ihr Wohnmobil zu steigen und diesen Lebensabschnitt einfach hinter sich zu lassen und an der nächsten Ampel in einen neuen abzubiegen.

»Wie geht es deiner Mutter?«, fragte sie jetzt unvermittelt.

Frank Elling, der keine Ahnung hatte, wie sie aus der Fischfabrik und Oleksandr dorthin gekommen war, bemühte sich, ihr zu folgen.

»Gut. Also … sie kommt klar. Heute Morgen wollte sie wissen, was der Sinn des Lebens ist.«

»Was hast du gesagt?«

»Dass wir heute Abend drüber sprechen.«

»Und was sagst du ihr nachher?«

»Sie wird's vergessen haben.«

Mertens kehrte zu ihnen an den Tisch zurück, nahm aber nicht wieder Platz.

»Wir haben einen zweiten Treffer«, verkündete er. »Der Junge … der mit dem Ring im Magen. Der ist jetzt auch wiedererkannt worden.«

21

3. JANUAR 2007, TOITENWINKEL

Sie hatte zwei Tage und Nächte lang die neuen Geräusche studiert und mit zunehmender Präzision ihren Quellen zuordnen können.

Früher war die Wohnung selbst voller Geräusche gewesen. Menschen, Wasserrauschen, der Fernseher, der unablässig lief. Das Brutzeln des Herds, Rufe quer über den Gang. Eigentlich war es nie still gewesen.

Jetzt schon.

Jetzt, da sie allein war und jedes Geräusch vermied, das ihren Nachbarn vielleicht verraten könnte, dass sich hier, in der von der Polizei versiegelten Wohnung, jemand aufhielt, nahm sie auch die Geräusche aus den anderen Wohnungen viel deutlicher wahr. Die Schritte auf dem Flur. Das Surren des Fahrstuhlmotors. Ein Laut wie aus einem Science-Fiction-Film, wenn die Lifttür beiseiteglitt.

Das Quietschen des Kinderwagens aus der Wohnung hinten rechts. Zu gerne hätte sie der Frau eine Dose WD-40 geschenkt.

Aber so wusste Sarah immer, wer am Fahrstuhl wartete. Und wie ein magisches Band, gewoben in Hogwarts (sie hatte in diesen vier Wänden den frisch erschienenen *Halbblutprinz* verschlungen), behütete es den Zugang zu der Wohnung.

Nur all das half nichts.

Verkriechen ist keine Option, wie Raya gern sagte.

Das war jetzt dein Schutz in diesem anonymen Getto, Sa, aber irgendwann kommt das Siegel weg. Dann kommen Leute, dann wird aufgeräumt, und dann zieht hier eine Familie ein.

Ich weiß nicht, wo ich hingehen soll.

Wem vertraust du am meisten?

Frau Mendt.

Geh zu ihr.

Sie stirbt.

Ist sie tot?

Ich weiß nicht.

Geh und find es raus.

Sarah duschte so kurz und so leise wie möglich, indem sie den Einhandmischer nur wenig aufdrehte, und zog sich extra für Lona Mendt ihre besten Sachen an. Wobei ihr die Auswahl nicht schwerfiel, denn im Schrank lagen nur noch eine Hose und ein Pulli.

In der Bahn setzte sie sich wieder in den letzten Waggon, um den Kontrolleur rechtzeitig kommen zu sehen, aber er kam nicht. Am Hauptbahnhof musste sie umsteigen.

Und als Sarah das Gleis wechselte, passierte sie einen Kiosk. Kioske zogen sie magisch an. Schon als Kind, schon bevor sie begriff, was ein Kiosk eigentlich ist. Als Kind war es ein Platz, an dem jeder bekam, wonach er suchte. Sie Eis und Bonbons und ihr Vater Nachrichten und Zigaretten und Raya Kaugummi und auch (heimlich) Zigaretten.

Drinnen saß damals Maria, die ihre grauen Haare so nachlässig rot färbte, dass eine interessante Mischung dabei herauskam, und die eine rote Nase hatte und den ganzen Tag Johannisbeerschorle trank, die nicht sprudelte.

Manchmal durfte Sarah dortbleiben und ihr zur Hand gehen und den Kunden Dinge verkaufen.

Bis heute war es ihr Traum, einmal Kioskbesitzerin zu sein. Autark und geborgen.

Wenn sie beide Zustände mal erreicht hatte, dann war es gut, hatte Sarah sich gedacht. Mehr wollte sie nicht von diesem einen Leben. Danach kam ja der Himmel, aber Sarah ahnte, dass das eine weitere Erwachsenenlüge war, um Kinder zu trösten. Und zuallererst die Erwachsenen selbst.

Vom Titelblatt einer Tageszeitung traf sie Lona Mendts Blick und ließ sie näher kommen. Die Frau neben ihr kaufte sich gerade eine Currywurst mit einem knusprigen Brötchen an dem Stand, der Geruch wehte ihr in die Nase.

»Polizisten tot! Landtag tritt zur Sondersitzung zusammen.«

Und etwas tiefer: »... sind die Kriminalbeamten Lona Mendt und Frank Elling gestern Nacht ihren schweren Verletzungen erlegen. Damit fordert der mysteriöse Fall aus der Silvesternacht nunmehr sein 13. und 14. Opfer. Die zuständigen Behörden bewahren Stillschweigen.«

Das Foto von Frau Mendt war schwarz-weiß. Sie war darauf noch etwas jünger. Aber sie blickte ihr geradewegs in die Augen.

Ohne es zu realisieren, seufzte Sarah Minkova. Sich den Tod vorzustellen, war schwierig.

Also den ohne Himmel und Engelchen und dem ganzen Quark. Den endgültigen. Echten.

Es ist all das, was du dann nicht mehr tun kannst, hatte Frau Mendt gesagt, *also wenn dir was wichtig ist, dann musst du es jetzt tun.*

Was auch immer ihr noch wichtig war, zu tun, konnte sie nun nicht mehr, wurde Sarah bewusst. Tot zu sein, bedeutete, vom Leben ausgeschlossen zu sein. Bis zur Geburt. Und nach dem Tod dann für immer. Diese Trostlosigkeit presste ihr die Brust zusammen, und nun musste sie weinen. Und das Bild von Lona Mendt vor Augen, das schwarz-weiße, auf dem sie ihr nach ihrem Ableben in die Augen geblickt hatte, weinte sie bis zurück nach Toitenwinkel.

Selbst der Schaffner ließ sie in Ruhe.

22

3. JANUAR 2007, SEEHEIM

Das Seeheim war ein Bau aus rotem Klinker mit schwarzen Dachziegeln. Ein quadratischer Komplex an einer Durchgangsstraße, der in seinem Inneren ein großes Atrium beherbergte. Mit einer Spielecke samt Sandkasten und Rutsche für die kleinen Kinder und

Tischtennisplatten aus Beton, die keine noch so große Wut auf die Welt beschädigen konnte, für die Größeren.

Zwei mächtige Kastanienbäume residierten in der Mitte des Platzes, um diese Jahreszeit laublos, als hätten sie mit dem Treiben in diesem Gebäude und um sie herum nichts zu tun.

An ein paar Reckstangen absolvierten die Jungs gern ihre Klimmzüge und spornten sich dabei gegenseitig an und spotteten, wenn einer weniger als drei schaffte.

Der Haupteingang von der Straße her war abgeschlossen, wie Dudek und Kaminski feststellten.

Eine gute Minute, nachdem sie geklingelt hatten, erschien ein Mann in Jeans und Lederweste. Stirnglatze, die Lesebrille lugte ihm aus der Brusttasche. Er trat an eine Sprechanlage, die er zeitgleich aktivierte, während er Blickkontakt mit ihnen hielt.

»Frau Kaminski, Herr Dudek?«

»Genau.«

Ein Summen ertönte, zwei Schließbolzen versanken daraufhin mit einem satten Geräusch in der Zarge, dann konnten Dudek und Kaminski hinein.

Wiegbold, so der Name des Heimleiters, führte sie über den breiten Hauptflur mit seinem unverwüstlichen PVC-Boden. Dudeks Nase fing den scharfen Geruch von Reinigungsmitteln auf. Sie passierten leere Klassenräume und solche, in denen noch hinter verschlossenen Türen unterrichtet wurde. Einen Werkstattraum, einen mit Musikinstrumenten, in dem ein komplettes Schlagzeug auf einem Podium stand. Abgewetzt und in die Jahre gekommen, aber immerhin.

Gefolgt von Zimmern, in denen Kinder und Jugendliche auf Doppelstockbetten saßen und Musik hörten oder Karten spielten und rauchten.

»Hier darf man rauchen?«, fragte Dudek.

»Nein«, sagte der Mann, »aber sie tun's ja doch. Jetzt haben sie die Wahl zwischen dem Heimleiter, der es verbietet, aber verarscht wird, und dem Heimleiter, der es verbietet, aber duldet und bei den wirklich wichtigen Nummern die rote Linie zieht und dann ernst genommen wird. Oder wenigstens ernster.«

Wiegbold war jetzt schon 69 Jahre alt, wie er von sich aus erzählte.

»Eigentlich seit vier Jahren in Rente«, wie er selbst sagte, »aber es findet sich kein Nachfolger. Nicht für 2–3 brutto.«

»*Sie* sind noch hier«, stellte Maja mit einer Spur Anerkennung fest.

»Tja. Die Kinder brauchen ja jemanden. Das sind ja Seelen auf dem Sprung. In der Orientierung. Was sie hier erfahren an Zuwendung und Interesse und Förderung, das wird ihr Leben bestimmen. Ihr Leben und uns als Gesellschaft.«

Er bog nach rechts durch eine Flügeltür mit verzierter Klinke ab.

»Sollte einem nicht egal sein«, fügte er noch wie jemand hinzu, der darauf schon nicht mehr hoffte.

Hinter der Flügeltür befand sich sein Büro mit sehr hohen Decken. Einem Schreibtisch, auf dem sich Papiere stapelten, und einem Aktenschrank dahinter, der ebenfalls überquoll.

Maja erfasste kurz nach Dudek den Geruch von Mottenkugeln.

Hohe Fenster erlaubten den Blick in das Atrium, in dem sich gut zwei Dutzend Jugendliche tummelten. Einige schauten auch neugierig hinein ins Büro und inspizierten den Besuch, den Wiegbold da gerade ins Herz des Seeheims führte und ihm die freien Stühle auf der anderen Seite seines Schreibtischs anbot, auf denen sie Platz nahmen.

Vielleicht war das Paar ja da, um jemanden zu adoptieren? Und wenn ja: was für Kleider trugen die Leute? Was für Uhren und welchen Schmuck? Hatten sie Geld? Konnten sie keine Kinder bekommen? Sah die Frau traurig aus? Würden sie auch nur wieder nach ganz Kleinen Ausschau halten oder endlich auch die Älteren beachten?

»Sie hatten sich vor rund einem Monat bei unseren Kollegen wegen der Vermisstenanzeige gemeldet«, sagte Maja.

»Genau. Seinetwegen.«

Wiegbold zog den Zeitungsausschnitt mit den vier Gesichtern aus seiner Schublade, legte ihn auf das furnierte Holz der Tischplatte und deutete auf den Jungen.

»Boris Lazarov.«

»Mit ›v‹?«

»Ja.«

Maja vermerkte das in ihrem Smartphone.

»Deswegen sind auch die Kollegen hier gewesen«, vermutete Hagen Dudek.

»So ist es.«

»Schön. Und der Junge? Wann haben Sie den aufgegriffen? Wie lange war der hier?«

»Und wann ist er verschwunden?«, fügte Maja hinzu.

Wiegbold hatte alles haarklein vorbereitet. Er hob eine Quittung hoch, deren Rückseite er beschriftet hatte. Ein Blick auf andere Notizen verriet Maja Kaminski, dass der Heimleiter die Rückseite von Quittungen und Rechnungen als Notizblock benutzte.

»Boris Lazarov ist uns am 24.9. vom Zoll übergeben worden. Bei unbegleiteten Minderjährigen sind wir dann in der Pflicht. Die kommen hier vorläufig unter und werden versorgt. Und am 26.9. ist der verschwunden.«

»Und wie?«, wollte Dudek wissen.

»Na, der war weg.«

»Ja, versteh' ich schon, dass der weg war, wenn er nicht da war … aber … wann haben Sie das gemerkt?«

»Ich geh abends die Zimmer ab, zähl auf Vollständigkeit, schließ die Verbindungstüren auf den Fluren – da war er noch da. Dasselbe morgens beim Wecken um 7:30 Uhr. Da war er weg. Der Junge hatte ein Einzelzimmer. Ich habe die anderen Kinder gefragt – niemand hat ihn noch mal gesehen.«

»Und kommt hier jemand rein? Von außen?«

Wiegbolds müder Blick streifte sie beide, bevor er den Kopf schüttelte.

»Nein, wir haben Sicherheitsschlösser und sechsstellige Codes. Rein kommen hier nur das Reinigungspersonal und ich. Außerdem sind alle Ausgänge videoüberwacht. Hier.«

Er drehte den Monitor auf seinem Tisch um 180 Grad.

Dudek und Kaminski sahen einen gut beleuchteten Gang im Seeheim aus der Deckenperspektive.

»Das ist er«, sagte Wiegbold und deutete auf eine verpixelte Gestalt von hinten, die auf dem Nachtvideo in der Herrentoilette verschwand.

»Er geht zur Toilette. Da drinnen haben wir keine Kameras. Privatsphäre. Nur auf dem Gang. Aber reicht ja in diesem Fall: der Junge ist aus der Toilette nämlich nicht wieder aufgetaucht.«

»Passt er durch ein Fenster da drinnen?«

Wiegbold nickte: »Locker.«

»Ich muss da kurz nachhaken«, sagte Dudek, »muss ich Ihrer Schilderung nach jetzt annehmen, dass der *von sich aus* gegangen ist?«

»Ja.«

»Ich meine: aktiv?«

»Ja, das meine ich auch.«

»Okay. Er kommt an, er verschwindet. Und Monate später liegt er tot in Lickow. Und keiner hat sich bisher hier nach dem Jungen erkundigt?«

»Nur Ihre Kollegen.«

»Und … melden Sie das wem? Dass Boris Laza…«

»Lazarov.«

»Danke. Dass der verschwunden ist?«

»Ja, sicher. Der örtlichen Polizei. Also dem nächsten Revier.«

»Wem da?«

»Dem Herrn Lehmann. Der macht da schon seit Ewigkeiten Dienst. Der gibt dann die Anzeige raus, und das Foto von Boris Lazarov wird bei der Polizei hinterlegt. So jedenfalls ist mir das mal erklärt worden. Und dann hoffen alle, dass der Junge wieder auftaucht oder ihn jemand erkennt.«

»Haben die Kollegen Ihnen gegenüber noch was gesagt? Eine Vermutung ausgesprochen, so was?«

Wiegbold überlegte kurz, dann schüttelte er leicht den Kopf.

»Nein, die … sind dann gegangen.«

Er seufzte hörbar: »Ich hab in der Tageszeitung gesehen, dass die gestern gestorben sind.«

»Ja.«

»Tut mir leid. Ich … bringt ja auch nichts, da noch was zu sagen, jetzt, aber … die waren nett.«

23

29. NOVEMBER, SEEHEIM

»Das ist alles?«

»Das ist alles«, bestätigte Wiegbold der blonden Kommissarin, die ihm direkt gegenübersaß. Und auf eine ungewisse Weise verloren auf ihn wirkte, für die ihm auf die Schnelle kein passendes Wort einfallen wollte.

Sie und ihr Kollege mit dem kleinen Wohlstandsbauch, der sein Hemd etwas spannte, wechselten einen Blick, als stimmten sie sich stumm über ihr weiteres Vorgehen ab.

Dann wandte Lona sich wieder an den Heimleiter: »Kann ich mich hier mal ein bisschen umsehen im Heim?«

»Aber natürlich. Klar.«

Lona nickte ihm zu und stand auf und verließ den Raum. Worauf sich für ein paar Augenblicke Stille zwischen die beiden Männer senkte.

»Und keiner hier hat den Jungen je wieder gesehen?«

»Nein.«

»Und wie ist der aufgegriffen worden? Den muss ja jemand hier bei Ihnen abgeliefert haben.«

»Klar. Das war der Zoll.«

Trotz der zunehmenden Kälte spielte eine Gruppe aus Jungs und Mädchen Tischtennis im Innenhof. Ansonsten war das Atrium praktisch leer gefegt, wie Lona feststellte, als sie es betrat. Sie spürte die neugierigen Blicke der Heimkinder auf sich, aber tat so, als bemerkte sie sie nicht.

Kurz orientierte sie sich: da gab es den Eingang zum Hof, über den sie auch gekommen war. Ein anderer existierte nicht. Auch keine Tür. Die Fenster im Erdgeschoss waren außen durch Metallstäbe gesichert.

Sich nachts in den Hof zu schmuggeln, half einem nicht bei der Flucht. Das Kind, das sich eigenständig abgesetzt hatte, Boris, musste ein Außenfenster benutzt haben – zum Beispiel die Herrentoilette, die sie sich noch nicht angesehen hatte.

»Kann ich die mal anfassen?«

Lona drehte sich zu der Stimme, die sich von der Seite an sie gerichtet hatte. Da stand ein jugendlicher Schlaks, die Sorte, die eins achtzig groß waren und drei Schnitzel verputzten, ohne zuzunehmen. Die lockigen Haare fielen ihm bis auf die Schultern, und er trug ein wissendes, forsches Lächeln im Gesicht. Das Forsche war echt, wie Lona bemerkte. Sie hatte ihre Hände unbewusst in der Hüfte abgestützt und auf diese Weise ihre Jacke gelupft. Und so den Blick auf ihre Dienstwaffe gewährt – die das Interesse des Teenagers magisch angezogen haben musste.

Da er, wie sie aus den Augenwinkeln sah, von einem Trio aus zwei Mädchen und einem Jungen beobachtet wurde, war ihm natürlich daran gelegen, möglichst cool rüberzukommen.

»Wie heißt du?«

»Ben.«

Lona nickte und wickelte ihn mit einem warmen Lächeln ein.

»Klar.«

Sie zog die Pistole aus dem Holster, ließ das Patronenmagazin aus dem Knauf gleiten und steckte es ein. Dann zog sie den Schlitten durch, damit die Kugel aus dem Lauf ausgeworfen wurde, die sie gekonnt in der Luft abfing und sich in die Hosentasche steckte. Dann erst reichte sie Ben die Waffe.

Der war doppelt überrascht – von der Lässigkeit der Polizistin und vom Gewicht der Pistole.

»Wow, die ist ja ganz schön schwer.«

Lona nickte. Von rechts kam ein Mädchen näher, vielleicht acht oder neun Jahre alt, die blonden Haare von einem knalligen Gelb. Große Augen, Sommersprossen. Das Mädchen hatte was von einem Engel. Und staunte gerade über die Waffe, die sie Ben gegeben hatte.

»Ist die etwa echt?«

»Ja, klar ist die echt«, sagte Ben, der gerade auf eine der beiden Kastanien zielte.

»Bist du von der Polizei?«, wollte das Mädchen jetzt wissen.

»Ja«, gab Lona zurück.

Ben schwenkte die Waffe und wollte auf Lona zielen, doch im Ausschwingen nahm sie ihm die Pistole mit einem routinierten Griff aus der Hand und schenkte ihm ein kleines Lächeln, um ihn bei der Stange zu halten.

»Haben Sie schon mal jemanden getötet?«

Lonas Lächeln erstarb. Sie nickte.

Ben schaute ihr in die Augen, um festzustellen, dass sie nicht log. Was ihn schlucken ließ. Irgendwie hatte er bisher geglaubt, man müsse das den Leuten ansehen. Und man sah es ihr auch an. Jetzt. Bloß auf eine andere Weise, als Ben sich das vorgestellt hatte, nämlich auf eine Art, die sagte: Es ist nichts gut daran.

Lona zeigte ihm das Foto von Boris Lazarov.

»Kennst du den?«

Ben schüttelte den Kopf. Dann senkte er den Blick und ging zurück zu den anderen, mit denen er zwei Sätze wechselte, woraufhin alle zuerst zu Lona rüberschauten und dann gemeinsam im Gebäude verschwanden.

Lona Mendt steckte das Magazin zurück in den Knauf und zog den Schlitten durch, damit die erste Kugel wieder zurück in den Lauf lupfte. Das Mädchen beobachtete den Vorgang mit großer Aufmerksamkeit. Es hatte eine ferne Ähnlichkeit mit ihrer Tochter, und das ließ Lonas Gesichtszüge jetzt weich werden und durchlässig. Das Mädchen schien das zu spüren, denn es machte einen Schritt auf Lona zu. Es sah sich kurz über die Schulter, ob jemand in

Hörweite war, dann wandte es sich erneut an Lona, die instinktiv in die Hocke ging – auf Augenhöhe.

»Hier verschwinden Kinder.«

Das Mädchen sah sie mit einer gewissen Dringlichkeit an, aber vielleicht versuchte es auch nur, sich interessant zu machen, oder es war eine Geschichte im Seeheim, die die Großen den Kleinen erzählten, um ihnen aus Spaß Angst einzujagen.

»Woher weißt du das?«

»Ich hab's gesehen.«

Auch das konnte noch einem Traum entsprungen sein, aber Lona glaubte dem Mädchen jetzt.

»Wie heißt du?«

»Tanja.«

»Das ist ein schöner Name.«

»Ich find' den nicht so prall.«

Lona musste kurz schmunzeln, weil sie diesen Ausdruck mit Sicherheit hier irgendwo aufgeschnappt hatte.

»Du hast es gesehen?«

Tanja nickte.

»Wo? Wer verschwindet?«

»Nur die, die neu sind. Die hier ankommen.«

»Und wo, weißt du das? *Wo* sie verschwinden?«

»Ja. Sie gehen alle zum Brunnen.«

Lona hatte bei ihrer Ankunft mit Elling einen Brunnen auf der anderen Straßenseite gesehen. Mit zwei Parkbänken und einer kleinen Grünanlage, deren Bäume und Sträucher guten Sichtschutz boten. Ebenso wie die öffentlichen Toiletten, die dort in einem Flachbau untergebracht waren.

»Der Brunnen auf der anderen Straßenseite?«

Das Mädchen nickte: »Wenn alle schlafen. Dann werden sie abgeholt.«

»Und wer, zum Beispiel?«

»Boris.«

»Boris und weiter?«

»Boris Blödbommel.«

»Der hieß Blödbommel?«

»Die haben ihn so genannt, weil er gestottert hat«, stellte sie klar, und als sie das Mitleid in Lonas Miene erfasste, schob sie schnell hinterher: »Die … *bösen* Kinder.«

Lona zückte das Foto von Boris Lazarov.

»Ist das Boris Blödbommel?«

»Ja«, antwortete Tanja und stutzte, »der ist ja ganz blass.«

»Das ist ein schlechtes Foto«, sagte sie und steckte den Abzug schnell, aber nicht auffallend hastig wieder weg. »Und der ist abgeholt worden? Am Brunnen?«

»Der ist in ein Auto gestiegen.«

»Was für ein Auto?«

»Ein dunkles.«

»War es flach oder groß?«

»Ich weiß nicht. Groß.«

»Und wer hat da dringesessen?«

»Eine Frau. Und die ist mit Boris weggefahren.«

»Blödbommel – ja, das stimmt, die anderen haben ihn manchmal so gehänselt«, bestätigte Wiegbold, nachdem Lona Mendt in dessen Büro zurückgekehrt und ihm und Elling von ihrem Treffen mit Tanja erzählt hatte.

Den Brunnen und was mit Boris Lazarov dann geschehen war, verschwieg sie – Wiegbold machte zwar den Eindruck eines Mannes, dessen Ideale und Enthusiasmus vom täglichen Frust aufgerieben worden waren und der sich um seine Schutzbefohlenen sorgte. Aber das alles konnte auch nur eine sorgsam trainierte Fassade sein.

Es näherten sich Schritte mehrerer Personen auf dem Flur. Erst trat eine Zollbeamtin in Uniform in das Büro, dann zwei Jugendliche, und hinter denen nahm ein Zöllner mit gut zwei Metern Aufstellung und versperrte ihnen den Rückweg.

»Entschuldigen Sie die Störung«, sagte die Beamtin zu Wiegbold und auch in Richtung Lona und Elling, »aber die haben wir frisch dabei für das Seeheim.«

Wiegbold erhob sich und stellte sie einander vor – da die beiden Zollbeamten, dort die beiden Kriminalkommissare. Lona, die ebenfalls aufgestanden war, musterte die beiden Jugendlichen. Der Junge mochte 13 oder 14 sein. Seine Kleidung war von der Reise, die er hinter sich hatte, recht mitgenommen. Schmutzige Ränder, verbeult, eingerissen.

Das Mädchen war etwa 12, klein für sein Alter, die Haare dunkel, die Augen braun. Die Lippen eine fest verschlossene Linie, aus Angst oder Trotz oder aus beiden Gründen, der Blick aufgeweckt – und auf der Hut. Es trug eine orangefarbene Daunenjacke.

»Und jetzt?«, fragte Elling.

»Jetzt werden die beiden hier aufgenommen und bekommen ihre Zimmer zugewiesen. Erkennungsdienstlich sind sie behandelt.«

»Genau«, bestätigte die Zöllnerin, die ihnen als Frau Klatt vorgestellt worden war: »Wir checken die Jugendlichen auf ihre Identität, im Wesentlichen primär, welche Ausweisdokumente sie bei sich haben, dann, ob sie als vermisst gemeldet worden sind, und natürlich auch, was sie selbst über ihre Namen und ihre Meldeadresse sagen. Ihre Namen und Adressen passen aber meist nicht zusammen. Das hier sind Leonid Grabowski und Sarah Minkova.«

Elling bemerkte, wie Lona das Mädchen ansah und sich zwang, den Blick wieder abzuwenden. Der dann doch zurückfand.

»Where do you come from?«

Sarah – wenn das ihr Vorname war – sah Lona verständnislos an. Lona begriff und wandte sich an die Kollegin: »Wie kommunizieren Sie mit denen?«

»Mit Händen und Füßen. Wenn es ums Essen geht oder Geld, haben die meist eine schnelle Auffassungsgabe.«

Elling sah zu dem Heimleiter »Und Sie?«

»Auch mit Händen und Füßen«, bestätigte Wiegbold. »Ich weise denen jetzt die Zimmer zu. Das sind Mehrbettzimmer. Dann sehen die, was die anderen machen, wo die Waschräume sind, wann es

Frühstück gibt und so … die haben das hier schnell drauf. Lernen durch Nachahmung. Wie im Tierreich. Aber meist sind sie in ein paar Tagen schon wieder weg.«

»Und woher haben Sie die beiden jetzt?«, fragte Elling.

Der Zweimetermann räusperte sich: »Wir haben einen Fahndungsbereich so 20 bis 30 Kilometer hinter der polnischen Grenze. Da fühlen sich die Schleuser schon ziemlich sicher. Wenn die Leute von einem Fahrzeug ins andere umladen oder so, dann halten die natürlich nicht am ersten Rastplatz nach der Grenze. Da oder am nächsten Parkplatz erwarten die ja praktisch die Kontrolle. Also positionieren wir uns tiefer gestaffelt. Wir winken die dann so 30, manchmal 40 Kilometer später raus.«

»Das sind meist Transporter«, ergänzte Frau Klatt, »klein, wendig, hinten diese dunkle Verglasung, dass man nur Fahrer und Beifahrer sieht.«

»Gerne auch eine Firmenaufschrift«, fügte der Kollege hinzu, »so à la kleiner Handwerksbetrieb. Maler, Gipser, Zimmermann, so was.«

»Dann werd ich mal«, kündigte Wiegbold an. Da niemand widersprach, führte er die beiden Neuankömmlinge mit erprobten Gesten zurück in den Flur.

An der Tür schaute Sarah über die Schulter zurück und kreuzte den Blick von Lona Mendt, den die blonde Kommissarin ihr nachgeworfen hatte. Einen kurzen Moment nur, dann war das Mädchen im Gang verschwunden. Lona drehte sich um und realisierte, dass Elling jede noch so kleine Reaktion in ihrem Gesicht gelesen hatte. Und in diesem Sekundenbruchteil hatte er sie nackt gesehen.

Manchmal wurde er nicht klug daraus (meist auch recht oft), aber er hatte gelernt, ihre Mimik zu lesen.

Und hier, heute, jetzt verstand er dagegen.

»Kleinen Augenblick noch«, warf er Klatt und dem Zweimetermann zu, die sich jetzt zum Gehen wandten.

Draußen, am Parkplatz, rauchten sie alle vier eine.

»Wie viele fangen Sie ab, schätzungsweise?«, wollte Elling wissen.

»Kommt auf jeden Tag an.«

»Mein Kollege meint in Prozent.«

»Vielleicht so fünf Prozent«, antwortete der Zöllner dann und vergewisserte sich mit einem Seitenblick bei der Kollegin Klatt, die nickte: »Ja, das kommt hin, Werner. Wir checken die Papiere, wie gesagt, aber in der Regel haben die die nicht dabei. Vergessen oder gestohlen worden, alles, was man sich an Ausreden so vorstellen kann.«

»Die sagen dann, ich heiß' Achmed Sultan, und da können Sie dann nichts machen. Letztendlich landen die alle in Auffangstellen.«

»Aber die Kinder nicht.«

»Nein. Unbegleitete Jugendliche kommen nicht in die Auffangstellen, die kommen in Kinder- und Jugendheime. Das ist auch gut so. Die wissen zum Teil selbst gar nicht, wie ihnen geschieht. Die stehen ja nicht eines Morgens in Syrien oder Vorderasien oder …«

»Oder Anatolien«, warf Werner ein.

»Oder das, ja. Jedenfalls sagen die sich ja nicht von jetzt auf gleich: Ich geh heute mal nach Deutschland und machen sich dann auf den Weg. Da stecken ja andere Leute dahinter.«

Allgemeines Nicken.

»Gut, die Identitäten der geschleusten Leute sind schwer festzustellen, aber Sie nehmen ja auch die Fahrer fest, oder?«, fragte Lona.

»Ja. Der von heute ist direkt in U-Haft gewandert«, antwortete Klatt, »den Namen hab ich noch präsent: Roman Novak.«

»Den sehen wir uns die Tage an«, kündigte Elling in Lonas Richtung an.

»So lange ist der da nicht«, sagte Klatts Begleiter, »der kommt heute noch auf freien Fuß.«

»Das kann doch nicht sein«, entgegnete Lona Mendt.

Aber der große Kollege nickte nur: »Der Herr Novak hat gesagt, er ist Menschenrechtler. Ist Menschenrechtler und handle aus humanitären Gründen.«

»Laut Gesetz muss man ihn dann gehen lassen«, bestätigte Klatt.

»Wie bitte?«

Elling und Lona entdeckten in ihren Gesichtern die gleiche Verblüffung.

»Das ist deutsches Gesetz«, bestätigte Klatt, »als Fluchthelfer wird er nicht belangt.«

»Polen ist voll von Fluchthelfern mit Transportern«, wusste der Kollege und grinste über seinen gelungenen Scherz.

»Beim zweiten Mal ist eine Geldstrafe fällig.«

»Immerhin«, sagte Elling.

Klatt schenkte ihm ein mitleidiges Lächeln: »Ja. Aber da er pro geschleustem Mensch zwischen 500 und 1000 Euro bekommt, kann der das locker zahlen. Und wenn wir ihn fünfmal rausgefischt haben, dann geht er vielleicht ins Gefängnis. Wenn er klug ist, macht er das über die Wintermonate. Dann muss er zu Hause nicht heizen und bekommt außerdem umsonst warm zu essen im Knast. Nach drei Monaten kann er dann wieder gehen. Und so weiter und so fort. Täglich grüßt das Murmeltier.

Aber wie gesagt: die meisten kriegen wir sowieso nicht. Wir sind viel zu wenig Leute beim Zoll. 95 Prozent gehen sowieso durch.«

24

3. JANUAR, 2007, SOFIA

Es war schweinekalt und Mittwoch, sein letzter freier Tag.

»Noch mal!«, rief Cveta und rannte zurück zur Leiter. Ihre kindliche Freude brachte etwas tief in Petko zum Schwingen. Jene Ahnung von Glück, die es nur zweimal gab im Leben, als Kind und bei der ersten Liebe. Und er staunte über das Wunder des Lebens, über ihre kleinen Zehen, über die vertraute Art, mit der sie in seinen Armen einschlief oder ihn anlächelte. Oder ihn – sie war erst fünf! – für ein Eis um den Finger zu wickeln versuchte.

Es gab nicht viel, wofür er sein Leben gegeben hätte. Die Männer in seinem Bekanntenkreis machten sich gern wichtig mit solchen

Aussagen, wofür sie alles ihr Leben geben würden. Ihre Eltern, das Land, die Ehre und lauter andere Dinge. Er hatte vor über fünf Jahren selbst diesen Unsinn geplappert und sich stark gefühlt. Wer sein Leben für sein Land gab, war ein Dummkopf. Und wer es für seine Ehre tat, ein noch größerer.

Und Petko hätte seine Frau, die auf der Bank saß und die sicher schon einen kalten Hintern hatte, während sie ihr Smartphone checkte und mit der anderen Hand den Kinderwagen mit der Kleinsten sanft vor und zurück schob, er hätte sie bis zum Letzten verteidigt.

Für Cveta aber hätte er sofort sein Leben gegeben. Kinder verschoben Dinge. Tagesabläufe, Prioritäten, Lebensentwürfe. Ihn hatte Cvetas Geburt auf die Familie fokussiert. Deren Bedürfnisse standen ganz weit oben. Dann folgte eine Weile lang nichts.

»Noch mal!«

Cveta hatte die Leiter erreicht und mit Leichtigkeit hob er sie hoch, so schnell, dass sie kreischte vor Vergnügen, und setzte sie auf der obersten Sprosse wieder ab. Von dort kletterte sie weiter und rutschte hinab. Kehrte jetzt aber nicht zurück, sondern lief zu den Schaukeln des Spielplatzes.

Sie befanden sich im Boirssova gradina, Sofias grüner Lunge im Zentrum der Stadt. Ein Park mit angelegten Wegen und altem Baumbestand, künstlichen Teichen und alten Laternen. Weiße Parkbänke standen auf zugeschneiten Wiesen, auf denen im Sommer Liebespärchen saßen und alles um sich herum vergaßen. Aber selbst jetzt, im Winter, verschlug es doch einige Bulgaren für einen Spaziergang hierher.

Petkos Handy vibrierte. Leicht verärgert blickte er aufs Display. Natürlich, er hatte frei. Anrufe wollte er heute ignorieren. Aber sein Vater wurde langsam ziemlich vergesslich, und von seinen drei Brüdern war er der Einzige, der noch vor Ort war, um sich um ihn zu kümmern.

Die Nummer auf dem kleinen Bildschirm stammte allerdings aus Deutschland.

»Ja?«

Jemand am anderen Ende zog die Nase hoch. Eine Frau. Nein, ein Mädchen. Er hätte nicht sagen könne, *wie* er das hörte. Aber er hörte es.

»Hallo?«

Stille.

»Herr Kirov?«

War das eine Falle? Aber er kannte die Stimme. Er kannte jede Menge Stimmen von Kindern und Jugendlichen. Diese eine auch, obwohl ihm noch der dazugehörige Name fehlte.

Und er hieß Kirov. Das war seine offizielle Nummer. Dass man ihn dort anrief, daraus würde man ihm später keinen Strick drehen können, falls man ihn gerade abhörte.

»Ja?«

Ein Schluchzen am anderen Ende der Leitung.

Ein *junges* Schluchzen.

Unter 16. Aber über sieben oder acht.

Petko sah noch mal kurz auf das Display. 3–8–1.

Deutschland, 3–8–1. Er schloss kurz die Augen, um sich zu konzentrieren. 3–8–1 war … Rostock. Die Vorwahl von Rostock.

Das grenzte die Frage nach der Identität der Anruferin sofort ein. Er war sich nur noch nicht ganz sicher.

Petko Kirov sprach jetzt mit seiner einfühlsamsten Stimme: »Kleine, was ist passiert? Wo bist du?«

Jetzt zahlte sich hoffentlich aus, dass er all die Mädchen mit *Kleine* ansprach. Auch die, die hoch aufgeschossen waren, denn in ihrer Selbstwahrnehmung waren sie immer noch klein. Keines der Mädchen hatte sich durch sein sanftes »Kleine« nicht angesprochen gefühlt.

»Da … sind Polizisten gewesen, die mir helfen wollten. Und die … sind jetzt tot.«

Er hörte ihre tiefe Erschütterung und spürte ihr Entsetzen rund 1.900 Kilometer entfernt von ihm.

»Wir …«, er schob eine Pause der vorgetäuschten Anteilnahme

ein, »wir haben uns alle große Sorgen um dich gemacht. Wo bist du?«

Jetzt hatte er es. *Sarah.* 12 Jahre. Klein für ihr Alter. Braune Haare, braune Augen. Lud zum Unterschätzen ein. *Ganz* kluges Kind.

Sarah Minkova. Natürlich.

Sofort bemühte er sich, so leise wie möglich sein Zweithandy aus seiner Daunenjacke zu fischen, aber er bekam den Reißverschluss der Tasche einhändig nicht auf. Also winkte er seine Frau mit einer dringlichen Geste herbei, die mit dem Kinderwagen im Schlepptau zu ihm kam und ihm zur Hand ging.

Denn buchstäblich alles suchte nach Sarah Minkova. Und niemand hatte einen Tipp oder Hinweis.

Und nun das: was für ein Glück, dass sie sich jetzt bei ihm meldete. Jetzt, das war ihm klar, ging es um jedes Wort. Jede Betonung.

Er musste alles an Talent in die Waagschale werfen.

Aber sie kam ihm schon zuvor: »Ich … ich bin am Bahnhof.«

»Welchem?«

»Dem Hauptbahnhof.«

»Gut. Du bist jetzt unter Leuten, *Sarah.*«

»Ja.«

Sie widersprach ihrem Namen nicht, also lag er richtig.

»Rühr dich nicht von der Stelle, ja? Wenn viele Menschen da sind, bist du sicher, verstehst du?«

»Ja.«

»Gut.«

Pause.

»Also, ich rufe gleich jemanden an. Der kommt und bringt dich in Sicherheit.«

»Ich will nicht zurück in das Haus.«

»Du … warst im Haus?«

»Ja.«

»Man hätte dich da nie hinbringen dürfen.«

Ein Schluchzen. Sie weinte.

Seine Frau reichte ihm das zweite Handy, das er mit der PIN entsperrte und parallel eine SMS zu schreiben begann.

»Du wirst gleich abgeholt.«

»Ich will zu Raya.«

Natürlich.

»Ich dachte«, log er, »ihr habt euch längst getroffen. Nein?«

»Nein!«, rief sie enttäuscht und verzweifelt in die Leitung, während Petko Kirov eilig seine SMS tippte.

»Ich schicke dir jemanden, der dich zu ihr bringt. Jetzt gleich. Du bist noch am Bahnhof?«

»Ja.«

»Wo soll er dich treffen? Am Haupteingang? Oder wo bist du?«

»In einer Telefonzelle. Da … da ist ein Buchladen gegenüber. Mir geht das Geld aus.«

»Der Buchladen, wie heißt der?«

»Ich weiß nicht, ich … er heißt … da: Links. Er heißt Links.«

25

3. JANUAR 2007, SEEHEIM

Sie verließen das Seeheim praktisch mit leeren Händen. *Fast.* Der Name des toten Jungen war Boris Lazarov. Das war das, was Wiegbold auch den Kollegen Elling und Mendt bestätigt hatte.

Aber die waren tot, und es gab keinen Hinweis darauf, was die beiden mit dieser Information angefangen hatten. Wohin sie nach ihrem Besuch des Seeheims gegangen waren. In welcher Richtung sie weiter ermittelt hatten. All das lag im Dunkeln – oder auf den Festplatten in den Räumen der Kripo, die die beiden Nerds zu reparieren versuchten.

Der Heimleiter begleitete sie zum Ausgang. Wie Maja Kaminski bemerkte, hatte ihr neuer Kollege die Angewohnheit, den Daumen gegen die Zeigefingerkuppe zu tippen, wenn er nervös wurde. War es die Erkenntnis, dass sie sich mit ihren Ermittlungen gerade in der Sackgasse befanden? Oder war er nervös, weil er Martin Gruber nichts würde vorweisen können?

Und was, wenn Simon Rost sich irrte, dachte sie. Wenn Hagen Dudeks Weste so weiß war wie seine Personalakte und Gruber ihn einfach ohne jeden Hintergedanken für diese Mission, wie von Staatsanwalt Rost erbeten, abgestellt hatte?

Was jetzt? In nicht mal zwei Minuten würden sie vor dem Seeheim auf der Straße stehen. Und entscheiden, wie sie die Sache weiter angehen sollten.

Sie brauchte Zeit und erspähte kurz vor dem Ausgang die öffentlichen Toiletten.

»Entschuldigen Sie mich bitte kurz«, sagte sie unvermittelt zu den beiden Männern und nahm unmissverständlich Kurs auf die Damentoilette, in der sie verschwand. Aber deren Tür sie nicht gänzlich zufallen ließ, sodass sie die beiden über einen winzigen Spalt im Blick behalten konnte.

Das Mädchen zu finden, hatte Vorrang vor allem. Es war Tatzeugin. Nicht nur von dem Massaker im Zeugenhaus, sondern sie könnte auch bezeugen, wer im Zuge dieses Rollkommandos den VE Dinko auf dem Gewissen hatte. Ganz zu schweigen davon, warum Mendt und Elling sie dort untergebracht hatten.

Auf der einen Seite widerstrebte es Dudek, an der Kollegin vorbei zu ermitteln. Auf der anderen Seite konnte er sie an jedem beliebigen Zeitpunkt nachträglich miteinbeziehen und sie auf den Stand bringen – mit Grubers Segen. Und wenn es Hagen geboten schien, auch gegen dessen Zustimmung.

»Ich muss sagen, ich hätte nicht das psychische Nervenkostüm für so einen Job, Herr Wiegbold. Hut ab.«

Dudek wusste, dass es dem Mann das Herz öffnete. Er wusste es aus Verhörtaktiken.

Es gab nur ganz wenige Menschen auf dieser Welt, die täglich auch dann Gutes und Selbstloses taten, wenn es von der Gesellschaft (Familie und Freunde eingeschlossen) nicht bemerkt wurde.

Denn nur dann wohnte der selbstlosen Geste eine Überzeugung inne. Alles andere war – zumindest auch – auf Beifall aus. Auf Anerkennung. Und Anerkennung, das wusste jedes Kind, war Wasser auf die Mühlen der Unbeachteten und gleich hinter der Liebe die wertvollste Währung. Wer Lob und Anerkennung einzusetzen wusste, konnte Menschen steuern.

Wiegbold lächelte dankbar.

Solche Worte hatte er schon lange nicht mehr gehört – wenn überhaupt.

Das, was er leistete, ging weit über das hinaus, was vertraglich zwischen dem Land Mecklenburg-Vorpommern und ihm vereinbart war.

»Danke«, sagte der Heimleiter mit jener Portion Dankbarkeit, die Dudek hatte hervorkitzeln wollen.

»So was wird viel zu selten gesagt.«

Wiegbold wuchs ein paar Zentimeter.

»Apropos«, sagte Dudek, um einen Zusammenhang zu dem eben Gesagten zu suggerieren, den es nicht gab und dessen Fehlen Wiegbold vermutlich nicht auffallen würde, »eine Sarah Minkova, ist die hier auch gestrandet?«

Wiegbold musste nicht nachdenken, sondern nickte sofort: »Ja. Die war hier. Ich erinnere mich gut dran: Die ist an dem Tag hier angekommen, als Ihre Kollegen hier gewesen sind, Frau Mendt und Herr Elling.«

»Ist die vielleicht … wieder hergekommen?«

Es kostete Hagen Dudek Beherrschung, die Frage möglichst beiläufig klingen zu lassen.

»Nein, leider nicht. Sie war hier. Aber nicht lang. Ende November ist die weg gewesen. Spätestens Anfang Dezember. Irgendwann in dem Zeitraum.«

»Auch selbstständig gegangen.«

»Ja«, antwortete Wiegbold zerknirscht.

»Irgendeine Ahnung, wohin die abgehauen ist?«

»Nein«, antwortete der Mann und öffnete ihm die Tür, damit er nach draußen treten konnte, »leider gar nicht.«

Maja Kaminski sah, wie Hagen Dudek nach dem kurzen Austausch mit dem Heimleiter das Gebäude verließ, sich draußen eine Zigarette anzündete und langsam auf den Parkplatz zusteuerte, auf dem er seinen Wagen abgestellt hatte.

Wiegbold stand noch im Flur und sah dem Kommissar gedankenvoll nach, als sich schon Maja Kaminski neben ihn schob.

»Herr Wiegbold, eine Frage noch – wir suchen ein Mädchen, Sarah Minkova … war die vielleicht hier?«

»Das ist witzig.«

»Weil?«

»Nach der hat Ihr Kollege auch gerade gefragt. Nach Sarah Minkova.«

»Ah ja.«

Ihr Blick ging an dem Heimleiter vorbei und hinaus zu dem Parkplatz, auf den Dudek in Gedanken zuschlenderte und dem sich jetzt ein Mädchen von vielleicht acht oder neun Jahren näherte. Mit blonden Haaren und blauen Augen. Es erinnerte sie ein wenig an einen Engel.

Kaminski nickte Wiegbold mit einem entschuldigenden Lächeln zu: »Doppelt hält besser … was haben Sie ihm gesagt?«

»Dass sie hier untergekommen ist, ein paar Tage nur, dann war sie wieder weg. Das war etwa Ende November.«

»Hier verschwinden Kinder«, sagte Tanja.

Dudek, der völlig in Gedanken war, drehte sich überrascht um.

»Was?«

»Hier verschwinden Kinder.«

»Ist das so?«

»Ja. Sie gehen zum Brunnen und verschwinden.«

Dudek sah hinüber zum Brunnen. In dem Augenblick meldete

sich sein Handy. Wenn diese ständige Verfügbarkeit zunahm, wäre es besser, die Dinger wieder an Spiralschnüre zu binden und zu Hause zu lassen, dachte er. Und sah Grubers Nummer.

Und aus den Augenwinkeln verfolgte er, wie die Kollegin von der Bundespolizei nun auch das Heim verließ und Kurs auf ihn nahm.

»Boris Blödbommel ist hier verschwunden.«

»Das ist echt schlimm, aber ich hab jetzt keine Zeit, Kleine.«

Er drehte sich weg und nahm den Anruf entgegen: »Ja?«

»Hallo.«

»Hallo«, erwiderte Maja freundlich.

Der Blick des blonden Mädchens ging an ihr vorbei zur Tür – und dort stand Herr Wiegbold und winkte das Kind zu sich.

»Ich muss rein«, erklärte Tanja und seufzte.

»Ja«, gab Maja zurück, »ich komm wieder.«

Das Mädchen nickte wie jemand, für den das eine leere Grußformel war, die Hülse eines Versprechens. Tanjas Gesichtsausdruck gab Maja einen Stich. Zu gern wäre sie Mutter geworden. Und Kilian hätte der Vater sein sollen, aber er wurde der Vater der Kinder ihrer besten Freundin.

Die Flüchtigkeit der Dinge.

Mutter, ja, das wäre sie gern gewesen, nein, würde sie gern noch sein, denn es war ja noch möglich, und doch: Da war die Ahnung, dass auch dieser Wunsch in einer Fuge der Flüchtigkeit verschwinden würde.

Aber damit würde sie ihren Teilfrieden machen. Hatte sie still und leise und insgeheim bereits.

Das Kind brauchte auch den anderen Teil, den Vater. Die männliche Seite des Blickes, Heranwachsens, Fühlens, Denkens. Natürlich, es ging auch ohne. Aber für sie, Maja Kaminski, war dieser Anteil unerlässlich. Und nur in dieser Konstellation würde sie Mutter werden wollen.

Der blonde Engel verschwand zusammen mit Herrn Wiegbold im Inneren des Seeheims.

Maja riss sich von dem Bild der beiden los und legte die letzten Meter zu Dudek zurück, der gerade sein Handy wieder verstaute.

»Also«, sagte sie, »Kinder verschwinden. Aber es kommt niemand ins Heim und holt sie.«

Dudek nickte: »Nein. Sie gehen von sich aus.«

»Ja. Hat der Heimleiter Ihnen noch was gesagt, als ich zur Toilette war?«

Dudek schüttelte den Kopf: »Wir sprachen über die Unterhaltskosten so einer Einrichtung.«

Er sah ihr dabei in die Augen, denn Menschen, die logen, vermieden dies – oder verrieten sich dabei. Etwa durch die Stellung der Pupillen oder anderer nonverbaler Zeichen, die Maja Kaminski natürlich geläufig waren.

Was die Sache verschlimmerte: Sie wusste durch ihr kurzes Gespräch mit Wiegbold, dass Hagen Dudek ihr gerade ins Gesicht log. Aber dass es unabhängig ihres Vorwissens anhand seiner Pupillenstellung oder anderer Merkmale kein Indiz dafür gab.

Das bedeutete, dass er professionell lügen konnte und sie dem in Zukunft mehr oder minder schutzlos ausgeliefert war, wenn sie nicht gerade einen Heimleiter zur Hand hatte.

»Hören Sie, ich hab da gerade eine Privatsache reinbekommen, die duldet keinen Aufschub – meinen Sie, es ist okay, wenn wir uns in einer Stunde sehen? Nach der Mittagspause?«

»Überhaupt kein Problem.«

Dabei hätte sie es belassen können. Aber ihr war danach, es noch etwas auszureizen und seine Nerven zu testen: »Hoffentlich nichts Ernstes?«

»Nein, nein … ich muss nur …«

Dudek steckte beim Verb fest.

»Vorbeischauen«, half sie aus.

»So was.«

»Gut. Dann in einer Stunde im Kommissariat?«

»Prima.«

26

3. JANUAR 2007, ROSTOCK HAUPTBAHNHOF

»Ich habe den Tipp von einem Klopfer. Die Nummer ist brandheiß«, hatte Gruber ihm am Telefon gesagt.

Klopfer, weil sie Zeichen gaben wie das Kaninchen aus Bambi. Grubers Enkelin hatte an dem Zeichentrickfilm und insbesondere an Klopfer einen Narren gefressen und ihr Großvater an ihr.

Gruber nutzte das Wort auch, weil es einem Dritten nichts sagte. Vor allem jenen Kreisen nicht, gegen die die Abteilung unermüdlich arbeitete: Ausländer, die hier kriminelle Strukturen aufbauten innerhalb ihrer Parallelgesellschaft.

Bei dem Wort »Integration« konnte Martin Gruber nur müde lächeln. Linksintellektuelle Träumerei.

Ein Russe oder Albaner oder neuerdings Libanese könnte sich auf *Klopfer* keinen Reim machen.

Die Informanten aus der Halbwelt trugen ihm Hinweise nicht aus Aufrichtigkeit zu, sondern nach dem Prinzip *quid pro quo,* dies für das. Eine Hand wusch die andere.

Wenn Gruber wertvolle Tipps erhielt, die ihm dabei halfen, eines der großen Tiere im Bereich der OK zu »erlegen«, sah er großzügig über kleinere Verfehlungen des Tippgebers hinweg. Drogen- oder Waffenbesitz etwa, ein geklautes Auto oder ein kleines Körperverletzungsdelikt, solche Dinge. Gab es nichts, worüber man aus amtlicher Sicht Gnade walten lassen konnte, fiel stattdessen auch schon mal Bargeld in den Briefkasten eines Tippgebers. Und die begriffen, dass auf Grubers Wort Verlass war. Die Verlässlichen unter ihnen wiederum wurden zu Grubers Klopfern. Über die Jahre hatte er sich auf diese Weise ein kleines Netz aus Seismografen herangezogen, das überall das Ohr auf dem Gleis hatte. Und in dem kein Klopfer vom anderen wusste. Niemand im LKA war besser über die OK in Mecklenburg-Vorpommern informiert als Martin Gruber und seine Leute.

»Das Mädchen soll sich am Hauptbahnhof befinden, gegenüber einer Buchhandlung.«

»Links«, hatte Dudek gesagt. Die Buchhandlung Links kannte er als Rostocker. Altehrwürdiger Laden im Hades. So wurde der untere Bereich des Hauptbahnhofs von einigen Einwohnern genannt. Keine Fenster (wo auch?), überall künstliches, kaltes Neonlicht. Fliesen, Stahl und Beton. Und Sitze aus Metall an den Wänden, die dem stets auf Bahnhöfen drohenden Vandalismus trotzten und Passanten nicht zum allzu langen Verweilen einluden. Keine Pflanze, kein Bild, nichts, wodurch das Auge aus seiner eintönigen Umgebung abgelenkt oder gar gerettet worden wäre.

Wie ein Labyrinth mit Querverbindungen und diversen Ausgängen lag es unter der Haupthalle und den Gleisen selbst. Eine eigene, kleine Unterwelt aus Bäckern, Leuchtreklamen, Getränke- und Tabakläden, Anzeigetafeln und öffentlichen Toiletten. Ein steter Strom aus Reisenden und Pendlern floss hier hindurch, verästelte sich, schwoll an und ab, Paare küssten sich zum Abschied, hin und wieder lief jemand einen einsamen Spurt gegen die drohende Abfahrtszeit.

Stillstand gab es hier kaum.

Nur an den Schaufenstern oder den Dönerbuden, die die Imbisse mit den Currywürsten stetig ausdünnten. Oder den Bettlern mit ihren Welpen von irgendwelchen bedauernswerten Gebärmaschinen und ihren Musikinstrumenten, mit denen sie selten den Ton trafen.

Immerhin, so erinnerte Dudek sich, hatte Hartmut Mehdorn angekündigt, der chronischen Unpünktlichkeit der Fernzüge bis Ende 2007 den Garaus zu machen.

Dudek nahm die erste Treppe hinab, nachdem er über den Vorplatz des Bahnhofs gelaufen und ihn über den zweitürigen Eingang betreten hatte. Die Buchhandlung befand sich ziemlich in der Mitte, wusste er, irgendwo bei den Gleisen 5 und 6.

Das Mädchen kannte ihn nicht. Er würde wie ein ganz normaler Passant auf sie wirken.

Aber er kannte Sarah auch nicht. Blieb also nur zu hoffen, dass sich nicht allzu viele 12-jährige Mädchen vor der Buchhandlung herumtrieben. Mittlerweile spielten sie ja lieber an ihren Handys herum. Und *chatteten*. Sie sollte dort von jemandem abgeholt werden, wie er von Gruber wusste, und der hatte es wiederum von einem Klopfer. Sie mussten schneller sein als diese Person.

»Ich darf da nicht gesehen werden«, hatte Gruber gesagt, »sonst fliegt der Klopfer vielleicht auf, und ich brauche ihn noch. Aber ich werde vor Ort sein, falls es Komplikationen gibt.«

Maja Kaminski war Dudek mit einem Taxi gefolgt, das sie mitten auf der Straße vor dem Seeheim angehalten hatte. Sie erkannte im Vorbeifahren am Bahnhof Dudeks Auto, das er in der Eile auf einem Behindertenparkplatz abgestellt hatte.

In der Haupthalle des Bahnhofs hatte sie kurz den Sichtkontakt verloren, schloss dann aber, dass er die Halle nicht so zügig hinter sich gebracht haben konnte – also musste er in den unteren Bereich gewechselt sein.

Nachdem sie ebenfalls eine Treppe hinab genommen hatte, entdeckte sie seine große Gestalt und seinen blonden Haarschopf. Er passierte gerade einen Blumenladen und entfernte sich von ihr.

Maja zog ihre Jacke im Gehen aus und drehte sie auf links. Das Grün wurde durch einen beigen Ton des Innenfutters ersetzt. Während sie weiterging und sich immer nah am Rand hielt, um sich wegdrehen zu können, falls Dudek sich plötzlich über die Schulter blickte, nahm sie ihren Schal ab und wickelte ihn um Hals und untere Gesichtshälfte. Bei den kühlen Temperaturen fiel das nicht auf. Und gegen einen ersten, oberflächlichen Blick war sie dadurch ausreichend gewappnet.

Hagen Dudek wandte den Kopf aber gar nicht nach links oder rechts, wie ihr auffiel, sondern er marschierte einfach weiter. Aber Maja hatte einen genauen Blick auf seine Schrittlänge, und nach dem Aufgang zu Gleis 4 verkürzte diese sich zunehmend. Das hieß, er näherte sich seinem Ziel.

Sie drückte sich noch mehr an die Seite.

Weiter hinten rechts befand sich ein Buchladen. Gleich nach ihrer Ankunft hatte sie sich dort mit ein paar Romanen eingedeckt. Gut für das Geschäft und gut für Majas jetzige Situation: die Buchhandlung war auch über einen kleinen Eingang über die Passage nebenan zu erreichen. Und in die wechselte sie jetzt und bewegte sich damit parallel zu LKA-Mann Dudek. Nur etwas schneller.

Gemessen an ihrem Alter hatte Sarah mehr gesehen als Gleichaltrige. Nicht Orte, sondern vom Leben.

Wem konnte sie sich jetzt anvertrauen? Wer konnte ihr Schutz bieten? Und Raya finden?

Vielleicht hatte Herr Kirov schon mit Raya gesprochen, und sie war auf dem Weg hierher. Um sie zu überraschen!

Sie schluckte schwer bei dieser Vorstellung und merkte, wie trocken ihr Mund war. Sie hatte seit Stunden nichts getrunken.

Aus der Pixi-Fotokabine gegenüber der Buchhandlung, in der Sarah sich hinter dem dicken Vorhang versteckte, der von den vielen Fingern, die ihn auf- und zugezogen hatten, muffig roch, linste sie hinaus. Durch einen Spalt links und einen rechts hatte sie freie Sicht auf den Bereich unter den Gleisen mit seinen kleinen Läden und den nummerierten Treppen, die zu den Zügen führten.

Wem kann ich trauen, Raya?

Das spürt man.

Und wenn ich es nicht spüre?

Musst du sie testen.

Mit einem Schlag wich das Blut aus ihren Fingern und auch ein wenig aus den Zehen. Sarah erstarrte beim Anblick des Mannes, der so tat, als schlendere er hier ein wenig entlang und interessiere sich plötzlich für die Romane in der Auslage der Buchhandlung: der Polizist aus der Klinik. Der Blonde.

Die mit wenig Erfahrung kommen von einer Seite, hatte Raya ihr beigebracht. *Die anderen schicken einen vor, und dein eigentlicher Gegner kommt dann von hinten.*

Instinktiv hielt Sarah die Luft an und blickte durch den schmalen Spalt in die andere Richtung. Von dort näherte sich niemand, den sie schon mal gesehen hatte.

Bücher? Wirklich?

Wie geplant hatte Maja Kaminski die Buchhandlung von der anderen Seite her betreten und sie schnell durchquert. Draußen war Dudek stehen geblieben und sah sich die Bücher im Schaufenster an.

Maja verbarg sich hinter einem Regal mit dem Lebenswerk von Albert Camus.

Natürlich interessierte Dudek sich nicht plötzlich für die aktuelle Bestsellerliste, sondern er blickte immer wieder unauffällig nach links und rechts.

Er war hier, um jemanden zu treffen, war Maja Kaminski sich sicher. Als hätte sich in einer Kammer ihres Hinterkopfes eine Gruppe Synapsen zusammengefunden, die die Situation ohne ihr Zutun analysierten, war ihr sofort klar, dass Dudek die Kontaktperson, auf die er wartete, nicht kennen konnte.

Für ein konspiratives Treffen war ein kameraüberwachter Bahnhof ein denkbar ungeeigneter Ort. Da klingelte man eher irgendwo, wurde eingelassen und traf sich dann im 3. Stock eines Altbaus oder so.

Öffentlichkeit war nur in zwei Fällen wichtig. Nummer eins: man kannte sich nicht und vereinbarte einen Treffpunkt, den beide mühelos fanden. Nummer zwei: eine der beiden Personen hatte den Treffpunkt *der Öffentlichkeit halber* gewählt. Jene also, die Gefahr für sich vermutete und sich zumindest ein wenig durch eine Öffentlichkeit absichern wollte. Oder beides.

Dudek, so vermutete sie, war nicht derjenige, der sich Sorgen um seine Sicherheit machte. Also wartete er hier gerade auf jemanden. Jemanden, der ihm offenbar telefonisch angekündigt worden war, denn vor dem Seeheim hatte er es plötzlich recht eilig gehabt.

Dudek nahm das Innere des Buchladens überhaupt nicht wahr, denn er war völlig auf das Umfeld links und rechts von ihm konzentriert. Sein Handy vibrierte. Es war eine SMS von Gruber: *Rechts oben.*

Dudek sah sich rechts über die Schulter – dort oben öffnete sich die Decke des unteren Bereichs des Bahnhofs zu einer kreisrunden Galerie mit einer gläsernen Balustrade. Martin Gruber stand dort und hielt wie ein Feriengast einen Faltplan des Tourismusbüros der Stadt Rostock in den Händen, den er angeblich studierte, mit dem er aber hauptsächlich sein Gesicht verbarg. Eine Wintermütze tief ins Gesicht gezogen.

Kaminski war Dudeks Blick, der offensichtlich eine Nachricht per Handy erhalten hatte, gefolgt – *Martin Gruber.*

Der Mann, den Simon Rost im Visier hatte. Der Mann, dessen U-Boot Dudek sein sollte.

Ebenfalls hier. Warum? Um das Treffen von Dudek und einer Kontaktperson zu überwachen? Ihm Rückendeckung zu geben? Der Chef der OK-Abteilung höchstpersönlich. Der aussah wie ein unscheinbarer Endfünfziger.

Und der bemerkte, wie der Vorhang des Passbildautomaten in Dudeks Rücken ein wenig gelupft wurde und ein dunkelhaariges Mädchen hervorlugte. Noch einen Blick auf Dudek warf, die Kabine verließ und sich dann mit gesenktem Kopf unter die Leute mischte, die sich in Richtung Südausgang bewegten – von der Buchhandlung weg. Mit einer kurzen Kopfbewegung lenkte er Dudeks Aufmerksamkeit in den Gang hinter dem Pixi-Automaten.

Das Mädchen.

Hagen Dudek begriff sofort. Er verließ seine Position und ging zügig hinter dem Mädchen her.

Und das sah auch Kaminski. Und entdeckte in der Verlängerung der Richtung, die Hagen Dudek eingeschlagen hatte, das Kind. Sarah Minkova. Mit großer Wahrscheinlichkeit war das Sarah Minkova. *Die Hauptzeugin.*

Sarah, die in diesem Moment hinter sich schaute und Dudeks Blick kreuzte. Und erfasste, dass er sie erkannte.

»Sarah!«

Sie rannte los.

Kaminski schaute hinauf zur Galerie – Gruber hatte seine Position bereits verlassen. Das gab ihr die Chance, unerkannt den kürzesten Weg zu wählen, um ihrerseits auch am Ball zu bleiben: aus dem Haupteingang der Buchhandlung.

Sarah wusste, dass ein Erwachsener sie immer einholen würde. Ein Mann sowieso.

Das war der einzig klare Gedanke, der ihr Bewusstsein beherrschte, während sie die erste Rolltreppe links nach oben nahm.

Ohne nachzudenken, tat sie das intuitiv Richtige: sie konnte sich viel schneller an all den Leuten, die auf der Treppe standen und den Weg versperrten, vorbeischlängeln, als das Dudek gleich möglich sein würde, der jeden Augenblick unten an der ersten Stufe auftauchen musste.

Auf der Hälfte der Rolltreppe schwang sie sich auf die gut einen Meter breite Metallbrüstung, die die Rolltreppen trennten.

In Sofia hatten Raya und sie auf diese Weise schon mal zwei Jungs abgeschüttelt, denen Raya Geld gestohlen hatte.

Sarah ließ sich unter den verdutzten Blicken der Leute auf der anderen Seite hinabgleiten und hockte sich auf die Stufen der Rolltreppe, die sie wieder hinabbeförderte. Dabei konnte sie an einer Frau mit einem Rucksack vorbei beobachten, wie Dudek gerade die gegenüberliegende Rolltreppe erreichte, die ihn wie sie vor wenigen Sekunden hinauftrug. Was ihm offenbar nicht schnell genug ging, denn er hatte den Sichtkontakt zu dem Mädchen verloren. Und das, obwohl es gerade erst kurz vorher hier abgebogen war! Er drängelte sich wenig zimperlich an den Passanten vorbei, die ihn mit genervten Blicken bedachten.

So glitt Sarah unerkannt auf der Rolltreppe, die ihre Gäste nach unten trug, an ihm vorbei und entkam ihm.

Sie an seiner Stelle hätte – einmal oben angekommen – sicherheitshalber einen Blick auf die Rolltreppe nach unten geworfen, auf der sie sich befand.

Jede Faser in ihr sträubte sich dagegen, jetzt nicht schleunigst das Weite zu suchen, aber Sarah zwang sich, über die Brüstung wieder zurück auf die Rolltreppe zu klettern, deren Stufen sich nach oben bewegten, keine zehn Meter von Dudek entfernt, der nun weiter oben tatsächlich auf der Erdgeschossebene des Bahnhofs angekommen war und mit einem kurzen Blick die Rolltreppe, die nach unten führte, kontrollierte.

Er hatte sie verloren. Nach links? Nach rechts? Sie war nirgends zu sehen. Wie konnte das sein?

Sarah fuhr Meter um Meter auf ihn zu. Gleich würde die Rolltreppe sie genau hinter ihm ausspucken.

Er entschied sich für die Richtung, die das Mädchen von der Buchhandlung aus gesehen eingeschlagen hatte: nach rechts. Und nahm dort die nächste Rolltreppe wieder hinab.

Sarahs Herz raste so sehr, dass sie das Gefühl hatte, kaum noch Luft zu bekommen. Wie ein durchgängiges Trommeln, das eigentlich für alle unüberhörbar sein musste – aber niemand beachtete sie.

In dem Augenblick stoppte oben Gruber ab und sah sie sofort. Er lief, ohne Zeit zu verlieren, einfach die Rolltreppe, die Sarah immer noch nach oben transportierte, entgegengesetzt hinab: auf sie zu.

Er war dabei zügig, aber nicht hektisch. Auf sie fokussiert. Stoisch wie ein Roboter.

»Hallo! Das geht so nicht!«, empörte sich eine alte Frau, die Gruber im Vorbeigehen einfach wortlos beiseiteschob.

Seine ruhige Zielstrebigkeit versetzte Sarah Minkova in Panik. Sie wirbelte herum und lief nun gegen die Fahrtrichtung die Rolltreppe hinab. Aber anders als Gruber, der sich rücksichtslos den Weg freischaufelte, versperrten ihr die Erwachsenen den Weg und machten nur zögerlich und wenn, dann auch noch umständlich Platz, sodass er ihren Vorsprung auf nunmehr eine Armlänge verkürzt hatte.

»Sag mal, spinnst du?«, wurde Martin Gruber angeherrscht, aber er behielt die Augen unverwandt auf Sarah, nach der er jetzt die Hand ausstreckte.

Mit all ihrer Kraft sprang sie auf die Brüstung, die zwischen den beiden Rolltreppen verlief, und rutschte sie hinab. Kurz wurden ihr der Hintern und die Handflächen heiß, dann krachte sie über das Ende der Brüstung und segelte direkt auf den Boden der Passage.

Ein junger Mann mit Irokesenschnitt half ihr auf, indem er sie am Arm hochzog.

»Bist du verletzt?«

»Was?«

Sie sah sich nach ihrem Verfolger um, doch der war schon nicht mehr auf der Rolltreppe.

Wo dann? Er musste nah sein, er …

Eine andere Hand packte sie am Kragen. Fest.

»Sie gehört zu mir, danke«, ließ Gruber den Irokesenmann wissen. Die unmissverständliche Ansage brachte den Mann zum Weitergehen.

Sarah wollte brüllen, sie riss den Mund auf, aber kein einziger Ton quälte sich über ihre Lippen. Sie sah den Mann nur entsetzt an, der sie gepackt hatte. Und der sich jetzt zu ihr beugte.

Aber jetzt schrie sie doch wie am Spieß.

»Du bist in Sicherheit. Ich bin Polizist, Sarah.«

Kurz verschlug es ihr die Sprache.

»Hör auf zu schreien, ich bring dich in Sicherheit.«

Wie gern hätte sie ihm Glauben geschenkt.

Da näherten sich zwei große, breitschultrige Männer. Der eine mit einem Kopftuch und Vollbart, weswegen er in Sarahs Augen wie ein Pirat aussah. Wie ein Pirat mit einem mächtigen Bauch und kurzen, aber kräftigen Armen. Sein Begleiter war schmaler, die Motorradkutte endete an seinen Schultern und entblößte durchtrainierte, braun gebrannte Arme. Beide marschierten in schweren Motorradstiefeln auf sie zu. Der Durchtrainierte trug auch hier unten im Ringen zwischen Neonlicht und Dunkelheit eine Sonnenbrille. *Angels* las sie auf den Kutten. Angels und noch ein anderes Wort.

Sie schrie.

Der Pirat packte Gruber unsanft am Unterarm.

»Lass das Mädchen los.«

»Hand weg, dalli«, gab Gruber zurück.

»Hast du was auf den Ohren?«, fragte der mit der Sonnenbrille.

»Verzieht euch. Das ist nicht eure Angelegenheit.«

Mit einer sehr schnellen Drehung seines Unterarms entwand der LKA-Mann sich dem Griff des Kleineren, aber der Durchtrainierte trat ihm unvermittelt gegen das Handgelenk. Für einen Augenblick musste er den Griff am Nacken des Mädchens lösen. Und Sarah erkannte ihre Chance, riss sich los und gab Fersengeld.

Gruber, der ihr nachsetzen wollte, wurde von dem kleinen Bulligen an den Schultern gepackt, beinahe hochgehoben und herumgestoßen, sodass er mit dem Rücken gegen die Wand der Passage prallte.

Die Erschütterung lief durch seinen Körper. Er registrierte aus den Augenwinkeln, wie das Mädchen in jenen Quergang abbog, der hinter dem Buchladen auf die zweite Passage führen würde, die parallel zu dieser hier verlief. Er durfte sich nicht länger aufhalten lassen.

Als er sich von der Wand abstieß und ihr folgen wollte, war der Bullige heran und packte ihn schon wieder, aber dieses Mal griff Gruber sich den kleinen und den Ringfinger und bog sie ebenso schnell wie kräftig um 180 Grad nach hinten, wodurch die Spannung sofort unter einem satten Knacken nachgab. Ein Stöhnen entfuhr dem vollbärtigen Rocker, der mit schmerzverzerrter Miene nach seinen gebrochenen Fingern griff.

Da war der Durchtrainierte schon heran, um ihn zu attackieren. Doch statt auszuweichen, schoss Gruber selbst auf ihn zu und verkürzte auf diese Weise die Distanz, weshalb der Mann den Tritt, zu dem er angesetzt hatte, nicht mehr ausführen konnte.

Gruber gab ihm einen kurzen Schlag direkt auf den ungeschützten Kehlkopf. Keiner, der ihn zertrümmerte, lediglich so, dass er Atemnot bekam. Und dann, in der Rückbewegung des ersten Schlages mit der Linken eine Gerade auf den Solarplexus, in die er seine 85 Kilo Körpergewicht legte. Einfach, um sicherzugehen, dass der nicht auf die Idee kam, ihm noch weiter nachzulaufen.

Er tauchte nach links zur Seite und nahm die Verfolgung des Mädchens wieder auf.

Martin Gruber hörte, wie der Mann hinter ihm mit einem Japsen auf die Knie krachte.

Maja Kaminski meinte, ein, zwei Schreie gehört zu haben, aber sie war sich nicht sicher. Nicht sicher genug jedenfalls, um jetzt wieder umzukehren. Denn sie tat, was die Reise nach Neuseeland mit ihr getan hatte: vom eigenen Leben zurücktreten und es aus der Distanz betrachten. Distanz generierte Übersicht.

Und die war auch hier, in der visuellen wie akustischen Unübersichtlichkeit eines Hauptbahnhofs nur an einem Punkt möglich: hinter der Tür mit der Aufschrift »Zutritt nur für Personal der DB«.

Dort saß eine etwas übergewichtige Mitarbeiterin der Bahn in ihrer Uniform, die zu Schichtbeginn noch schnell ein belegtes Brötchen herunterschlang und dabei pflichtbewusst auf die insgesamt 16 Monitore starrte.

Über die steuerte sie die vielen Überwachungskameras an, die systematisch im Bahnhof verteilt waren. Vor allem oberirdisch an den Bahngleisen – falls jemand aufs Gleis fiel oder sich eine gefährliche Rangelei anbahnte, während vielleicht gerade ein Zug einfuhr. Aber auch im Hades, in dem gern Taschendiebe unterwegs waren und nachts Schläger und Sprayer.

Die Frau schien den Blick in ihrem Nacken zu spüren und wandte den Kopf.

Kaminski hatte schon den Dienstausweis in der Hand.

»Kaminski, Bundespolizei. Kann ich bitte mal schauen?«

»Kommen Sie.«

Drinnen gab es ein paar Spinde am Ende des Raumes und einen Metalltisch mit einem Computer und einer schwenkbaren Lampe, die an der Tischplatte angeschraubt war. Drei Bürostühle auf Rollen, deren Sitzflächen abgewetzt waren. Und ein Aschenbecher, der überquoll.

Sie trat neben die Frau.

»Suchen Sie was Bestimmtes?«

»Ein Mädchen, 12 Jahre. Klein für ihr Alter, dunkles Haar, Pferdeschwanz, Daunenjacke.«

Die Frau nickte.

»Taschendiebstahl?«

»Vermisst.«

Auch das war der Bahnmitarbeiterin nicht fremd, sie nickte wieder. Kaminskis Augen flogen über die Monitore in dem Unvermögen, zwei oder gar vier davon gleichzeitig im Blick zu behalten.

Die Frau betätigte einen Knopf, woraufhin auf acht Monitoren die Schauplätze wechselten.

Sie suchte jetzt offenbar systematisch die Bahnsteige ab.

Maja Kaminski fragte sich, ob es nicht doch effizienter gewesen wäre, den Schreien nachzulaufen, als sie sie hörte.

Sie deutete mit dem Zeigefinger auf den äußeren Monitor, auf dem Sarah Minkova gerade von der Überwachungskamera weglief. Linker Hand war ein McDonald's zu sehen.

»Wo ist das?«

»Zweite Passage, Gleis 7.«

»Und das Mädchen hier«, sie tippte eilig auf das Glas des Monitors, »das geht Richtung?«

»Gleis 8.«

»Danke.«

Da: Licht.

Sie hatte es fast geschafft. Fast geschafft. Ihr zitterten die Knie, sie hatte das Gefühl, ihre Beine könnten jeden Moment einfach umknicken.

Dieser labyrinthisch wirkende Bahnhofsbau erschien ihr wie eine gigantische Höhle mit unvorhersehbaren Abzweigungen und

Verbindungen, in denen ihr jede Sekunde einer der Männer auflauern und sie packen konnte.

Ein Albtraum.

Würde sie, einmal erwachsen, sich körperlich gegen solche Männer zur Wehr setzen können?

Das Licht war der Ausgang. Einmal draußen, sagte Sarah sich, hätte sie es geschafft.

Wenn einem keiner Mut macht, hatte Raya gesagt, *muss man sich selbst welchen machen.*

Sie hatte sie genau vor sich.

Nur zehn, vielleicht fünfzehn Meter hinter dem Mädchen war sie punktgenau über eine Treppe in der zweiten Passage gelandet.

Sie würde, hatte Maja Kaminski beschlossen, den Auftrag hier und jetzt zu Ende bringen. Indem sie Sarah folgte und auf den Zugriff durch Dudek oder Gruber wartete. *In flagranti.*

Ein Foto mit dem Handy, ein Anruf bei Rost, an den sie schon eine SMS getippt hatte, ein Ruf um Verstärkung im örtlichen Polizeirevier: direkt vor ihren Augen konnten Dudek oder Gruber das Kind nicht einfach wegbringen. Auch nicht gewaltsam, dafür waren hier viel zu viele Zeugen. Und last but not least: sie war bewaffnet.

Damit brauchte Staatsanwalt Rost auch nicht mehr zu versuchen, Hagen Dudek umzudrehen, sondern hätte Gruber quasi direkt auf dem Silbertablett – wenn es denn Gruber war, der sich Sarah zuerst schnappte.

Dass Dudek, wie von Rost vermutet, Grubers U-Boot in den Vorermittlungen war, stand jetzt bereits außer Frage.

Das Mädchen ging mit leicht gesenktem Kopf schnurstracks weiter.

Selbst unter einem grauen, texturlosen Himmel schien der Ausgang jedem verheißungsvoll zu leuchten, der es aus dem Bahnhof geschafft hatte.

Falls weder Dudek noch Gruber auftauchen sollte, so hatte Kaminski es sich zurechtgelegt, würde sie dem Kind folgen – denn es kannte sie nicht, konnte sie nicht einordnen. Sie würde dem Mädchen also folgen und es bei passender Gelegenheit in ihre Obhut nehmen. Und ihm dann erklär…

Dudek!

Dudek, der von links die Treppe hinabkam und sich umblickte.

Kurz vor dem Ausgang. Das war vielleicht der Moment. Er durfte sie bloß nicht zu früh bemerken, weswegen Maja ihm den Rücken zuwandte und sich eines kleinen Schminkspiegels bediente, um so zu tun, als ziehe sie sich die Lippen nach, während sie über die Reflexion beobachtete, was hinter ihrem Rücken geschah.

Sarah Minkova steuerte weiter auf den Ausgang zu. Und genau dort stand Dudek.

Plötzlich stockte Sarah, verlangsamte.

Wenn Dudek sich jetzt zu ihr wandte, hatte er sie.

Majas Hand glitt zur Dienstwaffe und entsicherte sie blind.

Sarah hatte ihn entdeckt!

Obwohl Maja das Mädchen nur von hinten sah, las sie seine Körpersprache deutlich. Es duckte sich unwillkürlich, machte sich noch kleiner, sofern das überhaupt möglich war, und kniete sich jetzt, als Dudeks Blick es zu erfassen drohte, hinter den Koffer eines Mannes, der dort stand und den Aushang mit den Abfahrtszeiten studierte.

Und tatsächlich schweiften Dudeks Augen über Sarah Minkova hinweg, die sich keine sieben oder acht Meter von ihm entfernt befand und neben dem Koffer zusätzlich von all den Reisenden verdeckt wurde, die jetzt an ihm vorbei zur Treppe und dem nächsten Nahverkehrszug strömten, der gleich abfahren würde.

Noch konnte er sie entdecken, dachte Maja Kaminski. Dann wäre das Kind in Sicherheit und Dudek in Rosts Hand und sie, Maja, hätte ihren Auftrag erfolgreich abgeschlossen.

Doch Hagen Dudek schloss sich dem Strom der Passagiere an und ließ sich mit ihnen nach oben zu den Gleisen tragen.

Freie Bahn für Sarah Minkova, die nun jede Vorsicht abstreifte und losrannte – auf den Ausgang zu. Und, kaum dass sie ihn erreicht hatte, nach links abbog.

Kaminski entschloss sich, jetzt auch jede Tarnung aufzugeben, um Sarah nicht aus den Augen zu verlieren. Sie wirbelte herum und sprintete hinterher.

Vier, fünf, sechs Sekunden – Vorplatz. Nach links.

Sie stoppte ab.

Ein Gewusel aus Menschen. Taxis kamen und gingen, nahmen Kunden auf und setzten sie ab. Privatautos parkten ein, fuhren ab, aus Bussen ergossen sich Reisegruppen. Mittendrin Bettler und Straßenmusikanten und von Sarah Minkova … keine Spur. Nichts. Als hätte der Vorplatz dieses Kind verschluckt.

Etwas außer Atem nickte Maja Kaminski. Es war eine unbewusste Geste der Anerkennung. Nein, nicht der Vorplatz hatte Sarah verschluckt. Sondern dieses Mädchen hatte sie alle drei ausgetrickst und sich in dieser Menschenmenge in Luft aufgelöst.

Chapeau.

Weiter hinten entdeckte sie nun Dudeks Auto. Aber auch nur deshalb, weil es gerade mit einer Stahlseilwinde auf die Ladefläche eines Abschleppwagens gezogen wurde.

27

29. NOVEMBER 2006, INNEHALTEN

»Wolff-Parkinson-White.«

»Bitte?«

Doktor Kirchner saß hinter seinem Schreibtisch und beugte sich zu ihm nach vorn, wobei der weiße Arztkittel raschelte: »Wolff-Parkinson-White-Syndrom. Das ist es, worunter Sie leiden, Herr Elling.«

Kirchner war ein Mann um die 70. Ein Kardiologe, der seit Jahren erfolglos einen Nachfolger für seine Praxis hier am südlichen Rand von Rostock suchte. Das volle Haar, das sich auf der Transformation von Grau zu Weiß befand, trug er schulterlang. Ein prägnantes

Kinn, die Wangenknochen ebenso. Die Mundwinkel lagen weit auseinander, sodass er immerzu ein wenig zu lächeln schien, selbst wenn er das nicht tat.

»Was heißt das?«, fragte Frank Elling und widerstand dem übermächtigen Impuls, sich in einer Übersprungshandlung die Brille zu putzen.

»Das heißt«, antwortete Kirchner und sah sich jetzt über die Schulter. Er blickte hinaus in die Landschaft, als stünde dort die Antwort geschrieben. Aber Elling sah nur ein paar kahle Bäume, zwei grüne Tannen, dahinter eine Durchgangsstraße und dann Einfamilienhäuser. Dichter Schnee fiel herab.

Doktor Kirchner wandte sich unvermittelt wieder zu ihm um: »Das heißt, Ihnen kann jederzeit das Herz stehen bleiben. Genau das ist die Diagnose aus dem EKG und den anderen Untersuchungen, die wir an Ihnen durchgeführt haben. Alles passt exakt zu den Symptomen, von denen Sie berichtet haben.«

»Vielleicht war ich an dem Tag irgendwie …«, Elling suchte nach den richtigen Worten, »besonders mitgenommen, und das hat das Ergebnis …«

»Nein«, unterbrach Kirchner sanft, »tut mir leid. Wolff-Parkinson-White, eindeutig. 0,1 bis 0,3 Prozent der Bevölkerung sind davon betroffen – und Sie sind einer davon. Ein kleiner, elitärer Club, wenn Sie so wollen.«

»Kann ich was gegen die Mitgliedschaft tun?«

Der Kardiologe nickte: »Ich gebe Ihnen Medikamente mit, aber Sie bleiben Clubmitglied. Für den Rest Ihres Lebens.«

»Und … wie groß … ich meine: muss ich damit rechnen, dass morgen mein Herz aussetzt?«

Kirchner musterte ihn mit ehrlichem Interesse, als wäre er neugierig herauszufinden, zu welchem Typus von Patienten Frank Elling gehörte.

»Ja.«

Elling sackte in dem Stuhl in sich zusammen, als hätte ihm jemand die Luft rausgelassen.

»Ich dachte …, dass …«

»Ja?«

»Ich dachte, ich hätte noch Zeit.«

»Das denken wir ja alle.«

»Ja, ich verstehe, aber … ich habe ja guten Grund, richtig?«

Kirchner nickte: »Den haben wir aber ebenfalls alle.«

Elling blies die Wangen auf und nahm eine aufrechte Position ein: »Was bewirken die Medikamente?«

»Dass die Wahrscheinlichkeit eines Herzstillstands sinkt. Das Medikament minimiert das Risiko. Aber es schließt es nicht aus. Sie leben schon eine Weile mit Wolff-Parkinson-White, Sie haben Schmerzen in der Brust, Herzrasen ohne sichtlichen Anlass …«

Elling nickte: »Genau.«

Frank Elling gehörte zu jenen Teilnehmern des Gesundheitssystems, die es entlasteten. Die also nicht wegen eines Zwickens im Rücken oder einer Erkältung die Wartezimmer der Ärzte belagerten und die Wartezeiten derjenigen Patienten, die ernstlich Hilfe benötigten, in die Höhe schraubten, sondern er begab sich erst dann in eine Hausarztpraxis, wenn es sich überhaupt nicht mehr vermeiden ließ.

»Kann ich das sonst irgendwie beeinflussen?«

»Sie meinen: keinen Alkohol mehr, nur noch Gemüse, Yoga, kein rotes Fleisch, diese Ratschläge?«

»Ja.«

»Nein. Ihr Herzfehler ist angeboren. Natürlich ist es gesünder, wenn Sie ab jetzt nur noch Fisch und Reis essen und Tofu und grünen Tee trinken, aber das beeinflusst Wolff-Parkinson-White nicht … maßgeblich.«

Elling spürte, dass er nickte. Als geschähe das ohne sein Zutun.

»Okay, ich verstehe, glaube ich, aber: Es kann mich jetzt jederzeit rauskegeln, richtig?«

»Ja. Aber es kann uns alle jederzeit rauskegeln. Vielleicht klappe ich hier gleich tot zusammen, wenn Sie das Zimmer verlassen wollen. Wer wir sind, Herr Elling, wer wir sein und wer wir werden wollten, was wir hinterlassen möchten, mit wem wir noch mal reden sollten, das betrifft uns alle. Sie mit größerer Dringlichkeit. Wir ohne Wolff-Parkinson werden statistisch älter, aber sterben tun wir auch. Vielleicht sogar vor Ihnen.«

Für einen Moment flutete Stille den Raum. Frank Elling richtete den Blick nach innen und Kirchner auf ihn.

Es klopfte an der Tür, dann öffnete sie sich einen Spaltbreit und die Sprechstundenhilfe steckte den Kopf hinein: »Entschuldigung, aber Frau Bestler hat jetzt einen Termin.«

»Muss warten.«

»Ja.«

Die Sprechstundenhilfe schloss die Tür, und Elling und Doktor Kirchner waren wieder unter sich.

»Ich habe mir für den Termin mit Ihnen ein Buch besorgt«, sagte der Kardiologe, griff hinter sich und legte den Schinken auf den Tisch. Direkt vor Elling: *Owen Meany* von John Irving.

»Kennen Sie den?«

»Nein.«

»Aber Irving haben Sie gelesen?«

»Das Hotel New Hampshire.«

»Witzig.«

»Weil?«

»Weil sich da die Geister scheiden, was wohl das Bessere ist – *Das Hotel New Hampshire* oder *Garp*. Ich habe *Garp* als Erstes gelesen.«

»Finden Sie es besser?«

»Ja, eindeutig. Und Sie?«

»*New Hampshire*.«

Kirchner schmunzelte, dann wurde sein Blick zugänglich und sanft und mitfühlend: »Lesen Sie *Owen Meany*.«

»Ändert das was?«

»Vielleicht.«

»Ganz sicher macht es mich nicht gesund.«

»Nein, ganz sicher nicht. Es ändert nur den Blickwinkel – vielleicht. Hängt vom Leser ab.«

»Blickwinkel? In welcher Hinsicht?«

Kirchner schaute ihn lange an. Sehr lang. Als wollte er Elling noch auf dem letzten Meter etwas mitgeben.

»Nun ja, ich will nicht zu viel verraten, aber es geht um so was wie Bestimmung. Um den Platz, den das Leben einem zuweist. Und ob man die Möglichkeit nutzt – oder sie bewusst vorbeiziehen lässt.«

Mit diesen Worten schob er ihm *Owen Meany* zu.

»Ich habe in diesen vier Wänden schon einen Haufen schlechtere Diagnosen überbracht. Wenn es Sie trifft, Herr Elling, trifft es Sie schnell.«

»Sie meinen das sicherlich tröstlich.«

»So ist es.«

Elling verließ die Praxis, die einem medizinischen Gemischtwarenladen ähnlich in einem Ärztehaus beheimatet war, in dem sich vom Rheumatologen bis zum Zahnarzt alles tummelte. Draußen empfing ihn dichter Regen. Jener feine, perlige, der einen unmerklich durchnässte. Aber er genoss die frische Winterbrise, die ihm ins Gesicht blies.

Gegenüber erspähte er eine mobile Imbissbude, die »Tina's« hieß, aber bei der Banna arbeitete, wie er ihm gleich mitteilte, ein gesprächiger Syrer, der seine Kundschaft als Sprachtrainer benutzte (wie Mertens).

»Banna heißt Weltenwächter.«

»Super. Mit mehr Curry, bitte.«

»Hier. Wohl bekomm's. Oder ist oldschool?«

»Ja, ist etwas veraltet.«

»Wie sagt man dann?«

»Keine Ahnung.«

Banna nickte.

»Macht drei Euro fünf.«

»Fünfzig.«

»Ja.«

Elling riss das aus seinen Gedanken, denn er hatte die kurze Unterhaltung mit dem Mann nebenbei abgespult.

»Ich nehm noch ein Bier dazu.«

Und so stand er unter dem Vordach von Tina's und dachte nach.

Er musste dringend ein paar Dinge aufschreiben. Für Mareike. Eine Patientenverfügung, damit er sie vor einem Dilemma bewahrte. Passwörter, Ansprechpartner, Telefonnummern. Verträge, die sie dann kündigen musste. Und wie die Heizungsanlage funktionierte. Dass man ihr den 911er bestimmt für 40.000 abzuschwatzen versuchen würde und sie ihn keinesfalls – *keinesfalls* – unter 50.000 hergeben durfte.

Bei Gelegenheit musste er Susanne einweihen, seine Ex-Frau.

Und dass …

Er hielt inne und blickte auf die Regentropfen, die sich nun mit zunehmender Kälte zu Flocken wandelten. Wie die einen noch fielen und beim Aufprall auf dem Asphalt zerrissen wurden und die anderen hinabschwebten und sanft landeten und in einem Schmelzen vergingen. Und nicht mehr waren.

Er schluckte.

»Noch Curry?«

»Nein, danke.«

Elling atmete tief durch: was jetzt? Kündigen, den Job an den Nagel hängen? Weltreise?

Für was? Für wen? Was wäre gewonnen? Noch mehr Augenblicke ansammeln und stapeln, die er nicht würde mitnehmen können? Wozu?

Machte es ihn reicher oder glücklicher, wenn er nach Hawaii reiste und mit Schildkröten tauchte und danach unter dem sanften Summen eines Deckenventilators starb oder wenn er hier mit den Nachbarn einen Umtrunk am Gartenzaun veranstaltete und dann nachts im Bett still und unbemerkt rübersegelte?

Machte das einen Unterschied? Am Ende?

Machte es einen Unterschied, ob er sich gleich heute von einer Brücke stürzte oder sich mit Wolff und White und Parkinson noch zehn Jahre herumschlug und Waisenkinder beschenkte, mit der Queen Mary nach New York schipperte und einen Jazzclub in Dublin aufmachte?

Für die Waisenkinder und die Belegung der Queen Mary auf jeden Fall, für Dublin und ihn allerdings nicht.

Egal, was man vorher getan oder unterlassen hatte, war man letztlich einfach nur tot.

Und dementsprechend war es gleichgültig, was man tat und unterließ. Es hatte für einen selbst nur Bedeutung im Jetzt.

Als er in der Apotheke die Medikamente abholte, die Kirchner ihm verschrieben hatte, erreichte ihn Lonas Anruf.

»Roman Novak wird in einer Stunde entlassen.«

»Ich hab da vielleicht eine Idee. Wo bist du? Ich hol dich ab.«

28

29. NOVEMBER 2006, ROSTOCK

Zum Schluss verluden einen die Deutschen immer.

Er hatte insgesamt gut acht Stunden in der JVA Waldeck verbracht, 10 Kilometer südlich von Rostock. Ein moderner Knast, sauber, mit Schließern, die zwar gelangweilt waren, aber trotzdem umgänglich. Und das Essen, sofern er das nach dem Mittagessen beurteilen konnte, war gut. Um Welten besser als in Stettin. Was allerdings keine Kunst war.

Das Beste aber: beheizt. Kein Schimmelgeruch und keine klammen Bettdecken und Handtücher. Hunger, Durst, Hitze, Schlaflosigkeit, auch Schmerz, all das ertrug Roman Novak. Seine Achillesferse war die Kälte.

Sein Vater war wohl ein angenehmer Zeitgenosse gewesen – frühere Weggefährten bestätigten das –, ein unauffälliger Buchhalter und fürsorglicher Familienvater. Bis ihm in einer Mittagspause ein Buch über Survivaltraining in die Finger kam.

Was nicht nur eine Zäsur im Leben des Vaters hervorrief, der fortan mit Gleichgesinnten irgendeinen ehemaligen Fremdenlegionär teuer dafür bezahlte, dass er sie allesamt an ihren freien Wochenenden durch den Wald scheuchte, Gras und Blätter essen und Kaninchen fangen, erschlagen und häuten ließ, und sie obendrein ständig schikanierte, sondern auch für ihn, Roman.

Der Fremdenlegionär tat all dies, um sie *abzuhärten*, wie er beteuerte. Um sie fit zu machen für den Tag X. Tag X markierte eine Art Weltuntergang. Nicht ganz. Nicht für alle. Nur für viele. Und die wenigen, die den Atomkrieg, eine weltweite Seuche, einen Meteoriteneinschlag plus anschließendem ewigen Winter oder Ähnlichem entgangen waren, die sahen sich einem harten Überlebenskampf ausgesetzt.

Also sorgte Romans Vater dafür, dass der Sohn sich auch abhärtete. Besonders blieb Roman dabei der Freitag im Winter in Erinnerung. Gemeinsam hackten sie zu Beginn jedes Wochenendes ein Loch in den gefrorenen See und tauchten dann mit Badehose und Badekappe (wozu eigentlich die Badekappe, fragte er sich später) ins Wasser. Fünf Minuten lang.

Romans Haut war danach so rot, als hätte er sich verbrannt.

Sein Vater starb vier Jahre später an einem Herzstillstand im Schlaf.

Gegen den Tod konnte man sich nicht abhärten.

Zu seiner Überraschung wurde Roman Novak am späten Nachmittag bereits wieder entlassen. Anstandslos händigte man ihm seine Habseligkeiten aus und gab ihm noch einen Freifahrtschein für den Bus zum Gewerbegebiet in Rostock-Südstadt mit, wo er seinen Transporter abgestellt hatte.

Freifahrtschein nach einem Gesetzesverstoß – so was konnte einem nur in Deutschland passieren. Die Leute besaßen einfach zu viel Geld.

Zum Dank half er einer alten Dame an der vorletzten Haltestelle vor der Südstadt aus dem Bus und erleichterte sie dabei um ihr Portemonnaie. Menschen in dem Alter standen den Kreditkarten immer noch skeptisch gegenüber und liefen in aller Regel mit einem Haufen Bargeld durch die Gegend (das sie dann bevorzugt in Form vieler kleiner Münzen an der Supermarktkasse wieder loszuwerden versuchten).

Hier verhielt es sich nicht anders: satte 206 Euro.

Novak musste grinsen, während der Bus ihn über die Landstraße an sattgrünen Wiesen und kleinen Siedlungen vorbeitrug.

Waldeck war ein Knast für den Winter, dachte er. Es gab sogar brandneue Sportanlagen. Und von den sieben Polen, über die er im Gemeinschaftsraum gestolpert war, kannte er vier.

Gegenüber der Haltestelle befand sich zwischen einem Sportwagenhersteller und der Kfz-Zulassungsstelle ein freier Sandplatz, auf dem Autos parkten. Das Gelände war mit einem rund drei Meter hohen Maschendrahtzaun umgeben, das sich nur an einer Stelle zur Straße hin öffnete: an der Schranke, an die sich ein kleines Pförtnerhäuschen mit drei Scheiben und einer Zugangstür anschloss.

Novak konnte seinen Transporter schon sehen. Dritte Reihe, ziemlich in der Mitte. Weiß, ein paar Roststellen, eine Aufschrift mit einer echten Straße in Stettin und einem erfundenen Malergewerbe.

Der Mann im Pförtnerhäuschen rauchte Zigarillo und trug einen türkisfarbenen Bucket-Hut. Die beiden trennte eine ovale Scheibe, die nach unten hin offen war.

Der Mann lächelte ihn wissend an, nachdem Novak ihm das Formular für die Abholung durch die Öffnung hindurchgeschoben hatte. Die Fingerspitzen des Pförtners flitzten über einen Taschenrechner.

»29 Euro 50 macht das.«

»Ganz schön happig«, sagte Novak und reichte dem Mann 30 Euro, »stimmt so.«

»Danke.«

Der Pförtner wandte sich um zu einer Ansammlung von über

hundert Haken, fein durchnummeriert, an denen jede Menge Autoschlüssel hingen. Er nahm die 110 vom Haken und übergab sie ihm.

»Einmal Empfang bestätigen, bitte.«

Als Roman den Transporter aus zehn Metern Entfernung mit dem Funksignal öffnete und alle vier Blinker rhythmisch aufleuchteten, stiegen ein Mann und eine Frau aus dem 911er Porsche direkt daneben. Sie hatten die Augen auf ihn gerichtet und kamen ihm entgegen. Er mit einem Mantel und einer grauen Schiebermütze. Sie mit Jeans und einer Lederjacke, die an einen Torero erinnerte, weil sie an der Taille endete. Die blonde Frau trug sie offen und darunter einen Pulli. Novak fröstelte bei dem Anblick.

Es waren Polizisten, das wusste er sofort. Der Mann kam etwas von links, sie leicht von rechts. Auf diese Weise schnitten sie ihm vorsorglich den einzig möglichen Fluchtweg ab.

Hatten sie ihn mit der alten Frau gesehen? Unwahrscheinlich.

»Guten Tag, Herr Novak. Kripo Rostock.«

»Ja, guten Tag.«

Sie erreichten ihn nun und stoppten ab.

Novak sah sie abwartend an. Er war kleiner als die beiden.

Elling deutete mit einem Kopfnicken hinüber zu einem kleinen Imbiss an der Straßenecke, der mangels Kunden nach einer hoffnungslosen Geschäftsidee aussah.

»Lust auf eine Currywurst?«

Roman Novak lächelte selbstbewusst. Frau Klatt, die Zöllnerin, hatte gesagt, er habe ein Frettchengesicht. Lona und Elling hatten sich das nicht vorstellen können, aber jetzt wussten sie, was sie meinte.

»Nein, danke.«

»Doch, schon«, widersprach Elling und schenkte dem Schleuser ein verbindliches Lächeln. Der Mann sah von ihm zu Lona Mendt. Und die lächelte nicht.

Seine Intuition riet ihm, sich besser zugänglich zu zeigen.

Also nickte er: »Ja, aber wenn, dann mit Pommes.«

»Mit Pommes«, bestätigte Elling, »Sie kommen aus Stettin?«

Lona und Elling spendierten die Currywürste, die die Frau in dem kleinen Bauwagen ihnen in Stücke schnitt und dann mit dunkelroter Soße übergoss und ausgiebig mit Curry würzte.

An einem der zwei Stehtische machten sie sich mit den winzigen Dreizacks aus Plastik darüber her, dazu gab es Brötchen – und Pommes für Roman Novak.

»Was zu trinken?«, fragte die Frau im Wagen.

»Sprite«, sagte Lona.

»Cola«, meldete Roman sich.

»Ein Helles«, bestellte Elling.

Novak stutzte kurz: »Sind Sie nicht im Dienst?«

»Doch, klar.«

Er sah zu der Kommissarin, aber die stocherte ungerührt in ihrer Pappschale.

»Schmeckt?«, fragte Elling und fuhr mit einem Stück seines Brötchens quer durch die Soße neben der Currywurst.

»Ja, lecker.«

»Hm«, brummte Elling zufrieden. Sie war nicht schlecht, aber die Soße beim Weltenwächter Banna war besser gewesen.

»Sie sehen nicht so begeistert aus«, wandte er sich an die Kollegin.

»Ganz tief drinnen bin ich begeistert«, ließ Lona Mendt ihn wissen und schob den Rest ihrer Wurst beiseite. »Sie haben Leute geschleust. Auch Kinder. Sie haben zu Protokoll gegeben, Sie machen das aus humanitären Gründen.«

Der kleine Pole war offensichtlich überrascht von dem abrupten Themenwechsel. Für ein, zwei Sekunden. Dann hatte er sich wieder im Griff.

»Ja, ich habe welche geschleust. Ich bin ein Menschenfreund.«

Elling verzog leicht das Gesicht, weil ihm das zu dick aufgetragen war: »Oh, ja. Erzählen Sie mal.«

»Und was? Was meinen Sie?«

»Na, warum Sie Leute illegal über die Grenze bringen.«

In dem Blick der Polizistin war nichts Spielerisches.

»Na ja, ich komme aus Stettin, und manchmal fahr ich rüber nach Rostock. Wegen der guten Luft – ich habe früher viel unter Tage gearbeitet. Gute Luft ist gut für meine Lunge.«

»Stettin liegt doch auch am Meer«, sagte Elling.

»Ja … ja, stimmt. Aber … Rostock liegt eben besser. Ich bin kein Wettermann, aber es ist so: in Rostock ist die Luft besser.«

»Meteorologe«, sagte Lona.

»Was?«

»Das ist die Bezeichnung für Wettermänner. Also schön: Rostocks gute Luft. Und wie kommen die Illegalen in Ihr Auto?«

»Ich halt an einem Rastplatz, komme zurück: da sind die im Auto.«

»Nicht abgeschlossen, vermutlich«, half Elling.

»Ja. Die betteln dann, ob ich sie nicht mitnehmen kann und … ich mach das aus humanitären Gründen. Als Fluchthelfer. Weil: beim ersten Mal muss man mich laufen lassen, das ist das deutsche Gesetz. Heute war das erste Mal.«

»Sie sind ziemlich gut über deutsche Gesetze informiert für jemanden, dem es um gute Luft geht«, sagte Elling.

»Ich bin eben vielseitig interessiert », antwortete Novak.

Lona zückte plötzlich das Tütchen mit dem Ring und dem roten Stein und hielt ihm den hin.

»Haben Sie den schon mal gesehen?«

Novak zögerte für einen Sekundenbruchteil.

»Nein«, log er.

Elling und Lona stimmten sich mit einem Blick ab, der nur einen Wimpernschlag beanspruchte.

»Sicher kennen Sie ja die Gesprächstaktik *good cop* und *bad cop*, nehme ich an?«, fragte Lona.

»Ja. Nur bei Ihnen beiden bin ich noch nicht sicher, wer wer ist«, sagte er und grinste breit über seinen Witz.

»Das liegt daran, dass wir beide *bad cops* sind«, klärte Elling ihn auf und verzog dabei keine Miene. »Sie haben den Ring schon mal gesehen, Ihr Zögern gerade hat Sie verraten. Wenn Sie hier nicht sofort parieren, dann liefern wir Sie direkt wieder in der JVA ab. Verdacht auf Kindesmissbrauch.«

»Das dürfen Sie nicht«, sagte Novak erschrocken.

»Wir machen's trotzdem«, ließ Lona ihn ungerührt wissen, »unsere Aussagen wiegen schwerer als Ihre.«

»Und wir sorgen auch dafür, dass sich das schnell rumspricht unter den anderen Sträflingen, was Sie mit dem kleinen Jungen angestellt haben«, fügte Elling hinzu.

Er hatte jetzt eine Ahnung davon, wie es Lona ergehen musste, die das Schlimmste im Leben hinter sich hatte und nichts mehr fürchten musste. Keine Konsequenz. Wolff, White und Parkinson gaben ihm einen Vorgeschmack darauf. Man schwebte ein bisschen. Als wäre man ganz leicht auf Drogen – und zwar permanent.

Novak spürte, dass die beiden nicht blufften. Die machten den Eindruck, als wären sie auf einer Mission. Und was hatte er schon zu verlieren? Im Gefängnis als angeblicher Kinderschänder so einiges. Er war ein sehr fantasievoller Mensch, und was sich da vor seinem inneren Auge abzuzeichnen begann, jagte ihm einen Schauer über den Rücken.

Lona legte den Ring in der Kunststoffhülle auf dem Tisch zwischen ihnen ab und deutete mit dem Kopf darauf.

»Ja, habe ich schon mal gesehen.«

»Einmal, mehrfach?«

Ein letztes Zögern noch. Dann: »Mehrfach.«

»Wer trägt diesen Ring?«, fragte Lona Mendt.

»Kinder und Jugendliche.«

»Mädchen? Jungs?«

»Beides. Kommt aber selten vor. Vielleicht einmal in zwei Monaten oder so.«

»Also Minderjährige«, fasste Elling zusammen.

Novak ließ seine »Fahrgäste« kurz Revue passieren, bevor er nickte: »Ja, genau.«

»Die Minderjährigen, die Sie fahren – wo kommen die her?«

»Ich weiß nicht, die steigen zu.«

Roman Novak sah von der Frau zu dem Mann und wieder zu ihr zurück. Er hatte den Eindruck, sie glaubten ihm nicht.

»Ehrlich. Ich fahre kurz vor der deutschen Grenze an einen Rastplatz. Ich steige aus, ich schließe den Wagen nicht ab. Ich gehe in die Raststätte, dann halte ich mich da genau 15 Minuten auf. Ich kaufe was oder spiele am Automaten. Irgendwas eben. Dann geh ich zurück, und dann sitzen Leute im Transporter. Kinder, Teenager, Männer, Frauen. Meistens Männer. Manchmal reden wir ein bisschen, aber meistens sagen wir nichts.

Ich fahr über die Grenze. Und so 25 Kilometer später, kurz vor Pasewalk, da fahr ich rechts ab in einen Feldweg. In einen Wald und parke. Da gehe ich aus dem Auto und mache einen Spaziergang. Nach einer Viertelstunde komme ich zurück, und dann ist der Transporter leer. Und unter dem Beifahrersitz ist dann das Geld. Und dann fahre ich wieder zurück. Und mehr weiß ich nicht.«

»Wer bezahlt Sie denn?«

»Das Geld liegt …«

»Liegt unter dem Beifahrersitz, das haben wir schon verstanden. Wem gehört das Auto, der Transporter?«

»Mir.«

»Jemand muss Ihnen das gesagt haben: stell den Wagen dort ab, fahr die Leute dorthin, geh eine Runde spazieren und so weiter. Wer?«

Novak blies die Wangen auf. Und schüttelte dann den Kopf.

Lona griff in die Innentasche ihrer Lederjacke und zog die Kopien einiger Fotos hervor, die sie vor dem polnischen Schleuser auf den Tisch legte. Von dem toten Boris Lazarov, wie sie seit ein paar Stunden wussten, und dem Mädchen mit den geöffneten Pulsadern, dessen Identität noch ungeklärt war.

»Wir untersuchen den Fall hier, Herr Novak.«

Roman Novak erfasste sofort, dass es tote Kinder waren. Vermutlich geschleust.

»Gówno«, entfuhr es ihm, »das … geht nicht. Ausgeschlossen. Die wissen dann, von wem's kommt.«

»Erkennen Sie die?«

»Nein.«

»Der Junge hatte den roten Ring.«

»Nein, ich habe ihn nicht gefahren.«

Lona Mendt steckte die Fotos vorsichtig wieder ein und beugte sich dann zu ihm vor: »Wer ist Ihr Auftraggeber?«

Die Pupillen von Roman Novak begannen hektisch hin und her zu wandern, wie Elling und Lona bemerkten. Wie ein in die Enge getriebenes Tier, das sich in Todesangst nach einem Fluchtweg umsah. Und jetzt, da sich keiner ergab, seufzte und die Arme hängen ließ.

»Ich kann nicht ins eigene Nest machen«, sagte er schließlich. »Ich kann nie wieder für die arbeiten. Tut mir leid für die Kinder auf den Fotos. Und die kenne ich auch wirklich nicht.«

»Dann ist ja alles gut. Dann sagen Sie uns, wer Sie mit diesen Fahrten beauftragt.«

Novak schüttelte den Kopf.

»Wenn Sie aussagen, können wir Sie schützen«, bot Elling an.

Woraufhin Roman Novak ihn wie jemanden anlächelte, der von Ahnungslosigkeit durchtränkt war.

»Vor denen können Sie mich nicht schützen.«

»Aber wer …«

»Ihnen ist nicht klar, mit wem Sie sich anlegen.«

»Schwer zu sagen, wenn Sie uns keine Namen …«

»Verstehen Sie? Ihnen ist das nicht klar, ja?«

»Wie heißen die Leute denn, Herr Novak? Wir haben eine Menge Möglichkeiten und Machtbefugnisse, um Einzelpersonen oder Clans stillzulegen.«

»Die nicht.«

Novaks Stimme war dabei frei von Triumph oder Genugtuung.

»Gucken Sie mal, was wir in Ihrem Auto gefunden haben«, sagte Elling und legte ihm ein Pfund Kokain auf den Tisch.

»Wie? Bei mir? Ich … das stimmt nicht. Das stimmt nicht!«

Er tauchte nach links weg. Elling sprang zwar zur Seite, um ihm den Weg zu verstellen, aber Roman Novak war zu flink. Ellings Hände griffen ins Nichts, und Novak rannte. Aber keine zehn Meter weit, denn dann war die blonde Kommissarin mit ihren langen Beinen heran, die ihm gekonnt gegen den hinteren Fuß trat, sodass er strauchelte und in den Schneematsch stürzte und sich dabei die Handballen auf dem Asphalt aufriss.

Und mit einem Mal bohrte sich ein Kniegelenk mit Wucht in seinen Rücken und fixierte ihn im Dreck – der Polizist im Mantel und mit der Schiebermütze. Und der war es, der sich zu ihm hinabbeugte.

»10 Sekunden ab jetzt, Herr Novak. Es hat bereits vier Mordopfer gegeben. Ich will mit offenen Karten spielen: ob meine Kollegin und ich gerade versuchen, einen Serienmörder zu stoppen oder einen abartigen Clan oder was auch immer, interessiert uns nicht. Wir wollen, dass das aufhört. Also: Auftraggeber oder Sie gehen für mindestens zwei Jahre in den Knast. Von den zehn Sekunden habe ich jetzt sechs verquatscht. Sie haben noch vier.«

»Sofia. Da kommen die her. Ein Waisenheim. Maria-Hilf-Heim. Ich verlass' mich darauf, dass mein Name nicht fällt.«

29

30. NOVEMBER 2006, SOFIA

»Ihre Dienstwaffen und Munition bitte in diesem Behälter ablegen«, wies die bulgarische Zöllnerin sie an.

Elling und Lona hatten am frühen Morgen die erste Maschine nach Sofia genommen – und sich bei den Kollegen angekündigt. Woraufhin der Zoll zwar ihre Pistolen konfiszierte, sie ansonsten aber sehr kollegial behandelte. Es gab einen Kaffee und einer ihrer Leute chauffierte sie zu ihrem Hotel, dem Edem, einem renovierten Gebäude in der Altstadt. Mit alten, sandsteinfarbenen Steinquadern und schmalen, hohen Fenstern, präsentierte es sich unscheinbar.

Erst im Inneren mit dem Foyer, dessen Decke sich bis in die 4. oder 5. Etage erstreckte, zeigte es seine ganze Pracht mit Understatement. Nirgends drängte sich etwas auf, ganz im Gegenteil – eher beiläufig fügten sich edle, zeitlose Materialien in gekonnter Anordnung ineinander.

Es gab – Lona hatte es gelesen – eine Dachterrasse mit einer Bar.

»Ein Zimmer plus Frühstück kostet 204 Euro«, hatte Mertens mit einem verblüfften Blick auf das Dienstreiseformular festgestellt, das er gegenzeichnen musste, *»that's quite expensive.«*

Sie hatten ihm in seinem kleinen Amtszimmer im 6. Stock gegenübergestanden.

»Das Amt bewilligt eine maximale Übernachtungspauschale von 71,45 Euro.«

»Rainer ...«, begann Elling.

»Jaja, schon gut.«

Nachdem sie ihr Reisegepäck in ihren gegenüberliegenden Zimmern im 6. Stock abgestellt hatten, machten sie sich auf den Weg zum Maria-Hilf-Kinderheim im Nordwesten der Stadt.

Anton, ihr Taxifahrer, der an den jungen Daniel Day-Lewis erinnerte, kannte die Adresse. Er studierte Deutsch und Maschinenbau, wie er ihnen erzählte.

»Ich habe schon in Stuttgart gearbeitet, bei Daimler«, erklärte Anton, während er das Taxi – einen alten Mercedes mit abgewetzten Sitzen und einem nikotingelben Dachhimmel – mit nur einer Hand durch die Stadt manövrierte.

»Das Heim liegt am Rand von Fakulteta.«

»Und das ist was?«, fragte Lona, die neben Elling auf der Rückbank saß.

»Ein Stadtteil. Werden Sie gleich sehen, ich kenne eine Abkürzung. Das ist unser Getto. Viele Roma. Viele arme Leute. Wo kommen Sie her?«

»Aus Rostock.«

»Wo ist das?«

»An der Ostsee. Ganz im Norden.«

Anton nickte. Kurz trafen sich Lonas und sein Bick im Innenspiegel. Interessiert. Er lächelte kurz und blickte dann wieder auf die Straße, weil er abbiegen musste. Aber sein Blick hatte etwas in ihr ausgelöst, ein unscheinbares Kribbeln. Und die Frage, wie er sich wohl anfühlte. Und das leise Verlangen, das herauszufinden – in dem Wissen, dass es ja doch nicht geschehen würde. Aber wenn, wäre sie neugierig auf seine Berührungen gewesen. Auf den Geschmack seiner Haut.

Lona hatte ein Jahr nach dem Unglück eine Affäre mit einem Madrilenen begonnen, von dem sie wusste, dass er in drei Tagen wieder abreisen würde. Ein ansprechender Mann, gebildet, charmant und mit Manieren. Das waren angenehme Begleiterscheinungen, denn im Wesentlichen wollte sie wissen, ob die drei Nächte mit einem Mann etwas ändern würden. An der Leere oder am Schmerz.

Aber nein, es änderte nichts. Es war, als wäre sie einmal um den Block gegangen oder eine Station mit der Bahn gefahren. Es war passiert mit allem, was dazugehörte, um es unauslöschlich zu machen. Leidenschaftlich, entfesselt und voller Hingabe. Und erfüllend.

Aber während sie mit ihm eins war, blieb sie doch immer für sich.

Lona hatte seitdem nichts mehr mit einem Mann angefangen, mehr noch: sie schaute ansprechenden Männern nicht nach, in all den Jahren ertappte sie sich nie dabei, dass sich einer von ihnen auffallend häufig in ihre Gedanken geschlichen hätte.

Und jetzt plötzlich, auf der Rückbank eines Taxis in Sofia, geschah genau das.

Dass sie Anton, den Taxifahrer, von hinten betrachtete: seine Konturen, die Bartstoppeln, das Kinn. Die Augen und das Lächeln.

Anton war von einer der Hauptverkehrsstraßen abgebogen. Die

Fahrspuren wurden schmaler, die Mehrfamilienhäuser größer und anonymer. Und jetzt, da die Straßen sich zu Gassen verengten und eigenwillig geparkte Autos den Verkehr aufhielten, wandelten sich die Häuser. Sie schienen keinen Bauvorschriften zu gehorchen, und viele von ihnen sahen aus, als hätte man sie im Rohbau bezogen. Kaum verputzt, mit eigenwilligen Erkern und Stützpfeilern. Kinder, die die Gasse trotz der Kälte als Fußballplatz nutzten, und Hunde und Katzen, die nach Essbarem suchten.

»Fakulteta«, kommentierte Anton, als wäre mit diesem einen Wort alles gesagt.

Er musterte jetzt nicht nur Lona über den Innenspiegel, sondern auch Elling.

»Sie wollen adoptieren, oder?«

»Nein«, sagte Elling.

Ihr Chauffeur schien ehrlich überrascht: »Nein?«

Nun galt sein Blick tatsächlich ihr. Er hatte schöne Augen. Warm.

»Nein«, bestätigte Lona.

»Sie wirken so wie … wie …«

Elling griff Anton, der in seinem Hinterkopf nach dem passenden Wort stöberte, unter die Arme: »Verheiratet?«

»Nein, … netteres Wort.«

»Kinderlos?«, fragte Lona.

»Nein. Sie wirken wie *eins*. Wie ein gutes Zuhause.«

Lona und Elling sahen sich amüsiert an und lächelten über die Absurdität des Gedankens – sie, ein Paar? Ein gutes Zuhause für ein Kind? Und waren überrascht, dass das Lächeln sie mehr und mehr Kraft kostete, weil mit jeder weiteren Sekunde die Absurdität verflog.

»Da ist es«, rettete Anton sie und deutete nach rechts vorne, wo sich an einer Straßenecke ein zweigeschossiger, grauer Bau aus den Sechzigern erhob. Mit Gittern vor den Fenstern und einem asphaltierten, umzäunten Platz daneben, auf dem sich Kinder und Jugendliche tummelten.

»Das graue?«

»Ja, genau. Das ist das Waisenheim Maria Hilf. Ist doch merkwürdig, oder?«

»Was?«, fragte Lona.

»Wenn es Maria gäbe und sie helfen würde, bräuchte es das Heim nicht, richtig?«, entgegnete Anton mit einem hintergründigen Lächeln.

Als er sie vor dem Heim absetzte, stiegen zwei uniformierte Polizisten aus der Streife, die sie dort geparkt hatten, und kamen ihnen entgegen. Sie stellten sich als Kosta und Radimir vor. Beide Ende dreißig, schwarzhaarig und mit Dreitagebart. Sie lächelten freundlich, ihr Handschlag war von unverbindlicher Lässigkeit, und sie sahen aus, als wären sie mit allen Wassern gewaschen. Vielleicht waren sie auf den Straßen von Fakulteta groß geworden.

Die Polizeidirektion hatte sie abgestellt, um die deutschen Kollegen ins Heim zu begleiten und für Übersetzungen und etwaige Fragen zur Verfügung zu stehen.

»Woher können Sie so gut Deutsch?«, fragte Lona.

»Deutsch ist in der Schule die erste Fremdsprache«, antwortete Kosta.

Kaum hatten sie das Heim betreten, in dem es nach Putzmitteln und Essen mit Kohl roch, waren sie auch schon umringt von Kindern, die sie über den breiten Flur begleiteten. Wobei die Eskorte eher einer kleinen Belagerung glich.

Ein Mädchen von vielleicht elf oder zwölf Jahren drängte sich neben Elling: »I can help you … in the garden or care for your younger children. Please take me with you, I am already staying here for three years.«

Ein kleiner Junge mit Sommersprossen ergrifft Lonas Hand, strahlte sie an und sagte auf Bulgarisch: »Ich bin Dimi, ich kann bis 200 zählen. Kann ich mit?«

»Was hat der Kleine gesagt?«

»Nichts«, antwortete Radimir, »Sie müssen einfach Ihre Hand wegnehmen, das versteht er.«

»Lasst unsere Gäste in Ruhe!«, rief eine Männerstimme auf Bulgarisch, woraufhin sich die Traube aus Kindern um Lona und Elling auflöste. Auch Dimi ließ sie sofort los und folgte den anderen Kindern hinaus auf den kalten Hof.

Die Stimme gehörte einem Mann, der von seinem Büro in den Flur getreten war. Und der ihnen nun zunickte und lächelte. Er trug Jeans und einen Pullover, dazu Turnschuhe.

»Herzlich willkommen im Maria-Hilf-Heim«, begrüßte er sie und schüttelte ihnen die Hand. »Frau Mendt, Herr Elling?«

»Genau.«

»Ich bin Petko Kirov.«

Kirovs Büro war fensterlos – bis auf die zwei Scheiben zum Gang hin.

Vor seinem Schreibtisch standen vier schmale Holzstühle, von denen er zwei eilig näher an seinen Tisch gerückt hatte und sie ihnen mit einer Geste anbot.

Auf seinem Schreibtisch dominierte ein großer Röhrenmonitor, daneben ein Telefon und ein halb gefüllter Aschenbecher. Die Wand hinter ihm war dekoriert mit Zeichnungen von Kindern. Luftballons und Sterne und Kinder, die in einem Fluss badeten. Häuser, Hunde und Familie. Immer wieder Vater, Mutter und Kind.

Aber auch andere, die Lona Mendt gerne mal einem Psychologen gezeigt hätte.

An der Decke über ihnen hingen zwei Klebestreifen, an denen tote Insekten hafteten, und neben einem Regal mit lauter bunten Akten stand ein Trinkwasserspender.

Während Kosta sich einen Stuhl schnappte und seitlich neben sie an den Tisch setzte, blieb Radimir an den Türrahmen gelehnt und widmete sich vor allem seinem Handy und den darauf eintreffenden Nachrichten.

»Die Polizeidirektion hat Ihren Besuch angekündigt«, teilte Kirov ihnen nahezu akzentfrei mit. »Was kann ich für Sie tun?«

»Wir ermitteln in einem Mordfall«, antwortete Elling, »dabei geht es auch um ein Kind. Und deshalb sind wir hier. Wir wissen jetzt, dass manche der Kinder, die in Deutschland ankommen, aus Ihrem Heim stammen. Es gibt Schleuser, die sie von hier über Polen nach Deutschland bringen.«

Hatten sie mit einer verblüfften oder ertappten Miene gerechnet, durchkreuzte Petko Kirov diese Erwartung. Er vollführte prompt eine Geste in Richtung von Kosta und Radimir, als wollte er sagen: seht ihr, davon rede ich immer – aber niemand hört mir zu.

Was Radimir nicht vom Display seines Handys loszueisen vermochte und Kosta zu einem Nicken der Art Ja-das-hast-du-schon-immer-gesagt verleitete.

Petko Kirov wandte sich wieder an Lona und Elling: »Das ist ein *ganz großes* Problem. Wir können die Kinder unterbringen, wir können sie ernähren. Einigermaßen. Und in bescheidenem Maße können wir sie auch unterrichten und ein wenig ausbilden. Aber uns fehlen Betreuer.

Wir sind eine NGO. Hinter uns steht nicht die Regierung und auch keine Kirche. Wir finanzieren das alles hier aus Spenden und Vermittlungsgebühren. Spendet keiner mehr, müssen wir schließen. Aber wir haben ehrenamtliche Helfer – noch.

Um auf Ihren Hinweis zurückzukommen: Ich muss sagen, ich kann es keinem der Kinder verdenken, wenn es wegläuft, um irgendwo eine bessere Zukunft zu finden.«

Er fuhr sich mit der Hand über die müden Augen.

»Das heißt, die Kinder verschwinden hier?«, fragte Frank Elling.

Der Heimleiter nickte unumwunden: »Aber ja, natürlich. Plötzlich sind sie morgens nicht mehr im Zimmer.«

Elling spürte, wie Lona neben ihm wegen der Parallele zum Seeheim in Rostock aufmerkte.

»Oder sie fehlen beim Essen«, fuhr Kirov fort, »manchmal kommen sie auch wieder. Aber ja, ganz klar, manche gehen für immer. Und wir können das nicht verhindern. Wir möchten aus der Unterkunft hier ja kein Gefängnis machen, alle sollen sich frei bewegen können.«

»Und was passiert, wenn ein Kind fehlt?«

»Das, was in Deutschland wohl auch passiert, nehme ich an: Ich melde das der Polizei.«

Die Blicke wanderten zu Kosta.

»Ja, aber«, er hob abwehrend die Hände, »sie fallen ja nicht auf. Sie ziehen durch die Gegend, finden irgendwo Unterschlupf, bei Freunden oder Gangs oder schließen sich Obdachlosen an. Wir haben gar nicht das Personal, um die Stadt nach einem Kind abzusuchen. Sofia ist riesig. Und manchmal kommen die Ausreißer von ganz allein zurück.«

Kirov nickte: »Wenn ein Kind nicht zurückkommt, muss ich auch ganz ehrlich sagen: Dann ist hier wieder ein Bett frei und ein Tisch beim Essen. Mehr hab' ich dann nicht im Blick. Das Leben geht weiter.«

Lona zog ein Kuvert aus ihrer Brusttasche und zeigte dem Mann die beiden Fotoabzüge darin, indem sie sie vor ihn auf den Tisch legte. Es waren Boris »Blödbommel« Lazarov und Sarah Minkova.

»Kennen Sie die beiden? Sind die bei Ihnen gewesen?«

Kirov genügte ein kurzer Blick.

»Beide, ja.«

»Die waren hier und sind weg?«

»Genau.«

»Haben Sie die Namen?«

»Warten Sie.«

Und schon rollte er mit seinem Stuhl zurück hinter die Tastatur und bearbeitete sie mit drei Fingern. Anschließend notierte er zwei Namen auf einem Notizzettel, den er neben die Fotos schob.

»Sarah Minkova, sie ist 12 Jahre alt. Der Junge heißt Boris Lazarov, er ist zehn.«

Lona und Elling wussten nicht, ob der Mann, dem sie gegenübersaßen, sie von vorne bis hinten belog – was die Namen betraf, tat er das jedenfalls nicht.

»Ist das sicher, dass sie Minkova heißt?«, hakte Lona nach, und Elling hörte jetzt eine Dringlichkeit in der Stimme seiner Kollegin, die unter dem Klang der Silben leise mitschwang. Eine Dringlichkeit, die man aus Sorge an den Tag legte.

Sorge also. Sorge um ein Kind? Oder um exakt dieses Kind?

Petko Kirov musste aufstehen, um den Monitor mit beiden Händen zu drehen, es war eine 19-Zoll-Röhre.

Und auf dessen Mattscheibe sahen sie jetzt Sarah bei ihrer Einlieferung im Maria-Hilf-Heim. Eine Spur jünger, eine Spur kindlicher.

Daneben ein Ausweis und eine Geburtsurkunde: Minkova, Sarah. Geboren am 23. Juni 1994 in Sofia.

»Hat sich jemand nach denen hier erkundigt?«, wollte Elling wissen.

»Wie meinen Sie?«

»Ob jemand hier war. Ob jemand hier war und mit den Kindern gesprochen hat. Oder mit Ihnen über die beiden. Hier kommen doch sicher auch Leute her, die Kinder adoptieren möchten.«

»Ganz recht. Wir habe eine gute Vermittlungsfrequenz von 2:1. Meist sind es jüngere Kinder. Und es kommen auch Paare aus dem Ausland. Deutschland, zum Beispiel.

Und was das Ansprechen angeht – hier kommt man nur mit Anmeldung rein. Klar kann jemand ein Kind auf dem Hof ansprechen, durch den Zaun. Das kann man nicht verhindern.«

»Wäre aber auffällig«, kommentierte Kosta.

Petko nickt: »Ja. Aber die Kinder dürfen natürlich auch raus. Sie müssen zum Unterricht hier sein und zum Essen. Aber auf den Straßen von Fakulteta kann sie jeder ansprechen.«

»Ist Ihnen das mal zu Ohren gekommen, dass Kinder mit Versprechungen weggelockt werden sollten?«

»Nein«, antwortete Petko und unterstrich das mit einem Kopfschütteln.

Lona ließ die beiden Fotos zusammen mit dem Notizzettel ins Kuvert gleiten und steckte es wieder ein.

»Warum waren die hier, Sarah und Boris?«

Petko sah sie erstaunt an: »Es sind Vollwaisen. Sie haben keine Familie mehr.«

Elling musste sich zwingen, Lona nicht von der Seite anzusehen.

Er konnte ihre Gedanken praktisch eins zu eins lesen: das gleiche Schicksal. Eine erwachsene Frau hatte ihre Kinder und ihren Mann verloren. Und ein Kind seine Eltern.

Beide hatten keine Familie mehr.

Elling beugte sich vor: »Das ist ja vermutlich nicht zum ersten Mal vorgekommen. Haben Sie eine Ahnung, wie die nach Polen gekommen sind?«

»Nein. Aber ich denke nicht, dass Kinder von sich aus beschließen, dass sie nach Deutschland reisen möchten«, entgegnete er. »Die sind für so eine Reise auf Hilfe angewiesen. Und wenn Sarah Minkova jetzt auch noch bei Ihnen mit offensichtlich falschen Papieren auftaucht, dann würde ich denselben Schluss ziehen wie der Kollege von der Polizei: Menschenhandel. Was möchten Sie noch wissen? Kann ich Ihnen sonst irgendwie helfen?«

»Nein«, brachte Lona Mendt hervor.

»Falls doch, hier ist meine Nummer.«

Elling klemmte die Visitenkarte auf Seite 21 von *Owen Meany*. Als Lesezeichen.

Kosta und Radimir eskortierten sie wieder hinaus. Und wie bei ihrem Eintreffen wurden sie auch jetzt wieder von Heimkindern umringt.

Dimi war erneut heran und wand sich an den Größeren vorbei, um Lonas Hand zu ergreifen, die ihn wiedererkannte.

Seine Berührung riss sie aus ihren Gedanken um Sarah Minkova.

Er sprach sie auf Bulgarisch an.

»Was hat er gesagt?«

»Dass er Dimi heißt.«

»Ich kenne seinen Namen.«

»Und dass er lieb sein kann *und* still. Beides.«

Bevor Lona mit einer Antwort darauf reagieren konnte, wurde ihre andere Hand ebenfalls umfasst: ein Mädchen. Neun. Vielleicht zehn. Es sagte nichts, es lächelte sie nur hoffnungsvoll an. An ihrem Ringfinger steckte ein roter Ring.

Lona stoppte sofort ab und ging in die Hocke, so rasch, dass das Mädchen erschrak.

Die ganze Traube blieb stehen, und Radimir, der hinter ihnen lief, wäre um ein Haar gestolpert.

Elling erfasste sofort, weswegen sie in die Hocke gegangen war.

Lona wandte sich an Kosta: »Der Ring. Ich möchte wissen, warum sie den trägt. Woher sie ihn hat.«

Kosta nickte ihr zu und sprach das Mädchen in seiner Muttersprache an.

»Sie sagt, sie hat ihn gefunden«, übersetzte Kosta.

»Wo?«

»Auf ihrem Kopfkissen.«

Elling räusperte sich und ging jetzt neben Lona in die Hocke – auf Augenhöhe des Mädchens.

»Woher ist der Ring?«, fragte er auf Bulgarisch. Kosta und Radimir wechselten einen ernüchterten Blick. Und Lona traf das tief.

Elling, der um Punkt fünf den Stift im Büro fallen ließ, der über seine Verhältnisse gelebt und Geld genommen hatte. Der frei von Prinzipien schien und sich mit einer Polizeimarke in der Hand seinen Vorteil sicherte.

Aber der auch – notfalls am Gesetz vorbei – einer Gerechtigkeit zum Zuge verhalf, die ihm angemessen erschien, ja notwendig und geradezu zwingend.

Hier, in dieser schmalen Überschneidung, hatten sie sich unversehens und überrascht getroffen und sich gegenseitig gedeckt und füreinander das Gesetz gebrochen und die Haut für den anderen riskiert.

Sie hatten das nie in Worte gefasst, dafür erschien Sprache ihnen als zu grob. Und selbst wenn: Sie hatten die Gründe dafür ja selbst noch nicht begriffen.

Eines hatte Lona über Frank Elling als Gewissheit mitgenommen: dass er immer – *immer* – für eine Überraschung gut war.

Und in diesem Augenblick im Maria-Hilf-Heim bewahrheitete sich das erneut: Er sprach Bulgarisch.

»Ich hatte die Antwort wegen der Kinderstimmen nicht ganz verstanden«, erklärte Kosta seine falsche Übersetzung.

»Kann doch passieren«, ließ Elling ihn wissen, doch die bulgarischen Polizisten wussten, dass er log. Dass er ihnen Absicht unterstellte. Und dass er damit nicht falsch lag.

Das Mädchen antwortete, und Elling übersetzte ihre Worte für Lona.

»Den bekommen nur die besonderen Kinder.«

»Von wem bekommen die Kinder den Ring?«, fragte Lona sofort und Elling übersetzte.

»Er liegt auf dem Kopfkissen.«

»Und wer legt ihn dorthin?«

»Ich weiß nicht. Er liegt auf dem Kopfkissen, wenn man vom Abendessen kommt.«

»Was ist denn so besonders an den Kindern, die den Ring auf ihren Kopfkissen haben?«

»Sie kommen nicht zurück.«

30

29. NOVEMBER, ROSTOCK

Sie war sein Augapfel.

Und er mit ihr im Lindenpark, der wegen eines für diese Jahreszeit ungewöhnlichen Wetterhochs gut besucht war von jungen Eltern mit Kinderkarren, älteren Paaren, die einander stützend frische Luft schnappten und dabei von Joggern und Skatern überholt wurden und von den Nordic Walkern, die zur Hälfte die Stöcke falsch einsetzten.

Aber all das sah Martin Gruber heute nicht, denn er war ganz bei Lisa, die gerade in die 4. Klasse versetzt worden war.

Wie einige Großväter, die beim Aufwachsen der eigenen Kinder oftmals mit Arbeit und anderen Dingen beschäftigt gewesen waren, ergab sich auch für Gruber jetzt die Chance, jeden Schritt Lisas in die Welt und in ihr Leben zu verfolgen.

Sie war groß für ihr Alter. Das hatte sie ebenso von ihrem Vater wie ihre braunen Augen. Die dunkelbraunen Haare stammten von ihrer Mutter.

Grubers Schwiegertochter saß wegen eines Streiks der Lufthansa-Piloten in Lissabon fest, was nach Aussage von Grubers Sohn Stefan nicht der schlechteste Ort war, um ein, zwei Tage auf einen Ersatzflug zu warten. Und Stefan selbst wiederum, der mit 23 recht jung Vater geworden war, hatte ihn gebeten, sich drei Stunden um Lisa zu kümmern. Denn er selbst befand sich in einem wichtigen Geschäftstermin mit Vertretern der Geschäftsführung von VW. Zusammen mit drei anderen Kommilitonen aus dem Maschinenbau-Studium wollten sie den Managern einen Entwurf für ein Auto vorstellen, in dem es keinen Tank mehr gab – sondern einen riesigen Akku.

Gruber zögerte nicht. Er drängte sich nicht auf, aber er verbrachte gern Zeit mit seiner Enkelin. Er holte nicht nur nach, was er bei Stefan verpasst hatte, nein, sie war ihm ein regelrechter Jungbrunnen.

»Opa, soll ich dir mal zeigen, wie ich den Turm hochklettre?«

Sie deutete auf einen kleinen Holzturm hinter ihr auf dem Spielplatz, der von einem Dutzend Kindern bevölkert wurde. Überwiegend standen hier die dazugehörigen Mütter und rauchten oder unterhielten sich oder schauten auf ihre Handys.

Es gab auch zwei junge Männer, die ein Auge auf ihren Nachwuchs hatten, wobei einer von ihnen einen interessierten Blick auf die Mutter eines anderen Kindes warf.

Gruber selbst hatte auf einer der acht Parkbänke Platz genommen, die den Spielplatz in zwei Vierergruppen flankierten.

»Meinst du, dass du das schaffst? Das sieht so hoch aus«, antwortete er und spielte eine Besorgnis, die Lisa nur umso mehr anspornte.

»Ich kann das.«

»Na dann – Augenblick, warte mal, du hast da was.«

Sie blieb stehen, und er beugte sich vor und strich ihr ganz sanft über die Wange. Sanft.

Was für eine Haut. Sie würde erblühen, und er würde vergehen. Der Gang der Dinge.

»So: weg.«

Lisa lächelte und rannte los. Gruber sah ihr nach. Die flinken Beine, der Sprung vom Rand in den Sand. Wie ein junges Reh. Grazil, flink und voll unbändigem Bewegungsdrang.

Es war ihm eine Freude, ihr zuzuschauen. Nicht nur hier, auch sonst.

Gruber war kein gläubiger Mensch. Religion war ein Sedativum für jene, die ein Problem mit ihrer Sterblichkeit hatten. Aber wenn er Lisa betrachtete, manchmal auch in ihrem kindlichen Schlaf, die feinen Finger, die Wimpern, die Nasenflügel, die sich beim Ein- und Ausatmen sanft wölbten, ja, dann war vielleicht doch was dran an der göttlichen Schöpfung.

Während Lisa den Turm erreichte, nahm er aus den Augenwinkeln wahr, wie sich eine Gestalt auf der Bank rechts neben ihm niederließ.

Gruber sah hinüber und erkannte den großen Mann sofort. Vanja. 48 Jahre alt. Ein Kreuz wie ein Preisboxer, sodass sich die Nähte seines Mantels mit Fischgrätenmuster an seinen Schulterblättern bedenklich spannten. Dazu schwarze, gefütterte Stiefel und eine schwarze Hose. Ein fein gestutzter Vollbart und eine Tätowierung auf der linken Halsseite. Angeblich sollte es ein Wappen sein.

»Was für ein Wappen denn?«, hatte Gruber bei ihrem ersten Treffen gefragt.

»Von meinen Vorfahren.«

»Ah ja.«

Für Martin Gruber sah es aus, als habe der Tätowierer es völlig vermurkst, aber Tattoos und Heraldik zählten nicht zu seinen Steckenpferden.

Vanja jedenfalls blickte unverwandt nach vorn, auf den Spielplatz. Dabei rauchte er eine.

So war es ausgemacht.

Wenn irgendeine Kamera sie gerade aufzeichnete, war für niemanden erkennbar, dass sie sich miteinander unterhielten. Außer für Lippenleser vielleicht, die jetzt langsam in der 1. Fußball-Bundesliga Einzug hielten. Aber noch nicht hier, bei der Polizei. Und wenn, wäre Gruber einer der ersten Polizeibeamten gewesen, der davon erfahren hätte.

Jetzt, da man mit Handys auch Fotos schießen konnte, tat das bald jeder. Und eine Gesellschaft, die sich einer Volkszählung vehement widersetzt hatte, um einer permanenten Überwachung zu entgehen, schuf nun aus Bequemlichkeit den perfekten und mehr und mehr lückenlosen Überwachungsstaat – sie trug das Instrument ihrer Überwachung Tag und Nacht freiwillig mit sich.

»Was gibt's?«

»Da sind zwei aus der Rostocker Kripo in Sofia aufgetaucht. Im Maria-Hilf-Heim.«

»Sagt wer?«

»Petko.«

Gruber seufzte kaum hörbar.

»Lona Mendt und Frank Elling«, sagte er dann und registrierte am äußersten Rand seines Gesichtsfelds, wie Vanja dem Impuls widerstand, ihn anzuschauen.

»Du kennst die?«

»Nein. Ich weiß, dass sie in Lickow waren.«

Eine Frau mit einem Pudel näherte sich von rechts.

Beide Männer schwiegen daraufhin.

Natürlich wirkte das etwas albern, aber ein Abhörteam würde

natürlich keinen Mitarbeiter mit einer Tonangel vorbeischicken. Sondern was Unauffälliges.

»Also, sind das die beiden?«

Vanja nickte.

Lisa hatte die Hälfte des Turms erklommen und sah sich nun über die Schulter und winkte ihrem Großvater zu. Grubers Miene hellte sich prompt auf, und er winkte zurück.

»Gut! Bravo!«

Lisa widmete sich wieder ihrem weiteren Aufstieg.

»Nettes Kind«, fand Vanja.

»Dich hat niemand gefragt.«

Vanja sah nicht aus wie jemand, der sich von irgendjemandem den Mund verbieten lassen würde, aber nun nickte er.

»Ist das nah?«

Martin Gruber holte tief Luft und machte jetzt eine Ausnahme ihrer Abmachung, indem er Vanja direkt ansah, der den Blick nun erwiderte.

Martin Gruber nickte.

Vanja blies die Wangen auf wie jemand, der sich eine bessere Antwort gewünscht hatte.

»Ist es *zu* nah?«

»Oktober 1917«, antwortete Gruber. »Lenin hat Zürich in Richtung Russland verlassen. Was, wenn das nie passiert wäre?«

Vanja wirkte nicht verdutzt, sondern nachdenklich.

»Keine Revolution«, gab er zurück.

Gruber nickte: »Ja. Und jetzt stehst du auf und gehst.«

Vanja schluckte kurz, und dann tat er genau das und entfernte sich.

»Opa!«

Gruber sah zum Turm, dessen Spitze Lisa gerade erreicht hatte. Sie winkte ihm begeistert zu. Martin Gruber winkte zurück.

»Großartig!«, rief er.

Und während Lisa Gruber sich an den Abstieg machte, warf ihr Großvater Vanja noch einen Blick hinterher. Vanja Kirov.

31

3. JANUAR 2007, ROSTOCK

Das Wasser der Unterwarnow kräuselte sich nur ein wenig, obwohl der Wind eisig aus Osten über das Hafenbecken pfiff.

Maja Kaminski setzte das erste Mal mit der Kabutzenhof-Fähre über: ein kleines Schiffchen, eher ein Boot mit ein paar überdachten Sitzplätzen, das das Zentrum von Rostock mit dem gegenüberliegenden Ufer verband.

Sie klappte den Kragen ihrer Jacke hoch und senkte den Kopf so weit nach unten, dass wenigstens ihr Kinn bis zur Unterlippe Schutz hinter dem Stoff fand.

Ihre Hände steckte sie tief in die Seitentaschen, aber in den acht Minuten, die die Überfahrt in Anspruch nahm, hatte sie das Gefühl, ihr würden die Ohren erfrieren.

Maja Kaminski hatte sich diese Überfahrt nicht freiwillig ausgesucht. Sie war einer fixen Idee von Staatsanwalt Rost entsprungen.

Er wollte für den Rapport, den sie ihm am Telefon verschlüsselt angekündigt hatte, auf Nummer sicher gehen.

Mit ihr setzte eine türkische Mutter mit Kopftuch (um das sie sie bitterlich beneidete) und deren kleine Söhne über. Die Jungs unterhielten sich auf Deutsch, aber wenn die Mutter sich an sie wandte, sprachen sie türkisch.

Die anderen Fahrgäste bestanden aus einem Ehepaar, das dick eingepackt war und ständig lächelte und Fahrräder dabeihatte. Auf Maja wirkten sie und ihre gute Laune unverwüstlich.

Außerdem war da noch ein alter Mann mit einer Helmut-Schmidt-Mütze und einer Pfeife, deren Tabakglut der Wind längst ausgeblasen hatte.

Als sie in Gehlsdorf anlegten und Maja Kaminski zusammen mit den anderen wieder Boden unter den Füßen hatte, war weit und breit kein Simon Rost zu sehen. Dafür setzte Schneeregen ein.

Erst als alle anderen Fahrgäste von der Bildfläche verschwunden waren und die Fähre mit jenen ablegte, die hier in Gehlsdorf auf ihre Überfahrt nach Rostock gewartet hatten, kam er hinter einem der Container hervor. Immerhin hatte er auch knallrote Ohren und rieb sich die klammen Finger. Über seinem Anzug trug er einen beigefarbenen Trenchcoat, dessen Gürtel im Wind flatterte.

Mit einer Geste bat er sie zu sich.

»Gut, dass es geklappt hat.«

»Mir ist saukalt.«

»Ja, kommen Sie.«

Er führte sie hinter den Container, wo er seinen Privatwagen abgestellt hatte.

Als sie darin einstiegen und mit dem Zuklappen der Türen dem Pfeifen des Windes ein Ende bereiteten, seufzte Maja. Im Innenraum war es allerdings nicht viel wärmer als draußen.

»Hatten Sie die Heizung nicht an bei der Herfahrt?«

»Genau. Der Wagen verbraucht dann weniger.«

»Könnten Sie bitte losfahren oder wenigstens den Motor starten?«

Rost widerstrebte es, aber er verstand, drehte den Zündschlüssel um und fuhr los. Nach hundert Metern bog er auf eine Landstraße ab, die die Unterwarnow nach Süden begleitete. Maja drehte die Klimaanlage auf 24 Grad, was Rost zu einer schmerzlichen Grimasse veranlasste. Den Impuls, die Temperatur sofort wieder runterzudrehen, unterdrückte er.

»Also.«

»Die Kurzform: Sie hatten recht. Herr Dudek hat nach unserem Besuch im Seeheim vorgegeben, eine Privatangelegenheit erledigen zu müssen, die nicht warten kann.«

»Was vermutlich ein Vorwand gewesen ist.«

»So ist es. Herr Dudek ist relativ zielstrebig zu einer Buchhandlung am Hauptbahnhof gegangen und hat sich dort umgesehen. Aber nicht nur er – auch Martin Gruber vom Landeskriminalamt hat sich eine Ebene höher dort eingefunden. Die haben auf etwas gewartet, nach etwas Ausschau gehalten. Vor ihnen muss aber Sarah Minkova dort gewesen sein.«

Rost merkte auf: »Sarah Minkova? Sind Sie sicher?«

»Absolut. Sie hatte sich gegenüber von der Buchhandlung in der Kabine eines Automaten für Passfotos versteckt.«

»Vielleicht, als sie gesehen hat, dass Gruber oder Dudek kommen?«

»Dann müsste sie beide kennen. Vor Dudek hat sie direkt Reißaus genommen. Bei Gruber bin ich mir nicht sicher, ob sie ihn schon mal gesehen hat. In der Situation war einfach klar, dass er sie verfolgt, und das Mädchen hat intuitiv die Flucht ergriffen.«

Rost warf ihr beim Fahren einen Seitenblick zu: »Und was hat die Flucht des Mädchens aus der Kabine bei der Buchhandlung ausgelöst?«

»Ich weiß es nicht. Vermutlich …«

»Ja?«

»Vermutlich schon, dass Sie Dudek erkannt hat.«

»Und er sie?«

Maja nickte: »Ja, er sie. Sarah ist weggegangen. Er hat sie erkannt und mit ihrem Namen nach ihr gerufen, Und dann ist sie losgerannt. Weg von ihm.«

Rost nickte und atmete einmal tief durch. Maja erkannte einen Menschen neben sich, den die Bestätigung seines Verdachts nicht mit Genugtuung erfüllte, sondern mit einer tiefen Traurigkeit. Sie empfand das unpassende Bedürfnis, ihn zu trösten.

»Und hat *Sie* jemand bemerkt, Frau Kaminski?«

Maja Kaminski deutete ein Kopfschütteln an und hielt ihre kalten Finger direkt vor die Lüftungsschlitze des Gebläses.

»Nein, definitiv nicht. Aber ich kann Ihnen sagen, dass dieses Kind es geschafft hat, abzuhauen. Ich weiß nicht, wo es jetzt ist. Aber immerhin … ist Sarah Minkova am Leben.«

»Und geht nicht zur Polizei«, stellte Rost fest.

»Und geht nicht zur Polizei«, bestätigte Maja Kaminski.

Rost fuhr rechts ran – wenigstens ließ er den Motor laufen.

»Wieso nicht? Was denken Sie?«

»Vielleicht hat sie mit der Polizei grundsätzlich schlechte Erfahrungen. Oder die Leute, auf die sie hört, sagen ihr, dass sie sich besser nie an uns wendet. Oder …«

Maja Kaminski stockte.

»Ja?«

»Natürlich.«

»Was?«

»Natürlich hat sie mit der Polizei schlechte Erfahrungen – die Männer, die sie abholen sollten, haben sich als Polizisten ausgewiesen. Und dann alle umgebracht. Selbst Sie, Herr Rost, oder ich wären mindestens verunsichert, an wen wir uns nach so einem Massaker wie im Zeugenhaus noch wenden könnten. Sarah ist 12 Jahre alt. Sie ist ein Kind. Sie differenziert das vermutlich nicht so wie wir. Polizisten sind für sie böse Leute.«

»Ja, aber Lona Mendt und Frank Elling waren auch Polizisten.«

»Sie traut eben vorsichtshalber gar keinen Polizisten mehr … kann man ihr ja auch nicht verdenken.«

Rost nickte: »Ja, das ist ein Punkt. Gute Arbeit jedenfalls, danke.«

Damit lagen die Fakten auf dem Tisch, und sie überließen sich für ein paar Augenblicke dem Schweigen, um in Ruhe die logischen Schlüsse aus dieser Bestandsaufnahme zu ziehen.

»Das Mädchen war am Hauptbahnhof«, begann Simon Rost, als er an einer roten Ampel stoppen musste. »Aber warum? Und Dudek war mit Ihnen im Seeheim und musste plötzlich privat eine Auszeit nehmen. Woher hat er gewusst, wo er Sarah Minkova findet? Wer hat ihn angerufen?«

»Die Nummer ist unterdrückt«, antwortete Maja. »Ich habe vor 15 Minuten die Einzelverbindungsübersicht überprüfen lassen. Der Anruf war anonym, und er muss Herrn Dudek erreicht haben, als er draußen vor dem Seeheim auf mich gewartet hat.«

»Also«, folgerte Simon Rost, »gibt es jemanden, der zu einer bestimmten Uhrzeit weiß, wo Sarah Minkova sich gerade befindet – am Hauptbahnhof nämlich. Woher? Hat er sie dort gesehen?«

»Unwahrscheinlich. Hauptbahnhof. Kommen und Gehen. Man muss ja damit rechnen, dass das Kind jeden Augenblick in irgendeinen Zug steigt. Oder den Bahnhof wieder verlässt. Der Anruf macht nur Sinn, wenn derjenige, der ihren Standort durchgibt, nicht vor Ort ist.«

»Woher weiß er es dann?«

»Die Überwachungskameras?«

»Oder von ihr.«

Maja Kaminski merkte auf: »Von ihr?«

Rost nickte wie jemand, der sich seiner Sache ziemlich sicher war: »Ja, von ihr. *Sie* wusste, wo sie war. An die Polizei, wie Sie richtig sagen, wendet sie sich nicht mehr. Aber offensichtlich hat sie niemanden, bei dem sie untergekommen ist.«

»Oder sie ist vor demjenigen geflohen.«

»Oder das. Wenn sie die Anruferin war, die ihren Standort selbst preisgegeben hat, dann vermutlich, weil sie in irgendeiner Form Hilfe gebraucht hat.«

Maja war selbst davon überrascht, wie ihr mit einem Mal die Augen feucht wurden. Nach einem traumatischen Massaker in dem Zeugenschutzhaus allein in einer wortwörtlich bitterkalten und fremden Großstadt. Viel verlassener konnte man sich kaum fühlen.

Jetzt, im Nachhinein, tat es ihr noch mehr leid, am Bahnhof nicht schneller gewesen zu sein. Dann wäre das Kind jetzt bei ihr und in Sicherheit.

»Entweder hat Gruber den Hinweis auf ihren Aufenthaltsort erhalten und anschließend Dudek kontaktiert oder andersherum. Jedenfalls haben sich beide am Hauptbahnhof eingefunden«, unterbrach Rost ihre Gedanken.

»Wenn das stimmt«, antwortete sie, »dann hat der Tippgeber Sarah Minkova verraten.«

»Viel entscheidender ist für mich die Frage, was Martin Gruber von dem Kind will.«

»Sie ist doppelte Zeugin«, erinnerte Maja Kaminski ihn. »Sie hat etwas gesehen, wofür sie vor Gericht aussagen sollte. Und sie ist Augenzeugin des Überfalls auf das sichere Haus am Hohensprenzer See.«

Simon Rost nickte und bog in eine öffentliche Tiefgarage ab.

»Warum lässt Hagen Dudek, ein unbescholtener Kollege, sich auf so was ein? Geld? Was hat Martin Gruber gegen ihn in der Hand, dass er Dinge tut, die er vermutlich normalerweise nicht tun würde? Finden Sie es raus.«

Der Staatsanwalt fuhr in eine Parklücke direkt gegenüber den Fahrstühlen. Er ließ den Motor laufen.

»Und wie stellen Sie sich das vor?«, fragte Maja.

»Wenn es nichts Dienstliches ist, das man gegen ihn verwenden kann – und da gibt es nichts, seine Personalakte ist blütenweiß –, dann muss es sich zwangsläufig um was Privates handeln.«

Mit diesen Worten entließ er sie in der Tiefgarage, in der sie ihren Wagen nur zwei Etagen höher abgestellt hatte, bevor sie mit der kleinen Fähre zu ihm nach Gehlsdorf übergesetzt war.

»Ich hoffe, es war nichts Ernstes«, sagte Maja seelenruhig, als sie Hagen Dudek ganz in der Nähe des Hauptbahnhofs aufgabelte und er bei ihr einstieg.

»Nein. Es war nur ein ziemliches Gehetze«, gab er zurück.

Maja musste sich ein Schmunzeln verkneifen. Sie mochte seinen Sinn für Humor.

Wer über sich selbst lachen konnte, konnte kein schlechter Mensch sein, wie Kilian immer sagte, und Kilian konnte nicht über sich selbst lachen.

Maja Kaminski nahm den Weg zurück zum Seeheim, während der Berufsverkehr zeitgleich mit einem Sturmtief einsetzte und weggeworfenen Kleinstmüll vor sich hertrieb.

Das Revier, in dem Wiegbold die verschwundenen Kinder gemeldet hatte, befand sich in einem zweigeschossigen, rechteckigen Bau. Neben dem Finanzamt Rostock und dem Ministerium für Finanzen des Landes Mecklenburg-Vorpommern.

»Immerhin kurze Wege bei Wirtschaftsdelikten«, befand Dudek, während sie bei einer schnellen Zigarette, die das Sturmtief ihnen streitig machte, auf das Revier zugingen.

Drinnen wiesen sie sich bei einer jungen Kollegin der Schutzpolizei aus, auf die es noch Eindruck machte, mit Mitarbeitern des Landeskriminalamts oder der Bundespolizei zu tun zu haben. Im Gegensatz zu ihrem Chef, dessen genervter Blick nicht ihnen galt, sondern den vielfältigen Untiefen, unglücklichen Zufällen und Gemeinheiten des Alltags. Von einer sich widersetzenden Büroklammer bis zu einem erfrorenen Obdachlosen. Dem morgendlichen Stau, den Launen seiner Frau und der freizügigen Art, wie seine Tochter sich kleidete. Ihm ging es nicht um das große Ganze, Überbevölkerung, Weltfrieden, Sieg über den Krebs und so weiter, sondern ihm reichten schon all die kleinen Ärgernisse, die die Vorkommnisse in seinem Revier ihm auf den Schreibtisch spülten.

Polizeiobermeister Lehmann war mal ein Bär gewesen, aber die deftige Hausmannskost seiner Frau und die Legionen Feierabendbiere hatten ihn etwas aus dem Leim gehen lassen (auch so ein Ärgernis). Mit seinen knapp zwei Metern war er aber immer noch eine imposante Erscheinung.

Lehmann hatte das Viertel fest im Griff. Er war hier groß geworden, er war Ringer gewesen, er kannte die Nöte der Kleinen und der Großen. Er hatte ein Herz, er gab jedem eine Chance. *Eine.*

Aber er griff auch durch. Es gab Delikte mit Kindern oder Frauen, da gab es kein Pardon.

Und, ja, er konnte es nicht leiden, wenn studierte und sauber gescheitelte Köpfe aus höheren Dienststellen hier vorbeischauten und meinten, ihm erzählen zu müssen, wie der Laden lief.

Leute, die halb so alt waren wie er, die das Doppelte oder gar Dreifache seiner Besoldungsstufe verdienten und die bei all dem Theoretisieren und Lesen über Täterpsychologie nicht bemerkten, wenn ein Taschendieb ihnen die Brieftasche stahl.

»Polizeihauptmeister Lehmann – Kriminalhauptkommissarin Frau Kaminski von der Bundespolizei und Kriminalhauptkommissar Herr Dudek vom Landeskriminalamt«, stellte die Schutzpolizistin sie einander vor.

Worauf Lehmann sich vom Schreibtisch erhob.

»Erfreut«, sagte er genervt.

Ja, Herr Wiegbold hatte ihnen die Wahrheit erzählt, wie Lehmann bestätigte. Pflichtbewusst meldete er jeden Einzelnen seiner Abgänge hier auf dem Revier. Name, Uhrzeit, Aufenthalt im Seeheim. Wer wann wo das Kind zuletzt gesehen hat und so weiter.

Und ja, Ende November waren die Kollegen Mendt und Elling hier und hatten bereits ähnliche Fragen im Gepäck und ähnliche Nachforschungen angestellt.

»Die sind ja jetzt leider ums Leben gekommen, wie man hört. Sind das Kollegen von Ihnen?«

»Nein, nicht direkt. Wir versuchen nur, einige der Ermittlungen, in die sie involviert gewesen sind, abzuschließen«, formulierte Maja absichtlich vage.

»Da verschwinden im Seeheim ja auffallend viele Heiminsassen«, sagte Dudek.

Der Polizeihauptmeister bedachte ihn mit einer leicht genervten Miene: »Haben Sie mal einen Blick auf die Statistik geworfen, Herr Dudek?«

»Nein.«

»Wie auch? Gibt ja keine«, ließ Lehmann ihn mit einem schmerzlichen Grinsen wissen. »Also: unter all den Heimen, in denen unbegleitete Minderjährige zu ihrem Schutz untergebracht werden, sticht das Seeheim mit seinen Abgängen bundesweit nicht besonders hervor. Sicher könnten die Abgleiche noch verbessert werden.«

»Was denn für Abgleiche?«, fragte Maja Kaminski.

»Also: einige dieser Ausreißer werden in einer anderen Stadt aufgelesen und kommen dann dort in das nächste Heim. Der Abgleich unter den Heimen hat da noch Nachholbedarf. Aber natürlich sind die personell unterbesetzt und schieben solche Sachen auf. Gilt übrigens auch für die Polizeidienststellen. Wenn die Jugendlichen, die hier in Rostock abhauen, wenn die zum Beispiel in Hamburg auftauchen, dann wird das auch nicht ständig unter den Revieren abgeglichen. Hauptsache, die sind wieder da und leben noch.«

»Also, wir haben hier zwei«, sagte Maja Kaminski und zeigte dem Mann die Fotos von Boris Lazarov und Sarah Minkova. Lehmann nickte beim Anblick des Mädchens sofort. Das Foto von Boris Lazarov musste er sich genauer anschauen, bis auch das ein Wiedererkennen hervorrief.

»Ja, hat Herr Wiegbold beide gemeldet. Ich habe die Namen jetzt nicht parat, aber wir haben sie im Rechner.«

»Und dann?«, fuhr Hagen Dudek fort. »Herr Wiegbold meldet ein Kind als vermisst. Sie nehmen die Anzeige auf. Die Anzeige landet im Zentralrechner. Das Kind ist im ganzen Land als vermisst gemeldet. Und dann? Welche Schritte werden hier unternommen?«

»Keine«, sagte Lehmann.

Majas Kinnlade fiel ein wenig hinunter, und Dudek begann zu blinzeln und die Stirn in Falten zu ziehen, weil er sich sicher war, dass er ein relevantes Detail überhört haben musste.

»Wie? Sie müssen doch Schritte unternehmen, um ein vermisstes Kind zu finden!«, sagte Maja Kaminski.

Aber der Polizeihauptmeister schüttelte den Kopf: »Nein.«

Hagen Dudek war ohnehin jemand, der immer auf eine gute Körperhaltung bedacht war. Vielleicht war er mal Tanzlehrer gewesen, überlegte Maja, aber nun durchlief ihn noch einmal eine besondere Körperspannung. Und obwohl er ein wenig kleiner war als der 2-Meter-Mann Lehmann vor ihm, schien er nun ebenso groß zu sein.

»Aber wenn ein Kind abhandenkommt, muss doch die Hölle los sein.«

»Nein.«

»Nein?«

»Nein. Wenn die Kinder jetzt Moritz heißen oder Leonie oder so, vielleicht auch noch Ahmet, dann wäre die Hölle los. Dann würde das Telefon«, er deutete mit einer energischen, wütenden Handbewegung auf das Telefon auf seinem Tisch, »dann würde das nicht mehr stillstehen, weil die Eltern am Apparat sind. Aber bei diesen Kindern, Sarah und Boris oder den anderen, da klingelt das Telefon nicht. Die Eltern sind nämlich nicht da. Vielleicht sind sie tot, vielleicht sind sie auch hier, vielleicht sind sie schon wieder in ihrer Heimat, was weiß ich. Aber das Telefon … das klingelt bei diesen Kindern nicht.«

Die Empörung über diesen unerhörten Umstand fand ihren Ausdruck in der Lautstärke, mit der der Mann sprach.

»Warum nicht, was denken Sie?«

»Weil es die Eltern nicht kümmert. Weil die Eltern ihre Kinder für ein besseres Leben verschachert haben. Weil die Eltern nicht wissen, wo ihre Kinder sind«, zählte er immer lauter werdend auf und endete in einem Crescendo: »Oder weil die Kinder gar keine Eltern mehr haben!«

Da stand er vor ihnen, groß, hochroter Kopf mit einer pulsierenden violetten Ader, die sich vertikal über seine Stirn erstreckte.

»Ohne Ihnen nahetreten zu wollen, wir …«

»Nahetreten zu wollen? Sie stehen mir in meinem Büro ja schon auf den Zehen. Sie spucken hier in meinen Teich. Alles, was Sie sagen, unterstellt mir dienstliche Versäumnisse.

Ich will mal kurz was klarstellen: Ich bin nicht schuld am Verschwinden dieser Kinder. Mein Job ist es unter anderem, hier auf diesem Revier Prioritäten zu setzen. Und verschwundene Kinder, die niemand vermisst außer einem Heimleiter, gehören nicht dazu. So hart das in Ihren Ohren auch klingen mag.«

»Aber … solche vermissten Kinder könnten doch einem Verbrechen zum Opfer gefallen sein«, wandte Kaminski ein.

»Natürlich. Möglich.«

Sagte es und machte dabei keinesfalls das Gesicht eines Mannes, der das wirklich für möglich hielt: »Ich kann nicht allen Vermisstenfällen aus Jugendheimen nachgehen. Da hätten wir ja nichts anderes mehr zu tun.«

Und da seine Worte zu den beiden offenbar nicht durchdrangen und die Fassungslosigkeit partout nicht aus ihren Gesichtern wich, sah er sich genötigt, noch ein wenig nachzuhelfen: »Die meisten, die weglaufen, *wollen* nicht zurück. Die wollen hierbleiben, in Deutschland. Die haben zu essen, ein Dach über dem Kopf, verdienen Geld. Wenn ich die irgendwo bei einem Einsatz finde, schicke ich die zurück.

Aber die Erfahrung zeigt: in drei Wochen laufen die hier wieder rum. Und wir können denen nichts. Wir liefern sie nur wieder im Heim ab. Und ein paar Tage später sind sie dann wieder verschwunden. Ich habe nicht das Personal, um diesen Quatsch mitzumachen.«

Als Maja und Dudek daraufhin einen Blick wechselten, war unausgesprochen klar, dass es nicht hauptsächlich am Willen aller Beteiligten lag, wenn die Schützenswertesten ihrem Schicksal überlassen wurden, sondern am System.

»So bitter das ist«, schob Polizeihauptmeister Lehmann nun nach und sprach damit aus, was sie dachten.

»Und … die Kriminalhauptkommissare Mendt und Elling«, fragte Maja Kaminski daraufhin, »haben die sich noch zu dem Fall geäußert, in dem sie ermittelt haben?«

Lehmann schüttelte den Kopf.

»Für die war das auch eine Sackgasse«, stellte Hagen Dudek fest, als sie das Revier in Rostock-Lichtenhagen wieder verließen.

Sie fassten auf dem Weg in Richtung Auto den Stand der Ermittlungen zusammen: Boris Lazarov war aus Sofia – möglicherweise via Polen – nach Rostock geschleust worden. Sein Transport flog auf, und er kam ins Seeheim. Das hatte er kurz darauf selbstständig verlassen. Und Monate später wurde er tot mit einem roten Ring im Bauch bei Lickow gefunden.

»Meinen Sie, Sie könnten mich zu Hause absetzen?«, fragte Hagen Dudek, als sie beide Majas Wagen erreichten. »Ich kann mein Auto heute nicht mehr auslösen und … ach was, ich nehme ein Taxi.«

»Gar kein Problem.«

»Wirklich, Sie haben ja auch Feierabend, Frau Kaminski, ich nehm ein Taxi.«

»Ich fahr Sie gerne.«

»Ja?«

»Ja. Ich bin neu hier, und dann sind Sie mir ein Abendessen oder so schuldig.«

Maja bemerkte, wie er sie von der Seite kurz musterte. Ob das ein Scherz war oder der erste Schritt eines … Kennenlernens.

Er nickte, entledigte sich seines Mantels, krempelte ihn um und deponierte ihn auf der Rückbank, bevor er einstieg und sie losfuhren.

»Mögen Sie es, wenn Leute Ihnen was schulden?«

»Ja.«

»Ist mir auch lieber als andersherum.«

»Wohin?«

»Einfach die Bertolt-Brecht-Straße weiter nach Süden.«

»Prima, dann liegen Sie ja auf dem Weg.«

»Dann wird's auch nur eine Currywurst.«

Nach zweihundert Metern stoppte Maja Kaminski an einer roten Ampel. Und ihnen gegenüber eine reguläre Polizeistreife.

Der heftige Wind, der eben noch an den kahlen Ästen der Bäume gerüttelt und sie gebogen hatte, erstarb. Mitten in diese Windstille hinein läuteten die Glocken aller Kirchen in Rostock. Einige Passanten auf den Straßen schauten auf ihre Armbanduhren und sahen sich dann ratlos um und begannen miteinander zu sprechen.

Maja Kaminski wusste wieso: die Uhr auf dem Armaturenbrett zeigte 18:12 Uhr.

Erst langsam drang das Läuten der Glocken in das Bewusstsein von Hagen Dudek, der sich keinen Reim darauf machen konnte. Erst, als die zweiköpfige Besatzung des Polizeiwagens gegenüber an der Kreuzung ausstieg und in ihren Polizeiuniformen neben ihrem Dienstfahrzeug Haltung annahm, verstand er.

»18:12 Uhr«, sagte er.

»Das ist der Todeszeitpunkt von Frau Mendt«, sagte Maja.

Sie betätigte den Warnblinker, dann nahmen sie in einem wortlosen Einvernehmen neben dem Auto ebenfalls Haltung an. Dudek legte die Hände ineinander und blickte zu Boden. Maja Kaminski schaute nach vorne. Sie fokussierte nichts Bestimmtes, sondern ihr Blick ging in die Weite.

Es war die Schweigeminute für die vier toten Polizisten: Azra Ösker, Rainer Mertens, Lona Mendt und Frank Elling.

»Ich überlege ja, noch mal für ganze zwei Monate nach Neuseeland zu gehen«, begann Maja Kaminski, während Dudek sie anschließend durch den Feierabendverkehr lotste. »Vermissen Sie nicht auch den Kingtiger?«

Er musste grinsen. Und nickte dann: »Doch, ja. Kann ich mir sehr gut vorstellen, da noch mal hinzufliegen.«

»Ist natürlich auch eine Kostenfrage«, fügte Maja Kaminski hinzu.

»Ja, das ist es ja immer. Aber ich bin durch den frühen Tod meiner Eltern recht gut gepolstert. Es ist eigentlich eher ein Mangel an Zeit oder Gelegenheit, der meine Schwester und mich davon abhält. Die zweite links, bitte.«

Simon Rost hatte ja bereits Dudeks finanzielle Situation durchleuchtet. Und war zu dem Ergebnis gekommen, dass Dudek diesbezüglich nicht anfällig war.

Wie sollte sie Einblick in das Privatleben des Kollegen auf Zeit gewinnen? Wie stellte Simon Rost sich das vor? Dudek war geschieden – hatte Rost intendiert, sie könnte persönliches Interesse an ihm vortäuschen?

Vielleicht lud er sie ja noch zu sich ein. Als kleines Dankeschön für die Mitnahme.

»Und jetzt wieder links. Das da an der Ecke ist es, da können Sie mich bitte rauslassen.«

Maja war angenehm überrascht. Sie hatte ein Haus erwartet, das vor nicht allzu langer Zeit in einer Neubausiedlung errichtet worden war. Vor zehn oder fünfzehn Jahren. Mit Ligusterhecken und einem Carport. So, wie die Häuser gegenüber von Frau Sonnemann. Mit den pinscherhohen Hecken.

Die Straße war allerdings gesäumt von alten, mehrgeschossigen Häusern. Überwiegend aus rotem Backstein. Mit großzügigen Balkonen. Und immer mit Erkern. Dasjenige, vor dem sie ihn absetzte, reihte sich mit seinen hohen Fenstern nahtlos in die Nachbarschaft ein. Alter, kräftiger Baumbestand schützte das Haus vor neugierigen Blicken.

Maja konnte es sich also nur über die Details erschließen, die sie sah, und stoppte das Auto.

Vielleicht, dachte sie, fiel es ihm schwerer, sie nicht noch auf ein Glas einzuladen, wenn sie ihm seinen Mantel draußen selbst übergab?

Also stieg sie schnell aus, öffnete die hintere Tür und hob Dudeks Mantel an. Dabei glitt seine schwarze Lederbrieftasche hinaus und auf die Rückbank. Auf der anderen Seite schloss Hagen Dudek gerade die Tür und warf einen Blick auf das Haus, in dem Licht brannte.

Intuitiv griff Maja Kaminski nach der Brieftasche und schob sie unter den Fahrersitz. Ganz so, als hätte die sich während der Fahrt von selbst aus der Brusttasche gelöst und wäre runtergefallen. Dann ging sie um das Heck des Wagens herum und überreichte ihm seinen Mantel.

»Sehr nett, danke«, sagte Hagen Dudek und nahm ihn dankbar entgegen. Und genau dann entspann sich zwischen ihnen jener Augenblick, auf den Kaminski gesetzt hatte.

Dudek nickte ihr mit einem Lächeln zu: »Jetzt kommt zum Abendessen noch ein feiner Digestiv dazu. Danke fürs Nach-Hause-Bringen und … bis morgen.«

Sie lächelte tapfer zurück. Trotz der Zurückweisung, die seine Worte bedeuteten und die sie nicht kränken konnten, weil sie beruflicher Natur waren und es dennoch taten, weil Dudek es ebenso gut privat gemeint haben könnte. Wahrscheinlich sogar.

Zwei Straßen weiter stoppte Maja Kaminski und inspizierte den Inhalt seiner Brieftasche: 210 Euro Bargeld, drei Kreditkarten, eine Debit-Karte. Führerschein, Personalausweis, Organspendeausweis, Kfz-Schein. Ein analoges Foto. Mit einem jüngeren Hagen Dudek auf einer Hollywood-Schaukel und einer jungen Frau auf dem Schoß. Beide lächeln in die Kamera. Vielleicht seine geschiedene Frau?

Er sah darauf ausgesprochen gut aus. Maja sprang nicht unbedingt auf Männer in Anzügen an, aber ihr gefiel, wie gepflegt er war.

Sie verspürte zunächst den Impuls, augenblicklich umzudrehen und bei ihm zu klingeln, um ihm die Brieftasche zurückzugeben und sich so möglicherweise doch noch eine Einladung auf ein Glas Wein zu verschaffen.

Doch Dudek würde das Fehlen des Portemonnaies sicherlich bald bemerken und dann schnell darauf kommen, dass er es vielleicht in ihrem Wagen verloren haben könnte. Sie würden zusammen in dem Auto suchen, und sie, Maja, würde die Brieftasche »finden«, und er wäre dankbar und würde sie zum Essen einladen. So würde sie es machen.

32

1. DEZEMBER 2006, SOFIA

Frank Elling wurde wach und schlug die Augenlider nicht auf. Er lächelte in sich hinein. Hochzufrieden.

Elling stellte sich vor, Wolff, Parkinson und White seien drei ältere Herren mit Jacketts und Westen und vielleicht Taschenuhren und einer mit Zigarre. Die ihm wohlgesinnt waren, weil er aus irgendeinem unerfindlichen Grund ihr Trio zu einem Quartett erheben würde.

Sie saßen in einem Laden, der einem Wiener Kaffeehaus ähnelte. An einem Tisch vor einem Fenster, das bis zur Decke reichte und gemütlichen Polstermöbeln, in denen man aufpassen musste, dass man nicht darin versank (und möglicherweise verschluckt wurde). Sie tranken Kaffee und Tee (aber mit Schuss).

Einer der drei, Wolff, schob ihm ein Buch über den Tisch, als er sich setzte: *Owen Meany*. Von Irving.

»Glauben Sie an das Schicksal, Herr Elling?«

»Nein.«

Nein, daran glaubte er wirklich nicht. Jeder Theorie oder Bewegung, die ihm unter dem Vorwand der Fürsorge das eigenständige Denken abnehmen wollte, misstraute er zutiefst, allen voran jeglicher Religion. Denn das geschah nie aus Fürsorge, sondern aus Kalkül.

White beugte sich vor: »Denken Sie, Sie verlassen den Planeten besser, als Sie ihn vorgefunden haben?«

Die Frage hatte ihre Tücken.

»Ist das begrenzt, also zum Beispiel gibt es eine Extra-Kategorie wie ein Grillfeuer im Landschaftsschutzgebiet? So was?«

»Nein«, antwortete Parkinson. »Es gilt insgesamt: verlassen Sie diese Welt als ein besserer Mensch?«

»Ja, doch. Vermutlich. Aber: Ich will sie gar nicht verlassen.«

Die drei Männer lächelten nachsichtig.

Jemand hustete.

Aber das war keiner der drei. Und er selbst war es auch nicht.

Elling, der sein Aufwachen geträumt hatte, wachte auf. Es war Lona, die gehustet hatte. Ihr Kopf lag seitlich auf seiner Brust und seine Hand ruhte auf ihrer Schulter, die Fingerspitzen in ihrem Nacken. Kurz stutzte er, aber … nein, sie waren angezogen.

Sie waren angezogen und lagen in seinem Bett im Edem.

Lona Mendt hustete erneut.

»Guten Morgen«, sagte er sanft.

»Ja.«

Sie kam hoch und sah ihn an, wie er da lag, und in ihren Blick schlich sich eine unschuldige Zärtlichkeit. Sie kann mit Blicken behüten, wusste Elling.

»Ich muss was essen. Soll ich dir Kaffee mitbringen?«

»Ich bin todmüde, ich würde gerne noch schlafen.«

»Unser Flieger geht in 3 Stunden, Elling.«

»Na … dann komm ich mit«, sagte er und schlug die Bettdecke zurück und sah an sich herunter: Ja, er war wirklich angezogen. Immerhin.

Sie hatten die ganze Strecke auf ihrem Rückweg gestern vom Maria-Hilf-Heim zu ihrem Hotel geschwiegen. Weil es in ihren Köpfen auf Hochtouren arbeitete. Der Ring, das Heim, die Kinder.

Ihr Weg führte Elling und Lona Mendt in stiller Einigkeit hinauf in die Rooftop-Bar, eine verglaste Lounge auf dem Dach. Aus dem neunten Stock hatten sie einen freien Bick auf die bulgarische Hauptstadt.

Beim Warten auf das Essen fanden sie zu ihrer Sprache zurück.

»Woher kannst du Bulgarisch?«

Ein versonnenes Lächeln stahl sich auch auf Ellings Gesicht: »Alienna. So hieß die Tochter von der Pension, in der meine Mutter uns im Urlaub in Bulgarien einquartiert hat. Die war zwei Jahre älter.«

»Nämlich?«

»17. Ich habe noch nie so schnell eine Fremdsprache gelernt.«

Lona musste schmunzeln, sie lachte beinahe, so fröhlich hatte er sie selten gesehen.

»Dieser Heimleiter«, sagte sie unvermittelt, »der hängt doch voll mit drin in der Nummer.«

»Bis zur Halskrause. Hast du eine Idee wegen des Rings? Missbrauch?«

»Die toten Kinder sind nicht missbraucht worden. Aber es … der Ring ist vielleicht eine Art … Markierung?«

»Für was? Das tote Mädchen hatte keinen.«

Lona nahm einen Schluck von dem Grauburgunder und deutete ein Achselzucken an: »Zumindest unter der Erde nicht. Wir wissen nicht, ob sie vor ihrem Tod auch markiert worden ist.«

»Und wenn die wirklich vermittelt worden sind? Kinderlose Paare, die sich nichts sehnlicher wünschen als ein Kind, zahlen garantiert nicht wenig.«

Lona beugte sich vor und sprach leise, aber eindringlich: »Ja. Aber warum dann der Umweg über die Schleusung nach Deutschland? Macht doch keinen Sinn. Kann ich mal ziehen?«

Er reichte ihr die Zigarette, und sie inhalierte tief.

»Also«, sagte Elling, »Oleksandr und Boris Lazarov, das sind Illegale. Menschenhandel. Denken wir mal weiter.«

»Billige Arbeitskräfte.«

»Drecksarbeit.«

»Man kann sie bezahlen oder auch nicht.«

»Kinder und Jugendliche unter 14 sind nicht strafmündig«, führte Frank Elling ins Feld, »es sind zum Beispiel ideale Kuriere.«

Lona nickte: »Die Frage bei Petko Kirov ist doch: Stimmt es, dass die eines Morgens nicht mehr da sind? Ist das wie bei Herrn Wiegbold im Seeheim? Oder ist das eine Lüge?«

»Du meinst, Petko Kirov verschachert die selbst?«

»Ist doch möglich.«

»Und Wiegbold?«

»Ich weiß nicht, warum, Elling, aber das glaube ich nicht.«

Er brummte was in seinen Schnauzer.

Die Frage, ob man die Kollegen hier vor Ort um Amtshilfe bitten sollte, um genau diesem Verdacht nachzugehen und gegebenenfalls Petko das Handwerk zu legen, verlegten sie nach dem dritten Glas Weißwein um ein Uhr in Ellings Hotelzimmer, denn die Rooftop-Bar schloss. Und die Zimmer im Edem verfügten über ausgezeichnete Minibars, aus der sie sich versorgten.

Sie zogen die Schuhe aus und setzten sich aufs Bett. Über das Panoramafenster – sie befanden sich im achten Stock – hatten sie einen mindestens ebenso schönen Blick auf Sofia bei Nacht wie aus der Bar.

Und sie beschlossen, am nächsten Tag in aller Stille wieder abzureisen. Wer wusste schon, ob sie bei den Kollegen in Sofia den Richtigen erwischten, wenn sie sich wegen des Maria-Hilf-Heims an jemanden wandten? Sie kannten niemanden persönlich. Also bestand das Risiko, dass sie jemanden kontaktierten, der das umgehend Petko Kirov steckte.

Was wiederum eine Kettenreaktion auslösen würde: Petko Kirov hätte nichts Eiligeres zu tun, als wiederum seine Kontaktleute in Polen und Deutschland zu warnen.

»Ich glaube, wir fahren am besten, wenn wir die Nummer von hinten aufrollen«, sagte Elling. »Die geschleusten Menschen müssen ja von irgendjemandem irgendwo hinter der Grenze in Deutschland in Empfang genommen werden.«

Lona nippte am Glas und nickte: »Ja. Die nageln wir zuerst fest, und dann gehen wir den Weg zurück – bis zur Quelle.«

»Gut«, befand Elling, der mittlerweile seinen Kopf, der ihm schwerer und schwerer erschien, auf dem Kissen abgelegt hatte. Das Weinglas hatte er auf seinem Bauch abgesetzt und hielt es mit einer Hand.

»Und genau deshalb sollten wir hier so tun, als würden wir mit leeren Händen abreisen«, fuhr Lona Mendt fort. »Es ist offensichtlich, dass die geschleusten Kinder und Jugendlichen mit auf den Weg kriegen, dass sie sich möglichst bald aus dem Heim absetzen sollen, in dem sie in Deutschland untergebracht werden.

Und Sie wissen auch, wo Sie sich einzufinden haben. Was das Seeheim angeht, am Brunnen gegenüber. Und nächstes Mal sind wir dabei.

Wenn wir hier für Unruhe sorgen, hebt Petko Kirov den Hörer ab und ruft in Deutschland an. Und dann ist der Brunnen nicht mehr der Treffpunkt. Und wir stehen mit leeren Händen da.«

»Hm«, brummte Elling.

Lona Mendt musterte ihn, wie er so neben ihr lag und an die Decke starrte.

»Mareike zieht aus.«

»Aus dem Ringelrankenweg?«

»Aus meinem Leben.«

»Du übertreibst.«

»Ja, stimmt. Aber nur ein bisschen.«

»Was ist passiert?«

»Sie geht nach Südkorea. Studieren. Sie will die Sprache lernen und so. Also, ich kann nicht mit Stäbchen essen.«

»Die haben da auch Löffel. Und was hat sie mit dem Studium dann vor?«

»Mareike will später in den Auswärtigen Dienst.«

»Ja, großartig.«

»Weißt du, wie lange der Flug dahin dauert? Über 13 Stunden.«

»Ich wünschte, ich hätte in ihrem Alter so genau gewusst, was ich mit meinem Leben anfangen soll.«

»Sie ist zwei Jahre weg. Und die meisten Studenten bleiben in der Stadt, in der sie ihren Abschluss gemacht haben. Und finden da einen Job. Vielleicht auch noch einen Mann. Wir haben dann einen Südkoreaner in der Familie. Auf das Kind bin ich gespannt.«

Er stellte sein Weinglas auf dem Nachttisch ab.

»Elling, sie ist noch nicht mal aus ihrem Kinderzimmer ausgezogen.«

»Ja. Ist ja auch nur normal, dass sie ihr Leben in die Hände nimmt und ihren Weg geht«, sagte er mit geschlossenen Augen, »und ist ja auch richtig so.«

»Aber?«

Sie kannte ihn wirklich *zu* gut.

»Berlin oder Hamburg hätten ja auch gereicht.«

Lona legte sich neben ihn und nahm ihn in die Arme. Elling war überrascht, aber er empfand Geborgenheit und erwiderte die Umarmung. Sie sahen sich in die Augen.

»Das Leben ist nur ein kurzer Irrtum«, flüsterte sie und strich ihm mit den Fingerspitzen sanft über die Schläfe, immer wieder, bis er einschlief.

Nach dem Frühstück orderten sie ein Taxi, das sie zum Flughafen bringen sollte.

Ein wenig hatten sie auf Anton vom Vortag gehofft, der ihnen vielleicht das eine oder andere Detail über das Kinderheim hätte erzählen können, aber dieses Mal saß eine Frau am Steuer: Daria. Ende zwanzig, Studentin der Anglistik. Lila gefärbte Haare. Mit einem guten, alten Mercedes, in dem man sich noch wie in einem Schiff fühlte. Sie fuhr recht sportlich und überholte links und rechts, was Elling gefiel.

An einer Kreuzung bog sie rechts von der Schnellstraße ab. Von dort ging es in eine eng bebaute Gasse mit alten Mehrfamilienhäusern. Als Daria im Innenspiegel bemerkte, wie Lona und Elling irritierte Blicke tauschten, lachte sie.

»You'll pay less, believe me. It's a shortcut to the airport.«

»Ah, okay.«

»There are too many traffic-lights up there.«

Daria deutete mit dem Zeigefinger nach oben.

Tatsächlich unterquerten sie nun die Schnellstraße und wurden nicht mehr von Ampeln aufgehalten, da die bulgarische Studentin, die sich hier offenbar erstklassig auskannte, ständig Straßen wählte, auf denen sie Vorfahrt hatte.

»May I ask where are you flying to?«

»To Rostock, Germany.«

»Ah, this is situated at the Baltic Sea, right?«

»Correctly. You know a lot about Geography.«

»Thank you, very kind. Well … I have a small request: can I stop at my sister's place for a moment? I've forgotten the milk.«

Zur Untermalung ihrer Bitte hob sie die Plastiktüte rechts neben ihr auf dem Beifahrersitz an. Durch die schienen tatsächlich zwei Milchtüten hindurch.

»I also switch off the taximeter, of course.«

»Okay für mich«, sagte Elling leise.

»Ja«, erklärte Lona sich ebenfalls damit einverstanden und wirkte jetzt wacher.

»The main thing is that we don't miss our flight«, wandte Elling sich nach vorne.

»If you do I'll drive you all the way to Rostock for free«, sagte sie lachend und deutete auf ein Haus an der rechten Straßenecke, »there it is.«

Sie stoppte ab und schnappte sich die Tüte.

»I'll be back in a minute. Thank you so much.«

»You are welcome.«

Schon verschwand Daria mit der Milch in dem Haus. Elling und Lona sahen sich um. Eine Gasse mit Kopfsteinpflaster zweigte direkt rechts hinter dem Haus ab. Gegenüber konnten sie die Stände eines Gemüseladens sehen, in dem Kunden ein und aus gingen.

Links, auf der anderen Straßenseite, befand sich eine Schneiderei mit einem breiten Ladenfenster, das zur Hälfte leer stand. Und das den dunklen, wolkenverhangenen Himmel über ihnen spiegelte. Ihr Taxi verschmolz in der Spiegelung mit dem Gebäude, in dem Daria verschwunden war.

Und während Lona dorthin schaute, um tiefer in den Laden hineinblicken zu können, erschien plötzlich das Bild ihres Mannes vor ihr, eine Erinnerung, sie standen auf einer Terrasse, er betrachtete den Sonnenuntergang und drehte sich dann zu ihr. So voller Liebe und Zuversicht, dass es sie wärmte – damals und jetzt. Und das Bild verschwamm und wurde von Dutzenden anderer ersetzt, einem Kaleidoskop gleich, das auf sie einstürzte, jede Erinnerung erstrahlte und zog an ihr vorbei.

Urlaube. Lachen. Schnorcheln mit Max, da war er sechs, Ostsee, Pflaster aufs Knie bei Sophia. Kerzen auspusten. Lonas Vater, ihre Mutter, der Mund eine Schimpftirade und Wärme in den Augen, ihre knochige Hand beim letzten Spaziergang, Festhalten an der Dachkante, Nahtoderlebnis im siebten Stock, ein Blumenmeer, mit Max schlafen in seinem Bett bei Gewitter, 9/11, »Gibt es einen Himmel, Mama?« – »Nein«, die drei Urnen, Orangenlimo im Strandkorb mit ihrer Mutter, Kartoffelsalat mit Mayo und Ei, einen Frosch, dem das kleine Herz wie wild pochte, nachts über die Straße tragen, mit Papa bei Gewitter im Bett liegen, Venusmuscheln in Sagres, Klaus' Küsse auf ihrem Hals, die warme Haut, und dann nur noch Bilderteile, ein Wirbel, Mahlstrom an Erinnerungsfetzen und … es blitzte.

Von links.

Lona holte tief Luft, als wäre sie zurück von einem langen Tauchgang. Und sah das Fenster der Schneiderei.

Der Himmel hatte sich ein kleines Stück geöffnet, und die Sonne strahlte hindurch und spiegelte sich im Schaufenster. Es war die Reflexion, die Lona Mendt geblendet hatte.

Und jetzt war auch der Mercedes in der Schaufensterscheibe nicht mehr eins mit dem Gebäude, jetzt, im Sonnenlicht, hob er sich von dem Haus ab.

Ebenso wie der Umriss eines Mannes, der von links hinten kam und eine Waffe in der Hand hielt und auf die Heckscheibe zielte und …

»Runter!«

Lona warf den Oberkörper nach vorne und riss Ellings Kopf ebenfalls herunter.

Der Schuss.

Die Heckscheibe splitterte.

»Raus, Elling!«

Sie stießen zu beiden Seiten die Türen auf, sprangen hinaus und rannten los – weg von dem Auto.

Der Schütze war ein junger Mann mit einem Basecap und einer Sonnenbrille und Adidas-Jogginghosen. Er feuerte erneut auf sie. Neben Elling flog Putz aus der Häuserwand, weil die Kugel ihn knapp verfehlte. Kleinste Mauerpartikel trafen ihn an der Wange und am Ohr.

Aus einem Auto gute zwanzig Meter vor ihnen stieg nun sehr schnell ein älterer Typ mit stoppelkurz geschorenen Haaren aus. Er trug eine Armeejacke und ging ruhig auf sie zu und legte auf Lona an.

Schuss.

Das Projektil knallte in den Kühlergrill des Mercedes.

»Hier!«, rief Elling und lief quer über die Straße zu dem Gemüseladen.

Ein Lieferwagen hupte, weil er ihretwegen bremsen musste, und fuhr dann zwischen sie und ihre Verfolger, wodurch er diese kurz aufhielt und deren Blickkontakt mit Lona und Elling unterbrach.

Sie liefen in den Gemüseladen, und Lona brachte dabei absichtlich einen Tisch mit Sellerieknollen und Karottenbündeln zu Fall, um ihrer beider Vorsprung vor den beiden Verfolgern zu vergrößern.

Der Gemüseladen entpuppte sich als eine ehemalige Garage oder Werkstatt. Das Kopfsteinpflaster nass, die Decken hoch. Graue Wände.

Der Besitzer, ein Männchen mit einer Schürze und einer Zipfelmütze und einer roten Nase, stand hinter einer improvisierten Theke. Das Gemüse lag in rechteckigen Plastikkörben auf Tapeziertischen.

Der Besitzer und die Kunden, die sich gerade mit ihm unterhielten, blickten überrascht auf wegen des Lärms und der Hektik.

»Rufen Sie die Polizei, schnell!«, rief Elling auf Bulgarisch, aber die vier starrten ihn paralysiert mit offenen Mündern an.

»Weiter, Elling – weiter!«

Lona riss ihn mit sich, beinahe stürzte er, fing sich seitlich im Laufen wieder, und sie rannten durch den Laden hindurch. Elling zog sein Handy und betätigte den Notruf.

Der Laden wurde zu einem Schlauch, alles verjüngte sich auf eine Brandschutztür hin, und im Vorbeilaufen schnappte Lona sich einen schweren Schraubenschlüssel, der in einem Regal lag.

Hinter ihnen knallte es. Ganz trocken und hell.

Die Kugel durchschlug die Brandschutztür, die Lona nun aufstieß, indem sie sich gegen sie warf. Und die zum Glück nicht abgeschlossen war. Die Tür flog auf und schepperte gegen die Wand, während Elling und sie in einem schmalen, gerade mal zwei Meter breiten Durchgang landeten, der sich kerzengerade hinter der Rückseite des Gemüseladens und des gegenüberliegenden Gebäudes erstreckte. Hier standen Mülltonnen, angelieferte Kisten mit Gemüse auf hochgestapelten Paletten und Motorroller und Fahrräder und vom Regen durchweichte Kartons.

Elling rief der Notrufzentrale, die seinen Anruf gerade entgegennahm, ihren Aufenthaltsort zu.

Valentin, der Mann, der sie beide noch in dem Taxi zu erschießen versucht hatte, stürzte nur Augenblicke später ohne Deckung in den schmalen Durchlass zwischen den beiden Häusern. Die Frau und der Mann seien beide unbewaffnet, hatte man Valentin versichert. Und so sah es immer noch aus. Rechter Hand lief die Frau mit den blonden Haaren weg. Von dem Mann war nichts zu sehen.

Valentin ging zügig drei, vier Schritte, um den Rücken der Flüchtenden besser anvisieren zu können.

Dabei passierte er die Paletten, hinter denen Elling, der dort gekauert hatte, hochsprang und mit beiden Händen den Schussarm packte und nach oben bog.

Der Schuss, den der Mann auf Lona hatte abfeuern wollen, ging in die Luft.

Lona, die den Köder gespielt hatte, machte sofort kehrt und sprintete zurück.

Valentin riss das Knie hoch, um Elling zwischen den Beinen zu treffen, doch der drehte sich leicht weg, sodass ihn das Knie an der Hüfte traf. Valentin schlug ihm sofort die freie Faust mit Wucht auf die Schläfe. Elling taumelte zurück, Valentin riss die Pistole hoch, und … Lona war heran, und der Schraubenschlüssel krachte auf den Ellbogen des Schussarms.

Der Schmerz jagte Valentin direkt in den Hinterkopf, ganz so, als hätte ihm dort jemand eine Stricknadel in den Kopf gerammt, und der Arm war wie gelähmt. Die Pistole entwand sich seinen Fingern und polterte zu Boden.

Der zweite Schlag mit dem massiven Stück Metall traf ihn ins Gesicht. Sein Nasenbein knackte dumpf, und er ging zu Boden. Die keuchende, wild entschlossene Lona Mendt mit dem blutigen Schraubenschlüssel über sich. Ihr kompromissloser Gesichtsausdruck beeindruckte Valentin.

Elling hob dessen Pistole auf.

»Wer schickt dich?«, stieß Lona hervor.

»Nix verstehen.«

Sie ließ den Schraubenschlüssel gegen seinen Fußknöchel sausen. Er zuckte zusammen und stöhnte auf.

»Jetzt verstehen besser?«

Das helle Schussgeräusch und das Einschlagen der Kugel in die Palette nahmen sie nahezu gleichzeitig wahr.

In der Verlängerung der Gasse war der zweite Mann mit der Armeejacke erschienen, der auf sie schoss.

»Weg!«, rief Elling und zog Lona aus der Schussbahn und schob sie zurück in Richtung Gemüseladen, während er zweimal auf den Mann feuerte, um ihr und sich Deckung bei dem Versuch zu geben, unverletzt erneut den Hintereingang des Geschäfts zu erreichen.

An verblüfften und erschrockenen Gesichtern vorbei rannten sie zurück durch den Gemüseladen, und das Männchen, der Besitzer, erkannte zwar seinen Schraubenschlüssel in der Hand der blonden Frau, wagte aber nicht, sie darauf anzusprechen.

An der Vordertür stoppe Lona ab und inspizierte mit hastigen Blicken die Straße, die geparkten Autos und die gegenüberliegende Fassade.

Vielleicht waren ihre Verfolger nicht nur zu zweit. Vielleicht versteckte sich drüben in einem Hauseingang oder in einer Durchfahrt der dritte Mann oder der vierte. Oder Daria.

Jemand, der nur darauf wartete, dass sie den Schutz des Ladens verließen, um freie Schussbahn auf sie zu haben.

»Und?«, fragte Elling außer Atem.

»Ich sehe nichts.«

Elling deutete mit einer Kopfbewegung hinüber in die Straße, aus der sie gekommen waren. Und wo noch immer der Mercedes stand.

Lona folgte seinem Blick.

»Weißt du, ob sie den Schlüssel mitgenommen hat?«

Lona Mendt schloss kurz die Augen, um sich an das Wageninnere zu erinnern, und schüttelte dann den Kopf: »Nein, sie hat ihn stecken lassen.«

Mehr brauchte es nicht: Sie rannten gleichzeitig aus ihrer Deckung los auf die offene Straße, und im Laufen schaute Elling sich über die Schulter, ob Daria oder ein dritter Mann nicht einfach aus einem der Fenster über ihnen in aller Seelenruhe abgewartet und nun freie Sicht auf ihre Rücken hatte. Was nicht der Fall war.

Jetzt ertönten mehrere Sirenen, die sich ihnen näherten.

Außer Atem und geduckt erreichten sie den Mercedes und rissen die Türen auf. Lona warf sich hinter das Lenkrad und startete den Motor. Elling schwang sich neben sie und zog die Tür zu: »Los!«

Sie gab Vollgas.

Der Wagen vollführte einen regelrechten Satz nach vorne, während Elling hektisch die Umgebung nach dem Mann mit der Armeejacke absuchte, den er aber nirgends entdeckte. Was ihn aber keineswegs beruhigte.

Der kalte Wind wirbelte durch die gesplitterte Heckscheibe ins Innere. Lona fuhr schon 80, jetzt 90.

Elling blickte zurück: der zweite Mann mit der Armeejacke lief nun auf die Straße, legte an und senkte den Arm wieder – die Entfernung war schon zu groß. Elling sah, wie er wieder in einer Seitengasse verschwand.

Keine zweihundert Meter weiter, an der nächsten Kreuzung, kamen ihnen zwei Polizeistreifen mit Blaulicht und eingeschalteten Sirenen entgegen. Lona Mendt bremste ab und stellte den Wagen in einem eingeübten, koordinierten Manöver so quer, dass die Straße jetzt nicht mehr passierbar war.

»Wenn die nicht echt sind …«

Uniformierte Polizisten stiegen nun aus den Wagen. Einer hatte eine Maschinenpistole umgehängt: Kosta. Und hinter ihm verließ Radimir das Auto.

Elling entglitt ein erleichtertes Aufstöhnen, als er die beiden erkannte.

»Komm, aber nimm die Waffe mit.«

Sie wartete seine Antwort nicht ab, sondern stieg aus, und er folgte ihr, sodass sie zusammen auf die bulgarischen Polizisten zugingen.

Hinter ihnen ertönte Reifenquietschen, und sie blickten alarmiert hinter sich. Aber es waren nur zwei weitere Polizeistreifen, die die Straße einen guten Kilometer hinter ihnen ebenfalls versperrten.

»Die riegeln hier jetzt alles ab«, sagte Elling.

»Sind Sie verletzt?«, rief Kosta.

»Nein.«

Der Bulgare wirkte erleichtert.

»Ich bin schon lange nicht mehr so gerannt«, sagte Elling leise, »bestimmt krieg ich Muskelkater.«

33

1. DEZEMBER 2006, ROSTOCK

Mertens höchstpersönlich holte sie am Rostocker Flughafen ab.

»Unfassbar«, sagte er, »*unbelievable.* Ich will alles wissen.«

Elling winkte ab: »Frau Mendt und ich machen heute eine Nachtschicht, Rainer. Deshalb mach ich jetzt Pause und schau bei meiner Mutter vorbei.«

»Ich kann dich absetzen.«

»Nein, danke«, lehnte Elling ab.

»Darf ich«, fragte Mertens und machte den Versuch, Lona ihre Reisetasche abzunehmen, nachdem sie ihr Gepäck vom Wagen genommen hatten.

»Geht schon«, erwiderte sie und zog einen Griff am Boden der

Tasche heraus, mit dem sie sie auf Rollen hinter sich herziehen konnte.

»Ach so.«

»Ja.«

»Kann ich Sie denn absetzen?«

Lona Mendt nickte: »Dann muss ich mir kein Taxi nehmen.«

»Wo stehen Sie denn?«

Daran hatte Rainer Mertens sich erst mal gewöhnen müssen, dass die Kriminalhauptkommissarin keine feste Adresse hatte und man sich daher immer erkundigen musste, wo sie gerade ihre Zelte aufgeschlagen hatte, wenn man sie außerhalb der Dienstzeiten aufsuchte, was zugegebenermaßen nicht oft nötig war – und darüber war er froh.

Sie vermittelte ihm nämlich dieses Gefühl, Situationen so zu beherrschen, als wäre *sie* die Vorgesetzte und nicht er.

»Geht dir das auch so?«, hatte er sich mal bei Elling erkundigt, »so unter uns?«

»Nö.«

»Nicht mal ein bisschen … also, manchmal?«

»Nee.«

Was ihn noch weiter verunsicherte. Sie tat das aber nicht bewusst oder absichtlich, da war er sich sicher. Sie strahlte das einfach aus, wenn sie einen Raum betrat.

Da Elling nun nicht mit von der Partie sein würde, wovon er aber fest ausgegangen war, wäre er wieder mit Frau Mendt allein.

Und dann würde sie ihm wie beim letzten Mal – das war immerhin zwei Jahre her – bei sich einen Tee anbieten. Mertens hegte den Verdacht, das sei mit Absicht geschehen, damit er nicht länger blieb als unbedingt nötig.

Den hatte er letztes Mal aus Verunsicherung getrunken. Dieses Mal würde ihm das nicht passieren. Er wusste, dass sie Wein trank und manchmal auch Bier, und er würde mit ihr ein Feierabendbier trinken.

»Ich stehe am Dolgener See. Da gibt es so eine kleine, verschwiegene Badestelle.«

»Dolgener See? Das ist ja keine zwei Minuten von hier.«

»Genau.«

Elling strich im Vorbeigehen über die Kontur des 911er.

Wie viele Fahrten hatte er wohl noch?

Drinnen entdeckte er Tatjana, die auf der Couch liegend vor dem Fernseher eingeschlafen war. Eine Wolldecke war herabgerutscht. Elling schloss leise die Eingangstür und deckte die Frau aus der Ukraine wieder zu. So sanft wie möglich, damit sie nicht aufwachte.

Für einen Augenblick betrachtete Elling sie und empfand Dankbarkeit. Aber auch Schuld – sie war hier, obwohl sie mit Sicherheit eine eigene Familie hatte. Und er hatte nicht mal den Anstand, das Interesse oder das Mitgefühl aufgebracht, sich danach zu erkundigen. Sie war nicht wegen Erika Elling hier, sie war hier, um gutes Geld für ihre eigene Familie zu verdienen.

Und ein Pole hatte sie gebracht. Und das Geld … nein, das würde natürlich niemand versteuern. So wie all die rechtschaffenen deutschen Bürger, die Handwerker und Gärtner und kleine Dienstleistungen schwarz bezahlten und sich später am Stammtisch oder am Zaun zum Nachbarn darüber aufregten, wie hoch die Steuersätze waren.

Ihre eigene Unsolidarität gegenüber der Gesellschaft empfanden sie dabei nicht mal als Kavaliersdelikt, sondern vielmehr als Zeichen ihrer Klugheit.

Er ging auf leisen Sohlen in den neu gestalteten hinteren Teil des Hauses, in dem seine Mutter untergebracht war. Üblicherweise hielt sie jetzt ihren Mittagsschlaf. Er senkte behutsam die Klinke und drückte die Tür sanft auf.

Erika saß im Bett, das Kissen zwischen ihrem Rücken und der Wand, und las ein Buch: *Das Kamasutra.*

Von dessen Lektüre blickte sie auf und lächelte breit: »Du dachtest wohl, ich schlaf', hm? Wo warst du Schlingel?«

»In Sofia.«

»Erzähl nicht so einen Unsinn«, tadelte sie ihn liebevoll.

Elling musste lächeln wegen dieser Bemerkung.

»Was grinst du so? Du hast doch wieder was im Sinn.«

»Wollen wir spazieren gehen, ein paar Meter?«

Sie blickte durch ihre Terrassentür hinaus. Draußen hatte der Wind die Wolken weggeblasen, und die Sonne schien.

»Ja«, sagte sie und schwang sich langsam aus dem Bett. Erst ein Bein, dann das andere. Danach hielt sie kurz inne und klopfte auf den Buchumschlag: »Mein lieber Herr Gesangsverein, ich glaube, ich hab was verpasst in meinem Leben.«

Die Badestelle lag verborgen im Schilf. Ein kleiner Trampelpfad führte hinab zum Wasser – und zu einem kleinen Holzsteg, der wenige Meter in den Dolgener See führte.

Die Stelle selbst lag in gut 500 Metern Entfernung zu einer Reihe aus fünf Einfamilienhäusern, die sich in einer Sackgasse befanden. Aus der führte nur noch ein Feldweg hierher. Perfekte Abgeschiedenheit.

Lona bat ihren Chef ins Wohnmobil, weil es draußen zu kalt war. Drinnen warf sie die Gasheizung an.

»Wie wäre es mit einem Tee?«

Mertens zögerte kurz, während Lona schon den Teekessel herausholte und auf den Gasherd stellte.

»Gerne«, sagte er und verfluchte sich dafür.

»Gut.«

»Also«, begann Mertens, »ich habe das meiste jetzt abfragen können. Diese Frau …«

»… Daria …«

»Genau. Die ist mit dem Phantombild, das Elling und Sie ermöglicht haben, zur Fahndung ausgeschrieben …«

»Was ist mit der Pistole? Da müssen die Fingerabdrücke von dem einen Typen drauf sein, der damit auf uns geschossen hat.«

»Die ist weg.«

»Weg?«, fragte Lona, während sie einen Teebeutel in eine Kanne füllte.

»Ja, ich …«, antwortete Mertens und blätterte in seinen Papieren, »genau. Das ist die Auskunft aus Sofia. Dass Herr Elling die Waffe ordnungsgemäß abgegeben hat und sie dann im weiteren Verlauf irgendwie … abhandengekommen ist. Irgendwo. Man sucht aber danach.«

»Wie tröstlich.«

»Ja, Sie haben recht. Wir kommen da unten mit einer erneuten Amtshilfe kaum ernsthaft weiter. Ich, ähm, ich bin sehr erleichtert, dass Herrn Elling und Ihnen nichts Ernsthaftes zugestoßen ist.«

»Danke. Ich auch.«

Sie setzte sich ihm gegenüber an die Dinette. Von dort hatten sie einen freien Blick auf den Dolgener See, der dunkel und abweisend wirkte. Und dann erzählte sie ihm jedes Detail. Die Ankunft, der Besuch. Kosta, Radimir, Petko Kirov. Das Mädchen mit dem Ring. Und von dem Anschlag.

Und dann pfiff der Teekessel.

Lona goss das heiße Wasser ins Teeglas und über die Minze und stellte es vor ihren Chef auf den Tisch.

»Danke, zu nett«, sagte er, »passt gut bei dem Wetter.«

Mertens wedelte mit der Handfläche etwas von dem Dampf in seine Richtung und schnupperte daran.

»Riecht auch gut«, log er.

»Freut mich.«

»Sie nicht?«

»Nein«, sagte sie, holte ein Bier aus dem Kühlschrank und öffnete es mit dem Feuerzeug.

»Mir ist nach einem Bier, wenn Sie erlauben.«

Mertens verwünschte sich. Sich und sie und dieses Wohnmobil, aber er sagte: »Wohl bekomm's.«

»Danke! Petko Kirov, um es klar zu sagen, verschachert Jugendliche und Kinder nach Deutschland. Menschenhandel. Ob noch an andere Heime oder nicht, weiß ich nicht – aber einige von ihnen landen definitiv im Seeheim. Wir wissen bloß noch nicht, wer seine Kontaktleute hier in Rostock sind. Wer die geschleusten Menschen an diejenigen übergibt, die sie bezahlt haben.

Herr Elling und ich sind nicht ganz sicher, warum wir heute in Sofia angegriffen worden sind. Etwas im Heim ist schiefgelaufen. Anders, als Petko Kirov geplant hatte.«

»Weil?«

»Weil man uns sonst gar nicht erst hätte empfangen müssen. Petko Kirov hat gestern die Chance ergriffen und den besorgten Heimleiter gespielt, um sich und das Heim von jeglichem Verdacht reinzuwaschen. Und er war überzeugend. Ich hätte ihm seine Fürsorge jetzt erst mal abgekauft. Wir hätten ihn bei unserer Abreise nicht im Verdacht gehabt, aber heute morgen sollten Elling und ich aus dem Weg geschafft werden.«

»Und was denken Sie, was passiert ist? Was im Hein passiert ist, meine ich.«

»Dass wir ein Kind getroffen haben – mit einem Ring.«

»Wie der tote Junge?«

»Genau das. Wie der tote Junge. Es war ein Mädchen. Es hat gesagt, der Ring ist für die besonderen Kinder. Und das ist ein Beweis für die direkte Verbindung vom Maria-Hilf-Heim in Sofia nach Rostock zum Seeheim.

Das war nicht geplant, das war nicht gewünscht. Wir hatten Kirov die Fotos von zwei Kindern gezeigt. Das eines Mädchens, das gerade in Rostock angekommen ist – Sarah Minkova, so lautet sein richtiger Name –, und das von Boris Lazarov. Petko hat beide wiedererkannt. Er hatte beide auch angeblich als vermisst gemeldet. In dem Sinne war alles in Ordnung, bis uns das Mädchen mit dem Ring aufgefallen ist.«

»So weit verstehe ich alles«, sagte Mertens mit einem sehnsüchtigen Blick auf ihr Bier, »aber Petko Kirov konnte ja nicht wissen, dass Boris Lazarov mit so einem Ring im Bauch gefunden worden ist.«

Jetzt sah Lona Mendt ihm in die Augen. Sie wertschätzte seine schnelle Schlussfolgerung.

»Genau. Deswegen hat er aber Leute geschickt, die uns umbringen sollten. Und das ist nur möglich und macht nur Sinn, wenn er von dem Ring in Boris Lazarovs Magen Kenntnis hatte.«

Rainer Mertens blickte hinaus auf den dunklen See. Der Regen peitschte in Schwaden darüber, die vom Wind verweht wurden.

»Das ist nicht gut«, befand er dann und sein Blick fand zurück zu ihr.

»Nein«, bestätigte Lona, »das ist nicht gut. Er hat Kontakte hierher. Muss er ja, weil es in Rostock Leute geben muss, die die geschleusten Menschen hier empfangen, versorgen und weitervermitteln.

Aber wenn er von dem Ring weiß, Herr Mertens, dann arbeitet er mit jemandem, der Zugang zu internen Ermittlungsakten der Kripo Rostock und zu Akten aus dem rechtsmedizinischen Institut hat: Jemand aus unseren Reihen.«

Mertens seufzte.

Ein Maulwurf.

34

3. JANUAR 2007, ROSTOCK

Maja Kaminski hatte es sich anders überlegt und ihn angerufen. Aber Dudek ging nicht ran, sondern nur seine Mailbox. Intuitiv entschloss sie sich, besser keine Nachricht zu hinterlassen. Stattdessen kehrte sie um und fuhr zurück. Denn wenn er seine Brieftasche vermisste, würde er sie gleich morgen früh anrufen. Sie würden beide in der Kripo einlaufen und die Brieftasche im Auto entdecken (vielmehr würde Maja natürlich nach seinem Anruf nachgesehen und sie entdeckt und ihm zur Begrüßung gleich überreicht haben), und dann würde er sich bedanken.

Wenn sie zu Hagen Dudek ins Haus wollte, dann war die Wahrscheinlichkeit größer, von ihm hineingebeten zu werden, wenn sie schon direkt auf seiner Fußmatte stand. Im Haus Dudek brannte zum Glück noch Licht. Er hatte sich noch nicht hingelegt.

Maja klingelte.

Einige Augenblicke geschah nichts. Und dann kamen noch ein paar weitere hinzu.

Es war natürlich unhöflich, um diese Uhrzeit bei einem Kollegen zu klingeln. Aber die Brieftasche, fand sie, legitimierte das. Also klingelte sie erneut.

Woraufhin sich nicht etwa die Tür öffnete, sondern ein Fenster im ersten Stock.

»Hallo?«

Maja blickte auf. Eine Frau, blond wie Dudek, schaute dort hinaus.

»Äh, guten Abend. Entschuldigen Sie bitte die Störung …«

»Die ist mir sehr recht«, unterbrach die Frau sie. Täuschte Maja sich oder schwang da Erheiterung mit.

»Ich bin Maja Kaminski, und ich wollte Herrn Dudek seine Brieftasche bringen.«

Sie wedelte im Halbdunkel damit.

»Ah, Sie sind seine neue Kollegin.«

»Genau.«

»Könnten Sie mir einen Gefallen tun?«

»Sicher.«

»Prima. Augenblick.«

Für ein paar Sekunden verschwand die Frau, dann kehrte sie zum Fenster zurück und hielt in einer Hand ein kleines, dunkles Stoffbündel, sofern Maja Kaminski das von hier unten mitten in der Nacht erkennen konnte.

»Können Sie gut fangen?«

»Ich war 2004 süddeutsche Fang-Landesmeisterin.«

Maja meinte, ein breites Grinsen zu sehen. Vielleicht war es aber auch Grimasse. Schwer zu sagen.

»Okay, das sind Socken. Ich habe den Schlüssel da drin eingepackt.«

Sagte sie und warf das Bündel hinab, das Maja geschickt auffing.

»Es ist so, ich … ich habe mich noch gar nicht vorgestellt, Frau Kaminski: Ich bin Judith Dudek.«

Ex-Frau oder Schwester? Dudek war geschieden, was ja nichts heißen musste. Maja kannte ein paar geschiedene Paare, die noch vieles zusammen unternahmen, inklusive Sexualleben.

Und Dudek reiste mit seiner Schwester, der Triathletin, nach Hawaii. Und Neuseeland.

»Es ist eine Sicherung rausgesprungen, schätze ich. Jedenfalls … ich komme hier nicht runter, und unten brennt das Essen langsam an. Könnten Sie vielleicht …«

»Ich verstehe. Ich komme jetzt rein.«

»Danke.«

Maja schloss auf und trat ein, und ihr stockte der Atem. Kleine Lichtinseln. Lämpchen, Kerzen, gedimmte Deckenstrahler. Holzparkett, cremeweiße Wände. Von außen war dieses Haus noch immer ein altes Anwesen. Aber in seinem Inneren von einer Modernität, die einerseits Stilsicherheit verriet und andererseits der Tradition des Hauses verpflichtet blieb.

Und drittens musste man es sich leisten können, dachte Maja. Hagen Dudek litt ganz gewiss nicht unter finanziellen Engpässen.

Maja wäre hier sofort eingezogen. Sie ging zum Herd, schaltete die Platten aus und schob die Töpfe beiseite.

Es sah nach Hackbällchen aus. Aber es roch nordafrikanisch.

»Herzlichen Dank«, sagte eine Stimme in ihrem Rücken. Kaminski drehte sich um – Judith Dudek winkte ihr von der Empore aus zu. Sie stand mit ihrem Rollstuhl an der Treppe.

»Der Treppenlift ist ausgefallen, ich komm nicht runter. Meinen Sie, Sie …«

Deshalb fuhr Hagen Dudek einen Van und nicht einen Sportwagen oder etwas in diese Richtung. Der Rollstuhl musste auch hineinpassen.

»Sicherungskasten?«

»Sie können Gedanken lesen.«

»Keller?«

»Ja, unter der Treppe.«

Maja fand zwar den Kasten und auch den FI-Schalter, den sie umlegte, der aber jedes Mal wieder den Dienst verweigerte.

»Tja.«

Sie stiefelte die Treppe in den ersten Stock hinauf: »Hallo.«

Sie streckte ihr die Hand entgegen. Judith Dudek hatte blaue Augen. Die Haare trug sie offen und weit über die Schultern hinab. Jogginghose, Pulli, kleine Ohrringe. Eine asketische Erscheinung mit einem fein konturierten Gesicht. Und einer eigroßen Delle im Schädel, die zum Teil von ihren Haaren verdeckt wurde.

»Guten Abend, Frau Kaminski.«

Sie reichte ihr das Paar Socken und den Haustürschlüssel zurück: »Die Sicherung fliegt jedes Mal wieder raus. Vielleicht Feuchtigkeit.«

»Ah … gut.«

Sie stützte sich auf den Armlehnen auf und schob dann ihre Beine mit den Händen unter die Fußstütze.

»Und jetzt?«

»Ich hangele mich runter. Ich muss ja irgendwie herunterkommen.«

»Was wiegen Sie denn so?«

»Das ist keine nette Frage«, sagte Judith Dudek und musste lachen. Und es kam so ungebremst und natürlich, dass Maja schmunzeln musste.

»Ich trag Sie runter.«

»Ich …«

»Erst Sie und dann Ihren Stuhl.«

»Ich weiß nicht«, lachte Judith in einer Mischung aus Scham und echter Belustigung, »wir kennen uns noch nicht lange.«

»Kommen Sie. Stellen Sie sich einfach vor, es brennt.«

Und während Judith noch damit beschäftigt war, sich das vorzustellen, war Maja Kaminski schon heran, packte sie an der Hüfte und schulterte sie und trug sie hinab.

»Almôndegas?«

»Ja.«

»Die sind etwas verbrutzelt.«

»Ich mach schnell neue.«

Zehn Minuten später rollten sie mit ihren mit Wasser benetzten Händen neue Almôndegas. Judith Dudek bewegte sich dabei, wie Maja bemerkte, so harmonisch und gekonnt in ihrem Rollstuhl, dass dieses Können auf zwei, drei Monate Übung verwies. Mindestens.

Judiths Muskeln waren keinem Schwund ausgesetzt, wie das bei anderen Rollstuhlfahrern an den Beinen der Fall war. Sie wirkte so durchtrainiert und zäh wie eine Marathonläuferin.

Was auch immer sie in den Stuhl verbannt hatte, dachte Maja, konnte noch nicht allzu lange her sein.

Judith warf die ersten Fleischbällchen in die Pfanne.

Und als Maja sie dabei von der Seite betrachtete, erkannte sie sie wieder. Sie war das Mädchen auf der Hollywoodschaukel, auf dem Schoß von Hagen, ihrem Bruder.

»Hagen ist noch unterwegs, irgendwie ist sein Auto abgeschleppt worden«, sagte sie und schmunzelte dann. »Spätestens, wenn er das auslösen will, wird er merken, dass ihm die Brieftasche fehlt. Kann also dauern.«

»Ich muss nicht auf ihn warten, ich sehe ihn ja morgen.«

»Aber ohne ein Gläschen lass ich Sie nicht gehen, Frau Kaminski«, entgegnete Judith freundlich, aber bestimmt, »Sie haben uns drei gerettet.«

»Drei?«

»Meinem Bruder die Brieftasche gebracht, mich hier runtergeschleppt. Und das Essen.«

Und irgendwann in der nächsten halben Stunde überschritt Maja jene feine Grenze zwischen beruflichem Auftrag und Privatleben. Sie konnte im Rückblick gar nicht genau sagen, wann oder an welchem Punkt. Sie spürte nur irgendwann, wie sie die Schwester ihres Kollegen zu mögen begann.

Vielleicht lag es an der Würde, mit der Judith Dudek ihrem Schicksal ins Gesicht lachte. Oder an der ansteckenden Fröhlichkeit. Oder daran, dass sie durch ihre körperliche Nähe beim Heruntertragen jene Distanz hinter sich gebracht hatten, deren Überwindung sonst einige Treffen und Gespräche erforderte. Ja, Judith fühlte sich vertraut an.

»Ich habe gehört, Sie waren mit Ihrem Bruder im Kingtiger am Franz Josef Glacier.«

»Ja, stimmt.«

Maja grinste.

»Ach, Sie kennen das?«

»Ja, ich habe da meine erste Tom-Yum-Suppe gegessen.«

»Wie wir.«

Für einen Augenblick meinten sie, es streife sie so etwas wie Magie, und dann lächelten sie den albernen Gedanken weg, obwohl es etwas Tröstliches hatte, eine noch nicht erkundete Welt neben sich zu wissen, die insgeheim in ihre hineinwirkte. Und wer wusste schon, ob da nicht doch was dran war?

»Hör ich da bei Ihnen was Süddeutsches mitschwingen?«

»Absolut.«

Sie erzählte von Ludwigsburg, von Kilian und ihrer besten Freundin.

»Ich habe meinen Frieden mit der Flüchtigkeit der Dinge gemacht«, schloss Maja ihren kurzen Abriss über ihren letzten Lebensabschnitt.

»Das klingt traurig«, sagte Judith mitfühlend.

»Es macht mich frei. Daran ist nichts traurig.«

»Doch. Sie bedauern, wie es passiert ist.«

Aus der Hüfte ins Schwarze.

Um ein Haar wäre Maja zusammengezuckt, hatte ihren Körper aber rechtzeitig unter Kontrolle. Die Verblüffung darüber, mit welcher Treffsicherheit diese fremde Frau gerade en passant tiefer in ihr Innerstes geblickt hatte als sie selbst, konnte sie nicht aus ihrem Gesicht verbannen.

Judith Dudek erfasste das sofort: »Ich glaube, ich habe da gerade was Unsinniges gesagt. Hagen kann ein Lied davon singen. Wenn er …«

»Nein, haben Sie nicht«, unterbrach Maja Kaminski sie. »Sie können andere Menschen ziemlich gut lesen.«

Tatsächlich war sie ihr dankbar.

Ja, sie war frei, weil sie die Fragilität von Bindungen zu anderen Menschen akzeptiert hatte. Im besten Sinne im Jetzt lebte. Aber ihre Akzeptanz war nicht aus Einsicht in einen guten, überzeugenden Gedanken entstanden, sondern aus einer Narbe.

»Haben Sie noch Eltern?«

Maja nickte und fand den Zug, um das Thema zu wechseln, zwar durchschaubar, aber charmant.

»Ja. Sie leben in Ludwigsburg. Ich werde sie hin und wieder besuchen, aber sie brauchen mich gar nicht. Sie kommen gut allein zurecht. Sie sind Rentner und haben keine Zeit. Sie reisen viel. Ich glaube, sie wollen Dinge nachholen. Und Sie?«

»Nein.«

»Keine Eltern mehr?«

»Nein.«

»Das tut mir leid.«

»Danke, aber das ist lange her.«

Judith erzählte von dem schweren Unfall. Dem Lkw, der in den Gegenverkehr geraten war. Die Nachricht der Polizisten vom sofortigen Tod ihrer Eltern.

Maja nickte an diesem Punkt unbewusst, weil sie das auch gesagt hätte und jeder Polizist das sagen würde, auch wenn es anders gewesen war, weil es nichts mehr änderte, außer zutiefst verletzten Menschen weitere Schmerzen zuzufügen, die nur einer Wahrheit genügten, aber keiner Mitmenschlichkeit.

»Wir hatten ohnehin zu dem Zeitpunkt eine übersichtlich große Familie. Nach dem Tod meiner Eltern hat sie dann praktisch ihre wahre Form angenommen: da ist nur Hagen übrig geblieben. Der hat sich um mich gekümmert. Schule, Elternabend, alles. Der beste große Bruder, den man haben kann. Er würde alles für mich tun – und ich für ihn. Im Grunde sind wir fast … wie …«

Ihr fehlte das richtige Wort. Oder sie brach ab. Schwer zu sagen.

»Verheiratet«, half Maja aus.

»So was, ja. Sehr eng, wir verlassen uns blind aufeinander. Noch Wein?«

Maja überlegte kurz, aber dann schüttelte sie mit einem Blick auf die Uhr an der Wand den Kopf.

»Danke, nein. Ich glaube, ich muss langsam ins Bett. Sonst werde ich das morgen büßen. Aber … darf ich was fragen?«

Judith Dudek klopfte mit der flachen Hand auf die Armlehne ihres Rollstuhls.

»Wie ist das passiert?«

Maja nickte.

»Ein Unfall.«

In den zwei Worten brachte Judith alles unter, was darin inbegriffen war: Ja, ich komme damit langsam zurecht, aber es macht mir noch zu sehr zu schaffen, um darüber jetzt detailliert zu sprechen. Belassen wir es für heute dabei, bitte.

Woraufhin Maja Kaminski sich von der Couch erhob: »Danke für den netten Abend.«

»Ich hoffe, es war nicht der letzte.«

Kaum war die Kollegin ihres Bruders fünf Minuten verschwunden, drehte sich der Schlüssel im Schloss der Haustür und Hagen kam mit einem frischen Windzug herein. Judith, die gerade die Weingläser in die Geschirrspüle geräumt hatte, warf ihm einen schelmischen Blick zu.

»War schwierig, den Wagen auszulösen?«

Dudek schlüpfte aus seinem Jackett und seufzte hörbar, während er es fein säuberlich auf einen Bügel hängte: »Ich musste meinen Dienstausweis zeigen und beim LKA anrufen. Ziemlich umständlich. Aber es riecht sehr gut«, sagte er und trat näher an den Herd.

»Die sind für morgen, aber du darfst ein paar naschen.«

»Ich hatte dir versprochen, dass wir einen Film gucken. Keine Lust mehr?«

»Doch.«

Sie winkte mit seiner Brieftasche.

»Wo war die?«

Judith legte sie neben dem Herd ab: »Frau Kaminski war hier. Du hast sie in ihrem Wagen verloren.«

Er schüttelte den Kopf über sich selbst.

»Ich hoffe, sie war nicht zu aufdringlich.«

»Sie war sehr nett. Der FI-Schalter ist wieder rausgesprungen. Sie hat mich die Treppe runtergetragen.«

Dudek hob anerkennend eine Augenbraue.

»65 Kilo sind schon eine Hausnummer.«

»Blödmann.«

Hagen grinste breit, ging auf sie zu und griff ebenso gekonnt zu. Er hob sie scheinbar mühelos aus dem Stuhl und legte sich seine Schwester sanft über die rechte Schulter. Sie gluckste.

»Was ist los mit dir?«

»Ich will sehen, ob ich es mit dir rauf schaffe.«

»Irgendwann bist du dafür zu alt.«

»Genieß es bis dahin. Was schauen wir?«

»Brokeback Mountain.«

35

1. DEZEMBER 2006, SILDEMOW UND BRINCKMANSDORF

»Vielleicht«, sagte ihr Chef dann, »vielleicht aber auch nicht.«

»Weil?«

»Weil er auch die Person kennen könnte, die dabei gewesen ist, als Boris Lazarov mit dem Ring hier angekommen ist. Oder die«, er holte tief Luft für den kleinen Satz, »... oder die dabei gewesen ist, als er ihn geschluckt hat.«

»Stimmt. Es muss nicht zwangsläufig einer von uns involviert sein.«

»Kann ich auch so ein Bier haben?«

»Na klar, ich habe noch eins«, sagte Lona Mendt und beugte sich schon zum Kühlschrank, hielt dann aber inne und sah ihn fragend an; »Aber sind Sie nicht gerade im Dienst?«

»Natürlich, ja ... gut, dass Sie das sagen, Frau Mendt.«

»Gerne.«

Dann schob er drei Ausdrucke auf den Tisch. Drei Männer. Drei Passfotos. Die drei sahen sich ähnlich. Und noch wichtiger: auch Petko Kirov.

Lona stellte ihr Bier ab und musterte die Fotos genauer. Sie verglich die Augenpartien, die Nasen. Dann endlich hob sie den Blick: »Das sind Brüder?«

»Exakt«, bestätigte Mertens und verbrannte sich beim Nippen am Teeglas die Oberlippe.

»Oha.«

»Vielleicht noch einen Moment warten.«

Mertens nickte und befühlte die Lippe.

»Hab gleich mal nachgesehen, als die Nachricht von dem Überfall in Sofia gekommen ist. Petko Kirov. Wen er hier vielleicht so kennt, ob es familiäre Verbindungen gibt. Und das sind seine Brüder: Vanja, Georgi und Fidan Kirov.«

»Aus Sofia, nehme ich an.«

»Genau. Die sind vor sieben Jahren hergekommen. Erst er hier: Vanja Kirov.«

Lona Mendt beugte sich über die Porträts der drei Männer. Wie unschwer zu erkennen war, hatte Mertens Kopien der Passfotos vom Einwohnermeldeamt besorgt.

»Wie alt ist er?«

»Moment.«

Mertens kramte einen Notizzettel hervor: »*Just a second!* Hier: er ist Jahrgang 1958. Das macht ... das ist ...«

»Er ist 48«, kürzte Mendt ab.

»Genau.«

Es war ein kräftiges Gesicht, fand Lona. Nicht aufgequollen oder schwammig. Durchaus mit Masse, aber eine, die verriet, dass es ein trainierter Mann war. Sein Blick strahlte die Gelassenheit eines Menschen aus, der schon durch ein paar Täler gegangen war und den so leicht nichts aus der Ruhe brachte.

»Was macht er hier?«

»Auf die Schnelle habe ich nur rausgefunden, dass er Gemüsehändler ist. In Toitenwinkel. Wie seine Brüder. Zuerst ist Vanja Kirov gekommen, und zwar 1999. Dann sein jüngerer Bruder Fidan, der hier.«

Er deutete auf die Nummer zwei, einen Mann mit einem schmalen Gesicht, dessen Wangenknochen sichtlich hervortraten und ihm Kontur verliehen. Hohe Stirn, Brille, ein klarer, nachdenklicher Blick. Aufgeweckt. Vielleicht auch hintergründig.

»Der ist 2000 gekommen«, sagte Mertens, »und der hat dann auch noch einen Gemüseladen eröffnet. In der City. Fidan Kirov ist jetzt 43 Jahre alt. Und der hier«, Mertens' Finger stoppte in der Luft über dem dritten Foto, »ist Georgi Kirov. Er ist der jüngste der vier Brüder, 35.«

Georgi machte einen stämmigeren Eindruck als Fidan Kirow, auf dem Foto hatte er die Augenbrauen zusammengezogen. Er wirkte bullig. Lona konnte sich gut vorstellen, dass es ein Mann war, der schnell die Beherrschung verlor.

Mertens wendete sein Notizblatt: »Er kam vor drei Jahren, 2003.«

»Ich sehe mir die mit Elling näher an. Gemüseladen, ja?«

»Ja.«

»Vielleicht sind das drei ganz unbescholtene Gemüsehändler, und ihr Bruder in Sofia macht seine Geschäfte mit jemand anderem.«

»Aber?«

»Blut und Wasser.«

Sie erhaschte seinen Blick auf ihr Bier. Lona Mendt beugte sich zum Kühlschrank, zog noch eine Flasche Bier heraus und öffnete sie. Zusammen mit einem Glas aus dem Regal hinter ihr stellte sie es ihm hin. Ihr Vorgesetzter sah sie verblüfft an und zögerte.

»Wenn Sie es nicht trinken, trinke ich's.«

Mertens goss sich schnell ein und nahm einen Schluck.

»Danke. Schmeckt gut. Aber wenn es so läuft wie Elling und Sie glauben, dann weiß Petko Kirov, dass Sie unbeschadet zurück sind. Und Sie ihn im Verdacht haben. Er wird jetzt niemanden schleusen.«

»Ja. Aber in seinem Schleusernetzwerk gibt es eine Lücke, und die nutzen Herr Elling und ich heute Abend.«

»Irgendwas, was ich Ihnen beiden abnehmen kann?«

Lona nickte: »Seine Brüder.«

»Willst du ohne Mantel gehen?«

»Hab ich vergessen«, antwortete Erika Elling mit ertappter Miene, als sie im Ringelrankenweg nur in einem Pullover vor das Haus ihres Sohnes trat.

Elling nahm den Mantel von der Garderobe und half seiner Mutter hinein, was ihr gefiel. Dann schnappte er sich noch einen Schal, den er ihr sorgsam um den Hals legte. Sie sah hoch und strahlte ihn an.

Wie klein sie geworden war. Und wie knöchrig die Hände, ging es Elling durch den Kopf. Er selbst trug eine dicke Jacke, die imprägniert war und eine Kapuze hatte. Mehr brauchte er nicht.

Er nahm sie an die Hand, und auch das hob ihre Laune merklich.

»Ist die Tatjana gut zu dir?«

»Die ist super, Mama.«

Erika Elling wirkte erleichtert: »Ich mag die auch.«

»Das freut mich.«

»Können wir bald mal meine Mama besuchen?«, fragte sie unvermittelt.

»Gleich morgen«, versprach Elling.

Sie spazierten über einen Feldweg in Richtung Stadt. Wiesen, Äcker, kahle Bäume säumten ihn. Frank Elling fühlte sich seiner

Mutter jetzt nah. Hier draußen, in der Kälte. Hand in Hand. Wohin sie gingen, war nicht wichtig. Sie gingen eben. Lebenszeit teilen.

»Was die Leute immer gegen den Winter haben.«

»Ist ja auch ganz schön kalt im Winter, Mama.«

»Aber das deftige Essen schmeckt dann gut. Eintopf, Rouladen, Grünkohl mit Kasseler.«

Die bloße Erwähnung dieser Gerichte machte ihn hungrig.

Und sie? Aß mehr und mehr wie ein Spatz. Außer, es gab Kuchen. Die Phasen ihrer Demenz wurden unvorhersehbarer. Reglose Teilnahmslosigkeit mit einem verlorenen, glanzlosen Blick wechselten sich ab mit Momenten, in denen Erika Elling wach war und klar.

»Vermisst du Papa?«, fragte er, damit etwas gesagt wurde, denn die Antwort kannte Elling natürlich bereits. Und jedes Mal hatte sie geantwortet: Ja, ich vermisse ihn. Es ist, als wäre er gestern gestorben. Es reißt einen in Stücke, und man setzt sich mühsam wieder zusammen, aber es fehlen am Ende immer die wichtigen Teile. Man wird nie wieder ganz. Der Wind pfeift durch einen durch. Verstehst du? Der Wind pfeift durch einen durch.

Ja, er verstand. Und machte sich auf ihre Antwort mit dem Wind gefasst, doch Erika schüttelte im Gehen nur den Kopf und sagte: »Weißt du, dein Vater hat einen guten Punkt erwischt.«

»Zu gehen, meinst du das?«

»Ja, das meine ich.«

Sie war, passend zur Jahreszeit, kristallklar im Kopf.

Elling und seine Mutter hatten nun die Cärbak erreicht, einen großen Bach oder vielleicht einen kleinen Fluss, je nachdem, und jemand hatte dort eine kleine Holzbrücke mit Geländer gebaut. Die betraten sie, und statt sie zu überqueren, blieb Erika Elling in der Mitte stehen und stützte sich mit dem Unterarm aufs Geländer. Sie schaute hinab zum Wasser, das unter ihr und der kleinen Brücke verschwand.

Elling steckte sich eine Zigarette in den Mund.

»Hast du auch eine für deine arme Mutter?«

Er reichte ihr eine und zündete sie ihr an, anschließend seine.

»Du hast nie geraucht, Mama.«

Sie hustete nach dem ersten Zug. Und lächelte dann schelmisch: »Es ist nie zu spät, mit etwas anzufangen.«

War das ihr Ernst? Oder eine fixe Idee?

Er wusste es nicht.

»Er hat einen guten Punkt erwischt. Das ist nicht einfach, aber dein Vater hatte ein Händchen dafür. Das Richtige zu tun. Das reicht ja nicht. Auf den Moment kommt's an. Nicht?«

»Ja«, bestätigte Elling, der keinen Schimmer hatte, wohin die Reise in Erikas Kopf gerade ging. Wusste sie, wohin sie segelte, oder war das der Beginn einer Odyssee?

Aber er bejahte ihre Frage, damit sie ihrem Gedanken weiter folgen konnte, bevor er sich in einer Synapse verkroch, die ihn nicht wieder hergab.

»Ich habe verpasst, jung zu sterben, mein Junge, und jetzt lässt alles nach. Die Sinne, die Muskeln, die Knochen. Alles aufgebraucht. Jetzt werde ich manchmal auch schon tüttelig. Hast du noch gar nicht gemerkt, hm?«

»Nee.«

Sie nickte: »Das kommt jetzt. Ich vergesse Dinge.«

»Das tun wir doch alle mal.«

Sie sah ihn an, blickte ihm in die Augen und musterte ihn. Nicht unsicher und suchend, sondern durchdrungen von Klarheit.

»Dein Vater ist gegangen, bevor das alles gekommen ist. Er ist im Zenit gegangen. Nun ja, vielleicht hätte er noch zehn Jahre gemacht. Die hat er nicht mehr gehabt. Aber«, sie hob den Zeigefinger, »er musste seinem Vergehen nicht beiwohnen. Dein Vater war ein stolzer Mann, er hätte es nicht ertragen.«

Etwas ermüdet von ihren eigenen Ausführungen wandte sie sich wieder dem Wasser zu und stützte sich mit beiden Unterarmen auf das Holz. Elling stellte sich neben seine Mutter und legte ihr seinen Arm um die Schultern und drückte sie an sich. Er sah es nicht, aber ihm war, als spüre er sie lächeln.

»Das ist schön, hier mit dir zu stehen«, sagte sie.

»Ja, finde ich auch.«

Stille.

»Ich wollte dich was fragen, Mama.«

»Hm? Was denn?«

»Also, wenn du nur noch einen Tag zu leben hättest, nur mal angenommen …«

Erika Elling nickte und hob die Hand, damit ihr Sohn nicht weiterredete. Ohne den Blick vom Spiel des Wassers unter ihr zu lösen, sagte sie: »Die Frage ist Unsinn, weil sie die Folgen ausblendet. Ich halte es mit Paul Newman – hübscher Mann war das, übrigens –, *ich möchte die Erde etwas besser verlassen, als ich sie vorgefunden habe.*«

36

1. DEZEMBER 2006, ROSTOCK

Elling saß quer auf der Bank der Dinette, den Rücken an die Wand gelehnt. Er schaute wie Lona, die auf dem Beifahrerplatz im Dunkeln hockte, durch die Windschutzscheibe hinaus. Sie hatten um halb neun abends hier geparkt, genau der Punkt zwischen zwei Straßenlaternen, weswegen wenig Licht in den Innenraum fiel und man sie von draußen nur entdeckte, wenn man die Nase an die Scheibe presste.

Von hier aus lag das Seeheim hundert Meter entfernt auf der rechten Seite. Und in gleicher Distanz, bloß linker Hand, befand sich der Brunnen. Jener Treffpunkt, den die kleine Tanja Lona Mendt verraten hatte.

Sie saßen dort und schwiegen einvernehmlich. Das war nicht mit vielen Menschen möglich, genauer betrachtet mit überschaubar wenigen, deshalb schätzte Lona das an Elling besonders.

Auf der Straße waren um diese Zeit wenige Autos unterwegs. Doch um Punkt 22 Uhr hielt auf der Höhe des Brunnens ein weißer Kombi. Die Lichter wurden ausgeschaltet, aber es stieg niemand aus. Elling verließ daraufhin seinen Platz an der Dinette und nahm neben Lona auf dem Fahrersitz Platz. Sie schauten beide nach rechts zum Seeheim, denn bis jetzt war auf dessen Straßenseite noch kein Kind und kein Jugendlicher erschienen. Und auch am Brunnen hatte sich bis jetzt niemand eingefunden.

In dem Moment öffnete sich die Beifahrertür des weißen Kombis, und eine Frau stieg aus. Die beugte sich noch einmal hinein, dann schlug sie die Tür zu und ging am Brunnen vorbei zu einem Mehrfamilienhaus. Kaum war sie darin verschwunden, startete der weiße Kombi wieder und versank im nächtlichen Verkehr.

Die Anspannung wich von Frank Elling und Lona Mendt. Die warf einen Blick auf ihre Armbanduhr: 22:04 Uhr.

»Vielleicht gehen die doch auf Nummer sicher«, mutmaßte Elling, »vielleicht verlässt ab heute gar kein geschleustes Kind mehr das Heim. Oder sie haben den Zeitpunkt geändert. Auf jeden Fall haben die irgendwie die Notbremse gezogen.«

Lona ließ diesen Gedanken sacken. Natürlich, da war was dran. Das ganze Netzwerk war in Alarmbereitschaft. Wer auch immer hier in Rostock dazugehörte.

»Dann lass uns auch auf Nummer sicher gehen«, sagte sie, stand auf und ging zur Tür. Elling warf ihr einen irritierten Blick zu.

»Wenn die die Uhrzeit für das Treffen vorverlegt haben, können wir nichts mehr machen. Aber wenn sie den Treffpunkt geändert haben, dann vielleicht doch.«

Ein wenig unheimlich war es schon. Platzangst durfte man nicht haben. Es gab ein Fremdwort dafür, sie hatte es mal gehört, es fiel ihr nicht ein. Irgendwas mit *Klaus*. Raya hätte es gewusst.

Zuerst spürte Sarah den Luftzug, der in die Röhre drang, dann hörte sie die Autos auf der Straße. Wenn es regnete, hörte man sie besser. Dann waren die Reifen auf dem Asphalt nämlich lauter.

Da war das Absperrgitter. Direkt vor ihr, am Ende der Röhre. Wie Gefängnisstreben aus einem Film. Bloß, dass die hier dünn waren und quer verliefen. Es waren Lamellen.

Wie man ihr gesagt hatte, drückte sie gegen das Blech. Und es brauchte gar nicht viel, schon segelte es vor ihren Augen hinab und plumpste nahezu lautlos ins Gebüsch vor der Hinterseite des Seeheims.

Vorsichtig linste sie hinaus, als sie das Ende der Röhre erreicht hatte. Ein paar Bäume und Buschwerk, ein kleiner Trampelpfad direkt darunter. Links die Straße mit dem Brunnen. Rechts eine Nebenstraße, keine 20 Meter mehr entfernt. Das Licht der Straßenlaternen und Autos glitzerte auf dem nassen Asphalt.

Sarah kletterte aus dem Loch, durch das sie trotz ihrer Daunenjacke bequem passte. Aber umdrehen konnte sie sich nicht mehr, um sich mit den Füßen voran herauszuschieben.

Gerade wollte Elling, dem die Regentropfen die Gläser seiner Brille benetzten, Lona um die Ecke des Hauses folgen.

Aber die erstarrte plötzlich vor ihm und streckte ihre Hand blind hinter sich. Sie traf sein Handgelenk und packte fest zu.

Er erstarrte ebenso.

Mit der anderen Hand winkte sie ihn ganz vorsichtig zu sich. Er trat näher, aber sie wich nicht, sodass er sich an sie lehnen musste.

»Rechts.«

Es war noch weniger als ein Flüstern.

Elling sah, wie sich die Wand auf zwei Meter Höhe plötzlich nach außen wölbte. Nichts Eckiges, sondern etwas Organisches drückte sich hinaus, bis er begriff, dass es sich um einen Kopf und einen Arm handelte, der aus dem Beton zu wachsen schien.

Das Kind ließ sich fallen und kam so schnell wieder auf die Beine, dass es den Sturz offenbar unbeschadet überstanden hatte: es war Sarah Minkova!

Das Mädchen sah sich um. Orientierte sich im Halbdunkel aus

Nacht und Stadtbeleuchtung und schlug sich dann nach rechts, also von ihnen weg.

Lona wartete fast, bis sie sie verloren hatten, bevor sie sich aus ihr Erstarrung löste und dem Mädchen zusammen mit Elling geduckt folgte.

Der Trampelpfad endete neben einer Litfaßsäule in einer ruhigeren Nebenstraße. Kaum hatte Sarah den Bürgersteig erreicht, erfasste sie der grelle Schein einer zweifachen Lichthupe.

Ein Auto, das in einer Parkbucht ganz vorne stand.

Sarah Minkova ging darauf zu, sah aber auch nach links und rechts und hinter sich, doch hier war niemand. Gegenüber standen Mietshäuser. Mit warmem Licht, das aus verschiedenen Fenstern schien. Wie überdimensionale Puppenhäuser.

Elling und Mendt verharrten im Schutz der letzten Buschreihe vor dem Fußweg und spähten durch das Blätterwerk der immergrünen Pflanzen hinüber zu dem Mädchen und dem Auto.

»Was ist das für ein Wagen?«, fragte Lona.

Wenn ihr Leben davon abhinge, eine Automarke zu benennen, wäre sie sofort tot.

»Ein Opel Vectra.«

»Sicher?«

Elling deutete ein Nicken an. Sie sah nur die blässlich beschienene Kontur seines Gesichts.

»Die Außenspiegel sind potthässlich bei dem Modell.«

Lonas Augen klebten an dem Kind. Elling sah es nicht, es war schließlich Nacht, aber er spürte es. *Ihre Sorge.* Und hörte nun, wie sie unbewusst die Luft anhielt, als Sarah das Auto erreichte.

Die Tür schwang auf, und vom Dunkel des Inneren beugte sich eine Person vom Fahrersitz hinüber in ihr Blickfeld: Eine Frau mit dunklen, langen Haaren und ebensolchen Augen. Und mit großen, geschwungenen goldenen Ohrringen.

Kreolische Ohrringe, wie sie ihr später erklären würde.

Die Frau schenkte ihr ein entspanntes Lächeln

»Du bist Sarah, hm?«, fragte sie auf Bulgarisch.

Sarah nickte schüchtern. Wieder das entspannte Lächeln der Frau.

»Ich bin hier, um dich abzuholen, Kleine. Ich bin Frau Nedeva. Steig ein, sonst bist du gleich total nass vom Regen, und dann beschlagen die Scheiben.«

Sie beobachteten, wie das Mädchen in den Wagen stieg – den Vectra – und die Person am Steuer den Motor startete.

»Lauf. Und schalt dein Handy ein.«

Die besondere Dringlichkeit in Lonas Stimme nahm er sehr wohl wahr, drehte sich um und sprintete zurück, den Trampelpfad entlang, den sie gekommen waren. Die Zweige der Bäume streiften sein Gesicht, er spürte den Matsch unter seinen Schuhsohlen.

Lona sah, wie der Wagen wendete.

Das war der Moment!

Sie sprang aus dem Schutz der Büsche und lief den Bürgersteig entlang.

Der Wagen setzte noch mal zurück.

Näher würde sie nicht kommen. Jeder weitere Meter wäre unnütz. Sie stoppte ab und wäre auf den Gehwegplatten um ein Haar ausgerutscht. Das Kennzeichen ließ sich nicht im Laufen ablesen, dafür war der Vectra zu weit weg.

HR – IZ – 2806.

Sie kniff die Augen zusammen.

Das Auto fuhr los.

Nein: HR – IZ – 2306.

Lona riss ihr Handy aus der Jacke und drückte die Kurzwahltaste #2. Sekunden später hatte sie ein Keuchen im Ohr.

»Elling?«

»Ja.«

Sein Atem rasselte.

»Sie fahren die Straße runter. Richtung Lübecker. Wo bist du?«

»Gleich da.«

Elling rannte quer über die Fahrbahn, aufs Wohnmobil zu. Ihm brannte die Lunge.

»Noch fahren sie weiter, noch biegen sie nicht ab«, hörte er Lona.

Dann endlich sah er sein Schmuckstück, das er hinter ihrem Wohnmobil geparkt hatte.

Mit der freien Hand öffnete er den 911er.

»Sie blinkt rechts und …«, kurze Erleichterung am anderen Ende der Leitung, »die Ampel ist auf Rot umgesprungen. Der Wagen steht, Elling. Elling?«

»Ich bin im Auto. Geht los.«

Der Motor wummerte mit einem dumpfen Dröhnen, als er ihn startete. Er parkte aus und beschleunigte. Es war immer noch wenig los, also sauste er ungehindert mit 90 Sachen die Straße runter in Richtung Hafen.

»Und?«

»Steht noch. Wo bist du?«

»Ich geh die Elisabeth runter. Sie blinkt doch rechts, ja?«

»Ja.«

»Kennzeichen? Hast du das?«

»HR – IZ – 2306.«

»Sagst du Falk Bescheid oder soll ich?«

»Mach ich, wenn wir die grobe Richtung wissen.«

»Gut.«

»Jetzt Grün. Sie biegt nach rechts ab auf die Lübecker. Ich bin gleich wieder zurück.«

Klack.

Es war angenehm warm in dem Auto. Nicht nur die Luft, auch die Sitze. Und die Frau roch ganz dezent nach einem schweren Parfüm, das Sarah mochte. Die Ohrringe gefielen ihr.

»Hast du Hunger?«

Sarah schüttelte den Kopf. Sie hatte das Gefühl, Frau Nedeva war das recht. Die Lichter der Laternen und der anderen Autos verschwommen auf den Regenschlieren der Windschutzscheibe.

Lona Mendt spurtete den Weg über den Trampelpfad zurück, den Elling keine zwei Minuten vor ihr genommen hatte. Sie lief, sprang über Wurzeln, es machte ihr nichts. Es war, als liefe sie gar nicht selbst. Als stecke sie in einer Figur auf einem Spielfeld.

Im Nu hatte sie wieder die Straße mit dem Brunnen erreicht und legte jetzt noch einen Sprint zu ihrem Wohnmobil hin, während sie Falks Nummer wählte.

Frank Elling war in Rostock aufgewachsen.

Er kannte die City wie seine Westentasche. Welcher Laden wann wo warum zugemacht und welcher stattdessen dann dort wann mit welchem neuen Konzept eröffnet hatte. Die Läden, die Szenepunkte, die Brennpunkte, die angesagten Clubs und die anderen, die, die ihm lagen.

Jazzclubs etwa. Mit Jazz konnte er trotz unzähliger Anläufe nicht viel anfangen, aber unbestreitbar traf man in den Jazzkneipen und -clubs die interessanteren Frauen.

Er schoss mit 80 im zweiten Gang die Kabutzenhof runter. An deren Ende gab es am Hafen eine kleine Fährlinie nach Gehlsdorf. Die Ampelanlage zeigte Grün.

Instinktiv ging er vom Gas.

Gelb.

Er stoppte und sah nach links. Von dort müsste der Vectra kommen. Die Lübecker Straße folgte haargenau dem Ufer der Unterwarnow nach Süden. Die Frage war, ob das Auto mit Sarah Minkova im Süden die Vorpommernbrücke überqueren würde, die dann in den östlichen Teil Rostocks führen würde, oder ob es vorher wieder nach rechts in die hanseatische Altstadt abbog.

Elling beobachtete ganz genau die Abblendlichter, die von links kamen.

Dann meldete Lona sich per Handy.

»Ja?«

»Hast du den Wagen?«

»Noch nicht, ich … da ist er.«

»Wo?«

»Lübecker nach Süd.«

»Und wo bist du?«

»Kabutzenhof? Und du?«

»Ich hin gerade losgefahren. Ich geb Falk Bescheid, dass er sie nach der Brücke abgreift.«

»Gut.«

»Bis dahin hab ich aufgeholt und kann dann übernehmen.«

»Gut.«

Grün.

Elling bog ab und schloss auf.

»HR – IZ – 2306. Der ist vor mir.«

Elling achtete darauf, zwei andere Autos zwischen dem Vectra und sich zu haben. Schleuser hatten für gewöhnlich einen sehr geschulten Blick in den rückwärtigen Raum.

Man musste sich geschmeidig bewegen. Man durfte nicht nervös werden, den Sichtkontakt zu verlieren.

Der *worst case* – neue Vokabel für Mertens – wäre, entdeckt zu werden. Das durfte keinesfalls passieren. Besser, man verlor notfalls den Kontakt.

Achte darauf, dass du dich nicht direkt dahinterhängst, wollte Lona sagen.

Aber das war natürlich Unsinn. Elling sah aus wie ein langweiliger Buchhalter. Bebrillt, Geheimratsecken, die Kleidung ein wenig von vorgestern. Aber er war auf seine Art ausgebufft. Er wusste haargenau, wie man jemanden observierte. Auch, dass man notfalls den Kontakt abreißen ließ, statt aufzufliegen.

Das Wohnmobil war kein Sportwagen, sondern ihr schwerfälliges Refugium, mit dem sie vorsichtig bei Rot zwei Kreuzungen nahm. Einmal unbemerkt, dann begleitet von einem Hupkonzert.

»Wohin fahren wir?«

»Kennst du Rostock? Bist du mal hier gewesen?«

Sarah schüttelte den Kopf. Frau Nedeva zündete sich eine Zigarette an und öffnete netterweise ihr Seitenfenster gerade so weit, dass der Rauch herauszog und nicht zu viel Regen hereintropfte.

»Wir fahren an einen sicheren Platz, Sarah. Zu einer Wohnung. Wir sind eine große Familie.«

Familie.

Ein Zauberwort für jene, die eine hatten, wie auch für jene, die keine hatten.

Familie war Wärme, Schutz, Zuhause. Oder sollte das zumindest sein.

Familie.

Sarah war erleichtert.

Sicher, noch war es eine fremde Familie. Aber immer noch besser als gar keine.

»Haben Sie meine Schwester auch abgeholt von hier?«

»Schwester?«

»Sie heißt Raya«, fügte Sarah schnell hinzu, »sie ist auch aus Sofia, sie wollte nach Deutschland.«

Kalina Nedeva sah das Mädchen an und las die Hoffnung in dessen Augen.

»Raya, Raya«, sagte sie, »da klingelt was bei mir. Beschreib sie mir mal, vielleicht erinner' ich mich.«

Aufregung ergriff Sarah jetzt. Vielleicht würde sie Raya bald wiedersehen? Vielleicht heute schon? Gleich sogar?

Es sprudelte so schnell aus ihr heraus, dass sie sich verhaspelte: »Sie ist vor einem Jahr … vermittelt worden. Raya Minkova. Sie ist jetzt 17, sie hat am 23. Juni Geburtstag, das ist Sternzeichen Krebs, sie ist etwas größer als ich, sie hat eine Tätowierung am rechten Fußknöchel, da steht *Glück.*«

Kŭsmet auf Bulgarisch.

Nedeva kniff die Augen zusammen, als denke sie sehr konzentriert nach. Sarah beobachtete sie aufmerksam.

Dann endlich deutete die Frau ein Nicken an: »Ich meine, ich habe von ihr gehört.«

Sarahs Herz machte einen Satz, und gleichzeitig hatte sie das Gefühl, einen elektrischen Schlag bekommen zu haben, der sich warm und gut anfühlte.

»Wirklich?«

»Ja, wirklich.«

»Und wo ist sie? Ist sie auch hier?«

Kalina Nedeva schenkte ihr ein nachsichtiges Lächeln: »Da muss ich fragen, Kleine. Ich bin nur die Fahrerin. Das Vermitteln übernehmen andere.«

»Ach so.«

»Aber ich hak' da mal nach. Versprochen.«

»Danke.«

Sie stoppten an einer Ampel. Frau Nedeva blickte zu ihr und musterte sie. Sarah, die den Blick erwiderte, entdeckte eine gewisse Traurigkeit in den Augen der Frau und deren Miene. Ein Bedauern. So was in der Art.

»Ich weiß, wie das ist. Wie du dich jetzt fühlst. Fremd in einer deutschen Stadt. Ich bin selbst mal vermittelt worden.«

»Bleibt sie auf der Am Strande?«

»Ja«, bestätigte Elling. Am Strande war die Fortführung der Lübecker Straße und führte quasi direkt am Ufer entlang nach Süden.

»Ich seh dich jetzt«, sagte Lona, die jetzt stark aufgeholt hatte, weil sie mit 80 Stundenkilometern am Warnowufer längsjagte. Tatsächlich lag der Porsche drei Autos hinter dem Vectra, in den Sarah eingestiegen war.

»Du kannst dich zurückfallen lassen.«

»Gut.«

Prompt wurde er langsamer und holte das Wohnmobil weiter auf. Lona rief Polizeihauptmeister Falk an, den Elling und sie vorab über ihren Plan informiert hatten. Er stand mit vier Einsatzwagen bereit.

Zweien in der City, falls der Vectra doch noch abbiegen sollte. Und die zwei anderen auf der Rövershager Chaussee, die die Warnow überquerte und dann in einem weiten Bogen zu den östlichen Rostocker Stadtteilen führte.

»Das amtliche Kennzeichen ist HR – IZ – 2306«, ließ sie ihn wissen, »auf dem Beifahrersitz befindet ich ein etwa 12 Jahre altes Mädchen, braune Haare, braune Augen, orange Daunenjacke. Der Vectra wird über die Vorpommernbrücke kommen.«

»Wir ziehen ihn raus«, erwiderte Falk, der neben der Kollegin im Streifenwagen wartete. Hinter sich der zweite Einsatzwagen, den die Kripo für notwendig hielt, um es nach einer routinemäßigen Polizeikontrolle aussehen zu lassen.

»Es geht los«, sagte er und stieg aus. Hinaus in die regnerische Kälte. Falk war ein schmaler, lang aufgeschossener Mann mit einem fein gestutzten Vollbart. Er gab den Kollegen im zweiten Wagen ein Zeichen, woraufhin die mit ihren Kellen ausstiegen und ihm entgegenkamen.

»Geht los. Ihr zieht jetzt gleich zwei raus. Die verdächtige Person befindet sich in einem Opel Vectra, HR – IZ – 2306. Den Wagen winkt Brigitte zu mir.«

Elling sah hinüber zu Lona, während die an ihm vorbeizog. Er stoppte, wie gerade besprochen, kurz vor der Vorpommernbrücke am rechten Straßenrand und wartete, während Lona sich nun an den Vectra hängte.

Die Chaussee beschrieb eine weite Kurve, aus der keine Straße abzweigte. Nedeva sah die Einsatzwagen sofort. Hintereinander in einer Bushaltestelle geparkt. Zwei Polizisten kontrollierten gerade zwei Autos. Sie standen neben den Fahrertüren und inspizierten die Papiere.

Eine Polizistin hob die Kelle und deutete auf sie.

»Was wollen die?«, fragte Sarah.

»Das ist eine Verkehrskontrolle. Kein Problem«, gab Nedeva zurück. Sie bremste sachte ab und setzte vorschriftsmäßig den Blinker, um dann an der Stelle anzuhalten, auf die die Polizistin mit der freien Hand zeigte.

»Du sagst nichts. Du lächelst bloß höflich die Frau an, ja?«

Sarah nickte, und Kalina Nedeva ließ die Scheibe hinabgleiten. Die Polizistin trat zu ihr, und im Hintergrund fuhr ein Wohnmobil vorbei.

»Guten Abend. Allgemeine Verkehrskontrolle. Einmal Ihren Führerschein und die Fahrzeugpapiere, bitte.«

Nedeva reichte ihr beides, und die Frau ging damit zu dem vorderen Streifenwagen, in dem ein Mann saß. Während er sie überprüfte, winkte sie schon das nächste Auto raus, das sie vor ihnen anhalten ließ.

Keine vier Minuten später scherte der Vectra aus und reihte sich wieder in den fließenden Verkehr ein. Elling, der von Falk darüber informiert worden war, kam rechtzeitig über die Brücke, um sich auf Distanz an den Wagen zu hängen.

Zwei Seitenstraßen weiter hatte Lona Mendt ihr Wohnmobil unter der Krone eines mächtigen Baumes geparkt.

Nachdem der 911er vorbeigefahren war, startete sie und folgte ihm.

Prompt meldete sich Polizeihauptmeister Falk auf ihrem Handy.

»Die Frau heißt Kalina Nedeva. Geboren in Dobritsch, 38 Jahre alt. Ledig.«

»Nedeva mit w oder v?«

»Mit v. Der Wagen ist auf sie zugelassen. Sie ist hier auch regulär in Rostock gemeldet. Und auch nicht zur Fahndung ausgeschrieben.«

»Und wo wohnt sie?«

»In der Blücherstraße 3.«

»Die ist doch in der Steintor-Vorstadt, oder?«

»Das ist korrekt, Frau Mendt«

Dorthin war Frau Kalina Nedeva also mit Sarah Minkova nicht unterwegs, denn ansonsten hätte sie vor der Brücke rechts abbiegen müssen. Also wurde Sarah nicht bei ihr untergebracht.

»Was für einen Eindruck hat das Mädchen auf Sie gemacht?«

»Ich hatte nicht selbst Sichtkontakt. Aber die Kollegin sagt, einen entspannten.«

»Frau Nedeva, hat sie selbst Kinder?«

»Nein.«

Toitenwinkel.

Dort hatte Ellings und Lonas letzter Fall seinen Anfang genommen. Und hier stellte Frau Kalina Nedeva nur zehn Minuten nach der Verkehrskontrolle ihren Vectra ab und ging mit Sarah auf eine der Plattenbauten im Hafenbahnweg zu, wie Elling beobachtete, der mit dem Porsche vorbeituckerte.

»Sie sind ausgestiegen.«

Lona Mendt bog daraufhin auf einen Parkplatz ab, an dem ein Baum ihrem Wohnmobil Sichtschutz spendete. Schaute man aus einer Wohnung des Hafenbahnwegs hinab, fiel es nicht gleich ins Auge.

Dann machte sie sich zu Fuß auf den Weg und beeilte sich, den Abstand zu dem Mädchen und der Frau zu verkürzen, ohne dabei durch Hast aufzufallen.

Sie passierte ein paar junge Männer in Bomberjacken, die darum wetteiferten, so stark gegen eine Straßenlaterne zu treten, dass deren Licht ausfiel.

Sie erkannte Sarah gut hundert Meter weiter und Elling, der seinen Porsche klug hinter einem Transporter versteckt abgestellt hatte und nun von der anderen Seite aufschloss. Lona konnte sich noch kein genaues Bild von Kalina Nedeva machen. Sie sah von schräg hinten nur eine durchschnittlich große Frau mit offenen Haaren in einem Wintermantel, die eine kleine Reisetasche in der linken Hand trug. Bis auf das spärliche Licht der Straßenlaternen und jenes aus den Fenstern der Wohnblöcke war es stockdunkel.

Als Sarah mit der Frau im Eingang mit der Nummer 7 verschwand, waren sie zu weit weg, um die zuschwingende Haustür noch rechtzeitig zu erreichen, bevor sie ins Schloss fiel.

Ein Blick zu Ellings Gestalt, der sich von links näherte, genügte ihr, um zu wissen, dass er den Impuls, in den Laufschritt zu fallen, ebenso unterdrückte wie sie selbst.

Mit dem Ergebnis, dass sie vor der Nummer 7 vor verschlossener Tür standen.

»Zu wem wollen Sie denn?«

Hinter ihnen stand eine alte Frau, klein und hutzelig, die in einem Bund voller Schlüssel nach ihrem richtigen suchte. Ellings Blick flog über die Klingeltasten und Namensschilder. Die Frau sah aus, als wäre sie deutscher Herkunft.

»Ibrahimovic«, suchte Elling sich daher aus der obersten Reihe aus.

»Na dann«, sagte die Frau, während sie die Tür aufschloss und ihnen den Vortritt ließ.

Der Fahrstuhl hatte bereits die 2. Etage erreicht, wie sie auf der Anzeige über dem Fahrstuhlschacht ablasen.

»Das dauert bestimmt«, meinte die Frau.

»Wir sind gut zu Fuß«, entgegnete Lona und nahm zwei Stufen auf einmal. Elling folgte ihr. Es roch hier drinnen nach einer Mischung aus nassem Hund, Eintöpfen und gegrillten Würsten und so was wie Fischstäbchen. Die Lampen, die den Treppenaufgang beleuchteten, waren in massive Gitter eingefasst. Drittes Stockwerk. Sie hasteten weiter hinauf.

Elling bekam seinen Muskelkater zu spüren, den er sich in Sofia bei der ganzen Rennerei eingehandelt hatte. Und gegen den er jetzt ankämpfte. Weil es notwendig war und aus einem überschaubaren sportlichen Restehrgeiz heraus.

Vierte Etage, wie sie auf der Anzeige in der dritten ablasen.

Dann der dezente Gong. Sie verlangsamten ihre Schritte. Das Beiseitegleiten der Fahrstuhltür.

Lona stoppte in Aufwärtsbewegung ab und hob die Hand in die Luft, woraufhin Elling hinter ihr ebenso regungslos wurde.

»Da sind wir schon.«

Sie hörten die Stimme von Kalina Nedeva das erste Mal.

Lona schlich noch zwei Stufen hinauf. Leise und schnell genug, um noch zu erhaschen, wie Nedeva mit Sarah in der Wohnung schräg gegenüber dem Fahrstuhl verschwand. Für einen Augenblick schnappte sie das für Fußballspiele typische Pfeifen und Gejohle der Fans auf. Dann wurde die Tür geschlossen, und die Geräusche erstarben.

»War das Bulgarisch?«

Elling nickte: »Sie hat gesagt: da sind wir schon.«

»Los«, flüsterte Lona, woraufhin sie leise in den Gang traten.

An der Wohnungstür angekommen, schob Lona die Haare links zur Seite und legte ihr Ohr vorsichtig neben dem Türspion auf.

Elling hatte die Hand auf den Knauf der Dienstwaffe im Schulterholster gelegt. Falls es nötig sein sollte. Sein Atem ging schnell, die Treppen hatten ihm zugesetzt.

Lona löste ihr Ohr von der Tür und antwortete auf Ellings fragenden Blick mit einem Achselzucken.

Gemeinsam besahen sie sich das Klingelschild: *R. Pavlov* hatte jemand per Hand auf ein Stück Papier gekritzelt.

»Wie der mit den Hunden«, flüsterte Frank Elling.

»Der schreibt sich mit ›w‹.«

»Ich weiß«, log Elling. Er blickte zur Decke und lächelte. Und als Lona seinem Blick folgte, wusste sie auch wieso: der Rauchmelder.

37

1. DEZEMBER 2006, TOITENWINKEL

Die Eingangstür führte nicht in einen Flur, wie Sarah erwartet hatte, sondern mündete direkt im Wohnzimmer, das mit einem hellen Teppich ausgelegt war. Rechts neben der Haustür befand sich die Garderobe, an der sich Jacken in unterschiedlichen Größen und Farben tummelten.

Hier lebt nicht nur der Mann, kombinierte Sarah.

Der Mann saß auf einer Couch und verfolgte ein Fußballspiel, von dem er nur kurz aufschaute zu Kalina Nedeva. Sarah warf er einen schnellen Blick zu. Verwunderung darüber, dass sie Besuch von einem Mädchen bekamen, konnte Sarah in seinem Gesicht nicht entdecken.

Er trug eine Jogginghose mit weißen Längsstreifen und ein knallrotes T-Shirt. Er hatte kräftige Oberarme und war bestimmt früher Boxer gewesen. Vielleicht boxte er immer noch, überlegte Sarah.

Männer mit platten Nasen sind Boxer, hatte Raya ihr in Sofia erklärt. *Wenn sie früh platte Nasen haben, sind es schlechte Boxer.*

Die Haare waren kurz geschoren und dunkel. Auf seinem linken Bizeps prangte eine Tätowierung, die einen Drachenkopf zeigte, der sein Maul weit geöffnet hatte.

Der Drachenmann, wie Sarah ihn nun insgeheim nannte, war ihr unheimlich.

Nicht wegen der Tätowierung, sondern … sie suchte nach dem richtigen Begriff, aber er fiel ihr nicht ein. Er war kalt. Das traf es nicht, das war ihr bewusst, aber es kam in die Nähe. Kalt gegenüber allem.

In den Blick des Drachenmanns schlich sich jedenfalls Verärgerung, weil Kalina Nedeva sich die Fernbedienung geschnappt hatte und die Lautstärke des Fußballspiels des Fernsehers herunterregelte.

»Wir wollen nicht auffallen, hm?«, erinnerte sie ihn.

Der Mann deutete unbeeindruckt auf die Bierdose, die er in der rechten Hand hielt: »Bier geht aus.«

Nedeva nickte zwar, aber Sarah spürte an der Art, in der sie das tat, dass sie hier das Kommando hatte. Sie nickte, weil seine Worte für sie unwichtig waren. Und dementsprechend überging sie sie auch: »Das ist Sarah, sie kommt zu Vera.«

»Hm.«

»Wo ist Jürgen?«

»Schläft.«

Jürgen. Noch ein Mann.

»Komm«, sagte Kalina zu Sarah und führte sie durch das Wohnzimmer und hinein in einen Flur, von dem die weiteren Räume abzweigten.

Nedeva nahm die zweite Tür rechts. Dort hing eine nackte Glühbirne von der Decke, aber das Licht stammte von einer Nachttischlampe auf einem Hocker neben einem Stockbett, und auf dem saß ein Teenager und lackierte sich mit Hingabe die Fingernägel.

»Das ist Vera, das ist Sarah«, stellte Nedeva sie einander vor.

»Hallo«, sagte Sarah schüchtern.

»Hi«, gab Vera cool zurück und hob Daumen, Zeige- und Mittelfinger ihrer Hand.

Sarah beschloss, sich das zu merken.

Vera war älter. Sechzehn vielleicht oder siebzehn Jahre alt, schätzte Sarah. Der Blick der Älteren war freundlich, aber gänzlich frei von Interesse. Sie trennten nur vier oder fünf Jahre, aber in diesem Aller stammten sie aus zwei Generationen.

Kalina Nedeva deutete auf das Stockbett gegenüber. Oben lag eine blanke Matratze, das untere Bett war bezogen.

»Das ist deins.«

Sarah nickte. Es gab noch ein drittes Stockbett an der Stirnseite des Zimmers, aber auch dort waren die Matratzen nicht bezogen.

»Komm mal her«, sagte Kalina Nedeva und ging zu einem Wandschrank neben der Tür, den sie öffnete. Sie zog eine Schublade auf: Unterhosen, Shirts, Socken, zwei Pullis, drei Jeans.

»Die Sachen gehören dir.«

»Danke.«

»Sag Bescheid, wenn was nicht passt.«

»Ja.«

»Gut, komm mit.«

Auf dem Weg zurück über den Flur ging es in die gegenüberliegende Küche. Ein schmaler Schlauch mit einem winzigen Tisch und zwei Stühlen und einem Fenster.

Dort roch es noch nach Bratfett. Der Herd war nur notdürftig geputzt. Spritzer aus diversen Kochtöpfen hatten sich tief ins Metall gebrannt, und die Türen der Hängeschränke und des Kühlschranks, den Nedeva nun öffnete, waren dunkel von all den Händen, die sie geöffnet und geschlossen hatten.

In der Spüle türmte sich benutztes Geschirr.

Der Kühlschrank war zu Sarahs Überraschung bestens gefüllt. Mineralwasser, Säfte, 2 Bierdosen, Milch, Käse, Wurst, Butter, Marmelade, Ketchup, Senf, Gemüse, sogar Obst.

»Hier kannst du dich immer an allem bedienen. Jederzeit. Brot ist hier«, sie klopfte auf einen Behälter daneben und schloss die Kühlschranktür wieder. »Wenn was ausgeht, sag Rumen Bescheid.«

»Rumen?«

»Der hart arbeitende Mann vorne auf der Couch.«

Rumen, der Drachenmann.

»So, jetzt noch zu den Regeln. Zu deiner eigenen Sicherheit darfst du hier nur raus, wenn ich dir das sage, ansonsten bleibst du hier drinnen, klar?«

Sarah nickte. Sie verstand den Grund dafür nicht, aber sie nickte. Vielleicht würde Vera es ihr erklären.

Kalina Nedeva musterte sie jetzt erneut, nun aber mit anderen Augen.

»Gut. Kannst du was?«

»Was meinen Sie?«

»Kannst du was Bestimmtes gut? Ich meine Arbeit. Hast du mal irgendwo gearbeitet? Gekellnert vielleicht? Irgendwo ausgeholfen? In einem Laden?«

»Nein ich … tut mir leid.«

Kalina Nedeva schenkte ihr ein aufmunterndes Lächeln und strich ihr sanft über den Kopf: »Keine Sorge, nicht schlimm. Wir finden was für dich. Ganz bestimmt.«

Sarah kannte diese Frau nicht. Und sie hätte es nicht vermutet, aber sie genoss die kurze Berührung.

Gegenüber öffnete sich eine Zimmertür. Sarah konnte kurz zwei Stockbetten in dem Raum dahinter ausmachen – und zwei junge

Männer in Unterhemden, einer rauchte. Der dritte kam gerade hinaus in den Gang.

Ein Asiate. Vielleicht 17, vielleicht 21, das war schwer zu sagen. Er lächelte höflich, als er Kalina Nedeva bemerkte und die Tür hinter sich zuzog. Er trug eine Zahnbürste und ein kleines Handtuch bei sich. Außerdem Unterhose und Unterhemd, was ihm nicht unangenehm zu sein schien.

Er war auffallend schmal.

»Schöner Nacht, Frau Nedeva«, sagte er in gebrochenem Deutsch.

»Hallo, Tho, kannst du uns noch kurz ins Bad lassen?«

»Aber wie wünschen, Frau Nedeva, wie wünschen, alle sehr bestens«, antwortete er sofort und kehrte zurück in das Zimmer mit den Stockbetten.

Das einzige Bad der Wohnung lag am Ende des Flurs rechts. Ein Schlauch aus einem Waschbecken links und einer Duschbadwanne rechts. Die Toilette befand sich am Ende. Die oberen 40 Zentimeter der Außenwand waren mit einer zwei Meter langen Reihe aus Glasbausteinen versehen. Dieser Teil des Raumes ragte über die Dachoberkante hinaus und wies auf diese Weise tagsüber natürliches Licht auf.

Kalina Nedeva zog an einer Drahtverbindung, die unten neben dem Waschbecken an einem Metallhaken eingehängt werden konnte und oben in einer Leiste über den Glasbausteinen endete. Daraufhin schwenkte das gläserne Lichtband auf einer Länge von einem halben Meter auf.

Sofort drang die kalte Winterluft ein und glitt hinab zum Boden und umspielte ihre Füße.

»Meinst du, du passt da durch?«

Sarah begutachtete die Lücke und nickte dann.

»Gut.«

Sarah streifte ihren rechten Schuh ab und zog dann ein zerknittertes Foto unter der Einlegesohle hervor, um es Frau Nedeva zu zeigen.

Die sah eine um einige Jahre ältere Sarah mit etwas anderer Nase. Und vollen Lippen und einem aufmüpfigen, fordernden Blick.

»Ach, sieh an«, sagte Nedeva intuitiv und registrierte den hoffnungsvollen Blick der kleinen Schwester vor ihr, der ihre Vermutung, um wen es sich auf dem Foto handelte, bestätigte, »das ist ja Raya.«

»Ja!«, konnte Sarah sich nicht zurückhalten, sie schrie fast: »Kennen Sie sie?«

Nedeva warf einen langen Blick auf das Foto, dann endlich nickte sie: »Aber klar, natürlich. Raya kann man nicht vergessen, hm?«

Sarah strahlte bis über beide Ohren: »Nein.«

»Ich finde sie für dich. Kann aber ein paar Tage dauern.«

»Ja.«

Die Bulgarin nahm das Foto mit der Kamera ihres Handys auf und gab es Sarah zurück.

»Gut. Noch was: Wir sind hier eine Familie. Das … gefällt nicht jedem. Vielleicht kommen hier mal Leute, Polizisten … dann rennst du hierher und quetscht dich da oben durch, ja?«

Sarah nickte: »Und dann?«

»Dann versteckst du dich auf dem Dach.«

»Ja.«

»Gut.«

Kalina Nedeva schloss die Öffnung wieder.

38

1. DEZEMBER 2006, TOITENWINKEL

»Wir gehen da jetzt rein. Jetzt gleich. Ich geh voran.«

Kaum hatten sie den Plattenbau verlassen und sich bei den Müllcontainern verkrümelt, richtete Lona Mendt diese Worte an ihn.

»Wir sind allein.«

»Seit wann ist das wichtig? Wir rufen das SEK als Verstärkung.«

»Was ist los?«

»Was los ist?«

Sie sah ihn ungläubig an. Als hätte die Begriffsstutzigkeit in seinem Kopf gerade ihr Hauptquartier aufgeschlagen.

»Ja.«

Lonas Miene verhärtete sich. Elling kannte diesen Gesichtsausdruck. Den starrenden Blick.

Das erste und letzte Mal war er ihm begegnet, als Lona die Waffe auf einen Mann gerichtet hatte, der sie zuvor auf niederste Weise gedemütigt hatte und es daraufhin bitter bezahlen musste.

»Da kann dem Kind doch sonst was geschehen im 5. Stock. *Jetzt gerade.* Vielleicht wird es missbraucht, Elling.«

»Das glaube ich nicht.«

»Ah ja? Weil?«

Ihre Nasenflügel bebten, ihr Kinn war vorgereckt.

»Das ist ein Wohnhaus.«

»In solchen Häusern sind schon die schlimmsten Sachen passiert.«

»Es gibt Nachbarn.«

»Die haben weggeschaut oder gleich mitgemacht. Ist doch alles schon vorgekommen. Was ist los mit dir?«

»Was ist los mit *dir*?«

In Lonas Miene schlich sich Enttäuschung. Sie waren ein ungleiches Paar, das ihr Job in einen gemeinsamen Fall geworfen hatte. Er aus dem Osten, sie aus dem Westen. Er ein Familientier, sie völlig unabhängig. Er jemand, der gerne auf großem Fuß lebte. Nicht aus repräsentativen Zwecken, sondern weil das Leben kurz war (womit er wohl den richtigen Riecher gehabt hatte, wenn man ihn jetzt fragte).

Und sie, sie machte sich nichts aus Geld. Sie machte sich überhaupt nichts aus irgendwas. Sie musste nur laufen, laufen, in Bewegung bleiben, die Orte wechseln, damit die Lona Mendt von früher sie nicht einholte. Und hineingeworfen in diesen einen Fall entdeckten sie etwas, was sie von- und miteinander nie für möglich gehalten hatten: dass sie im Gleichtakt schwangen.

Diese Erkenntnis schweißte sie eng zusammen und ließ sie mit einer Verwunderung zurück, einem Staunen, dem Staunen, dass so etwas möglich war und es ausgerechnet ihnen widerfuhr. Und dieser Gleichtakt war gerade ins Stocken geraten.

»Wenn wir jetzt reingehen, ist die Kette unterbrochen«, sagte Elling ruhig. »Wir haben Nedeva und einen Fußballfan. Und müssen hoffen, dass die aussagen. Gegen die eigenen Leute. Und wenn, *wenn*, sie das tun, müssen wir hoffen, dass sie gegen die Hintermänner aussagen. Wenn sie die überhaupt kennen. Und bereit sind, ihr Leben zu riskieren, denn … das tun sie. Und alles, was wir über diese Netzwerke wissen, heißt: die ganz oben sichern sich ab. Also … wenn wir da jetzt reingehen, legen wir nicht das Netz trocken. Wir heben nur eine Zelle aus. Und dann? Dann geht das Geschäft weiter. Die mieten einfach irgendwo eine andere Wohnung.«

Lona schluckte schwer und sah zur Seite. Dachte nach, biss sich auf die Unterlippe.

»Ich geh da jetzt rein.«

»Scheiße.«

Lona Mendt marschierte los.

»Seit du dieses Kind gesehen hast, bist du eine andere.«

Lona blieb stehen und er, der ihr gefolgt war, stoppte ab und stützte den Ellenbogen auf die letzte Mülltonne. Sie sah ihn forschend an: »Eine andere?«

»Du weißt schon.«

»Nein.«

»Denk mal nach.«

»Ich mag diese Rate-Spielchen nicht, Elling. Sag.«

Frank Elling atmete tief durch: »Vergiss es.«

In dem Moment öffnete sich die Haustür der Nr. 7, und Kalina Nedeva verließ das Gebäude. Sie ging zügig über die Gehwegplatten in Richtung Parkplatz.

Lona, die überlegte, ob sie den Plattenbau betreten oder der Frau folgen sollte, spürte plötzlich Ellings Hand an ihrem Ellbogen, der sie zurück in jene Deckung zog, die die Mülltonnen ihnen boten.

»Nicht.«

»Ich …«

»Nicht.«

Der andere Arm umschloss ihre Hüfte, sie standen eng wie ein Liebespaar. Lona hatte Nedevas Gestalt immer noch fest im Blick.

»Wenn du jetzt reingehst, Lona, wenn du jetzt reingehst, dann lieferst du all die Kinder an diesen Abschaum aus. All die Kinder, die wir noch gar nicht kennen, von denen wir noch gar nicht wissen, wo die alle sind. Die opferst du alle.«

Und mit diesem Satz nahm er seinen Arm zurück und ließ sie frei. Sie drehte sich zu ihm um. Aber bevor Lona Mendt etwas sagen konnte, öffnete sich am Hafenbahnweg 7 erneut die Tür, und Sarah Minkova rannte hinaus: »Frau Nedeva!«

Sie erstarrten.

Das kleine Mädchen – jetzt ohne Jacke – rannte der Frau hinterher, die sich jetzt zu ihm umwandte und sich vorbeugte.

»Ihr Schlüssel!«

Selbst in der Dunkelheit und aus der Distanz konnten sie sehen, wie Kalina Nedeva lächelte.

Deren bulgarisches *Danke* trug der Wind fort, aber ein Gegenstand wechselte von Sarah Minkova zu der Frau.

»Schlaf gut«, sagte Nedeva, der Wind hatte gedreht. Draußen sprach sie Deutsch.

Und dann lief Sarah zurück zum Eingang und klingelte, während Kalina Nedeva zu ihrem Auto ging. Ein Summen, bis hierher hörbar, ertönte, und Sarah drückte die Tür auf und betrat das Innere des Plattenbaus, in dem sie verschwand.

Lona entspannte sich sichtlich.

Ein Kind, das so unbefangen dieser Frau nachlief und – wichtiger – aus eigenen Stücken in die Wohnung zurückkehrte, obwohl es hätte fliehen können, sprach für sich.

Als Sarah im Treppenhaus verschwunden war, wandte Lona sich

zu Elling um. Sie musterte ihn, die Brille, das vom Wind zerzauste Haar.

»Danke«, sagte sie, und er verstand auch die anderen Sätze, die als Erläuterung folgten und die sie nicht artikulierte.

»Ich fahr ihr nach, du bleibst hier, was meinst du?«

Lona Mendt nickte: »Ja, ich ruf die Kobolde an.«

Vera zupfte sich die Augenbrauen. Dazu hatte sie einen kleinen Schminkspiegel auf einen Hocker neben das Bett gestellt und saß auf der Matratze. Auf der Fensterbank mit Blick zur Straße brannte eine Nachttischlampe, die schummriges Licht spendete.

Kalina Nedeva hatte sie angewiesen, am Abend diese Lampe zu benutzen statt des Deckenlichts.

»Es soll hier nicht ganz so hell sein«, hatte sie gegenüber Sarah als Erklärung hinzugefügt, aber Sarah begriff nicht, was daran die Erklärung war.

Aber sie beschloss, das artigste Mädchen der Welt zu sein und sich an alles zu halten und jede Regel zu befolgen, ganz gleich wie unsinnig sie ihr erschien. Denn um keinen Preis wollte sie ihr Wiedersehen mit Raya gefährden.

»Woher kommst du?«

»Aus Sofia. Und du?«

»Aus Plowdiw. Mein Vater sitzt im Gefängnis.«

»Was hat er gemacht?«

»Jemandem das Licht aus.«

Sarah nickte bloß. Diese Geschichten waren ihr nicht fremd. Im Heim gewöhnte man sich besser schnell an die Untiefen des Lebens, sonst ging man unter. Raya hatte ihre schützende Hand über sie gehalten, bis Sarah allein zurechtkam.

Und es war klug, sich schnell einer Gruppe oder Bande anzuschließen. Einzelgänger und Schwache waren die Zielscheibe für Streiche, Spott und Schläge. Und selbst der stärkste Einzelgänger hatte mal einen schwachen Moment. Insbesondere, wenn er es mit mehreren gleichzeitig aufnehmen musste.

»Und deine Mutter?«

»Will mich nicht.«

Jetzt blickte Vera von ihrem Spiegel auf.

»Und du?«

Sarah zog ihren Schuh aus und zeigte Vera das Foto.

»Das ist meine Schwester. Sie heißt Raya. Kennst du?«

»Nein.«

Aber für Sarahs Geschmack hatte Vera nur viel zu kurz auf das Foto geschaut.

»Ich glaube, dass sie auch hier gewesen ist«, sagte sie deshalb und hielt das Foto nun etwas näher, »Raya Minkova. Sie hat ein Tattoo am linken Fußknöchel: *Kūsmet* – Glück.«

Vera tat ihr den Gefallen und warf noch einen zweiten Blick auf das Bild mit der jungen Frau, schüttelte dann aber den Kopf: »Nein, also, das heißt: schau, ich bin selbst erst seit 2 Wochen hier. Und in denen war sie nicht da. So. Kann aber natürlich sein, dass sie vor ein paar Wochen schon hier war und längst vermittelt worden ist. Das soll hier sehr schnell gehen.«

»Und wohin?«

»Unterschiedlich. Manche kommen aufs Feld, zu Bauern. Meist aber nur Männer.«

»Und du? Weißt du schon?«

Veras Miene hellte sich sichtlich auf, sie bemühte sich sogar, nicht zu breit zu grinsen.

»Ja. Ich komme ins Blue Angel.«

»Was ist das?«

Veras Miene war zu entnehmen, dass ihr nun die Aufmerksamkeit gewiss war, die sie sich erwünscht hatte, um über ihre Pläne zu reden.

»Das ist Englisch und heißt *Blauer Engel.* Das ist eine besondere Bar.«

»Warum?«

»Weil sie nur für Mitglieder ist«, antwortete Vera und hob bedeutungsvoll die Augenbraue. »Da kommen nur Gäste mit Geld, verstehst du? Reiche Typen. Und ich soll da als Kellnerin anfangen. Kennst du *Pretty Woman*?«

»Ja, klar.«

»Vielleicht treffe ich da meinen Traummann?«

»Kommen alle von hier dahin? Ins Blue Angel?«

Vera schüttelte selbstbewusst den Kopf: »Nein, ich habe in Sofia schon gekellnert, deswegen. Ein paar sind auch adoptiert worden. Manchmal auch von Priestern, schräg, oder? Aber die meisten gehen in Geschäfte und Fabriken. Und wie gesagt: auch welche auf die Felder.«

Immer wieder hatte Lona Mendt aus der Dunkelheit ihres Wohnmobils heraus mit ihrem Feldstecher zu der Wohnung im 5. Stock geschaut, genauer gesagt zu dem Fester, hinter dem sie Sarah Minkova erkannt hatte und in dem diese sich in Gesellschaft eines anderen Mädchens befand. Sarah schaltete das Licht gegen halb eins nachts aus.

Daraufhin verstaute Lona das Fernglas wieder und goss sich ein Glas Wein ein. Sie saß auf ihrem rechten Längsbett im Heck, und die Straßenlaternen sandten diffuses Licht, das sie an Vollmondnächte erinnerte.

Draußen spazierte ein Mann mit Kapuze vorbei, der seinen stattlichen Rottweiler ausführte.

In der Zwischenzeit hatte sie den Namen R. Pavlov überprüfen lassen. Hinter dem R. verbarg sich der Vorname Rumen. Er war beim Einwohnermeldeamt unter dieser Wohnung am Hafenbahnweg 7 gemeldet. Er stammte wie seine Landsfrau Nedeva aus Bulgarien. Pavlov war in Jambol geboren, 40 Jahre alt und bezog Sozialhilfe, wie sie Elling berichtete, als der sich eine halbe Stunde später bei ihr meldete.

»Sie hat nichts auf dem Kerbholz. Er?«

Lona nickte unwillkürlich, obwohl Elling sie nicht sehen konnte: »Ja. Körperverletzung, Nötigung, gefährliche Körperverletzung, Hooligan. So was in der Liga. Ich nehme an, der passt auf die geschleusten Kinder auf«, sagte Lona.

»Das ist anzunehmen«, ließ Elling sich aus seinem Porsche vernehmen. »Das heißt, wir kennen jetzt vier Personen. Drei davon in der Wohnung: Pavlov, Sarah Minkova und der andere Teenager.«

»So ist es. Was ist mit Nedeva?«

Elling war Kalina Nedeva quer durch Rostock gefolgt – bis in die Blücherstraße 3, wo sie gemeldet war.

»Ein Altbau. Ihr Name ist der einzige auf dem Klingelschild. Offiziell stimmt also alles.«

»Ich lass das Wohnmobil hier stehen. Wir observieren rund um die Uhr.«

»Dann brauchen wir zwei Mann Verstärkung.«

»Ich sage Mertens Bescheid.«

»Okay – ich kann dich um drei Uhr ablösen«, bot Elling an.

»Hat heute nicht Hertha gespielt?«

»Doch«, sagte Elling leise, damit Lona die Hoffnung, die darin mitschwang, nicht hörte, aber sie entging ihr nicht.

Er hatte den ganzen Abend um alles, was nach Nachrichten klang, einen großen Bogen gemacht. Da er das Spiel nicht live hatte sehen können, zeichnete Frank Elling es in der Regel auf und sah es sich später zu Hause an.

Was sich nach seinen Worten natürlich immer wie ein lauwarmer Abklatsch des Live-Spiels anfühlte. Aber immerhin: Er kannte das heutige Ergebnis nicht.

»Schlaf aus, wir sehen uns morgen.«

»Gut«, antwortete er schnell, bevor sie es sich anders überlegte.

Und jetzt saß sie auf ihrem Bett und schwang sich hinab und öffnete das Staufach im Boden. Der Karton mit den Fotos ihres Mannes und ihrer Kinder. Manchmal holte sie sie hervor und blätterte sie durch. Ganz langsam. Und schon das war eine Lüge: sie tat es *jeden Abend.* Das letzte Ritual vor dem Schlafengehen.

Denn Lona hatte entsetzliche Angst davor, die Gesichter und Stimmen könnten mit der Zeit in ihrer Erinnerung verblassen. Wie ein Aquarell, in dem das Wasser die Formen zerfließen ließ und auflöste. Jetzt, in dieser Nacht, hielt sie in der Bewegung inne. Sie sah ihre ausgestreckte Hand über dem Boden, die dort wie eingefroren verharrte. Immer, wenn Lona sich in die Fotos vertiefte, war das ein Beisammensein, eine Umarmung, aber es war eine Umarmung von Geistern. Die für sie in gleichem Maße Balsam wie Schmerz war. Aber lieber Schmerz als Leere.

Auf diese Weise würde sie allerdings nie abschließen können – aber wollte sie das? Abschließen? Nein. Das klang, als würde man ein Buch unwiderruflich zuklappen. Als würde sie sich von ihren Kindern und ihrem Mann abwenden.

Beim Betrachten der Fotos riss sie die Narbe jedes Mal von Neuem auf. Und das war nicht nur der Erinnerung geschuldet und der Liebe, die unverbrüchlich Bestand hatte, sondern ihrer Schuld. Sie hatte den späteren Flug genommen. Alle hätten sie ihn gemeinsam nehmen können.

Aber die Kinder wollten ans Meer. Sie, Lona Mendt, hatte ihren Mann und ihre Tochter und ihren Sohn nicht umgebucht. Ja, auf deren Wunsch. Sicher. Aber … sie hatte es in der Hand gehabt. Sie *hatte es in der Hand* gehabt.

Ihr weiteres Leben hatte aus Aushalten bestanden. Aushalten. Essen. Atmen. Schlafen mit vielen Tabletten. Aufstehen. Duschen. Aushalten. Atmen. Essen. Schlafen. Aushalten.

Das war der Sinn.

Aushalten und abends bei den Geistern sitzen und sie betrachten.

Lona blickte hoch zu dem Fenster in der 5. Etage. Es war stockdunkel.

Man durfte über die Toten die Lebenden nicht vergessen. Also nahm sie das erste Mal seit vielen Jahren die Hand zurück und setzte sich wieder aufs Bett. Und wachte über die Wohnung.

Das Ende jedes Daseins war ein Fakt, dachte Lona, aber sich dagegen zu erheben, war der Stoff, aus dem das Leben ist.

In einigem Abstand hielt ein Lieferwagen. Die Kobolde waren da.

Als Mareike sich von Gewissensbissen getrieben ins Haus schlich, hörte sie gedämpft Stadiongesänge.

Von außen hatte sie schon gesehen, dass im Zimmer von Tatjana kein Licht mehr brannte. Ebenso wenig wie bei ihrer Oma.

»Papa?«

»Hab dich gehört«, kam es aus dem Schlafzimmer. Er hatte ein Gehör wie ein Luchs.

Mareike brach das Schleichen ab und erreichte die Tür zum Schlafzimmer. Ihr Vater saß im Bett, ein Kissen im Rücken, und schaute in die Lücke, die er in den Kleiderschrank gesägt hatte (Mamas Seite) und wo sich nun ein riesiger Flachbildfernseher befand – auf dem er das Fußballspiel von Hertha heute Abend verfolgte.

»Was machst du hier?«

»Ich habe dich vermisst.«

Das war eine halbe Lüge. Sie schlüpfte aus ihren Schuhen, streifte ihren kleinen Rucksack ab (sie fand Handtaschen blöd) und setzte sich zu ihm aufs Bett. Mareike benutzte das zweite Kopfkissen auch als Rückenpolster und kuschelte sich neben ihn. Wie früher.

Früher war er in ihr Bett geklettert und hatte Geschichten erfunden, in denen sie und ihre Freundinnen die Hauptrollen spielten. Sie trugen nachts Igel über die Straße, entdeckten geheime Gänge im Keller und mussten mit Feen über Nachrichten auf Papierschnipseln kommunizieren. Ihr Vater bereitete ihr die spannendsten Abenteuer. Manchmal schlief er dabei ein, und sie musste ihn dann anstupsen: »Papa!«

»Hm?«

»Und dann?«

»Was?«

Er gähnte und rieb sich die Augen.

»Wie geht's weiter?«

»Ach so, ja … ähm, war ich schon bei der geheimen Tür?«

»Nein.«

»Ah – na dann. Da geht's ja erst richtig los.«

Und dann wurde es garantiert spannend.

Und manchmal auch ein bisschen unheimlich. Dann griff sie mit beiden Händen nach seiner. Als Kind erschien sie ihr sehr groß und kräftig. Als Kind gab es auch nichts, was ihr Vater nicht konnte. Außer fliegen. Aber wer wusste das schon so genau?

Und jetzt nahm sie seine Hand, während er der Schlussphase des Spiels folgte. Auf dem Nachttisch stand ein Radeberger und eine kleine Schüssel mit Erdnüssen, die er freigiebig zwischen sie stellte.

Die Augen ihres Vaters klebten voll aufrichtiger Anteilnahme und Empörung an dem Fernseher, auf dem Hertha BSC gerade unterging

»Wenn ich da Trainer wär' …«

»Wär' Hertha Weltmeister.«

Mareike grinste über ihre gelungene Einlassung, aber an Elling perlte das ab: »Mindestens …«

Schlusspfiff.

Frank Elling seufzte und nahm einen Schluck aus der Flasche.

»Bei uns machen jetzt immer mehr Auslandssemester.«

Wenn seine Tochter was ganz beiläufig unterbringen wollte, sprach sie eine halbe Oktave höher und schneller als sonst. Und er hörte sehr genau, dass sie nicht von »ein Auslandssemester« sprach, sondern die Zahl im Vagen hielt.

Sie wich auch seinem Blick aus, indem sie ganz interessiert zum Sportmoderator sah.

»Ist das so?«

»Ja.«

»Vielleicht solltest du auch mal drüber nachdenken, hm?«

Er verkniff sich ein Schmunzeln.

»Ähm … haben wir schon. Benji und ich wollen ein Auslandssemester machen.«

»Aha.«

»Ist aber nicht für lange.«

»Nämlich?

»So zwei Jahre. Oder drei, aber nur ganz vielleicht.«

Frank Elling atmete leise und tief durch.

»Oma hat den Umschlag geöffnet, weiß ich alles. In Seoul, oder?«

Mareike sah ihn erstaunt an.

»Du weißt das?«

Elling musste grinsen: »Ja.«

Sie zog unerwartet schnell das Kissen hinter ihrem Rücken hervor und schlug ihn damit.

»Und ich weiß nicht, wie ich's dir sagen soll!«

Noch ein Schlag: »Mensch!«

Doch dann bemerkte sie seine feuchten Augen und dass seine Unterlippe leicht zitterte, und das gab ihr einen Stich. Mareike schluckte gegen ihre Tränen an. Da strich ihr Vater ihr sanft über die Wange und lächelte: »Sind doch nur zwei, drei Jahre.«

Mareike schluchzte leise, die Tränen liefen ihr über die Wangen, und Elling wischte sich über die Augen und sagte beglückt: »Ich bin sooo stolz auf dich – die erste Elling, die studiert.«

Das gab ihr den Rest, und es brach richtig aus ihr heraus. Sie nahmen sich gegenseitig in die Arme, und Mareike hielt ihn fest, ganz fest, während er ihr über den Rücken strich und beruhigend in ihr Ohr summte.

So, wie er es früher getan hatte, wenn sie mit einem aufgeschlagenen Knie oder Bauchweh zu ihm gekommen war.

Ein leiser, tiefer Ton, der ankündigte, dass der Schmerz, den sie spürte, abebben und verschwinden würde.

Sie schniefte und kramte ein Taschentuch hervor, in das sie schnäuzte.

»Und Oma?«

Ihr Vater winkte ab: »Die wird 110, mach dir keinen Kopf. Lad dir nicht alles auf. Geh nach Seoul-Dingsda. Irre. Ich könnte die Leute da alle nicht auseinanderhalten. Weiß Mama das schon?«

Sie schüttelte den Kopf.

Das gefiel Elling.

»Aber ich sag's ihr, bitte, ja?«

»Natürlich.«

Über die Bildfläche des Fernsehers flimmerte der Schlussstand samt der Torschützen und der Spielminuten, in denen die Tore erzielt worden waren.

»0:3. Mann, Mann. Willst du was sehen?«

Mareike griff in ihren Rucksack und zog eine DVD heraus, die sie ihm hinhielt.

»Brokeback Mountain?«

Elling musste nur kurz überlegen, dann hatte er es: »Ah, der … die Cowboys … musst du da weinen?«

»Viermal.«

»Na schön … aber nicht auf die Erdnüsse tropfen.«

»Versprochen.«

Flugs hatte sie die DVD in den Player eingelegt und war zu ihm aufs Bett zurückgekehrt. Sie lehnte sich an ihren Vater, der ihr den Arm um die Schulter legte, während der Film begann.

Elling genoss es, sie im Arm zu haben. Ganz sicher hielt das Leben nicht mehr allzu viele solcher innigen Momente für ihn bereit. Er hörte Mareike atmen, und wenn seine Hand ihren Unterarm berührte, spürte er ihren Puls.

Jetzt oder später, wenn er wieder allein war und noch etwas von ihrer Wärme im Bett, das wäre der richtige Moment, um ohne Groll zu gehen.

39

4. JANUAR 2007, ROSTOCK UND TOITENWINKEL

Unfall.

Dieser Begriff war Maja Kaminski seit ihrem Zusammentreffen mit Judith Dudek letzte Nacht nicht mehr aus dem Kopf gegangen. Dieses Zögern vor dem Aussprechen.

Darf ich was fragen?

Wie das passiert ist? Ein Unfall.

Maja hatte auf der Matratze am Boden zwischen Umzugskartons übernachtet und ihren Morgenkaffee mit einer Spur Trotz auf ihrem überdachten Balkon getrunken. Die Kälte war ihr dabei willkommen, sie machte wach und wehte sie durch.

Ein Unfall.

Warum hatte Judith das Kind nicht beim Namen genannt?

Ich habe einen Kopfsprung gemacht und war sofort auf dem Grund. Ich bin mit dem Auto von der Straße abgekommen. Ich bin die Treppe runtergefallen, ganz unglücklich. Ich war …

Es gab jede Menge Beispiele.

Sie rief Florian Lenz an, der schon im Büro von KHK Mendt und Elling angekommen war und sich ein Bild von den Fortschritten der Wiederherstellung der gelöschten Daten machte.

»Der legt hier tatsächlich was frei«, sagte er, beugte sich vor und schaute mithilfe von 4 Dioptrien auf den Bildschirm.

»Irgendein Zugriff, wie es scheint.«

»Wann?«

»Am 3. Dezember.«

»Und noch was? Wo, vielleicht?«

»Nein, noch nicht, das wird noch rekonstruiert. Aber durchgeführt von KHK Mendt und Elling.«

Der dritte Dezember, dachte Kaminski, das war gerade mal viereinhalb Wochen her. Vor gut 30 Tagen waren sie noch quicklebendig gewesen und offensichtlich einer Sache auf der Spur. Einer Sache, die sie am Ende dazu veranlasst hatte, ihre Unterlagen und Berichte auf ihren Rechnern und den Backups zu löschen und auch all ihre Einzelverbindungen bei der Telekom.

»Legt das Programm noch mehr frei?«

»Das will ich schwer hoffen. Unser Programm arbeitet praktisch in mehreren Schichten. Es hat mehrere Module, die nacheinander …«

»Wie lange wird das dauern?«

»Vielleicht zehn Minuten. Florian und ich gehen in das Café hier gegenüber. *El Toucho.* Die haben übrigens klasse gefüllte Croissants. Danach gibt es bestimmt schon neue lesbare Bereiche.«

»Okay, wenn ihr zurückkommt … ich brauche ein paar Informationen über eine Judith Dudek. Wohnhaft Leandergasse 4 in Schwerin.«

»Ist das die Frau von Dudek?«

»Seine Schwester. Er soll davon nichts wissen.«

»Ist klar. Mach ich.«

Dudek nahm zwei Stufen auf einmal.

Und erst im dritten Stock spürte er die Unterseite seiner Oberschenkel, und im vierten Stock atmete er schneller. Aber er war gut in Form.

Er hatte den beiden Nerds belegte Brötchen aus dem Lokal gegenüber mitgebracht, El Toucho, was immer das bedeuten mochte.

Aber die Büroräume von Mendt, Elling und Mertens waren leer. Die Computer liefen zwar auf Hochtouren, die Lüfter rotierten, aber es war niemand da. Dudek ließ am Waschbecken etwas Wasser in eine Kanne und versorgte die Pflanzen auf der Fensterbank, die gerade eingingen.

Er legte die Tüte mit den Brötchen auf den Schreibtisch und nahm auf einem der Bürostühle Platz.

Maja Kaminski kam ihm in den Sinn, und er wusste nicht, wieso.

Hafenbahnweg 7, 5. Etage. Mieter: Rumen Pavlov.

Diese Adresse wurde auf dem Bildschirm gerade freigelegt. Das war in Toitenwinkel.

KHK Mendt, KHK Elling.

Zugriff 9:40 Uhr, 03.12.2006.

Festnahmen: Con Anh Tho / Sarah Min …

Weiter war das Programm nicht, aber natürlich stellte es weitere gelöschte Bereiche wieder her. *Sarah Min* war Sarah Minkova. Hafenbahnweg 7. Toitenwinkel. Da war sie am 3. Dezember gewesen. Wenn das stimmte, dachte Dudek, war die Wohnung jetzt versiegelt. Das war das Standardverfahren nach einem Zugriff. Und wo konnte man sich besser verstecken als in einer von der Polizei versiegelten Wohnung?

Und noch während er den Gedanken fasste und vor allem, was daraus folgte, sprang er auf, schnappte sich die Brötchen und lief in den Flur.

Seine Augen suchten die Wände ab, bis sie hinten, wo der Gang endete, den Kasten fanden, der dort in die Wand eingelassen worden war. Keine drei Meter entfernt.

Dudek riss ihn auf. Zwei Dutzend Sicherungen. Er hatte nicht die Zeit, sich näher mit den Beschriftungen zu beschäftigen. Er versicherte sich lediglich mit einem Blick über die Schulter, dass ihn niemand beobachtete, bevor er den Hauptschalter umlegte.

Ein Klacken ging durch die ganze Etage. Und das Surren der Lüfter wurde schlagartig leiser.

Irgendwo seufzte jemand.

»Och nö«, kam es aus einem anderen Büro.

Dudek legte den Schalter wieder um, und alles sprang an. Er bog um die Ecke, außer Sicht für alle, die jetzt vielleicht doch noch aus ihren Büros kamen, und nahm den Fahrstuhl. Die Treppe erschien ihm in der jetzigen Situation als zu riskant, denn er wollte von so wenig Mitarbeitern wie möglich gesehen werden.

Die Programme auf den Rechnern – also auch jenes der beiden Nerds, das die Daten rekonstruieren sollte – hatten ihre Arbeit durch den Stromausfall allesamt abgebrochen.

Und als Dudek den Sicherungsschalter wieder umlegte, fuhren die Rechner hoch, als hätte jemand sie frisch eingeschaltet, und präsentierten ihren Startbildschirm. Der Fahrstuhl erreichte das Erdgeschoss, und Dudek machte, dass er hier rauskam.

Die beiden IT-Jans würden auf den letzten Sicherungsstand zurückgreifen müssen. Und … und da kamen sie.

»Scheiße«, flüsterte Dudek, während er sich an die Hauswand presste und sich so aus deren Sichtfeld nahm. Die beiden überquerten die Straße, und Schneeregen setzte ein. Florian Lenz redete wie üblich ohne Punkt und Komma, und Jan Herbinger hörte gleichmütig zu. Wie es aussah, verdrückte er dabei ein Croissant. Die beiden betraten das Gebäude der Kripo.

Dudek hatte keine Ahnung, in welchen Abständen die Ergebnisse der Wiederherstellung gesichert wurden. Aber da die Programme mit ihrer Arbeit vom letzten Sicherungsstand aus beginnen mussten, verschaffte ihm das in jedem Fall einen zeitlichen Vorteil. Die Frage war nur, wie groß der sich gestaltete.

Zum Glück hatte er seinen Wagen nicht auf dem Innenhof geparkt, sondern auf der anderen Straßenseite eine Parklücke gefunden. Schnell stieg er ein und wendete. An der nächsten Kreuzung bog er in die Ernst-Barlach-Straße ab, eine der Hauptverkehrsadern der City, die ihn nach Süden führte – zur Vorpommernbrücke.

Nachdem er die Warnow überquert hatte, setzte Hagen Dudek das Blaulicht aufs Dach und gab Vollgas. Falls ihn jemand sehen sollte, könnte er behaupten, er meinte, das Mädchen in einem Bus, in der Straßenbahn oder in einem anderen Auto gesehen zu haben. Jedenfalls fuhr er in Rekordgeschwindigkeit in Richtung Toitenwinkel.

Der Anruf aus der Kripo erreichte Maja Kaminski auf dem Weg dorthin.

»Florian hier.«

»Ja?«

»Also: zwei Neuigkeiten. Wir hatten hier einen kleinen Stromausfall und ...«

»Jetzt müsst ihr von vorne anfangen?«, fragte sie besorgt.

»Nein«, antwortete Florian, und man hörte sein Strahlen durch die Leitung, »weil wir eine Minutensicherung gebaut haben. Genau für solche Fälle. Weil nämlich manchmal das Stromnetz aussetzt. Da genügt ja eine klitzekleine Sekunde. Man muss sich vorstellen, dass das Netz wie eine Mario...

»Kurz fassen«, hörte sie Herbinger im Hintergrund.

Ein Seufzen.

»Jedenfalls: Einsatz am 03.12. letzten Jahres. Hafenbahnweg 7 in Toitenwinkel. 5. Stock. Mieter: Rumen Pavlov.«

»Danke. Ist mein Kollege schon da? Herr Dudek?«

»Nein.«

»Ich fahre direkt dahin.«

Maja Kaminski wendete und gab Gas.

»Was Neues wegen Judith Dudek bei euch?«

»Anfrage läuft.«

Das Mädchen kannte ihn. Es hatte ihn am Bahnhof gesehen. Hagen Dudek fand in der Seitenablage ein blaues Basecap, das Judith gehörte und er sich aufsetzte, bevor er am Hafenbahnweg 7 sein Auto verließ. Wenn Sarah Minkova zufällig aus einer der Wohnungen zu ihm blickte, würde sie nur einen Mann mit einem Mantel und einer Baseballkappe sehen.

Er erreichte den Eingang, dessen Wand mit den Klingelschildern ihn vor dem Schneeregen schützte, der bei stärker aufkommendem Seitenwind immer mehr aus der Horizontalen kam.

Auf seinem Handy meldete sich Maja Kaminski, und er zögerte, ob er den Anruf entgegennehmen sollte. Und entschied sich dann in Sekundenbruchteilen dafür, weil er wissen wollte, wo sie steckte.

»Frau Kaminski?«

»Genau. Guten Morgen.«

»Morgen.«

Dudek durchsuchte die Klingelschilder. Viele Ausländer, viel osteuropäischer Hintergrund. Da: R. Pavlov. Er war richtig. Hier war am 3. Dezember der Zugriff erfolgt.

»Es gibt einen ersten Hinweis, der sich aus der Rekonstruktion der Daten ergeben hat. Es gab wohl einen Zugriff in einer Wohnung durch die Kollegen Mendt und Elling – am 3. Dezember.«

Dudek schüttelte ungläubig den Kopf – wie hatten die Nerds das so schnell auf die Reihe bekommen?

Und er sagte: »Großartig.«

»Wo sind Sie denn gerade?«

Vorsicht.

Sie wohnte in Rostock-Gartenstadt, wenn er sich recht erinnerte.

Hoffentlich. Sie sprach vom gleichen Einsatz. Also würde sie nach Toitenwinkel kommen und ihm anbieten, ihn auf dem Weg dahin aufzugabeln. Daher musste er vorgeben, irgendwo zu sein, wo *genau das* keinen Sinn machte.

»Hafen«, sagte er, um Zeit zu gewinnen. Hafen konnte in Rostock so ziemlich alles bedeuten.

Er musste sich schnell was überlegen!

»Und wo?«

Schnell.

»Scanlines … ich will Judith mit einem Fährausflug überraschen.«

Die befanden sich in Rostocks Nordosten. Also völlig entgegengesetzt von Rostock-Gartenstadt.

»Sie haben Sie ja gestern kennengelernt. Ich bin Ihnen was schuldig für die Brieftasche, danke.«

»Gerne, Herr Dudek. Ich dachte, ich kann Sie vielleicht mitnehmen, aber …«

»Ich bin zu weit weg.«

»Ja. Und was haben die rausgefunden?«

»Es geht um einen Zugriff in Toitenwinkel.«

»Das ist nicht weit von hier.«

»Da gab es ein paar Festnahmen. Das Programm hat vielleicht nicht alle Namen freigelegt, aber vielleicht den Namen des Mädchens, das wir suchen: Sarah. Sarah M.«

»Ah, ihr Nachname fängt mit M an?«

Er fiel nicht darauf herein.

»Ja, M: Minkova. Sarah Minkova.«

»Minkova – immerhin haben wir jetzt einen Namen.«

»Ja. Was denken Sie? Können wir uns da treffen?«

»Klar, ja. Ich bin hier fast fertig. Haben Sie eine Adresse?«

»Hafenbahnweg 7, 5. Stock.«

»Gut. Ich werde … dort sein. Wann werden Sie da sein?«

»Hm … hier staut sich's gerade. 15 Minuten. Zehn, wenn's gut läuft.«

»Okay. Bis dann.«

Dudek beendete das Gespräch und drückte auf 12 Klingelknöpfe. Drei öffneten.

Sarah Minkova war am Leben. Sie hatte sie selbst gesehen.

Als Augenzeugin eines Vierfachmordes mit nur 12 Jahren genau dort unterzutauchen, wo man gefasst worden war, zeugte von Intelligenz und Kaltschnäuzigkeit, dachte Maja.

Sarah Minkova war nicht einfach nur ein hilfloses Mädchen. Offenbar hatte sie gelernt, sich zu behaupten. Wo? Woher kam sie? Wo waren ihre Eltern? Was war ihr zugstoßen?

Ihr Handy klingelte. Es war Florian Lenz, und sie nahm den Anruf über die Freisprecheinrichtung entgegen.

»Florian?«

»Ich habe hier was über Frau Dudek.«

»Und was?«

»Einen Prozess. Aktenzeichen SN/2770/fe. Die Schwester von Herrn Dudek ist beim Joggen überfallen und vergewaltigt worden. Am 30. April. Der Täter hat in Form einer Vertuschung versucht, sie zu erwürgen. Und als er dachte, sie ist tot, hat er ihr mit einer Metallstange den Schädel und das Rückenmark zertrümmert.«

Maja Kaminski sah es direkt vor sich, und sie musste schlucken wegen dieses Ausmaßes an Brutalität. Einer wehrlosen Frau, die man gerade missbraucht hatte, den Schädel einzuschlagen.

Deshalb sitzt sie im Rollstuhl, dachte sie. Die große Delle in ihrem Schädel.

Ein Unfall.

Mit Sicherheit schlichen sich die Erinnerungen an diese schrecklichen Momente mit all den Schmerzen und der Todesangst und der Verzweiflung und der Erbarmungslosigkeit des Täters ohne Vorankündigung in Judiths Alltag. Sport. Triathletin. Laufen. Sie würde das nie wieder machen können.

Maja Kaminski ahnte, dass sie selbst einem Schicksalsschlag solcher Intensität nicht gewachsen wäre. Sie würde damit nicht klarkommen. Sie würde sich damit nicht abfinden können. Und vermutlich daran zerbrechen.

Man wusste immer erst, aus welchem Stoff man war, wenn man in die jeweilige Situation geriet. Alles andere war bodenlose Spekulation.

Und Judith Dudek?

Entweder sie spielte eine oscarreife Rolle oder sie hatte einen Weg entdeckt, sich davon nicht zerbrechen zu lassen. Vielleicht hatte sie ihren Sinn darin gefunden, sich ihr restliches Leben nicht auch noch von diesem Mann wegnehmen zu lassen. Und sie hatte …

»Steffen Gromar.«

»Hm?«

»Das war der Täter. Steffen Gromar.«

»Der ist gefasst worden?«

»Ja.«

»Und zu wie vielen Jahren verurteilt?«

»Gar nicht.«

»Gar nicht? Wie?«

Sie überquerte die Vorpommernbrücke.

»Nun ja, also … Er ist verhaftet worden. DNA-Abgleich liegt bei hundert Prozent. Eindeutig der Täter. Die Maximaldauer der Untersuchungshaft ist wegen Überlastung der Justiz allerdings überschritten worden. So steht's in der Akte.«

»Also ist er freigekommen«, schloss Kaminski.

»Ja. Aber davon hatte er nicht viel. Er ist zwei Monate nach seiner Freilassung erschossen worden.«

»Von?«

»Täter unbekannt. Hier steht's … Moment …«, sie hörte das Klappern der Tastatur, »so, hier hab' ich's: die Tatwaffe ist nicht gefunden worden. Auch keine Patronenhülsen.«

»Hülsen. Plural. Also kein einzelner Schuss?«

»Nein. Vier. Ach so: deswegen keine Hülsen: Die Ballistik sagt, es handelt sich um einen Revolver, der bisher erkennungsdienstlich noch nicht in Erscheinung getreten ist. Kaliber neun Millimeter.«

Natürlich. Bei einem Revolver blieben die Hülsen der abgefeuerten Patronen in der Trommel. Vorteil: der Täter musste sie nicht mehr aufsammeln. Nachteil: man musste mit 5 oder 6 Schuss auskommen, je nachdem, wie viele Kugeln die Trommel fasste.

»Marke?«

».357 Magnum.«

»Wo?«

»Vor dem Nocker.«

Das Nocker war eine Pinte im Rotlichtbezirk. Gromar war von seinem Mörder dort abgepasst worden.

»Uhrzeit?«

»Um 1:34 ist der erste Notruf bei der Polizei eingegangen.«

»Keine Zeugen?«

»Nur Knallzeugen.«

»Ich brauche die ballistische Untersuchung, Florian.«

»Ich kümmer' mich darum.«

»Danke.«

Sie beendete die Verbindung und erreichte Toitenwinkel.

Ein Unfall.

Maja Kaminski war eine entschiedene Gegnerin der Todesstrafe.

Denn sie kollidierte mit dem 1. Artikel des Grundgesetzes, das zu verteidigen sie als Polizeibeamtin einen Eid abgelegt hatte. Das, was da passiert war, war nicht recht. Aber möglicherweise ein Akt der Gerechtigkeit.

Vielleicht war Judith Dudek an dem, was ihr widerfahren war, nicht zerbrochen, weil jemand Steffen Gromar aus der Welt geschafft und sie dadurch ein winziges Stück besser gemacht hatte.

Ihr Bruder.

Denn mit Sicherheit war sie nach der Vergewaltigung und dem Mordversuch an ihr und der daraus resultierenden Querschnittlähmung nicht die pragmatische, aufgeräumte und ja, optimistische Person gewesen, als die Maja sie kennengelernt hatte.

Maja Kaminski konnte sich gut vorstellen, durch welche Täler die

Frau gegangen war. Und dass Judith Dudek noch andere durchquert hatte, von denen sie keine Kenntnis besaß.

Und dann hatte Hagen Dudek einen Entschluss gefasst, als Gromar entlassen wurde und er mitansehen musste, wie der Lebenswille seiner Schwester versiegte, während der Täter unbehelligt und ungestraft sein Leben weiterführen konnte.

Er hatte sich die unregistrierte Waffe besorgt. Als Polizist wusste er das zu bewerkstelligen.

Dann war er Gromar bis zum Nocker gefolgt. Und hatte gewartet. Gewartet, bis der Mann das Lokal verließ. Nachts um halb zwei, in einer spärlich beleuchteten Gasse.

Vier Schüsse.

Aus einer .357 Magnum. Eine größere Mannstoppwirkung als bei anderen Revolvern. Und eine Geschossenergie von 1.000 Joule, vielleicht sogar darüber. Das heißt, bereits die Wucht des ersten Treffers hatte Gromar von den Beinen geholt.

Flucht unmöglich. Der Täter konnte es sofort zu Ende bringen, er musste auch nicht mehr auf ein bewegliches Ziel feuern. Sondern auf eines am Boden.

Sie bog in den Hafenbahnweg ein.

Martin Grubers Kenntnis von Dudeks Rache wäre eine Erklärung dafür, weshalb Gruber ihn in der Hand hatte.

Weshalb Dudek sie also etwa bei der Suche nach Sarah hinterging und die Information, das Kind befinde sich am Hauptbahnhof, vor ihr verheimlichte und für sich ausnutzte.

Hatte Dudek zum Rollkommando gehört?

Gruber?

Was hatte Sarah Minkova gesehen? Was konnte sie vor Gericht bezeugen, das Martin Gruber gefährlich werden konnte?

Gruber arbeitete gegen die Organisierte Kriminalität. Hatte er sich verstrickt? Hatten KHK Mendt und Elling das herausgefunden?

Maja Kaminski fielen im Augenblick nur zwei Alternativen ein, in der Dudeks Abhängigkeit von Gruber zu erklären war: entweder

Gruber war Zeuge des Mordes an Steffen Gromar gewesen oder … Dudek hatte sich gestellt und ihm dabei die Tatwaffe übergeben.

Ja, die Tür war versiegelt. Aber Dudek, der Essensgeruch aufschnappte, trat näher und presste seine Nasenspitze zwischen Tür und Zarge.

Die Intensität des Geruchs nahm zu – auch seine olfaktorische Bandbreite.

Dudek nahm den Geruch von Gas wahr. Paprika. Rote Bohnen. Ganz fein eine Andeutung von Fleisch. Rind.

Und eine Säure. Essig.

Aber am wichtigsten: nichts davon war abgestanden. Maximal von gestern.

Dudek trat einen Schritt zurück und zückte ein Taschenmesser, aus dem er eine kleine Klinge aufklappte, um das Siegel zu durchtrennen.

Langsam. Sachte. Nur keine Hektik jetzt. Wenn die Tür abgeschlossen war, musste er sie eintreten. Den Schlüssel vom Hausmeister zu holen, riefe einen unnötigen Zeugen auf den Plan.

Aber er hatte Glück. Die Kollegen von der Schutzpolizei hatten die Tür lediglich zugezogen.

Er öffnete sie mit einer Kreditkarte und brauchte dazu drei Versuche. Dann gab es ein Klacken, und er schob die Tür auf. Langsam. Sie setzte auf dem Boden auf, weil sie nicht ordentlich in der Zarge hing.

Auf dem Boden, keine zwei Meter weiter, befand sich ein großer Blutfleck. Und ein Fenster dahinter trug einen Geschosskranz, durch das der Wind pfiff.

Sarah öffnete die Augen.

Sie war auf ihrem Bett neben dem Gaskocher eingeschlafen und musste sich kurz orientieren.

War da das Scharren gewesen? Das Scharren der Wohnungstür?

Und in der Sekunde, in der dieser Gedanke in ihr schläfriges

Bewusstsein vordrang, schoss sie mit dem Oberkörper hoch: dann war jemand in der Wohnung!

Sie lauschte so konzentriert, dass sie gleichzeitig im Sitzen erstarrte. Vielleicht der Hausmeister? Ein Einbrecher? Oder einer von *denen*?

Ein Schatten fiel durch den schmalen Spalt zwischen Tür und Boden: ein Fuß in einem Schuh. Dann noch einer.

Hagen Dudek hatte vielleicht das heimliche Versteck von Sarah Minkova entdeckt. Aber das hieß noch lange nicht, dass er sie hier jetzt auch antraf. Der schnellste Weg, um herauszufinden, ob seine Annahme zutraf, war der Gang in die Küche. Genauer gesagt: der Kühlschrank.

Denn wenn diese Wohnung ihre Zuflucht darstellte, musste sie von was leben.

Er erreichte die Küche, die unaufgeräumt war. Benutztes Geschirr und Besteck lagen in der Spüle und auf der Anrichte daneben.

Das alles konnten Überbleibsel des Zugriffs sein – oder auch nicht. Jedenfalls stammte der Geruch, den er vor der Tür eingefangen hatte, nicht von hier. Hier hatte seit einer Weile niemand mehr etwas gekocht. Zumal der Herd per Induktion funktionierte. Ergo: Es existierte in dieser Wohnung eine zweite Kochstelle – mit Gas. Er öffnete die Kühlschranktür – und dann kam ihm eine Flasche entgegen, an deren Hals eine Nylonschnur hing und die runterfiel.

Sarah hörte das Klirren ihrer Kühlschrankfalle und dann ein unterdrücktes Fluchen.

Jemand war in der Küche. Jemand, der das Polizeisiegel draußen gebrochen haben musste, denn ansonsten kam man hier nicht herein. Aber das bedeutete auch, dass ihr der Weg zum Badezimmer mit seinem kleinen Fluchtfenster abgeschnitten war. Wenn sie abhauen wollte, musste sie also zur Haustür raus.

Wer immer in der Wohnung war, würde das vermutlich bemerken.

Trotzdem.

Sarah schwang sich vom Bett. Leise.

Und was, wenn sie zu zweit waren, und einer wartete im Wohnzimmer? Oder im Treppenhaus? Dem würde sie direkt in die Arme laufen.

Raya, was würdest du tun?

Am besten in Luft auflösen.

Dudek war sofort zurück im Flur.

Egal, ob diese kleine Vorrichtung von Sarah ersonnen worden war oder den Leuten, denen der Zugriff von Mendt und Elling gegolten hatte, wenn sie hier war, war sie jetzt gewarnt.

Er schaute ins Bad: niemand dort. Ins Zimmer gegenüber der Küche. Benutzte Stockbetten. Ein Zimmer weiter: ebenfalls Stockbetten. Doch hier stand der Gaskocher. Er trat ins Zimmer und hockte sich neben den Kocher. Ein kleiner Topf mit einer Paprika- und Tomatensoße. Und Zwiebeln und Nudeln.

Da nahm er eine Bewegung aus den Augenwinkeln wahr. Ein Schatten. Er blickte sich über die Schulter und sah, wie Sarah den Schlüssel abzog. Er sprang auf. Sie machte mit einem panischen Gesichtsausdruck einen Satz in den Flur und riss die Tür hinter sich zu.

Hagen Dudek drückte die Klinke in dem Augenblick herunter, in dem auf der anderen Seite der Schlüssel im Schloss umgedreht wurde.

»Sarah! Ich will dir helfen!«

Kurz zögerte das Mädchen im Flur. Aber dann ergriff es die Flucht.

Dudek rüttelte an der Tür und warf sich erfolglos gegen sie.

Er ging zum Fenster. Einen Balkon gab es nicht. Er wollte das Fenster öffnen, um zu überprüfen, ob er sich irgendwo hin hangeln konnte. Aber alles, was er sah, war Maja Kaminski. Und die ging zügig auf den Eingang Nummer 7 zu. Fast musste er lachen.

Nicht mal die absurdeste aller Erklärungen hätte gereicht, um ihr zu erklären, wie er es geschafft hatte, in ein verschlossenes

Zimmer zu gelangen. Aber es war natürlich nicht zum Lachen. Im Gegenteil.

Er musste sich konzentrieren. Und natürlich: im Bein steckte viel mehr Kraft. Er nahm zwei Meter Anlauf und trat mit Wucht in Höhe des Schlosses zu. Die Zarge splitterte und die Tür flog auf.

Wie nicht anders zu erwarten, war der Flur leer. Dudek lief zur Wohnungstür, die das Mädchen auch zugezogen, aber nicht abgeschlossen hatte, und hinaus ins Treppenhaus. Er lauschte. Schnelle Schritte nach unten?

Nein. Sondern die Eingangstür wurde geöffnet. Jemand betrat von außen das Haus.

Dudek drückte geistesgegenwärtig den Knopf für den Fahrstuhl.

Maja Kaminski verpasste den Aufzug um ein paar Sekunden. Stattdessen nahm sie die Treppe. Im 2. Stock passierte sie die Kabine des Aufzugs, die nach unten fuhr. Sie hatte sich den Schlüssel vom Hausmeister geholt. Er passte, wie der Mann ihr versicherte, für die Eingangs- wie Wohnungstür.

Im 5. Stock angekommen, erkannte sie sofort an dem Siegel an der Tür, um welche Wohnung es sich handelte. Und der Name auf dem Klingelschild bestätigte das: R. Pavlov.

Aber jemand hatte das Siegel durchtrennt, wie sie jetzt bemerkte. Hatte Sarah Minkova möglicherweise einen Schlüssel für die Wohnung?

Denn der Schnitt durch das Siegel zwischen Tür und dem Türrahmen war so fein ausgeführt, dass der ungeübt Beobachter es auch hätte übersehen können.

Sie schloss auf und trat ein.

»Hallo?«, rief sie.

Maja lauschte. Kein Geräusch. Keine Schritte.

Sie drehte sich um und schloss die Tür hinter sich ab.

»Mein Name ist Maja Kaminski! Ich arbeite für die Bundespolizei. Sarah, wenn du hier bist, bringe ich dich in Sicherheit!«

Nichts. Keine Antwort.

Kurz ließ sie den Blick durch das Wohnzimmer schweifen. Der große Blutfleck am Boden, die Scheibe, die von einer Kugel durchschlagen worden war. Die Couch mit dem Fernseher.

»Ich weiß, du hast schlimme Sachen sehen müssen!«

Dudek meldete sich auf ihrem Handy.

»Ja?«

»Sind Sie schon da? Sonst gehe ich zum Hausmeis…«

Statt einer Antwort betätigte sie den Türöffner.

»Danke.«

Sie wartete mit der Inspektion der Wohnung, bis Hagen Dudek sie mit dem Aufzug erreicht hatte.

»Da waren Sie schnell«, begrüßte sie ihn.

»Grüne Welle.«

»Das Siegel musste ich nicht öffnen, es war schon durchtrennt.«

Dudek drehte sich kurz zur Tür um.

»Hauchdünn. Zwischen Tür und Zarge.«

Er ließ den Blick durchs Wohnzimmer gleiten und deutete in Richtung des Blutflecks.

»Das stammt wohl vom Zugriff.«

Sie nickte und musterte ihn interessiert. Er arbeitete für Gruber. Er unterlief Rosts Ermittlungen.

Das Motiv dafür, das sie vermutete, war nicht gut. Aber sie hatte ihm schlechtere unterstellt.

»Hallo?«, rief Dudek, »ist hier jemand in der Wohnung?«

»Habe ich auch schon versucht.«

Zusammen gingen sie weiter und sahen trotzdem in jedem Zimmer nach. Auch in den großen Kleiderschränken, hinter dem Duschvorhang im Bad und unter den Stockbetten. Aber es befand sich wirklich niemand hier. Ihr Rundgang endete am Gaskocher. Mit dem Topf.

Maja Kaminski ging ans Bettende und betrachtete die Kerze, die auf einem Hocker stand, der als Nachttisch diente.

»Was überlegen Sie?«, fragte Dudek, der ihrem Blick gefolgt war.

»Die Wohnung hat Strom.«

»Sicher?«

»Sonst hätte der Türöffner nicht funktioniert.«

»Stimmt.«

Maja Kaminski wechselte von diesem Zimmer quer hinüber in die Küche. Dudek, der ihr folgte, sah, wie sie den Herd einschaltete und zur Kenntnis nahm, dass er funktionierte. Und der jetzt meinte, ihren Gedankengang begriffen zu haben: »Gaskocher trotz Herd?«

Maja Kaminski nickte: »Irgendjemand hält sich hier in der Wohnung auf. Das Essen am Gaskocher riecht frisch.«

»Ist mir auch aufgefallen, ja.«

»Wenn kein Strom verbraucht wird, läuft der Stromzähler nicht. Der Kühlschrank ist ausgeschaltet, der Fernseher nicht mehr auf Standby. Der Herd wird nicht benutzt. Und elektrisches Licht ebenfalls nicht. Man kann am Strom nicht ablesen, ob jemand in der versiegelten Wohnung ist.«

»Denken Sie, Sarah Minkova ist so schlau?«

»Vielleicht. Aber irgendjemand ist es. Und deswegen müssen wir hier drei Kollegen im Schichtwechsel einsetzen, die die Wohnung rund um die Uhr überwachen – falls Sarah Minkova hier auftaucht. Oder die Person, die hier heimlich lebt. Mich wundert, dass die sich das Zimmer mit der aus den Angeln getretenen Tür ausgesucht hat.«

»Dann hört sie eher, wenn jemand kommt.«

»Ja, ich verstehe schon«, entgegnete sie, »aber als Kind … ich dachte, es wäre Sarah vielleicht unheimlich nachts mit offener Tür.«

Kaminski wechselte von hier in den Flur, und schritt ihn ab und Dudek begleitete sie dabei.

»Das hier sieht nicht aus wie eine normale Wohnung. Zu viele Betten, zu wenig Persönliches.«

»Ich glaube«, sagte Dudek, »das hier ist eine Art Durchgangslager. Ein kleines Auffangbecken für Illegale. Deshalb steht hier auch nichts Persönliches. Wo hat der Fall für die Kollegen angefangen?«, fragte Dudek und gab sich selbst die Antwort: »In Lickow. Mit den vier Toten im Wald.«

»Kinder und Erwachsene.«

»Genau. Also: die Kollegen Mendt und Elling haben das gelöscht. Lickow. Und auch den Zugriff hier. Wir sind auf der richtigen Spur, sonst hätten sie es nicht gelöscht. Zugriff, den gab's hier. Aber das waren die nicht allein, oder schätzen Sie das anders ein?«

»Nein, vermutlich nicht. Sie haben völlig recht. Es muss Leute geben, Beamte, die dabei gewesen sind.«

Sie sah ihn mit einer neuen Freundlichkeit an, auf die er sich keinen Reim machen konnte. Er mochte ihre klare, gerade Art und ihren Humor. Und ihre Intuition, die er vielleicht nicht zu sehr mögen sollte. Dudek erfasste in diesem Augenblick in einem Plattenbau in Toitenwinkel, dass Maja Kaminski ihm gefiel.

40

2. DEZEMBER 2006, TOITENWINKEL

Der Laptop zeigte den Flur vor Rumen Pavlovs Wohnung aus der Vogelperspektive in Graustufen, wie Elling sah, als er am Morgen ins Wohnmobil kam. Lona warf für ihn die Kaffeemaschine an. Für gute fünf Sekunden übertönte deren Mahlwerk jedes Wort.

Die Kamera in dem Rauchmelder war mit einem Ultraweitwinkelobjektiv ausgestattet. Auf diese Art konnten sie das Treppenhaus der kompletten 5. Etage überwachen.

»Ist da Ton mit dabei?«

»Ja.«

Elling war dieses Wohnmobil seit ihrem letzten Fall sehr vertraut.

Lonas kleine Welt. Und das Bett hinten rechts, das immer frisch bezogen war.

Für Vagabunden, wie sie es nannte.

Er war schon mehrmals einer gewesen, und als er herausfand, dass seine Ex-Frau ihn betrog, da war er hier gestrandet. Sie hatte keine Fragen gestellt, ihr genügte ein Blick, um zu wissen, was mit ihm los war, und dann füllte sie ihn ab. Mit Whisky. Damit er für eine Nacht vergessen konnte und schlafen.

Ein anderes Mal hatten sie hier zusammengefunden, während Sommerregen aufs Dach trommelte und ihnen klar wurde, dass sie womöglich nicht lebend aus dem Schlamassel rauskamen.

Dieses Mobil war mehr als ein Fahrzeug, es spiegelte Lona Mendt in so vielen Details, in Kleinigkeiten – wenn man die Augen aufmachte, wandelte man durch ihr Innerstes. Für Elling war es eine Art geheiligter Boden. Für alle anderen blieb es ein Wohnmobil.

Aber da war auch etwas neu. Ein Foto. Es hing hinten an dem Kopfende des Bettes, auf dem sie schlief, gegenüber vom Vagabunden. Es war fast gänzlich blau-schwarz. Durchzogen von zwei, drei vertikal ausgerichteten hellen Linien. Und dann, oben rechts, gab es einen Punkt, eine winzige Kugel, blau-weiß.

»Was ist das?«, fragte er mit einem Kopfnicken in die Richtung, während Lona ihm seinen Espresso reichte.

Sie lächelte, weil Elling Elling war, manchmal resistent gegen kleine Schwingungen und Details, und dann ganz unvermittelt bemerkte er so was. Das war es eben auch, was ihr Miteinander ausmachte – dass der jeweils andere noch viele, viele Meilen bot, die erkundet werden wollten.

»*Pale blue dot*, so heißt das Bild«, antwortete sie. Elling trat näher und nippte an dem Espresso. Der Grad der Säure gefiel ihm. Lona war ihm gefolgt und stand dicht hinter ihm. Er spürte ihren Atem in seinem Nacken.

»1990«, fuhr sie mit ruhiger Stimme fort, »die Raumsonde Voyager 1 hat dieses Foto auf ihrem Weg durchs Sonnensystem aus ungefähr 6 Milliarden Kilometern geschossen. Da war sie seit 13 Jahren unterwegs. Rat mal.«

Frank Elling trat näher, und ohne sein Zutun ergriff ihn plötzlich etwas, als umfasste eine lose Hand sein Herz und eine sanfte Betäubung seinen Körper. Ein Kribbeln.

»Ist das … das ist die Erde? Der Punkt?«

»Ja.«

Sie stand so verloren und allein im kalten Nichts, in der Weite des Raums, dass man Angst hatte, ein Windstoß könnte sie erfassen und zerstäuben wie eine Pusteblume.

Elling konnte gerade noch die kleine Tasse absetzen, dann schüttelte ihn die Erschütterung durch. Er wollte nicht, aber ihm schossen die Tränen aus den Augen und er krümmte sich und schluchzte.

Dieses Bild dokumentierte ganz unerwartet und dafür mit umso größerer Wucht die Zerbrechlichkeit des Seins. Die Vergänglichkeit, den schmalen Grat, den das Leben ging, zwischen der Unwahrscheinlichkeit der Entstehung und der ständigen Gefahr der Auslöschung.

Dann waren ihre Arme da, die ihn umschlossen. Ihr Kopf an seiner Schulter.

»Elling …«

Aber sie fragte nicht nach. Sie hielt ihn nur fest, und das war goldrichtig.

Unvermittelt klopfte es an der Tür.

»Wer ist das?«, flüsterte er.

»Frau Ösker. Unsere Verstärkung. Geht's?«

»Ja.«

Lona löste den Griff, ging zur Tür und öffnete.

Vor ihr stand Azra Ösker.

Sie hatte ein flaches Gesicht und halblange Haare. Große, dunkle Augen.

»Kriminalhauptkommissarin Mendt?«

»Kommen Sie rein.«

Die junge Frau trat ein, und Lona schloss die Tür hinter ihr.

»Guten Morgen«, sagte sie in Ellings Richtung, der sich im Wohnmobil schwer den Blicken Dritter entziehen konnte.

»Morgen«, gab er zurück, »hab was in die Augen bekommen.«

»Möchten Sie einen Kaffee?«, fragte Lona.

»Nein, danke. Ich bin Kommissaranwärterin.«

»Das wissen wir.«

»Und das ist mein erster Einsatz. Wow. Das ist Ihr privates Wohnmobil, ja? Stimmt das?«

Lona musste schmunzeln: »Ja. Ich bin gerne in Bewegung.«

Azra Ösker hatte offenkundig von der Kriminalhauptkommissarin gehört, die in einem Wohnmobil lebte. Und war gespannt, sie persönlich zu treffen. Und da stand sie nun vor ihr, nahbar und klar. Sie mochte sie auf Anhieb.

»Im Personalbogen steht, dass Sie mit einer Spiegelreflex umgehen können«, sagte Lona.

»Ja.«

»Prima, hier.«

Sie reichte ihr eine Spiegelreflexkamera mit einem Zoomobjektiv.

»100 bis 500 Millimeter Brennweite. Hier ist der Flur vor der Wohnung, die wir überwachen«, fügte Lona hinzu und deutete auf den Monitor, »heute Nacht sind die Kollegen von der Kriminaltechnik da gewesen und haben eine Kamera und ein Mikro in einem Rauchmelder untergebracht, der direkt über der Tür der Wohnung hängt, die wir überwachen.«

Elling trat zu ihnen und Lona blickte kurz auf, um festzustellen, dass mit ihm alles in Ordnung war. Zumindest für den Augenblick.

»Ich möchte, dass Sie Fotos von allen Leuten machen, die aus dieser Wohnung kommen. Der Rauchmelder gibt einen Ton von sich, wenn das passiert.«

»Schießen Sie sie ab, wenn sie den Wohnblock verlassen«, ergänzte Frank Elling.

»Und … darf ich fragen, worum es geht?«

»Aber sicher. Es geht um Menschenhandel.«

»Wow. Also … ich bin ziemlich aufgeregt. Das ist mein allererster Außeneinsatz, müssen Sie wissen. Und wenn ich aufgeregt bin, neige ich dazu, viel zu reden. Und da ich …«

»Dann beruhigen Sie sich besser erst mal«, riet Elling.

»Kundschaft«, sagte Lona und deutete auf den Bildschirm, während der Rechner ein akustisches Signal von sich gab.

Es war Sarah Minkova. Und die trug eine Plastiktüte in der Hand.

Lona griff zu ihrer dicken Winterjacke mit der Kapuze.

»Das ist Sarah Minkova. Die übernehmen Herr Elling und ich. Jeden, der die Wohnung verlässt, fotografieren Sie. Und Sie folgen der jeweiligen Person unauffällig. Wir wollen wissen, wohin die gehen.«

»Dabei ist wichtig, dass Sie nicht auffliegen«, fügte Elling hinzu. »Bleiben Sie dran, aber überziehen Sie es nicht. Wenn Sie auffliegen, fliegt die ganze Aktion auf. Und das … das darf auf keinen Fall passieren.«

»Das hat oberste Priorität«, pflichtete Lona Mendt ihm bei: »Halten Sie auch die Autos fest, die die Zielpersonen benutzen. Auch, wenn sie in ein Taxi steigen.«

Azra Ösker nickte: »Soll ich die auch verfolgen, wenn sie ein Auto benutzen?«

»Ja. Mit Ihrem zivilen Einsatzwagen.«

»Auf geht's«, sagte Elling und deutete mit dem Kopf auf die Tür der Nummer 7, die sich öffnete und durch die Sarah schlüpfte. Das Mädchen trug einen kleinen Rucksack.

Azra Ösker nahm auf der Bank der Dinette Platz und schoss ein paar Fotos.

Elling und Mendt warteten, bis Sarah die Haltestelle der Bahn erreicht hatte, bevor sie das Wohnmobil verließen und sich auf den Weg machten.

Es nieselte, und so fiel es nicht auf, dass Lona sich die Kapuze ihrer Jacke aufsetzte und Elling eine Baseballkappe, die einen Großteil seines Gesichts verdeckte, wenn er den Blick auf den Boden richtete.

41

16. DEZEMBER 2006, ROSTOCK

Rainer Mertens war beeindruckt.

Auf einer Länge von gut drei Metern hatten Mendt, Ösker und Elling eine Unzahl von Fotos und kleinen Schildchen mit Namen oder Ortsbezeichnungen an eine Magnetwand in ihrem Büro gepinnt.

Männer, Frauen, Jugendliche, Kinder.

Ein Plattenbau, ein dreistöckiges Mehrfamilienhaus. Unterschiedliche Autos. Vans, Sportwagen, Kombis und Transporter. Leute, die ein Haus verließen und in Autos stiegen.

Es begann oben links mit dem Foto eines Mädchens, das aus dem Plattenbau kam.

Darunter las Mertens den Namen: Sarah Minkova.

»Sie ist 12 Jahre alt und stammt aus dem Heim in Sofia, das von Petko Kirov geleitet wird«, kommentierte Lona, während Mertens die nächsten Fotos in Augenschein nahm. Das Kind hatte offensichtlich diverse Stangen Zigaretten in seinem Rucksack transportiert, denn es verkaufte auf den folgenden Bildern welche am Bahnhof und in einer wind- und regengeschützten Fußgängerpassage in der Stadt.

»Vormittags hier«, erklärte Elling und tippte auf die Fotos, »nachmittags dort. Manchmal kommt der Wagen da vorbei. Die Frau da drin ist Kalina Nedeva, wohnt hier in Rostock, ist gemeldet, hat alles seine Ordnung. Sie kommt auch aus Bulgarien. Sie ist die wichtige Figur in der ganzen Nummer. Jedenfalls holt sie den leeren Rucksack ab und bringt der Kleinen dann einen neuen.«

»Der illegale Zigarettenhandel ist doch in Fidschi-Hand?«

»Das sagt man nicht mehr«, rutschte es Azra Ösker heraus.

»In meinem Büro schon. Also?«

»Kalina Nedeva hat Sarah Minkova nachts aus dem Heim abgeholt. In der Nacht, als Elling und ich aus Sofia zurückgekommen sind. Der hier«, sie zeigte auf ein Foto, das Nedeva zusammen mit Tho beim

Verlassen des Hauses im Hafenbahnweg zeigte, »ist Con Anh Tho. Gerufen wird er Tho. Der hat sich schon in der Wohnung in Toitenwinkel aufgehalten, als wir mit der Observierung begonnen haben.«

»Con Anh Tho ist ein Asiate«, wusste Azra.

»Ach«, sagte Mertens, ohne den Blick von der Pinnwand zu nehmen. Es folgten welche aus einem Lokal, in dem der junge Asiate offenbar als Küchenhilfe arbeitete. Beim Schneiden von Gemüse, beim Abwasch.

Man sah den Fotos an, dass sie heimlich geschossen worden waren. Manchmal war ein Teil des Bildes verdeckt, manchmal ging es in die Unschärfe.

»Gute Arbeit«, lobte Rainer Mertens. Es war, wie er aus eigener Erfahrung wusste, für gemeinhin ganz schön schwierig, in der Öffentlichkeit heimlich Fotos zu schießen. Und nicht verwackelte und scharfe noch dazu.

»Die hat Frau Ösker aufgenommen«, sagte Lona. Und Mertens meinte, ein ganz kurzes Lächeln auf ihrem Gesicht gesehen zu haben.

»Danke«, sagte Azra Ösker.

»Hm.«

Sie trat nun näher an die Wand heran und tippte auf zwei weitere Fotos. Tho, der im Hinterhof den Müll herausbrachte. Tho, der die Toilette säuberte – das war ihr von außen gelungen.

»Das ist ein vietnamesisches Restaurant in der Hamburger Allee 17, das *Goldene Paradies*.«

»Das war zur Probe«, übernahm Lona wieder und kommentierte die folgende Serie, die damit begann, wie Tho – dieses Mal mit einem Koffer – zusammen mit Nedeva den Hafenbahnweg 7 verließ, »und an dem Tag ist er erfolgreich vermittelt worden. Seitdem arbeitet er dort. Das hier ist der Besitzer: Liem Lai.«

Auf einer Folge von vier Fotos war besagter Liem Lai, ein schmaler, lachender Asiate jenseits der 50, dabei zu sehen, wie er Nedeva ein Kuvert übergab, das sie wiederum in ihrer Handtasche verschwinden ließ.

Mertens schnalzte anerkennend mit der Zunge.

»Saubere Arbeit, Frau Ösker. *Great job.*«

»Das war Frau Mendt«, antwortete Azra.

»*Indeed*«, bestätigte die.

»Leute, Leute. Und wer ist die?«, fragte Mertens und zeigte auf Vera in Begleitung von Nedeva.

»Das ist Vera, Nachname noch unbekannt. Die hat in zwei Kneipen zur Probe gekellnert.«

Eine Reihe von Fotos dokumentierte das.

»Sie ist aber noch nicht vermittelt worden.«

»Aber die hier«, sagte Elling und zeigte auf Fotos, die separat zu einer Gruppe angeordnet waren.

Die Anzahl verblüffte Mertens: »Alle diese Menschen sind in den letzten zwei Wochen geschleust worden?«

»Ja, aber nicht alle durch diese Wohnung im Hafenbahnweg«, sagte Frank Elling und trat an eine Karte der Hansestadt Rostock, die sie neben die Fotos gepinnt hatten. Darauf waren vier Positionen mit einem Kreuz markiert. Zwei in Gartenstadt, eine in Lichtenhagen und die vierte in Toitenwinkel.

»Wir sind Kalina Nedeva gefolgt und haben so festgestellt, dass sie insgesamt zwischen vier Wohnungen pendelt. Es gibt keinen festen Rhythmus. Sie taucht dann auf, wenn es jemanden zu bringen oder zu holen gibt. Oder wenn etwas geliefert werden muss. Lebensmittel oder Kleidungsstücke zum Beispiel.«

»Sie bringt die Leute zu ihren Arbeitsplätzen und kassiert dafür Geld.«

»Die Wohnungen sind quasi Durchgangslager für die geschleusten Illegalen – alle im arbeitsfähigen Alter oder eben jünger«, fügte Azra Ösker hinzu.

»Was ist mit den Kindern? Missbrauch?«

»Nein«, antwortete Elling, »Zigaretten. Oben, Richtung Küste gibt es eine Cannabisplantage, da versorgen zwei Tag und Nacht die Pflanzen. Immer im Neonlicht.«

»Oder auch als Putzhilfen und so. Und natürlich als Kuriere«, sagte Azra.

»Harte Sachen?«

»Nehmen wir an, ja.«

»Ist natürlich ideal, die sind ja nicht strafmündig«, brummte Mertens.

»Die Illegalen kommen in Transportern direkt in die Wohnungen. Sie verlassen sie auch nicht, außer zusammen mit Nedeva. Sie bringt die Illegalen und deren Käufer zusammen. Zum Kinderheim fährt sie nur, wenn eine Schleusung beim Zoll aufgeflogen ist. Aber die Kinder gehen dann an den Brunnen und werden da von ihr eingesammelt. Die Kinder wissen Bescheid, die gehen aktiv.«

»Wohin werden die vermittelt?«

Lona Mendt deutete auf eine zweite Pinnwand in seinem Rücken, die ihm nicht aufgefallen war. Als er näher trat, sah er Restaurants, Nagelstudios, Baustellen, eine Fischfabrik, die Elling und Lona wegen Oleksandr kannten. Hotels, ein Transport- und ein Reinigungsunternehmen und eine Villa.

»Was ist mit der Villa?«

»Pflegedienst. Insgesamt kommen die überall hin, wo sie für vermutlich wenig Geld die Arbeit verrichten, für die Deutsche sich überwiegend zu schade sind. Alles Jobs, die kaum oder keine Einarbeitungszeit brauchen. Überwiegend körperlich anstrengende oder unangenehme Arbeiten.«

Mertens seufzte. Über die Schlechtigkeit der Welt. Und über die Windmühlen, gegen die sie immer wieder kämpften und langsam müde davon wurden. Er zumindest.

»Und das alles endet hier«, beschloss Lona die Ergebnisse ihrer 14-tägigen Observierungsmaßnahme und zeigte dem Chef das letzte Foto. Darauf war ein großes Einfamilienhaus mit einer langen Einfahrt zu sehen. Das Gebäude wirkte nicht opulent und ein wenig in die Jahre gekommen. In der Auffahrt parkte ein Mercedes-Modell, das zehn Jahre auf dem Buckel hatte.

»Da sind Vanja, Fidan und Giorgi Kirov mit ihren Frauen und ihrer Mutter und ihren Kindern gemeldet. Bei ihnen laufen die Fäden zusammen. Es deutet alles darauf hin, dass es nur eine Verbindung zwischen den Wohnungen für die Illegalen und der Familie Kirov gib: Kalina Nedeva.«

»Also klassische Mafiahierarchie«, stellte Mertens fest.

Niemand widersprach.

Der Chef blies die Wangen auf: »Klopfen wir mal aufn Busch, hm? Alle Wohnungen gleichzeitig – und ihr geht in die Wohnung, in der diese Frau Nedeva sich morgen aufhält.«

»Morgen schon?«

»Ja. Wir machen das schön leise. Pro Wohnung drei Beamte. Zwei gehen rein, einer sichert. Ich gucke mir noch acht Kollegen aus und bin bei einer selbst mit dabei.«

»Wenn Sie jemanden suchen, der ohnehin schon in die Ermittlung involviert gewesen ist …«

»Ja, klar.«

»Den Polizeihauptmeister Falk.«

42

17. DEZEMBER 2006, TOITENWINKEL

»Heute brauchst du keinen Rucksack«, sagte Kalina Nedeva, »zieh dir deine Jacke an.«

Sie war gerade erst vor fünf Minuten in die Wohnung gekommen. Während Sarah ihr gehorchte und sich ihre Daunenjacke von der Garderobe holte, entdeckte Nedeva wieder die Wollmäuse in der Ecke des Wohnzimmers.

»Du könntest hier ruhig mal etwas sauber machen, Rumen.«

Rumen Pavlov saß mit dem Rücken zu ihr vor dem Fernseher und sah sich ein Fußballspiel an.

»Das können die Mädchen machen, mich stört's nicht.«

»Nein, das machst du.«

Pavlov antwortete nicht, und Nedeva seufzte. Wie konnten einem solche Zustände bloß egal sein?

»Fertig.«

Sie wandte sich zu Sarah um und reichte ihr zwei Alupäckchen, die von einer engen Plastikhülle umschlossen waren.

»Jedes in eine Tasche«, wies sie Sarah an, die es befolgte.

»Haben Sie was Neues von Raya gehört?«

»Ja. Sie kommt in ein paar Tagen aus München zurück. Sie war auf einer Modenschau.«

»Auf einer Modenschau?«

»Ja. Sie wird noch Karriere machen. Erinnerst du dich an Herrn Benedikt?«

»Der mit den Pausbacken?«

»Genau der. In der Wiedemannstraße. Weißt du?«

»Ja.«

»Gut. Geh hin und bring ihm die Päckchen. Verlier sie unterwegs nicht, die sind sehr wertvoll.«

Sarah nickte. Frau Nedeva sagte es nicht, aber Sarah war sich sicher, dass es sich um Drogen handelte. Sie kannte diese Päckchen aus Filmen, und sie kannte diese Aluverpackungen aus Toitenwinkel, wenn die jungen Männer ihre Sachen am Abend hinter den Mülltonnen vertickten oder neben dem Spielplatz.

Kalina zauberte ein kleines Handy aus ihrer Handtasche und reichte es Sarah ebenfalls.

»Geh aber nicht in seine Wohnung, und lass dich von Herrn Benedikt nicht anfassen. Wenn er will, dass du in sein Haus kommst, dann nimmst du das Handy. Da ist nur eine Nummer in den Kontakten gespeichert. Die rufst du an. Dann bin ich in null Komma nichts da, ja?«

»Okay.«

Sie steckte es zu der Tüte in der linken Tasche, als es klingelte.

Rumen sah sich nun doch über die Schulter, und seine und Nedevas irritierten Blicke trafen sich. Sie waren keineswegs alarmiert, sie stutzten nur.

»Kommen heute noch welche?«

»Nein. Komm her.«

Während Rumen, der eigentlich auf der Couch festgewachsen schien und vielleicht dort eines Tages sterben würde, bemerkenswert schnell hochfederte, warf Nedeva einen Blick durch den Türspion. Sie sah eine Frau von vielleicht Mitte bis Ende 20, die einen leicht genervten Eindruck machte. Sie hatte dunkle Haare und dunkle Augen.

Türkischer Abstammung, vermutete Kalina Nedeva. Jedenfalls kannte sie sie nicht, was in einem Plattenbau wie diesem mit seinen vielen Wohnungen und noch viel mehr Menschen nichts heißen musste. Immer wieder klingelten hier Leute. Manche irrten sich in der Wohnung, betrunken zumeist, das andere Mal war es das Sozialamt. Dann wieder ein Monteur, weil es in der Wohnung quer unter ihnen von der Decke tropfte.

Sie machte Rumen Platz und wandte sich an Sarah: »Geh in euer Zimmer und warte.«

Sarah nickte und wandte sich ab. Inzwischen hatte Rumen sich die Frau draußen im Treppenhaus angesehen und nahm nun das Auge vom Spion. Er sah Kalina Nedeva an und schüttelte den Kopf.

Jetzt klingelte es erneut.

Nedeva warf einen zweiten Blick durch den Spion. Dieses Mal hielt die Frau einen Ausweis hoch. Hansestadt Rostock, stand darauf.

»Einmal den Stromzähler ablesen, bitte!«, rief die Frau.

»Bleib in der Nähe«, befahl Nedeva Rumen Pavlov. »Ich rede mit ihr.«

Der nickte und tat, was er in diesen Situationen immer tat: Er nahm das Springmesser aus der Schublade und steckte es sich so in den Ärmel, dass er das Handgelenk nur strecken musste, damit das Messer ihm in die Handfläche fiel.

Das Leben langweilte ihn nämlich zutiefst. Selbst der Fußball und das Bier, das er trank. Nedeva. Die Wohnung, Rostock. Er liebte aber den Kampf. Das Adrenalin. Den hämmernden Puls. Als Hooligan hatte er mal einen Briten totgeschlagen.

Er musste einem Gegner nur in die Augen sehen, um zu wissen, ob er ihn fertigmachen würde. Rumen hatte keine Angst – er freute sich ja wie ein Schneekönig darauf, wenn es zur Sache ging. Die anderen freuten sich nie. Sie wirkten höchstens verbissen.

Nedeva öffnete die Tür, und Azra Ösker, die den Fuß vor die Tür stellte, hielt nun die andere Hand hoch. Mit ihrem Dienstausweis.

»Ösker, Kripo Schwerin, treten Sie zurück.«

Nedeva erstarrte. Pavlov warf sich gegen die Tür, um die Frau aus der Wohnung zu drängen. Aber Elling und Lona, die für den Blick durch den Spion unsichtbar links und rechts mit gezogenen Dienstwaffen neben der Tür gewartet hatten, stürmten auch vor, sodass Rumen die Tür entgegenkam und ihn zu Boden katapultierte.

»Sichern Sie hinter uns«, befahl Elling Azra Ösker.

Lona war zuerst drin, sie zielte auf Nedeva: »Polizei! Mit dem Bauch auf den Boden. Hände hinter dem Kopf verschränken.«

Rumen rappelte sich auf und stand Elling gegenüber. Er ließ die Klinge des Springmessers hochfedern. Die Frau, die sich als Stromableserin ausgegeben hatte, schloss die Wohnungstür und zog nun ebenfalls ihre Pistole.

»Lassen Sie das Messer fallen.«

Pavlov sah dem Mann mit den Geheimratsecken und der Brille in die Augen. Und war so erstaunt über die Gleichgültigkeit im Blick des Mannes, dass er stutzte. Das war ein unscheinbarer Mann Ende vierzig, dem noch weniger am Leben lag als ihm. Zumindest in diesem Moment.

Und dieser Mann hob die Waffe an und feuerte an ihm vorbei durchs Fenster.

»Sie wollen nicht tot sein, und ich will nicht schießen«, fügte Elling hinzu. »Aber wenn Sie das Ding nicht sofort fallen lassen, wird beides passieren.«

Rumen Pavlov ließ das Messer fallen und legte sich auf den Bauch.

Da bemerkte Lona eine Bewegung im Flur: Sarah Minkova, die aus einem Nebenzimmer gekommen war und nun stehen blieb. Die Lona Mendt und den Mann mit der Brille wiedererkannte – sie hatte sie bei ihrer Ankunft im Heim gesehen, bei Herrn Wiegbold.

Nedeva lag am Boden. Ihre Verbindung zu Raya.

Lona sah das Zögern in Sarahs Augen. In der ganzen Art, wie sie dort erstarrt war. Aber sie spürte, das Kind würde fliehen, wenn sie sich jetzt bewegte. Und auch Elling und Azra Ösker schienen das ebenso zu empfinden, denn sie rührten sich auch nicht.

Natürlich – sie hatten selbstverständlich die Grundrisse aller Wohnungen gecheckt – gab es hier keinen zweiten Ausgang. Keinen Fluchtweg. Außer dem durch die Wohnungstür.

Aber Lona wollte die kleine Bulgarin nicht bis in den letzten Winkel der Wohnung jagen, wo es für Sarah kein Entrinnen mehr gab, um das völlig verängstigte Kind dort zu packen. Auf keinen Fall wollte sie dem Mädchen einen Grund liefern, sich vor ihr zu fürchten.

»Mein Name ist Lona Mendt«, sagte sie daher ruhig. »Dir wird nichts geschehen. Wir sind von der Polizei.«

Aber das Mädchen sah nur zu Nedeva und dann wieder zu ihr.

Sie war aus Sofia. Vielleicht verstand sie kein Deutsch, dachte Lona.

»My name is Lona Mendt. Nothing will happen to you. We're from the police. Please trust me.«

Noch während Lona die letzte Silbe über die Lippen kam, gab Sarah Minkova Fersengeld. Sie lief den Flur entlang und verschwand im letzten Zimmer rechts. Lona ging eilig hinterher.

Sie würde so oder so nicht schnell genug sein, um zu verhindern, dass das Waisenkind die Tür abschloss. Zu ihrer Verwunderung tat es das nicht, und als Lona das Bad erreichte, erfasste sie auch sofort, wieso: denn Sarah hatte sich durch ein schmales Lüftungsfenster geschoben und zog nun nur noch ihren rechten Fuß nach draußen.

Lona Mendt machte kehrt und sprintete zurück.

Raya! Was soll ich tun?

Denk nach, Sarah: der Schlüssel zu mir ist Kalina Nedeva.

Sarah stand auf dem flachen Dach des ganzen Komplexes, der mit schwarzer Teerpappe bedeckt und dessen Öffnungen mit Bitumen versiegelt worden waren. Überall hatten sich dunkle Pfützen gebildet und spiegelten unisono eine graue Wolkendecke. Der Wind pfiff hier oben viel stärker als unten auf dem Gehweg. Nur die Dachaufbauten mit ihren Brandschutztüren und ihren Antennen und Lüftungsanlagen und Generatoren hoben sich grau ab.

Die Päckchen für Herrn Benedikt waren wertvoll.

Wenn sie Frau Nedeva jemals wieder unter die Augen treten wollte, begriff Sarah, durfte die Polizei sie nicht finden. Und sie selbst am besten auch nicht.

Sie lief gegen den kalten Wind zu einem Lüftungsaufbau, wo sie ihr von den Zigarettenverkäufen heimlich abgezweigtes Geld in einer Tüte verwahrte, die sie mit einem Nylonfaden versehen und dann durch die Lamellen des Lüftungsauslasses gequetscht hatte.

In dieser Tüte verstaute sie in aller Eile die beiden Päckchen sowie das Handy und drückte die Tüte wieder zurück. In der Hoffnung, der Faden möge trotz des größeren Gewichts halten.

Kaum hatte sie das erledigt, flog die Brandschutztür des Treppenhauses auf, und Lona Mendt erschien auf dem Dach und entdeckte sie dort.

»Ich tu dir nichts! Lauf bitte nicht weg.«

Eigentlich hatte Sarah vorgehabt, über eine der Brandschutztüren der benachbarten Treppenhäuser wieder ins Erdgeschoss zu gelangen. Aber da ihr Vorsprung dafür nun zu klein war, musste sie den Sprung wagen.

Es gab knapp 20 Meter weiter eine kleine Schlucht zwischen diesem Dach und dem des benachbarten Mietshauses, das um ein Stockwerk weniger verfügte. Und dessen Dach damit tiefer lag als jenes, auf dem sie sich befand.

Der Grund für diese gut 15 Meter tiefe Kluft zwischen den Wohnhäusern waren die Müllboxen, die dort untergebracht waren.

Sarah kannte die Gegebenheiten recht genau, weil sie schon mehrmals den Müll weggebracht hatte. Und von unten Zeugin davon wurde, wie die größeren Jungs, die auch auf den Güterzügen surften, sich einen Spaß daraus machten, von Haus zu Haus zu springen.

Vera und sie hatten sich aus Neugierde mal aufs Dach geschlichen und von oben hinabgeblickt. Es brauchte Mut. Und man durfte nicht zu früh abspringen, wie Vera sagte. Vor allem aber: nicht in die Tiefe blicken. Gesprungen waren sie an dem Tag und auch an keinem der folgenden lieber nicht. Sarah rannte los.

»Nicht! Ich bleibe hier stehen!«, brüllte Lona. Doch Sarah Minkova lief weiter.

In Lona krampfte sich alles zusammen, die Hände wurden ihr eiskalt, ihr Gesicht fühlte sich wie betäubt an. Ein Sturz aus dieser Höhe wäre definitiv tödlich. Und es war sie, Lona Mendt, vor der Sarah Minkova die Flucht ergriffen hatte. Sie lief ihr hinterher.

Sarah stoppte nicht. Sie hörte die Schritte der Frau irgendwo hinter sich. Da kam die Kante. Und dahinter der andere Wohnblock mit dem Flachdach. Und je näher sie kam, desto weiter schien der benachbarte Plattenbau zurückzuweichen. Sie musste mit dem linken Fuß die Kante erwischen. Beim Weitsprung nahm sie immer den linken Fuß. Die Kante war aus Metall. Hoffentlich rutschte sie nicht ab.

Nein. Und sie traf den perfekten Punkt zum Sprung. Das andere Dach war tiefer. Die Jungs schafften es, und sie … schaffte es fast.

Sarah schlug mit den Armen und ihrem Oberkörper auf der anderen Seite auf, ihre Beine krachten gegen die Hauswand, der Schmerz aus ihren Knien zuckte ihr über das Rückenmark in den Hinterkopf, und mit Mühe und Not hielt sie sich aufgestützt auf der Kante des anderen Hauses. Sie keuchte vor Schmerz. Und glitschte mit den Ellenbogen an der nassen Kante ab und hing jetzt nur noch mit ihren Händen an ihr.

Raya!

Da segelte ein Schatten über sie hinweg und landete neben ihr auf dem Dach: die Polizistin.

Im Aufsetzen wirbelte die herum, packte sie an den Handgelenken und zog sie mit einer Kraft, die man ihr nicht ansah, hoch und in Sicherheit.

Und selbst das tat weh.

»Kind«, stieß sie außer Atem hervor und beugte sich zu ihr, »hast du dir wehgetan?«

Sarah starrte sie nur an, weil da etwas im Gesicht der Frau passierte, was sie nicht verstand und wodurch sie für einen Moment auch kurz ihre Knie und die Ellbogen vergaß.

»Have you injured yourself?«

»Ich kann kein Englisch.«

Lona Mendt war kurz perplex, und dann schüttelte sie den Kopf.

»Du hättest tot sein können.«

Jetzt sah Sarah es deutlich – in den Augen der Frau sammelten sich Tränen.

Darauf konnte sie sich keinen Reim machen.

Kalina Nedeva waren bereits von Azra Ösker die Hände mit Kabelbinder auf dem Rücken fixiert worden. Vera, die nach Ellings Frage, wer sich noch in der Wohnung aufhielt, von Nedeva gerufen worden und dann erschienen war, saß auf der Couch.

Elling kniete noch auf Pavlos Rücken, um ihn ebenfalls mit Kabelbinder zu fixieren.

»So, du heißt?«

»Vera.«

»Schön, ist hier noch jemand in der Wohnung?«

»Nur Jürgen.«

»Ach, sieh an. So Jürgen, mal hier nach vorne kommen ins Wohnzimmer! Unbewaffnet!«

Aus den Augenwinkeln registrierte Frank Elling, dass Kalina Nedeva sich anspannte.

Tap, tap, tap, hörten Azra Ösker und er. Und dann stand Jürgen im Flur. Ein ausgewachsener Rottweiler mit gut 60 Kilo Körpergewicht. Die Lefzen hochgezogen, sodass man sein eindrucksvolles Gebiss sehen konnte.

»Ich, ähm … ich kann ganz gut mit Hunden«, sagte Azra leise.

Elling schluckte. Ein tiefes Knurren, das sie bewegungslos werden ließ.

Kein falsches körperliches Signal aussenden.

»Ich zieh mir jetzt die Jacke aus«, sagte Ösker und begann in Form ruhiger, gleichmäßiger Bewegungen damit. Tatsächlich änderte der Rottweiler seine Position nicht.

Elling gab Rumen Pavlov mit seinem Knie einen unauffälligen Stoß.

»Gehorcht der aufs Wort?«

Er wisperte die Frage, als könnte eine zu hohe Lautstärke den extrem brüchigen kleinen Frieden stören, den sie mit dem Rottweiler gerade verlebten.

»Ja«, antwortete Rumen ebenso leise und hob dann, bäuchlings liegend, den Kopf und rief plötzlich: »Jürgen! Fass!«

Der Rottweiler rannte auf Elling und Ösker los. Ein beeindruckendes Spiel aus Muskeln, Knochen, Sehnen und Zähnen vereinigte sich zu einem Bild absoluter Kompromisslosigkeit. Elling riss die Waffe hoch. Der Hund erreichte das Wohnzimmer.

»Nicht schießen!«, rief Azra Ösker.

Elling zögerte tatsächlich, und dann warf Azra Ösker dem Hund ihre Jacke entgegen, wodurch sie dem Rottweiler die Sicht nahm. Jedenfalls für einen Moment.

43

17. DEZEMBER 2006, ROSTOCK

Für die Dauer des Zugriffs, zeitgleiche 15 Minuten, wurde das Telekommunikationsnetz in den betreffenden drei Stadtteilen, in denen die Tarnwohnungen sich befanden, auf Antrag der Kripo von der Telekom lahmgelegt.

Keiner konnte raustelefonieren. Niemand konnte jemand anderen warnen.

Rainer Mertens war vielleicht ein Mann, der sich ein wenig zu sehr auf sein Rentendasein freute und dabei die Arbeit zusehends ein wenig schleifen ließ, aber so eine logistische Herausforderung bereitete ihm Spaß.

Und da er als Pedant auf die Welt gekommen war, der sich über jeden ärgerte, der im Kreisverkehr beim Abbiegen nicht blinkte, stimmte heute jedes Detail.

In der ersten Welle kamen die Wohnungen dran.

Und in der zweiten die Firmen und Restaurants, an die die illegalen Arbeitskräfte während der Observierung durch Kalina Nedeva vermittelt worden waren.

Auf diese Weise hagelte es 63 Festnahmen: 17 Firmeninhaber, 22 an sie vermittelte illegale Arbeitskräfte, 4 Aufpasser in 4 Wohnungen, darunter Rumen Pavlov, und insgesamt 19 Personen, die in den Wohnungen auf ihre Vermittlungen warteten. Plus Kalina Nedeva.

Und nun summte es in einer Abend- und Nachtschicht in der Kripo wie im Bienenstock.

Man separierte die Kinder und Jugendlichen unter 18 Jahren von den anderen. Sie wurden einzeln zuerst von drei Psychologen befragt. Zwei von ihnen und drei Männer, die massiven Widerstand geleistet hatten, erhielten ärztliche Versorgung. Lona Mendt sorgte dafür, dass Sarah Minkova untersucht und ihre frischen Prellungen behandelt wurden. Das Mädchen schwieg dabei eisig und gab nur der Ärztin auf deren Nachfrage Auskunft, wo sie Schmerzen hatte. Dabei begegneten sich die Blicke von Sarah und Lona immer wieder.

Lona blieb ruhig. Sie fragte nichts, sie kommentierte nichts, sie blieb stumm. Sie war einfach nur da.

Mama, können wir den behalten?

Manchmal musste man einfach nur da sein. Verlässlich. Und den Mund halten und keine Forderungen stellen. Nur eben zufällig im selben Raum sein.

Können wir den behalten? Biiitteee.

Ihre Kinder hatten den zum Skelett abgemagerten Hund mit dem völlig verfilzten Fell unter einer Brücke aufgelesen. Zu schwach, um Widerstand zu leisten.

Er ist schon fast auf der anderen Seite des Styx angekommen, hatte Klaus gesagt. Mit seiner beiläufig tiefen Stimme, eine von hundert Eigenschaften, in die sie sich verliebt hatte. Er wählte den Ausdruck, damit ihre Kinder es nicht begriffen, sie waren schließlich erst fünf und sechs Jahre alt.

Styx ist ein schöner Name, fand Max prompt.

Also erklärten sie ihnen, dass sie den frisch getauften Styx natürlich aus Südspanien mit nach Hause nehmen würden, aber dass er sehr schwach war und erst mal vom Tierarzt behandelt werden müsste.

Der Tierarzt sah sofort das Problem. Und den Grund: sie waren hier, um das Tier zu erlösen. Als er die Spritze ansetzte, blickte Styx in Klaus' Augen.

Nicht, sagte er leise.

Sein Mitgefühl mit allem und jedem und seine Bereitschaft, dafür einzustehen, war einer der Gründe gewesen, die in Lona erst den Wunsch und dann die unverbrüchliche Überzeugung auslöste, den Rest ihres Lebens an seiner Seite verbringen zu wollen. Bis dass der Tod euch scheidet.

Er wird trotzdem nicht lange bei uns bleiben, hatte Klaus gesagt.

Styx überlebte ihn und die Kinder.

Aber er war eine zutiefst geschundene, getretene und überall verjagte Kreatur, die Menschen misstraute. Lona und Klaus wussten, dass es Zeit brauchte. Und Fürsorge. Pflege, gute Ernährung. Sie bedrängten ihn nicht. Sie warteten, dass er kam. Styx sollte die Wahl haben und über den Moment entscheiden.

Der Moment kam in Gestalt eines Frisbees, den Klaus über die Wiese warf. Aus der Faszination, die dieses fliegende Stück Plastik in Styx auslöste, den Jagdinstinkt und die Spielfreude und dann aus dem Spiel, das sich zwischen ihnen dreien auf jener Wiese entspann.

Bis dahin waren sie einfach immer nur auch da gewesen, wo Styx sich gerade aufhielt.

Lona Mendt hatte Hannover wegen Styx nicht verlassen. Drei Tage nach seinem Tod kaufte sie das Wohnmobil und fuhr zu ihrer neuen Arbeitsstelle nach Rostock.

Die Ärztin sagte, Sarah müsse nicht geröntgt werden. Aber die Verbände am Knie und den Ellbogen sollten zweimal täglich gewechselt werden. Lona nickte zum Zeichen dafür, dass sie verstanden hatte und ein Auge darauf haben würde.

»Komm«, sagte sie und brachte Sarah zurück zu den anderen Kindern und Jugendlichen. Merrtens hatte sie in der Teeküche der Kommissare untergebracht und Azra Ösker die Aufsicht über sie erteilt.

Hier herrschte kein Redeverbot, sie konnten sich austauschen, so viel sie wollten, und als sie Hunger bekamen, orderte Elling Burger und Pommes frites bei McDonald's, was die Laune der Jugendlichen sichtlich hob – und Elling, der auf sie wirkte, als hätte ein verstaubtes Buch eine menschliche Gestalt angenommen, in ihrem Ansehen steigen ließ.

Und als Falk die Teeküche passierte, während Elling die Bestellungen aufnahm, ergriff Azra die Gelegenheit: »Herr Falk?«

»Hm?«

»Was passiert jetzt mit Jürgen?«

»Jürgen wer?«

»Na, der Rottweiler.«

Polizeihauptwachtmeister Falk sah sie erstaunt an. Das ganze Haus rotierte, und die Kollegin mit dem bandagierten Unterarm erkundigte sich nach dem Hund.

»Ach der … ja, wird wahrscheinlich eingeschläfert.«

»Wo ist der jetzt?«

»Im Tierheim. Wieso?«

»Weil ich die anrufe und dafür sorge, dass der natürlich nicht weggespritzt wird.«

»Für 17 Stiche haben Sie ziemlich viel Verständnis, das muss man Ihnen lassen«, sagte Elling.

Jürgen hatte durch die Jacke hindurch um sich geschnappt und sie am Unterarm erwischt und sich dort kurz verbissen.

»Das ist schon nicht ganz einfach«, antwortete Azra mit einem Seufzen und entsperrte ihr Handy, »aber das Problem befindet sich doch immer am anderen Ende der Leine. Kein Welpe kommt bissig auf die Welt. Es braucht immer die Trottel, die sie dazu machen. Das ist wie mit Rassisten.«

Jeder, der in der Kantine wartete, wurde von einem von ihnen vernommen. Name, Herkunft, Auskunft über die Schleusung: wer, wann, wo, wie? Von wem vermittelt? An wen? Zu welchen Konditionen? Nach der Aussage wurden sie in Gruppen per richterlichen Beschluss in die JVA verbracht, wo sie ihre Untersuchungshaft antraten.

Neben der Gewinnung aller möglichen Informationen, die vielleicht Basis für weitere Ermittlungen boten, war es Ellings und Lonas Ziel, einen Zeugen zu gewinnen, der bereit war, gegen die Hintermänner auszusagen und Einblick in das ganze Netzwerk des Menschenhandels zu gewähren.

Ein Firmeninhaber gab etwa an, dass er seine Putzkraft in der Gastronomie mit einer anderen von Anbietern aus Erfurt auswechselte und im Gegenzug jemanden von dort bekam – was nicht weniger bedeutete, als dass der Kirov-Clan sich mit anderen Organisationen zu vernetzen begann.

Diese These, von Elling auf den Tisch geworfen, wurde später durch die Aussage einer Frau erhärtet, die große Angst vor einer Unterbringung in der JVA hatte und eine günstige Kraft für die Versorgung ihrer dementen Mutter gesucht hatte.

Elling nahm sie beiseite und schickte sie nach Hause. Er warf dabei Mertens, der ein Wort einwerfen wollte, einen unmissverständlichen Blick zu.

Die Pflegekraft jedenfalls sollte mit einer anderen aus Antwerpen rotieren.

Die Kirovs, schien es, waren daran beteiligt, ein europäisches Netz für Menschenhandel zu etablieren.

Rainer Mertens hatte sich Kalina Nedeva vorgenommen.

Er hatte sie in seinem Büro geparkt, wie er es nannte, und ihr das

Telefonat, auf das sie bestand, verwehrt. Ihr Handy hatte man ihr zu dem Zeitpunkt schon abgenommen.

»Ich habe nichts getan.«

»Doch. Haben Sie.«

»Ich besuche nur Wohnungen.«

»Und Heime.«

Nedeva sah interessiert auf – was wusste die Polizei noch? Wie weit waren sie schon mit ihren Ermittlungen?

»Ich habe ein Recht darauf, meinen Anwalt anzurufen.«

»Ja.«

»Dazu brauche ich mein Handy.«

»Das ist gerade nicht da. Es wird untersucht, Frau Nedeva.«

»Auf was?«

»Was man da so alles untersuchen kann. Früher waren Telefone angebunden, vielleicht haben Sie es noch gesehen, an so einem Spiralkabel. Heute laufen sie frei herum. Jedenfalls: unsere Leute aus der Technik beschäftigen sich gerade mit Ihrem Handy. Bis dahin können Sie nicht telefonieren. Kaffee? Wasser vielleicht?«

Nedeva schüttelte den Kopf: »Nein danke«, sagte sie ruhig und gefasst, was für Mertens den Anschein erweckte, als würde sie eine Situation wie diese nicht zum ersten Mal erleben oder zumindest recht gut darauf vorbereitet sein.

»Ich könnte Ihr Telefon hier im Büro benutzen, um meine Kanzlei anzurufen.«

»Ja, das stimmt«, bestätigte Rainer Mertens, »aber das erlaube ich Ihnen nicht.«

»Aber das Gesetz sagt, Sie müssen mir das erlauben.«

Mertens nickte: »Ich rufe mal die Staatsanwaltschaft an, um die umzustimmen.«

»Das wäre nett.«

Mertens stöpselte sicherheitshalber das Telefon aus und nahm es mit. Seine Absicht war es, sie schmoren zu lassen.

Die Frau konnte sich an fünf Fingern abzählen, dass sie mehr als nur eine Wohnung hochgenommen hatten. Vielleicht sogar alle vier. Und jetzt alle befragt und verhört wurden. Und man versuchen würde herauszufinden, wer hinter all dem steckte.

Wenn es stimmte – und davon mussten sie weiter ausgehen –, dass Kalina Nedeva die einzige Verbindung zum Clan war, hatte sie jetzt ein veritables Problem mit den Kirovs.

Und sie konnte nur darauf hoffen, dass es der Polizei nicht gelang, auch nur einen einzigen geschleusten Illegalen oder einen der Aufpasser wie Rumen Pavlov zu einer Aussage gegen sie zu bringen.

Mertens wollte sie in Stimmung bringen, um sie am Ende auf seine Seite zu ziehen. Als Hauptbelastungszeugin gegen die Kirovs.

Aber dazu war sie noch nicht bereit, das spürte er. Sie brauchte Zeit, um sich Gedanken zu machen. Viele Gedanken. Insbesondere um ihre persönliche Zukunft. Und die verschaffte er ihr, indem er sie auf später vertröstete und zusammen mit dem Telefon das Büro verließ.

Die Kinder und Jugendlichen schwiegen entweder eisern – wie Sarah und Vera – oder erzählten, sie seien auf eigene Faust und ohne fremde Hilfe ausgerissen. Da sich ihre Aussagen zum Teil im Wortlaut deckten, war Elling, Lona und Mertens klar, dass sie ihnen vermutlich von Nedeva eingetrichtert worden waren – für den Fall einer Festnahme.

Drei Teenager hatten tatsächlich Eltern im Ausland, zu denen man sie zurückführen konnte. Bei den drei anderen Jugendlichen gab es diese Möglichkeit einer Rückführung nicht. Sie waren Vollwaisen wie Sarah.

Damit sich das Spiel über das Seeheim nicht allzu schnell wiederholte, beschlossen sie, Vera und die anderen beiden auf diverse Heime in der Bundesrepublik zu verteilen. Und zwar Heime, die sich weit weg befanden, also im Süden und Südwesten. Möglichst außer Reichweite der Kirovs in Rostock.

Eine Ausnahme beschlossen sie für das jüngste Kind: Sarah.

Sie taten das, weil die Psychologin, die mit ihr gesprochen hatte, ihnen dazu riet.

»Das Kind sollte unbedingt jetzt raus aus diesem Kreislauf. Es hat keinen Anker, keinen Hafen. Es ist wortwörtlich mutterseelenallein. Ich empfehle dringend, hier eine Adoption in die Wege zu leiten.«

»Darauf hat sie ja schon gewartet«, sagte Elling, »wir können das ja nicht beschleunigen.«

»Doch. Sie kann bei einer Pflegefamilie untergebracht werden, bis sich Adoptiveltern für sie finden.«

Und sie taten es, weil Lona Mendt glaubte, das Kind könne für die Ermittlungen noch von Nutzen sein: Hier, bei den Vernehmungen, stand Sarah unter einem gewissen Gruppenzwang. Alle Kinder und Jugendlichen logen, alle hielten dicht. Wenn man Sarah aber von den anderen für einen gewissen Zeitraum isolierte, wäre ein zweiter und dritter Anlauf vielleicht von Erfolg gekrönt. Einer, der beiläufig daherkam und nicht so formell und einschüchternd.

Elling, der sie dabei unauffällig beobachtete, beschlich das Gefühl, dass das nur die halbe Wahrheit war.

»Und wo treiben wir jetzt auf die Schnelle eine Pflegefamilie auf?«

»Ich würd's ja machen, aber wir haben nicht mal ein Gästezimmer«, redete Mertens sich raus und sah zu Elling.

»Oh, bitte … das ist zu viel. Meine Mutter ist gerade wie ein Kind, das das Verlaufen lernt.«

Die Blicke wanderten weiter zu Lona Mendt.

»Nein«, sagte sie sofort und mit einer Deutlichkeit, die Elling gar nicht als notwendig empfand, um so ein stummes Ersuchen abzulehnen.

»Wir finden eine Lösung«, sagte er. Und bereitete zusammen mit Lona ein Lager aus Decken und Kissen für Sarah in ihrem Büro, denn sie war todmüde.

Lona und Elling taten das schweigend, aber er merkte, wie sie seinen Blicken auswich.

Ihr Nein erschien ihm wie ein Akt des Selbstschutzes.

Als sie das gemütliche, kleine Lager Sarah zeigten, stellte die sich mit dem Rücken zu ihnen ans Fenster und blickte aufs nächtliche Rostock.

Die Vernehmung von Geschleusten und jenen, die sie »gekauft« hatten, verlief auf Lonas Vorschlag immer parallel, was sie in die Lage versetzte, jedes Mal direkt danach einen Abgleich der beiden Aussagen vorzunehmen und sofort nachhaken zu können, wenn sich Widersprüche herausstellten.

Die nächsten beiden in der Reihe waren Con Anh Tho und Liem Lai.

Lona ging ins Vernehmungszimmer zu Tho, Elling zu Herrn Lai vom *Goldenen Paradies*.

Die beiden Vernehmungszimmer waren klein, verfügten aber immerhin über ein Fenster. In der Mitte stand ein zwei Meter langer Tisch mit weißer Kunststoffbeschichtung. Auf dem befand sich neben einer Wasserflasche und zwei Gläsern auch Ellings Kladde, in der er sich Notizen machte, obwohl parallel dazu das Gespräch mit einem Diktiergerät aufgezeichnet wurde.

Je älter er wurde, desto unliebsamer trennte er sich von alten Angewohnheiten. Wieso auch?

Das kalte Neonlicht an der Decke sorgte für harte Schatten auf ihren Gesichtern.

Liem Lai saß dort mit einer dunklen Jeans und einem hellblauen Hemd. Darüber eine lilafarbene Daunenjacke mit einer Kapuze. Er war ein schmaler Mann mit einem flachen Gesicht. Zwei, drei Altersflecken hatten sich bereits darauf verirrt.

Während er dort saß und mit Frank Elling sprach, lächelte er die meiste Zeit ein wenig. Selbst wenn es der Mund nicht tat, taten es seine Augen. Von draußen auf dem Flur drangen Stimmen und Wortfetzen zu ihnen und immer wieder das Geräusch von eiligen Schritten, die über den Gang huschten. Eine Atmosphäre der Betriebsamkeit hatte die komplette Etage ergriffen.

Nachdem Elling den Ausweis des Mannes überprüft hatte und sie die Einstiegsfragen hinter sich hatten, Wohnsitz, Familienstand, Datum der Einbürgerung, der Geschäftseröffnung und so weiter, beugte Elling sich vor: »Sie sitzen hier, Herr Lai, wegen des Vorwurfs des Menschenhandels.«

Lai schüttelte vehement den Kopf: »Menschenhandel? Nein, nein, nein.«

»Joah«, raunte Elling gelassen, »was zahlen Sie dem jungen Mann, dem Herrn, ähm«, er blätterte in seiner Kladde eine Seite zurück, »dem Herrn Tho. Was zahlen Sie dem?«

»Mindestentgelt. Und er kann sich vom Essen der Kunden in der Küche was nehmen, wenn er die Tische abgeräumt hat. Das ist ausgewogene Ernährung.«

»Essensreste von Kunden gehören in den Müll.«

»Ja, so ist das in Deutschland, schlimm, schlimm, große Verschwendung. Hier hat keiner Ahnung von Armut. Keiner hat Ahnung. Schlimm.«

»Ja, schlimm. Also: Sie bezahlen ihm das Mindestentgelt?«

Lai nickte.

»Das Diktiergerät hört Ihr Nicken nicht.«

»Ja.«

»Zwei Euro achtzig«, gab Con Anh Tho im Vernehmungsraum gerade zu Protokoll. Er saß Lona an dem Tisch gegenüber, auf dem sich auch Wasser und Gläser befanden und das Aufnahmegerät. Aber Lona Mendt machte sich keine Notizen. Sie nickte, als hätte sie sich so etwas gedacht.

»2,80 Euro, ja?«, vergewisserte sie sich.

Tho nickte sofort: »Ja.«

Dabei machte er sich im Stuhl klein. Angreifen, verteidigen oder sich totstellen, kam es Lona in den Sinn. Die drei Strategien der Tier- und Menschenwelt im Konfliktfall. Tho versuchte gerade das Kunststück zu vollbringen, sich in einem hell erleuchteten Raum auf einem spartanischen Stuhl nur anderthalb Meter von einer Polizeibeamtin unsichtbar zu machen.

Oder zumindest den Eindruck zu erwecken, dass er eigentlich überhaupt gar nicht hierhergehörte. Dass er rechtschaffen war. Nichts falsch gemacht hatte. Bereit war zu kooperieren.

Er tat ihr leid.

Auf sie wirkte Tho unterwürfig, aber konstruktiv. Ganz so, als könnte er hier einen Arbeitsplatz und eine Aufenthaltsgenehmigung bekommen, wenn er nur nett und hilfsbereit genug war und ehrlich über alles Auskunft gab.

»Wo haben Sie gewohnt, als Sie bei Herrn Lai gearbeitet haben?«

»Ich hatte ein Zimmer, erster Stock rechts.«

»Das hat der Chef Ihnen gestellt?«

»Ja, Herr Lai ist ein guter Chef. Wie ein Vater.«

»Ah ja … Das Zimmer war umsonst?«

»Er hat es an mich vermietet. Er hat ja auch Rechnungen – er muss auch leben.«

»Für wie viel?«

Tho zögerte, blickte kurz zur Seite.

»Wissen Sie, Herr Tho, wir überprüfen das später sowieso. Und wenn der Herr Lai jetzt bei meinem Kollegen eine andere Summe nennt …«

Die Schlussfolgerung überließ sie ihm, und er begriff: »Für 250 Euro im Monat.«

»Und wie viele Stunden arbeiten Sie in der Woche?«

»Mal so, mal so, so 60 Stunden. Aber Montag habe ich frei«, fügte er beschwichtigend hinzu.

Lona überschlug im Kopf kurz, was das bedeutete. Im November hatte er demnach 25 Tage gearbeitet, also 250 Stunden für insgesamt 700 Euro. Davon ging die Zimmermiete ab, und es blieben 450 Euro. Con Anh Tho arbeitete anderthalb Wochen, um das Zimmer bezahlen zu können.

»Nicht 2,80 Euro?«

»Nein, Herr Lai«, antwortete Elling ruhig, »das Mindestentgelt Ost beträgt 6,15 Euro.«

Liem Lais Darstellung von ungläubigem Erstaunen hätte nach Ellings Ermessen nicht mal für das Schultheater gereicht.

»6,15 Euro schon?«

»Ganz genau.«

»Das ist nicht strafbar – dass ich das nicht weiß, ab jetzt bekommt er mehr, natürlich.«

Frank Elling ließ das unkommentiert. Im Laufe der Dienstjahre entwickelte man ein Gespür dafür, bei welchem Gesprächspartner ein Kommentar oder Hinweis auf fruchtbaren Boden fiel und bei welchem nicht. Und Herr Lai gehörte nicht zur ersten Kategorie.

»Ah … ich habe nichts Ungesetzliches getan.«

Elling legte ihm die Fotofolge auf den Tisch, die die Übergabe des Kuverts an Kalina Nedeva bewies. Liem Lai verzog das Gesicht, als hätte er sich leicht auf die Zunge gebissen.

»Doch. Sie haben eine illegale Arbeitskraft angefordert, bezahlt – schwarz im Übrigen – und beschäftigt. Das sind schon mal drei Straftatbestände. Und wenn es vor Gericht geht, werden das dann erfahrungsgemäß eher mehr.«

»Ich dachte, das hat alles seine Rechtmäßigkeit. Ich brauche eine Hilfskraft für die Küche. Schwer zu finden. Nicht jeder kann gut asiatisch kochen. Können Sie asiatisch kochen?«

»Wie ein Weltmeister.«

»Jedenfalls habe ich die Vermittlungsgebühr bezahlt.«

»Nämlich?«

»20.000 Euro.«

»Dann erhalten Sie von Herrn Lai 450 Euro in bar? Also: würden Sie am Ende des Monats bekommen?«

Denn Tho arbeitete erst seit seiner Vermittlung ans *Goldene Paradies*, das seinem Namen zunehmend weniger Ehre machte, dachte Lona Mendt.

»Ja«, antwortete der Mann zögerlich.

»Nicht?«

»Also …«

»Ja?«

»Zuerst muss ich die Vermittlungsgebühren abarbeiten.«

»Das sind?«

»20.000 Euro. Deshalb werden im Monat 200 Euro abgezogen.«

Diese Methode war Lona zwar bekannt. Doch nun, als sie sich bildhaft in Form des Schicksals dieses jungen Vietnamesen niederschlug, fühlte sie erst das Ausmaß ihrer Niedertracht.

»Das sind 2400 Euro im Jahr, Herr Tho. Da müssen Sie über 8 Jahre im *Goldenen Paradies* arbeiten, bis Sie die Vermittlungskosten erstattet haben.«

»Ja. Ist lange Zeit, ich weiß, aber Herr Lai ist trotzdem netter Mann.«

»Ja, das höre ich auch die ganze Zeit raus«, sagte Lona und bemerkte, dass ihrem Gegenüber der Sarkasmus entging.

»Ja. Herr Lai hat gesagt, wenn ich das Zimmer behalte, erlässt er mir die letzten 1000 Euro.«

Sein verlegenes Lächeln verriet, dass er diese Lüge, die der fürsorgliche Herr Lai ihm aufgetischt hatte, natürlich selbst nicht glaubte, sondern sich vielmehr mit den Gegebenheiten abgefunden hatte.

»Herr Tho, wie sind Sie hergekommen?«

»Ein Mann ist zu mir gekommen und hat gesagt, er hat Arbeit im schönen Deutschland. Ein schönes Land haben Sie.«

»Danke. Und weiter?«

»Dann bin ich … mit dem Auto hergekommen.«

»Aus Vietnam?«

Tho nickte: »Zusammen mit anderen. Viele Tage. Wir haben auch zuerst in Polen gearbeitet. Das sind nette Leute in Polen. Überhaupt: die EU ist gut.«

Die Verzweiflung des jungen Mannes, bloß nichts zu sagen, was seine Abschiebung begünstigen könnte, hing spürbar in dem kleinen Zimmer. Dabei war sie schon vor dem Zugriff beschlossene Sache.

»Dann sind wir nach Deutschland gekommen. Hier ist es schöner als in Polen. Bitte, kann ich wieder arbeiten?«

»Nein, Sie haben keine Aufenthaltsgenehmigung. Sie werden abgeschoben, Herr Tho.«

Es traf den jungen Mann wie ein Schlag in den Bauch, sein Oberkörper klappte unvermittelt ein wenig nach vorne. Für ihn war es offenkundig das Schlimmste, was passieren konnte. Er blickte ihr in die Augen und gab jede würdevolle Haltung auf: »Bitte, nein, bitte, ich habe kranke Eltern zu Hause. Sie brauchen mein Geld, bitte. Wenn ich gehen muss, sterben sie. Ich arbeite alles. *Alles*. Bitte. Oder … ich gehe einfach. Ich kann Ihnen all mein Geld geben. Bitte.«

»Ich habe eine Idee, wie Sie bleiben können.«

Erst sah er sie für einen Moment ungläubig an, dann strahlte er mit einer Prise Zurückhaltung: »Was muss ich tun dafür? Ich tue alles. Bitte.«

»Sie müssen komplett aussagen, und ich lege ein Wort für Sie ein, damit Sie einen Aufenthaltstitel bekommen. Zumindest eine Duldung.«

»Und wenn man nicht hört auf Sie?«

»Das wird man. Es wird ein Deal sein, ein Geschäft. Eine Abmachung mit der Staatsanwaltschaft. Sie sagen aus, dafür bekommen Sie die Duldung.«

»Ja, gut. Was soll ich aussagen?«

»Vor Gericht.«

Sein Strahlen nahm langsam ab.

»Sie müssen gegen die Leute aussagen, die Sie geschleust und Ihnen die Arbeit verschafft haben.«

Tho machte eine Miene, als realisierte er, damit auf Gleisen zu stehen, auf denen ein Güterzug auf ihn zuraste.

»Nein.«

»Wir schützen Sie.«

»Nein.«

Er schüttelte vehement den Kopf. Und verweigerte ihr jede weitere Antwort.

Und nach diesem Muster liefen auch die restlichen Vernehmungen. Kein Illegaler war zu einer juristisch belastbaren Aussage zu bewegen.

Um ein Uhr nachts waren sie fertig, und Mertens gestattete Kalina Nedeva ihren Anruf.

Nachdem sie den getätigt hatte, kam Mertens zurück – in Begleitung von Lona Mendt und Frank Elling.

»Sie kennen sich ja bereits vom Zugriff heute«, stellte Mertens sie einander vor: »Kriminalhauptkommissarin Mendt und Kriminalhauptkommissar Frank Elling – Frau Nedeva.«

Sie nickten einander zu und begrüßten sich höflich. Lona nahm ihr gegenüber Platz, Mertens an der Seite, und Elling blieb am Fenster stehen. Er hatte den ganzen Abend auf dem Stuhl gesessen, dessen Sitzfläche nicht weicher wurde, und war froh, sich ein klein wenig die Beine vertreten zu können.

»In wessen Auftrag suchen Sie diese vier Wohnungen auf, Frau Nedeva?«, fragte Mertens.

»Ohne rechtlichen Beistand werde ich mich hier nicht äußern. Sie vergeuden Ihre Zeit«, ließ die Bulgarin sie wissen.

»Wir haben genug Beweise, um Sie für Jahre hinter Gitter zu bringen, Frau Nedeva«, bluffte Mertens.

»Ich äußere mich nicht dazu.«

»Sie könnten heute Nacht als freie Frau dieses Gebäude verlassen und in ein Land Ihrer Wahl gehen. Mit unserer Unterstützung. Frankreich, Mexiko, Australien, Sansibar. Das ist alles drin. Weit, weit weg – wenn Sie gegen Ihre Auftraggeber aussagen«, legte er nach.

Sein Appell verpuffte ohne erkennbare Wirkung.

»Ich möchte Sie gerne etwas fragen«, sagte sie schließlich und lenkte damit die gesamte Aufmerksamkeit auf sich.

»Was immer Sie wollen«, gab Mertens zurück.

»Darf man hier rauchen?«

Allgemeine Ernüchterung.

»Nein«, sagte Elling und zündete sich eine an. Nur Lona Mendt hatte noch nichts gesagt. Sie beobachtete Kalina Nedeva lediglich sehr genau. Irgendetwas, das sah sie, war in dieser Frau mal zerbrochen. Eine undefinierbare Traurigkeit hatte sich so nachhaltig unter ihre Haut gewoben, dass sie ein Teil von ihr geworden war.

Und als Nedeva die Augen nicht niederschlug, sondern Mendts Blick erwiderte, erkannte sie eine Frau, die ihr nahe war.

»Kirov, mal gehört?«, fragte Lona.

»Ist das eine Marke?«

»Sie sind schon mal aussortiert worden.«

»Ach ja?«

»Ja. Aus einem besseren Leben«, gab Lona zurück. Es war kein Schuss ins Blaue, es war Nedevas Wesen, das es ihr verriet. Es musste so gewesen sein. Und tatsächlich schaute sie kurz zur Seite, um Lona die Bestätigung zu verwehren.

»Die Kirovs werden Sie auch aussortieren«, fuhr Lona fort und Elling wie Mertens schwiegen intuitiv und überließen den beiden Frauen das Feld.

»Ich weiß nicht, wovon Sie reden.«

»Natürlich. Sind Sie selbst mal vermittelt worden?«

Lona war, als bräche etwas in der Frau auf der anderen Seite des Tisches erneut. Einen Sekundenbruchteil lang nur, dann hatte Nedeva sich wieder im Griff und schenkte ihr ein Lächeln:

»Ich glaube, da irren Sie sich.«

Lona nickte und wusste, dass sie mit ihrer Vermutung goldrichtig lag. Nedeva war durch ihre Bemerkung angeschossen.

Es klopfte an der Tür.

»Ja?«, fragte Mertens.

Azra Ösker schaute hinein: »Da ist eine Frau Rink von der Kanzlei …«

»Jetzt nicht«, unterbrach Lona barsch, ohne sich zu Ösker umzudrehen.

Und Mertens schüttelte den Kopf, woraufhin Azra Ösker die Tür wieder schloss.

»Sie sind jetzt wertlos für die Kirovs«, fuhr Lona unbeirrt fort. »Sie sind gebrandmarkt durch uns. Die werden Sie über kurz oder lang aussortieren, Frau Nedeva. Vielleicht morgen schon.«

»Und dann sitzen Sie im Knast«, fuhr Mertens fort, »und bezahlen für Ihr Schweigen. Noch können Sie umkehren. Noch können Sie aussagen und dann ein neues Leben beginnen.«

»Kein Interesse.«

Wieder das Klopfen an der Tür.

»Ja.«

Azra Ösker schaute mit entschuldigender Miene herein: »Die Dame besteht jetzt drauf, Ihre Mandantin zu sehen.«

»Na schön«, seufzte Mertens.

»Nein, Augenblick noch«, warf Lona ein und stand auf und umrundete mit fünf Fotos den Tisch und zog ihren Stuhl mit seinen Rollen hinter sich her, um sich direkt neben Nedeva hinzusetzen.

Nähe erzwingen.

Sie legte das erste Foto vor der Frau auf den Tisch: das offengelegte Gemeinschaftsgrab im Wald von Lickow. Vier Tote im Regen und Matsch.

Und dann die vier Fotos aus der Rechtsmedizin – die Porträts der Leichen.

Das war der Moment, in dem Elling zu den beiden trat: »Bis jetzt geht es um Menschenhandel, Frau Nedeva. Das ist der Grund für den Zugriff in den vier Wohnungen. Aber die hier … sind vier Mordopfer. *Mord.* Wenn Sie hier nicht alles auf den Tisch legen, sind Sie wegen Beihilfe dran.«

Kalina Nedeva schien das nicht weiter zu beeindrucken: »Warum dürfen Sie rauchen und ich nicht?«, fragte sie Elling.

»Weil ich Sie nicht leiden kann.«

Lona klopfte mit den Fingerknöcheln auf das Foto mit den vier Leichen im Wald.

»Das sind Kinder.«

Wer sie nicht kannte, bemerkte es nicht, aber Elling fiel es auf: ihre Stimme zitterte leicht vor mühsam unterdrückter Wut.

»Sorry«, sagte Azra Ösker noch, dann machte sie einer groß gewachsenen Frau Platz. Schulterlanges Haar, Sommersprossen, sachlicher Blick. Sie trug einen tadellos sitzenden Anzug.

»Guten Abend. Mein Name ist Victoria Rink. Ich bin Volljuristin bei der Kanzlei Addi & Olsen. Ich bin mit der anwaltlichen Vertretung von Frau Kalina Nedeva beauftragt worden. Guten Abend, Frau Nedeva.«

Nedeva, die während der kurzen Vernehmung sehr selbstsicher und unnahbar gewirkt hatte, nickte jetzt lediglich.

Es war für alle im Raum offensichtlich, dass die beiden Frauen im Raum sich bis heute noch nie persönlich begegnet waren. Rink, die keinerlei Unsicherheit oder gar Scheu an den Tag legte, schien Erfahrung mit solchen Situationen zu haben.

»Ist denn hier der Kriminalhauptkommissar Rainer Mertens anwesend?«

»Äh, ja, das bin ich«, sagte Mertens und hob wie ein Schuljunge die rechte Hand, wodurch er in Ellings und Lonas Blick eine leicht unglückliche Figur abgab.

Mertens hatte sich hochgekämpft. Hauptschule. Dann auf die Realschule. Mittlere Reife.

Einfacher Schutzpolizist, dann Wachtmeister, dann Fortbildung, Kommissaranwärter und so weiter. Die Ochsentour, und die hieß ja nicht ohne Grund so.

Gebildete Menschen verunsicherten ihn. In ihrer Anwesenheit fühlte er sich unwohl und gehemmt. Wie ein Verwandter, für den die ganze Familie sich schämte, wenn er auf Familienfeiern auftauchte.

Die intellektuelle Überlegenheit anderer war Rainer Mertens' Achillesferse, insbesondere wenn es sich dabei auch noch um eine Frau handelte.

»Wunderbar«, fand Victoria Rink und entnahm ihrer länglichen Handtasche aus Krokodilleder ein Kuvert, das sie ihm reichte.

»Die Kanzlei Addi & Olsen übernimmt mit sofortiger Wirkung die anwaltliche Vertretung von Frau Kalina Nedeva, die hier am Tisch sitzt.«

Und mit diesen Worten trat die Anwältin näher an Nedeva heran, die zu ihr aufschaute. Rink erwiderte den Blick und sprach an die

Kommissare gerichtet weiter, unterbrach den Augenkontakt zu Nedeva dabei aber nicht: »Frau Kalina Nedeva macht hiermit von ihrem Aussageverweigerungsrecht Gebrauch … Sie können die Befragung nun fortsetzen, aber sie ergibt keinen Sinn. Deshalb möchte ich Sie bitten, die Befragung von Frau Nedeva zu beenden und sie zurück in die Untersuchungshaft überführen zu lassen. Frau Nedeva?«

»Ja«, bestätigte die.

Als sie nachts um halb drei die Kripo verließen, standen sie mit leeren Händen da, aber sie waren zu müde, um deswegen deprimiert zu sein.

Sarah, die das Deckenlager letztlich doch angenommen hatte und dort tief und fest schlief, wurde von Frank Elling zu Lonas Kombi getragen und dort auf die Rückbank gebettet, bevor Lona mit dem Volvo in die Nacht startete.

»Danke, dass du sie nimmst.«

»Ich weiß nicht, ob das gut ist.«

Elling wollte etwas erwidern, schluckte es aber herunter und gab stattdessen eine Binse von sich: »Es passiert, was passiert.«

44

4. JANUAR 2007, ROSTOCK

Noch in Toitenwinkel hatte Maja Kaminski und Hagen Dudek der Anruf von Florian Lenz erreicht. Es waren weitere Namen freigelegt worden: Vera Borisov, Sarah Minkova, Rumen Pavlov und Kalina Nedeva. Und noch wichtiger: der von Polizeihauptwachtmeister Robert Falk, der in irgendeiner Weise mit dem Zugriff zu tun gehabt haben musste. Außerdem eine Ziffernfolge, auf die sich weder Lenz noch sein Kollege noch ihr Programm einen Reim machen konnten. Sie lautete 2760716723660.

Polizeihauptwachtmeister Falk suchten Dudek und Kaminski umgehend in seinem Revier auf, wo ein Kollege gerade eine Anzeige wegen Diebstahls von einem Obdachlosen aufnahm und sie mit einem 2-Finger-System in den Rechner vor ihm tippte.

Sie stellten sich bei Falk als diejenigen vor, die wegen des Mordes an den Kollegen Mendt und Elling ermittelten. Dabei seien sie auf den Zugriff im Hafenbahnweg 7 vom 17. Dezember letzten Jahres gestoßen. Und damit eben auch auf ihn.

Falk erklärte zwar, er sei nicht persönlich dabei gewesen, sondern mit dem Kriminalhauptkommissar Mertens bei dem Zugriff in einer anderen Wohnung, aber ja, er erzähle ihnen gerne alles, was Sie wissen wollen.

Auf diese Weise erfuhren sie, dass nicht nur die Sammelwohnung für Geschleuste im Hafenbahnweg 7 gestürmt worden war, sondern in einer konzertierten Aktion eine Razzia stattgefunden hatte – und zwar zeitgleich in vier Wohnungen im Rostocker Stadtgebiet.

Bei den vier Namen, die frisch aus den gelöschten Daten freigelegt worden waren, handelte es sich um die im Hafenbahnweg 7 festgenommenen Personen.

In jeder der Unterkünfte war man auf eine Art Wachmann gestoßen, der also ein Auge auf die Leute in der Wohnung hatte. Die durften ihre Quartiere nämlich nicht verlassen, wie Falk ausführte, sondern hatten dort zu bleiben, bis sie vermittelt worden waren. Dazu zählte er ein paar Firmen und Restaurants auf, die ebenfalls durchsucht worden waren. Und zwar in einer zweiten Zugriffswelle.

Rumen Pavlov jedenfalls fungierte im Hafenbahnweg als so ein Wachmann.

Keiner dieser Aufpasser, so hatte sich bei der anschließenden Vernehmung herausgestellt, wusste von der Existenz der anderen Wohnungen.

Sie alle, erfuhren Maja Kaminski und Hagen Dudek, hatten die Aussage unisono verweigert. Ihnen sollte nun der Prozess gemacht werden.

Aber natürlich, so Falk einschränkend, war es ihnen möglich, ihren Beitrag am Menschenhandel kleinzureden. Schließlich hatten sie nur auf Leute aufgepasst, die sie nicht kannten. Die von Nedeva gebracht und wieder abgeholt wurden. Und wenn sie nicht mal die erwähnten, dann empfahlen sie sich nach einer kurzen Bewährungsstrafe erst recht erneut als Wachmann, der dichthielt und auf den Verlass war.

Nicht anders verhielt es sich bei den Illegalen, die mit einer zügigen Abschiebung rechneten. Es war in der Nacht des 17., so Polizeihauptwachtmeister Falk, als hätte sich eine einzige Mauer des Schweigens gebildet.

»Ist ja auch klar. Eine Aussage rettet einen ja nicht unbedingt vor dem Gefängnis. Und es gibt keinen Ort, an dem man sich besser an jemandem rächen kann, als der Knast wie wir wissen. Also hatten die Wachmänner schon mal keinen Grund, den Mund aufzumachen. Und die Illegalen natürlich auch nicht. Die werden abgeschoben, und dann kommen sie mit einer der nächsten Schleusungen wieder rein und immer so weiter.«

Als eine zentrale Figur in diesem System hatte sich die in Bulgarien geborene Kalina Nedeva herauskristallisiert. Sie war das alleinige Bindeglied zwischen den Wohnungen und damit die einzige Person, die von allen vieren wusste. Sie war es gewesen, die die Illegalen in den Arbeitsmarkt vermittelt und dafür Geld kassiert hatte.

Dieses Geld übergab sie, so die These, ihren Auftraggebern. Bewiesen werden konnte das aber nicht, und die Frau hatte die Aussage ebenfalls verweigert. Niemand, der Verrat üben wollte.

»Dann ist die noch in U-Haft?«, fragte Maja Kaminski.

»Meines Wissens schon«, antwortete Falk und schenkte ihr ein Lächeln, nicht nur ein Lächeln, sondern eben ein gewisses, was Dudek nicht entging und ihm, er war selbst überrascht, nicht gefiel.

»Gab es eine These, um wen es sich bei den Auftraggebern handelt?«

»Ja.«

Kaminski wie Dudek sahen Falk erwartungsvoll an.

»Und?«, fragte Hagen Dudek ihn ungeduldig.

Der Mann fuhr sich über seinen Schnauzer und deutete ein Achselzucken an: »Es waren nur sehr wenig Beamte involviert. Die ganze Aktion sollte extrem leise ablaufen. Einerseits, um vorher nicht aufzufliegen und dann in leere Wohnungen zu rennen, andererseits, weil Kriminalhauptkommissar Mertens die Möglichkeit gesehen hat, dass die Auftraggeber eventuell Verbindungen zur Polizei haben könnten. Meiner Meinung nach gibt es also nur vier Personen, die eine Ahnung haben könnten, wer die Auftraggeber sind: Mertens, Elling, Ösker und Mendt. Und die sind leider nicht mehr am Leben.«

»Und wo ist Vera Borisov?«

»Die sollte in ein Heim in Süddeutschland. Müssen Sie selbst abfragen, bitte.«

»Okay, danke. Also: Pavlov und Nedeva werden nicht aussagen. Vera Borisov und Sarah Minkova ebenfalls nicht. Was ist mit diesem Con Anh Tho?«

»Der hat auch nicht ausgesagt.«

»Aber er ist der Einzige aus der Hafenbahnstraße, der im fraglichen Zeitraum der Observierung vermittelt worden ist. An wen eigentlich?«

»An einen … Augenblick.«

Polizeihauptwachtmeister Falk loggte sich in den anderen Computer ein und sah in der Datenbank nach.

»Ah hier …«

»Der hat bei einem Herrn Liem Lai gearbeitet. Lai. L-A-I. Besitzer vom *Goldenen Paradies.*«

»Restaurant?«, fragte Maja.

»Ja«, bestätigte Dudek ihr, »kenne ich. Sie mögen doch Tom-Yum, hm?«

Und an Falk gewandt: »Und der Hund?«

»Hund?«, fragte Maja irritiert.

»Die Ziffernfolge«, erklärte Hagen Dudek, »das ist eine Chipnummer. Die beginnt mit 276. Das ist der deutsche Ländercode. Das Tier stammt aus Deutschland.«

Falk wirkte ein wenig beeindruckt.

»Ja, der … ein Rottweiler. Der hat Frau Ösker verletzt. Jürgen.«

»Wie?«, fragte Dudek, weil er glaubte, er habe sich verhört.

»Jürgen – das ist sein Rufname.«

»Und was ist mit dem passiert?«, bohrte Dudek weiter.

Maja war berührt, weil der Kollege sich um das Tier sorgte.

»Da hat sich die Frau Ösker drum gekümmert.«

»Die von dem gebissen worden ist?«, fragte Maja ungläubig.

Falk nickte in einer Art, die verdeutlichte, dass er das ebenso wenig nachvollziehen konnte wie Maja Kaminski.

»Tja, wo die Tierliebe hinfällt.«

»Und Sarah Minkova. Wissen Sie was von deren Aussage?«

»Sie hat keine gemacht. Jedenfalls nicht in der Nacht vom 17. auf den 18. Dezember.«

»Ist sie danach auch in ein Heim verbracht worden?«, fragte Maja.

»Nein, die hinzugezogene Psychologin hat davon dringend abgeraten. Man wollte sich umgehend um eine Pflegefamilie für das Mädchen kümmern. Im Amtsdeutsch: Die ist dann vorübergehend noch in der Obhut der Polizeibehörden geblieben.«

»Dazu ist es dann aber nicht mehr gekommen«, sagte Maja, als sie gemeinsam das Polizeirevier verließen.

»Nein«, bestätigte Dudek, während sie zum Parkplatz gingen, »also hat sie vielleicht später doch noch eine Aussage getätigt.«

»Oder man hat Herrn Falk nicht von ihrer Aussage informiert.«

Dudek nickte: »Die Kollegen Mendt und Elling wollten an die Hintermänner – ich schlage vor, das machen wir jetzt auch.«

»Haben Sie eine Idee?«

»Ja, aber sie ist nicht von mir«, antwortete er mit einem verschmitzten Lächeln, »sondern von Sun Tsu aus *Die Kunst des Kriegs*: *Schleiche in den Schuhen des Feindes in sein Haus.*«

»Sie sind belesener als Sie aussehen«, neckte sie ihn.

Da war es wieder, das warme Gefühl für die Kollegin.

»Sehr nett, aber nein: das habe ich gerade erfunden.«

Was Maja Kaminski belustigte. Wobei sie keinesfalls vergaß, dass Dudek in Grubers Auftrag nach wie vor auf Sarah Minkova angesetzt worden war und er sie besser nicht vor ihr aufstöberte.

»Einmal eine Tom-Yum-Suppe für die Dame. Guten Appetit.«

Liem Lai stellte die Schale mit der dampfenden und schön säuerlich riechenden Suppe vor Maja Kaminski auf den Tisch.

Im *Goldenen Paradies* waren alle Tische und Stühle U-förmig gegenüber der riesigen Theke angeordnet worden. Das warme Licht stammte raus roten asiatischen Lampen, deren Abdeckung mit feinen Blumengewächsen verziert waren. Kleine rote Kugeln mit Stofffransen, die erzitterten, wenn jemand schnell an ihnen vorbeiging, hingen daran herab.

Die Theke wie auch die Tische waren aus dunklem Holz. An den Wänden standen keine Stühle, sondern zog sich eine gepolsterte Bank in einem Stück durch. Eine Mischung aus feinen und deftigen Gewürzen, aus scharfen und süß-sauren Soßen waberte durch die Luft.

Hagen Dudek hatte an einem der Ecktische Platz genommen. Von hier aus konnte er Liem Lai und Maja Kaminski sehr gut filmen.

Kaminskis Aufnahmegerät steckte in ihrem Brillenetui auf der Tischplatte, und es fiel überhaupt nicht weiter auf, dass sie keine aufsetzte, während sie die Karte studierte.

Die Nanotechnik machte riesige Fortschritte, und so steckte in Dudeks Zigarettenschachtel auf dem Tisch eine Kamera samt ihres sehr lichtstarken Objektivs.

Dudek gab vor, die Karte hoch und runter zu studieren und sich nicht entscheiden zu können.

Unentschlossenheit dehnte die Zeit.

Hin und wieder ließ er ein tiefes Seufzen vernehmen, um sie zu demonstrieren.

Maja probierte zwei Löffel. Nach dem böigen Wind draußen, der einem die Finger und Ohren vereiste, war die Suppe die pure Wohltat.

Da in dem Lokal außer ihnen nur ein Pärchen auf der anderen Seite saß, das seine Zeit hauptsächlich damit zubrachte, sich gegenseitig tief in die Augen zu schauen und sich anzulächeln, hatte Lai viel Gelegenheit, sich bei seinen Gästen zu erkundigen, ob alles recht war. Und bei Maja, ob die Suppe schmeckte.

»Ja, ganz ausgezeichnet. Ich habe sie schon in vielen Lokalen gegessen. Ihre gehört zu den besten.«

Liem lächelte und nickte ihr zu.

»Legen Sie das Zitronengras so am Stück in die Suppe, oder klopfen Sie die Knolle auf?«

Lai erkannte in der Frau einen Gast, der sich ein wenig mit der asiatischen Küche beschäftigt zu haben schien.

»Wir brechen die Knolle mit dem Messergriff auf«, verriet er.

»Darf ich Sie kurz sprechen?«

Liem Lai bemerkte eine Änderung im Tonfall wie der Mimik. Er war sich unsicher und blickte hinüber zu Dudek, dessen Gesicht von der Speisekarte zuverlässig verdeckt wurde. Lai setzte ein verlegenes Lächeln auf und wand sich: »Oh, in der Küche ist gerade viel zu tun, sonst brennt alles an. Die war geschlossen für drei Wochen, viel Ärger, viel Geld weg. Schlimm.«

»Das geht auch ganz schnell, Herr Lai. Sie sind doch Liem Lai?«

Der Besitzer räusperte sich. Sie kannte seinen Namen. Das hier war kein Zufall. Und Maja, die merkte, dass sie ihn ein wenig am Haken hatte, legte schnell nach: »Ich möchte eine Telefonnummer von Ihnen. Und … habe das da für Sie.«

Sie nahm ein Kuvert, das sie neben sich auf der Bank abgelegt hatte, und schob es Lai nun auf der Tischdecke entgegen.

»Setzen Sie sich doch«, forderte sie ihn auf.

Ein Blick von ihm zu Dudek, ein Blick zu dem Pärchen. Alle schienen beschäftigt zu sein. Dann schaute er hinaus auf die Straße. Ob er wieder fotografiert wurde. Was, soweit er das beurteilen konnte, nicht der Fall war.

Und zuletzt richtete er die Augen auf sie.

Maja klappte das Kuvert mit einer beiläufigen Handbewegung auf und gab damit den Blick frei auf 20.000 Euro in Fünfhunderter-Scheinen.

Lais Adamsapfel hob und senkte sich. Sein Herz begann schneller zu schlagen bei diesem Anblick, und die Handinnenflächen wurden ihm feucht. So viel Geld auf einmal.

Maja, die spürte, wie er wankte, schenkte ihm ein warmherziges Lächeln: »Keine Sorge. Nur Sie und ich. Es tut auch nicht weh.«

Lai holte einmal tief Luft, als stünde ihm ein langer Tauchgang bevor, dann zog er den Stuhl zurück und nahm darauf Platz. Er sprach leise und diskret: »Ich zahl' jetzt das Mindestentgelt.«

»Vorbildlich«, lobte Kaminski, damit der Mann sich weiter entspannte, »das hier ist das Geld, das Sie für die Vermittlung bezahlt haben. 20.000 Euro.«

Der Adamsapfel ging wieder auf Reisen.

»Tho ist nicht mehr da. Sie haben keinen Gegenwert für Ihre Investition, es gehört Ihnen und …«

Lais Hand zuckte vor, aber Maja war schneller und zog es ein klein wenig zurück. Ruhig.

Liem Lai sah ihr irritiert in die Augen.

»… und ich will dafür eine Nummer. Einen Kontakt.«

»Kontakt?«, fragte er skeptisch und fügte hinzu: »Schwierig, ich möchte keinen Ärger kriegen.«

»Bekommen Sie nicht. Ich halte dicht. Ich will nur den Kontakt. Mehr nicht. Nur den Kontakt, dann sehen Sie mich nie wieder.«

»Ich ähm … da waren Leute vorher da, die haben mich in schlechtes Licht gerückt, weil …«

»Weil?«

»Weil Tho und andere von Gerichten nehmen dürfen, die abgeräumt werden. Gesundheitsamt, die waren da. Drei Wochen dicht. Jetzt ist viel Geld weg.«

»Hier ist es wieder. Mich interessiert auch nicht, wer von was etwas isst. Ich möchte nur eine Telefonnummer. Für 20.000 Euro.«

Sie tippte vielsagend mit den Fingerspitzen auf das Geld in dem Kuvert.

Unbewusst fuhr Liem Lai sich mit der Zunge über die Oberlippe. Der Augenblick, in dem sie ihm den Briefumschlag wieder hinschob – und die Gier in seinen Augen aufblitzte und er zugriff. Schnell war das Kuvert unter der Kochschürze verstaut.

»Also, Herr Lai … der Kontakt.«

»Sie sagen nicht, von wem Sie die Telefonnummer haben?«

»Nein.«

Maja Kaminski verließ das *Goldene Paradies*, nachdem sie ihre Tom-Yum-Suppe ausgelöffelt hatte. Liem Lai ließ sich im Gastraum so lange nicht mehr blicken. Und Dudek bestellte Frühlingsrollen zum Mitnehmen, die er ihnen jetzt im Schutz eines überdachten Kaufhauseingangs spendierte.

»Wie war die Suppe?«

»Nicht schlecht. Aber auch kein Kingtiger.«

Er musste schmunzeln.

Die Banknoten waren natürlich markiert. Für Maßnahmen bis zu einer Höhe von 30.000 Euro musste Kriminalhauptkommissar Hagen Dudek vom Landeskriminalamt Mecklenburg-Vorpommern keine gesonderte Erlaubnis einholen. Er ordnete einfach die Markierung an und ließ das Geld durch einen Kurier überbringen. Nur fünf Minuten später hatte er vor Maja Kaminski das *Goldene Paradies* betreten.

Der Kurier hatte außerdem ein Handy des LKA dabei. Es handelte sich um eine eingetragene Mobilnummer auf den Namen Kornelia Wildhagen, die von der Telekom vergeben worden war.

Das andere Handy lief auf Carsten Bahr. Beide hatten Namensschilder in der Ernst-Thälmann-Straße 4. Eine Einzimmerwohnung im Dachgeschoss, das für diverse polizeiliche Zwecke angemietet worden war und genutzt wurde. Manchmal für die kurzfristige Unterbringung von gefährdeten Personen, manchmal als Aufenthaltsort für einen Verdeckten Ermittler.

In unregelmäßigen Abständen erhielten die Handys neue SIM-Karten, die auf neue Namen liefen, und dann wechselte jemand die Namensschilder in der Ernst-Thälmann-Straße. Ein riesiger, anonymer Bau mit einer hohen Fluktuation an Mietern, wo ein Wechsel der Schilder nicht auffiel, sondern Alltag war.

Er schlug mit der flachen Hand auf den Monitor.

»Scheiße!«

Er hatte mit seiner Amex für den Boxkampf zwischen Nikolai Valuev und Jameel McCline in Basel für den 20. Januar gerade zwei Tickets in der vordersten Reihe ergattert. Beim offiziellen Veranstalter waren die Tickets ausverkauft. Sicher, man bekam noch welche für Plätze ganz weit hinten. Aber wie er selbst war sein größerer Bruder Fidan auch ein begeisterter Boxfan. Und nächste Woche hatte er Geburtstag. Da buchte man nichts irgendwo weiter hinten. Deshalb die Tickets. Und auch, um vorzusorgen.

Vanja war der Älteste. Und sein Wort in der Familie Gesetz.

Aber Fidan war das Mastermind. Manchmal beschlich Vanja und ihn das Gefühl, dass ihre Mutter bei Fidan vielleicht fremdgegangen war. Er war schmächtiger gebaut als sie beide und mindestens doppelt so klug. Er hatte sogar studiert. BWL und Jura. Er konnte einem haargenau sagen, was erlaubt war und was nicht.

Und wie man das, was nicht erlaubt war, trotzdem tun konnte, indem man klug genug war, sich vorzubereiten und nicht erwischen zu lassen.

Fidan dachte in großen Bahnen und Dimensionen. Wo die Familie in zehn Jahren stehen sollte.

Welche Schritte dazu heute schon notwendig waren.

Georgi war das zu hoch. Er kam nicht mit. Er begriff die Zusammenhänge einfach nicht.

Und Vanja? Man wusste es nicht. Aber Vanja war derjenige, der die Familie erst mal sicher durch alle Unwägbarkeiten an diesen Punkt bringen musste. Der Mann am Steuer, der Kapitän.

Vanja war der Ruhepol. Er besaß eine natürliche Autorität. Betrat er den Raum, *war* er der Raum.

Das war bei Fidan nicht so. Der fiel überhaupt nie auf. Und das schien ihm nichts auszumachen.

Fidan neigte zu Unbeherrschtheit und Jähzorn. Und doch, wenn er das eines Tages ablegte, würde er die Familie anführen. Und das nicht erst nach Vanjas Tod. Fidan hatte den Weitblick, er war der Theoretiker. Und Vanja, der setzte es in die Tat um.

»Das nächste große Geschäft ist Afrika«, sagte Fidan voraus, »Nordafrika. Die kommen zuerst. Und dann kommen die anderen. Aus Zentralafrika. In Frankreich sind schon viele, in Spanien fängt es an. Und die Italiener werden sich noch umsehen. Deren Inseln reichen ja am tiefsten runter im Mittelmeer.«

»Woher willst du wissen, dass die Leute dahin flüchten?«

»Weil jeder mit einem Mindestmaß an Verstand, jeder mit Liebe für seine Familie, seine Frau, die Kinder, alles tun würde. Und – viel wichtiger – weil diese Länder am Mittelmeer liegen. Und die Flüchtlinge übers Mittelmeer kommen werden. Man braucht bloß ein Boot, Vanja. Der Rest ist ein Spaziergang. Das Mittelmeer wird nicht kontrolliert.«

»Gar nicht?«

»Kaum. Leicht zu umgehen.«

Das war das nächste große Ding.

Vanja hatte schon Kontakt mit Leuten in Tunis und Tanger aufgenommen. Kumpel aus dem Knast. Und Preise eingeholt für hochseetaugliche Boote mit einem Fassungsvermögen von 20 oder 30 Menschen.

Fidan schüttelte den Kopf: »Nein, du musst größer denken. 100 Menschen. 200. Und *zwei* Boote.«

Fidan eben.

Fidan würde später den Laden managen und ihn unerbittlich auf Effektivität trimmen, gar kein Zweifel. Und Georgi sah sich da heute schon im Hintertreffen. Es galt, schon jetzt das gute Verhältnis zwischen ihm und Fidan beständig zu verbessern, damit der ihn später, wenn er das Ruder übernahm, nicht nur duldete, sondern ihm eine Aufgabe im Clan zuwies, die Georgi ausfüllen konnte.

Zum Glück hatte er im Netz eine spezielle Seite gefunden, auf der es hieß, es gebe ein Kontingent an Tickets für die besten Plätze, die zahlungskräftigen Interessierten mit einem kleinen Aufschlag angeboten wurden.

Woraufhin Georgi gerade 5.000 Euro für zwei Tickets mit seiner Amex gezahlt hatte. Ein Blick in das Online-Konto bestätigte, dass die Zahlung erfolgt und seine Amex belastet worden war.

Es wurde aber behauptet, dass es einen technischen Defekt wegen einer instabilen Übertragung gegeben habe. Er möge die Buchung bitte wiederholen. Das aber bitte bald, denn zwei weitere Tickets seien gerade schon verkauft worden.

Und während er das tat, klingelte sein spezielles Handy, das Fidan ihm geschenkt hatte und das ausschließlich für das Geschäft zu nutzen sei.

»Ja?«, fragte er ungehalten, während er die Buchung erneuerte und zur Sitzplatzwahl geleitet wurde.

»Hallo. Mein Name ist Kornelia Wildhagen.«

»Ahem.«

»Ich habe die Nummer von einem Freund, ich weiß nicht, ob ich hier richtig bin?«

»Was wollen Sie denn? Warum rufen Sie an?«

»Ich brauch' Arbeitskräfte.«

Georgi Kirov nickte, weil er sich das schon gedacht hatte. Da, auf dem Schirm gab es immer noch zwei Plätze ganz vorne. Aber die waren jetzt 200 Euro pro Platz teurer! Unfassbar. Aber besser jetzt als in einer Stunde, dann kosteten die vielleicht schon 500 Euro pro Ticket mehr.

»Hallo?«

Er hatte die Frau schon fast vergessen.

»Äh ja … Arbeitskräfte. Und wofür?«

»Na ja, also konkret für Müllentsorgung. Abfallwirtschaft.«

»Männer? Frauen?«

»Na, besser Männer.«

»Gut und wie viele?«

»Drei.«

»Und wie ist Ihr Name noch mal?«

»Kornelia Wildhagen.«

Jetzt. Er hatte die Plätze reserviert und trug die Daten seiner Amex ein.

»Okay. Kennen Sie das *Limit*?«

»Ich … nein.«

»Das ist am Universitätsplatz. Morgen zwischen zehn und halb elf. Stellen Sie sich einen großen Tomatensaft auf den Tisch.«

»Gut. Soll ich was mitbringen?«

»1.500 Euro Anzahlung.«

»Und … was kosten die Leute? Pro Stunde? Und fallen weitere Sachen an? Und wie ist es mit Arbeitskleidung und Verpflegung?«

»Alles weitere morgen persönlich. Bis dann.«

Er beendete die Verbindung zu Frau Wildhagen.

Und realisierte, dass seine Amex schon wieder belastet worden war und er immer noch keine Tickets hatte.

»Wollt ihr mich verarschen? Ihr Scheiß-Betrüger!«

Georgi schlug mit der flachen Hand auf den Monitor.

Liebe.

Eine wunderbare Kraft, Quelle unzähliger Lieder, Romane und Filme. Ein immer noch nicht bis in alle Ecken und Tiefen erforschtes oder gar geklärtes Mysterium und für den, den sie erfasste, stets aufs Neue ein privates Weltereignis. Ihr war es gegeben, zu beflügeln und zu zerschmettern.

Ein verliebter Mensch war gefeit vor Hunger und Durst und Müdigkeit.

Wo die Tierliebe so hinfällt.

Das hatte Polizeihauptwachtmeister Robert Falk gesagt.

Hagen Dudek und seine Ex-Frau hatten sich auch in einen Vierbeiner verguckt. Angebunden an der Autobahn. Wie manche Menschen eben so waren: Sie kauften einen Hund zu Weihnachten oder für einen Geburtstag wie eine Handtasche oder ein neues Handy.

Einen Geschenkartikel.

Sie hatten keine Ahnung von Hundeerziehung, und sie waren auch nicht daran interessiert, etwas darüber zu lernen. Denn sie liebten nicht das Tier, sondern sich selbst. Und das Tier, das wurde irgendwann auffällig. So wie Menschen auffällig wurden, denen man keine Erziehung angedeihen ließ.

Und wenn man sich schämte, das Tier in einem Heim abzugeben, wo man vielleicht gezwungen war, sich zu erklären oder vielleicht sogar, eine Schuld einzugestehen, band man es lieber irgendwo fest. Und hoffte auf jemanden, der nicht mit der gleichen Herzlosigkeit durchs Leben ging und anhielt.

Wenn es nach Dudek ging, gehörten solche Leute, die so etwas mit einem Lebewesen anstellten, nicht unter einem Jahr Freiheitsstrafe ins Gefängnis.

Also: Azra Ösker.

Sie war laut Falk von dem Rottweiler mit dem Rufnamen Jürgen verletzt worden. Und hatte sich trotzdem dieses Hundes angenommen. Was auch immer dieses »angenommen« bedeutete.

Auf jeden Fall hatte sie sich in irgendeiner Form um ihn gekümmert.

Tierliebe.

Etwas ließ ihn stutzen. Und er konnte gar nicht genau sagen, was. Dass Simon Rost so gar nichts wusste? Keine Details? Auf Hagen machte der Staatsanwalt manchmal den Eindruck, als würde er nur das bestätigen, was sie gerade ohnehin schon herausgefunden hatten und daher nicht mehr zu bestreiten war. Stimmte es also? Grubers Verdacht, Rost manipuliere die Ermittlungen?

Kaum war Hagen Dudek zurück von seiner Aktion im *Goldenen Paradies* im Auto, rief er Frau Johannsen an. Die Abteilung Organisierte Kriminalität teilte sich diese Fachkraft als persönliche Assistentin. Sie war Anfang 40 und schwer auf Zack.

»Frau Johannsen, Dudek hier.«

»Hallo, Herr Dudek.«

»Frau Johannsen, wo werden denn für gewöhnlich bei Einsätzen aufgelesene Hunde abgegeben?«

»Meines Wissens im Städtischen Tierheim.«

»Okay. Könnten Sie für mich eine Chipnummer checken?«

»Natürlich. Geben Sie sie durch, bitte!«

»2760716723660.«

»Mache ich.«

»Danke. Ach, Moment, noch was: für den Fall, dass der gar nicht im Heim ist. Es gibt da eine Organisation, bei der man die Chipnummer seines Hundes hinterlegen kann. Der Verein heißt Tasso. Wie das Lasso, bloß mit ›T‹. Falls also nicht im Heim, dann bitte da nachhaken.«

Dieses Mal bestimmte *sie* den Treffpunkt. Und da Maja Kaminski nicht unter Rosts Überwachungsparanoia litt, tat sie das in einem kleinen Park nur zwei Straßen vom *Goldenen Paradies* entfernt.

»Ist das nicht riskant hier?«

»Ich denke nicht.«

Der Regen hatte zwar ausgesetzt, aber sie mussten bei ihrem Spaziergang darauf achtgeben, kleinen Pfützen auszuweichen.

Die Aussicht, vielleicht morgen auf die Köpfe des Menschenhandel-Netzwerks zu stoßen, indem Kaminski sich als Interessentin ausgab, elektrisierte ihn.

»Passen Sie bloß auf sich auf. Denken Sie an Lickow.«

»Das werde ich – ich habe für Herrn Dudeks Verhalten ein mögliches Motiv.«

Er blieb so abrupt stehen, dass er fast gestolpert wäre.

»Welches?«

»Herr Dudek hat eine Schwester.«

»Davon steht nichts in der Personalakte.«

»Ja, ist ja auch aus polizeilicher Sicht nicht relevant. Eigentlich.«

Rost schnappte wie erwartet nach dem Köder: »Eigentlich?«

»Sie heißt Judith Dudek. Sie ist das Opfer einer Vergewaltigung gewesen. Der Täter hat sie zur Vertuschung zu ermorden versucht. Er hat sie mit einer Eisenstange in den Rollstuhl geprügelt und dachte, sie sei tot.«

»Gott.«

Und dann versorgte Maja Kaminski ihn mit dem Rest: Untersuchungshaft, überforderte Justiz, verpasste Fristen und dann: auf freien Fuß gesetzt.

»Unfassbar«, kommentierte Rost.

»Allerdings.«

Dann die tödlichen Schüsse vor dem Nocker.

Der unbekannte Täter.

»Herr Dudek?«

Sie waren wieder stehen geblieben.

»Tja, das ist die Frage, Herr Rost.«

»Ist es denn eine Frage für Sie?«

»Ich will Herrn Dudek nicht belasten. Es ist eine These. Nicht mehr.«

»Aber auch nicht minder«, merkte Simon Rost an.

Sie atmete einmal aus und wieder ein, und dann musste sie nicken: »Aber auch nicht minder.«

Sie gingen wieder ein paar Schritte, und Simon Rost verschränkte die Hände hinter seinem Rücken, wie ein kleiner Rostocker Napoleon.

»Wenn Ihre These stimmt, dann muss Gruber was vor Gericht Verwertbares in dieser Sache gegen ihn in der Hand haben. Die Tatwaffe, zum Beispiel.«

»Ja. Herr Dudek ist ein feiner Kerl.«

Rost blieb wieder stehen und sah sie erstaunt an.

»Ja?«

»Ja«, entgegnete sie entschieden, »ich habe jetzt nur ganz kurz zusammen mit ihm ermittelt, aber … da sind so viele Kleinigkeiten.

Ich … Herr Rost, er handelt ganz sicher nicht aus niederen Beweggründen.«

»Geld ist nieder?«

Sie nickte.

»Schön, schön«, sagte er, und die Hände wanderten von seinem Rücken in seine Manteltaschen.

»Also die Tatwaffe, zum Beispiel«, hielt er fest.

»Ja.«

»Würde bedeuten, er war dabei, hat die Tatwaffe oder beides.«

Maja Kaminski nickte – mehr Möglichkeiten gab es nicht.

»Was denken Sie?«

Maja atmete hörbar aus.

»Ich denke, er hat den Vergewaltiger seiner Schwester erschossen.«

»Und Gruber war dabei?«

Maja Kaminski schüttelte intuitiv den Kopf: »Nein. Warum sollte er dabei gewesen sein? Dann hätten sie sich zum Mord verabreden müssen. Glaube ich nicht. Es braucht ja nur einen Schützen, nicht zwei. Und die Projektile am Tatort stammen aus *einer* Handfeuerwaffe. *Einer* hat geschossen.«

»Und wie soll Gruber an die gekommen sein?«

Das hatte Maja Kaminski sich auch die ganze Zeit gefragt.

Und sich gerade selbst indirekt die Antwort gegeben: *Dudek war ein feiner Kerl.*

»Dudek ist nach der Tat zu Martin Gruber gegangen. Er hat ihn aufgesucht, um sich zu stellen und ihm die Tatwaffe auszuhändigen.«

Simon Rost war überrascht. Nicht jene Form der Überraschung, die sich einstellt, weil etwas Unerwartetes geschah, sondern jene, von der man sich fragte, warum man nicht selbst darauf gekommen war.

»Könnte Sinn machen. Aber warum deckt Gruber ihn?«

»Vielleicht hat Dudek auch was gegen ihn in der Hand?«

»Das hätte dann ja zeitgleich geschehen müssen, glaube ich nicht.«

Das überzeugte Maja.

»Er ist ein guter Polizist. Er stellt sich. Und Gruber denkt sich, dass er ihn gut für was anderes verwenden kann. Zur besonderen Verwendung, wie man so schön sagt. Sie haben doch einen Verdacht gegen Gruber.«

Rost nickte und überlegte. Er war kurz davor, ihr reinen Wein wegen Frau Mendt und Herrn Elling einzuschenken – aber das würde sie gegenüber Dudek immer überspielen müssen. Cui bono? Niemandem. Also entschied er sich dagegen und dafür. Gegen die Wahrheit über die Totgeglaubten und für die Wahrheit über Gruber.

»Also, ich wollte Sie nicht befangen ermitteln lassen. Es sollten ergebnisoffene Ermittlungen sein. Aber es gibt Hinweise, dass Martin Gruber von den Verbindungen, die er beruflich in die Organisierte Kriminalität hat, profitiert.«

»Warum sollte er das tun?«

»Weil er ausgebrannt ist.«

Sie sah ihn fragend an.

»Das ist die ganze Begründung?«

»Ja. Der Berufsalltag hat ihn desillusioniert. Ich habe mich über ihn informiert und mich umgehört. Die OK ist nicht besiegbar. Das ist seine Haltung. Er und seine Leute löschen notdürftig kleine Feuer. Aber die Organisierte Kriminalität ist längst tief in der Gesellschaft verwurzelt. In Wirtschaft und Politik. Es ist, als müsste man mit einer auf den Rücken gebundenen Hand in den Kampf ziehen, das ist, was er auch schon öffentlich in den Medien gesagt hat.

Kein Geld, kein Personal, keine Technik und eine Gesetzgebung, die den Beamten für die Kriminalitätsbekämpfung enorm hohe Hürden aufstellt. Stichwort Lauschangriff.«

Maja musterte ihn von der Seite.

»Sie hören sich an, als teilten Sie Grubers Meinung.«

»In Teilen durchaus. Aber deshalb spiele ich Schwerkriminellen nicht in die Hände und bewahre sie vor der Strafverfolgung.«

»Gruber gibt denen Hinweise?«

»Ja. Er gibt Hinweise und warnt sie vor Polizeiaktionen. Ich weiß, dass das geschieht. Es gibt Aussagen darüber.«

»Von wem?«

»Von einem LKA-Mann, der bei einem Bootsunfall ums Leben gekommen ist.«

»Also keine Beweise?«

»Nein. Es sei denn, man findet Sarah Minkova. Oder Hagen Dudek sagt aus, dass Gruber ihn deckt. Dazu müssten Sie ihn umdrehen. Meinen Sie, das könnte gelingen?«

»Ich weiß es nicht«, antwortete sie ehrlich.

Rost brummte ein Aha. Und blieb wieder stehen.

»Wenn Ihre These stimmt – und mir erscheint sie schlüssig –, dass Herr Dudek sich gegenüber Gruber gestellt hat und der ihn deckt, bleibt die Frage, weshalb er sich nicht an eine andere Stelle wendet – wenn er so ein feiner Kerl ist.«

»Er kümmert sich um seine Schwester. Wer macht das, bis er wegen guter Führung nach acht oder neun Jahren wieder aus dem Gefängnis kommt?«

»Es gibt Einrichtungen. Es gibt soziale Dienste.«

»Die beiden sind enger«, entgegnete Maja Kaminski, »die sind ihre eigene, kleine Familie. Da würde viel mehr zu Bruch gehen. Außerdem: der Lebensentwurf von Herrn Dudek ist, Polizist zu sein. Meiner ist das auch – es gibt mir Struktur und … ja, Halt. Und ich …«

Der kleine Staatsanwalt hatte aufgemerkt und unterbrach sie: »Wie eng sind die, Herr Dudek und seine Schwester?«

»Wie meinen«, fragte sie und brach von selbst ab, weil sie an seinem Blick erkannte, was gemeint war: »Ob die ein Paar sind?«

»Ja.«

Konnte das sein? Und warum sträubte sie sich dagegen, wenn es so wäre?

»Ich weiß es nicht. Warum wollen Sie das wissen?«

»Weil es einen Unterschied macht, ob die ein Paar sind oder nicht.«

»Unterschied bei was?«

»Bei allem, Frau Kaminski. Es wäre zum Beispiel ein weiterer Grund, warum Herr Dudek sich nicht an andere Behördenstellen wendet, um sich zu stellen.«

Sie hatten das Ende des Parks erreicht.

»Ich sage Ihnen, warum Gruber ihn deckt. Nicht nur, weil er ihn dann für unsaubere Sachen missbrauchen kann, sondern weil er es *richtig gut* findet, was er getan hat. Weil es in seinen Augen richtig war, den Vergewaltiger und Totschläger über den Haufen zu schießen. Das ist die Art und Weise, wie Gruber gerne durchgreifen würde.«

Auf der Rückfahrt, also keine zehn Minuten, nachdem er mit ihr gesprochen hatte, meldete sich Frau Johannsen über seine Freisprecheinrichtung bei Hagen Dudek.

»Also, das war ein guter Tipp mit Tasso. Das ist ein Rottweiler, Rufname *Jürgen*. War erst im Städtischen Tierheim und ist dann bei Tasso gemeldet worden. Dort ist eine Mobilnummer hinterlegt.«

»Kein Name?«

»Der Teilnehmer hat seinem Namenseintrag bei der Telekom widersprochen.«

»Lassen Sie sie orten. Sobald die Ortung greift, möchte ich die GPS-Position im Minutentakt auf mein Handy.«

»Wird gemacht. Auch, wenn die Ortung nachts greift?«

»Auch dann.«

45

4. JANUAR 2007, POEL

Dunkelheit.

Dann spürte er durch seine Augenlider Tageslicht. Und er wusste nicht, wo er war – jedenfalls nicht zu Hause. Und auch nicht im Zeugenschutzhaus.

Das Zeugenschutzhaus.

Schlagartig öffnete er die Augen und musste wegen der Helligkeit blinzeln. Nein, er lag nicht draußen in der Kälte. Er lag in einem warmen Bett und schaute an eine weiße Decke.

Er erschrak, als sich Doktor Pramanns Kopf in sein Sichtfeld schob.

Pramann arbeitete in der Rechtsmedizin. Elling wusste, dass er angeschossen worden war. Dass Doktor Kirchner ihm *Owen Meany* von John Irving mit auf den Weg gegeben hatte. Und wie Owens (kurzes) Leben in etwas Sinnstiftendes mündete, eine Art Bestimmung, mit der Owen Meany einverstanden war und sich also opferte.

So war er zu den drei Angreifern hinausgegangen, er und Wolff, White und Parkinson, um Lona und dem Mädchen die Flucht zu ermöglichen.

Der Moment, in dem er draußen getroffen wurde und in den eiskalten Schnee fiel und noch zweimal zurückschoss und er dann den Kopf nicht mehr heben konnte, obwohl seine Wange und seine Stirn unerträglich kalt wurden.

Das war seine letzte Erinnerung.

Und Pramanns Anblick jagte ihm einen Schrecken ein, weil er annahm, man habe ihn irrtümlich für tot erklärt, und nun nahm der Rechtsmediziner an ihm eine Autopsie vor.

Elling hob den Kopf und sah zu seiner Beruhigung, dass er unter einer Bettdecke lag.

Als er die ersten Worte sprach, hörten die sich an wie ein Krächzen: »Wo bin ich?«

»Übern Berg«, antwortete Pramann mit gütiger Miene.

Frank Elling hörte ein tiefes Einatmen, nicht weit entfernt. Er schaute zur Seite und entdeckte in einem weiteren Bett Lona. Sehr blass, mit einem Zugang am Arm und mit einer Lösung verbunden, die am Tropf hing.

Zum Glück – sie war nicht tot.

»Lona?«

»Sie kann Sie nicht hören«, klärte Pramann ihn auf, »aber morgen oder übermorgen holen wir sie auch zurück.«

Über den Wintergarten gelangte man hinaus auf eine Holzterrasse. Und vor Elling breitete sich die Ostsee aus – zum Greifen nahe. Dunkel und mit weißer Gischt, die die Wellenkämme krönte.

Dort stand er im Morgenmantel und rauchte erst mal eine, während der Wind ihn umtobte. Immerhin regnete es nicht. Pramann gelang es, keine Bemerkung über die Schädlichkeit einer Zigarette im Allgemeinen und für einen Patienten in der Rekonvaleszenz im Besonderen fallen zu lassen und nicht mal ein Kopfschütteln anzudeuten, den Konsum aber doch auf höfliche Art zu missbilligen. Andererseits: man erstand schließlich nicht jeden Tag von den Toten auf. Also ließ er fünfe gerade sein.

»Was haben wir? Was für ein Tag? Das Datum.«

»Den 4. Januar 2007.«

Elling überlegte kurz: »Ich war vier Tage weg.«

»Ja, die Verletzungen waren zu schwer. Innere Blutungen. Wir haben Sie narkotisiert. Und vorgestern sind Ihre kritischen Werte gefallen. Ich habe die Dosis sukzessive reduziert.«

»Bleiben Schäden?«

»Wir werden sehen. Im Augenblick sieht es nicht danach aus.«

»Ich habe keine Beschwerden.«

Pramann schenkte ihm ein Lächeln: »Sie sind randvoll mit Schmerzmitteln. Sie hatten einen schweren Durchschuss. Sie haben viel Blut verloren. Das war eine knappe Angelegenheit, Herr Elling. Sie haben jetzt einen zweiten Geburtstag.«

»Waren Sie das? Haben Sie mich gerettet?«

»Nein, das waren die Kollegen im Klinikum. Doktor Bargholz. Chefchirurgin. Die hat Sie durchgebracht.«

»Und Lona? Frau Mendt?«

Pramann nickte, und es war kalt hier draußen, aber Elling zündete sich schnell noch eine Zigarette an.

Pramann wog den Kopf hin und her.

»Das war heikler. Wir mussten sie reanimieren.«

»Und jetzt? Hat sie … bleibt was?«

Pramann schüttelte den Kopf: »Auch hier, wir müssen abwarten. Aber ansonsten … nein, ich schätze das Risiko als minimal ein. Wenn Frau Mendt in Zukunft mit Einschränkungen umgehen muss, dann mit kleinen.«

Elling biss sich auf die Unterlippe vor Erleichterung. Und ihm entging auch nicht, dass Doktor Pramann sowohl erleichtert als auch mitgenommen wirkte.

»Das war ein knapper Ritt«, fügte der Mediziner hinzu.

»Und das Kind? Sarah?«

Pramann schüttelte den Kopf.

»Tot?«, fragte Elling fassungslos.

»Nein, nein, das heißt, der Status von Sarah Minkova ist unklar. Sie gilt im Augenblick als vermisst.«

Vermisst war ein schlimmer Status, wie Elling wusste. Eltern die Nachricht zu überbringen, ihr Kind sei tot, war schlimm. Kein Polizist riss sich darum. Der Moment, in dem sie die Nachricht überbrachten, schwelte in einem weiter und weiter und manche brannte er aus. Andere kamen damit zurecht.

Man wusste das nie vorher.

Aber Eltern dann in Kenntnis zu setzen, dass ihr Kind vermisst wurde, war, als bände man sie höchstpersönlich an einen Marterpfahl: Warum? Wo? Wie viele Leute suchen nach meinem Kind? Und warum sind es nicht mehr? Will der Entführer Geld? Bitte, sagen Sie, dass sich schon jemand gemeldet hat.

Wurde das Kind gerade nach Südamerika verkauft? Wuchs es ab jetzt bei anderen Eltern auf? Wurde es gerade jetzt missbraucht oder auf andere Weise gepeinigt? Schrie es nach der Mutter? Lag es in einem Versteck unter der Erde und ging ihm langsam die Luft aus? Erfror es?

Drehte jemand ein Snuff-Video mit ihm?

Kein abwegiger Gedanke war abwegig genug, um nicht Zugang in die Köpfe der Eltern zu finden. Ob sie wollten oder nicht, in ihren

Gedanken entfalteten sich mit quälerischer Breite und Detailliertheit alle entsetzlichen Möglichkeiten.

»Kein Anhaltspunkt?«, fragte Elling.

»Nein.«

Da öffnete sich die Tür und ein kleiner Mann mit Anzug, Wintermantel und Schiebermütze trat hinaus: Rost.

Die Schiebermütze ließ ihn älter wirken. Aber sie verdeckte sein schütteres Haar.

»Ich freue mich, dass Sie wieder unter uns sind.«

»Hallo, Herr Rost.«

Sie schüttelten einander die Hände. Und bei dieser kleinen Erschütterung verspürte er einen stechenden Schmerz in der Bauchgegend. Dort, wo er getroffen worden war. Elling überspielte das, damit Pramann ihn nicht wieder ins Bett schickte.

»Wo bin ich?«

»Auf der Insel Poel. In einem Ferienhaus. Ich habe es privat angemietet. Niemand bei der Kripo oder beim LKA hat uns hier auf dem Schirm. Wir sind für den gesamten Polizeiapparat unsichtbar.«

»Prima. Was ist mit Rainer? Hat er's geschafft?«

»Rainer?«

»KHK Mertens.«

Bedauern schlich sich in Rosts Miene.

»Nein, tut mir leid. Er war noch am Zeugenhaus seinen Verletzungen erlegen.«

So kurz vor der Rente.

»Weiß seine Frau es schon?«

»Ja. Sicher.«

Für einen Augenblick senkte Elling den Kopf. Er hatte es schon im Zeugenhaus geahnt. Aber manchmal hatten auch Schwerverletzte noch Chancen. Mertens nicht.

Sie waren keine engen Freunde gewesen, Mertens und er. Sie hatten ein paar Mal im Garten zusammen mit ihren Frauen gegrillt.

Und zwei, drei Spiele von Hansa-Rostock besucht, zusammen mit anderen Kollegen.

Sie hatten sich über die Jahre nur aneinander gewöhnt.

Es warf Elling nicht aus der Bahn, aber da war ein Mann mit einem guten Herzen gegangen. Der sich in seinem letzten Moment als Schild vor das Mädchen geworfen hatte. Die Schüsse, die ihr gegolten hatten, hatten ihn getötet.

»Wer waren die?«

»Wir wissen es nicht. Wir nehmen an, dass sie aus Bulgarien kommen. Und mit den Kirovs zu tun haben.«

»Die Dienstausweise haben echt ausgesehen.«

»Ja, wir haben Sie gefunden, und die Kollegen haben das bestätigt: täuschend echt. Sollen wir reingehen?«

Frank Elling nickte.

Im Wintergarten, mit dem Blick auf die aufgewühlte See, saßen Rost und er sich gegenüber, während Pramann die ungewohnte Rolle eines Kellners übernahm und ihnen Kaffee brachte. Für Elling gab es außerdem eine Banane und ein Weißbrot mit Streichkäse, das ihm beides ausgezeichnet schmeckte.

Auf Bitte von Staatsanwalt Rost schilderte er den Ablauf der Vorfälle im Zeugenhaus. Die Ankündigung der Eskorte bei Mertens, ihre Ankunft und den Moment, in dem Sarah Minkova offensichtlich jemanden aus der Gruppe wiedererkannt hatte. Sie war so erschrocken, dass sie sich einnässte.

Und zum Schluss versuchte Lona Mendt mit dem Kind in den Wald hinter dem Haus zu fliehen.

»Und Sie?«, fragte Rost.

»Ich bin vorne raus, um den beiden einen Vorsprung zu verschaffen.«

»Ihrer Schilderung nach waren da noch drei bewaffnete Männer.«

»Ja.«

»Warum sind Sie da allein raus?«

»Das verstehen Sie nicht.«

»Sagen Sie es mir trotzdem?«

»Weil es für mich Sinn gemacht hat.«

»Das … verstehe ich nicht.«

Elling nickte: »Das habe ich ja gesagt.«

Simon Rost seufzte und ließ es dabei bewenden.

»Ist meine Tochter schon hier gewesen?«

Der kleine Staatsanwalt blickte ihm direkt in die Augen: »Nein. Sie denkt, Sie sind tot, Herr Elling.«

Elling sah ihn für einen Moment verdutzt an, bis er erfasste, dass das die Wahrheit war.

»Das haben Sie nicht getan.«

»Doch. Persönlich. Es war unumgänglich, Ihre Tochter zu belügen. Ich habe das nicht gern getan. Ich habe es getan, um das Leben von Frau Mendt und Ihnen zu schützen. Es gibt nur einen ganz kleinen Kreis von Eingeweihten. Die Leute, die an Ihrer beider Überführung hierher nach Poel beteiligt gewesen sind. Außerdem Doktor Pramann und ich.

Die sicherste Methode, Sie aus der Schussbahn zu kriegen, bestand darin, in die Welt zu setzen, dass Sie beide Ihren Verletzungen erlegen sind.«

Frank Elling musterte ihn für einige Augenblicke, und Pramann war darauf gefasst, dass der Vater in Frank Elling gleich den Staatsanwalt an seiner Krawatte über den Tisch ziehen würde. Aber Simon Rost wich Ellings Blick nicht aus, sondern erwiderte ihn in der Überzeugung, alles richtig gemacht zu haben.

»Ich bin mir sicher, dass da Leute bei der Trauerfeier waren, um zu überprüfen, ob Ihr Tod eine Charade ist. So gut wie alles hing dabei von dem Verhalten Ihrer Tochter ab. Ich musste sichergehen, Herr Elling. Ich konnte mich nicht darauf verlassen, dass sie das überzeugend spielt. Ich musste sichergehen. Und allen, die Ihre Tochter an Ihrem Grab gesehen haben und auch an dem von Frau Mendt, denen hat ihr Anblick das Herz zerrissen. Ihre Tochter war der beste Schutzwall für Sie beide.«

Und damit hatte Simon Rost die richtigen Worte gefunden, damit Frank Elling ein Einsehen hatte.

Er schluckte und räusperte sich dann: »Ich will sie sehen.«

Rost schüttelte den Kopf: »Wir dürfen die Nummer jetzt nicht auffliegen lassen.«

»Ich will sie sehen. Nur *sehen.*«

Simon Rost seufzte nun laut und blickte hilfesuchend zu Doktor Pramann.

»Sie müssen sich erholen, Herr Elling«, sagte der. »Ihr Körper braucht jetzt Ruhe.«

Ellings Blick ruhte unverwandt auf Simon Rost: »Ich will sie sehen.«

Rost fuhr wie eine Schlaftablette. Er hielt sich penibel an die Geschwindigkeitsbegrenzungen.

Elling hielt nicht viel von Höchstgeschwindigkeiten oder vielmehr: von deren Einhaltung. Natürlich konnte er mit seinem Porsche eine enge Kurve noch mit 120 Sachen nehmen, aus der ein Kleinwagen schon bei 70 rausgeflogen wäre.

Aber natürlich übertrieb er es auch nicht. Er wollte schließlich niemanden über den Haufen fahren. Wenn er doch mal ein klein wenig übertrieb und geblitzt wurde, dann war er natürlich im Einsatz gewesen.

Sie erreichten den Ringelrankenweg nach 18 Uhr, da war es bereits dunkel.

Es war ein merkwürdiges Gefühl, von den Toten sozusagen wieder auferstanden zu sein und nun diese vertraute Straße entlangzufahren. Sein Zuhause von außen zu sehen und diese alltägliche Selbstverständlichkeit plötzlich zu wertschätzen.

»Wann bin ich denn eigentlich beigesetzt worden?«

»Heute Vormittag.«

»Waren viele Leute da?«

»Hunderte. Polizeikollegen, Freunde, Nachbarn, Ihre Ex-Frau.«

»Hat sie geweint?«

»Ja.«

»Ist sie allein da gewesen?«

»Ja.«

Also hat sie sich von ihrem neuen Freund schon wieder getrennt.

»Und wo liege ich?«

»Parzelle 24. Neben Frau Mendts Grab.«

Frank Elling wusste nicht, wieso, aber er fand es irgendwie tröstlich, dass sie nebeneinanderlagen.

»Wie war die Rede vom Pastor?«

»Bewegend.«

»Hat der Polizeipräsident auch was gesagt?«

»Ja.«

»Und wie vie…«

»Wir sind da.«

Simon Rost stoppte den Wagen ab und schaltete die Lichter aus. Sie saßen im Dunkeln und hatten einen freien Blick auf das Haus von Elling. In dem brannte Licht.

Und da sah er sie im Wohnzimmer: Mareike. Sie saß am Esstisch bei Kerzenlicht und blätterte im Fotoalbum. Sie trug immer noch ein schwarzes Kleid.

Elling musste schlucken.

Aber er vergoss keine Träne, denn was ihn davon abhielt, war ihr neuer Freund, Benji, der im Hintergrund an *seiner* Stereoanlage herumfummelte. Wahrscheinlich verstellte er die Hälfte, dachte Elling. Oder machte er sich etwa am Kabel zu schaffen? Wollte er die Stereoanlage abstauben?

»Meinen Sie, der zieht da die Kabel raus? Den Netzstecker?«

»Ich sehe es nicht so genau«, antwortete Rost.

Jetzt nahm Mareike eines der Fotos aus dem Album und tat damit etwas auf dem Tisch, was sich seinen Blicken entzog.

Augenblicke später ließ Benji endlich die Finger von der Anlage. Stattdessen trat er hinter Mareike und legte ihr seine Hände auf die Schultern. Hauptsache, sie blieben dort – am Tag seiner Beisetzung!

Mareike stand unvermittelt auf und ging ins benachbarte Zimmer, wo sie das Deckenlicht einschaltete.

Dadurch konnte Elling genau sehen, was im Esszimmer vor sich ging. Benji stand im Türrahmen, und sie hantierte irgendwie an der Wand herum. Aber er konnte nicht beobachten, was genau seine Tochter da tat, weil sie die Sicht darauf verdeckte.

Als sie schließlich zur Seite trat, begriff er. Es war ein Foto von ihm in einem Trauerrahmen. Mareike hatte es neben das Trauerfoto von ihrer Großmutter Erika gehängt.

Dann gingen mehrere Vibrationen wie Wellen durch ihren Körper, sie hielt sich die Hand vor den Mund und schluchzte lautlos.

Elling atmete hörbar aus und kämpfte gegen die Tränen an.

»Tut mir leid, Herr Elling.«

»Hmm.«

Stille.

Die weinende Mareike, die es so intensiv schüttelte, dass sie sich mit der Hand auf dem Tisch aufstützte.

»Warum steht der da?«, fragte Rost mit ärgerlichem Unterton.

»Ich versteh's auch nicht. Hat er kein Herz?«

Benji drückte sich vom Rahmen ab und nahm sie in die Arme.

»Na endlich«, kommentierte Rost.

»Wie lange wollte er noch zuschauen? Unfassbar.«

Ellings rechte Hand ging zum Türgriff.

»Nicht.«

Elling war erstaunt darüber, wie leise der Staatsanwalt diese eine Silbe aussprach. Aber er nahm die Hand nicht zurück.

»Sie bringen dadurch nicht nur sich in Gefahr. Sondern vielleicht sogar Ihre Tochter, denn über die sind Sie erpressbar. Auf jeden Fall aber bringen Sie auch Frau Mendt in Gefahr.«

Elling nahm die Hand zurück und wandte den Blick von seinem Haus ab, weil er es nicht länger ertragen konnte.

»Danke«, sagte er dann, »wir können zurück. Ihr Auto hat übrigens einen fünften Gang.«

46

18.12.2006, SILDEMOW

Raya ging im Badeanzug zum See. Es war Hochsommer in Sofia. Selbst das Gras, über das man barfuß ging, war von der Wärme aufgeladen. Sobald man den Schatten der Bäume verließ, legten sich die Sonnenstrahlen wie eine warme Berührung auf die Haut.

Sarah stand auf und ging hinterher. Raya, die das bemerkte, drehte sich zu ihr um. Sie lächelte und sagte: »Heute gehe ich allein.«

Sie sagte es freundlich, aber mit jener Bestimmtheit im Ton, die Sarah stehen bleiben ließ.

Raya lief zum Ufer des Sees, der heute sehr dunkel wirkte trotz der Sonne. Sie ging ohne zu zögern hinein, bis das Wasser zu ihren Knien reichte.

Dann schepperte etwas hinter ihr.

Sarah blinzelte. Und erwachte in einem merkwürdigen Zimmer, das einer großen Kabine glich.

»Guten Morgen«, sagte Lona Mendt, die Polizistin von gestern, und lächelte ihr so freundlich zu, wie Raya es getan hatte, denn bei beiden lag das Lächeln auch in den Augen. »Du bist hier sicher. Dir passiert hier nichts.«

Sarah hatte gelernt, nicht jedes Wort aus dem Mund eines Erwachsenen zu glauben. Sie sah aus dem Fenster und entdeckte den Sildemower See.

Sie war kurz erstaunt wegen der Parallelität zu ihrem Traum. Aber der See hier vor ihren Augen war zugefroren. Es war Winter, sie war nicht in Sofia, sie war in Rostock.

Sie beobachtete Lona, die an dem kleinen Herd stand und auf einem Holzbrett Gemüse zerkleinerte. Offensichtlich bereitete sie ein Essen vor.

Auf der anderen Seite befand sich ein zweites Bett, dessen Decke leicht zurückgeschlagen war. Dort hatte wohl die Kommissarin geschlafen.

Sarah setzte sich auf und rieb sich die Augen. Sie gähnte herzhaft und blickte wieder nach vorn, dieses Mal aber an Lona vorbei. Und als sie jetzt die beiden Sitze bemerkte und das Lenkrad, begriff Sarah, dass Sie sich in einem Wohnmobil befand.

Sie blieb erst mal sitzen und beobachtete Frau Mendt verstohlen. Die bemerkte ihren Blick und wandte den Kopf zu ihr, aber Sarah schaute schnell hinaus.

»Was möchtest du trinken? Kaffee, Wasser, Tee?«

»Nichts.«

Lona Mendt nickte, als hätte sie sich das schon gedacht.

Sie kickte mit ihrer linken Hacke und ohne hinzuschauen lässig die Tür hinter ihr auf.

»Wenn du mal zur Toilette musst oder duschen möchtest?«

Sarah glitt aus dem Bett. Jemand hatte ihr die Hose, die Socken und den Pulli ausgezogen. Die Sache mit der Toilette nahm sie an.

»Da ist eine eingepackte Zahnbürste oben rechts, die gehört jetzt dir.«

Als sie von der Toilette kam, stand plötzlich eine Tasse Kakao auf dem Tisch und ein Glas Wasser.

»Lass es stehen, wenn du es nicht magst«, sagte Lona und schnippelte unverdrossen weiter. Sobald Sarah das Gefühl hatte, die Frau sei mehr mit ihrer Küchenarbeit beschäftigt als mit ihr, probierte sie von dem Kakao. Gar nicht mal schlecht.

»Machen Sie hier Ferien?«

»Nein, ich wohne hier. Das Wohnmobil ist mein Zuhause.«

Um ein Haar wäre Sarah ein *cool* über die Lippen gekommen.

»Echt?«, fragte sie stattdessen.

»Ja. Wenn es mir irgendwo nicht passt, ziehe ich einfach weiter. Wenn mir nach Bergen ist, fahre ich in die Berge. Oder ans Meer. Irgendwohin.«

Lona Mendt stieg in ihrer Achtung. Die war keine normale Polizistin. Sie hatte noch nie von einer gehört, die in einem Wohnmobil lebte. Und der Vorteil lag so unübersehbar auf der Hand!

So ein Wohnmobil, dachte Sarah, da hatte man sein Zuhause immer dabei. Der Gedanke faszinierte sie.

Aber Sarah war natürlich nicht auf den Kopf gefallen. Elternlos auf den Straßen von Sofia und in den Gängen eines Waisenheims entwickelte man intuitiv Misstrauen gegen alles und jedes. Menschen hatten Gründe für das, was die taten. Praktisch immer taten sie es, weil für sie ein Vorteil dabei heraussprang.

War das auch die Absicht von Frau Mendt? Nett zu ihr zu sein und in Wirklichkeit ein ganz anderes Ziel zu verfolgen? Und welches könnte das sein?

Lona Mendt nahm mit der Selbstverständlichkeit der Besitzerin ihr gegenüber an der Dinette Platz und aß ein Brötchen – auf der einen Hälfte Käse, auf der anderen Marmelade.

»Tolle Mischung.«

»Ich mag's.«

Und auch, wie sie Kritik an sich abperlen ließ, gefiel Sarah, obwohl sie sich vorgenommen hatte, kein Gefallen zu empfinden.

Nichtsdestotrotz behielt ihre Skepsis die Oberhand.

»Haben Sie eigentlich Kinder?«

»Nein.«

Sarah meinte, ein ganz kurzes Zögern vor der Antwort wahrgenommen zu haben, aber wahrscheinlich irrte sie sich.

»Und was wird jetzt mit mir? Komme ich zurück ins Heim?«

»Nein. Im Augenblick suchen wir für dich eine … eine Familie. Eine Pflegefamilie, in der du unterkommst.«

»Und wie lange?«

»Bis dich jemand adoptieren möchte – und du damit einverstanden bist.«

Das hörte sich nicht verkehrt an. Aus einer Pflegefamilie konnte sie immer noch Kontakt zu Frau Nedeva aufnehmen, um Raya zu finden. In einer Familie würde es auch weniger streng sein als in einem Heim. Sie hatte garantiert mehr Freiheiten. Und mehr Möglichkeiten, um abzuhauen.

Und auch aus diesem Wohnmobil konnte sie jederzeit verschwinden, falls nötig.

Frau Mendt hatte eine Pistole. Und Mumm – sie war über die Kluft gesprungen. Jedenfalls war sie bei ihr sicher.

»Wofür ist das Gemüse? Machen Sie eine Suppe?«

»Nein. Es gibt heute Abend Ofengemüse für dich und mich.«

Sarah verzog ein wenig das Gesicht.

»Magst du kein Gemüse?«

»Geht so.«

Natürlich.

Lona hatte sich die letzten fünf Jahre überwiegend mit dem ernährt, was ihr gerade so über den Weg lief. Ein belegtes Brötchen, Fertiggerichte aus der Dose, eine halbe Pizza oder eine Currywurst am Stand, Tiefkühlgerichte oder was Schnelles im Stehen. So was.

Wer je mit einer Familie mit zwei Kindern gefrühstückt hatte, gab sich bei einem Frühstück allein nicht mehr die Mühe. Das Essen war kein Treffen der Familienmitglieder mehr, es war die Versorgung des Körpers mit Nahrungsmitteln. Und das brauchte keinen Stängel Petersilie obendrauf oder irgendeine raffinierte Soße. Sie genoss es nicht mehr, sie wollte es einfach nur zügig hinter sich bringen.

Heute Morgen war das anders. Sie schmierte sich noch ein halbes Brötchen.

Lona hatte lange überlegt, was sie mit Sarah unternehmen könnte. Es war Sonntag.

Ihre Mission war zweigeteilt. Sie sollte versuchen, das Mädchen zum Reden zu bringen. Sarah selbst – sie hatten sie schließlich 14 Tage observiert – hatte nichts gesehen, was im juristischen Sinne von Belang war. Klar, sie konnte Nedeva belasten für die Abholung im Heim und die Ablieferung in Toitenwinkel. Und dann noch Pavlov und die Käufer der Zigaretten.

Aber Nedeva würden sie damit ebenso wenig zu einer Aussage gegen die Kirovs verleiten wie Rumen Pavlov.

Es ging also um kleine Hinweise.

Ein Detail, das Sarah ausplauderte, eine scheinbare und sogar echte Belanglosigkeit, die – kombiniert mit einer nebensächlichen Äußerung aus einer der anderen Vernehmungen – plötzlich zu einer Auffälligkeit in einem dritten Befragungsprotokoll führte.

Es brauchte eine kleine Kettenreaktion. Eine glückliche Kombination verschiedener Aussagen.

Kalina Nedeva befand sich noch in U-Haft. Wie es aussah, würde sie ihre Auftraggeber nicht belasten. So, wie alle anderen auch mauerten.

Elling, Mertens und sie hatten zwar das Netz offengelegt. Aber die Justiz konnte lediglich die kleinen Mitläufer, Nedeva, die »Wachmänner« und Abnehmer wie Liem Lai zur Rechenschaft ziehen. Die Drahtzieher dagegen blieben unbehelligt und würden ihr Geschäft pausieren lassen oder in eine andere Stadt verpflanzen.

Und die andere Seite der Medaille, die roch Elling schon die ganze Zeit bei ihr – seit dem Zusammentreffen mit Sarah Minkova im Seeheim. Er konnte sie lesen wie kein anderer.

Ihre Tochter Sophia wäre jetzt ungefähr in Sarahs Alter.

Das hatte er erfasst.

»Also, ich gehe sonntags immer ins Hallenbad. Hast du Lust mitzukommen oder willst du hierbleiben?«

Es wart ein Schuss ins Blaue. Max und Sophia waren echte Wasserratten gewesen, im Winter war das Hallenbad ihr liebster Aufenthaltsort.

Und dann sah Lona das erste Mal einen Kindermund, der sich das Lächeln versagte und trotzdem lächelte. Am Ende kam eine Grimasse dabei heraus.

»Ich habe keinen Badeanzug.«

»Kriegen wir hin. Und Wäsche brauchst du auch.«

»In der Wohnung ist welche. Im Schrank«, sagte Sarah.

»Ja. Aber da können wir nicht hin.«

»Sie sind doch Polizistin.«

Lona nickte: »Die Wohnung ist versiegelt. Weißt du, was das heißt?«

Sarah deutete ein Kopfschütteln an.

»Da wird von der Polizei ein Streifen über die Tür geklebt. Das nennt man *Siegel*. Wer das Siegel bricht, also wer die Wohnung trotzdem betritt, der macht sich strafbar. Also darf niemand die Wohnung betreten. Selbst eine Polizistin nicht.«

»Und wie lange?«

»Solange das Siegel dort hängt.«

Das war eine interessante Nachricht für Sarah. Solange also dieses Siegel auf der Tür intakt blieb, war die Wohnung tabu. Und damit, sollte sie demnächst einen benötigen, ein idealer Zufluchtsort.

»Es ist Sonntag, wo wollen Sie denn jetzt Kleider einkaufen?«

Eine startende Maschine donnerte über sie hinweg, als sie das Flughafengebäude betraten.

Hier hatten die Geschäfte auch am Sonntag geöffnet. Unterwäsche, Jeans, Shirts. Sogar ein kleiner Bademantel. Und natürlich zwei Badeanzüge.

Die Verkäuferin bedankte sich und schob ihre Einkäufe in drei Plastiktüten.

»Du springst vom Drei-Meter-Brett?«

Sarah nickte.

Sie hatten sich abgeduscht und waren ins Becken getaucht. Hatten ein paar Züge genommen.

»Das ist ja riesengroß«, sagte Sarah und blickte hoch zur Decke. Die war tatsächlich hoch, denn sie beherbergte eine Fünf-Meter-Plattform.

Und als sie zur Seite schaute, sah sie, dass Lona Mendt sie gar nicht hören konnte – denn die machte gerade einen Handstand, sodass nur ihre Füße und Waden aus dem Wasser ragten.

Unter Wasser ging sie auf ihren Handflächen weiter. Zwei Meter, drei, fünf … drei, zwei … sie kam zurück und tauchte nun lachend direkt vor ihr auf. Sarah konnte nicht anders, sie musste auch lachen.

Zusammen kletterten sie auf das Drei-Meter-Brett. Sarah ging bis ganz nach vorn. Und sah sich dann über die Schulter.

»Das traust du dich?«

Sarah grinste und sprang und tauchte ein und wieder auf. Lona ging nun auch nach vorn.

Drei Meter sahen von unten lächerlich aus und von oben … war das schon eine andere Sache.

Unten schwamm das Mädchen auf der Stelle.

»Springen Sie!«

Lona zögerte.

»Ist nur Wasser!«

Lona stand an der Kante und war unsicher. Eine Unsicherheit, die nicht gespielt war.

»Sie schaffen das!«

Sie machte einen Satz, flog und war schon im Wasser.

Nach einer Stunde standen Lona und Sarah in den weiß gefliesten Waschräumen an den Wandföhnen und trockneten ihre Haare.

»Soll ich dir mal helfen?«

Sarah nickte.

Lona nahm ihr die Bürste ab und hob ihr Haar hinten am Nacken an und bürstete es sanft, damit sie schneller trockneten.

Und nachdem sie die Umkleidekabinen verlassen hatten, hob sie die Hand: »Warte mal. Sind deine Lippen spröde?«

Unsicher fuhr Sarah sich mit der Zungenspitze darüber.

»Ja, etwas«, riet sie.

»Halt kurz still, ja?«

Sanft fuhr Lona ihr mit einem Stift über ihre Lippen.

Sie kamen spät zurück zum Wohnmobil, und deshalb gab es zu Sarahs klammheimlicher Freude auch kein Ofengemüse, sondern eine gut belegte Pizza aus dem Nachbarort. Mit Schinken, Salami und *Funghi*.

Funghi war, wenn man nur intensiv genug darüber nachdachte, ein lustiges Wort.

»Funghi ist ein lustiges Wort.«

Lona nickte: »Wie Pustekuchen. Schmeckt sie dir?«

»Ja.«

Sie aßen still. und in die Stille hinein sagte Sarah plötzlich: »Das war ein schöner Tag.«

Lona ließ sich nichts anmerken, sie nickte ihr bloß zu: »Ja, das finde ich auch.«

Vielleicht, überlegte Sarah, war ihr Misstrauen bei Lona Mendt nicht angebracht. Vielleicht meinte die es gut. Sie war schließlich auch über die Häuserschlucht gesprungen.

Was würdest du machen, Raya?

Gib ihr eine Chance. Eine hat jeder verdient.

47

19. DEZEMBER 2006, BRINCKMANSDORF, ROSTOCK, SILDEMOW

»Und Sie sind noch mal?«

Tatjana und Erika Elling saßen sich am Esstisch gegenüber und frühstückten. Kuchen. Erika hatte darauf bestanden, angeblich hatte sie ihr Leben lang morgens immer Kuchen gegessen.

Vermutlich hatte sie einfach im Kühlschrank die restliche Erdbeertorte von gestern entdeckt, dachte Tatjana Tkach.

»Tatjana, Frau Elling.«

»Ja.«

Aber man sah ihr an, dass sie nicht in der Lage war, Tatjana irgendwo zu verorten. Und Tatjana bemerkte das.

»Ich bin die Freundin Ihres Sohns.«

Erika Ellings Anspannung wich einer Erleichterung: »Ach ja.«

Dann beugte sie sich konspirativ vor: »Ich hab' nie verstanden, warum er … die *andere* geheiratet hat. Die hat schreckliche Dinge gekocht – einem Mann muss es doch schmecken, zu Hause.«

Tatjana schenke ihr ein zustimmendes Nicken. Anerkennung und Bestätigung verliehen Selbstsicherheit. Da blieb Erikas Blick an Tatjanas Kuchen hängen, der immer noch unberührt auf ihrem Teller stand.

»Sie essen ja gar nichts von Ihrem Kuchen.«

»Ich muss gerade etwas auf meine Linie achten«, log Tatjana, die gehofft hatte, das Stück Torte später von ihrer Patientin unbemerkt zurück in den Kühlschrank stellen zu können.

»Ha – ich nicht«, sagte Ellings Mutter und bugsierte Tatjanas Stück mit Leichtigkeit auf ihren Teller.

Frank Elling kam aus dem Flur und schnappte sich sein dunkelbraunes Jackett und den Mantel.

»Wir haben gerade über dich gesprochen, Frank.«

»Das freut mich«, sagte er und beugte sich zu seiner Mutter hinab, um ihr einen Kuss auf die Wange zu geben, den sie gerne entgegennahm: »Guten Tag, Tatjana.«

»Guten Tag, … Frank«, gab Tatjana freundlich zurück, »möchtest du noch schnell was essen?«

Elling schüttelte den Kopf: »Danke, bin spät dran.«

»Ich werd' ja jetzt bald 50, kann ich auf Enkel hoffen?«

»Mama, langsam.«

»Ich möchte meine Mama besuchen, Frank. Wollen wir da mal hin?«

Er strich ihr sanft über den Rücken.

»Ah, ich hab's vergessen, tut mir leid. Morgen, ja?«

»Ja, nicht schlimm. Ich vergesse auch manchmal was.«

»Ich muss zur Arbeit. Tatjana, begleitest du mich noch zur Tür?«

»Ja, klar«, sagte die Frau überrascht und folgte ihm zur Haustür, wo er ihr ein Kuvert überreichte, in dem sich einige Geldscheine befanden. Sie nahm es irritiert entgegen.

»Ich hab' noch mal nachgedacht. Ich zahle Ihnen jetzt 25 Euro pro Stunde.«

Bisher hatte es keine Situation gegeben, in der Tatjana Tkach verunsichert gewesen wäre. Für alles hatte sie eine Lösung und auf alles eine Antwort. Bis jetzt. Sie überlegte, dann reichte sie ihm das Kuvert zurück.

»Ich habe einen Freund.«

Elling war es peinlich, er hob abwehrend die Hände.

»Das, ich ... das hat damit nichts zu tun. Sie bekommen von mir 25 Euro. Pro Stunde und pro Woche im Voraus.«

»Aber ... wie kommt das?«

»Das kommt, weil ... Sie das wert sind.«

Und jetzt, ganz kurz, einen Wimpernschlag lang, zitterte in dem Gesicht, das immer gefasst war, die Unterlippe.

»Was macht denn das Monster hier?«, fragte Rainer Mertens, der gerade das Büro von Elling, Mendt und nunmehr Frau Ösker betrat und vor Schreck so sehr zusammenzuckte, dass ihm fast der Rest seines Kaffees aus dem Becher geschwappt wäre.

Azra Ösker streichelte sanft den großen Kopf des Rottweilers, der neben ihr saß, während Elling gegenüber einen Bericht über die Zugriffe verfasste. Sie trug einen dunklen Pullover, der gut zu ihren Haaren passte, und eine enge Jeans.

Der Hund nahm Mertens ins Visier. Und wedelte leicht.

»Hast du gehört, wie der böse Mann dich genannt hat?«, fragte sie den Rottweiler mit gespielt empörter Miene und richtete sich dann an Mertens: »Böser Mann ist natürlich nicht so gemeint, das ist nur zwischen Jürgen und mir.«

Hatte Mertens da Ellings Mundwinkel leicht zucken sehen?

»Ah ja, lustig, *so funny*«, sagte Mertens und hielt sich beim Weg in den Raum hinein eher auf der Seite der Schreibtische, an der Frank Elling saß.

»Jürgen ist ein *ganz Lieber*. Ich bin jetzt Tierpatin im Tierheim und hab' ihn als Pflegehund genommen, bis er vermittelt wird.«

Mertens hatte keinen Schimmer, woher diese junge Kollegin ihre Unbedarftheit nahm.

»Aber doch nicht hier. Das ist ein Amtsgebäude.«

»Wo denn sonst, Herr Mertens? Soll das arme Tier acht Stunden allein in der Wohnung hocken? Dann kriegt der auf Dauer doch einen Hau.«

Mertens holte Luft, aber Elling kam ihm zuvor: »Gibt's Neuigkeiten?«

»Was?«, fragte Mertens, den er damit aus seinen Gedanken um Vierbeiner in Behördenräumen riss. »In der Tat. Und keine guten. Das eine Mädchen, Vera Borisov, das ist auf einer Raststätte abgehauen. Durchs Toilettenfenster. Ist zur Fahndung ausgeschrieben.«

»War das die schlechte Nachricht?«

»Nein, die schlechtere ist, dass Kalina Nedeva wieder auf freiem Fuß ist.«

Es gab wenige Dinge in einem Polizeialltag, die einen lang gedienten Beamten wie Elling noch verblüffen konnten.

»Das darf nicht wahr sein«, sagte Azra Ösker.

Mertens nickte zum Zeichen dafür, kein bisschen anders darüber zu denken.

»Wie das?«, fragte Elling.

»Keine Vorstrafen, blütenweißes Führungszeugnis. Nicht mal ein Punkt in Flensburg. Das heißt, der Haftrichter sieht keine Flucht- und Verdunklungsgefahr. Gegen Kaution durfte sie raus – mit der Auflage, die Bundesrepublik nicht zu verlassen.«

»Das glaube ich nicht.«

»Das ist das Gesetz, ob es uns passt oder nicht«, sagte Mertens.

»Wie hoch war die Kaution?«, fragte Azra.

»700.000 Euro.«

»Wer hat die hinterlegt?«

»Ihre Kanzlei Addi & Olsen.«

»Also die Kirovs«, folgerte Elling.

»So sieht es aus.«

»Ach«, seufzte Elling, stieß sich frustriert von der Tischkante ab und rollte auf seinem Stuhl fast zwei Meter weit zurück, »es ist doch zum Knochenkotzen. Ich bin es echt leid.«

»Knochenkotzen kannte ich noch nicht«, merkte Ösker an, der die Ausdrucksweise aufstieß.

»Keine Sorge, Sie werden's noch früh genug kennenlernen«, versprach Elling ihr mit verdrossener Miene. Er nahm die Brille ab und sah Mertens an: »Dann haben wir jetzt keinen Hebel, um jemanden dranzukriegen.«

»Ja, die Kirovs lassen uns einfach abtropfen«, bestätigte Mertens, »und bei denen ist jetzt von außen nichts zu wollen. Die halten einfach die Füße still, wir haben denen gerade vier lukrative Geschäfte plattgemacht. Die stellen sich jetzt erst mal tot. Und wir haben keine … das ist ja unfassbar.«

Er hatte gerade bemerkt, wie der Rottweiler sich auf den Rücken legte und sich genüsslich von Azra Ösker streicheln ließ, die nun mit einer Spur Stolz lächelte.

»Kann der auch schon was?«

»Wie?«

»Na, kann der schon Kommandos befolgen?«

»Sitz, Platz, Wuff und Apportieren.«

»Wuff?«, fragte Mertens.

»Sitz«, befahl Azra Ösker sanft und der Rottweiler setzte sich neben sie und sah sie aufmerksam an.

»Wuff«, sagte sie.

Der Rottweiler bellte.

»*Good boy*«, lobte Azra.

»Ja, klar«, sagte Mertens, »lag irgendwie auf der Hand.«

Sein Handy klingelte. Es war ein Kollege aus Sofia.

Als Sarah an diesem Morgen erwachte, war sie allein im Wohnmobil. Das Bett der Kommissarin war verlassen, und die Decke war aufgeschlagen. Sarah setzte sich auf und schaute hinaus. Für einen Augenblick hatte sie überlegt, ob Lona Mendt das Wohnmobil in der Nacht an eine andere Stelle versetzt hatte, was nicht der Fall war.

Denn draußen lag nach wie vor der zugefrorene See. Schnell schlüpfte sie in ihre neue Hose und den Pullover, Sachen, die sie gestern am Flughafen gekauft hatten.

An der Tür zur Toilette entdeckte Sarah einen Zettel, den Frau Mendt dort mit einem Tesastreifen befestigt hatte. Darauf stand: *Bin gleich zurück, hole frische Brötchen.*

Sie wandte sich zur Garderobe, an der eine zweite Jacke von Frau Mendt hing. Schnell durchsuchte sie deren Taschen, fand aber nur einen Kamm, Pfefferminzbonbons, ein abgelaufenes Parkticket.

Danach ging es an die Schubladen. In der dritten stieß sie auf eine Holzkiste, deren Deckel sie aufklappte: Bargeld. Vorsichtshalber warf Sarah sich noch einen Blick über die Schulter, dann entnahm sie rund die Hälfte der Geldscheine, faltete sie zweifach und steckte sie seitlich in ihre Unterhose, wo das Gummiband sie vor dem Herunterrutschen schützte.

Als sie sich barfuß auf der Stelle drehte – welche Verstecke gab es hier wohl noch? –, spürte Sarah eine Fuge unter ihrer Fußsohle und ging in die Hocke.

Tatsächlich war ein Stauraum in den Boden eingelassen. Sie hob das Brett an und stieß auf einen Schuhkarton, den sie aus der Vertiefung hob und öffnete. Enttäuscht stellte sie fest, dass sich weder Geld noch Schmuck in diesem Versteck befanden. Stattdessen nur Fotos und Kärtchen mit Kinderzeichnungen.

Lona Mendt konnte jeden Augenblick zurückkommen. Es war besser, die Zeit mit der Suche nach anderen Wertgegenständen zu nutzen, statt sich Fotos anzuschauen. Aber ihre Neugier erwies sich als stärker. Sarah nahm ein paar von ihnen in die Hand und betrachtete sie: Frau Mendt. Etwas jünger. Und ganz oft lachend. Ein Mann, zwei Kinder. Ein Junge, ein Mädchen. Das Mädchen sah aus wie eine kleine Lona Mendt.

Eine Familie.

Etwas presste Sarah die Brust beim Anblick dieser Fotos zusammen. Das in Momenten eingefrorene Glück dieser Familie stimmte sie traurig. Wo war da die Gerechtigkeit, wenn einige das Glück hatten, so aufzuwachsen, und andere wie Raya und sie in ein Heim kamen?

Wütend pfefferte Sarah die Fotos zurück in den Karton, wodurch eine Karte widerspenstig heraussprang. Als Sarah nach ihr griff. erkannte sie, dass es sich um eine Traueranzeige handelte.

Max Mendt	* 19.8.1992 – † 25.3.2000
Sophia Mendt	* 4.12.1991 – † 25.3.2000
Klaus Mendt	* 12.8.1956 – † 25.3.2000

Alle am gleichen Tag.

Ihr Sohn war 7 Jahre alt geworden, die Tochter 8 und ihr Mann 43.

Sie blinzelte, und in ihrem Kopf arbeitete es auf Hochtouren. Alle an einem Tag. Ein Unfall vermutlich.

Von heute auf morgen war Lona Mendts komplette Familie aus dem Leben gerissen worden.

Sarah war 12. Sie war sich nicht klar darüber, ob sie mal Kinder haben wollen würde. Aber trotzdem, trotzdem gelang es ihr, etwas von dem Schmerz zu erhaschen, zumindest eine Annäherung, dem Lona Mendt ausgesetzt gewesen sein musste. Von einem Menschen nicht zu ertragen, ohne dabei entzwei gerissen zu werden.

Wir haben beide keine Familie mehr, begriff Sarah.

Wer im Gleichtakt schwingt, ist seelenverwandt, wusstest du das nicht, hatte Raya gefragt.

Seelenverwandt.

Das war ein Wort, bei dem man sich gut aufgehoben fühlte.

Von draußen hörte sie ein Motorengeräusch. Schnell packte sie die Bilder zurück in den Karton, schloss ihn und versenkte ihn im Boden. Dann warf sie einen heimlichen Blick hinaus – der Volvo mit Lona Mendt war vorgefahren. Und sie stieg mit zwei Brottüten aus.

Sarah stellte schnell zwei Teller auf den Tisch, zwei Gläser – ein zweiter Wagen, der vorfuhr und stoppte.

Sie linste hinaus. Ein BMW.

Drei Leute stiegen aus. Der Mann, der wohl der Chef war. Der hatte die Befragungen in der Nacht geleitet. Und der andere Mann, der Kollege von Frau Mendt. Elling. Und die junge Frau, die von Jürgen verletzt worden war.

Es gab bisher nur wenige Anlässe, zu denen Rainer Mertens es als notwendig erachtet hatte, sie privat aufzusuchen. Und an keinen hatte Lona Mendt gute Erinnerungen. Deswegen war sie von einer gewissen Skepsis erfüllt, als Mertens ausstieg. Und dann auch noch Azra Ösker und Elling, den sie ansah und der eine Grimasse zog, die Schlamassel signalisierte.

»Morgen.«

»Morgen, Herr Mertens.«

Der Chef erreichte sie und stützte seine Hände in die Hüften.

»Danke, dass Sie auf die Kleine aufgepasst haben.«

»Haben?«

Er nickte: »Wir haben eine Pflegefamilie für sie.«

Lona entglitt eine der beiden Brottüten. Azra eilte herbei, um sie aufzuheben.

»So schnell?«, fragte Lona Mendt.

Die beiden Worte kamen ihr nur mühsam über die Lippen, als erforderte jede Silbe große Anstrengung.

»Ja. Sie geht zurück. Zurück nach Sofia. Heute noch.«

»Was?«

Elling kam jetzt auch näher. Er sagte nichts, aber er war da.

»Es gibt da eine Pflegefamilie, die sie nimmt«, erklärte Mertens.

»Und die meldet sich heute?«

»Gestern. Man hat mich heute erst angerufen. Die Nachricht kam wohl gestern abe...«

»Wie auch immer«, unterbrach Lona ihn aufgebracht, »ist das nicht ein wenig sehr zufällig?«

»Ich habe mit Sofia gesprochen. Der Kollege von der Polizei dort hat gesagt, es handelt sich um ein Paar, das schon länger nach einem Kind Ausschau hält. Wahrscheinich möchte es Sarah Minkova adoptieren. Könnten Sie helfen, ihre Sachen zu packen?«

»Langsam«, sagte Lona, die ihn jetzt sehr wach ansah, »sie kann Nedeva belasten.«

»Nedeva ist auf freiem Fuß«, schaltete Elling sich mit zerknirschter Miene ein, »700.000 Kaution.«

Mehr musste er nicht erläutern, Lona Mendt begriff auch so, was das bedeutete.

»Nein«, sagte Mendt.

»Nein, was?«, fragte Mertens, »das Mädchen ist zur Adoption freigegeben. Da ist ein kinderloses Paar. Vielleicht ist das für Sarah Minkova eine große Chance. Die sollten wir ihr nicht vermasseln, hm?«

»Das ist doch nur eine Falle, um das Kind mundtot zu machen, Herr Mertens«, gab Lona zurück.

»Dazu besteht doch gar kein Anlass. Nedeva hat sie abgeholt und zur Wohnung gebracht. Jeder Richter gibt da Bewährung.

Sarah Minkova ist für einen Prozess gegen die Kirovs als Belastungszeugin überhaupt nicht geeignet. Niemand hat Grund, ihr was Böses zu wollen. Also: dieses Paar in Sofia möchte das Mädchen gerne bei sich aufnehmen. Wir sind *gesetzlich dazu verpflichtet*, dem nachzukommen.«

»Nein.«

»Wie?«

»Wie ich's sage: nein.«

Mertens seufzte und ging an ihr vorbei aufs Wohnmobil zu.

Lona schoss an ihm vorbei und stellte sich vor die Tür des Wohnmobils, sodass Rainer Mertens gezwungen war, abzustoppen.

»Gehen Sie zur Seite, Kriminalhauptkommissarin Mendt.«

»Nein.«

»Das kann Sie Ihre Stelle kosten.«

»Ich pfeif drauf.«

»Was soll das?«

»Niemand bekommt das Kind. Sofia nicht, Sie nicht, niemand.«

Mertens verharrte.

»Frau Mendt, was ist Ihr Problem?«

»Mein Problem bin ich. Passen Sie auf, dass es nicht gleich Ihres wird.«

Stille.

Mertens schluckte.

Er mochte sie. Auf seine Weise. Ihre Intelligenz, ihre Schlagfertigkeit (auch, wenn er der manchmal zum Opfer fiel), ihr Herz für die zu kurz Gekommenen. Aber jetzt hatte KHK Mendt gerade eine rote Linie überschritten.

»Sie ist schon weg«, sagte Elling unvermittelt, der während des Disputs der beiden einen Blick ins Fahrerhaus geworfen hatte.

»Wie?«

Lona war sofort im Fahrzeug und schaute in der Toilette nach, unter den Betten und … und entdeckte dann das gekippte Fenster über Sarahs Bett. Zu schmal für sie, aber groß genug für ein Kind. So wie das Fenster im Badezimmer im Hafenbahnweg 7.

Lona verließ ihr Wohnmobil wieder und lief dabei fast in Mertens hinein.

»Sie ist abgehauen. Ihretwegen.«

Elling, Ösker und Mertens sahen die Ohrfeige, die sie ihm verpasste. Sie kam ansatzlos, rasend schnell und von Herzen.

Obwohl Lona nur mit ihren Augen zuschlug, meinte Mertens, das Brennen ihrer Hand auf seiner rechten Wange zu spüren.

Und starrte sie an, sie und ihre zornigen blauen Augen.

»Finden Sie sie!«

48

5. JANUAR 2007, ROSTOCK UND SILDEMOW

Planung war die halbe Miete.

Es war 9:00 Uhr am Morgen. Zwei Stunden vor dem Treffen zwischen Maja Kaminski und ihrem Ansprechpartner für die Vermittlung von drei illegalen Arbeitskräften.

Jeder Feldherr, der in eine Schlacht zog und die Gelegenheit hatte, vorab das Gelände zu studieren, auf dem der Konflikt ausgetragen würde, nähme genau das in Anspruch.

Ein Erbe seines Vaters.

Also hatte Hagen Dudek sich früh auf den Weg gemacht, um das Limit, in dem das Treffen für die Vermittlung der Illegalen stattfinden sollte, zu erkunden.

Da kam der Anruf von Robert Falk herein: »Ich hoffe, Sie hatten einen guten Morgen, Herr Dudek!«

»Danke, ja, guten Morgen, Herr Falk.«

»Ich habe noch mal in den Akten geblättert. Ich hatte Ihnen ja gesagt, dass Sarah Minkova in polizeiliche Obhut genommen worden ist.«

»Ja, ich erinnere mich.«

»Das stimmt und stimmt nicht ganz. Sarah Minkova ist in die Obhut von Kriminalhauptkommissarin Lona Mendt übergeben worden.«

»Danke«, sagte Dudek. Als er sicher war, dass die Verbindung nicht mehr stand, bremste er ab und wendete den Wagen.

Sildemow.

Das Wohnmobil, das Staatsanwalt Rost ihnen noch in der Silvesternacht gezeigt hatte, stand hier nach wie vor. Natürlich – es war Bestandteil der kriminaltechnischen Untersuchung. Und die Frau, der es gehörte, war tot und beigesetzt.

Dudek hielt weit entfernt, stieg dann aus seinem Auto und machte sich zu Fuß auf den Weg. Das Wetter war trocken und kalt und so war der Wind.

Er genoss es, dass der aufgefrischt war. Dudek war an der Küste groß geworden. Windstille gab es dort nicht. Irgendein Lüftchen ging immer.

Das Wohnmobil, das er bei Nacht vorgeführt bekommen hatte, stand unter einer gewaltigen Eiche, die sich nur leicht im Wind wog.

Und drinnen gab es eine Bewegung. Er zückte sein Handy, duckte sich hinter einen Haselnussbusch und schoss unbemerkt ein Foto. Genau in dem Augenblick, in dem Sarah Minkova sich von vorn nach hinten bewegte. Das Foto selbst gab nicht viel her. Aber immerhin doch das: in dem Wohnmobil bewegte sich ein Mädchen.

Das würde Gruber reichen.

Hagen Dudek stand still.

Dieses hier war eine Wegkreuzung. Eine Gabelung im Lebensweg.

Er hatte es in der Hand. Hier. Jetzt. Oder vielmehr: fast.

Es gab noch eine Möglichkeit, alles zum Guten zu wenden. Aber so oder so, fiel ihm ein, benötigte er für das Wohnmobil einen Schlüssel, denn garantiert hatte das Mädchen abgeschlossen. Und wer weiß, vielleicht hatte sie ein Handy. Vielleicht hatte KHK Mendt ein zweites gehabt. Jedenfalls eines, mit dem sie im Zweifelsfall die Polizei würde anrufen können. Wenn, musste er sie überraschen.

Der Schlüssel lag im Kommissariat. Dort hatten Kaminski und er ihn hinterlegt.

Das Haus von Martin Gruber lag am Ende einer Sackgasse, wo Dudek seinen Wagen abstellte. Es war durch alten Baumbestand, überwiegend Kiefern, vor interessierten Blicken gut geschützt. Rote Klinker und Satteldach und Sprossenfenster. Vor 20 Jahren war das angesagt gewesen.

Als Dudek die kurze Auffahrt hinaufging – das breite Tor stand offen –, erhaschte er im Vorbeigehen einen Blick ins Wohnzimmer, wo Gruber, der seine Enkelin auf dem Schoß hatte, ihr etwas aus einem Buch vorlas. Beide so vertieft in die Geschichte, dass sie ihn nicht bemerkten. Entsprechend wenig begeistert war Martin Gruber, als er nach dem Klingeln die Tür öffnete und sah, wer ihn und Lisa störte. Andererseits: Hagen Dudek war ein Polizist, der für alles und jedes immer einen guten Grund hatte. Also konnte Gruber das auch jetzt voraussetzen. Vielleicht hatte er das Mädchen gefunden?

»Guten Morgen«, begrüßte Dudek ihn.

»Morgen, kommen Sie rein.«

Gruber führte ihn in sein Haus, das Hagen Dudek bereits kannte. Manchmal lud der Chef seine Mitarbeiter hierher ein. Meist im Sommer, dann gab es einen gemeinsamen Grillabend mit allem Drum und Dran. Bei diesen Treffen wurden sie zu einer Art großer Familie. Martin Gruber legte Wert auf diese privaten Zusammenkünfte. Teambildung.

Dabei passierten sie das Wohnzimmer, in dem Lisa saß und weiterlas.

»Schatz, das ist Herr Dudek, sag ihm guten Tag.«

»Guten Tag, Herr Dudek«, sagte das Mädchen, das Sarah Minkova ähnlich sah.

»Der Opa ist in fünf Minuten zurück.«

»Ja.«

Dudek war sich ziemlich sicher, dass die Zeitansage nicht nur an Lisa gerichtet war, sondern auch an ihn. Fünf Minuten also.

Kaum hatte der Chef ihn ins Arbeitszimmer geführt, stand Lisa in der Tür: »Opa, ich gehe in den Garten. Spielen.«

»Ja, mach das. Und zieh die Terrassentür schön zu, ja?«

Lisa nickte und machte sich auf den Weg.

Nur wenige Augenblicke später sahen sie Grubers Enkelin im Garten zur Schaukel laufen.

Gruber, dessen Gesichtszüge üblicherweise ernst und entschlossen waren, entspannten sich und wurden weich.

»Wenn man noch mal von vorne beginnen könnte mit dem Wissen von heute …«, sagte Martin Gruber nachdenklich und wandte sich dann zu Dudek um: »Haben Sie das Mädchen?«

»Nein.«

Martin Gruber wirkte ernüchtert: »Und warum sind Sie dann hier?«

»Ich habe mich umentschieden.«

»Bei was?«

»Ich will mich nicht mehr stellen. Ich will den Revolver zurück.«

Zu Dudeks Verwunderung lächelte Gruber ganz leicht – als hätte er diesen Moment vorhergesehen und nur noch nicht gewusst, *wann* er geschehen würde.

»Den Revolver habe ich vergraben, irgendwo da draußen«, sagte er und vollführte eine ausschweifende Geste, die die Größe des gesamten Grundstücks umfasste und gleichzeitig die Unmöglichkeit vor Augen führte, jemand, der nicht um den exakten Lageplatz wusste, könnte ihn finden. Dudek, zum Beispiel.

»Sie sind ein sehr fürsorglicher großer Bruder, Herr Dudek.«

Hagen stutzte. Wie kam er ausgerechnet jetzt darauf? Grubers Miene war nun undurchschaubar. Er musterte Dudek wie ein interessantes Insekt. Er war auf seine Reaktion gespannt.

»Ich hätte Ihnen gar kein Alibi geben müssen. Auf dem Revolver sind die Fingerabdrücke Ihrer Schwester. *Die* hat abgedrückt. Und Sie schützen sie. Sie wären im Zweifelsfall beide dran. Mord und Beihilfe dazu.«

Hagen Dudek war perplex, und Gruber entging das nicht: »Nicht falsch verstehen – Ihre Schwester hat genau das Richtige getan. Finden Sie das Mädchen, und Sie bekommen den Revolver. Ich bringe Sie zur Tür.«

Dudek ging wie ferngesteuert hinter seinem Chef her. In seinem Kopf brach ein Gedankengewitter los.

Maja Kaminski hatte sich im Limit eingefunden: Glastische, eine mit Bambusstäben verkleidete Theke, dahinter ein großer Spiegel und zwei Regale mit Spirituosen.

Es war trotz des bewölkten Tags sehr hell, denn es war nach zwei Seiten – zum Eingang und zum Universitätsplatz, an dem es lag – hin bodentief verglast. Die Panoramafester waren über drei Meter hoch, schätzte Maja.

Von hier aus hatte sie einen schönen Blick auf das Fünfgiebelhaus und auf Teile der Uni.

Sie hatte einen Tisch direkt am Fenster gewählt, sodass sie freie Sicht auf den Platz hatte. Vor ihr stand unübersehbar ein großes

Glas Tomatensaft. Im Hintergrund lief angenehm gedämpft Jazz. Einzelne, nackte Glühbirnen hingen von der Decke hinab und schwebten – schwarze Kabel vor schwarzer Decke – scheinbar im Raum und spendeten warmes Licht.

Von Dudek war noch nichts zu sehen. Sie schaute sich über die Schulter und zu den anderen Tischen, aber nein, er war nicht da. Und als sie ihn anrief, entschuldigte er sich: er sei in einen Stau geraten und beeile sich.

Fünf Minuten später betrat eine stämmige, aber nicht korpulente Frau Mitte vierzig das Limit. Sie trug einen Mantel mit Pelzkragen und einen roten Pullover. Dazu eine schwarze Hose, die in ebenso schwarzen Stiefeln endete. Die Haare hatte sie zu einem Pferdeschwanz gebändigt. Sie machte einen pragmatischen Eindruck, und Maja Kaminski erfasste sofort, dass es die Person war, die sie hier treffen sollte.

Die Frau schaute kurz von Tisch zu Tisch und entdeckte dann den Tomatensaft. Während sie auf Maja zuging, verschaffte sie sich einen kurzen Eindruck von ihr. Und bei ihr angekommen, sagte die Frau: »Frau Wildhagen?«

Maja lächelte und nickte: »Genau.«

»Nadja.«

Ohne zu fragen, nahm sie auf dem Stuhl gegenüber Platz. Und sofort ging die Hand hoch und sie schnippte, woraufhin ein Kellner zu ihnen kam.

»Ich bekomme einen Kaffee«, sagte Nadja.

Martin Gruber schlug gerade das Buch auf und hievte Lisa wieder auf seinen Schoß. In ein paar Jahren würde ihm das ganz sicher nicht mehr so leichtfallen. In ein paar Jahren würde sie sich aber auch keine Geschichten mehr vorlesen lassen. Eigentlich war sie aus dem Alter jetzt schon raus.

In dem Augenblick meldete sich Georgi Kirov auf seinem Handy. Normalerweise hätte er den Jüngsten der Brüder der Mailbox überlassen. Aber nach der Beisetzung der toten Polizisten und wegen der Präsenz der öffentlichen Berichterstattung und Diskussion darüber in den Medien hatte der Alltag noch nicht wieder Einzug gehalten.

»Entschuldige, mein Schatz«, seufzte er und hob Lisa wieder herunter. Er schnappte sich das Handy und marschierte damit nach draußen auf die Terrasse.

»Was willst du?«

»Ich wollte was nachfragen.«

»Nämlich?«

»Die Nedeva können wir im Augenblick nicht einsetzen, aber wir haben für so eine Situation schon eine angelernt: Nadja.«

»Schön. Und?«

»Da hat sich eine Frau gemeldet, gestern. Ich wollte fragen, ob Sie sie checken können.«

Gruber verdrehte die Augen: »Wie heißt sie?«

»Eine Frau Wildhagen. Nadja trifft sie jetzt.«

»Kornelia Wildhagen?«, fragte Gruber.

Er nahm die Überraschung von George Kirov durch die Leitung wahr.

»Ja«, antwortete der überrascht.

»Zieh sie ab. Das ist ein LKA-Handy.«

»Kann ich nicht. Sie hat kein Handy dabei.«

»Dann lass dir was einfallen. Die schneiden das Gespräch garantiert mit.«

»Also«, sagte Nadja, »mir wurde gesagt, Sie suchen Arbeitskräfte?«

»Ja, genau. Danke, dass das so schnell geklappt hat.«

»Kein Problem.«

»Ich brauche drei Männer.«

»Abfallwirtschaft, war das richtig?«

»Ja.«

»Dachte ich mir. Drei Arbeitskräfte, probeweise für eine Woche, das kann ich Ihnen anbieten. Kostet Sie zur Probe 3.000 Euro. 1.000 pro Kopf. Wenn Sie mit der Arbeit zufrieden sind und die drei übernehmen wollen, gibt es eine Ablösesumme von 20.000 Euro pro Nase.«

Maja spielte ein Stutzen: »Das ist eine ziemlich stolze Summe für eine Ablöse.«

Nadja war anzusehen, dass sie so einen Einwand schon dutzendfach gehört hatte.

Sie nickte gelassen: »Üblicherweise läuft es so: Sie zahlen diese Summe, Sie bekommen die Arbeitskräfte, Sie bestimmen den Stundenlohn, für den die arbeiten.«

»Ich bestimme den ganz frei?«

»Sicher, ja.«

Kaminski tat so, als überlegte sie und überschlüge im Kopf die Optionen und die Preise.

»Es gibt kein Mindestentgelt?«

»Da, wo diese Männer herkommen, arbeiten die zum Teil für unter 2 Euro die Stunde. Sie glauben nicht, wie dankbar die sind, wenn Sie denen mehr geben.«

Georgi Kirov hatte sich den Mustang geschnappt und war losgerast.

Wider Erwarten kam er gut durch und stoppte am Rand des Universitätsplatzes, wo die Poller aus dem Boden ragten. Er ließ den Mustang im absoluten Halteverbot stehen und ging zügig über den Platz. Von hier aus konnte er das Limit bereits gut sehen. Wo war die Frau mit dem Tomatensaft? Wo war Nadja? Er kam näher und schlängelte sich zwischen dick eingepackten Passanten hindurch.

Da, ein Platz direkt am Fenster. Perfekt.

»Zur Vermittlungsgebühr: Wenn die Arbeitskräfte Sie verlassen, bevor die Vermittlungsgebühr von denen erarbeitet worden ist, bekommen Sie die von uns ganz oder anteilig zurück. Wir bemühen uns dann auch, die jeweilige Arbeitskraft zu überzeugen, nicht vertragsbrüchig zu werden. Denn die sind vertraglich verpflichtet, bis zum Erreichen der Vermittlungsgebühr für den Kunden, in diesem Fall für Sie, zu arbeiten.«

»Tja, ich überlege.«

Nadja nickte und warf einen Blick auf die Uhr draußen auf dem Platz – und sah jemanden gestikulieren: Georgi. Sofort war sie hellwach. Er bedeutete ihr mit einer Geste, nicht weiterzusprechen und sofort aus dem Lokal zu kommen.

Maja fiel Nadjas Blick nach draußen auf und vor allem ihr konzentrierter Gesichtsausdruck kombiniert mit dem geöffneten Mund.

Unvermittelt schaute sie deshalb in die Richtung, in die die Frau sah. Und entdeckte einen Mann in Jogginghose, Turnschuhen und einem Mantel. Dunkle Haare. Und der Mann hatte eben noch mit den Armen gerudert, jedenfalls ließ er sie ganz abrupt sinken und ging jetzt, als wäre gar nichts geschehen, über den Platz, steckte die Hände in die Manteltaschen und schaute sich den Brunnen am Rand des Platzes an, für den er binnen Sekunden brennendes Interesse entwickelt hatte.

Maja drehte sich wieder zu Nadja, die die Unterarme hob: »Aber natürlich verstehe ich, wenn 20.000 zu viel sind. Gerade, wenn es gleich drei sein sollen. Ich muss jetzt leider zum nächsten Termin, Frau Wildhagen. Ich nehme an, wir sind vielleicht nicht die richtigen Ansprechpartner für Sie.«

»Doch, das sind Sie«, widersprach Maja Kaminski und zückte ihren Dienstausweis, »Kaminski, Bundespolizei. Sie sind hiermit vorläufig festge…«

Nadja stemmte die Tischplatte hoch, sodass die Getränke ins Rutschen kamen und der Glastisch auf Maja fiel, die zusammen mit ihrem Stuhl zu Boden ging.

Das Umstürzen und das Splittern von Glas ließ die Köpfe der Gäste herumfahren.

Nadja rannte auf die Tür zu.

»Stehen bleiben!«, brüllte Maja, die sich aufrappelte und der Frau nachsetzte.

Sie öffnete im Laufen das Schulterholster und zog die Dienstwaffe, während sie sich gegen die Tür warf, die außen gegen die Wand schepperte.

Die flüchtende Nadja hatte nur 10 Meter Vorsprung.

Maja schoss sofort in die Luft und brüllte: »Polizei! Sofort stehen bleiben!«.

Was Nadja natürlich nicht tat.

Maja visierte sie an, genau. Luft anhalten. Abdrücken.

Der Schuss traf die Frau wie beabsichtigt in die Wade und brachte sie, begleitet von einem erschreckten Aufschrei, zu Fall. Sie schlug hart auf dem Pflaster auf.

Passanten liefen weg und gingen in Deckung. Andere blieben überrascht stehen und verfolgten mit ungläubigem Staunen, was hier passierte. Einer der Sätze, die Maja Kaminski beim Eintreffen an einem Tatort regelmäßig hörte, war: Ich hätte nicht gedacht, dass so etwas bei uns passiert.

Als sie zu der Frau lief, die sich den schmerzenden Unterschenkel hielt, hörte sie einen trockenen Knall, und dann splitterte hinter ihr die Scheibe der Tür. Der Knall kam von links – vom Brunnen. Und tatsächlich war es der Mann im Mantel und der Jogginghose, der eine Pistole in der Hand hielt und damit auf sie gefeuert hatte.

Noch ein Schuss, der sie das rechte Ohrläppchen kostete und ihr den blutenden Rand versengte.

Tötungsabsicht.

Jetzt schrien Passanten, auch die Schaulustigen gingen in Deckung, Dutzende holten ihre Handys im Weglaufen aus den Jackentaschen. Das Flüchten der Menschen kam ihr entgegen, denn dann verletzte sie selbst niemanden durch einen Fehlschuss.

Maja Kaminski legte auf ihn an und gab drei Schüsse als Deckungsfeuer ab, die links und rechts neben ihm in den Skulpturen am Brunnen und in einer Parkbank einschlugen,

Jetzt sah Georgi Kirov sich hektisch nach einer Deckung um. Und traute dann seinen Augen nicht: die Frau ging schnurstracks auf ihn zu.

Nadja bekam er da nicht mehr raus. Und ihm war klar, dass jetzt bereits aus diversen Polizeirevieren Streifenwagen als Verstärkung losjagten. Und ihm wurde in der gleichen Sekunde bewusst, einen Riesenfehler begangen zu haben. Hunderte von Zeugen würden ihn identifizieren. Fidan würde toben. Er könnte unmöglich in Rostock bleiben.

Er hatte gegen Fidans eiserne Regel verstoßen: keinen Lärm. Wir sind still, Lärm ist schlecht für das Geschäft.

Auf einem belebten Platz am helllichten Tag mitten in der Rostocker Altstadt auf eine Polizistin zu schießen, war auf Fidans Was-niemals-geschehen-darf-Skala die volle zehn, der maximale Ausschlag.

Er konnte mit dem Mustang keinesfalls zu Hause aufkreuzen. Wenn er den Schaden, den er gerade angerichtet hatte, noch irgendwie begrenzen wollte, musste Georgi sich absetzen. Richung Polen. Und da kam ihm die Idee, bei einem ihrer Schleuser in Stettin unterzutauchen.

Maja sah, wie der Mann jetzt herumwirbelte und weglief, und spurtete ihm hinterher.

Vorbei an Passanten mit offenen Mündern und ein paar Jugendlichen, die sie filmten.

Er rannte zu einem Mustang, den er schon im Laufen per Funk öffnete. Und warf sich, als er ihn erreichte, auf den Fahrersitz. Kaminski holte alles aus sich heraus. Noch nie hatte ein Krimineller versucht, sie zu töten. Noch dazu in aller Öffentlichkeit. Sie trug keine Ohrringe, das fehlende Ohrläppchen war also verschmerzbar. Und jetzt sah sie auch das Kennzeichen: HR – GK – 22.

Aber um nichts in der Welt sollte der Mann jetzt mit der Nummer davonkommen.

Der Motor startete, und der Flüchtige gab Gas.

Kaminski blieb stehen. Einen genauen Schuss konnte sie nach dem Sprint ohnehin nicht abgeben. Aber das hatte sie auch nicht vor. In schneller Folge jagte sie ihm mit zehn Kugeln fast ihr komplettes Magazin hinterher. Das rechte Rücklicht splitterte, dann die Heckscheibe. Der rechte Hinterreifen platzte. Und plötzlich zog der Wagen nach links, krachte gegen eine Hausecke, die wie ein Keil in den Motorraum zu drücken schien und die Motorhaube mittig auffaltete.

Maja Kaminski sprintete erneut los. Aus der Ferne hörte sie jetzt

Sirenen. Die Fahrertür flog auf, und der Mann humpelte mit Blut am rechten Hosenbein heraus. Er verschwand in einer Unterführung. Als Maja sich dieser laufend näherte, kamen ihr bereits fliehende Menschen entgegen. Der Mann mit der Jogginghose und dem Mantel war nicht darunter. Sie nahm die Treppen hinab in die spärlich beleuchtete Untertunnelung. Hinten, auf der anderen Seite, liefen ebenfalls Passanten die Treppe hinauf.

Sie waren also zu beiden Seiten geflüchtet. Aber der Mann war zu stark verletzt, um die Unterführung bereits durchquert zu haben. Er musste sich noch irgendwo hier befinden.

Und passend zu dieser Erkenntnis wurde es plötzlich gespenstisch still.

Sie schlich vorsichtig weiter und musste sich in Ermangelung von Dudek dabei selbst sichern.

Maja Kaminski wollte schnell weiter, um den Vorsprung des Täters nicht wieder größer werden zu lassen und ihn einzuholen. Aber in der Unterführung gingen links wie rechts Seitengänge ab. Und in einem von denen wartete er wahrscheinlich auf sie. Oder entfernte sich humpelnd.

Der Schmerz raubte Georgi fast den Verstand. Sein Bein fühlte sich an, als würde es sich aufblähen und dann platzen. Die Schmerzen nahmen mit jedem Schritt zu. Der Mustang war platt, vielleicht war jetzt noch ein Taxi drin, mit dem er hier noch rauskam – wenn er denn eines erreichte. Aber sobald die anderen Streifenwagenbesatzungen hier eingetroffen waren, hatten sie ihn hier festgesetzt. Er hörte ja schon die Sirenen.

Nein, die Sache endete hier. Sie würde ihn festnehmen, und er würde schweigen, aber er hätte den maximalen Lärm verursacht. Und dann kam Georgi der Gedanke, wie er die Ungnade, in die er fiel, abfedern konnte: Menschenhandel war kein einsames Geschäft. Es gab andere Familien und Gruppierungen, die da heranwuchsen und etwas vom Kuchen abhaben wollten. Und die man auf Abstand hielt oder sich einverleibte, indem man ihnen zeigte, wie weit man zu gehen bereit war.

Der Mord an der Polizistin war alles, was Georgi jetzt noch blieb, um den Schaden, den er der Familie eingebrockt hatte, zu begrenzen.

Da glänzten Flecken am Boden. Als Maja Kaminski näher herantrat, bestätigte sich ihr Verdacht: Blut. Weitere Flecken führten nach rechts in einen Seitengang. Vorsichtig zielte sie hinein und betrat ihn dann selbst. Eine Neonröhre an der Decke flackerte.

Als sie ein Geräusch hinter sich hörte, drehte sie sich blitzschnell um. Aber zu ihrer Erleichterung war es ein Teenager mit seinem Hund, der jetzt wegen des Anblicks der Waffe in Majas Hand Reißaus nahm.

Als Kaminski sich wieder in den Gang wandte, hatte Georgi Kirov in Ruhe auf sie zielen können – und schoss.

Es traf sie wie ein Pferdetritt am Bizeps des Schussarms, die Wucht ließ sie nach hinten stolpern und rücklings auf den harten Beton aufschlagen. Ihre Pistole schlitterte zur Seite.

Nicht weit.

Da kam der Mann aus dem Seitengang auf sie zu gehumpelt und feuerte.

Die Kugel schlug knapp neben ihrem Kopf ein, und sie jaulte als Querschläger durch eine Unterführung.

Sie reckte sich nach ihrer Waffe.

Fast.

Kirov war heran, er zielte auf ihren Kopf, und sein Blick war frei von Mitgefühl.

Das also war der Moment des Todes, kam Maja Kaminski in den Sinn.

»Du kleiner Scheißkerl.«

»Waffe weg!«, brüllte eine Stimme, die sie kannte, aber bisher noch nie hatte brüllen hören. Georgi Kirov sah zu Dudek, der die Treppen hinabgelaufen war und ebenfalls seine Dienstwaffe in der Hand hielt.

Kirov feuerte auch auf ihn und verfehlte ihn.

Dudeks Schuss aus gut 15 Metern Entfernung trat Georgi Kirov ins Ohr ein und mit dem Stammhirn am Hinterkopf wieder aus. Er war bereits tot, als er nur einen Meter neben Maja auf den Boden sackte.

Dudek lief sofort zu Maja, registrierte das Blut an ihrem Kopf und an ihrem Arm.

»Arm und Ohr oder noch mehr?«

»Nein«, hörte sie ihre matte Stimme, »nein, das ist alles.«

Er öffnete den Gürtel und zog ihn aus den Schlaufen seines Hosenbunds, um der Kollegin damit den Arm abzubinden und den weiteren Blutverlust zu verhindern.

»Sie … haben mir das Leben gerettet. Hagen, ich finde, ein ›du‹ ist jetzt angemessen.«

An ihrem Arm spürte sie nur, dass er prall war und zu kribbeln begann. Ihr Ohr brannte, aber das war eine Kleinigkeit.

»Ja, das finde ich auch, Maja.«

»Ich weiß.«

Sie lächelte ihn an, während er sein Handy aus dem Jackett zog und über die 112 einen Rettungswagen anforderte.

Danach half er ihr behutsam auf die Beine und legte ihr seinen Arm fest um die Taille, damit sie nicht doch noch stürzte auf ihrem Weg aus der Unterführung. Maja stützte sich leicht auf ihn. Es war ein gutes Gefühl, von Hagen Dudek gehalten zu werden.

49

19. DEZEMBER 2006, SILDEMOW, ROSTOCK

Obwohl sie sofort ausgeschwärmt waren und noch Streifenwagenbesatzungen angefordert hatten, die ihnen halfen, Sildemow nach Sarah zu durchforsten, blieb das Mädchen verschwunden.

Rainer Mertens suchte dabei bevorzugt immer dort, wo Lona Mendt sich gerade nicht aufhielt. Sein Gesicht war über Stunden die pure Zerknirschung.

»Amazon«, sagte Sarah wieder auf die Frage aus dem Lautsprecher neben den Klingeln im Hafenbahnweg 7. Sie hatte blind mehrere gleichzeitig gedrückt und nun, in Erwartung einer Lieferung, öffneten ihr gleich mehrere Mieter die Tür. Um keinem von ihnen zu begegnen, und auch, damit es schnell ging, nahm sie den Fahrstuhl ins oberste Stockwerk. Sie hatte sich auf bewährte Weise aus dem Wohnmobil von Frau Mendt gestohlen. Zurück nach Bulgarien wollte sie auf keinen Fall. Sie müsste wieder ganz von vorne anfangen. Und wie sollte sie Raya dann finden? Also hatte sie das Fenster neben ihrem Bett aufgeklappt und sich nach draußen gezwängt, während die Polizisten noch darüber sprachen, dass sich in Sofia eine Pflegefamilie für sie gefunden hatte. Und dann, als sie die Straße auf der anderen Seite des Sees erreicht hatte, stand sie keine zwei Minuten mit erhobenem Daumen dort, schon hatte eine ältere Frau sie aufgegabelt.

Im obersten Stockwerk des Wohnblocks im Hafenbahnweg angekommen, ging Sarah aufs Dach und war erleichtert, dass die Schnur mit dem Beutel gehalten hatte. Sanft und vorsichtig zog sie das Behältnis den Lüftungsschacht hinauf und führte es anschließend behutsam durch die Lamellen, um es gleich vor Ort zu untersuchen. Alles war noch da: das Geld, das sie aus den Zigarettenverkäufen für sich abgezweigt hatte, die Drogen für Herrn Benedikt und – ganz wichtig – das Handy, das Kalina Nedeva ihr für Notfälle mitgegeben hatte. In den Kontakten fand Sarah exakt einen Eintrag: KN. Den wählte sie. Es dauerte nur wenige Sekunden, bis sich eine Stimme meldete: »Hallo?«

»Hallo, hier ist Sarah.«

Es gab eine kurze Pause.

»Sarah, wo bist du? Hier ist Kalina Nedeva. Bist du allein?«

»Ja, ich bin auf dem Dach vom Hafenbahnweg. Ich hatte hier oben das Handy versteckt und auch die Päckchen für Herrn Benedikt.«

»Wo warst du denn?«

»Bei der Polizei. Mit allen anderen. Wir haben alle nichts gesagt. Und heute konnte ich abhauen. Kann ich zurückkommen?«

Sie hörte Kalina Nedeva leise und freundlich lachen.

»Du bist ja ein Schatz. Du kommst wie gerufen. Ich habe Raya gefunden.«

Sarah fuhr ein Schauer über den Rücken. Das war der schönste Satz, den sie seit Langem gehört hatte.

»Sie ist heute Abend gebucht als Partygast.«

»Bitte, können Sie mich holen?«

Als sie am frühen Nachmittag die Suche nach Sarah Minkova in Sildemow abbrachen, erreichte sie ein Anruf aus der Kripo: Bei einer Razzia in Rotlichtbars war unter anderem eine gewisse Vera Borisov aufgegriffen worden. Und zwar in einer Bar mit Lapdance und freizügigen Bedienungen, dem *Tausendschön*.

»Nie gehört, *never heard of*«, sagte Mertens.

»Kennst du den Laden, Elling?«, fragte Lona.

Der nickte: »Bin mal dran vorbeigefahren. Ist so ein Animierladen. Oben ohne und Bier zehn Euro.«

»Ah ja.«

Mertens beschloss, die Suche hier draußen allein fortzusetzen. Ob er wirklich hoffte, sie noch zu finden, oder es ein Gang nach Canossa war, wusste er vermutlich selbst nicht.

Vera saß in einem knappen silberfarbenen Kleid im Büro von Frank Elling und Lona. Der Rock war so kurz, dass er den Namen nicht verdiente. Ihre Füße steckten in Stöckelschuhen, auf denen sie überhaupt nicht laufen konnte, wie sie feststellten, als sie aufstand. Die Haare waren gegelt, der Mund knallrot, die Augen von Kajal umrandet.

Sie hatte Gänsehaut, und Elling zog sein Jackett aus und legte es ihr über die Schultern.

»Danke.«

Ja, dachte Lona, er kannte das Tausendschön, aber er kümmerte sich auch um Kinder wie Vera. Laut ihrer Aussage hatte sie dieses Jahr ihren 15. Geburtstag gehabt, aber für Lona war sie geistig noch ein Kind, auch wenn ihr Körper schon weiter war.

»Komme ich wieder ins Seeheim?«

»Wissen wir noch nicht«, antwortete Elling.

»Wir sind wegen Sarah hier, ihr kennt euch doch.«

»Ja. Was ist mit ihr?«

»Sie ist abgehauen.«

Kurz musste Vera schmunzeln – sie gönnte es der Kleinen. Die war raffinierter, als sie aussah.

»Ich verstehe schon, dass ihr das witzig findet«, nahm Lona Mendt den Ball auf, »aber heute ist das kein Spiel. Wir brauchen dringend einen Hinweis, wo sie sich verstecken könnte.«

Elling ließ sich nach all der Rennerei in Sildemow auf seinen Stuhl plumpsen und putzte seine Brille: »Komm – irgendeinen Anhaltspunkt. Ihr habt euch doch das Zimmer geteilt in der Hafenbahnstraße. Da habt ihr euch doch auch sicher was voneinander erzählt. Irgendwelche Sachen aus eurem Leben. Vielleicht ein Versteck in der Stadt, das ihr euch gegenseitig verraten habt?«

Vera schüttelte den Kopf. Sie streifte das Jackett wieder ab und hängte es über den Stuhl, auf dem sie jetzt wieder Platz nahm.

»Könnte ich nicht weiter im Tausendschön arbeiten? Es ist sehr nett da. Ich kann Geld verdienen. Und das Kleid ist doch der Hammer.«

Elling nickte unbewusst.

»Es ist wirklich wichtig«, fügte Lona hinzu, was Veras Euphorie etwas dämpfte. Kurz tat sie der Polizistin den Gefallen und dachte nach.

»Vielleicht ist sie da, wo ihre Schwester ist?«

Elling fiel fast die Brille runter und Lona aus allen Wolken: »Wie: Schwester?«

»Na, die ist auch aus dem Heim in Sofia. Die ist vor einem Jahr nach Rostock vermittelt worden: *Raya*. Sarah sucht sie die ganze Zeit. Deshalb hat sie sich doch überhaupt vermitteln lassen. Raya ist jetzt ihre Familie.«

Lona rang für einen Moment lang nach Luft. Es traf sie schmerzhaft. Mit einem Schlag war ihr alles klar: Sarahs Beweggründe, die ihr Handeln bestimmten.

Natürlich war sie auf dem Dach vor ihr weggelaufen – sie wollte nicht zur Polizei und nach Bulgarien abgeschoben werden. Sie wollte ihre große Schwester finden! So sehr, dass sie diesen wahnsinnigen Sprung gewagt hatte.

Mendt schossen die Tränen in die Augen.

Sarah trug diese ganze Verzweiflung in sich und hielt sie aus. Hielt sie aus und hoffte, Raya zu finden.

Elling, den das und der Anblick von Lona ebenfalls nicht kaltließ, tippte den Namen bereits in die Datenbank.

»Raya mit ›j‹ oder mit ›y‹?«

»Weiß nicht.«

Er versuchte einfach beides und schüttelte dann den Kopf: kein Treffer.

»Wie sieht die aus, hast du ein Foto gesehen?«

Vera nickte. »Wie Sarah. Nur älter. Sie ist 17 Jahre alt. Und … sie hat ein Tattoo.«

»Was für eines? Und wo?«, hakte er nach.

»Am Fußknöchel, Sarah hat mir ein Foto gezeigt. Es ist das Wort: *Küsmet*. Das ist das Tattoo.«

»Was heißt das?«

»Glück«, antwortete Elling, bevor Vera es tun konnte.

»Sie kommt nicht zurück«, sagte Lona, »sie will gar nicht raus aus dem Netzwerk, sie sucht ihre Schwester.«

Und damit war unausgesprochen klar: die einzige Verbindung zu Raya Minkova bestand in Kalina Nedeva, die sie ebenfalls vor einem Jahr vermittelt haben musste.

Georgi Kirov ging auf das Klingeln hin zur Tür und warf einen kurzen Blick auf das Bild der Türkamera, das auf einer Armatur an der Wand übertragen wurde. Er sah, es wurde schon dunkel, eine hübsche Blondine. Und öffnete.

Hinter der Blondine stand eine Brillenschlange mit einem

Schnauzer. Und weiter unten, in der Auffahrt, ein Volvo und eine junge Frau mit einem Rottweiler.

Die Blondine zeigte ihm einen Ausweis.

»Kriminalpolizei Rostock, mein Name ist Mendt. Sind Sie Georgi Kirov?«

»Äh ja. Kennen wir uns?«

»Jetzt ja. Treten Sie zurück.«

»Das hier ist unser Privathaus. Ich möchte den Durchsuchungsbeschluss sehen.«

»Gefahr im Verzug, da ist kein Beschluss nötig.«

Da er nicht Platz machte, schob Lona sich an ihm und dem Türrahmen vorbei. Was dazu führte, dass er jetzt doch zurücktrat, um sie aufzuhalten.

Er packte sie an der Schulter.

»He, Mädchen …«

Wie aus dem Nichts landete die Mündung ihrer Waffe nur einen Zentimeter vor seinem linken Auge, während ihre andere Hand sein Handgelenk packte und es so weit drehte, dass er sich schmerzhaft vorbeugen musste und erstarrte, da jede weitere Bewegung Schmerz versprach.

»Ich hab seit sechs Jahren ziemlich schlechte Laune … komm mir jetzt nicht in die Quere. Wo ist das Mädchen? Sarah?«

»Was? Ich … fuck … keine Ahnung, ich …«

Lona blickte sich um. Sie befand sich im Foyer, das gute fünf oder sechs Meter in der Höhe maß. Mit Stuck. In der Mitte führte eine Treppe hinauf in den ersten Stock zu einer Galerie, von der weitere Türen und Gänge abzweigten. Hier unten im Foyer zählte sie insgesamt fünf Türen.

Elling winkte Azra Ösker samt Jürgen zu sich.

Lona ließ Georgi Kirov los und senkte die Waffe. Während er sich sein schmerzendes Handgelenk rieb, kamen aus dem Nebenraum eine der Ehefrauen und offenbar die Mutter hinzu.

Georgi griff noch mal nach Lona, um sie aufzuhalten, aber da war Elling heran.

»Langsam.«

Er hielt ihn am Arm zurück. Georgi Kirov schlug zu, aber Elling kam ihm zuvor und ließ den Knauf seiner Pistole in Georgis Schlagbewegung und auf dessen Nasenbein sausen.

Es knackte dumpf, und Blut schoss ihm aus der Nase.

Die Mutter schrie auf und stürzte auf Elling zu.

»Polizei! Bleiben Sie stehen.«

Georgi Kirov hielt sich mit beiden Händen die Nase und rutschte mit dem Rücken an der Wand herunter.

Die Mutter stoppte knapp vor Elling ab und spie ihm vor die Füße.

»Nun ja, es ist Ihr Boden.«

»Vanja!«, brüllte die Mutter und ging zurück zur Verbindungstür.

Azra und Jürgen hatten den Eingang erreicht, und Frank Elling wandte sich an die junge Kollegin: »Sie bleiben mit Jürgen am Eingang und sichern ihn. Niemand verlässt dieses Haus.«

Ein junger Mann half Georgi Kirov auf und führte ihn in ein benachbartes Zimmer.

Inzwischen füllte sich das Foyer mit jungen Frauen, zwei Jugendlichen, drei Männern.

»Guten Abend, ich bin von der Polizei. Mein Name ist Mendt. Ich will Ihnen nichts. Aber ich suche eine vermisste Person.«

Lona holte aus ihrer Brusttasche ein Foto von Sarah und zeigte es in die Runde.

»Das Mädchen heißt Sarah. Wo ist es?«

Die Familienmitglieder tauschten zwar Blicke, sagten aber nichts oder schüttelten die Köpfe.

»Nicht hier jedenfalls«, erwiderte eine der Frauen verärgert.

»Ich bitte Sie«, insistierte Lona eindringlich, »es ist *ein Kind*. Kinder sind doch … was Heiliges. Auch in Ihren Familien. Bitte … wo ist sie?«

Niemand sagte etwas. Die Stille und die Ablehnung, die von den sieben oder acht Personen ausging, allesamt Angehörige des Kirov-

Clans, war absolut. Undurchdringbar. Niemals hätten sie etwas ausgesagt oder kooperiert.

Lona Mendt war Polizistin und damit ein Feind. So einfach war das. Und so klar.

Trotzdem wollte sie es nicht wahrhaben und senkte das Foto von Sarah Minkova.

»Wie können … Sie haben selbst Kinder. Wie können Sie so herzlos sein?«

Immerhin zwei Frauen schauten jetzt zu Boden.

Aber das brachte sie natürlich nicht weiter.

»Lona?«

Sie sah zu Elling, der sie angesprochen hatte, und der deutete mit einer leichten Kopfbewegung hinter sich: Dort waren eine Frau und ein Mann im Anzug auf dem Weg zum Haus. Unten wartete ein Mercedes mit einem Fahrer.

Bei der Frau handelte es sich um Victoria Rink von Addi & Olsen.

Lona begriff, was das hieß: Jemand hatte sofort die Kanzlei informiert. Aber viel wichtiger: ihr kleiner juristischer Bluff mit »Gefahr in Verzug« würde gleich auffliegen. Sie musste sich beeilen. Und sie entschied sich intuitiv für das obere Stockwerk.

Kaum hatte sie es erreicht und war in einem Flur verschwunden, erschien Victoria Rink im Eingang. Der Mann hinter ihr war hager und groß und blass.

»Rink, Kanzlei Addi & Olsen. Mein Kollege Herr Stiller. Wir vertreten die Familie Kirov anwaltlich und sind gerade darüber informiert worden, dass das Haus unserer Mandanten ohne Durchsuchungsbeschluss betreten wird. Wer ist denn hier der verantwortliche Polizeibeamte?«

Elling wirkte nicht sehr beeindruckt.

»Ich. KHK Elling, Kripo. So, dann einmal ausweisen, die Dame und der Herr.«

Rink und ihr Begleiter bedachten ihn mit einem konsternierten Blick.

»Ist das Ihr Ernst?«

»Aber sicher ist es das. Soll ja alles seine Ordnung haben, oder?«

Er genoss es, den beiden auf den Zeiger zu gehen.

»Wir kennen uns ja von der Einvernahme von Frau Nedeva«, fuhr er fort, während Rink und Stiller ihre Ausweise aus ihren Brieftaschen nahmen.

»Genau. Da wollten Sie meinen Ausweis nicht sehen.«

»Ich dachte, er ist vom Pförtner überprüft worden.«

»Hier ist er jedenfalls«, sagte sie mit angespannter Stimme.

Elling nahm ihn entgegen und schaute darauf.

»Schlechtes Licht, kann man ja kaum lesen.«

»Wenn das Ihre Art ist, hier Zeit zu schinden …«

»Das würde ich niemals tun, Frau Rink.«

»Sind Sie beide hier allein, oder gibt es noch eine weitere Person?«

»Das ist … sieh an, Sie sind in Karlsruhe geboren, sehe ich gerade.«

»Herr Elling?«

»Hm?«

»Ist hier noch ein weiterer Polizeibeamter im Haus? Oder eine Beamtin?«

»Vertreten Sie eigentlich auch Leute, von denen Sie wissen, dass das Schwerverbrecher sind?«

»Beantworten Sie bitte meine Frage nach weiteren Kollegen von Ihnen hier im Haus.«

Das obere Stockwerk bestand offensichtlich aus Schlafzimmern, Bädern und begehbaren Kleiderschränken. Als Lona wieder ein Schlafzimmer passierte, in das sie einen schnellen Blick warf, erkannte sie Sarahs Pullover. Den, den sie ihr am Rostocker Flughafen gekauft hatte.

»Sarah?«, rief sie mit gedämpfter Stimme.

Sie hatte es schon ein halbes Dutzendmal getan – ohne Resonanz. Und auch jetzt: keine Antwort. Mit ein paar Schritten war sie an dem Pullover und ließ ihn durch ihre Hände gleiten. Keine Frage, den hatte Sarah heute getragen.

»Frau Mendt?«, rief eine Frau aus dem Foyer.

Lona stieß neben dem Pullover auf die Hose, die sie Sarah ebenfalls dort gekauft hatte.

»Frau Mendt, kommen Sie bitte sofort hier runter!«

Und dann, sie öffnete die Schublade direkt unter der Hose, entdeckte sie eine kleine Pappschachtel, deren Deckel nicht richtig saß. Vielleicht war er in Eile geschlossen worden. Jedenfalls blitzte etwas in der Schachtel auf, weil es das Deckenlicht reflektierte. Als Lona den Deckel lüftete, fand sie ein halbes Dutzend der roten Ringe.

Für die besonderen Kinder.

»Frau Mendt, kommen Sie bitte sofort hier ins Foyer!«

Lona ging mit dem Pullover die Treppe hinunter und direkt auf Victoria Rink zu.

»Guten Abend, Frau …«

»Diesen Pullover habe ich gestern einem Mädchen gekauft, das als vermisst gilt. Wir haben Grund zu der Annahme, dass es sich in diesem Haus aufhält oder aufgehalten hat.«

»Das ist sehr interessant, Frau Mendt, aber wir sind hergerufen worden, um die Interessen der Familie Kirov zu vertreten. Und deren Interesse besteht darin, dass Sie unverzüglich dieses Privatgrundstück verlassen. Und sofern Sie das jetzt nicht unverzüglich tun, rufe ich die örtliche Polizei. Wenn Sie dieses Anwesen durchsuchen lassen möchten, dann erwirken Sie einen Durchsuchungsbeschluss.«

Lona stoppte den Volvo, mit dem sie gekommen waren, nur zwei Straßen weiter. Elling saß neben ihr, Azra und Jürgen teilten sich die Rückbank. Die Sonne war untergegangen, die Wolken hatten sich verzogen, und es ging ein wunderschöner Vollmond auf.

»Sie war da. Ihre Kleider sind da. Jetzt ist sie weg. Wohin? Mit wem? Warum? Ich … ich glaube einfach nicht, dass wir noch ein großes Zeitfenster haben. Was immer jetzt mit ihr passiert, passiert ihr … bald.«

Dass weder Elling noch Azra Ösker widersprachen, bestätigte ihre Sorge.

»Sie haben doch diese Ringe gefunden«, begann Azra, und Lona nickte, »also bekommen sie die nicht nur in Sofia, sondern auch hier.«

»Ja. Und weiter?«

»Ich weiß nicht. Ich denke.«

Lona blies die Wangen auf: »Uns läuft die Zeit weg.«

»Wir wissen nicht, wo wir suchen sollen«, konstatierte Elling.

»Dann geh ich eben noch mal rein«, gab Lona zurück.

»Und dann?«

»Weißt du was Besseres, Elling?«

»Ja: lass uns *denken*. Du hast ihre Kleider gefunden. Sie trägt jetzt andere. Ist das nötig, wenn sie sich im Haus der Kirovs aufhält?«

»Nein«, gab Lona leise zurück.

»Also kein Grund, da wieder reinzugehen und Zeit zu verschwenden.«

»Dieser Ring … das ist doch eine Art Kennzeichnung«, sagte Azra, »also nicht für die Kinder.«

»Sie haben recht.«

»Dann für eine andere Person. Ein Erkennungszeichen.«

Lona nickte: »Ich glaube, Sie sind auf der richtigen Spur, Frau Ösker. Und weiter?«

»Ich weiß nicht. Wo muss man denn so was erkennen?«

»Da, wo nicht alle diesen Ring tragen«, warf Elling ein.

»Also ist es ein Ort, an dem mehrere Menschen sind«, schloss Lona.

Sie sah im Innenspiegel, wie Azra Öskers Silhouette nickte, während ihre Hand über Jürgens Kopf strich.

»Wir haben bis jetzt nur einen Ring entdeckt.«

»Im Magen eines Jungen.«

»Ja. In Lickow. Boris Lazarov hatte den Ring. Und er starb in Lickow.«

»Zumindest ist er dort gefunden worden«, gab Lona Mendt einschränkend zurück.

»Ich weiß. Aber denk an meine Oleksandr-These: Kein Täter, der rational denkt, fährt sein Opfer länger im Auto spazieren als unbedingt notwendig.«

»Das stimmt«, sagte Lona, »der Ring endet in Lickow.«

Stille senkte sich zwischen sie, nur Jürgens Hecheln war zu hören.

»Ich will keine Spielverderberin sein«, begann Azra.

»Sagen Sie schon«, kam es von Elling.

»In der Kombinatorik würde man diesen Rückschluss als ziemlich dünn betrachten.«

Lona und Elling wechselten einen Blick und erkannten in der Ratlosigkeit des jeweils anderen ihre eigene.

»Was sagst du Elling?«

»Ja, dünn. Aber es ist im Augenblick die einzige Karte, die wir spielen können.«

Lona nickte und startete den Motor.

50

19. DEZEMBER 2006, LICKOW

»Was macht Raya da?«

»Sie tanzt.«

Der Mercedes rauschte über die Landstraße, an der kahle Laubbäume im Schein des Fernlichts Spalier standen.

Fidan Kirov steuerte den Mercedes souverän durch eine lang gestreckte Kurve. Er trug einen Anzug, aber keine Krawatte. Neben ihm saß Kalina Nedeva, die ihm jetzt gerade Wasser in einer kleinen Flasche reichte. Sie konnte Gedanken lesen. Er war durstig und nahm ein paar Schlucke.

Dann blickte er über den Innenspiegel nach hinten: Marian, zehn Jahre alt, und Sarah, zwölf.

Nedeva hatte ganze Arbeit geleistet. Marian hatte eine Pagenfrisur bekommen und trug einen kleinen blauen Anzug mit weißem

Hemd. Sarah hatte sie Lippenstift aufgetragen und ihr Lidschatten verpasst. Das Mädchen trug einen knielangen Rock, eine Bluse und ein schwarzes Halsband aus Samt. Sehr ansprechend.

»Streckt mal beide die rechte Hand aus«, sagte Kalina Nedeva. Und als die Kinder es taten, streifte sie ihnen jeweils einen roten Ring über den Finger.

Bei Sarah passte der Ringfinger, aber Marians Hände waren noch zu klein. Er trug ihn nun am Mittelfinger.

Interessiert betrachteten Sarah und Marian ihren Schmuck.

»Wofür ist der Ring?«, fragte Sarah.

»Der ist für die besonderen Kinder.«

Also waren sie etwas Besonderes!

»Da sind wichtige Leute auf der Party. Die wollen eine gute Zeit haben. Seid nett und tut, was man euch sagt«, wies sie die beiden an, als Fidan Kirov abbremste und in einen schmalen, asphaltierten Weg einbog.

Der führte durch ein Waldstück. Und als sich das öffnete, sahen sie vor sich ein altes, opulentes Herrenhaus mit einer breiten Eingangstreppe. Rechts waren die Autos der Besucher abgestellt. Überall brannten im Boden eingelassene Fackeln, um die Wege zu beleuchten.

Marian bekam im Vorbeifahren große Augen. Ferrari, Porsche, Bentley. Jede Menge Luxusmarken waren hier versammelt. Frauen in Abendkleidern und Männer mit Anzügen verließen ihre Autos und schritten zusammen auf das Herrenhaus zu.

Fidan parkte gleich rechts an einem Waldparkplatz.

Der Volvo V70 donnerte durch die Nacht. Lona saß am Steuer. Fernlicht. Es kam ihnen praktisch niemand entgegen. Die Tachonadel kletterte über die 160er-Marke.

Frank Elling wollte das Wort Wildwechsel ins Spiel bringen, aber als er Lonas verkniffene Miene bemerkte, sah er davon ab.

Zu viert gingen sie auf das Anwesen zu, hinter dem sich ein See erstreckte. Der Beat eines Musikstücks wummerte ihnen entgegen.

Trotz der winterlichen Temperaturen hielten sich ein paar der Gäste in der Nähe der Heizpilze auf, die das Gebäude abwechselnd mit den Fackeln umgaben.

Einige Frauen trugen schulterfreie Kleider, und nahezu jeder Gast hielt ein Glas in der Hand. Junge Männer und Frauen im Kellnerdress reichten von den Tabletts, die sie gekonnt balancierten, Getränke und sammelten dabei auch leere Gläser ein.

Drinnen setzten sich die Eindrücke fort. Im Foyer, das Sarah an jenes der Kirovs erinnerte, lag ein roter, schmaler Teppich. Wie bei einem Filmfestival.

»Ist Raya hier?«

»Die kommt um zehn. In zwei Stunden.«

Zu beiden Seiten der Eingangshalle führten Arkadengänge in die Räumlichkeiten dahinter. Und auch hier gab es eine Steintreppe, die sich mittig in den ersten Stock erstreckte.

Paare standen in Trauben an Stehtischen, auf denen Kerzen brannten, und unterhielten sich und lachten.

Ein braun gebrannter Mittfünfziger mit Anzug und ohne Krawatte kam ihnen entgegen. Er hatte volles schwarzgraues Haar und ein perfektes Gebiss.

Neben ihm ging ein junger Mann mit Bürstenhaarschnitt, dessen Kopf im Takt der Musik wippte. Der Ältere hatte Kalina Nedeva und Fidan Kirov samt der Kinder entdeckt und steuerte auf sie zu. Sein Name war Christian Adolph. Seine Freude war echt. Er und Nedeva deuteten Küsse auf beiden Wangen an.

»Schön, euch zu sehen.«

Der Mann schüttelte Fidan herzlich die Hand, und sie tauschten einen offenen Blick, in dem die Wahrheit lag, dass sie sich auf Augenhöhe bewegten. Und zwar, weil sie das so voneinander behaupteten, aber jeder für sich insgeheim der Auffassung war, etwas höher als der andere zu rangieren.

»Großartiges Event, Christian.«

»Danke.«

»Und schön, dass ihr beide auch hier seid«, wandte er sich väterlich lachend Marian und Sarah zu: »Ich hoffe, es gefällt euch hier, Sarah und Marian?«

Die waren verblüfft, dass der Mann ihre Namen kannte, und schauten zu Nedeva, die nickte, und deshalb nickten sie auch.

»Fein«, sagte Adolph und deutete mit der offenen Hand auf seinen Begleiter: »Das ist Dennis.«

»Hallo, ihr beiden«, begrüßte der sie gut gelaunt.

»Hallo«, gab Sarah zurück.

»Ich muss mich noch ein bisschen hier mit Kalina und Fidan unterhalten – ihr dürft schon feiern gehen. Wir kommen nach. Dennis nimmt euch mit.«

Wieder wanderten die Blicke der beiden zu Nedeva. Und wieder gab sie mit einem Nicken ihr Einverständnis.

»Cool, kommt mit«, sagte Dennis und ging voran. »Tanzt ihr gern? Wir haben im Keller gute Musik. Und viele junge Leute.«

Tatsächlich spielte der DJ unten coole Stücke aus den Charts. Dennis hatte sie in einen großen Gewölbekeller geführt, der sich mit schweren Steinquadern vor dem Gewicht des Gebäudes über ihm schützte. Strahler in unterschiedlichen Farben leuchteten den Keller aus. An einer Holztheke bedienten zwei junge Frauen und ein Mann. Und auch hier bewegten sich die Bedienungen gekonnt wie Fische im Wasser.

Sarah faszinierte es, dass es ihnen trotz prall gefüllter Tabletts gelang, den wild tanzenden Gästen geschickt und elegant auszuweichen. Und tatsächlich befanden sich überwiegend Teenager und Kinder wie sie auf der Tanzfläche. Vermutlich die Töchter und Söhne der Gäste, dachte Sarah.

Ein paar Erwachsene tanzten hier auch. Es herrschte eine ausgelassene, gute Stimmung.

Dennis führte sie an ein großes Holzfass, das als Stehtisch diente und um das fünf Barhocker gruppiert waren.

»Setzt euch doch.«

Sie kletterten auf die Hocker. Er deutete auf ein Buffet mit Tellern und Besteck hinter ihnen, an dem sich ein paar der jungen Gäste gerade bedienten.

»Nehmt auch, wenn ihr Hunger habt. Getränke gibt's da an der Bar. Umsonst, natürlich. Bestellt, was ihr wollt. Und feiert mit. Wenn ihr Hilfe oder so braucht, kommt einfach wieder hoch, ich begrüße da die Gäste. Aber ich lasse mich hier ab und zu blicken, okay?«

Marian nickte: »Okay.«

»Fein. Lasst es krachen«, feuerte Dennis sie an und machte sich wieder auf den Rückweg ins Erdgeschoss.

Sarah schaute sich um. Die Theke, das Buffet. Der Ausgang. Und noch viel wichtiger: die Tanzfläche.

Raya war gebucht worden. Vielleicht war sie ja schon hier?

Eine Kellnerin kam bei ihnen vorbei und lud zwei benutzte Champagnergläser auf ihr Tablett.

»Möchtet ihr was trinken?«

Marian sah überfordert zu Sarah.

»Cola, bitte!«, rief sie gegen die Musik an.

»Für mich auch!«, schloss er sich an. Die junge Frau nickte und verschwand in der Menge. Nur ihr Tablett schwebte über allen Köpfen.

Marian sah ihr nach, und Sarah musterte ihn. Er war schmal und blässlich. Feine, zierliche Hände und Sommersprossen. Und er benahm sich unsicher und schüchtern.

Das Lied endete. Ein paar Gäste strömten durstig von der Tanzfläche zur Theke. Ein Mann um die 50, der sein Jackett noch nicht ausgezogen hatte, kam in bester Laune auf sie zu und schnappte sich im Vorbeigehen ein volles Glas Champagner von einem der Tische. Er setzte sich auf einen der freien Barhocker und nickte ihnen freundlich und gut gelaunt zu.

»Ich bin Achim. Und ihr?«

»Sarah.«

»Marian.«

»Und?«, fragte Achim während der nächste Song einsetzte, »amüsiert ihr euch?«

Er fragte es zwar beide, aber Sarah bemerkte, dass er dabei nur Marian ansah.

»Ja«, sagte Marian, aber Sarah sah es nur an der Bewegung seiner Lippen, weil die Musik zu laut war. Die Kellnerin von eben stellte ihnen zwei Gläser mit Cola auf das Holzfass und zog weiter.

Achim griff nach Marians blasser Hand, die praktisch in seiner verschwand, und rief: »Komm, Marian, lass uns tanzen!«

Marian sah zu Sarah, die nicht wusste, wie sie darauf reagieren sollte, und seinen Blick deshalb nur erwiderte. Zögerlich ging er also mit Achim mit, der schon begeistert im Takt wippte.

Die beiden erreichten die Tanzfläche. Und während Achim sich ins Zeug legte, tippte Marian nur von einem Fuß auf den anderen. Er hob dabei noch einmal den Kopf und versuchte zu Sarah zu schauen, aber dann hatte die Menge die beiden verschluckt, und Sarah saß allein an dem Holzfass. Sie nippte an der Cola.

Christian Adolph stand mit seinen Gästen draußen unter einem Heizpilz. Er trank mit Fidan Kirov und Nedeva Champagner. Kalina, die rauchte, sah zu den Gästen hinüber, die gut gelaunt waren. Sie trugen Designerroben, fuhren in Sportwagen und Luxuslimousinen vor, gingen zur Pediküre und zum Schönheitschirurgen und flogen am Wochenende in die Zweitwohnung nach Genf. Sie aßen in Michelin-Restaurants und hatten VIP-Zugänge zu Fußballspielen und Konzerten. Das war die Welt, von der sie träumte. Jetset. Und die für eine wie sie immer unerreichbar bliebe.

»Ich nehm' beide«, sagte Adolph, der ebenfalls eine rauchte.

Kalina Nedeva war überrascht: »Kein Feedback abwarten?«

Adolph schüttelte den Kopf: »Nein. Beide sind schon vorab bezahlt. Der Kleine geht nach Spanien, das Mädchen nach Dubai.«

Fidan nickte. Ihm war anzusehen, dass er selbst gerne die Kontakte ins Ausland hätte, die Adolph unterhielt. Der kaufte die Kinder für 30.000 Euro. Und Fidan hatte noch nie eine Zahl gehört, aber er wettete, die Abnehmer in Spanien und Dubai zahlten nicht unter 70.000. Eher darüber.

»Okay«, sagte er, »brauchen Sie neue?«

»Ja.«

»Gut. Ich schicke wieder vorab die Bilder zur Auswahl.«

»Ja, das ist gut. Gleich fünf oder sechs – gerne Jungs. Ich muss wieder rein«, sagte er und drückte seine Zigarette aus. »Grüßen Sie Vanja von mir, Fidan.«

»Mache ich.«

»Bis zum nächsten Mal, Kalina«, verabschiedete Adolph sich von Nedeva und wandte sich ab. Kurz blickten sie ihm hinterher. Fidan missfiel das. Normalerweise ließ *er* andere stehen.

»Sollen wir noch bleiben, tanzen?«, fragte Kalina fröhlich.

»Nein, lass uns zurück«, bestimmte Fidan.

Widerwillig stellte sie ihr Champagnerglas ab.

Sarah studierte die Gäste. Sie hatte Raya natürlich so in Erinnerung, wie sie gegangen war. Aber vielleicht trug sie die Haare jetzt anders? Kürzer oder länger. Oder sie waren gefärbt? Oder sie schminkte sich jetzt dezenter? Oder sie … Da trat eine Frau mit roten Locken an sie heran.

»Ich bin Rosa. Wie heißt du?«

»Sarah.«

»Ah, dich habe ich gesucht.«

Rosa reichte ihr die Hand, und Sarah sah sie fragend an.

»Ich will dir was zeigen«, rief Rosa.

»Was denn?«

Rosa lächelte sie an.

»Wirst schon sehen, Komm.«

Hatte Raya sie geschickt?

Zögerlich ergriff sie die Hand, und Rosa führte sie zum Eingang des Kellers. Sie tat das sanft, ohne ein Drängen, und deshalb hatte Sarah Vertrauen.

Über den Spiegel der Bar erhaschte Sarah im Vorbeigehen, wie Achim an das Holzfass trat, an dem sie eben noch gesessen hatte, und in Marians Colaglas schnell aus einem transparenten Röhrchen etwas hineinträufelte. Sie schaute sich über die Schulter, ob Marian das mitbekam, aber der tanzte.

Auf dem Weg zurück zum Wagen nahmen Fidan Kirov und Kalina Nedeva eine Abkürzung über einen Trampelpfad, der sie ein paar Meter durch den Wald führte. Durch das fahle Licht des Vollmonds, das ihnen zu Hilfe kam, wurde daraus keine Stolperpartie.

Und als der schmale Weg zwischen zwei Baumstämmen hindurchführte, überließ Fidan Kirov – ganz der Gentleman – ihr mit einer Geste den Vortritt.

Also passierte sie die Engstelle vor ihm. Fidan zog eine schallgedämpfte Pistole und schoss ihr in den Rücken.

Mit einem Seufzer fiel sie vornüber ins Unterholz. Für einen Augenblick lag sie still, doch dann hustete sie und keuchte und machte den Versuch, sich auf ihre Ellenbogen zu stützen.

Fidan Kirov trat breitbeing über sie und feuerte ihr zwischen die Schulterblätter.

Die Wucht ließ sie auf den Boden krachen, und nun rührte Kalina Nedeva sich nicht mehr.

Fidan entsperrte sein Handy und scrollte dann zu dem Kontakt *W. Busch* und wählte ihn.

Vanja und er waren übereingekommen, dass die einzige Verbindung zwischen ihnen und den Illegalen gekappt gehörte.

Rosa, die Sarahs Hand noch immer hielt, führte sie im ersten Stock über einen offenen Flur. Von hier aus konnte man das Treiben unten im Foyer beobachten. Sie passierten ein Paar, das innige Küsse austauschte und dabei keinerlei Notiz von ihnen nahm.

Sie passierten ein paar Türen, und dann endete die offene Balustrade und der Flur mündete in einen Gang ohne Ausblick ins Foyer.

Rosa geleitete sie zur letzten Tür rechts und öffnete sie ohne anzuklopfen.

»Geh hinein«, sagte sie ihr mit einem aufmunternden Lächeln.

Sarah tat, wie ihr geheißen, und betrat eine Art Gästezimmer.

Schwere Möbel, ein dicker Teppich, der jeden Schritt verschluckte. Die Vorhänge und die Polster der Sessel waren in Bordeauxrot gehalten. Zwei Wandlampen strahlten nach oben an die Decke. Das Bett stand in einem massiven Rahmen und war sehr breit. Im Flachbildfernseher lief stumm ein Film. Denn – die Party war hier kaum mehr zu hören – es lief klassische Musik im Hintergrund.

Plopp.

Überrascht sah sie in die andere Richtung. Dort stand ein Mann mit dem Rücken zu ihr und goss aus der soeben geöffneten Flasche Champagner in zwei Gläser. Sie sah zu Rosa, aber die war nicht mehr da und die Zimmertür geschlossen.

Der Mann drehte sich zu ihr um. Er hatte ein kantiges Gesicht und war alt. Er trug einen Anzug und schenkte ihr ein warmes Lächeln. In seinen Bewegungen lagen Ruhe und Gelassenheit. Er stellte die Gläser auf dem Regal über dem Kühlschrank ab und verdeckte mit seinem breiten Kreuz Sarahs Sicht darauf. Er hantierte mit etwas herum, ließ dann einen kleinen transparenten Gegenstand in seine Hosentasche gleiten und nahm die Gläser, mit denen er auf sie zuging.

»Sarah, ja?«

Sarah nickte schüchtern.

»Hast du schon mal Champagner getrunken?«

Sie schüttelte den Kopf.

»Na, dann wird's Zeit«, sagte er und lachte freundlich. Er stellte die Gläser neben sein Handy auf einem kleinen, runden Holztisch vor dem ausladenden Bett ab. Daneben standen zwei schwere Sessel. Dahinter lag eine Balkontür, durch die man den Mond sehen konnte.

Martin Gruber nahm auf dem einen Sessel Platz und wies einladend mit der offenen Hand auf den Sessel gegenüber.

Sarah zögerte. Was für eine Party war das, zu der man Kinder ohne Eltern bringen ließ? Wenn Marian Glück hatte, war das, was Achim ihm in das Colaglas reingeschüttet hatte, ein Schuss Alkohol. Aber es gab auch andere Sachen. Raya hatte ihr davon erzählt, Tropfen, die einen bewusstlos machen konnten.

»Ich habe eine gute Nachricht für dich, etwas, auf das man anstoßen kann. Setz dich doch.«

Sarah schöpfte ein klein wenig Hoffnung und nahm deswegen Platz.

Gruber nickte zufrieden, bemerkte nun aber draußen Gäste, die an den Heizpilzen an der hinteren Terrasse standen und tranken und rauchten. Ein Paar schaute gerade hinauf zu ihm.

Er erhob sich und zog die schweren roten Vorhänge zu.

Wenn er nichts mit dem Champagner getan hatte, überlegte Sarah, dann war es ohne Folgen für sie beide, wenn sie die Gläser tauschte. Aber wenn er doch was damit angestellt hatte, traf es nur ihn selbst.

Noch stand er – mit dem rechten Vorhang kämpfend – mit dem Rücken zu ihr. Also nahm sie sich ein Herz und tauschte die Gläser aus.

Gerade, als Sarah sich wieder in ihren Sessel zurücklehnte, hatte er die Vorhänge zugezogen und setzte sich wieder hin. Und betrachtete sie wohlwollend und freundlich und mit einer weiteren Gefühlsregung, die sich unter die anderen mischte und die Sarah nicht zu deuten wusste.

Dann reichte er ihr das Glas, das er für sie vorgesehen hatte, und nahm das andere. Er beugte sich vor und stieß mit ihr an, die Gläser klirrten leise. Es war ein überraschend angenehmer, fast fröhlicher Ton, fand Sarah.

»Auf das Leben«, sagte Gruber.

Er nahm einen Schluck, ließ sie dabei aber nicht aus den Augen, als wolle er darauf achten, dass sie den Champagner nicht unangerührt ließ. Bei dem prickelnden, herben Geschmack musste Sarah etwas das Gesicht verziehen, was bei ihrem Gegenüber ein verständnisvolles Lächeln auslöste.

Ihre Natürlichkeit gefiel ihm. Und die Unwissenheit, wie begehrenswert sie war, befeuerte sein Begehren wie in einer Aufwärtsspirale, in der sich Ursache und Wirkung ständig gegenseitig verstärkten.

»Der erste Schluck ist immer säuerlich, aber schon beim zweiten schmeckt es besser.«

Da drangen Geräusche von nebenan zu ihnen hinüber. Als Sarah dorthin sah, entdeckte sie eine schwere hölzerne Verbindungstür zum benachbarten Zimmer. Martin Gruber drehte die Musik mit einer Fernbedienung etwas lauter. Dann zog er sein Handy aus der Tasche und entsperrte es.

»Komm mal her, Sarah.«

Aber Sarah, die eigentlich lieber hier sitzen bleiben wollte, als zu dem alten Mann zu gehen, nahm einen Schluck von dem Champagner, um ihr Zögern zu kaschieren.

»Ich habe eine Nachricht für dich«, fügte er hinzu, »von Raya.«

Sarah setzte sich gegen ihren Impuls durch und stand auf und ging zu ihm. Gruber klopfte mit der flachen Hand auf seinen Oberschenkel.

»Setz dich.«

»Ich möchte lieber noch was trinken.«

»Oh, auf den Geschmack gekommen. Komm' her, wir trinken beide.«

Er zog ihr Glas auf seine Seite und klopfte wieder auf seinen Schenkel.

»Komm, dann sehen wir uns Rayas Nachricht an dich gemeinsam an.«

Sarahs Herz begann schneller zu schlagen und so laut, dass sie meinte, es müsse auch für ihn unüberhörbar sein.

»Komm.«

Er fasste sie am Arm und dann an der Hüfte und zog sie auf seinen Schoß.

»Entspann dich – trink.«

Er reichte ihr das Glas, nahm danach seines, und sie stießen wieder an und tranken. Er fuhr Sarah mit dem Zeigefinger sanft über die Wange:

»Du bist sehr hübsch … und weißt es nicht.«

Er legte ihr einen Arm um die Hüfte und zog sie näher zu sich.

»Können wir nicht wieder runtergehen? Wo ist Raya?«

»Ja, gut, aber … erst ein Kuss, hm?«

Sarah erstarrte auf seinem Schoß. Sein Gesicht war nah.

»Was ist? Ein Kuss – da ist doch nichts dabei.«

Jede Faser in ihr schrie danach, aus dem Zimmer zu fliehen. Aber die Tür war ja abgeschlossen. Sie stand auf, um zur Verbindungstür zu rennen, aber er packte sie und war unglaublich stark. Er hielt Sarah am Unterarm und zog sie absichtlich schnell zu sich zurück, damit sie begriff, dass sie so viel Kraft nichts entgegenzusetzen hatte. Er wunderte sich ohnehin, dass die Tropfen noch keine Wirkung bei dem Mädchen zu zeigen schienen.

Prompt verschwamm ihm selbst etwas der Blick, und Gruber wischte sich über die Augen. Er stand auf und ließ Sarah los. Jetzt setzte Schwindel ein. War das ein Infarkt? Er sah zu Sarah, bei der das Mittel immer noch zu keiner Wirkung geführt hatte, und als sein Blick auf die Gläser fiel, begriff er, was passiert war.

Er wankte.

»Miststück.«

Er verpasste ihr eine deftige Ohrfeige, die sie zurücktaumeln und stürzen ließ, während Gruber sich wegen des Schwindels selbst nicht mehr auf den Beinen halten konnte und er auf den dicken, schweren Teppich sackte.

Sarahs links Gesichtshälfte brannte lichterloh.

Als sie sich aufsetzte, konnte sie beobachten, wie Gruber die Augen schloss. Offenbar war er ohnmächtig geworden. Sarah zitterte, obwohl sie erleichtert war. Und musste jetzt die aufkeimende Panik niederkämpfen.

Nachdenken! Sie musste nachdenken. Jetzt. Ruhig bleiben und nachdenken. Vielleicht wachte er schon gleich wieder auf. Vielleicht kam jemand mit einem Zweitschlüssel. Sie musste hier weg.

Der Mann hatte den Schlüssel für das Zimmer in seiner Hosentasche, aber sie mochte dort nicht hineingreifen. Sie hatte Angst, ihn damit aufzuwecken. Sarah stand auf. Zuerst nahm sie sein Handy vom Tisch und startete eine App, damit das Gerät nicht in den Ruhezustand wechselte, denn sie hatte den erforderlichen Code nicht, um es dann wieder zu aktivieren.

Auf dem Weg zur Verbindungstür entdeckte sie seine Brieftasche auf einer Kommode und steckte sie geistesgegenwärtig ebenfalls ein. Dann gab es erneut Geräusche aus dem anderen Zimmer.

Sarah vergewisserte sich, dass der Mann immer noch nicht bei Bewusstsein war. Dann warf sie einen Blick durch das Schlüsselloch.

Sie sah Marian, der splitternackt bäuchlings auf einem Bett lag. Seine Augen waren halb geöffnet, aber er schien trotzdem zu schlafen. Achim, ebenfalls nackt, bewegte sich auf Marian vor und zurück.

Sarah unternahm den Versuch, leise die Klinke herunterzudrücken, um die Tür zu öffnen. Jemand musste Marian zu Hilfe kommen. Doch vergeblich. Die Tür war verschlossen. Damit war sie in diesem Raum gefangen. Hinter ihr hörte sie ein Röcheln. Und als sie sich umwandte, bewahrheitete sich ihre größte Furcht: der Mann am Boden erwachte wieder, seine Augenlider begannen zu flattern.

Die Dosis an Betäubungsmitteln, die er ihr zugedacht hatte, war auf sie abgestimmt. Ihn setzte sie offensichtlich nicht lange außer Gefecht.

Sie blickte zu den Vorhängen. Natürlich: der Balkon!

»Da vorne ist es«, sagte Elling, und Lona Mendt ging endlich vom Gas und deaktivierte das Blaulicht. Sie wollten sich besser nicht ankündigen, und deshalb schaltete Lona beim Einbiegen in den Feldweg auch das Abblendlicht aus. Der Vollmond beleuchtete den Weg ausreichend. Nur manchmal glitt er hinter die kahlen Äste, die sich schwarz von ihm abhoben.

Sie war über das Geländer des Balkons geklettert und daran hinabgestiegen, bis es nicht mehr weiter ging. Dann ließ sie sich fallen.

Zum Glück landete sie in einem Beet, sodass der Aufprall sich nicht so hart gestaltete wie befürchtet.

Einige Meter weiter befand sich ein Pärchen, das sich jetzt zu ihr umwandte. Die beiden standen dort in Abendgarderobe und rauchten eine Zigarette. Sie hatten nicht gesehen, wie Sarah sich hatte fallen lassen, sondern nur das Geräusch hinter sich bemerkt. Der Mann zündete sich gerade mit seinem Zippo eine Zigarette an, und in dessen Lichtschein konnte Sarah kurz eine Tätowierung am Hals sehen. Es handelte sich um zwei Streifen, die sich vom Nacken über den Hals bis zum linken Ohr erstreckten. Sarah wandte sich um und ging zügig weg. Bei der nächsten Biegung lief sie einfach in den Wald hinein.

Gruber war es gelungen, sich zur Tür zu hangeln und sie aufzuschließen. Als er hinaus auf den Flur taumelte, kam ihm Dennis entgegen.

»Alles in Ordnung bei Ihnen?«

»Nein. Mein Handy ist gestohlen worden, ich brauche Ihres, um eine Ortung zu veranlassen.«

Dennis reichte ihm seines.

»Und holen Sie Adolph her. Schnell.«

Sie hatten die Stelle erreicht, von der aus die Schutzpolizistin sie durch den Wald zu dem Vierergrab geführt hatte. Lona stoppte deswegen, und sie stiegen alle aus.

Und hörten Musik, die über den nahe gelegenen See schallte. Eines der großen Häuser auf der anderen Seite wurde an mehreren Stellen angestrahlt. Wege und Parkplätze waren in Form von Fackeln markiert.

»Das ist eine Party, da drüben«, sagte Azra Ösker.

Elling und Mendt nickten.

»Sie und Jürgen bleiben hier als unsere Reserve«, befahl Lona Mendt und wandte sich an Elling: »Die Jagdhütte von Max und Moritz Krüger ist dahinten, richtig?« Sie deutete an ihm vorbei.

»Ja.«

»Dann los.«

Sarah lief am Ufer des Sees entlang, weil sie hier besonders schnell vorankam. Aber nicht weit hinter ihr drangen Stimmen und Rufe von Männern zu ihr, die aus dem Haus gelaufen kamen. Und als sie sich beim Weglaufen über die Schulter blickte, sah sie das Aufblitzen von Taschenlampen, und kurz wurde sie von einem Lichtkegel erfasst. Worauf ein zweiter folgte, der nach ihr tastete.

In Todesangst sprang sie vom Weg und bog wieder in den dichten, dunklen Wald ab, um schon nach wenigen Metern an einer Wurzel hängen zu bleiben und zu stürzen. Panisch rappelte sie sich auf und ahnte, dass die Männer sie über kurz oder lang einholen würden. Sie schnappte sich ihren Schuh und zog ihn aus. Unter der Einlegesohle hatte sie einen Zettel versteckt, auf dem sich die Telefonnummer von Frau Mendt befand. Und die tippte sie nun in das Handy des Mannes ein und rannte weiter, wobei sie versuchte, immer exakt in eine Richtung zu laufen.

Lonas Handy meldete sich, und sie stand mit Elling mitten im dunklen Wald und sah auf dem Display eine Nummer, die sie nicht kannte. Sie ging ran: »Ja?«

»Frau Mendt?«

Lona erkannte ihre Stimme sofort – aber auch die Panik, die darin mitschwang, und den schnellen Atem. Das Mädchen lief.

»Ja. Sarah, wo bist du?«

»An einem großen Haus, ein Mann wollte … er wollte mir wehtun. Aber … da kommen welche mit Taschenlampen, bitte. Helfen Sie mir.«

Lona schluckte, und Elling sah die Verzweiflung in ihrem Gesicht.

»Ich bin weggelaufen. Ich … da ist ein Wald.«

»Weißt du den Ortsnamen?«

»Nein.«

Die Tatsache, Sarah akustisch bei sich zu haben, ihr ganz nahe zu sein und ihr trotzdem nicht helfen zu können, fühlte sich furchtbar an.

Was für Männer waren das? Was für Typen verfolgten sie nachts in einem Wald?

Lona drückte ihr Handy tiefer in ihre Ohrmuschel. Und jetzt war ihr, als höre sie das Lied, das über dem See waberte, zweifach.

Lona schluckte erneut.

»Da läuft ein Lied bei dir, ja?«

»Ja, das ist aus dem Haus.«

Lona schöpfte Hoffnung: »Ich kann es hören, Sarah.«

»Wo sind Sie, Frau Mendt?«

Sarahs Stimme überschlug sich beinahe.

»Ist es das Haus mit den Fackeln?«

»Ja!«

Wie sollte sie dem Kind in der Nacht in einem düsteren Wald eine Landmarke nennen, an der sie sich orientieren konnte? Elling hatte offensichtlich begriffen, wonach sie suchte, und deutete nach oben: »Vollmond.«

»Sarah, ist der Mond vor dir oder hinter dir?«

»Vor!«

»Dann lauf zum Mond, lauf.«

»Ja! Wo sind Sie?«

»Im Wald, da ist ein Feldweg. Nicht weit davon. Wir müssen ganz in der Nähe sein. Lauf jetzt und … schmeiß das Handy weg.«

Sarah schaute hinter sich. Die zwei Taschenlampen, die sich schnell bewegten und ihre Besitzer, die offenbar wussten, wohin sie laufen mussten.

Sarah hatte Angst, jetzt noch einmal zu stürzen. Dann wäre ihr Vorsprung dahin.

»Schmeiß es weg und lauf. Schmeiß es weg.«

»Aber dann … sind Sie weg!«

»Vertraust du mir?«

»Ja.«

»Aber ich bin trotzdem da, verstehst du? Ich bin da, ich bin da. Ich beschütze dich … und jetzt wirf es weg, sie können dich sonst orten. Wirf es weg, oder sie finden dich. Renn zum Mond!«

Sarah warf das Handy beiseite und änderte jetzt kurz die Richtung. Nach dreißig Metern blickte sie japsend hinter sich. Die Taschenlampen waren ihr jetzt nicht mehr auf den Fersen, sondern die Lichtkegel suchten den Waldboden dort ab, wo sie das Handy des Mannes fallen gelassen hatte.

Bis auf etwas Mondschein war es hier komplett dunkel. Fidan stand neben den Brüdern, die gerade ein Loch aushoben für Nedeva, die sie in seinem Auftrag hierhergeschleift hatten. Sie lag schon bis zur Hüfte in Decken eingewickelt auf dem Bauch.

Max und Moritz schnauften leise wegen der harten körperlichen Arbeit, während Fidan eine rauchte. Und nun stutzte. Hatte er da gerade Zweige knacken hören? Ein Schnaufen.

Plötzlich kam Sarah außer Atem aus dem Unterholz.

Sie hatte Fidan für Elling gehalten und stoppte jetzt aus vollem Lauf so abrupt ab, dass sie um ein Haar hingeflogen wäre.

Sie erkannte Fidan. Die beiden Männer, die sie aus ihren vollbärtigen Gesichtern anschauten, waren ihr noch nie begegnet.

»Sarah, Kleine, du musst keine Angst haben, ich bring dich jetzt nach Hause«, sagte Fidan Kirov mit süßlicher Stimme.

Aber Sarah begriff nun, als sie die leblose Nedeva mit den Schusswunden im Rücken entdeckte, was hier vor sich ging – jemand hatte sie umgebracht, und jetzt sollte sie hier verscharrt werden!

Sarah machte sofort kehrt und sprintete davon, so schnell sie nur konnte. Aber langsam wurden ihr die Beine schwer.

Kirov legte sofort auf sie an und drückte ab, aber die Kugel verfehlte sie.

Moritz Krüger nahm die Flinte, die er an den Baum gelehnt hatte, und schoss nun ebenfalls. Die Kugel riss Rinde von einem Baum, an dem das Kind gerade vorbeilief.

»Verscharrt sie jetzt und dann ganz schnell weg hier«, wies Fidan Kirov die Krüger-Brüder an und nahm persönlich die Verfolgung von Sarah auf.

Der Schuss aus der Flinte hallte durch den Wald. Und er war nah.

So nah, dass Elling das Mündungsfeuer aufblitzen sah.

Als hätte sich ein identischer Gedanke im gleichen Augenblick in ihren Köpfen gebildet, nahmen Lona und Elling im stillen Einvernehmen zügig mehr Abstand voneinander, um sich dann dem Schützen in einer Art Zangenbewegung zu nähern.

Max und Moritz Krüger sahen Fidan nach, der im Dunkel des Waldes verschwand. Moritz Krüger ließ die Flinte sinken, als er von einem Lichtstrahl einer Taschenlampe erfasst wurde.

»Polizei. Waffe fallen lassen!«, rief Frank Elling.

Von etwas weiter rechts kam eine Gestalt mit einer Pistole aus dem Unterholz.

Die Brüder erstarrten. Es war Lona Mendt, und sie legte auf den Bruder links an, weil sie sich schnell mit Elling abgestimmt hatte, dass er sich denjenigen rechts vornehmen würde.

»Auf den Boden, *sofort*!«, rief Lona, sah aber von Sarah weit und breit nichts: »Wo ist das Mädchen?«

»Wir machen, was Sie sagen«, versicherte Max und ging stattdessen hinter einem Baumstamm in Deckung.

Sein Bruder ließ sich in die Grube fallen, die für Nedeva bestimmt war, und schoss dorthin, wo er Frank Elling vermutete. Hinter der Taschenlampe, die ein gutes Ziel abgab.

Aber Elling stand nicht dahinter, sondern rechts davon. Der erste Schuss ging ins Leere, und bevor er einen zweiten abgeben konnte, hatte Lona dreimal auf ihn gefeuert und ihn zweifach getroffen. Er war sofort tot.

Max, der das begriff, rannte weg, wurde von Elling aber mit einem Schuss am Oberschenkel verletzt und stürzte.

Lona und Elling liefen zu den Brüdern. Elling, um dem vor

Schmerzen stöhnenden Max Handschellen anzulegen, und Lona, die sich vom Tod des älteren Bruders überzeugte.

Sie hörte von links einen Schuss im Wald und rannte los. Und Elling ließ die freie Handschelle um eine Astgabel herum einrasten.

»Nicht weglaufen«, sagte er und setzte Lona nach.

Die Schritte und die Füße, die die Zweige unter sich krachen ließen, kamen immer näher. Fidan Kirov hatte sie fast eingeholt, vielleicht waren es noch zehn Meter und …

Sarah blieb an einer Wurzel hängen und stürzte ins nasse Laub und drehte sich auf den Rücken. Ihr brannten die Lungenflügel. Kirov war auch außer Atem, legte ohne Umschweife auf ihren Kopf an und drückte ab.

Aber es gab nur ein metallisches Klacken. Das Magazin war leer.

»Scheiße.«

Er hatte natürlich auch die Schüsse irgendwo hinter sich gehört. Die Brüder Krüger hatten sich mit irgendjemandem einen Schusswechsel geliefert, und Fidan Kirov hatte keinen Schimmer, wie der ausgegangen war.

Auf jeden Fall war es dringend geboten, von hier schleunigst zu verschwinden und ein paar Tage mit seinen beiden Brüdern abzutauchen. Er zog sich den Gürtel aus der Hose, den er Sarah um den Hals legen wollte, um sie zu erdrosseln.

Das Mädchen biss ihm in die Hand. Er schlug ihr mit der Faust ins Gesicht.

»Fass!«

Etwas Schnelles jagte von rechts heran, stürzte sich auf ihn. Mit einem Gewicht und einer Wucht, die Fidan zu Boden riss – es war ein Rottweiler, der ihm jetzt in den Arm biss und ihn schüttelte.

Er schrie auf.

»Und *aus!*«, rief Azra Ösker, die sie außer Atem erreichte.

Jürgen ließ von Fidan ab, der sich entsetzt seinen Unterarm ansah.

»*Goood boy*«, lobte Azra und reichte Sarah die Hand, um ihr auf die Beine zu helfen.

Es näherten sich weitere Schritte, dann erreichten auch Lona und Elling sie.

Lona Mendt stoppte knapp vor ihr ab. Atemlos. Erleichtert. Und ging vor Sarah in die Hocke.

»Bist du verletzt?«, fragte sie besorgt.

Statt einer Antwort machte Sarah den Schritt, der sie noch voneinander trennte, auf sie zu und schloss Lona in die Arme und begann zu weinen. Lona erwiderte die Umarmung und hielt Sarah ganz fest, damit sie fühlte, sie würde nie wieder losgelassen werden.

Elling genügte ein Blick, um zu sehen, dass es um Lona geschehen war.

Er forderte mit einem Anruf bei Mertens mehrere Rettungswagen und jede Menge Kollegen zur Unterstützung an. Zur Durchsuchung der Villa und zur Einvernahme der Gäste.

Als Frank Elling zum verletzten Moritz Krüger zurückkehrte, hörte er ein Keuchen. Dann ein Husten neben dem Loch, das die Brüder Krüger in den Waldboden getrieben hatten.

Er ging zurück zu dem Erdloch, in dem Moritz Krügers regloser Körper lag.

Aber es war Kalina Nedeva, die sich regte und leicht den Kopf hob und aus deren Luftröhre ein Gurgeln ertönte.

Elling ging neben ihr auf die Knie und beugte sich zu ihr hinab. Aus ihrem Mund kam ein Krächzen. Und dann ein Wort: »Hilfe.«

51

5. JANUAR 2007, POEL

Manchmal musste man einfach nur abwarten, und dann fügten sich die Dinge.

Bei der Wunde an Maja Kaminskis Arm handelte es sich um einen glatten Durchschuss. Im Klinikum wurde sie daher eingehend gesäubert, desinfiziert und genäht. Zur Sicherheit wollten die Ärzte sie über Nacht im Klinikum behalten.

In Ermangelung einer Verwandtschaft oder Freunden, die in Rostock lebten, war es Hagen Dudek, der ihr ein paar Dinge aus ihrer Wohnung besorgte. Etwas Wäsche und eine Kulturtasche und ein paar andere Kleinigkeiten.

Außerdem erstand er beim Floristen quer gegenüber einen bunten Blumenstrauß, über den sie sich sehr freute, umso mehr, weil ihm die Überraschung tatsächlich gelungen war.

»Wenn du sonst noch irgendetwas brauchst«, sagte Hagen, »jederzeit. Einfach kurz durchklingeln.«

Kaum hatte Dudek die Klinik verlassen und seinen Wagen erreicht, meldete sich Frau Johannsen bei ihm. Die Nummer, die für den Rottweiler bei Tasso hinterlegt worden war, hatte sich vor wenigen Minuten in das Mobilnetz eingeloggt. Und zwar auf der Insel Poel.

Er nahm die A 20 Richtung Wismar, die ihn in einer knappen Stunde nach Poel brachte.

Da die GPS-Position, wie von ihm gewünscht, jede Minute auf seinem Handy erneuert wurde, konnte Dudek sehen, dass der Besitzer des Mobiltelefons sich zwar bewegte, aber nicht schnell. Zu Fuß, tippte er.

Das Signal stammte aus Gollwitz, einem kleinen Ort am nördlichsten Punkt der Insel, direkt an der Küste. Wiesen in sattem Grün, ein Dorfkrug, kleine, asphaltierte Straßen, die das Tempo von ganz alleine drosselten.

Gollwitz wirkte im angenehmen Sinne aus der Zeit gefallen.

Dudek überlegte tatsächlich, ob er mit Judith im Frühjahr nicht gleich einen Ausflug hierher unternehmen sollte. Oder sogar einen Kurzurlaub?

Die Verbindungsstraße endete in diesem Ort. Wer hier ankam, hatte kein anderes Ziel. Der wollte nach Gollwitz.

Die Ortung über die Mobilfunkmasten lieferte ihm naturgemäß nur Näherungswerte. Er war also gezwungen, das Zielobjekt in 100 oder gar 200 Meter Umkreis ausfindig zu machen.

Als Dudek mit dem Auto noch 100 Meter entfernt zu sein schien, hielt er an und stieg aus.

Um nicht erkannt zu werden, hatte er eine dunkle Regenjacke dabei, deren Kragen man aufstellen konnte. Bei dem Wind, der hier ging, fiel es außerdem nicht auf, dass er ein Halstuch bis hoch zur Nase trug. Komplettiert wurde das alles durch eine Schiebermütze. Bei leicht gesenktem Kopf hatte man keinen freien Blick auf sein Gesicht.

Er war Azra Ösker nie persönlich begegnet, er kannte sie nur von den Fotos.

Was sich prompt an der nächsten Straßenecke änderte, denn dort erschien ein Rottweiler. Bei Tasso waren 66,4 Kilogramm hinterlegt und das kam gut hin.

Geistesgegenwärtig wandte er sich dem Geschäft zu, das er gerade passierte, und sah sich die Auslage im Schaufenster an. Ein Juwelier. Und in dessen Scheibe spiegelte sich der Hund und sein Frauchen, die auf der anderen Straßenseite entlanggingen.

Hagen Dudek entschied sich daraufhin für eine parallel verlaufende Seitenstraße und ging diese sehr zügig entlang, bevor er wieder auf diejenige zurückkehrte, auf der er den beiden begegnet war. Dieses Mal beobachtete er die Frau, die eine Bäckerei betrat und dort einkaufte, durch die Zweige einer Trauerweide, die ihm einerseits eine recht gute Sicht ermöglichten, ihn selbst andererseits nahezu unsichtbar für sie machte.

In dem Moment, in dem sie mit einer großen Brottüte den Laden verließ und sich wieder auf den Rückweg machte, erkannte er sie: Azra, Ösker, 26 Jahre alt, am 31. Dezember 2006 in ihrem Wagen verblutet – und am fünften Tage auferstanden von den Toten in Gollwitz.

So hatte es ihnen Simon Rost bei der Begrüßung am Zeugenhaus in der Silvesternacht erzählt ohne Auferstehung. Da war Frau Ösker aber noch quicklebendig.

Hatte Simon Rost es nicht besser gewusst, überlegte Hagen Dudek, während er der Frau und dem Rottweiler in sicherem Abstand folgte, oder war es eine bewusste Finte seinerseits gewesen? Und wenn sie bewusst gewesen war, wozu?

Wozu Kaminski und ihn auf ein totes Gleis setzen? Wenn Mendt und auch Elling ebenfalls noch am Leben waren, dann brauchte es die Ermittlungen, die er mit Maja Kaminski durchgeführt hatte, überhaupt nicht.

Dudek folgte Frau Ösker ein paar Straßen weiter zu einem einsamen Küstenabschnitt mit einem flach ins Wasser laufenden Strand, wo sich die Bebauung ausdünnte und er deswegen lieber den Wanderer am Ufer spielte.

Im letzten Haus der Sackgasse verschwand Azra Ösker samt Rottweiler. Und dort, in einer Art Wintergarten erkannte er Kriminalhauptkommissar Elling – mitten im Gespräch mit Simon Rost.

Eine einzige Charade, das war es, der Kaminski und er aufgesessen waren!

Aber eine, in der es eine Unbekannte gab: Sarah Minkova. Dudek wusste, dass man das Kind noch nicht gefunden hatte. Er hatte es am Bahnhof verpasst und in der Wohnung in Toitenwinkel. Es war nicht in Rosts Obhut.

Welche Motive und Beweggründe Rost für sein Verhalten hatte, ihnen gegenüber ein falsches Spiel zu spielen und dabei wichtige Informationen vorzuenthalten, war für Hagen Dudek nicht eindeutig ablesbar. Musste es auch nicht. Das Mädchen war in Sicherheit in Sildemow. Also konnte er sich jetzt auf das Wesentliche fokussieren: Judiths und seinen Kopf aus der Schlinge zu ziehen. Er machte sich auf den Rückweg

Die Werte von Lona Mendt hatten sich nicht so verbessert, wie Pramann das erwartet, gehofft und prognostiziert hatte.

»Ich kann Sie noch nicht zurückholen. Wenn der Zustand statisch bleibt oder sich wieder verschlechtert, muss sie zurück in die Klinik.«

Elling kannte Doktor Pramann lange genug, um die Sorge in seinen Worten und seiner Mimik zu erfassen.

»Hat Herr Rost Ihnen schon von dem anderen Grab erzählt?«

»Anderes Grab? Nein«, antwortete Elling und zündete sich eine an. Simon Rost blickte auf den Tisch, um sich kurz zu sammeln.

»Ich habe am Fundort der vier Leichen in Lickow weitere Überprüfungen des Waldstücks angeordnet. Gestern Abend ist ein Grab mit zwei weiteren Leichen gefunden worden. Doktor Pramann«, gab Rost das Wort weiter.

Der Mediziner mit dem Bartschatten nickte: »Der Todeszeitpunkt der jungen Frau liegt etwa 2 Monate zurück. Jemand hat sie mit einem Gürtel erdrosselt. Sie hatte am Knöchel eine Tätowierung, einen Schriftzug: *Küsmet*.«

52

20. DEZEMBER 2006, ROSTOCK

»Es gibt ein Scheiß-Problem«, hatte Elling ihm noch in der Nacht in Lickow zugeraunt und ihm einen Ausweis gezeigt, der immer wieder vom Blaulicht der Einsatzfahrzeuge beschienen wurde, die auf der Auffahrt zu der Villa parkten.

Das Haus wurde gerade von Dutzenden Beamten durchsucht.

Martin Gruber, las Mertens. Das Foto stimmte auch.

»Was ist mit dem?«

»War hier. Als Gast. Es ist der Typ«, Elling beugte sich vertraulich vor, »der mit Sarah Minkova in einem Zimmer war.«

»Wer sagt das? Sie oder auch andere?«

»Sie. Glaubst du ihr nicht?«

»Doch.«

»Sarah hat das mitgehen lassen, als er übergriffig geworden ist.«

»Er könnte sagen, sie hat es gestohlen.«

»Ja, Rainer, er kann viel erzählen. Die Kleine muss jetzt in Sicherheit. Und wir auch.«

»Wo ist das Mädchen?«

»Es ist hier erstversorgt worden und jetzt bei Lona.«

Mertens blies die Wangen auf.

»Gruber ist ein hohes Tier und hat gute Verbindungen. Und zwar überall hin.«

»Davon rede ich ja. Sarah Minkova muss ihre Aussage machen.«

»Das dauert ein paar Tage, Elling.«

»Ja, genau. Und in der Zeit sind wir alle besser irgendwo abgetaucht. Und vorher müssen wir uns um die Berichte auf den Rechnern kümmern. Wenn Gruber will, kommt er an die ran und weiß, was wir wissen. Die Kirovs, die Illegalen. Wenn er nicht weiß, was wir wissen, kann er sich nicht vorbereiten. Er kann die Situation nicht einschätzen.«

Sie rasten zurück nach Rostock und marschierten schnurstracks in ihr Büro. Dort starteten sie an ihren Rechnern eine komplette Löschung aller Daten.

»Schmeiß eine zehnfache Löschprozedur an, Rainer«, riet Elling ihm.

»Einmal ist wiederherstellbar, ich weiß.«

»Das soll angeblich noch nach einem siebenmaligen Überschreiben aller Daten möglich sein. Also nimm die zehn.«

Während die Rechner arbeiteten und die Lüfter zu rauschen begannen, putschten sie sich mit einem Becher starken Kaffee auf.

Mit jeder neuen Information aus der Durchsuchung der Villa in Lickow und der Befragung der Gäste zeichnete sich ein immer schärferes Bild davon ab, wie alles miteinander zusammenhing.

Die Villa in Lickow konnte für Feierlichkeiten aller Art gemietet werden: Hochzeiten, Wirtschaftsevents, Schulungen, Filmaufnahmen, Familienfeiern und Partys jeder Art. Hin und wieder wurde sie von Christian Adolph angemietet. So auch heute. Adolph war ein bekannter Investmentbanker und Vermögensverwalter, der sich gern mit Stars und Sternchen aus der Film- und Modelbranche umgab. Auch in der Politik hatte er Freunde und war als großzügiger Spender bekannt. Ex-Kollegen aus der Investmentbranche nannten ihn *König Midas*. Was er anfasste, wurde zu Gold.

Während der Party in der Villa war es zu wenigstens zwei vollzogenen Missbrauchsfällen und einem versuchten gekommen, dem an Sarah Minkova.

Entscheidend aber war der Fund einiger versteckter Kameras in einigen der Gästezimmer, die erst kürzlich – vermutlich genau zu diesem Anlass – dort installiert worden waren.

Hier waren auch die zwei Missbrauchsfälle filmisch dokumentiert.

Martin Gruber und Sarah Minkova waren in keinem der Zimmer zu sehen. Wenn das, was Sarah in aller Eile Lona erzählt hatte, stimmte, dann hatte sich ihr Treffen mit Gruber in einem Raum abgespielt, der nicht videoüberwacht wurde.

Beim Eintreffen der Polizei in der Villa in Lickow waren sowohl Martin Gruber als auch Christian Adolph nicht auffindbar.

Stunden später stellte sich heraus, dass Christian Adolph mit einer Chartermaschine das Land in Richtung Dubai verlassen hatte.

Eines der beiden Missbrauchsopfer, das auf den Namen Marian hörte, hatte durch die Vergewaltigung schwere innerliche Blutungen erlitten und lag im Krankenhaus. Was nicht einer gewissen bösartigen Ironie entbehrte, denn der mutmaßliche Täter war ein Chirurg.

»Er hat da Kameras«, sagte Elling, »die Missbrauchsfälle nimmt er ja nicht zum Spaß auf.«

Rainer Mertens schüttelte den Kopf. Da waren sie bei ihrem dritten Becher Kaffee.

»Vielleicht erpresst er die?«

»Möglich«, gab Frank Elling zurück, »das wäre aber sehr kurzsichtig. Es braucht unterm Strich nur einen, der bereit ist, das einzugestehen, dann fliegt die ganze Erpressung auf. Kann es nicht eher sein, er lässt die Leute bei Gelegenheit wissen, dass er über diese Videos mit ihnen in der Hauptrolle verfügt? Damit sie ihm gewogen sind? Denn wenn da mehrmals Partys stattfinden und vielleicht auch noch in anderen Häusern, dann gibt es jetzt einige Leute im Filmgeschäft, in der Lokalpolitik und Landespolitik, vielleicht auch Unternehmer und Anwälte und so weiter, die mit Sicherheit gar kein Interesse daran haben, dass einer dieser Filme an die Öffentlichkeit gelangt.«

Damit brach er ab und überließ seinem Chef die Schlussfolgerung: »Du meinst, die werden alles versuchen, einen Prozess zu verhindern.«

»Zumindest müssen wir damit rechnen, dass es sehr viel Gegenwind geben wird.«

Die anderen Gäste, so zeichnete sich nach und nach ab, hatten tatsächlich nur die Party besucht und eine gute Zeit gehabt. Wie es aussah, wurden währenddessen einigen Gästen gezielt Kinder und Jugendliche in separaten Zimmern zugeführt.

Ein junger Kommissaranwärter erschien in der Tür und meldete ihnen, dass Max Krüger nun vernehmbar sei.

Daraufhin fuhren sie noch in der gleichen Nacht in die Klinik und vernahmen ihn. Sie versprachen, ihn in ein Schutzprogramm aufzunehmen, wenn er auspackte. Denn sie waren gerade dabei, ließen sie ihn wissen, das Netzwerk der Kirovs aufzurollen.

Der Tod seines Bruders war noch frisch und hatte ihn sichtlich mitgenommen. Er bestand darauf, noch am nächsten Morgen in diesem Programm aufgenommen zu werden und dass die ärztliche Versorgung seiner Schusswunde nicht länger in einem öffentlichen Gebäude wie dem Krankenhaus stattfand.

Weder Elling noch Mertens hatten etwas dagegen einzuwenden.

»Wer hat die vier umgebracht?«

»Na, Moritz.«

»Ihr Bruder?«

»Ja, genau.«

»Kommen Sie«, sagte Elling, »lassen Sie sich nicht alles aus der Nase ziehen.«

»Na ja, Fidan Kirov hat zweimal Männer vorbeigebracht. Illegale. Die wollten zur Polizei, weil ihnen ihre Arbeit gestunken hat. Oder ihre Bezahlung, wie auch immer. Also hat er sie hier rausgefahren, angeblich zu einem besseren Job. Mit mehr Kohle. Ich dachte ja, die sollen hier Holz hacken und so. Und die übrigens auch, aber Moritz hat die umgebracht. Den einen mit der Spitzhacke und den anderen – den musste er erschießen, weil der geblickt hat, was hier auf ihn wartet, und abhauen wollte.«

»Wie kommt Fidan Kirov auf Sie?«

»Auf mich nicht, Moritz und er kannten sich vom Jagdscheinmachen. Die waren ein paar Mal zusammen Jagen. Manchmal bin ich auch dabei gewesen.

Wir haben das Erbe unserer Eltern angenommen, Moritz und ich.

Hätten wir nicht tun sollen, wir hatten von heute auf morgen eine halbe Million Schulden. Das hat Fidan mitgekriegt und uns Geld gegeben, damit wir das alles in Lickow pachten und da leben können und neu anfangen. Aber dass wir ihm bei Problemen helfen müssten. Dann würde er das Geld nie zurückverlangen. Und so kam das dann.«

»Sie haben sich da nicht die Hände schmutzig gemacht?«

»Nur beim Zubuddeln.«

»Ich kann darüber nicht lachen, Herr Krüger.«

»Ich auch nicht, ich war völlig fassungslos beim ersten Mal. Das war die Spitzhacke. Ich hab getobt. Aber …«

»Ja?«

»Ich bin trotzdem nicht zur Polizei, weil … ich hatte Angst vor meinem Bruder. Und vor Fidan. Deswegen habe ich beim Verscharren mitgeholfen. Aber gerne, das können Sie mir aber glauben, gerne habe ich das nicht getan.«

Wenn Beschuldigte *Das können Sie mir aber glauben* benutzten, wusste Elling, war man meist gut beraten, genau das nicht zu tun.

»Und die Kinder?«, wollte Rainer Mertens wissen und verkniff es sich, die englische Übersetzung hinterherzuschieben.

»Oh, das war ganz schlimm. Aber damit hatten wir nichts am Hut. Die hat Fidan bei uns schon tot vorbeigebracht. Ich meine, ich habe gehört, dass der Junge wohl sehr empfindlich auf ein Schlafmittel reagiert hat. Dem war wohl das Herz stehen geblieben. Und das Mädchen, das hat man tot im Bett gefunden. Aber das ist alles, was ich Ihnen dazu sagen kann.«

Zurück im Kommissariat ließen sie noch einen Kaffee durchlaufen.

»Glaubst du, der hat immer nur zugeguckt?«

»Nein«, sagte Mertens, »da fällt mir ein: Was ist mit den Festplatten mit den Datensicherungen?«

»Guter Hinweis«, antwortete Elling, verschwand kurz im Flur und kehrte mit dem Werkzeugkoffer zurück, den er auf dem Tisch absetzte und öffnete. Er nahm einen Hammer und ein paar Nägel heraus.

»Wir gehen in ein sicheres Haus.«

»Und wo?«

»Hohen Sprenz.«

»Kenne ich nicht.«

»Das ist ja der Sinn der Sache. Kannst du es Frau Mendt sagen?«

»Ich kann sie anrufen.«

»Wir sollten jetzt nicht mehr miteinander telefonieren«, erinnerte er ihn, »vor allem nicht über sichere Häuser.«

Frank Elling nickte.

Draußen dämmerte es.

»Ich fahr zu ihr raus. Sie steht mit ihrem Wohnmobil ja praktisch bei mir um die Ecke.«

53

21. DEZEMBER 2006, SILDEMOW UND BRINCKMANSDORF

Als er in aller Frühe bei knackiger Kälte vor dem Wohnmobil hielt, sah er sie am Tisch sitzen. Und noch bevor Elling ihre Tür erreichte, kam sie heraus und schüttelte sich wegen der eisigen Temperaturen und schlüpfte in ihre Daunenjacke.

»Wir können uns auch in meinen 911er setzen«, bot er an.

»Nicht nötig, was mich angeht«, gab sie zurück.

Sie gingen ein paar Meter nebeneinander her.

»Wie geht es Sarah?«

Lona nickte sich selbst zu: »Ganz gut, denke ich. Sie ist völlig kaputt und schläft seit heute Nacht durch. Was gibt es Neues?«

»Viel. Wir gehen alle in ein sicheres Haus.«

Sie schien nicht überrascht zu sein, sondern hatte wohl bereits damit gerechnet.

»Und wo?«

»Hohen Sprenz.«

»Das kenne ich nicht.«

»Ist ja der Sinn der Sache«, antwortete er. Selbst zum Rauchen war es Frank Elling zu frostig.

»Wir wissen, die Kirovs sind eine Drehscheibe für Menschenhandel. Aber nicht nur für Gastronomie, Schlachthof, Pflege, nein, sie verkaufen offensichtlich auch Vollwaisen an Christian Adolph. Der hat nicht nur beste Kontakte zur Prominenz, sondern bis hoch in die Landespolitik.«

»Und Gruber deckt das, meinst du?«, fragte Lona.

»Ich weiß nicht. Vielleicht versorgt er die Kirovs mit Informationen, warnt sie vor Ermittlungen, so was. Auf jeden Fall hält er die Hand über Adolph. Und diese Brieftasche hier«, er hielt kurz den transparenten Plastikbeutel hoch, in dem sie sich mittlerweile befand, »erzählt uns, was der Grund dafür sein könnte. In den Zimmern der Villa waren übrigens jede Menge Kameras installiert. Einen Fall von gestern haben wir auf Video. Es sind also eine Menge Leute daran interessiert, dass es nicht zu einem Prozess kommt. Und zu dem kommt es nur, wenn Sarah Minkova aussagt. Tut sie das nicht, ist sie in Lebensgefahr. Und wir sind es auch. Wir können jetzt nur noch nach vorne.«

Lona blieb stehen. Ihr Atem bildete kleine Wölkchen in der Morgenluft.

»Gibt es keine anderen Zeugen?«

Natürlich, sie wollte Sarah aus allem so weit raushalten, wie es nur irgend ging. Aber Elling schüttelte den Kopf: »Vor einer halben Stunde hat sich ein Mann aus der U-Haft gemeldet, ein Dinko Tenev, der würde gegen Georgi Kirov aussagen. Aber alle, die ganze Kette aller Beteiligter – Kalina Nedeva, Fidan Kirov, Martin Gruber – die kann bis jetzt nur Sarah belasten.«

»Und Nedeva?«

»Ist notoperiert worden. Status ist unklar. Bis auf die Tatsache, dass eine der beiden Kugeln ihr das Rückenmark durchtrennt hat. Sie ist querschnittgelähmt.«

Lona nickte: »Auch hart. Erst lösen sie sie mit 700.00 Euro aus und dann … ja, die Kaution war schon ihr Todesurteil. Sie dachte, das sei sie den Kirovs wert.«

»Ja, Aber es war nur dazu da, sie in Reichweite zu kriegen.«

Sie blieben stehen, waren dann ein paar Mal um den Porsche herumspaziert und nun wieder am Wohnmobil angekommen.

»Wo treffen wir uns? Wann?«

»11 Uhr. Hier.«

Auf dem Weg nach Hause erreichte ihn Tatjanas Anruf.

»Guten Morgen, Tatjana.«

»Herr Elling, ich war gerade nach Ihrer Mutter schauen, und sie ist weg.«

»Wie: weg?«

»Ich habe Frühstück in ihr Schlafzimmer gebracht, und da war es eiskalt. Die Terrassentür war offen.«

»Haben Sie im Haus nach ihr gesucht?«

»Überall. Sie ist auch nicht im Garten. Bitte, was soll ich tun?«

»Nichts. Das mache ich schon. Ich rufe beim Radio an und bei den Polizeikollegen in Brinckmansdorf. Sind Sie wirklich in jedem Zimmer gewesen, ja?«

»Ja, ganz bestimmt. Auch im Keller. Sie ist weg. Es tut mir so leid.«

Und mit einem Mal war ihm klar, wo sie sein könnte. Elling drückte das Gaspedal voll durch und setzte das Blaulicht aufs Dach.

Er stoppte den 911er exakt vor dem Nebeneingang des Neuen Friedhofs in der Satower Straße, stemmte sich gegen die Tür und lief den sandigen Hauptweg hinab.

Angelegte Hecken, Baumreihen, Gräber. Vorbei an der Aussegnungshalle. Den Wasserbecken, die im Winter stillgelegt waren.

Dann nach links.

Zweimal hatte er sie vertröstet.

Jetzt kamen die Nadelbäume, die einem die Sicht auf das Grab seiner Großmutter versperrten.

Die lag hinten in einem kleinen, von drei Seiten mit Pflanzen geschützten Bereich.

Eine Gruppe von lediglich 17 Gräbern. Gegenüber, unter einem Baum, befand sich eine Parkbank, auf der Erika manchmal eine rauchte, wenn sie zusammen ihre Mutter besuchten.

Im Vorbeilaufen erhaschte Elling eine Gestalt auf der Parkbank.

Er lief die letzten Meter, bevor der Weg eine Biegung beschrieb und zu den Gräbern führte, und stoppte bei dem Anblick ab. Sein Atem rasselte von dem Sprint, ihm war heiß und kalt zugleich.

Erika saß auf der Bank, das Kinn auf den Oberkörper gesenkt, als wäre sie eingeschlafen. Sie saß dort im Nachthemd und in ihrem Morgenmantel.

Frank Elling wusste, dass er zu spät kam. Dass nun jede Eile vergebens war und unsinnig. Langsam ging er auf sie zu und sog dieses Bild von ihr in sich auf.

Sie wirkte ganz fein und nicht mehr von dieser Welt. Die Haut blass und mit einem bläulichen Schimmer. Ihre ganze Gestalt war von Raureif überzogen, der im Morgenlicht ein wenig glitzerte.

Für einen Moment wirkte Erika Elling dadurch wie eine überirdische Erscheinung.

Ihr Sohn nahm vorsichtig neben ihr Platz und legte ihr seinen Arm um die Schultern.

Sie war kalt.

Er lehnte seinen Kopf an ihren, die Tränen rannen Elling über die Wangen, tropften hinab und wurden beim Aufprall auf den Boden zerrissen.

54

21. DEZEMBER 2006, WALDECK

Die Sträflinge der JVA Waldeck gingen auf den angelegten Wegen über den Innenhof. Manche absolvierten ihren Morgenspaziergang zu zweit und unterhielten sich. Andere allein und wieder andere in Selbstgespräche vertieft.

Dinko Tenev hatte sich gerade eine Selbstgedrehte angezündet und auf einer der kalten Metallbänke Platz genommen, in die man nichts ritzen konnte.

Dinko liebte den Winter. Die Kälte. Die Klarheit, die sie mit sich brachte.

Ein junger blonder Mann, ein Schlaks mit kurzen Haaren, nahm neben ihm Platz.

»Bist du Dinko?«

»Wer will das wissen?«

»Wenn du Dinko bist, kannst du hier freikommen und kriegst 20.000 Euro.«

Spätestens jetzt war Dinko Tenev wach und besah sich den Blonden. Ob der ihn auf den Arm nahm oder irgendeinen perfiden Einstieg in einen Streit suchte. Oder die Wahrheit sagte.

»Du bist doch von Kalina Nedeva vermittelt worden, oder?«

»Du auch?«

»Nein. Ich kenne Vanja Kirov. Ich suche für ihn einen Mann, auf den er sich verlassen kann.«

»Was muss ich tun?«, erkundigte Dinko sich.

»Du sagst aus gegen Nedeva. Dass sie dich vermittelt hat.«

»Ich glaube nicht, dass Vanja Kirov das für eine gute Idee hält.«

»Doch, hält er.«

Er reichte Dinko eine bereits geöffnete Schachtel mit Zigaretten.

»Ja, nimm.«

Dinko Tenev nahm sie entgegen.

»Du machst deine Aussage«, fuhr der Blonde fort, »dann bringt dich die Polizei in eine Wohnung oder ein Haus. Wenn du da bist, dann rauchst du eine von denen. Und danach bekommst du das Geld.«

Damit stand der Mithäftling auf und ging zu ein paar anderen hinüber, die dort Boccia spielten. Dinko klappte die Schachtel auf. Drinnen befanden sich tatsächlich ein paar Zigaretten. Und ein Pager.

55

5. JANUAR 2007, ROSTOCK

Bereits am frühen Morgen war Simon Rost, ebenfalls mit einem Blumenstrauß ausgestattet, bei ihr erschienen, um sich nach ihrem Befinden zu erkundigen. Maja Kaminski war angenehm überrascht von dieser Geste.

Er versicherte ihr, wie erschrocken er gewesen war, als er von ihrer Verletzung bei dem Schusswechsel erfahren hatte, und dass er hoffte, sie habe nicht zu große Schmerzen.

»Noch habe ich genug Schmerzmittel«, erwiderte sie mit einem freundlichen Lächeln.

»Ich habe mich auch schon um Ersatz für Sie gekümmert und mit Frau Thern telefoniert. Nach Ihrer Krankschreibung können Sie also auf Ihre Dienststelle bei der Bundespolizei zurückkehren.«

»Aber vielleicht brauchen Sie mich noch.«

»Ich komme im Zweifelsfall gerne darauf zurück, Frau Kaminski. Aber in erster Linie geht es mir darum, dass Sie jetzt erst mal gesund werden. Der Ersatzmann für Sie kommt heute Abend an. Und ich wollte Sie nur wissen lassen, wie gut mir Ihre Herangehensweise und Ihre Arbeit gefallen hat. Danke.«

Tatsächlich machte sein Lob sie verlegen, und so war sie froh, als er sich wegen eines dringenden Termins gleich wieder verabschiedete.

Nach dem faden Frühstück im Krankenhaus schlenderte sie, den verletzten Arm in einer Binde, wieder hinüber zum Universitätsplatz und setzte sich dieses Mal in ein Café, um ordentlich zu frühstücken. Milchkaffee, Croissant, ein wenig Rührei und Marmelade.

Sich aus dem Team zu verabschieden und wieder ihren Dienst bei der Bundespolizei anzutreten, bedeutete das Ende der gemeinsamen Ermittlungen mit Hagen Dudek. Maja bedauerte das stärker, als sie erwartet hatte. Auf der Hälfte des Croissants erreichte sie der Anruf von Florian Lenz.

»Morgen, störe ich?«

»Habe nur gerade den Mund voll«, gab sie in dem Bemühen zurück, trotzdem einigermaßen deutlich zu sprechen. Nun war es auch Zeit, sich von den beiden Jans zu verabschieden.

Aber Florian kam ihr zuvor: »Ich habe hier die ballistische Auswertung wegen des Mordes an Steffen Gromar, die du angefordert hattest. Und ich muss sagen, die Ballistiker haben hier einen interessanten Schusswinkel gemessen. Der erste Treffer erfolgte von unten nach oben in einem Winkel unter 30 Grad. Das heißt, der Täter muss ihn aus der Hocke abgegeben haben oder im Sitzen.«

Maja wurde starr, als sie seine Worte im Hinterkopf nachhallen ließ und erfasste, was das bedeutete.

»Und die anderen Schüsse – da lag das Opfer – aus Winkeln zwischen 28 und 37 Grad. Immer noch aus der Hocke oder immer noch im Sitzen. Jetzt aber natürlich von oben.«

»Danke. Ich komme nachher noch mal vorbei«, sagte Maja. Tatsächlich wollte sie den beiden eine kleine Aufmerksamkeit vorbeibringen.

Aber der Schusswinkel stellte ihre These über Dudek, der den versuchten Mord an seiner Schwester gerächt hatte, auf den Kopf.

Dudek war gar nicht vor dem Nocker gewesen, in der Nacht. Judith Dudek hatte das persönlich übernommen und war entkommen. Sie hatte das gemeinsame Haus erreicht und es ihrem Bruder gebeichtet. Und Hagen Dudek ahnte wahrscheinlich, dass das Gefängnis sie brechen würde. Also war er zu Gruber gegangen, seinem

Vorgesetzten, und hatte die Schuld auf sich genommen. Und statt ihn dafür zu verhaften, hatte Gruber ihn gedeckt.

Judith öffnete die Haustür und war freudig überrascht, dort Maja stehen zu sehen.

»Guten Morgen, das ist ja eine Überraschung. Hagen hat mir schon von der Verletzung erzählt. Die Schießerei ist in allen Zeitungen. Möchtest du reinkommen?«

»Gerne.«

Judith machte kehrt und rollte voran ins Haus, während Maja die Haustür hinter sich schloss.

»Ich trinke gerade einen zweiten Kaffee«, sagte sie, »du auch?«

»Ja, könnte ich vertragen«, antwortete Kaminski.

Während Judith die Kaffeemaschine bediente, sprach sie mit Maja, die ein paar Meter hinter ihr stand und sich im Haus umschaute.

»Hast du noch Schmerzen?«

»Ein bisschen, aber ich habe Tabletten mitbekommen, danke.«

»Hagen sagt, du hättest gemeint, er hat dir das Leben gerettet. Stimmt das oder gibt mein Bruder nur wieder an?«

»Nein, das stimmt. Ich glaube, er ist ein Mensch, der Leben rettet.«

Ob es die Worte waren oder die Art und Weise, wie sie sie ausgesprochen hatte oder die Satzmelodie, sie würde es nie erfahren, aber Judith merkte sichtlich auf und wandte sich ihr zu: »Wie meinst du das?«

Maja wandte sich ab und nahm auf der Couch Platz, bevor sie wieder Blickkontakt mit Judith aufnahm.

»Ich habe mir die ballistische Auswertung von einem Mord in der Rostocker Innenstadt besorgen lassen. Vor einem Lokal, dem Nocker. Ich bin mir sicher, du kennst es.«

Kurz legte sie eine Pause ein, um Judith Gelegenheit zu geben, etwas darauf zu erwidern. Aber die sah sie nur an und schwieg.

»Ich kann dich nicht in alle Details einweihen, weil das laufende

Ermittlungen sind. Ich möchte aber, dass du etwas über deinen Bruder weißt. Nach jetzigem Stand der Ermittlungen ist er mit dem Revolver, den du benutzt hast, zu seinem Vorgesetzten gegangen. Die Waffe hat er ihm ausgehändigt und sich vermutlich selbst als Täter ausgegeben, um sich zu stellen. Und um dein Leben zu schützen.« Die Fassungslosigkeit in Judiths Gesicht bestätigte ihre These.

»Das hat er nicht getan«, sagte sie leise.

»Ich war nicht dabei, Judith. Aber er macht Dinge im Auftrag dieses Vorgesetzten, die dein Bruder sonst nicht tun würde. Er ist diesem Mann ausgeliefert. Und er macht das alles mit, um dich vor einer Gefängnisstrafe zu bewahren. Ich weiß nicht, was ich mit diesem Wissen anfangen werde. Aber heute ganz gewiss nichts. Und morgen auch nicht. Und bevor ich etwas damit anfange, bin ich wahrscheinlich so fair, dich vorher noch mal zu besuchen.«

Damit stand Maja Kaminski auf. Vor ihr im Rollstuhl saß ein Häuflein Elend, das versuchte Haltung zu bewahren.

»Tut mir leid«, sagte Maja, die jedes Wort so meinte, beugte sich hinunter und gab Hagens Schwester einen Kuss auf die Wange, bevor sie das Haus verließ.

»Ich habe es. Ich habe das Mädchen. Ich bin in 15 Minuten da und hole Sie ab.«

Martin Gruber war im gleichen Moment ebenso erleichtert wie angespannt. Er ging in den Keller zum Tresor und entnahm dem eine unregistrierte Pistole, die er durchlud und einsteckte.

Sein privates Handy klingelte.

»Ja?«

»Vanja.«

»Mein herzliches Beileid, Vanja.«

»Meine Mutter hat die ganze Nacht geweint.«

»Sollen wir uns treffen?«

»Nein. Ich habe gehört, der Mann heißt Hagen Dudek.«

»Ja, das stimmt.«

»Wie kommt es, dass es einer von deinen Leuten ist, hm?«

»Die Staatsanwaltschaft II hat ihn sich als Sonderermittler ausgeliehen. Und die agieren nach ihrem eigenen Plan. Ich habe Georgi jedenfalls noch gewarnt.«

»Hm. Er kommt bald nicht mehr nach Hause, der Herr Dudek. Nur, dass du das weißt.«

Als Maja Kaminski ins Büro der Kripo kam, waren die beiden Jans gerade im *El Toucho* gegenüber frühstücken, also stellte sie ihnen den kleinen Geschenkkorb mit Wein und ein paar Leckereien einfach auf den Tisch.

Dudek war ebenfalls nicht hier. Über sein Handy erreichte sie ihn nicht.

Der Ersatzmann kommt heute Abend, so hatte Simon Rost es gesagt. Also war Dudek allein unterwegs.

Maja schaute in den Schubladen nach, ob sie hier noch etwas vergessen hatte. Und entdeckte dann, dass die Schlüssel für das Wohnmobil, die sie in dem kleinen Fach hinterlegt hatte, fehlten.

Dudek und Gruber hatten schon einmal versucht, Sarah Minkova zu fangen. Am Hauptbahnhof.

56

5. JANUAR 2007, SILDEMOW

Hagen Dudek chauffierte seinen Chef in den Rostocker Süden, hinaus nach Sildemow.

Er hatte sein Handy zu Hause gelassen, um seine Position nicht nachträglich zu verraten.

»Sie wohnt in dem Wohnmobil von Lona Mendt, der toten Kommissarin«, erklärte Dudek, während sie die Vorpommernbrücke überquerten.

Gruber blickte hinaus auf die winterliche Landschaft, die an ihnen vorbeizog. Sie wirkte trostlos auf ihn und karg.

Bis hinab nach Sildemow wechselten sie kein Wort mehr. Was aber nicht in eine unangenehme Stille mündete, sondern in eine friedvolle.

»Dahinten am See ist es«, erklärte Dudek seinem Chef, als sie den Ort erreichten. Er umfuhr den See und parkte den Wagen dort, wo der Feldweg begann. Dort, wo er gestern auch geparkt hatte.

»Und was ist, wenn sie nicht da ist?«

»Dann können wir drinnen auf sie warten«, sagte Dudek und zeigte ihm den Schlüssel, den sie von Simon Rost erhalten hatten.

Sie stiegen aus, es ging ein frischer Wind. Schnell ließen sie die zwei, drei Häuser, die sich hier befanden, hinter sich zurück und folgten einer Biegung, die den Blickkontakt zwischen ihnen und den Häusern gänzlich unterbrach. Jetzt sah man bereits das Heck des Wohnmobils. Sie gingen nun schneller für den Fall, dass Sarah aus dem Fenster blickte und sie erkannte.

Maja erkannte Dudeks Auto sofort, als sie in die Straße zum Sildemower See einbog. Ihre Intuition hatte sie nicht getrogen, und sie bedauerte zutiefst, sich nicht geirrt zu haben. Die Verstärkung, die Maja Kaminski angefordert hatte, war noch nicht eingetroffen. Sie stellte ihr Fahrzeug hinter seinem ab, stieg zügig aus und lief trotz Armbinde den Feldweg entlang. Denn ihr war klar, dass Dudek direkt auf dem Weg zum Wohnmobil war.

Der hatte all die Zeit nur die Wahl gehabt zwischen Sarah und Judith. Lieferte er Sarah an Gruber aus, schützte er Judith. Ließ er Gruber die Tatwaffe an die Behörden geben, verlor er Judith, aber schützte Sarah.

Die Bitterkeit eines Dilemmas bestand darin, dass es für so eine Situation keine gute Lösung gab. Beides waren für Hagen Dudek furchtbare Alternativen. Warum auch immer Gruber an dem Mädchen gelegen war, Dudek spürte, er hatte nichts Gutes mit ihr vor.

Er hatte sich lange vor der Wahrheit gedrückt, dass es nur einen

Weg gab, um weder das Kind noch Judith, seine Schwester und Geliebte, zu verlieren: nämlich Gruber aus dem Spiel zu nehmen.

Er ließ sich zwei Meter zurückfallen, zog seine Waffe und legte auf ihn an. Martin Gruber bemerkte wohl etwas und drehte sich zu ihm um. Seinem Chef gelang es noch, seinerseits seine Waffe zu ziehen, aber da feuerte Dudek ihm bereits in den Kopf. Gruber ging tödliche getroffen zu Boden.

»Nein!«, brüllte Maja Kaminski irgendwo hinter ihm.

Völlig überrascht fuhr Hagen Dudek herum. Jetzt verlangsamte sie und legte mit entsetzter Miene auf ihn an: »Was hast du getan? Auf den Boden! Waffe fallen lassen!«

Dudek ließ seine Pistole fallen und ging auf die Knie.

Maja Kaminski würde ihn niemals laufen lassen.

In einer schnellen Bewegung riss er Grubers Waffe deshalb hoch und schoss ihr in die Brust. Mit einem entgeisterten Gesicht starrte sie ihn an, vollführte noch zwei Stützschritte und stürzte dann tot auf den Feldweg.

Er stand auf und ging zu ihr hinüber. Sie lag rücklings auf dem Feldweg, die Haare wie ein Reigen um ihren Kopf verteilt. Majas Blick war klar in den Himmel gerichtet.

In dem Augenblick klingelte sein Handy. Normalerweise wäre er nicht rangegangen, aber es erklang die kleine Melodie, die er Judith zugeordnet hatte.

»Ja?«

»Hagen, Maja Kaminski war heute Vormittag bei mir und hat mir alles erzählt. Ich bin bei der Polizei, Hagen. Ich habe alles zu Protokoll gegeben und mich gestellt.«

Dudek ließ das Handy sinken.

Dann ging er zum Wohnmobil, dessen Tür wie vermutet abgeschlossen war. Er öffnete sie und schaute hinein.

Das Wohnmobil war leer.

Zwei Polizeiwagen bogen mit Blaulicht auf den Feldweg ein und fuhren auf ihn zu.

57

10. JANUAR 2007, POEL

Sechs Tage zuvor hatte Elling zusammen mit Doktor Pramann und Simon Rost im Wintergarten gesessen und auf das Brot für das Abendessen gewartet, das Azra Ösker bei einem Spaziergang mit Jürgen einkaufen wollte.

Es war der Abend, an dem er erfuhr, dass Raya Minkova nicht mehr am Leben war.

Elling öffnete ein Bier und goss es sich ein. Pramann hatte sich abgewöhnt, bei diesen Anlässen ein deutliches Räuspern von sich zu geben.

»Wo haben Sie Sarah eigentlich überall gesucht? », fragte er.

»Na, überall.«

»Auch im Wohnmobil von Frau Mendt?«

»Das ist doch verschlossen«, entgegnete Simon Rost. »Ich habe ihren Schlüssel an Frau Kaminski und Herrn Dudek gegeben.«

»Das ist nicht Ihr Ernst.«

»Wieso?«

»Na, es gibt ein Staufach außen, das man mit dem Schraubenzieher öffnen kann. Da liegt immer ein Zweitschlüssel für den Fall, dass sie sich mal ausschließt. Ich kann mir vorstellen, Sarah Minkova kennt das Versteck.«

Sie sahen sich gegenseitig mit großen Augen an

»Warum haben Sie das nicht gleich gesagt?«, fragte Rost.

»*Hallo?* Ich lag im künstlichen Koma.«

Pramann räusperte sich wieder: »Wen gäbe es denn, dem das Kind vertraut?«

Noch am gleichen Abend hörte Sarah, die sich ein Nutellabrot schmierte, einen Hund bellen. Sie dachte sich nichts dabei, weil die Leute aus dem Ort den Feldweg gerne für Hundespaziergänge benutzten. Aber dann bellte es wieder direkt vor dem Wohnmobil. Sie ging zur Tür und öffnete sie. Und da saß Jürgen und wedelte.

Sie brachten das Kind zusammen mit Azra Ösker und Jürgen in einem Haus unter, das nur fünf Minuten von ihrem entfernt lag. Sie taten das, weil Sarah annehmen musste, dass Lona Mendt, zu der sie ein besonderes Vertrauen entwickelt hatte, tot war.

Denn Lonas Werte hatten sich entgegen Pramanns Prognose nicht gebessert, im Gegenteil. Es war möglich, dass sie den Kampf tatsächlich doch noch verlor.

Und es erschien ihnen allen unverantwortlich, Sarah Hoffnung auf eine lebendige Lona zu machen, die dann möglicherweise zum zweiten mal erlosch.

In dieses andere Haus folgte ihr Rost, der Azra bei den Einkäufen unter die Arme gegriffen hatte, in das Zimmer hinterher, in dem Sarah untergebracht war.

»Sarah?«

»Ja«, fragte sie.

»Na ja, ich bin … Ich wollte sagen«, sagte Rost und brach ab. Er hatte Mareike Elling die Todesnachricht ihres Vaters überbracht, und ihre Reaktion hatte ihn sehr mitgenommen. Um ehrlich zu sein, träumte er noch manchmal davon.

Und hier, bei diesen Kinderaugen, die ihn neugierig anschauten, spürte er, dass er das nicht noch einmal übers Herz brachte.

»Ich bin froh, dass wir dich gefunden haben«

Also ging er zurück in die Küche, wo Azra unter Jürgens wachsamen Blicken die Einkäufe einräumte.

»Ich wollte … also … man muss es ihr doch sagen, irgendwie.«

Azra musterte den Staatsanwalt und begriff: »Ich mach das.«

Dann verschwand sie in dem Zimmer, in dem Sarah sich aufhielt, und schloss die Tür hinter sich.

Simon Rost hörte keine Worte, sondern nur Stimmen. Und dann so etwas wie einen unterdrückten Schrei und ein Schluchzen. Ein

Schluchzen, das nicht enden wollte. Simon Rost wurden die Augen feucht, und er empfand Dankbarkeit dafür, dass jemand anderes dem Kind diesen Schmerz zufügte.

Also erlösten sie auch Mareike, die sie hier hinausfuhren, an den Strand von Poel.

Simon Rost machte ihr klar, dass ihr Vater nur noch am Leben war, weil ihre Trauer auf dem Friedhof so echt war, dass man nur seinen Tod dahinter vermuten konnte. Im Affekt knallte sie ihm eine. Und auf eine gewisse Weise, dachte Simon Rost, hatte er das auch verdient. Also nickte er und sagte: »Ja, das musste wohl auch mal raus.«

Dann kam eine Gestalt mit noch unsicheren Schritten über den Sand, und Mareike flog ihrem Vater entgegen.

Am 10. Januar schließlich kam Sarah morgens aus ihrem Zimmer an den Esstisch. Azra war wohl mit Jürgen unterwegs und Herr Rost in der Stadt. Schließlich hatte er auch noch einen Beruf. Auf dem Tisch lag ein Buch.

Sarah sah eine wunderschöne Aufnahme von einem Wal darauf, der die Wasseroberfläche durchbrach.

Der Titel des Buches lautete *Kaikoura*.

Eine unbestimmte Aufregung ergriff von ihr Besitz. Sie schlug das Buch auf.

Dort lagen zwei Flugtickets.

Von Frankfurt nach Auckland in Neuseeland. Ausgestellt auf Sarah Minkova und Lona Mendt.

Sarah begriff und drehte sich schlagartig um. Da stand Lona Mendt in der Tür, noch etwas wackelig auf den Beinen, aber glücklich, sie zu sehen. Sie fielen sich in die Arme.

EPILOG

Hagen Dudek musste ebenso wie seine Schwester Judith eine lebenslange Haftstrafe antreten.

Kalina Nedeva wurde Rosts Kronzeugin. Sie legte jedes Detail offen.

Vanja Kirov wurde daraufhin wegen Menschenhandels zu 5 Jahren Freiheitsstrafe verurteilt.

Sein Bruder Fidan wegen Mordes zu lebenslanger Haft.

Christian Adolph wird immer noch mit einem internationalen Haftbefehl gesucht.

Mareike studiert in Südkorea.

Frank Elling bot Tatjana Tkach an, so lange in der Einliegerwohnung zu bleiben, wie sie wollte. Momentan ist sie noch da.

Lona und Sarah bereisten die Nord- und die Südinsel Neuseelands für drei Monate. Nach ihrer Rückkehr nahm Lona sie als Pflegekind auf.